KB232289

킹덤 Ⅱ
오스의 왕

킹덤

오스의 왕

요 네스뵈 장편소설

김승욱 옮김

Kongen av Os
JO NESBØ

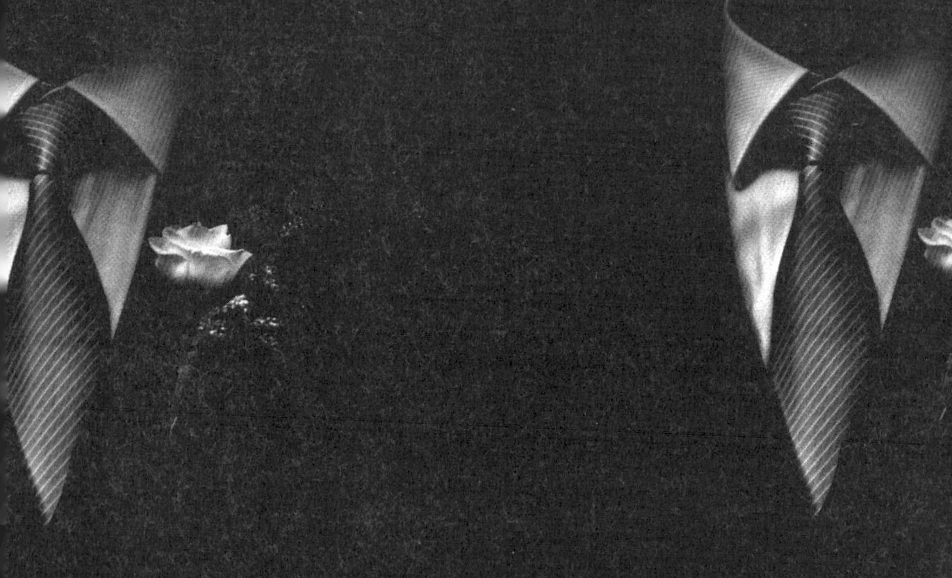

일러두기

- 본서는 저자 및 저작권사의 공식 인정을 받은 Robert Ferguson의 영어판 번역과 노르웨이어판을 바탕으로
  번역되었습니다.
- 인명을 포함한 고유명사는 노르웨이 현지 발음을 기준으로 표기하였습니다.
- 원문에서 이탤릭체 등으로 강조한 부분은 볼드체로 표시했습니다.
- 모든 주는 옮긴이주입니다.

1

사람은 누구나 약점을 갖고 있다.

아빠는 내게 권투를 가르치면서 이 점을 단단히 각인시켰다. 나는 다른 아이들보다 몸집이 작았는데도, 아빠는 아무리 무시무시한 상대의 방어에도 허점이 있음을 보여주었다. 그들이 미처 방어하지 못하는 부위, 어쩔 수 없이 자꾸 반복할 수밖에 없는 실수가 있다는 것이었다. 아빠는 또한 그런 약점을 찾아내는 것만으로는 충분하지 않다고 가르쳤다. 주저 없이 그 약점을 이용할 수 있는 차가운 심장이 필요했다. 바로 이것이 내 약점이었다. 나 같은 사람들을 보면 눈물을 흘리는 심장, 모든 약한 부분을 내 것처럼 여기는 심장. 하지만 나는 교훈을 얻었고, 내 심장은 차가워졌다. 이제는 내 심장이 얼음처럼 차갑다고 해도 될 것이다. 팔 년 전 마지막으로 분화한 뒤 완전히 죽어버린 화산 같다. 게다가 분화할 때에도 내 심장은 차가웠다. 그 당시에 이미 나를 살인자로 만들 만큼.

오슬로 북부 셀소스에서 살짝 가을 색으로 물든 과수원과 차고가 있는 주택 앞 계단에 서 있을 때 내 머릿속을 스쳐간 생각이 바로 이거였다. 내가 살인자라는 것.

토요일 밤이었다. 8시가 다 된 시각. 나는 막 출입문 초인종에 엄지손가락을 가져다 댄 참이었다. 초인종 바로 아래에 있는 하트 모양 세라믹 덮개에는 '할렌 가족이 사는 곳'이라는 말과 스마일 그림이 있었다.

내가 살인자라는 생각을 한 것이 벌써 양심의 가책을 느꼈기 때문인지, 아니면 이제부터 내가 하려는 일이 내 능력으로 해낼 수 있는 일임을 다시 다짐하기 위해서였는지는 잘 모르겠다. 전에는 더 나쁜 짓을 한 적도 있으니까.

안쪽에서 들려오는 발소리에 내 심장이 점점 빠르게 뛰었다. 진정해. 그냥 에라 모르겠다 하고 빨리 끝내버리는 것만 생각해.

문이 열렸다.

"네, 안녕하세요? 무슨 일이신가요?"

키가 큰 남자였다. 175센티미터인 나보다 훨씬 더 컸다. 호리호리하다 못해 거의 깡마른 몸매. 회색 머리에 젊어 보이는 얼굴. 마흔한 살. 내가 이미 확인한 그의 나이였다. 남자 뒤편의 고리에 눈옷 두 벌이 걸려 있는 것이 보였다. 바닥에는 나름의 질서가 있는 혼돈 속에 어른용과 아이용 신발이 흩어져 있었다. 내가 인터넷에서 찾아낸 등기 정보에 따르면 그들은 사 년 전부터 이 집의 주인이었다. 내 짐작에 벤트 할렌의 아내가 이 집을 원했을 것 같았다. 둘째 아이를 임신한 뒤 방이 더 필요해졌을 테니까. 나는 그녀의 인스타그램 계정을 보고 이렇게 해석했다. 남편은 달리기를 하는 곳과 스키를 탈 수 있는 곳이 더 가깝다는 이유로 항상 조금 높은 산등성이 집을 원했다. 구글로 그의 이름을 검색했더니, 이 지역의 스키 행사와 오리엔티어링 행사에 여러 차례 참여한 것으로 나왔다. 그러나 마지막으로 참여한 행사가 몇 년 전이었던 것으로 보아, 그런 활동에 쏟을 수 있는 시간이 그의 계획보다 더 적어진 모양이었다. 두 아이를 키우는 일이 단순히 아이 하나를 키울 때보다 두 배로 힘든 수준이 아니라는 점도 영향을 미쳤겠지만, 가장 큰 이유는 그가 욘 푸르라는 동료와 함께 창업한 회사가 그의 시간을 더 잡아먹고 있다는 점일 것이다. 모두 나의 짐작일 뿐이기는 해도, 사실과 크게 어긋나지 않을 것 같았다. 그들의 회사는 지오데이터라는 곳인데, 오스의 한복판을 똑바로 통과하는 도로를 대신하기 위해 터널을 짓는 것과 관련해서 토데 일대의 지질학 조사를 맡고 있었다. 문제의 도로는 사람들이 기억하는 한 언제나, 그러니까 1931년에 1급 국도로 분류되기 훨씬 전부터 그 자리에 뻗어 있었다.

나는 입술을 적셨다.

"로위 오프가르입니다. 혹시 저를 기억하시는지?"

나는 상냥하지만, 대도시에 와서 조금 불안해하는 시골뜨기 같은 표정을 지어 보이려고 했다. 내가 잘하는 일은 아니었다. 어차피 그냥 로위처럼 보였을 것이다. 조금 어둡고, 폐쇄적이고, 과묵한 모습. 노르웨이 사람들이 그런 유형을 잘 믿는 것 같다는 점이 내게는 다행이다. 우리는 인간관계에 서투르고 숫기 없는 사람이 정직할 것 같다고 생각한다. 뭐, 내 생각도 같다. 그러니 괜찮다.

벤트는 길게 "아아" 하고 말했다. '그래요'와 '잘 모르겠네요'의 중간쯤 되는 소리였다.

"전에 오스에서 일하실 때 제가 차를 고쳐드렸습니다." 내가 말을 덧붙였다.

벤트가 공중에서 손가락을 흔들었다.

"맞아요! 그때 솜씨가 아주 좋았어요."

그의 이마 피부가 접혀서 V 자 모양의 주름이 여러 줄 생겼다.
"돈이 안 갔나요?"

"아뇨, 아뇨." 나는 조금 웃으려고 했다. "죄송합니다. 미리 전화를 드렸어야 하는 건데, 이런 게 시골 방식이라서요. 그냥 문 앞에 나타나서 초인종을 누르죠. 제가 그동안 폴란드에 가 있다가 얼마 전에 돌아왔습니다. 그러다 마침 여기 온 김에 제 글러브박스에 선생님 물건이 있다는 게 생각나서요. 이겁니다."

나는 그의 앞에 물건을 들어 보였다. 아니나 다를까. 벤트는 작고 반짝이는 그 금속 물체가 무엇인지 도저히 모르겠다는 표정이었다.

"선생님이 차를 찾아가신 뒤에 발견했습니다. 제자리에 돌려놓는 걸 깜박한 모양이에요. 물론 이게 없어도 차는 돌아갑니다만, 있으면 훨씬 더 낫죠. 차는 어디 있습니까?"

"차요? 지금? 아뇨, 내가 나중에 끼워 넣을 수 있을 겁니다. 그런데 그게 뭡니까?"

"음, 이게 뭔지도 모르면서 어떻게 하시려고요?"

벤트는 나를 보았다. 미소를 지으며 고개를 저었다. "좋은 지적이네요."

"제가 돈을 받고 한 일인데, 이번에는 일을 제대로 못 했습니다. 오 분이면 됩니다. 차는 어디……?"

"차고에 있어요." 벤트가 이렇게 말하면서 슬리퍼를 벗고, 고리에 걸린 아우디 열쇠를 꺼내 들고, 운동화를 신었다. "카밀라! 차고에 잠깐 다녀올게!"

집 안 어딘가에서 누군가가 큰소리로 대답했다. "시구르가 지금 자러 갈 거야."

"당신이 애를 눕혀두면, 내가 책을 읽어줄게!"

"자녀가 있나요?" 벤트는 자갈 깔린 길을 걸어가면서 자갈 밟는 소리보다 큰 소리로 물었다. 길은 하얗게 칠해진 커다란 차고로 이어졌다. 미처 예상하지 못한 질문에 나는 고개만 저었다. 그리고 그 애가 살았다면 지금쯤 일곱 살일 것이라는 생각을 하지 않으려고 했다. 그 애가 딸이었는지 아니었는지는 알 수 없지만, 점점 딸이었을 것이라는 확신이 들었다. 목이 메어서 나는 침을 꿀꺽 삼켰다. 해가 갈수록 목을 막는 덩어리가 점점 작아지고는 있으나, 그 덩어리가 완전히 사라지는 일은 영영 없을 것 같았다.

"오스에서 정비소를 직접 운영하는 겁니까?" 그의 목소리는 친절했다.

"아뇨, 닫은 지 한참 됐어요. 그래도 정비사 자격증이 있으니까 가끔 재미 삼아 수리 일을 맡습니다. 지금은 정비소 옆에서 주유소를 운영해요."

차고에 도착해서 벤트가 열쇠를 내밀자 문이 자동으로 열렸다. 비싼 문이었다. 벤트 할렌이 만약 오늘 문을 구입한다면 아마 다른 종류를 선택했을 것이다.

"그래요, 당신을 추천해준 그 동네 사람 말이 이제 기억나네요. 당신이 누구 형이라고 했는데, 이름이……."

"칼 오프가르." 내가 말했다.

"그래요." 벤트는 웃으면서 나와 함께 차고 안으로 들어갔다. "오스의 왕."

이 말이 얼마나 상대를 무시하는 것처럼 들리는지 그도 즉시 깨달은 것 같았다. 오스는 시시한 곳이고 칼은 무언극 속의 왕처럼 우쭐거리며 돌아다닌다는 듯한 말투. 똥 더미의 왕.

"그런 뜻으로 말한 건…… 그냥 그 사람이 마을 대부분을 소유하고 있는 것 같아서요."

"오스 스파 호텔을 대부분 소유하고 있죠. 차를 열까요?"

"네. 그러면 당신 동생이 정말로 오스의 왕 아닌가요?"

나는 운전석으로 들어가고 벤트는 조수석에 앉았다. 나는 드라이버를 꺼낸 다음, 운전대 아래쪽 패널을 열고 드라이버를 돌리기 시작했다. 벤트는 관심이 있는 척하면서 나를 지켜보았다. "그동안 새로운 소식이 있었나요?" 나는 전선을 움직이면서 말했다. "예비 보고서에 따르면, 선생님 회사는 토데의 산이 괜찮다고 생각하시는 것 같던데요."

"맞아요."

"그렇군요. 얼마나 확신하세요?"

"상당히."

"산속을 직접 볼 수 없는데 그렇게 확신할 수 있나요?"

"그럼요. 물론 지진 데이터를 해석할 때 항상 불확실한 요소가 있기는 하지만요."

"데이터를 해석하고 결론을 내리는 건 선생님의 회사잖아요. 아니, 사실 선생님이 하시는 거죠. 맞습니까?"

"뭐, 어떤 의미에서는 그렇죠. 파트너랑 같이하는 거니까."

"욘 푸르."

"그래요, 욘. 우리가 회사의 수석 지질학자예요."

"선생님의 지분은 60퍼센트, 그분의 지분은 40퍼센트. 만약 두 분의 의견이 다르면 어떻게 됩니까?"

"음, 내가…… 당신 우리에 대해서 아주 잘 아네요. 어떻게……."

"아, 기업등록청에서 기록만 확인하면 되거든요. 사실 바로 얼마 전에 저는 롤러코스터를 만드는 미국 회사의 재정 상태를 확인해 볼 생각이었습니다. 하지만 그게 별로 쉽지가 않더라고요. 그래서 우리 노르웨이 사람들이 투명성을 너무 당연하게 여기고 있었구나 하는 생각이 들었어요. 우리 나라 사람들이 워낙 남을 잘 믿기 때문에, 미국인이 보면 거의 순진한 수준이라고 말할 겁니다. 하지만 우리가 서로를 믿을 수 있는 건 모든 자료를 볼 수 있기 때문인 걸요. 마치 어디 시골 마을에 사는 것과 같죠. 오스에서는 사람들이 모두 서로에 대해 모르는 게 없거든요. 대부분 그래요. 그렇다고 모두가 모두를 좋아하는 건 아니지만, 그래도 사람들이 그럭저럭 진실을 말하고 있을 거라고 당연히 믿어버리죠. 선생님과 욘이 내린 결론을 고속도로국이 진실이라고 믿어버리는 것과 똑같이."

"뭐, 그래요, 우리 평판이 좋으니까."

"하지만 재정적으로는 현재 조금 애매한 상태죠." 나는 미안한 표정으로 미소를 지으며 시선을 들었다. "적어도 기업등록청 기록에 따르면요."

벤트는 조금 딱딱한 미소로 답했다. "팬데믹 기간 중에 일이 조금 삐걱거렸어요. 정확히 무슨 말을 하고 싶은 겁니까?"

나는 다시 내 일에 정신을 집중했다. "도로 경로를 바꾸는 예산 안에서 그 터널을 뚫는 게 가능하다고 얼마나 확신하는지 궁금해서요. 예를 들면, 1점에서 10점 중에 몇 점이나 될까요?"

"으음. 아마 8점쯤. 만약 그 금액의 두 배를 넘기지는 않을 거라고 한다면 9점이고요."

"왜 10점이 아니죠?"

그는 대답하지 않았다. 그냥 나를 보기만 했다.

나는 드라이버를 들어 올렸다. "당신 마음을 바꾸려면 뭐가 필요할까요?"

"그게 무슨…… 이름이 로위죠?"

나는 미소를 지었다. "죄송합니다, 벤트 씨. 과학적인 설득 기법을 바탕으로 지금까지 질문을 던졌어요. 계속 질문을 던져서 상대에게 내 말이 옳다는 확신을 심어주는 방법이죠. 남동생이 그 기법에 관한 책을 한 권 내게 줬는데, 그 녀석이 그런 식으로 일을 하거든요."

"사람을 설득하는 일?"

"네. 프로젝트 같은 걸 파는 일이죠. 실력이 좋아요."

"그럼 당신도…… 나한테 뭔가를 팔러 온 건가요?"

"그렇게 말해도 될 것 같네요. 하지만 홍보용 발언은 하지 않겠습니다."

"그래요?"

"네. 대신 구식 방법으로 당신을 설득할 거예요. 고속도로국에 보내는 보고서에 터널을 건설할 수 없다고 써준다면, 내가 당신과 당신 파트너에게 1200만 크로네를 드리겠습니다."

침묵.

"날 매수하려는 겁니까?"

나는 고개를 끄덕였다. "네. 듣기 좋은 말이 아닌 건 알지만, 아마 그게 정확한 표현인 것 같네요."

벤트는 믿을 수 없다는 듯 나를 빤히 보았다. "도대체 왜 그 방법이 효과가 있을 거라고 생각하는 겁니까?"

"왜냐하면, 우선, 당신이 지금 현재형을 쓰고 있잖아요."

"네?"

"내 요구를 완전히 거부할 작정이라면 이렇게 말했을 겁니다.

'왜 그 방법이 효과가 있을 거라고 생각했습니까?' 이건 아까 그 책에 나오는 내용이에요. 우리가 선택하는 단어에 우리 생각이 드러난답니다. 우리가 그런 생각을 한다는 걸 스스로 알아차리기도 전에 그렇게 될 때가 많대요."

벤트는 코웃음을 쳤다. "또 뭐가 있습니까?"

"네?"

"아까 '우선'이라고 말했잖아요."

"아, 그렇죠!" 나는 글러브박스를 열어 차량등록증을 꺼내 들었다. "이 차를 수리할 때 이걸 봤어요. 여기에 따르면 당신은 이 차의 소유주가 아니네요. 그렇다면 틀림없이 회사에서 렌트한 차겠네요. 그렇죠? 요즘은 렌트가 사업상 좋은 방법이 아니에요. 알고 계세요?"

"그래서요?"

"아직 내지 않은 벌금도 세 건 있는데, 모두 기한을 넘겼어요. 이것의 의미는 하나뿐이죠. 당신과 당신 회사의 현금 흐름에 문제가 있다는 겁니다, 벤트 씨."

"그래서 날 매수할 수 있겠다고 생각하는 겁니까? 이봐요, 로위, 난 범죄를 저지르느니 차라리 회사가 엎어지게 놔둘 겁니다."

그는 언성을 높였지만, 정말로 도덕적인 분노를 느끼는 것 같지는 않았다. 나는 상황을 가늠해보려는 듯이 고개를 저었다. "그게 얼마나 큰 범죄일까요? 그 산속에 뭐가 있는지 정확히 아는 사람은 하나도 없어요. 물이 있을 수도 있고, 구멍이 숭숭 뚫려 있을 수도 있죠. 10점 중 8점이라면, 잠정적인 보고서의 내용이 틀릴 가능성이 20퍼센트는 있다는 뜻입니다. 상당히 높죠? 안 그래요? 그냥 조금만 시각을 바꾸면 돼요. 데이터를 다른 방식으로 해석할 수 있는지 보면 됩니다. 그렇죠?"

벤트는 대답하지 않았다.

"그래요, 회사가 파산하게 둘 수도 있겠죠. 하지만 여기 사는 가족들은 아니잖아요." 나는 집 쪽으로 고갯짓을 했다. 그리고 그의 눈이 흔들리는 것을 보고 찾아냈음을 알았다. 그의 약점을. 가족. 내 약점과 같았다. 하지만 나는 연민이라고 할 만한 감정을 옆으로 밀어버리고, 계속 차가운 심장을 유지했다.

"토지대장을 확인해봤습니다." 내가 말했다. "이 집 전체에 한도까지 담보대출이 돼 있던데요. 당신 파트너 욘의 집도 마찬가지고요. 회사를 창업할 때 어쩔 수 없었던 모양입니다."

벤트의 고개는 움직이지 않았지만, 그의 눈빛이 고개를 끄덕이는 것 같았다.

"그다음에는 팬데믹이 왔죠." 나는 한숨을 내쉬었다. "좋습니다. 욘을 설득하기가 그렇게 어렵지 않을 듯하니 다행이네요."

벤트가 눈을 휘둥그렇게 떴다. "제정신입니까? 욘은……."

"……사기 전과자죠." 내가 말을 끊고 끼어들었다. "폭력 전과도 있고요."

벤트의 입이 떡 벌어진 채로 굳었다.

"그래요, 판결은 공개되어 있습니다." 내가 설명했다. "욘이 그런 말을 안 해줬나요? 뭐, 학생 시절에 술집에서 일하다가 벌어진 사소한 일이긴 하죠. 하지만 집행유예 육 개월을 받았습니다. 그러니까 욘 씨는 설득할 수 있을 겁니다. 그래서 내가 벤트 씨를 찾아온 겁니다. 당신이 욘 씨에게 이 문제를 꺼낼 수 있게. 그렇게 어렵지 않을 거예요."

벤트는 침을 꿀꺽 삼켰다. 그리고 낙담한 표정으로 고개를 툭 떨어뜨렸다. 체념한 모양이었다. 하지만 나는 예전에 아빠가 자주 하던 말을 떠올렸다. 아빠는 칼과 내게 미국에서 야생마를 길들이는 법을 들려주면서, 말이 포기하고 가만히 서 있는 것처럼 보일 때가 가장 위험한 순간이라고 말했다. 그 순간이야말로 조심해야 할 때라고. 말이 또 냅다 날뛰기 시작할 테니까.

"나는 회사가 파산하더라도 바로 다음 날 어디서든 지질학자로 직장을 구할 수 있습니다." 벤트가 갑자기 날카로운 목소리로 말했다. "돈도 지금 버는 것보다 더 많이 받을 겁니다."

맞는 말이었다. 나도 알았다. 하지만 돈은 그를 움직이는 요소가 아니라는 것도 나는 알고 있었다. 그를 움직이는 요소는 스스로 뭔가를 이루는 것, 자신이 자신의 주인이 되는 것이었다. 아까 그가 나더러 자동차 정비소를 운영하느냐고 물었을 때, 내가 그곳의 주인이라고 사실대로 말하지 않으려고 주의를 기울였다. 주유소 이야기를 할 때도 내가 소유주라는 말 없이 운영한다고만 했다. 너무 건방지게 자랑하는 것처럼 들릴 수 있기 때문이다. 칼의 첫 여자친구였던 마리가 우리더러 왜 그렇게 서로 다르냐고, 내가 칼처럼 마구 자랑하며 돌아다니지 않는 이유가 뭐냐고 묻던 기억이 난다. 나는 아마 지금의 내 모습이 충분히 만족스럽기 때문인 것 같다고 대답했다. 물론 거짓말이었다. 만족스럽지 않으니까. 만족한 적이 한 번도 없다. 내 생각에, 내 머릿속에서, 나는 촌뜨기다. 빌어먹을 농부에 지나지 않는다. 난독증이 있고 사회적으로 잘 어울리지 못해서 혼자 지내며, 산속 외딴 마을에서 스스로 배우고 다듬은 것 외에는 배운 것이 별로 없는 사람. 내게 없는 모든 것을 지닌 남동생이 있는 사람. 동생은 학교에서 공부도 잘하고, 여자애들과도 잘 지내고, 사람들과도 잘 지냈다. 칼은 어떤 버튼을 눌러야 하는지 알아보려고 굳이 책을 찾아볼 필요가 없었다. 칼 자신이 책이었다.

"신뢰는 좋은 거예요." 나는 운전대 아래의 패널을 제자리에 끼워 넣으면서 말했다. "그게 노르웨이의 가장 좋은 점이죠. 우리나라의 석유보다 그게 더 가치 있어요. 당국은 당연히 당신의 보고서를 믿을 겁니다. 후룸에 안개가 끼는 날이 이러이러하게 많다는 기상 보고서를 믿고 대신 가르데르모엔에 공항을 짓기로 결정했을 때처럼. 기억나요? 1994년의 일인데요. 가르데르모엔에 공항이 생기면 좋은 사람들이 아주 많았습니다. 그런데 그 엔지니어, 비보르그가 사람들한테 측정 결과가 틀렸다고 말하고 돌아다니면서 난리를 피우기 시작했죠. 자기 데이터를 의회에 제출하기로 예정된 날짜 이틀 전에 그는 죽었어요. 맞죠? 자살이라고 하던데. 혼자 알몸으로 어떻게 호텔 4층 방의 이중유리를 뚫고 몸을 던질 수 있었는지는 아무도 제대로 설명하지 못했지만."

벤트는 눈을 한 번, 두 번 깜박였다. 나는 그가 안쓰러웠다. 당연히. 칼이 자기네 여자들한테 추파를 던졌다며 오르툰의 무도장에서 일을 벌이려 한 그 녀석들이 안쓰러웠던 것처럼. 그들은 질투하고 있었다. 그건 전혀 이상한 일이 아니었다. 게다가 그들은 대개 마을 출신이 아니라서 칼에게 형이 있다는 사실을 몰랐다. 사실 형은 몸집이 칼보다 작지만, 금방 그들을 정리할 수 있는 사람이라는 사실도. 내 말은, **정말로** 그들을 정리했다는 뜻이다. 그 일을 할 당시에도 나는 전혀 즐겁지 않았고, 이번에도 전혀 즐겁지 않았다. 이건 그냥 해야 하는 일일 뿐이었다. 가족을 위해서.

벤트는 허파를 채우고 있던 공기를 내뱉으며, 자동차 앞 유리창을 통해 차고 문을 빤히 바라보았다. 그래, 자신이 완전히 걸려들었음을 틀림없이 깨달은 모양이었다. 이유를 알 수 없는 폭력적인 죽음이라는 건, 물론 그냥 말로만 떠들어댄 거였다. 그가 이따가 혼자 머릿속에서 벌일 토론에 좀 더 힘을 실어줄 요소. 그러면 그는 자신이 탐욕 때문에 이런 짓을 하는 것이 아니라고 말할 수 있을 것이다. 그렇고말고, 그는 다만 자신의 건강을 돌보고 싶을 뿐이었다. 이제 끝났나? 내가 여기서 할 일이 다 끝난 건가? 진심으로 그렇기를 바랐다. 내 마지막 카드를 꺼내는 것이 정말로 내키지 않았기 때문에. 아무렇지도 않은 듯이 그의 아내의 이름, 자녀들의 이름, 아이들이 다니는 학교의 이름을 언급하는 것. 어쨌든 일단 가족을 끌어들이고 나면, 일이 어떻게 풀릴지 결코 알 수 없게 된다.

나는 금속 물체를 들어 보이며 말했다. "아! 이번에도 이걸 다시 끼우는 걸 깜박한 모양이네요."

2

누구든 살인자가 될 수 있나? 아니면 일부 사람들, 어쩌면 대부분의 사람들에게 타인의 목숨을 빼앗는 일을 막아주는 정신적 퓨즈나 도덕적 퓨즈 같은 게 있나? 정당방위나 분노 살인을 말하는 것이 아니다. 평소 점잖은 사람, 이를테면 벤트 할렌 같은 사람이 단순히 자신의 삶이 조금 더 풍족하고 편안해진다는 이유만으로 냉혹하게 타인을 죽이게 만들 수 있느냐고 묻는 것이다. 나의 볼보 V60을 몰고 어둠 속을 헤치며 나아가는 동안 내 머릿속을 점령한 것은 이런 생각이었다.

이런 늦은 밤에 오슬로에서 오스까지 차를 몰고 가는 데에는 평소만큼 시간이 걸리지 않았다. 나는 자정이 막 지난 시각에 길가에 차를 세웠다. 낮에는 카운티 이정표와 부달 호숫가에 자리한 마을 일부를 모두 볼 수 있는 산등성이였다. 주민이 약 천 명인 작은 마을 오스는 주민이 총 삼천 명인 카운티의 일부다. 해발 600미터 높이에 있는 이곳의 여름은 짧지만 따뜻하고 건조하며, 겨울은 혹독하고 강렬하다. 마을과 농지 대부분(이곳은 농촌 마을이다)은 계곡이 바람을 막아주는 쪽에 있지만, 다른 농가(예를 들면 오프가르의 집)는 산 중턱에 있어서 목초지만 많고 경작할 수 있는 땅은 별로 없다. 이곳 사람들은 입이 무겁고 강인하며, 가혹한 환경에서 살아남는 법을 터득했다는 인상이 사람들의 머릿속에 박혀 있는 것 같다. 사실에서 크게 어긋나지도 않는다. 이 마을에서 서로 한데 뭉치는 분위기와, 시기심 때문에 뒤에서 험담하는 분위기 사이에 균형이 유지되고 있는 것은 이런 자연조건 덕분인 듯싶다. 이곳의 주요 소득원은 관광업과 관련되어 있는데, 오스 스파 호텔과 야영장에 휴가용 오두막을 지을 땅을 판매해서 얻는 수입이 가장 크다. 오스 스파 건설이 바로 칼을 오스의 왕으로 만들어주었다. 그전에는 빌룸 빌룸센이 중고차 판매와 오두막 판매 사업을 하며 마을의 최고 자리를 지키고 있었다. 그러나 오스[Os] 마을의 진짜 권력자는 요 오스[Aas] 시장이었다. 노동당 소속으로 수십 년 동안 그 자리를 지키던 그는 어느 날 은퇴를 결심하고 물러났다. 그러나 지금도 옥좌 뒤편에서 힘을 행사하고 있기 때문에, 신임 시장은 누구든 그의 목소리에 귀를 기울여야 한다.

창백한 달이 오테르틴 산 위에서 반짝이고, 맑은 밤하늘에는 별이 가득했다. 나는 별에 대해 잘 모른다. 내게는 별이 너무 크고 너무 멀다. 하지만 차 안의 내 옆자리에 누군가가 앉아 있었다면, 오스에 대해서는 상당히 많은 이야기를 해줄 수 있었을 것이다. 여러 집을 손가락으로 가리키며 거기에 정확히 누가 사는지 말해주고, 저 아래 풍경 속의 불빛들도 보여주었을 것이다. 순간적으로 아득해져서 그녀가 내 옆 조수석에 앉아 있다고 상상했다. 뒷좌석에서는 우리 어린 딸이 내 말을 듣고 있다고. 그들에게 말한다. 봐, 저기 불빛이 많은 곳이 보이지? 거기가 시장이야. 그 바로 위의 불빛, 거긴 칼 삼촌이 직접 짓고 있는 큰 집이야.

하지만 나는 정신을 차리고, 현실 속으로 나를 다시 끌고 나왔다. 집을 떠난 지 사흘째인데, 이틀이 지났을 때부터 벌써 집이 그리워졌다. 이유는 모르겠다. 그 작은 마을에서 나는 모든 것을 잃었다. 하지만 애당초 내게 모든 것을 준 곳 또한 그 마을이었다. 나는 그 마을을 증오하면서 동시에 사랑했다. 결론적으로, 고향에 더 이상 무엇을 바랄 수 있을까?

나는 볼보의 기어를 올리고 중앙도로로 접어들었다. 첫 번째 주택가를 지나고, 내 자동차 정비소와 주유소를 지나고, 도로의 먼지로 창문이 더러운 그레테 스미트의 집이자 가게를 지나갔다. 그 집의 벽에 붙어 있는 커다란 광고판에는 머리 자르기와 일광욕을 그곳에서 동시에 할 수 있는 것처럼 표현되어 있었다. 거기서 100미터 떨어진 곳에 복음의 집이 있었다. 이제는 하얀 벽에서 페인트가 조각조각 벗겨지고 있지만, 어차피 그곳의 사정은 좋아졌다가 나빠지기를 반복했다. 내가 기억하는 한 종교 부흥의 물결은 불규칙하게 마을을 휩쓸고 지나갔다. 그럴 때면 한동안 온갖 영적인 일, 기금 모금, 예배당에 새 페인트를 칠하는 일에 사람들이 열광했다. 그러다 그 물결이 지나간 뒤에는 악마가 우위를 차지하고 예배당은 다시 텅 비었다. 어두운 예배당 벽에서는 방언을 말하는 소리와 구원의 약속이 메아리쳤다. 그곳에는 왠지 으스스한 분위기가 있었다. 어느 날 갑자기 나타나 몇 달 동안 그곳에 살면서 방긋방긋 웃어대는 순회 목사들도 마찬가지였다. 십자가가 위에 달린 그 문 뒤에서 아무도 결코 입에 담지 않는 일들이 벌어지는 것 같았다. 사람들이 즐겁게 떠들어대는 온갖 추문도 함께. 비록 그런 추문은 십중팔구 사실이 아니겠지만.

차가 중심부(작은 광장을 이렇게 부를 수 있다면)에 이르렀을 때 나는 속도를 늦추며 창문을 내리고 프리트팔을 올려다보았다. 오스에서 토요일 밤에 갈 수 있는 유일한 장소다. 그 술집 밖의 인도에 에릭이 현란한 필체로 써 놓은 글귀가 보였다. 'DJ 에릭. 매시간이 해피아워.' 안에서 들려오는 베이스 소리가 밖의 공기마저 움직일 수 있을 것 같았다. 오늘 밤에는 손님이 아주 북적이는 모양이었다. 내가 에릭 네렐에게서 헐값에 프리트팔을 사기는 했지만, 딱히 이 사업으로 돈을 만질 수 있을 거라고는 생각하지 않았다. 그냥 부동산에 손을 대고 싶었다. 만약 모든 일이 계획대로 흘러간다면, 언젠가 저 건물은 에릭이 억지로 판 가격보다 훨씬 더 비싸질 것이다. 모두 에릭의 잘못이었다. 그가 이곳을 잘 운영하지 못했다. 우리 거래의 일환으로 에릭은 자신의 일자리를 지켰지만, 나는 율리를 매니저로 앉혔다. 내가 주유소를 비울 수밖에 없을 때 혼자 일을 처리하는 능력을 율리가 이미 보여주었기 때문이다. 그녀는 당구대를 내버리고, 피자 오븐과 에스프레소 기계를 들여놓았다. 그리고 전세계의 맥주 브랜드 스무 개를 포함해서 판매하는 맥주의 종류를 늘렸다. 영업시간은 오전 10시부터 저녁 10시이고, 금요일과 토요일에는 새벽 1시까지 문을 연다. 이런 변화가 정말로 효과가 있었다. 금광까지는 아니라도 오스에서 모종의 변화를 일으켜, 오후 5시 이후에도 사람이 살아 있는 것 같은 분위기가 났다. 이런 변화가 일으키는 시너지 효과를 절대 과소평가하면 안 된다. 정서(正西) 쪽에서 달빛 속에 실루엣으로 드러나 있는 건물은 나중에, 그러니까 약 육 개월 뒤 완성되면 칼이 들어가 살 집이었다. 사람들은 그 집을 간단히 궁전이라고 불렀다. 정말로 위풍당당한 집처럼 보이긴 했다. 스프링스틴의 노래 '언덕 위의 저택'처럼.

　나는 우회전해서 시몬 네르가르의 집을 지나갔다. 나도 이 동네 사람인 만큼, 그레테 스미트의 차가 시몬의 집 뒤편에 세워져 있는 것이 눈에 띄었다. 산꼭대기까지 좁은 길을 올라가기 시작했다. 야판스빙엔에서 커브를 돌아 내리막길로 가다가 마침내 예이테스빙엔을 끼고 돌았다. 마당으로 들어가 헛간과 작은 농가 사이, 칼의 BMW 옆에 차를 세웠다.

오프가르의 집이다.

칼은 아직 깨어 있었다. 양복도 갈아입지 않은 채 겨울정원에서 맥주 하나를 들고 아빠의 낡은 흔들의자에 앉아 있었다. 아빠가 산속에 지은 이 집은 다른 면에서는 모두 작고 소박했으나, 아빠의 아이디어로 미국식 포치를 갖게 되었다. 거기에 유리를 두르고 겨울정원으로 부르자는 것은 엄마의 아이디어였다. 이런 얘기를 들으면 엄마와 아빠가 어디 출신인지 짐작이 갈 것이다. 엄마는 도시에서 해운업을 하는 가문의 하녀 겸 가정부로 일했다. 영국적인 분위기와 상류층 분위기가 나는 것들을 좋아해서, 우리 집 포치를 'hall'의 엄마 식 발음인 'haaall'이라고 불렀다. 외양간 냄새가 나는 이름이었다. 아빠는 농사짓는 미네소타에서 어린 시절을 보냈다. 캐딜락과 감리교회와 행복 추구가 있는 곳. 심지어 공화당원 두 명의 이름을 따서 나와 칼의 미들 네임을 지어줄 정도였다. 내 미들 네임은 캘빈 쿨리지 대통령에게서 따온 칼빈이고, 칼의 미들 네임은 텍사스를 합병한 아벨 파커 업셔에게서 따온 아벨이었다. 겨울정원에서는 마을 전체를 바라볼 수 있었다. 서쪽의 산 바로 뒤에 있는 오스 스파는 보이지 않았지만, 우리 땅을 가로질러 십오 분만 걸어가면 되었다. 마을로 차를 몰고 가서 표지판을 따라 호텔까지 아스팔트를 달려가는 시간과 똑같았다. 나는 칼에게 왜 항상 차를 몰고 가냐고 묻곤 했다. 두 다리로 걸어 다니면, 요즘 일 년에 1킬로그램씩 몸에 붙고 있는 살도 조금 뺄 수 있을 텐데. 칼과 달리 나는 살이 빠졌다. 칼은 호텔 사장이 출근할 때는 어느 정도 폼이 나야 한다면서, 몸에 붙은 살 덕분에 더 품위 있어 보인다고 말했다.

나는 칼 옆에 앉아, 베리스 씹는담배 통을 꺼내 입술 안쪽에 담배를 끼워 넣었다. 윗입술에 넣는 이곳 사람들과 달리 아랫입술에. 아빠가 항상 내게 말했던 것처럼. 그리고 담배는 항상 베리스여야 했다. 다른 사람들이 씹는 스칸디나비아산 쓰레기가 아니라.

"어때?" 칼이 말했다.

"두고 봐야지." 나는 이렇게 말하고 나서, 아직 따지 않은 마지막 맥주병을 창턱에서 들어 뚜껑을 열었다. 맛이 좋았다. 맥주 한 병은 항상 맛이 좋았다. 나와, 칼과 아빠를 가르는 것은 맥주를 더 마시고 싶다는 갈증이었다. 나는 취하지 않는 사람, 운전할 수 있는 나이가 됐을 때부터 항상 칼의 '지정 운전자'였다. 여기 오스에서 운전할 수 있는 나이는 면허 시험을 볼 수 있는 나이보다 이 년쯤 빠를 수 있다. 나는 열여섯 살 때부터 칼과 마리를 차에 태워 오르툰의 무도장까지 데려다주고, 둘을 기다리며 콜라를 마시고, 싸우고, 둘을 다시 집으로 데려다주었다. 마리의 가장 친한 친구인 그레테 스미트가 칼과 무엇을 어떻게 했는지 떠벌리기 시작한 뒤로 둘 사이는 완전히 끝났다. 칼은 공부하러 미국에 갔다가 십오 년 뒤 아내와 함께 돌아와 오스에 스파 호텔을 짓겠다는 계획을 내놓았다. 그때로부터 팔 년이 흐른 지금 그의 아내는 세상에 없지만 호텔은 지어졌다. 산꼭대기에 지은 금광 같은 5성급 호텔, 이 마을의 자랑이자 유일하게 유명한 곳이었다.

"형 생각은 어때?" 칼이 트림을 참으며 말했다.

나는 어깨를 으쓱했다. "롤러코스터 트랙에 9000만 크로네라면 큰돈이야."

"말고, 그 지질학자 말이야. 제안을 받아들였어?"

"몰라. 내가 생각할 시간을 좀 줬어."

"응? 그 사람이 망설인다는 뜻이야?"

"다행히 그 사람에게 도덕적인 망설임이 있다는 뜻이야."

"다행히?"

"응." 나는 맥주를 꿀꺽꿀꺽 마셨다. "지금 도덕적인 가책을 드러냈으니, 나중에 불쑥 그런 가책을 느끼는 일은 없겠지."

"그게 우리한테 좋은 일이다?"

"그 사람이 수락하는 경우 나중에 그 결정을 후회하면서 마음을 바꿀 위험이 없다는 뜻이야. 게다가 도덕을 아는 사람이니까, 그냥 우리를 속이려고 제안을 받아들이는 척하지도 않을 테고."

"가끔 보면 사람들이 우리 둘 중에 형이 더 똑똑하다고 생각할 것 같아." 칼이 이렇게 말하고 나서 병을 들어 맥주를 쭉 비웠다.

칼의 말투는 농담 같았다. 내가 칼보다 똑똑하다고 생각하는 사람이 사실 그리 많지 않았으니까.

"고속도로국 안전과에서 답이 왔어." 칼이 이렇게 말하면서 일어섰다. "맥주?" 나는 내 맥주병을 들어 이미 한 병 비웠음을 보여주었다. 칼은 사라졌다. 부엌에서 냉장고 문이 열렸다가 닫히는 소리가 들렸다. 칼의 전형적인 연출이었다. 어떤 주제를 내놓은 다음, 잠시 틈을 둬서 기대감이 차오르게 하는 것. 새로운 프로젝트를 홍보할 때는 효과가 있었지만, 나는 이 방법에 워낙 익숙해서 죽을 만큼 들뜨지도 않고 성급하게 짜증을 내지도 않았다. 칼이 맥주병을 따는 소리를 들으면서 나는 예이테스빙엔으로 시선을 돌렸다.

달빛에 흠뻑 젖어 있었다. 공공 도로가 끝나고 우리 사유지가 시작되는 정확한 지점이 바로 우리가 몇 년 전부터 고속도로국과 이야기를 나누고 있는 대상이었다. 우리는 후켄까지 100미터나 뚝 떨어지는 낭떠러지가 있으니, 거기 커브 길에 추락 방지막을 세우는 것이 고속도로국의 책임이라고 보았다. 좁은 협곡인 후켄은 사람이든 염소든, 아니면 자동차든 한번 손에 들어온 것을 결코 놓아주려 하지 않았다. 엄마와 아빠가 죽었을 때 나는 거의 열여덟 살이었고, 칼은 열일곱 살도 되지 않았다. 우리는 두 사람이 아빠의 검은색 캐딜락 드빌을 타고 그 커브 길에 들어섰다가 낭떠러지 아래로 사라지는 모습을 지켜보았다. 만약 그때 추락 방지막이 있었다면 그런 일은 결코 일어나지 않았을 것이다. 고속도로국도 이 점에 대해서는 우리와 생각이 같았다. 그러나 그들이 자존심을 굽히고 그 도로의 안전에 대한 책임을 인정한 것은, 자동차 두 대가 더 낭떠러지로 떨어진 뒤였다.

칼이 돌아와서 앉았다.

"이번 주말에 작업이 시작될 거야."

"와, 좋은 소식이네. 어떻게 설득했어?"

"그냥 나답게 했지." 칼이 진지하게 말했다. "지금쯤은 우리가 원하는 추락 방지막 색이 뭔지 고민하고 있을걸."

나는 웃음을 터뜨렸다. 그리고 우리는 잔을 들어 건배를 했다.

"그쪽에서 자동차들을 먼저 끌어 올리겠다니까 그렇게 좋은 소식은 아니야."

나는 맥주를 마시다가 하마터면 사레가 들릴 뻔했다. "농담이지?"

"아니. 크레인 트럭 두 대랑 윈치 같은 걸 가져올 거래. 나는 윈치가 어떻게 돌아가는 물건인지 잘 모르지만, 형은 알겠지."

나는 고개를 끄덕였다. 정비사 시험 때 이론 과목 문제를 푼 것이 전부지만, 힘의 작용에 대해서는 잘 알았다. 수학 공식에는 글자가 서너 개밖에 없어서 이리저리 마구 튀는 것처럼 보이지도 않았다. 반면 칼은 비즈니스의 세계를 잘 알았다. 칼이 중등학교 secondary school†를 마치고 마리와 헤어진 뒤, 오스 시장이 미네소타에 있는 노르웨이-미국 이민자 협회의 장학금을 칼에게 주선해주었다. 미국에서 칼은 돈이 필요할 때만 내게 연락했기 때문에 나는 십오 년 동안 칼을 한 번도 보지 못했다. 하지만 팔 년쯤 전에 칼이 미국에서 돌아온 뒤에는 칼을 보지 않고 지나가는 날이 거의 하루도 없었다. 사람들은 성인이 된 두 형제가 산꼭대기 농가에서 함께 사는 것이 좀 이상하다고 생각했다. 옛날에 돌아다니던 소문 같은 것이 또 고개를 내밀기 시작했다. 대부분의 소문은 나에 관한 것이었다. 오스 같은 곳에서 서른 살이 넘은 사람이 가정을 꾸리지 않으면 사람들은 의아해하기 시작한다. 소문에 따르면, 나는 십대 시절 남동생을 학대한 사람이었다. 심지어 우리가 사귀는 사이라고 암시하는 소문도 있었다. 내가 열일곱 살이 된 뒤 이런 소문은 조금 잠잠해졌지만, 사람들은 내가 빌룸 빌룸센의 아내와 어떻게 놀아나고 있는지 수군대기 시작했다. 칼은 워낙 여자들 꽁무니를 쫓아다녀서 완전한 호모가 될 수 없었다. 미국에서 올 때 아내를 데려오기까지 했다. 사람들은 아는 게 별로 없으면서 이상한 소리를 잘도 믿었다. 우리는 신경 쓰지 않았다. 사람들이 무엇을 믿든, 그 소문이 진실보다 더 나쁘지는 않을 테니까.

---

† 우리나라의 중학교와 고등학교를 합친 것에 해당하는 교육기관.

"긴장 풀어." 칼이 말했다. "자동차는 곧장 폐차장으로 실려 갈 거야."

"그래? 그게 나쁜 소식이라고 말한 건 너잖아."

"형이 그걸 나쁜 소식으로 받아들일 것 같아서 그랬지. 내 생각에 거기 자동차들을 치우는 건 좋은 일이야. 그러면 시시포스의 칼이 머리 위에 매달려 있는 것 같은 기분이 사라질 테니까."

"시시포스는 돌을 굴리는 사람이야. 칼이 매달려 있는 사람은 다모클레스고."

칼이 소리 내어 웃었다. "진짜 재밌어. 내가 집에 돌아온 뒤로 형이 갑자기 그런 걸 다 아는 사람이 된 게. 형이 꼭, 아무도 모르는 학교 같은 데에 갑자기 다닌 것 같아."

"그 학교에 대해 아무도 모르는 건 맞아." 나는 맥주병의 라벨을 바라보며 조용히 말했다.

"맞아. 하지만 그렇게 짧은 시간에 리타 빌룸센이 그런 걸 죄다 가르쳐줄 수는 없었을 텐데."

"그렇긴 한데, 리타가 뭔가에 시동을 걸었다고 해도 될 거야. 내가 '그런 걸' 다 아는 건 아냐. 너희 시골뜨기들이 엄청 쉽게 감탄하는 거야."

"감탄? 우린 토할 것 같은걸. 형도 알잖아."

우리 둘 다 웃음을 터뜨렸다. 칼은 지금 기분이 좋은 상태였다. 이럴 때면, 칼이 그 저택으로 이사 간 뒤 내가 정말 외로워지겠다는 생각이 들었다. 하지만 맥주를 두어 병만 더 마시면 칼의 기분이 다른 쪽으로, 그러니까 아빠 같은 쪽으로 기울어질 수 있다는 사실도 나는 알고 있었다. 그 어둡고 뚱하고 새까만 상태는 항상 내 영역이었지만, 요즘은 모두가 매력적이고 태평하고 외향적이라고 생각하는 칼이 점점 더 자주 그런 상태가 되었다.

"젠장, 리타 그 여자는 남달랐어." 칼이 몽롱한 눈으로 창밖을 바라보며 말했다.

"지금도 그래." 나는 이렇게 말하고 나서 술을 한 모금 더 마셨다.

"아, 그러셔? 그 여자랑 진전이 좀 있나 보지?"

나는 씩 웃었다. "리타랑 쿠르트 올센이 지난주에 약혼했어. 그러니까 너는 지금 야영장 얘기를 하는 거지?"

"당연하지."

"공은 아직 리타 쪽에 있는데, 아무 소식이 없네."

"우리 것보다 더 나은 제안은 없을걸. 만약 지오데이터가 토네 터널을 건설할 수 없다는 보고서를 낸다면, 가격이 천정부지가 될 거야."

나는 고개를 끄덕였다. 새 고속도로가 결국 마을을 통과하지 않고 에둘러 돌아갈 것이라는 사실이 알려진 뒤 오스의 부동산 가격은 폭락했다. 오스 스파가 완공된 뒤 가격이 조금 회복되긴 했지만, 중요한 도로도 없고 주민이 삼천 명도 안 되는 외딴 시골 마을에서 호텔 하나가 일으킬 수 있는 변화에는 한계가 있는 법이다. 오스의 부동산 가격이 정체해 있다가 떨어졌을 때, 다른 지역은 마을과 도시를 막론하고 민간 부문과 상업 분야가 기록적으로 성장했다. 간단히 말해서, 새 도로가 결국 오스 중심부를 지나가게 될 거라는 소식이 전해지면, 이 마을이 대략 하루아침에 이십 년 치 성장을 따라잡을 것이라는 뜻이다. 그리고 광장에서 고작 200미터 거리이고 바로 옆에 호수가 있는 야영장은 최고의 부동산이 되어 가격이 치솟을 것이다. 의심의 여지가 없었다. 그러니 급히 거래를 매듭지을 필요가 있었다.

고인이 된 빌룸 빌룸센은 중고차 판매인에 관한 모든 진부한 이미지를 고스란히 따르는 데서 그치지 않고, 그 이미지를 오히려 능가했다. 예전에 나는 아빠에게 학교에서 누가 그러던데, 아빠가 빌룸센에게서 낡아빠진 캐딜락 드빌을 사면서 그 사람한테 호되게 당한 게 맞느냐고 물었다. 그때 아빠의 대답은 간단했다. "오프가르는 옥신각신 흥정하지 않아." 내가 보기에는 이 대답에 씁쓸함과 자부심이 똑같이 들어 있는 것 같았다. 거기에 당혹스러움도 조금.

"그 여자가 내일 경기에 올 거야." 칼이 말했다.

"네가 그걸 어떻게 알아?"

"내일 경기를 보러 모두가 올 테니까. 우리가 이기면 올라가는 경기잖아."

"그래? 어디로 올라가는데?"

칼이 앓는 소리를 냈다. "있잖아, 축구에 관심이 없는 건 좋은데, 그래도 이건 우리 팀이야."

이 말은 일부만 옳았다. 오스 축구클럽은 칼의 주도로 기업이 되었고, 오스 스파가 지분 80퍼센트를 소유하고 있었다. 나는 이 년 전 오스 스파 지분을 대부분 칼에게 팔았기 때문에 축구클럽 지분도 미미했다. 축구에 대한 내 관심과 비슷한 수준. 그렇다고 칼이 엄청난 축구 팬인 것도 아니었다. 칼은 그저 사람들에게 사랑받고 싶어서 아이디어를 냈을 뿐이었다. 사람들이 지역 축구팀을 응원하면서 칼에게도 마음을 줄 수 있게. 처음에는 우리가 그 팀을 후원했지만, 곧 칼이 클럽을 법인으로 만들어 소유하자는 아이디어를 냈다. 훌륭한 선수를 두어 명 영입하고 트레이너도 고용할 수 있게. 우리 팀처럼 5부 리그에 속한 팀에게는 전대미문의 일인 듯했다. 사람들은 웃음을 터뜨리면서, 원래 아랍 왕자나 엄청난 부자만 축구 구단주를 하는 거라고 말했다. 하지만 클럽이 나이지리아의 최고 공격수를 영입하고, 과거 이 팀의 스타 플레이어였던 쿠르트 올센을 시간제 트레이너로 고용하자 사람들의 태도가 바뀌었다. 그리고 오스 FC는 경기에 거의 한 번도 패배하지 않아 4부 리그 승격에 성공했다. 그리고 내 계산이 옳다면, 이제 곧 3부 리그로 올라가기 직전이었다.

"알았어, 나도 나갈게." 내가 말했다. "또 다른 소식 있어?"

"그 독일 회사가 특별히 디자인한 주방을 마침내 집에 설치해주기로 했어. 그리고 스타인세트라에서는 늑대가 목격되었고."

"진짜?"

"아니, 그게, 그거야 모르지. 늑대를 봤다는 사람이 시몬 네르가르니까."

우리는 웃음을 터뜨렸다. 네르가르는 우리 집과 가장 가까운 곳에 사는 이웃이었다. 비록 그의 집이 우리 집보다 한참 아래의 벌판에 있긴 해도. 거짓말과 뒷담화로 악명이 높았는데, 그의 애인인 그레테 스미트도 마찬가지였다. 그레테가 마을에서 운영하는 미용실은 소문의 중심이었다.

"하지만 에릭 네렐이 어제 같은 데서 양 사체를 발견했어." 칼이 말했다. "틀림없이 육식동물 짓일 거래. 하지만 먹힌 부위가 많지 않아서, 에릭은 만약 늑대가 한 짓이 맞는다면 무리와 함께 다니는 놈이 아니라 혼자 다니는 놈인 것 같대."

나는 고개를 저었다. "여기에는 지난 오십 년 동안 늑대가 나타난 적이 없어. 틀림없이 길 잃은 짐승이겠지. 에릭의 로트바일러가 저지른 짓일 수도 있고. 그래서 에릭이 자기 개가 욕먹는 걸 막으려고 늑대라고 외쳐대는 거야."

칼은 쿡쿡 웃었다. "그래도 늑대라고 한번 생각해봐. 호텔 손님들이 산책을 즐기는 곳에 그런 게 나타나는 건 영업에 좋을까, 나쁠까?"

"네가 모르면 나도 모르지. 어쨌든 그놈이 오래 돌아다니진 않을 거야."

"다른 데로 갈 거라고?"

"죽을 거야. 늑대는 커다란 사냥감을 먹고 살아. 그건 무리를 지어 사냥해야 한다는 뜻이고."

"그럼 우리랑 비슷하네?"

"우리랑 비슷하지." 나는 맥주를 또 꿀꺽꿀꺽 마셨다. 열기가 올라오고 피곤해졌다. 여기에 앉아 세상 누구보다 잘 아는 사람 한 명과 수다를 떨다 보니 몸의 긴장이 풀렸다. 나는 칼을 너무 잘 알아서 마치 내게서 뻗어나간 나 자신과 이야기를 나누는 것 같았다. 서너 단어만 들으면 칼의 문장이 어떻게 끝날지 알 수 있었다. 칼도 마찬가지였다. 그래서 우리는 딱 세 단어만 말할 때가 많았다. 혼자 있는 것과 거의 비슷했다. 그런 방식으로 기운과 성대를 지킨다는 점에서.

"다른 소식은 없는 거야?"

"응. 아니, 뭐, 그런 셈이지. 우리가 새 마케팅부장을 고용했어. 젊은 여자인데, 이 마을 사람이고 똑똑해."

"아, 그래?"

칼이 또 그 방법을 썼다. 천천히 술을 마시면서 나를 기다리게 만드는 것. 그다음에는 심호흡. 그리고 그 뒤에 따라온 것은 그 여자의 이름이 아니라 길게 이어지는 트림이었다.

"세상에, 칼."

"미안. 모에의 딸이야. 그 지붕 기술자의 딸."

"나탈리?"

"걔를 기억해? 아, 그렇지, 그때 그 일, 거의 잊고 있었네."

어쩌면 이건 거짓말인지도 모른다. 칼은 잊지 않았으니까. 기껏해야 그 기억을 눌러놓은 정도일 것이다. 내가 '그 일'을 이야기해준 사람은 칼뿐이었다. 칼이 돌아온 직후의 일로, 나탈리는 당시 중등학교에 다녔다. 창백한 얼굴, 깡마른 몸, 겁에 질린 눈빛을 한 그 아이는 주유소에 와서 사후피임약인 엘라원을 사가는 일이 너무 잦았다. 나는 당시 나탈리와 같은 반이고 우리 주유소에서 일하던 율리에게 물어보았다. 나탈리에게 남자친구가 있느냐고. 그리고 그 둘한테 콘돔을 쓰는 게 좋겠다고 율리가 슬쩍 말해보면 어떻겠느냐고 했다. 하지만 율리는 나탈리가 아무하고나 자고 다닌다고 생각하는 것 같았다. 글쎄, 내가 보기에는 그게 아닌 것 같던데. 그러던 어느 날 나탈리의 아버지인 지붕 기술자 모에가 들어와서 사후피임약을 달라고 했다. 그의 눈빛에서 수치심을 읽은 순간 나는 상황을 이해했다. 쿠르트 올센 보안관을 설득해서 조치를 취하게 하려고 했지만 잘 안 돼서 내가 직접 손을 쓰기로 하고 모에의 집으로 갔다. 그를 반죽음이 되도록 두들겨 팬 뒤, 바로 다음 날 아침에 딸을 어디 먼 곳으로 보내지 않으면 내가 다시 와서 아예 끝장을 내주겠다고 말했다. 하지만 시키는 대로 하면, 내가 아는 사실에 대해 입을 다물겠다는 말도 했다.

그렇게 해서 나탈리는 노토덴에서 학교를 마쳤다. 한 번은 내가 노토덴에 갔다가 나탈리가 친구들과 어느 카페에 앉아 있는 것을 보았다. 그 아이에게 말을 걸지는 않고, 아이의 얼굴에 이제는 겁먹은 표정이 없는 것만 확인했다.

"그 프랑스인들이랑 얘기해?" 나는 화제를 바꿨다. 칼과 내가 절대 이야기하지 않기로 동의한 주제가 몇 가지 있었기 때문에.

"매일 하지." 칼이 말했다. "그쪽에서 우리 영업이익이랑 수치를 좋아해. 새로운 건물 그림이 마음에 든다면서, 구조 엔지니어 두 명을 보내겠대. 수요일에 와서 호텔을 조사할 거야."

"잘됐네." 오스 스파를 확장하겠다는 계획을 연례 총회에서 발표했을 때 처음에는 회의적인 반응이 돌아왔다. 총회는 전적으로 이 지역 투자자들과 나로 구성되어 있었다. 그들이 그런 반응을 보인 것은, 터널이 뚫려 도로의 경로가 바뀔 경우 호텔 고객 수에 영향이 있을 것이라는 근거 있는 불안감 때문이었다. 하지만 칼의 말솜씨가 우리 마음을 돌려놓았다. 칼은 회사의 정리 통합을 얘기하는 것은 패배주의적인 태도라면서, 만약 사람들이 길을 우회해서라도 오스에 들르고 싶어질 만큼 호텔을 키우고 싶다면, 우리가 공격적으로, 크게, 화려하게 생각해야 한다고 말했다. "키우지 않으면 죽어요." 이것이 칼의 표현이었다.

"우리는 5성급 부티크 호텔이 될 수 있습니다. 우리가 눈에 띄는 존재가 돼서 지도에 실리는 것이 중요해요. 그러려면 품질만 생각하면 안 됩니다. 규모 면에서도 어느 수준을 넘겨야 해요. 나는 이 지역 전체를 오스 스파와 동의어로 만들고 싶습니다. 사람들이 오스 스파라는 이름을 들었을 때 그냥 호텔과 온천만 생각하는 게 아니라, 이곳에서 하게 될 경험을 생각하게 만들어야 합니다. 그러려면 절약과 축소가 아니라 투자를 해야 해요."

이 발언이 끝난 뒤 사람들은 외부인들을 중심으로 주식을 발행하는 것이 옳은지를 놓고 짧지만 강렬한 토론을 벌였다. 하지만 상식이 승리를 거뒀다. 오스에서 모을 수 있는 투자금에는 한계가 있었다. 현재 지분의 15퍼센트는 프랑스 호텔그룹 알팽의 소유였다. 토론토에서 부동산 관련 일을 하면서 알팽의 CEO와 안면을 익힌 칼이 화재 이후 다시 대출을 알아보는 동안 그를 초대한 덕분이었다. 이번에 우리는 알팽 측에 지분을 45퍼센트까지 높일 생각이 있느냐고 제안했다. 회사 지배권은 오스가 계속 유지하되, 위험은 분산하려는 제안이었다. 그 프랑스 회사가 호텔의 국제 영업에 전문적인 솜씨를 발휘할 가능성도 있었다. 주식 1주의 가격에 대해 합의가 이루어지는 즉시 거래가 이루어져서 건설이 시작될 것이다. 만약 지오데이터의 보고서 덕분에 터널이 지어지지 않게 된다면, 프랑스 회사는 우리 주식가격을 상당히 더 높게 쳐줄 것이 분명했다.

"난 자러 갈게." 칼이 일어섰다.

"그래. 잘 자라."

"형은 생각이 많은 얼굴이네."

나는 고개를 끄덕였다. "내가 벤트 할렌의 집에서 초인종을 누를 때 무슨 생각을 했는지 알아?"

"팀을 위해 희생하겠다는 생각?"

"그렇지. 하지만 그보다는 내가 살인자라는 생각이 가장 컸어. 우리가 살인자라는 생각."

칼은 눈썹을 위로 올리고 나를 바라보았다. "잘 자." 칼은 이렇게 말하고 가버렸다. 좀 전에 말했듯이, 우리가 결코 입에 담지 않는 주제가 몇 가지 있다.

나는 그 자리에 계속 앉아서 어두운 바깥을 바라보며, 위층 침실에서 들리는 칼의 발소리에 귀를 기울였다.

일곱 건의 살인.

칼과 나는 모두 합해 일곱 명을 죽였다. 그리고 개도 한 마리.

나는 맥주병을 쭉 비웠다.

그래. 그 망가진 자동차들이 환한 빛 속으로 끌려 올라오는 것이 싫었다.

3

　나는 할렌의 집에 가서 가짜 보고서를 써주는 대가로 1200만 크로네를 제시하기 전날 저녁 폴란드에 있었다. 더 구체적으로 말하자면, 인구가 약 사천 명인 폴란드 남부의 자토르라는 곳이었다. 이것보다 더 구체적으로 말하자면, 폴란드 최대의 놀이공원인 에네르기란디아에 있었다. 더욱더 구체적으로 말하자면, 세계에서 가장 큰 목제 롤러코스터 트랙의 꼭대기로 올라가는 중이었다. 하지만 엄밀히 말해서 이 트랙은 강철과 나무의 혼합물이었다. 이 트랙을 만든 로키마운틴 건설의 글렌 무어가 롤러코스터의 시끄러운 소리 속에서 내게 설명해준 바에 따르면 그랬다. 롤러코스터 소리를 들으면서 나는 닻과 연결된 개폐 도르래를 사슬이 통과하는 소리를 생각했다. 아니, 그보다는 도살장에서 동물 사체를 공중으로 매달아 올리는 사슬을 생각했다. 나는 무어의 상세한 기술적 설명에 귀를 기울이려고 했지만, 몇 초 뒤 60미터쯤 자유낙하가 예정되어 있다는 사실을 아는 상황에서는 정신을 집중하기가 힘들었다.

　무어가 나를 보았다. 그제야 나는 그가 방금 내게 질문을 던졌음을 알아차렸다.

"네?"

"바람이 많이 부느냐고 물었습니다."

"네."

"기온은 낮고요?"

"네. 산속이니까요."

"그럼, 나무가 아니라 강철이 좋습니다."

"안 돼요. 나무여야 합니다."

무어는 어리둥절한 표정을 지었다. 나는 설명하고 싶어도 설명할 시간이 없었다. 바로 그때 우리가 트랙 꼭대기에 도달했기 때문에. 덜그럭거리는 사슬 소리가 멈추고, 내 앞에는 더 이상 트랙이 보이지 않았다. 그냥 앞이 아래로 뚝 떨어져 있을 뿐이었다. 폴란드의 벌판이 저 멀리 지평선까지 한없이 펼쳐져 있었다. 만약 내게 간결하게 설명할 시간이 있었다면, 딱 한 사람의 이름만으로 충분했을 것이다. 섀넌 알레인.

롤러코스터가 낭떠러지 바로 앞에서 멈춰 섰다. 마치 두려움에 질린 것처럼. 그러다 천천히 앞코를 아래로 내리기 시작했다. 더 아래로. 가속도 때문에 뱃속이 간질거리는 느낌이 벌써 시작된 것 같아서 차가 수직으로 선 줄 알았는데, 아래쪽에서 트랙이 계속 시야 밖으로 사라졌다. 마치 트랙이 안쪽으로 달려 들어가는 것 같았다. 예이테스빙엔을 감당할 수 없는 자동차 안에 앉아 있는 기분이 딱 이럴 거야. 이런 생각이 들었다. 바퀴 아래에서 땅이 사라지고, 앞쪽에 무거운 엔진이 있는 탓에 차체가 앞으로 기울고, 후켄이라는 심연이 똑바로 보이는 순간. 나는 눈을 감았다. 팔 년 전 섀넌 알레인이 내 삶에 맹렬하게 달려 들어왔을 때 나는 서른다섯 살의 독신이고, 많은 살인을 저질렀지만 가정을 일굴 준비를 절대적으로 갖추고 있었다. '준비를 절대적으로 갖췄다'라고 말한 건, 그녀가 내 아이를 가졌다고 갑자기 말할 때까지 내가 그런 생각을 의식적으로 하지 못했기 때문이다. 그녀의 말을 들은 나 자신의 반응을 보고 나는 이것이 내가 정말로 원하던 일이었음을 깨달았다. 미국 사람들의 말처럼 나는 '달나라에 가 있는 기분'이었다. 사람들이 흔히 하는 말처럼 내가 가정이라는 것 자체를 원하지는 않았을지도 모른다. 섀넌 알레인이 아기 엄마였기 때문에 내 반응이 달라졌을 수 있다.

섀넌은 완벽했으니까. 작고 창백하고 덧없어 보이는 사람. 얼굴은 천사 같고, 목소리는 바리톤이고, 머리는 아주 예리해서 그녀의 생각을 따라가는 것만으로도 온갖 재주를 동원해야 했다. 그녀는 바베이도스 출신이었다. 백인 하류층인 레드레그의, 술을 심하게 마시는 집안 출신. 몇백 년 전 고향인 스코틀랜드와 아일랜드를 떠나 이주한 사람들의 후손이었다. 그녀의 집안에는 초등학교보다 높은 수준의 교육을 받은 사람이 전혀 없었지만, 섀넌은 환경에 굴하지 않고 캐나다로 가서 건축을 공부했다. 사람들은 보통 그녀에게 아주 밝은 앞날이 펼쳐질 것이라고 생각했다. 그녀는 아주 강인하고, 감상적이고, 제정신이 아니었다. 자신이 남다르고 특별하다는 사실을 알았으며, 포부 앞에서 결코 타협하지 않았다. 자신을 위해서라기보다는 자신의 창작물을 위해서. 그래서 자신이 설계한 미니멀리즘의 걸작 오스 스파를 지키려고 암사자처럼 싸웠다. 더 싸고, 더 얌전하고, 더 전통적인 것을 원한 지역 투자자들에게 반항했다. 그래, 그녀는 자신이 가족이라고 생각하는 사람들과 자신의 아이디어가 걸린 일에서는 죽음을 불사하는 의리를 보였다. 적이 아니라 내 편이면 좋겠다고 바라게 되는 전사戰士였다. 침대에서는 또 어찌나 뜨겁고, 다정하고, 굶주린 사람처럼 구는지 마치 전쟁터에서 싸우는 것 같았다. 리타 빌룸센과의 나른한 정사와는 달랐다. 새넌 알레인은, 내가 말했듯이, 완벽했다. 문제는 딱 하나뿐이었다.

그녀가 내 동생의 아내라는 것.

새넌이 임신했을 때 칼은 개인적으로도 경제적으로도 몹시 쪼들리는 위험한 상태였다. 아직 건설중이던 오스 스파의 예산이 걷잡을 수 없이 불어나서 칼은 빌룸센에게서 턱없이 비싼 이자로 비밀리에 돈을 빌렸다. 설상가상으로 그동안 내내 새넌은 자신의 그림을 아주 작은 부분까지 정확히 따라야 한다고 칼을 괴롭혔다. 칼이 새넌을 가끔 때린 데에는 그런 압박감이 부분적으로 작용했을 가능성이 있다. 나는 그때 사랑에 빠져서 제정신이 아니었다. 일 년이 넘도록. 그리고 새넌도 같은 상태였다. 그래서 우리는 알지 못하는 사이에 그 필연적인 순간, 노토덴에서 함께 잠자리에 들게 되는 그 순간을 향해 나아가고 있었다. 내가 그녀의 몸에서 멍을 발견한 것도 그때였다. 내가 마침내 칼을 미워할 수 있게 된 것이 그때였던가? 아니면 그보다 나중에, 그러니까 칼이 빌룸센에게서 돈을 빌리면서 우리 왕국의 내 지분을 담보로 내놓았다는 사실을 알게 된 때였던가? 아니, 심지어 그때도 칼을 미워할 수 없었던가? 어린 시절의 그 미안함과 죄책감이 여전히 너무 컸던가?

그런데 어느 해 신년 전야에 오스 스파가 불에 타버렸다. 사람들은 틀림없이 엉뚱한 곳으로 날아온 불꽃놀이 로켓 때문일 것이라고 말했다. 보험사기일 것이라고 암시하는 사람도 있었다. 하지만 칼은 돈을 절약하려고 화재보험료를 내지 않았다고 내게 말했다. 그러니까 칼은 빌룸센의 돈을 빌리면서 자신의 상속분뿐만 아니라 내 상속분까지 내건 것이다. 호텔에서 내가 소유한 지분은 아주 적었다. 비록 호텔이 폐허가 되어버렸지만, 칼의 원래 계획은 호텔이 영업을 시작해서 잘 굴러가게 되면 내 주식을 다 사들이는 것이었다. 그래서 그 돈으로 내가 점장으로 있는 주유소를 사들일 수 있게.

뭔가 조치가 필요했다.

빌룸센의 돈을 갚아야 하는 날이 오자, 그가 고용한 덴마크인 청부업자가 하얀 재규어를 몰고 오프가르 농장에 나타났다. 추운 겨울날 나는 길에 물 한 양동이를 붓고, 그 물이 거울처럼 반짝거리는 얼음으로 변하는 모습을 지켜보면서 우리의 살인 목록에 한 명을 더 추가했다. 쿠르트 올센 보안관은 그 사고에 대해 아주 많은 의문을 품었다. 빌룸센이 침대에서 시신으로 발견되었을 때도 그랬다. 나는 그에게 사고는 항상 있는 일이라고 말했다. 자살도 마찬가지다. 쿠르트의 아버지인 옛 보안관만 봐도 그렇지 않은가. 나는 쿠르트의 눈에서 증오를 보았지만, 그는 자신의 아버지와 똑같이 아무것도 증명할 수 없었다. 사건을 조사하려고 오슬로에서 온 크리포스의 경찰관들은 빌룸센이 스스로 고용한 청부업자의 손에 목숨을 잃었다는 증거를 찾았다고 생각했다.

오프가르 집안이 직면한 문제들이 이렇게 해결되어 사라졌다.

딱 하나만 빼고.

바로 칼.

그것이 섀넌의 생각이었는지 내 생각이었는지 지금은 기억나지 않지만, 어쨌든 우리가 연인이 되는 방법, 그리고 아직 남아 있는 내 돈이나마 구해낼 방법은 하나뿐이라는 점을 우리 둘 다 알고 있었다. 칼을 제거하는 것. 쉬운 결정은 아니었으나, 일단 결정을 내리고 나니 쉽게 계획을 짤 수 있었다. 전에도 효과가 있었던 방법을 그대로 쓰면 되니까 딱히 독창적인 계획도 아니었다. 나는 칼이 예이테스빙엔에서 차를 제대로 다룰 수 없게 그 차의 브레이크 오일에 손을 댔다. 그날, 칼은 오스 스파 재건축을 위한 투자자 회의에 가려고 차를 몰고 출발하기 전에 섀넌에게 임신 사실을 알고 있다고 말했다. 당신에게 수작을 걸던 그 미국인이 아이 아버지라는 것을 안다, 당신이 노토덴에서 밤을 보내고 온 날 호텔 고객 명단에서 내가 그 이름을 봤다. 섀넌이 웃음을 터뜨리자 칼은 분노에 눈이 멀어 다리미로 그녀의 머리를 내리쳤다. 그러자 그녀가 고백했다. 아이 아버지의 이름이 아니라, 호텔에 불을 낸 범인이 자신이라는 사실을. 그래야 호텔을 다시 지을 수 있고, 이번에는 자신의 뜻대로 건물을 지을 작정이었다고 말했다. 칼은 그녀를 다시 때렸다. 그리고 그녀는 더 이상 웃지 않았다. 숨도 쉬지 않았다.

칼은 옛날에 보안관을 죽였을 때 그랬던 것처럼, 뒷정리를 도와달라고 내게 간청했다.

우리는 섀넌을 칼의 캐딜락 드빌 운전석에 앉힌 뒤 시동을 걸어서, 자동차가 예이테스빙엔을 향해 멋대로 내려가다가 후켄으로 떨어지게 했다. 나는 차가 절벽 너머로 사라질 때까지 그 빨간색 꼬리등을 빤히 바라보았다. 내가 사랑하는 여자와 우리 아이가 그 차에 타고 있었다. 나는 내 어깨에 기대서 우는 칼을 내버려두었다.

폴란드의 자토르에서 다시 눈을 떴을 때, 나는 골격으로만 이루어진 레일이 우리를 향해 마구 돌진하는 것을 보았다. 빨간색 레일들이 마치 도망치려는 것처럼 우리 앞에서 뒤틀렸다. 하지만 우리는 단단히 버텼다. 갑자기 위아래가 뒤집혔다. 이 롤러코스터 코스에 이렇게 뒤집히는 곳이 세 군데 있다는 말을 미리 들어서 알고 있었지만, 그곳을 통과할 때마다 무중력 상태 같은 기묘한 느낌이 들었다. 또 급격하게 방향이 꺾어지는 곳을 통과할 때는 내가 내 옆구리 근육을 잡아당기는 것 같은 느낌이었다.

꼭대기에 올라섰을 때로부터 일 분 뒤 모든 것이 끝났다. 롤러코스터 열차가 브레이크를 잡으면서 부드럽게 우회전하더니 멈춰 섰다.

"어떻습니까?" 무어가 물었다.

나는 마음에 든다는 듯이 고개를 끄덕였다. 가파른 곳이 여러 군데 있었지만, 첫 번째 추락 코스만 한 곳은 없었다. 그 무엇도 첫 번째 추락과 비슷하지 않다.

4

경기 시작까지 사 분. 우리는 칼의 BMW를 전쟁 때 지어진 독일 군 막사 뒤편에 세웠다. 독일군에게서 해방된 뒤 그 건물은 줄곧 오스 FC의 탈의실로 쓰이고 있었다. 아빠는 오 년이라는 긴 세월 동안 독일에 점령당하지 않았다면 노르웨이의 도로 시스템과 기반 시설이 지금 같은 모습이 될 수 없었을 것이라고 항상 말했다. 영국 인과 미국인과 소련인이 우리 대신 전쟁을 치르는 동안 노르웨이 의 평균수명은 줄어들지 않고 오히려 늘어났다는 말도 했다. 맥주 를 두어 잔 더 마시고 나면 무슨 말이 나올지 우리는 항상 이미 알 고 있었다. 보통 아빠는 화가 나서 떨리는 목소리로 이렇게 말했다.

"노르웨이 땅에서 나치와 싸우다 죽은 소련인이 노르웨이인보 다 많다는 것 너희는 아니? **노르웨이 땅에서!** 유럽을 통틀어서 이 렇게 비겁한 놈들이 없어. 자기 나라를 지키겠다고 무기를 든 놈이 고작 몇 명. 미국인은 200만 명이나 물을 건너와서 우리를 구해주 려고 목숨을 걸었는데! 진짜!"

그다음에는 뒷문 위 고리에 걸려 있던 레밍턴 소총을 들고 계단 으로 나가 아무거나 겨냥하며 사격 연습을 했다.

"여기는 우리 왕국이야!" 아빠는 이렇게 고함을 질러댔다. "만약 누가 와서 이걸 가져가려고 하면, 우리는 마지막 피 한 방울이 남을 때까지 여기를 지킨다. 알아들었어?"

칼과 나는 고개를 끄덕이고는 덤불 속에 숨어 있는 상상 속의 나치와 공산주의자를 총으로 쏘기 시작했다. 그런데 지금 우리는 독일군 막사 뒤에 차를 세우고, 옆에 세워진 다른 차들을 지나서 걸어가고 있었다.

"내가 말했지? 그 여자 여기 와 있어." 리타 빌룸센의 사브 소네트 58 모델을 지나치면서 칼이 말했다. 우리 마을의 유일한 컨버터블 자동차였다. 오스 같은 곳에서 사브 소네트의 지붕을 열고 돌아다니면서도 얼간이처럼 보이지 않으려면 어느 정도 허세가 필요하다. 리타 빌룸센에게는 확실히 그런 허세가 있었다.

우리가 막사 귀퉁이를 돌자 마침 선수들이 뛰어나오는 것이 보였다. 후원사 로고가 새겨진 빨간 셔츠 차림의 오스 FC 선수들이었다. 선수들의 가슴을 가로지르며 가장 크게 새겨진 로고는 오스스파의 것이었다. 그들이 잔디 운동장으로 뛰어나가자 여기저기서 박수 소리와 환성이 일었다. 재빨리 훑어보니 관중이 대략 삼사백 명인 것 같았다. 나쁘지 않았다. 대부분의 사람들은 경기장 서쪽편의 터치라인을 따라, 폭이 7미터, 높이가 2.5미터인 목제 관중석 양편에 서 있었다. 막사 건물 덕분에 바람을 조금 피할 수 있는 곳이었다. 관중석은 축구클럽 후원자들을 위한 비공식적 VIP 라운지 같은 곳이었다. 오스 저축은행 지점장이 보스 길베르트 시장과 나란히 앉아 있었다. 전직 시장 오스도 물론 딸 마리, 사위 단 크라네와 함께 그 자리에 있었다. 크라네는 이 지역 신문 〈오스 데일리〉에서 일했으므로, 나는 그가 팀의 리그 승격을 취재하러 온 모양이라고 짐작했다. 물론 정말로 승격했을 때의 일이지만. 칼과 함께 귀빈석을 올라가 리타 빌룸센 옆에 앉으면서 나는 소비조합장에게 고갯짓으로 인사했다. 대부분의 사람이 기능적인 아웃도어 복장에 파카를 입은 차림이었지만, 리타는 우아한 와인색 망토를 걸치고 있었다. 거기에 하이힐 부츠를 신고 허리를 꼿꼿이 세우고 있으니 마치 여왕 같았다. 그녀는 빌룸센 주식회사를 통한 후원자로서, 그리고 오스 스파의 이사로서 모두 VIP 귀빈석 표를 갖고 있었지만, 그런 자격이 없었어도 리타 빌룸센이라면 왠지 이 자리에 앉아 있었을 것 같은 느낌이 들었다.

"경기장에서 얼굴 보기가 힘드네." 리타가 말했다.

나는 어깨를 으쓱했다. "오, 오스, 오, 오스, 오, 오스가 씩씩하게 들어오면……!"

"훌륭한걸. 하지만 그건 옛날에 부르던 노래야."

"나도 알아요. 내가 아주 오랜 팬으로서 당신보다 센배라는 걸 보여주려고 부른 거예요."

"선배겠지."

나는 씩 웃었다. 리타 빌룸센과 내가 산속의 오두막에서 아주 비밀리에 만나던 그 여름이 멀고 먼 과거 같아서, 그것이 실제로 있었던 일인가 싶을 정도였다. 그러나 그녀가 내게 가르친 모든 것, 그러니까 올바르게 말하는 법, 적절한 예의, 예술사, 사랑, 문학 등이 그 일이 실제로 있었다는 증거였다. 리타는 우리 관계가 길고 긴 산 조르디와 같다고 말하곤 했다. 그녀의 말에 따르면, 카탈루냐의 축제인 산 조르디에서 여자들이 연인에게 책을 주면 연인은 보답으로 장미를 준다고 한다. 어쨌든 나는 그 여름을 영원히 잊지 못할 것이다. 페트라르카의 소네트와 리타의 소네트가 있던 여름.

"고마워요." 나는 조용히 말했다.

"고맙다는 말을 성급하게 하지 마." 그녀도 똑같이 조용한 목소리로 말했다. "시작했어."

나는 시선을 들었다. 정말로 경기가 시작되었다.

"우리 상대가 누구예요?" 내가 속삭이듯 물었다.

"나도 가끔 그게 궁금해." 그녀가 말했다.

"쿠르트가 말 안 해줘요?"

나는 관중석 맞은편을 고갯짓으로 가리켰다. 쿠르트 올센 보안관이 금발을 갈기처럼 휘날리며 후보 선수들이 앉아 있는 벤치 앞에 서 있었다. 입꼬리에 담배를 대롱대롱 매달고, 팔짱을 긴 모습이었다. 옛날에 리타와 열일곱 살짜리 남자애에 관한 소문을 믿은 사람이 많지는 않았지만, 리타가 젊은 남자를 좋아한다는 사실은 그녀가 남편을 잃고 이 년쯤 뒤에 조금 분명히 드러났는지도 모르겠다. 학창 시절 내 후배였던 쿠르트 올센과 사귀게 되었으니까.

"쿠르트는 비밀을 지킬 의무가 있어." 리타가 말했다. "그리고 내 생각에 쿠르트는 너나 나와 다른 게임을 하고 있는 것 같아."

"우리가 하는 게임이 뭔데요?"

"나도 그게 줄곧 궁금해, 로위. 그 야영장을 어떻게 하고 싶은지 넌 아직 나한테 말하지 않았어."

"야영객을 받아서 운영할까요?"

"제발, 날 과소평가하지 마."

"그래서 아직도 내 제안을 안 받은 거예요? 그곳이 나한테 얼마나 가치가 있는지 더 알아봐서 값을 올리려고요?"

"그래, 그래, 그건 좀 비슷하네."

"내가 그냥 그걸 소유하고 싶은 거라면요?"

"헛소리는 하지 말고. 벌판 그 자체는 아무 가치도 없어. 그걸로 수익을 올려야지."

"우리는 농부예요. 땅을 소유하는 것이 우리에게는 가장 중요해요. 우리 핏줄 속에 그게 질병처럼 들어 있어요."

리타는 빙긋 웃었다. "오스를 네 동생보다 더 많이 소유하고 싶어? 그런 거야?"

나는 어깨를 으쓱했다. "형제간의 경쟁은 좋은 동기가 되죠."

"아하." 리타가 속삭였다.

"아하?"

"내가 핵심을 찌르니까 일부러 가볍게 말하려고 하는 거지? 좋아. 이제 알겠어. 네가 제안한 것보다 그 땅이 너한테 더 가치 있다는 걸 알았으니까, 값을 10퍼센트 올리는 거 어때?"

"그럼 550만으로? 그게 당신이 원하는 가격이에요?"

"그렇다면?"

주위의 관중들이 함성을 질렀다. 우리가 벌써 한 골을 넣은 모양이었다.

"좋아요." 나는 한 손을 내밀었다. "거래 성립이네요."

리타는 내 손을 보기만 할 뿐, 악수하지 않았다.

"흥정은 안 해?"

"저 위의 오프가르 농장에 흥정은 없어요."

"아냐, 빌룸한테 들은 말이 있어. 음, 너도 아마 흥정해야 할걸. 이젠 내가 값을 더 높게 불러도 될 것 같으니까."

"방금 거래가 성립된 줄 알았는데요."

"아니, 난 10퍼센트 올리면 어떨까 가정한 거였어."

"젠장, 리타, 이제 보니 빌룸이랑 점점 똑같아지네요."

리타가 짧게 웃음을 터뜨렸다. "사람에게는 누구나 스승이 있지, 로위. 네 스승은 나고, 내 스승은 남편이었어. 그건 그렇고, 너나 네 동생이 빌룸의 이름을 입에 담지 않으면 좋겠는데. 그렇게 해줄 래?"

그녀의 미소는 변하지 않았지만, 눈빛은 더 어두웠다. 팔 년 전 그녀 남편의 자살을 둘러싸고 불확실한 부분이 여럿 있었다. 하지 만 그녀는 그것을 그리 큰 의문으로 생각하지 않았다. 빌룸이 베 개에 권총을 둔 채 침대에서 시신으로 발견된 직후, 그가 칼의 빚 3000만 크로네를 즉시 탕감해주고, 3000만 크로네를 또 빌려주겠 다는 내용의 편지가 발견되었다. 그 돈이 없었다면 오스 스파를 지 을 수 없었을 것이다. 그 돈이 있었다면, 리타는 야영장을 팔 필요 가 전혀 없었을 것이다. 그러니 칼이 장례식에서 조의를 표했을 때 리타가 몸을 앞으로 기울이고 그의 귓가에 "살인자"라고 속삭인 건 그리 이상한 일이 아닌지도 모른다.

하지만 리타는 뚱뚱하고, 나이 많고, 질투가 심한 악당이자 중고 차 판매 사업을 하는 남편보다 돈을 더 아쉬워했다. 돈은 진정한 사랑만큼 증오를 부르지 않기 때문에, 그녀도 그 신랄한 감정을 대 부분 극복한 것 같았다. 그래도 나는 순진하게 속지 않았다. 리타 는 오프가르 농장 사람에게 골탕을 먹일 수 있겠다 싶으면 그렇게 할 사람이었다. 지금 내게 하는 것처럼.

"10퍼센트 더 줄게요." 내가 말했다. "내일은 월요일이니까, 내 제안은 4시까지 유효해요. 그때가 지나면 처음 가격으로 돌아갈 거예요."

"가격도 가격이지만, 어떻게 지불할 것인가도 중요하지." 리타가 말했다. "너한테 그만한 현금이 있는지 심히 의심스러운데. 중앙도로가 곧 사라질 곳에 있는 주유소를 팔 수도 없을 테고."

"내가 그것만 소유한 게 아니라는 건 알죠?"

"알지, 알지. 네가 오스 스파 주식으로 나한테 값을 치를 수도 있겠지만, 너는 그러기 싫을걸."

"왜요?"

"내가 이번에 주식을 6퍼센트 넘게 받으면 내 지분이 도합 11퍼센트가 되니까. 거기에 알팽의 몫이 합쳐지면, 우리가 이사회의 다수가 돼. 그러면 칼 오프가르의 호텔 사장 시절이 갑자기 끝나고, 프랑스 회사를 위해 무조건 고개를 끄덕이는 사람이 그 자리에 앉겠지. 그래서 말인데, 로위, 너 그 돈을 어디서 구할 거야?"

나는 웃을 수밖에 없었다.

"그럼 어디서 빌려야겠네요." 나는 고갯짓으로 관중석 뒤편을 가리켰다.

리타는 나를 눈으로 훑었다. 멀고 먼 옛날 같은 그 여름날 하이힐을 신고 내 정비소로 들어와 나를 위아래로 훑어보았을 때처럼. 그때 열일곱 살짜리 애송이이던 나는 벌거벗은 웃통에 여기저기 기름이 튄 모습으로 서 있었다. 내가 막 그녀의 사브에서 열쇠를 돌려 시동을 건 참이었는데, 그녀는 화장한 눈썹 한쪽을 치뜨며, 내가 자신에게 몸이 달게 만들려면 또 무엇을 해야 하는지 궁금하다는 표정을 지었다. 그건 그때 얘기고, 지금은 그 표정이 일종의 신용 평가처럼 보였다.

"행운을 빌어줄게." 리타는 이렇게 말하고 나서 경기장으로 시선을 돌렸다.

나는 관중석에서 두 줄쯤 위로 올라갔다. 은행 지점장인 아슬레 벤엘보는 패딩 파카를 입었는데도 정확히 은행 지점장처럼 보였다. 모든 은행 지점장이 똑같아 보인다는 뜻은 아니지만, 아슬레 벤엘보는 정말로 지점장처럼 보였다. 친절하게 미소 짓는 얼굴, 다정하고 부드러운 목소리. 그는 예전에 마을에서 장의사를 운영하던 아버지에게서 신중한 태도를 조금 물려받았다. 나는 그와 나란히 섰다.

"어이, 로위. 우리가 이길 것 같아?"

"상황에 따라서요."

"무슨 상황?"

"우리가 대담하게 공격한다면."

벤엘보가 나를 흘깃 보았다.

"내가 대출을 몇 천만이나, 그보다 더 신청할까 해요." 내가 말했다.

벤엘보는 시선을 경기장에 둔 채 발꿈치로 한 번 뛰었다. 손은 뒷짐을 지고, 아랫입술은 툭 튀어나와 있었다. 사람들이 때로 사소한 버릇까지 물려받는 것이 신기하다. 그때 내 눈에 보인 사람은 우리 엄마와 아빠의 장례식 때 교회 뒤편에 서 있던 아버지 벤엘보였다.

"지금 남들처럼 휘파람을 불고 싶은 기분인데, 난 휘파람을 못 불어." 벤엘보가 말했다.

"어떻게 생각해요?"

"네게 돈이 필요한 이유에 모든 게 달렸다는 생각."

"그냥 일반적인 의미로 물어본 거예요."

"일반적인 의미로?" 그는 내 얼굴을 유심히 살폈다. 하지만 알아낼 것이 별로 없었다. "일반적으로 말한다면, 어쨌든 우리같이 작은 은행에 아주 큰 금액이라고 해야지. 그러니 네가 담보로 뭘 내놓을 수 있는지가 결국 중요하겠네."

"내가 담보를 내놓을 수 있다면요?"

"그럼 그걸 바탕으로 위험분석을 해야겠지. 어쨌든 그만한 액수의 대출은 본점을 거쳐야 될 거야."

"그럴 것 같았어요."

"그러고 보니 궁금해지네, 로위. 무슨 프로젝트야?"

"때가 되면 알게 될 거예요. 그냥 내가 가까운 시일 안에 만남을 요청할지도 모른다고 미리 알려주고 싶었어요. 그때까지는 지금 잠깐 나눈 이야기에 대해 지점장님의 신중한 판단을 믿어도 되겠죠?"

벤엘보는 고개를 끄덕이며 뭐라고 말했지만, 관중의 성난 함성이 그 소리를 덮어버렸다. 나는 경기장을 흘깃 보았다. 우리 팀의 스타 선수 한 명이 쓰러져 있는데도 심판이 경기를 속행시키고 있는 듯했다. 나는 벤엘보에게 작별 인사를 하고 관중석에서 또 이동했다. 오스 일가 옆을 지나가자 요 오스 노인이 미소를 지었다. 마리도 미소를 지었다. 대부분의 마을 사람은 늙은 사람은 물론이고 젊은 사람도 해가 갈수록 몸이 불었지만 마리는 오히려 가늘어졌다. 그녀가 지금도 예쁜 건지, 아니면 그녀가 마을의 공주이던 시절에 그녀를 봤기 때문에 그 앙상한 얼굴에서 자동으로 아름다움을 보는 건지 이제는 나도 알 수 없었다. 칼과 헤어진 뒤 마리는 오슬로로 가서 정치학을 공부하며 단 크라네를 만나 함께 오스로 왔다. 단 크라네도 마리처럼 깡마르고, 목울대가 툭 튀어나온 사람이었다. 머리를 아주 짧게 깎은 관자놀이에 혈관이 불거져서 그 차가운 파란 눈 뒤의 뇌가 무슨 생각을 하는지 상당히 잘 알 수 있었다. 오스 일가와 마찬가지로 그도 정치적으로 활발히 활동했다. 아마 오스로 올 때 언젠가 시장의 자리를 차지할 계획이었을 것이다. 그는 노동당 신문인 〈오스 데일리〉의 부장 자리를 시장이 되기 위한 도약대로 생각하는 것 같았다. 오랫동안 상황은 그의 계획대로 흘러갔다. 두 사람은 칼도 없고 과거의 메아리도 없는 마을에 살면서 아이 둘을 낳아 길렀다. 단은 딱히 인기는 없을지언정 최소한 존경은 받고 있었다. 그는 사냥 허가를 얻고, 윗부분을 접은 웰링턴 장화를 신고 돌아다니는 등 이 동네에 섞여들기 위해 열심히 노력했다. 그러나 마리나 단 같은 사람들이 플란넬 셔츠를 입고 말투에 신경을 쓰며 아무리 사람 좋게 굴어도, 오스 같은 곳에서 자신은 다른 사람들보다 한 끗 위라고 생각하는 기색은 결코 감추지 못했다.

그러다 뜻밖의 일이 일어났다. 칼이 미국에서 돌아온 것이다. 아내를 데리고 왔으니 위협이 될 것 같지 않았는데, 돈이 아주 많아 보였다. 게다가 오르툰에서 무대에 올라 오스 스파 건설 계획을 말할 때는 그보다 훨씬 더 큰돈을 다루는 사람 같았다. 칼은 온 마을이 오스 스파의 소유주가 되기를 원한다고 말했다. 토데에 터널 건설을 계획중이라면, 이 마을은 호텔을 지어 응수하면 된다고 말했다. 마리를 헤픈 여자로 생각한 사람은 하나도 없었다. 시장의 딸이었으니 그녀는 오히려 얌전한 숙녀로 여겨졌다. 반면 나는 마리 같은 여자에게는 모든 알파 남성에게 강박적으로 매력을 느끼게 만드는 요소가 있다는 생각을 가끔 한다. 사실 그런 여자들이 그 요소에 저항하려 하는 것 같지도 않다. 어쩌면 자신이 권력을 만드는 요소 중의 일부라는 점을 논리적인 운명으로 받아들이는 건지도 모른다. 칼은 너무나 확실한 알파 남성이자 양 떼에게 돌아온 구세주였으므로, 마리와 칼이 모두의 등 뒤에서 몰래 다시 만나기 시작하는 것은 단지 시간문제였다. 물론, 1킬로미터 떨어진 곳에서도 상어처럼 피 냄새를 맡을 수 있는 그레테 스미트가 없다면.

그러나 단의 굴욕은 거기서 끝나지 않았다. 이제 여섯 살이 된 마리의 셋째 아이는 태어났을 때 충격적일 정도로 칼과 닮은 모습이라서, (그레테에 따르면) 심지어 요 오스조차 딸을 한쪽으로 데려가 어떻게 된 일이냐고 물어볼 정도였다. 단도 틀림없이 그 사실을 알아차렸을 테지만, 그냥 모르는 척한 것 같다. 아니면 아이들을 위해 생각하지 않으려 했거나. 놀랍게도 결혼 생활은 유지되었지만, 단은 망가졌다.

나는 한 번도 단 크라네를 좋아한 적이 없었다. 하지만 어차피 내가 좋아하는 사람이 많지 않기 때문에 이 말에 큰 의미는 없다. 어쨌든 칼을 빼다 박은 딸이 태어난 뒤에는 내 눈에도 그가 안쓰럽게 보였다. 힘찬 발걸음, 곧게 뻗은 등, 신문에 실리던 멋진 사설은 사라지고 대신 그 자리에는 아침에 프리트팔에서 맥주잔을 향해 고개를 숙이는 모습이 너무나 자주 목격되는 남자가 남았다. 형편없는 사설은 분노도 감동도 없이 그냥 지루할 뿐이었다.

나는 최소한 인사라도 주고받기 위해 그와 눈을 마주치려 애썼지만, 크라네가 나보다 한 단 높은 곳에 서 있어서 가망이 없었다. 그는 멍한 눈빛으로 경기장을 바라보고 있었다. 마치 지금 경기장에서 벌어지는 일에 실제로 조금이라도 관심이 있는 사람처럼.

나는 칼과 나란히 서서, 경기장 맞은편의 쿠르트 쪽을 바라보았다. 그 거리에서는 그가 나를 마주 쏘아보고 있다고 상상하기가 쉬웠다. 오프가르 형제를 쏘아보고 있다고. 그가 후보 선수의 벤치를 왜 그쪽으로 옮겼는지 궁금해하는 사람이 많았다. 무엇보다도 예비 인력과 보조 인력이 경기 때마다 적어도 네 번은 경기장을 가로질러야 했기 때문이다. 구십 분 동안 얼굴로 직접 불어오는 서풍을 맞으며 앉아 있어야 하는 것은 말할 필요도 없었다. 어떤 사람들은 항상 막사 쪽에 바람을 피해 모여 있는 관중들의 헐뜯는 소리를 듣기 싫어서 쿠르트가 그렇게 했다고 말했다. VIP석의 구단 소유자들과 후원자들로부터 멀어지려고 그랬다는 말을 그에게서 직접 들었다고 주장하는 사람도 있었다. 그 높은 사람들이 자신의 전술과 선수 교체에 간섭하는 것을 참을 수 없다고 그가 말했다는 것이다. 그러나 내 생각에는 다른 이유가 있는 것 같다. 쿠르트 올센이 나와 칼에게 등을 보이고 앉기 싫어서 그렇게 했다는 것. 쿠르트는 우리의 눈을 똑바로 바라볼 수 있기를 원했다. 앞으로 닥쳐올 일을 자신이 직접 보려고. 우리에게 보여주려고.

뜻밖의 서늘한 바람에 관중석 양편의 오스 스파 페넌트가 펄럭거렸다.

"여기에는 증오가 아주 많네." 내가 말했다.

"전형적인 더비 경기지." 칼이 고개를 끄덕하며 말했다. "옐로카드가 적어도 두 장은 나왔어야 해."

나는 한숨을 내쉬고 손목시계를 흘깃 보았다. 삼십 분이 남아 있었다. 고작 전반전이 끝나려면.

5

그날 저녁 프리트팔에서 리그 승격을 축하하는 파티가 열렸다. 흔히들 하는 말처럼, 모든 사람이 그 자리에 있었다.

솔직히 나는 폴란드에서 롤러코스터를 타며 휴대전화로 찍은 구십 초짜리 영상과 롤러코스터 그림을 보며 혼자 저녁 시간을 보내고 싶었다. 롤러코스터의 기반이 된 물리학 법칙을 찾아서 읽어봤을 것이다. 속도, 무게, 마찰력, 공기저항, 온도 같은 것들. 각각 방향이 다른 힘들이 상호작용하면서, 서로를 견제하는 역할을 하고 있었다. 열심히 주의를 기울이지 않으면, 지옥이 펼쳐질 위험이 있었다. 그래도 모든 것이 상당히 예측 가능하다는 점이 다행이었다. 물리학은 사람보다 더 법칙을 잘 지킨다. 나는 롤러코스터 그림을 연구하는 것도 좋았다. 지평선 뒤편의 산을 복제해놓은 것처럼, 지평선을 배경으로 우아한 곡선을 그리고 있는 레일과 그것을 지탱하는 구조물의 딱딱한 사각형 구조. 아시아와 미국에서 짓기 시작한 괴물들, 높이가 140미터나 되고 시속 240킬로미터까지 가능한 강철 레일이 아래로 뚝 떨어지는 괴물들과는 달랐다. 이 그림을 바탕으로 롤러코스터를 짓는다면 세계에서 가장 높은 목제 구조물이 되겠지만, 그래도 여기서 무엇보다 중요한 것은 미학, 예술과 물리학의 융합이었다. 나는 커다란 롤러코스터를 눈으로 보는 순간부터 그것을 타고 위아래로 빙글빙글 도는 순간까지, 통제할 수 없는 힘에 휘둘리는 경험 전체가 감각을 열고 모든 것을 받아들여야 하는 콘서트와 비슷해지기를 원했다.

그렇게 감각을 여는 것이 나 같은 사람에게는 확실히 쉬운 일이 아니지만, 인생은 그 점에 대해서도 내게 한두 가지 교훈을 주었다. 무어는 자신의 회사가 설계하지 않은 그림으로 궤도를 건설하는 일에 회의적이었지만, 그래도 한번 생각해보겠다고 약속했다.

내게 파티에 참석할 모종의 의무가 있다고 지적한 사람은 칼이었다.

"형도 스폰서잖아. 왜 형이 없는지 사람들이 의아해할 거야."

그래서 나는 거기 바에 서서, 사람들과 선수들이 프레디 머큐리가 부르는 '위 아 더 챔피언스'를 고래고래 따라 부르며 펄쩍펄쩍 뛰는 모습을 지켜보았다.

"진짜 굉장하지 않아요?" 율리가 누군가를 위해 분주히 맥주를 뽑으면서 소리쳤다.

"당연하지." 내가 말했다. "우리가 오늘 저녁에 한 달 평균 수입보다 더 많은 돈을 벌걸."

"바보 같아!" 율리는 웃음을 터뜨리며 내 어깨를 주먹으로 때렸다. "우리가 승격했잖아요, 로위! 즐거워해요."

나는 어깨를 으쓱했다. "지금 충분히 즐거워, 율리. 우리가 엉터리 리그에서 또 다른 엉터리 리그로 승격한 일에 내가 다른 사람들처럼 미쳐 날뛰지 못하는 게 유감이야. 난 사실 그쪽이 더 기뻐." 나는 불룩 튀어나온 그녀의 배를 가리켰다.

“저도 그래요.” 율리가 말했다. “사람들 말이 둘째는 더 쉽대요.”

나는 고개를 끄덕였다. 무엇이든 두 번째는 더 쉬웠다. 나는 율리를 보았다. 이제 율리는 스물다섯 살이었다. 순수하면서도 건방지고 반항적인 모습으로 내 주유소에서 일하기 시작한 열일곱 살짜리 아이는 이제 사라졌다. 그동안 율리는 살이 조금 붙었고, 차분한 자신감을 얻었다. 어떤 여자들은 엄마가 된 뒤에야 그런 자신감을 얻는다.

“무슨 생각 해요?” 율리는 빈 잔이 담긴 쟁반을 들고 자신의 뒤로 지나가는 에릭 네렐을 위해 몸을 비켜주면서 물었다.

“네가 열일곱 살이던 때. 그때는 누가 담배를 사러 올 때마다 네가 날 불러야 했잖아.” 내가 말했다. “너 진짜 많이 변했어.”

율리는 빙긋 웃었다. 율리처럼 미소 짓는 사람은 어디에도 없었다.

“변했다니까 말인데요, 나탈리 모에 본 적 있어요?”

“아니. 호텔에 취직했다는 얘기만 들었어.”

“자리를 잡았다고 해야겠죠. 마케팅 부장이 됐으니까요. 그러고 보니, 사장님한테 대부가 되어달라고 부탁할까 생각중이었어요.”

나는 걷잡을 수 없이 기침이 터져 나와 하마터면 맥주에 사레가 들릴 뻔했다.

“또?” 내가 말했다. “내가 그 일에 얼마나 안 맞는지 지난번에 보지 않았어?”

“봤죠.” 누군가가 말했다. “하지만 이교도가 한 명 있는 게 가장 좋을 것 같아요. 나중에 그리스도교인이 될 아이를 낳는 위험을 무릅쓰고 싶지 않아서요.”

술에 취한 알렉스가 율리 뒤에 미끄러지듯 나타나 그녀를 끌어안았다. 여전히 머리를 아주 짧게 깎아서 머리통에 색칠을 해놓은 것처럼 보였다. 거기에 가르마를 타고 젤을 발라 이탈리아인 축구 선수 같았지만, 비슷한 점은 그게 전부였다. 시즌이 시작되기 전 〈오스 데일리〉에 실린 기사에서 선수들에게 자신을 한 문장으로 표현해보라고 했을 때 알렉스는 이렇게 대답했다. "기술적으로 뛰어나지 않아도 결코 포기하지 않는다."

"저기 바 오른쪽으로 가!" 율리가 몸을 떼어내며 말했다.

"이봐, 난 선수야!" 알렉스가 씩 웃으며 투덜거렸다.

"그게 뭐?"

"오늘은 그냥 우리한테 잘해줘야지." 그가 그녀에게 몸을 기울이며 입술을 뾰족하게 내밀었다.

"이거나 받아." 율리는 맥주에 흠뻑 젖은 행주로 그의 얼굴을 찰싹 때렸다. "얼른 떨어져!"

알렉스는 한숨을 내쉬며 지원해달라는 듯이 나를 보았지만, 나는 고개를 저었다. 알렉스가 바를 돌아 앞쪽으로 왔다.

"관중석에 계신 걸 봤어요."

"아, 그래?" 내가 말했다. "오늘 잘하더라."

"벤치에 있었는데요."

"내 말이 그 말이야."

알렉스는 웃음을 터뜨렸다. "진짜 못됐어."

"한 번 못된 놈은 항상 못된 놈이야." 쿠르트 올센이 말했다. 그는 내 맞은편에 서 있었다. "맥주 한 잔, 율리."

사람들은 변한다지만, 쿠르트 올센은 아니었다. 지금도 옛날과 똑같이 몸이 호리호리하고 뺨이 홀쭉했다. 가난뱅이 같은 콧수염과 아버지에게서 물려받은 금발 더벅머리도 똑같았다. 그레테의 일광욕실을 시즌제로 끊어서 이용하고, 겨울에는 카나리아 제도에서 휴가를 보내는 덕분에 항상 피부가 햇볕에 타서 청동색으로 빛나는 것도 똑같았다. 사람들은 남자가 처음 여자를 사귈 때의 옷차림이 평생의 옷차림을 결정한다고 말한다. 이 말이 맞는다면, 쿠르트는 1990년대에 첫 여자친구를 사귀었음이 분명하다. 그때는 유행에 민감한 도시 사람들은 죄다 윌코나 제이호크스 같은 얼터너티브 컨트리 음악을 들었고, 시골 사람들은 가스 브룩스를 들었다. 쿠르트 올센의 옷차림은 그가 양쪽 모두를 오갔음을 암시한다. 몸에 꼭 끼는 청바지는 그의 안짱다리 걸음걸이를 더욱 강조해주고, 뱀 가죽 부츠는 그가 아버지인 옛 보안관에게서 물려받은 것이다. 사람들은 쿠르트가 선수 시절 오스 FC의 최고 선수였다고 말하곤 했다. 기술적으로도 뛰어났지만, 구십 분 내내 뛰어다니며 결코 포기하지 않았다고. 그가 더 좋은 팀에서 뛰었어야 한다고 말하는 사람도 있다. 실제로 쿠르트는 여러 곳에서 제안을 받은 듯한데 하나도 받아들이지 않았다. 더 높은 리그에서 벤치만 지키느니 오스에서 스타로 뛰는 편이 더 낫다고 생각한 모양이다. 게다가 어차피 스물여덟 살 때 무릎을 다쳐서 더 이상 선수로 뛸 수 없게 되기도 했다.

"리그 승격 축하해." 내가 말했다. "다음 리그도 휩쓸 생각이야?"

"오스 사람들은 클럽 이야기를 할 때 대부분 자기 일처럼 말해, 로위."

그는 율리가 맥주를 뽑는 모습을 지켜보았다. "그리고 다음 리그는 거물들이 뛰는 곳이지. 그러니까 네 동생이 돈을 더 토해내게 만들어야 할 거야."

"왜?"

"빠른 수비수가 필요하거든."

"여기 알렉스도 수비수야. 공짜고, 이 동네 사람이지."

"빠른 수비수라고 했잖아." 쿠르트는 알렉스를 보지도 않고 말했다. "축구에서 성공은 절대 공짜가 아니야, 로위. 많은 연구 논문의 결과가 똑같아. 가장 많이 이기는 팀의 연봉 총액이 가장 높다는 거지. 그게 간단하고 잔인한 진실이야."

"그럼 최고의 트레이너가 있는 팀은 아니야?"

쿠르트 올센은 율리에게서 맥주잔을 받아 한 모금 마셨다. 퀸의 노래가 화이트 스트라이프스의 기타 리프로 바뀌었다. 모두 아아아 멜로디를 따라 불렀다. 쿠르트는 콧수염의 거품을 닦아내고 맥주잔을 바에 내려놓았다.

"넌 지금 뭐가 뭔지 전혀 모르지, 로위? 그러니까 이 말만 할게. 모리뉴조차도 재능이 전혀 없는 사람을 좋은 선수로 만들 수는 없어."

나는 내 맥주잔을 들었다.

"그럼 트레이너를 해고하고, 그 돈으로 알렉스한테 봉급을 주는 게 논리적인 일이겠네. 그러면 연봉 총액이 높아지잖아."

내가 맥주를 한 모금 꿀꺽 마신 뒤 알렉스의 웃음소리가 들렸다. 그러자 쿠르트가 그에게 꺼지라고 말했다. 그러고는 맥주잔을 다시 바에 내려놓는 내게서 시선을 떼지 않았다.

"트레이너랑 보안관은 비슷한 구석이 있어." 그가 말했다. "그게 뭔지 알아, 로위?"

"지금 내가 할 말은, '아니, 말해줘'인가?"

그의 눈이 가늘어졌다. "예방적인 일을 한다는 점이야. 나는 곤란한 상황이나 문제가 일어나지 않게 해. 등번호 10번을 최고의 선수에게 주지만, 주장의 완장은 내 전술 계획을 따를 가능성이 가장 높은 선수에게 가지. 나는 팀닥터인 스탠리 스핀드에게 우리 훈련복을 입을 수는 있지만 선수들과 함께 샤워할 수는 없다고 말해. 왜냐하면……."

"……예방을 위해서?"

쿠르트는 손에 쥔 맥주잔을 빙글 돌렸다.

"경기중에 네가 리타랑 이야기하는 걸 봤어."

"그걸 봤다고? 그럼 너도 경기가 상당히 지루하다고 생각했다는 거네?"

쿠르트는 내 어깨에 손을 얹고, 손에 힘을 주었다.

"네가 아주 어렸을 때 리타가 너랑 조금 어울린 거 알아. 그 여자 한테는 아무 의미도 없는 일이야. 네가 침대에서 얼마나 형편없었 는지 리타가 나한테 말해줬어, 로위. 넌 그냥 경험이 없는 게 아니 라, 재능이 전혀 없었대."

"그러니까 설사 리타가 모리뉴라도 나를 끌어올릴 수는 없었 다?"

"로위……." 그가 어깨를 잡은 손에 더욱 힘을 줘서, 엄지손가락 이 내 빗장뼈 아래로 파고들었다. "내가 지금 완전히 멀쩡한 정신 이 아닐 수도 있어. 그래서 내가 마침내 너한테 이걸 설명하고 있 는 거겠지. 어쨌든 네가 한 번 더 리타에게 접근하면 내가 반드시 널 완전히 끝장낼 거야."

"언제든 좋으실 대로. 너를 위해 뺨을 대줄 테니."

쿠르트가 내 얼굴을 향해 침을 튀기고 맥주 냄새 나는 입 냄새를 뿌려대며 히죽 웃었다.

"내가 한 대 갈겨주면 좋겠어, 로위? 진짜? 너의 그 유명한 권리 를 이용할 기회를 달라고? 그래, 네가 한때 싸움꾼이었다는 건 기 억하지. 하지만 우리가 마을 댄스파티에 다니던 십대 시절은 이미 먼 옛날이야, 로위. 이제는 내가 널 질질 끌고 다닐걸. 못 믿겠어? 어디, 먼저 한번 쳐봐." 그가 자기 턱을 가리켰다. "보안관을 때려 봐. 그러면 우리가 드디어 널 철창에 넣을 수 있겠지. 너한테 가장 잘 어울리는 곳이잖아."

그는 침을 뱉을 준비를 하는 사람처럼 뺨을 홀쭉하게 빨아들였다. 하지만 침을 뱉지는 않고, 내 머리를 끌어당겨 귓속말을 했다. "감옥에 넣을 거야, 로위. 종신형으로. 공소시효가 폐지돼서 아주 아쉽겠네. 너희 두 놈이 죽을 때까지 내가 뒤를 쫓을 거라는 뜻이니까."

그는 내 머리를 놓고 웃음을 터뜨렸다.

"리타 말로는 네가 야영장에 눈독을 들인다던데. 그 일과 관련해서 할 얘기가 더 있으면 나를 통해서 해. 알았어? 돈은 선불로 내. 난 너 절대 안 믿어."

그는 맥주잔을 들고 가버렸다. 심한 안짱다리로 흔들흔들 걷는 모습을 보니, 실제로 얼마나 취한 건지 잘 알 수 없었다.

"무슨 일이에요?" 율리가 물었다. 우리 두 사람의 모습을 보기는 했지만, 오고 간 이야기를 듣지는 못한 모양이었다.

"화이트 스트라이프스. 좋은 리프야, 그렇지?"

6

내가 주유소에 들어선 때는 아침 6시였다.

이렇게 나 자신에게 일깨워줘야 할 때가 가끔 있었다. 이 주유소가 내 것이라고 일깨워줘야 할 때가. 내가 석유 회사 소유이던 이 주유소를 관리한 세월이 너무 길어서, 그냥 여기 직원인 것 같은 기분을 떨쳐버리기가 힘들었다.

"안녕하세요, 사장님." 에길이 카운터 뒤에서 말했다. 그가 여기서 일한 지 십 년째인데, 이 인사말을 하지 않은 날이 하루라도 있는지 기억나지 않았다. 내가 주유소에는 가끔 나올 뿐이고, 이곳을 운영하는 책임을 에길에게 상당히 넘겨주었는데도 달라지지 않았다. 우리 주유소는 밤에도 계속 문을 열었다. 일요일 밤과 월요일 아침이 가끔 분주한 것은 차를 몰고 시내의 집으로 돌아가는 오두막 주인들 때문이었다. 이곳에 도착해서 나는 에길이 주유기 주변을 깨끗이 정리하고 청소해놓은 것을 보았다. 그러나 조금 더 떨어진 곳에는 여전히 핫도그 포장지와 담배꽁초가 있었다. 신세대 소년 레이서들이 자주 모여서 노는 곳이 거기였다. 밤에 혼자 일하는 사람은 꼭 필요한 경우가 아니라면 주유소를 비우지 말아야 하니까, 그 정도는 봐줘야지.

"제가 나가는 길에 처리할게요." 에길이 말했다. 내 생각을 읽은 모양이었다. 에길이 옛날부터 믿음직한 청년이었던 건 아니다. 일 하다가 몰래 빠져나가거나, 사소한 물건을 훔칠 때도 있었다. 그러나 내가 예상과는 달리 그를 해고하지 않고 한 번 더 기회를 주자 그가 달라졌다. 한동안은 일이 잘 굴러갔다. 그 기간이 워낙 길었기 때문에 에길이 또 유혹에 굴복했을 때에도 나는 그에게 기회를 한 번 더 주었다. 그렇게 시간이 흘러 그에게 더 많은 책임을 넘겨주었다. 에길은 더 성장했다. 내가 매년 실적에 따라 보너스를 줬더니 에길은 완전히 정신을 차렸다. 보너스 액수가 크지는 않았지만, 에길이 마침내 나를 똑바로 쳐다보게 될 정도는 되었다. 농사꾼처럼 모자를 벗는 버릇도 사라졌다. 우리가 어린 직원을 새로 채용하면, 에길은 내가 예전에 직원 화장실 벽에 걸었던 그 포스터를 다시 내걸었다.

'반드시 해야 하는 일을 하라. 모든 것은 여러분의 손에 달렸다. 미루지 말고 지금.' 그리고 이 말이 똥 싸는 일과는 아무 상관이 없다고 설명했다.

"우리가 승격한 게 정말 대단하죠?" 에길이 금전등록기를 조작하며 말했다. 사무실에서 프린터가 투덜거리는 듯한 소리를 내며 오늘 하루의 매상을 인쇄하는 소리가 시작되었다. "프리트팔에 갔다 왔어요?"

"잠깐 있다 왔어."

"우리가 노토덴의 그 스트라이커를 데려온다는 소리는 없었어요?"

"없었어." 나는 이렇게 대답하고 나서, 롤빵이 밤새 해동되어 이제 손님들에게 내놓을 수 있는 상태가 된 것을 알아보았다. "내가 거기서 들은 것 중에 가장 흥미로운 건 아마 화이트 스트라이프스일걸."

"'세븐 네이션 아미'?"

나는 에길이 축구 광팬이라는 사실을 떠올렸다. 내가 잘못 알고 있는 게 아니라면, 맨체스터 시티 팬일 것이다.

"축구 좋아하는 사람들의 취향은 항상 놀라워. 그게 사실 좋은 노래이긴 하지. 혹시 네 팀의 노래야?"

"아뇨, 아뇨, 우리 노래는 '헤이 주드'예요."

"비틀스? 맨체스터 사람들은 리버풀 것이라면 뭐든 싫어해야 하는 것 아니야?"

"아, 그렇죠. 하지만 그게 바로 묘수란 말이에요. 적한테서 제일 좋은 것을 가져다가 그놈들을 상대로 쓰는 거죠."

"응?"

"'세븐 네이션 아미'도 비슷해요. 원래 클럽 브뤼헤의 노래였거든요. 그래서 그 팀이 이탈리아에서 AC 밀란을 이겼을 때 사람들이 그 노래를 불렀어요. 하지만 이 년쯤 뒤에 그 팀이 홈에서 로마랑 경기할 때는 로마 팬들도 그 묘수를 배웠는지 홈팬들 앞에서 '세븐 네이션 아미'를 부르더라고요. 그러고 경기에서 이겼죠."

나는 고개를 끄덕였다. 적의 무기를 훔치는 방법이라. 정확히 뭔지는 모르겠지만, 뭔가가 있는 방법이었다. 어쩌면 나도 이걸 이용할 수 있을지도 몰랐다.

에길이 휴게실에서 재킷을 가지고 나와, 다니엘이 2시에 나올 거라고 말하고는 가버렸다. 당연히 나는 에길이 마음대로 음악을 틀게 놔두었지만, 그가 나가자마자 J. J. 케일의 '스테이 어라운드'로 음악을 바꿨다. 이 앨범은 J. J. 케일이 죽은 지 육 년 뒤에 발표되었는데, 누군가가 죽은 예술가의 미발표 스케치를 훑어보고 만든 앨범에 사람들이 회의적인 태도를 보이는 데에는 다 그럴 만한 이유가 있다는 생각이 든다. 앨범의 수준이 정말로 어떠냐고? 세상을 떠난 영웅에 대해 객관적인 판단을 내리기는 쉽지 않다. 내가 그 롤러코스터 그림을 발견했을 때 객관적이었던가? 아니면 내가 그녀를 사랑했기 때문에 그 그림도 좋아했던 건가? 나는 섀넌이 오프가르 농장의 부엌에 앉아서 오스 스파 건설이 시작되기를 기다리며 그 스케치를 그렸을 것이라고 상상했다. 산이 그리고 있는 선을 보면서. 그림의 배경에 부달 호수와 오테르틴 산이 있는 것을 보니, 그녀가 야영장을 후보지로 생각했음이 분명했다. 칼은 내가 처음 롤러코스터 이야기를 꺼냈을 때 어리둥절한 표정을 지었다. 섀넌이 그에게 그림을 보여주지 않은 모양이었다. 왜 보여주겠는가? 여기 노르웨이 산속에 그렇게 커다란 것을 짓는다는 생각 자체가 완전히 제정신이 아니다. 나는 칼에게 내게 롤러코스터 그림이 있는데 섀넌의 것이라고 말할까 말까 속으로 가늠해보았다. 그러나 칼이 나를 워낙 잘 알기 때문에, 항상 조심스러운 실용주의자인 내가 갑자기 그런 아이디어를 들고 나온 이유를 알아차릴까 봐 무서웠다. 단순히 목조 롤러코스터와 오스 스파의 시너지만 이야기하는 게 아니라는 사실을 알아차릴까 봐. 또한 그것이 섀넌의 꿈이라는 사실을 칼이 알게 된다면 과연 계획을 진행할지도 의심스러웠다. 섀넌이 죽은 뒤 칼은 그녀가 남긴 자료를 훑어보지도 않았다. 그냥 차갑고 단호한 목소리로 내게 모두 버리라고 말했을 뿐이다. "그 창녀의 흔적이 하나라도 남는 게 싫어."

하지만 내가 정말로 사랑하는 여자의 추억을 기리기 위해 그 롤러코스터를 지으려 하는 걸까? 섀넌 자신은 고향인 바베이도스에 묻혀 있으니, 내가 실제로 그녀를 기억하며 찾아갈 수 있는 기념물로 지으려는 걸까? 아니면 내 안에 뭔가 다른 것이 있나? 그렇게 순수하지만은 않은 어떤 것이? 과거 왕들이 교회를 지은 것은 하느님이 얼마나 위대한지 보여주기 위해서가 아니라, 자신이 얼마나 위대한지 보여주기 위해서였다. 아빠는 남자가 남자다웠던 바이킹 시대에 홀린 듯이 빠져 있었다. 특히 아빠가 들려준 두 형제, 외위스테인과 시구르의 이야기가 기억난다. 왕국에서 권력을 공유하던 이 두 형제 중 외위스테인은 영리하고, 매력적이고, 외향적이었다. 그는 자신을 위한 기념물을 여러 곳 지었는데, 그중에는 도브레에 있는 거대한 왕의 별장도 포함되었다. 반면 시구르는 어둡고 내향적인 성격이었으며, 기념물을 단 하나만 지었다. 오슬로의 성당이 그곳이다. 이 두 형제의 관계는 틀림없이 복잡했을 것이다. 대다수의 사람들이 외위스테인을 진짜 왕으로 생각했으니까. 그러나 외위스테인이 죽자, 사람들은 시구르를 유일한 통치자로 받아들일 수밖에 없었다. 그리고 시구르는 십자군 시구르로 지금까지 역사 속에 기억되고 있다.

나는 손목시계를 보았다. 리타 빌룸센에게 아직 열 시간이 남아 있었다.

조용한 출발이었다. 마을 사람들은 기름을 채우고, 돈을 내고, 가벼운 대화는 기대하지 않은 채 돌아갔다. 평일에 매일 오스 스파에서 빨랫감을 수거해가는 노르 텍스틸의 운전기사는 잠시 들러 커피를 마시며 짤막한 이야기를 나누다가 시엔에 있는 드라이클리닝 세탁소로 향했다. 오스에 있는 택시 두 대 중 한 대를 운전하는 아이슬란드 사람 다구르는 빨간색 메르세데스벤츠에 기름을 채우러

들렀다가, 차를 하이브리드로 바꿀까 생각중이라고 밝혔다. 이 마을의 또 다른 택시 소유주인 릴라베트 부부처럼 흰색 토요타 하이브리드로 바꾸면, 운영비가 20퍼센트 줄어든다고 했다. 그들의 주장에 따르면. 나는 고개를 끄덕이며, 급속 충전기를 두 대 더 들여놓을 계획이라고 말했다.

이제 11시가 다 되었다. 좋은 하루였다. 그레테 스미트가 중앙도로 맞은편에 서 있는 모습이 보일 때까지. 그녀는 티셔츠를 입고, 크록스를 신은 차림이었다. 좌우를 모두 살핀 뒤에 내 쪽으로 길을 건너오는 것이 유감스러웠다. 유리 자동문이 그녀 앞에서 열리며 거칠게 씨근거리는 소리를 냈다. 그때 내 머릿속에 떠오른 것은 다스베이더뿐이었다.

어렸을 때 그레테는 안색이 창백한 회색이고, 착 달라붙은 머리카락은 생기가 없었다. 나중에는 파마를 해서 광대가 쓰는 가발처럼 머리를 부풀렸다. 누가 그녀의 머리를 도끼로 쪼개다가 그만두는 바람에 도끼날이 얼굴 한가운데에 튀어나와 있는 것처럼 생긴 그 코를 보면 악마도 죽을 만큼 겁에 질릴 것이다. 예쁜 외모가 인간의 권리는 아니지만, 그레테의 경우에는 선량하신 주님이 솔직히 너무 비열했다. 그래서 만약 다른 사람의 경우였다면 그레테처럼 남자가 생긴 뒤 '꽃이 피어난' 모습을 보고 신께서 개입하셨다고 말했을지 모른다. 하지만 그레테는 그레테였다. 선량하신 주님의 고약한 피조물. 그건 나도 마찬가지였지만, 어쨌든 그녀는 내게 다스베이더였다. 그녀도 그걸 알았다. 나와 칼에 대해 아는 것이 워낙 많아서 그레테는 여자의 모습을 한 지뢰였다. 우리 둘을 모두 터뜨려버리려고 적당한 순간을 기다리는 지뢰. 자신에게 이득이 되는 순간을 기다리는 지뢰.

"그래, 그 야영장으로 뭘 할 거야, 로위?"

그레테는 내 앞에 불쑥 나타났다. 뭘 사러 온 것 같은 시늉조차 하지 않았다.

"오늘 리타 빌룸센의 머리라도 잘랐어?" 내가 말했다.

"아니, 쿠르트가 들렀어. 나더러 아는 게 있는지 묻던데."

"요즘은 심지어 경찰도 너의 그 소문 살롱에서 탐정놀이를 하는구나."

"그게 경찰 수사가 아니었다는 말을 들으면 너도 마음이 놓이겠지, 로위?"

나는 그 뒤에 이어진 눈싸움에서 먼저 포기했다.

"빵 먹을래, 그레테?"

"아니."

"다이어트?"

"무슨 소리야, 로위."

나는 콜록거렸다. "내가 그걸 야영장으로 운영할 생각이 없다 하더라도, 왜 너한테 내 계획을 말해줘야 해?"

"쿠르트가 정보를 찾으러 다닌다는 얘기를 내가 방금 너한테 해줬으니까. 퀴드 프로 쿠오quid pro quo†잖아."

이 마을에서 라틴어를 듣는 게 너무나 이례적인 일이라서 나는 그레테에게 다시 말해보라고 했다. 시몬이 뇌에 좋다고 주장하는 넷플릭스 법정 드라마에서 들은 말인 듯했다.

"그럼 그냥 야영장으로 쓰는 걸로 하자." 내가 말했다.

그레테는 나를 빤히 바라보았다. "거짓말이잖아."

---

† '맞교환'이라는 뜻의 라틴어.

나는 어깨를 으쓱했다. "두 개 값으로 빵 세 개?"

그레테 스미트는 돌아섰다. 크룩스 밑창이 바닥에서 끽 하는 소리를 냈다. 그레테는 차가운 바람이 밀려 들어오는데도 열린 문간에서 잠시 걸음을 멈췄다.

"그건 그렇고, 나탈리 모에가 돌아왔어."

그녀의 등 뒤에서 문이 안도의 한숨 같은 소리를 내며 닫혔다.

12시에 쿠르트 올센이 전화를 걸었다. 어젯밤 파티 때문에 목이 쉬어 있었다. 그는 곧장 본론을 꺼냈다.

"네가 100만을 올리면 야영장은 네 거야, 오케이?"

"액수가 커." 내가 말했다. "난 550만 그대로야. 4시가 지나면 500만으로 내려갈 거고."

"이런, 그럼 그건 사실이 아니네. 넌 항상 오프가르는 절대 흥정하지 않는다고 떠들어댔잖아."

"흥정하는 건 너지, 쿠르트. 네가 전화한 걸 리타도 알아?"

"알…… 리타가 알 필요가 있어?"

"리타는 지금 너처럼 어색하게 협상을 할 것 같지 않거든."

"그게 도대체 무슨 뜻이야?"

"리타라면 내가 값을 어디까지 부를지 보려고 한동안 변죽을 울리거나, 아니면 그냥 안 되겠다고 말하고는 내가 액수를 올리든 말든 내버려뒀을 거야. 그런데 넌 탁자 위에 가격을 척 올려놓았지. 그건 네가 야영장을 정말로 팔고 싶어한다는 뜻이고. 그렇다면 너는 650만이 아주 만족스러운 게 아니라 550만에 관심이 없는 거야. 토데 터널이 건설된 뒤에 야영장 가치가 어떻게 될지는 아무도 모르지. 그리고 그렇게 외딴곳에 있는 야영장을 사겠다고 사람들이 줄을 선 것도 아니고."

전화기 속에서 침묵이 흘렀다. 그러나 수염을 깎지 않은 턱을 손톱으로 긁는 것 같은 소리가 들렸다. 심한 숙취에 시달리는 쿠르트 올센의 모습이 보이는 듯했다. 곧 바스락거리는 소리가 났는데, 아마도 쿠르트 올센이 생각하는 소리인가 싶었다. 쿠르트는 생각하는 데에 딱히 소질이 없었으므로, 상당히 시간이 걸렸다. 사실 조금 너무 오래 걸렸다. 그래서 그가 대답했을 무렵에는 이미 늦어버렸다.

"사실 바로 그런 일이 벌어지고 있어." 쿠르트가 말했다.

"진짜로?"

"응. 640만에 사겠다는 제의가 들어왔어."

"그냥 느닷없이?"

"그럴 리가. 확실히 관심이 있는 사람한테 내가 전화했지."

"야영에 관심?"

"그럴걸."

"그게 누군데?"

"당연히 난 그걸 말해줄 수 없지."

"어쨌든 그 사람이 야영장을 사고 나면 나도 알게 될 텐데."

쿠르트는 대답하지 않았다. 그의 말은 물론 거짓말이었다. 내가 이걸 알아차리리라는 것을 그도 틀림없이 알았을 것이다. 이제 나는 쿠르트 올센이 나를 미워하는 만큼 그를 미워하지 않았다. 내게는 그를 미워할 이유가 쿠르트만큼 확실하지 않다는 점이 가장 컸다. 그래서 나는 아무 말도 하지 않았다. 쿠르트가 생각을 정리해서 그럭저럭 품위 있게 퇴각할 시간을 주려고. 하지만 그게 아닌 것 같다는 생각이 슬금슬금 피어났다. 내가 잘못 생각했나? 정말로 사겠다는 사람이 나선 건가? 하지만 문명 세계와 완전히 단절되기 직전인 야영장을 도대체 누가 사겠어?

그때 생각이 났다.

앞으로 무슨 일어날지 아는 사람이겠지.

"생각해볼게." 내가 말했다.

"그래. 너한테 줄 수 있는 시간이…… 4시까지라고 할까?" 그의 목소리에서 사악한 환희가 들리는 듯했다.

"그래." 내가 말했다.

"하나 더, 로위. 난 너를 단 일 초도 안 믿으니까, 약속을 서면으로 작성해."

"그럴게."

나는 전화를 끊고 칼에게 전화를 걸었다.

7

　2시 10분에 주유소에서 차를 몰고 출발해 중심가로 들어선 다음, 호텔과 마을을 연결하는 도로를 따라 달렸다. 그리고 300미터 높이에 있는 호텔 본관 앞으로 들어갔다. 언뜻 보기에 오스 스파는 그리 화려하지 않다. 전면에도 이렇다 할 장식이 없고, 길쭉한 모양의 양쪽 별관은 땅의 곡선을 그대로 따라가며 풍경 속으로 섞인다. 옛 시장 오스는 나치가 점령했던 어린 시절에 본 독일 벙커가 생각난다고 말하곤 했다. 화재 이후 호텔이 공동출자 회사로 다시 돌아왔을 때 그가 그런 이유로 호텔 투자를 단념하지는 않았지만. 백여 명의 다른 마을 사람들도 마찬가지였다. 투자액은 작아도 스스로 '호텔 소유주'라고 생각하며 그 기분을 느낄 정도는 되었다. 수익도 탄탄했다. 그러나 그 뒤 칠 년 동안 보너스가 지급된 적은 없었다. 칼은 기업이 성장할 때는 그런 경우가 보통이라고 주주들에게 설명했다. 중앙도로 변경이 호텔에 어떤 영향을 미칠지 아무도 미리 확신할 수 없기 때문에 주식을 팔기도 힘들었다. 회색 시멘트와 금색 나무를 섞어서 지을 신관 공사는 언제든 시작할 수 있었다. 리투아니아 건설회사 AUB의 로고가 새겨진 각종 장비가 이미 들어와 있었다. 시장에 취임한 지 십 년이 지났는데도 여전히 신임 시장이라고 불리는 보스 길베르트는 관악대의 연주를 들으며 첫 삽을 뜨는 순간이 빨리 왔으면 좋겠다고 말했다.

나는 로비로 걸어 들어갔다. 화강암과 유리와 나무. 요 오스의 흉상. 이곳을 설계한 사람을 기리는 물건은 하나도 없었다. 이곳에 들어올 때마다 그 뛰어난 설계가 나를 강타하는데도. 실용적이고 깔끔한 선은 소박하면서도 동시에 따스하고 매력적인 세련미가 있었다. 섀넌 알레인 본인처럼.

나는 접수 직원에게 고갯짓으로 인사를 건네고 엘리베이터에 올랐다. 칼의 사무실 겸 회의실은 4층에 있었다. 모든 행정 업무가 1층에서 이루어진다는 점을 감안하면, 극도로 비실용적인 위치였다. 게다가 이 호텔에서 두 번째로 좋은 스위트룸이 될 수 있는 공간을 칼이 차지하고 있었다. 산을 바라볼 수 있는 그 방은 부달 호수가 보이는 신혼부부 스위트룸과 거의 비슷한 수준이었다.

하지만 칼이 워낙 완강했다. 충성스러운 고객이나 중요한 손님을 그곳으로 초대해 점심식사나 저녁 만찬을 함께할 수 있다는 것이었다. 크루즈 선의 선장이 승객들을 초대해서 함께 식사하는 것처럼.

내가 노크도 없이 들어갔을 때 칼은 파노라마 창 앞에 서서 풍경을 바라보고 있었다.

"이 신관은 정말 굉장할 거야." 칼이 돌아서지 않은 채 말했다. "방금 레비와 회의를 했어."

"레비?"

"그 리투아니아인. AUB 사장. 도면이 워낙 상세하고 완전해서 자기들이 고칠 필요가 전혀 없대. 그냥 거기 지시 사항대로 공사를 시작해서 건물을 지으면 된다는 거야."

칼은 의자로 걸어가 등받이에 정장 재킷을 걸었다.

"그녀는 천재였어. 형도 알았어?" 칼이 나를 보았다. 나는 고개만 끄덕이고, 긴 회의 탁자에 앉았다. "내가 그동안 생각해봤는데, 로위, 저 신관에 그녀의 이름을 붙여야겠어. 어때?"

"섀넌의 이름?"

"응. 알레인 별관."

나는 침을 꿀꺽 삼켰다.

"난 네가 자취를 전부 지워버리고 싶어하는 줄 알았는데. 그……'창녀'라고 네가 말하지 않았어?"

칼은 한숨을 내쉬었다. "세월이 모든 상처를 치유해주는 법이야. 알잖아."

퍽도 그러겠다. 나는 속으로 생각했다. 네 상처는 나았는지 몰라도, 그녀의 상처는 아니야. 내 상처도 그렇고.

"어쨌든……." 칼이 말을 이었다. "생각해보니까 좀 이상할 것 같더라고. 어쩌면 의심스러울 것 같기도 하고. 아내를 잃은 내가 고인을 추모하는 일을 하나도 안 하면 말이야. 무슨 말인지 알겠어?"

나는 입을 살짝 열었다. 턱 근육 전체에 힘이 들어가서 내 속내가 드러나는 일을 막을 수 있을 만큼만 아주 조금.

칼은 자신의 호화로운 검은색 가죽 의자에 털썩 앉았다. "그래…… 새로운 소식은?"

나는 쿠르트 올센과 전화로 이야기한 내용을 말해주었다. 만약 쿠르트의 말이 사실이라면, 새로 야영장을 사겠다고 나선 사람은 중앙도로의 경로가 바뀌지 않을 가능성이 높다는 사실을 틀림없이 알고 있을 거라는 말도 했다.

"그게 나라는 뜻이야?" 칼은 손가락으로 실크 넥타이를 누르며 나를 향해 그 특유의 악동 같은 미소를 지었다. 칼이 어릴 때부터 남녀를 막론하고 모든 사람의 마음을 녹이던 그 미소였다. 칼의 말은 당연히 농담이었지만, 나는 그 말을 듣고 조금 움찔했다. 그 생각만으로도 마음이 어지러웠으니까. 칼과 내가 공통의 경제적 이해관계를 갖고 있다 해도, 내가 오스 스파의 주식을 판 뒤로는 우리의 경제적 운명이 예전처럼 서로 밀접하게 묶여 있지 않았다. 칼과 내가 서로를 상대로 입찰하듯 가격경쟁을 벌이는 건 생각할 필요도 없는 일이지만, 우리가 이제 같은 배에 타고 있지 않은 것은 사실이었다. 적어도 돈 문제에서는 그랬다. 종신형과 관련된 문제라면, 음, 그건 완전히 다른 이야기지만.

"지오데이터일 수 있어." 내가 말했다.

칼은 고개를 저었다. "목록에 들어간 여기 땅이 전혀 없으니까, 그 사람들이 보고서가 발표된 뒤에 가치가 올라갈 걸 뻔히 알면서 땅을 사들여도 내부자 거래 규칙이 적용되지는 않을 거야. 그래도 그건 범죄야."

"거기 파트너 한 명이 전에 사기로 걸린 적이 있어."

"중앙도로가 지나간다 해도 그 야영장에 500만은 엄청난 액수야, 로위. 지질학자 두 명이 아무것도 모르는 장소에 있는 관광시설에 갑자기 돈을 투자하려고 들지는 않을 것 같은데."

"내가 뭔가 일을 꾸미고 있다는 걸 아니까, 나중에 더 높은 값으로 나한테 되팔려는 거겠지."

"에이, 로위. 이 동네 물속에 작은 창꼬치가 몇 마리 있을 수는 있어. 리타 빌룸센이라든가, 어쩌면 지오데이터의 그 파트너라든가. 하지만 상어는 둘뿐이야. 형이랑 나."

"그 말이 맞을지도 모르겠다." 나는 일어서서 창가로 걸어갔다. 세상에, 풍경이 얼마나 아름다운지. 가을이라 빨갛게 변한 산속에서 히스가 광채를 내고, 하늘은 높고 푸르렀다. "하지만 누군가가 상어를 잡으려고 나선 건 맞아. 아주 큰 낚싯바늘을 크레인에 묶었어. 어젯밤 파티에서 쿠르트랑 이야기를 했는데, 취한 상태였지만 우리를 잡으려고 나선 게 확실해, 칼. '종신형'이라는 말을 썼다고. 우리가 자유로이 걸어 다니는 일은 영원히 없을 거라고 똑바로 말했어."

"그랬어?" 칼은 생각에 잠긴 표정이었다.

"그놈이 우리에 관해 새로운 걸 잡아내지는 못했겠지만, 거기서 차를 끌어올린 뒤에 뭔가 찾아낼 거라고 기대하는 게 분명해."

칼은 고개를 끄덕이고, 엄지와 검지로 턱 아래 피부를 꼭 잡았다.

"어쨌든, 이번 주에 쿠르트한테 한 번 더 계약 관련 제의를 할 예정이었어." 칼이 말했다. "하지만 계획보다 더 높게 불러야 할지도 모르겠네." 칼은 책상 위로 몸을 기울였다. 예전에 칼은 투바투에서 멸종위기에 처한 야자수의 나무로 그 책상을 만들었다고 농담한 적이 있었다. 그가 요 오스에게서 선물받은 만년필을 들었다.

"옛날부터 항상 생각한 건데……." 그는 만년필로 단어 하나하나를 강조하며 말을 이었다. "사람들이 기꺼이 할 수 있는 일에는 한계가 없어. 대가만 충분하다면. 돈일 수도 있고, 섹스나 마약일 수도 있고, 권력과 영광일 수도 있지. 주로 후자일 거야. 한계는 없어."

"너 점점 아빠처럼 말한다." 내가 말했다.

만년필이 멈췄다. 내 눈과 칼의 눈이 마주쳤다. 나는 오싹해졌다.

"미안." 나는 손바닥을 들어 올렸다. "하지만 쿠르트 올센한테는 자기 아버지가 정말로 어떻게 죽었는지 알아내는 문제야, 그렇지?

그리고 가족은 돈을 이겨. 권력도 이기고. 영광도 이기고. 그렇지?”

칼은 등받이가 높은 의자에 앉아 긴장한 표정으로 나를 바라보았다.

“그래.” 마침내 칼이 대답했다. 그의 어깨에서 힘이 빠졌다. “세상에, 로위, 난 이제 술을 그만 마셔야겠어.”

“뭐라고?”

“전에는 술을 마신 뒤에 불안해지기만 했는데.” 칼은 내 말을 무시하고 계속 말을 이었다. “이젠 완전히 편집증 환자가 다 됐어. 어젯밤에는 그 프랑스인이 여길 차지하고 날 쫓아내는 꿈을 꿨다니까. 그래서 형한테 주유소에서 일하게 해달라고 부탁할 수밖에 없었어.”

“그거 재미있네. 내가 뭐라고 했어?”

“기억 안 나. 아니면 거기서 깼거나. 야영장 일은 어떻게 할 거야?”

나는 어깨를 으쓱했다. “내 생각에는 쿠르트가 리타 몰래 전화한 것 같아. 자기가 나한테서 100만 크로네를 더 짜낼 수 있다는 걸 리타한테 보여주려고. 게다가 거기를 사겠다고 나서는 사람이 있을지도 모른다는 생각을 심어준 게 나인 것 같아. 쿠르트가 그 말을 듣고 좋아했거든. 그 말을 조금 길게 음미하는 것 같더라니. 그래서 허세인 걸 들킨 거야.”

“쿠르트의 기분을 거스르면 안 된다는 걸 잊지 마. 어쩌면 달라는 대로 줘야 할지도?”

나는 고개를 끄덕였다. 칼의 휴대전화가 진동하기 시작했다.

나는 창 쪽으로 시선을 돌렸다. 그리고 칼이 전화를 받는 동안 나도 전화를 걸었다.

“네?” 갈라진 목소리가 대답했다.

"좋아. 650만으로 하자." 내가 말했다.

"문서로 써." 쿠르트가 말했다. 안도감을 거의 감추지 못한 목소리였다. 리타가 벌써 나와 나눈 얘기를 자신이 망친 게 아닌지 계속 걱정하고 있었을 것이다.

"써줄게. 하지만 그 전에 저쪽 제안을 보고 싶어."

"이미 내가 말해줬잖아."

"문서로 보고 싶어."

"이봐, 그게 무슨……."

"넌 나 안 믿잖아, 쿠르트. 나도 널 믿어야 할 이유를 모르겠거든. 네가 나한테서 돈을 더 받아내려고 있지도 않은 제안을 꾸며낸 거라면, 그건 내가 제안을 취소할 합당한 이유가 돼. 리타가 그건 안 가르쳐줬어?"

이쯤에서 그만하고, 쿠르트가 펄펄 뛰며 화를 내게 내버려뒀어야 했다. 하지만 나는 유혹을 이기지 못했다. 내가 그렇게 약하다.

"그건 구두 제안이었어. 구매자가 익명을 원해." 쿠르트가 말했다.

"그럼 그걸 문서로 써. 내가 그 사람 이름을 알 필요는 없지. 리타가 그 제안을 알고 확인했는지만 알면 충분해. 난 리타는 확실히 믿으니까."

쿠르트가 욕을 몇 마디 줄줄 쏟아놓았다. 오스 토박이가 아니라면, 그가 나를 몇 번째 지옥으로 보내려고 하는지 알아듣기 힘들었을 것이다.

"6시." 쿠르트가 말했다. "리타의 집에서."

칼은 의아한 표정으로 나를 보았지만, 내가 컴퓨터를 써야겠다고 신호하자 의자에서 일어나 특유의 미국 중서부 영어로 통화를 계속했다. 나는 내 제안을 짧막하게 적은 뒤 칼에게 읽어보라고 신호했다. 쿠르트한테 난독증 운운하는 농담을 던질 핑계를 주고 싶지 않았다. 칼은 휴대전화를 계속 귀에 댄 채로 화면을 보며 철자법이 틀린 곳 두 군데를 고쳐주었다. 나는 그 문서를 1층의 인쇄실로 전송하고 방을 나섰다.

하얀 실내복 차림으로 플립플롭을 신고 복도를 걸어오는 중년 부부를 위해 엘리베이터 문을 잡아주었다. 문이 닫힌 뒤, 우리는 뻣뻣한 시선으로 허공을 바라보았다.

두 사람은 스파를 향해 계속 내려갔지만, 나는 접수대를 지나 행정실로 향했다. 열려 있는 인쇄실 문 앞에서 밝은색 머리카락의 여자 뒤에 줄을 섰다. 그 여자는 기계가 뱉어내는 서류를 정리하고 있었다. 기계 옆에는 그녀가 놓아둔 커피잔이 있고, 그녀의 머리는 헤드폰에서 흘러나오는 음악에 맞춰 끄덕거렸다. 나는 내 존재를 미리 알리려고 일부러 기침 소리를 냈다. 그녀가 돌아서서 갑자기 나를 발견하고 화들짝 놀라 커피를 쏟을까 봐서였다. 하지만 음악 소리가 너무 큰 모양이었다. 헤드폰에서 새어 나오는 곡조가 친숙했다. 어제의 그 기타 리프였다.

나는 더 크게 기침 소리를 냈다.

여자가 고개를 돌려, 환한 미소를 지었다.

"거의 끝났어요!" 그녀가 쓸데없이 크게 소리쳤다.

"천천히 하세요." 나도 미소를 지으며 말했다. 그러고는 그녀가 다시 프린터 쪽으로 돌아서기를 기다렸으나, 그녀는 계속 나를 바라보았다.

"로위 오프가르?"

"네."

그녀가 헤드폰을 벗었다. 이제 들으니 화이트 스트라이프스가 아니라 클래식 음악이었다. 어쨌든 관악기와 바이올린 소리가 많이 들리는 음악이었다.

"내가 누군지 모르겠어요?"

나는 그녀를 응시했다. 광대뼈가 도드라진 갸름한 얼굴에 강렬한 눈이 너무 커 보였다. 눈 색깔도 독특해서, 홍채 아래쪽은 살짝 초록색을 띠다가 위로 갈수록 점점 파란색으로 변했다. 맨 위쪽은 연한 파란색이었다. 색깔만 특별한 것이 아니라, 눈빛도 특별했다. 칼과 내가 옛날에 "우는 눈"이라고 말하던 눈빛. 상처받고 여린 눈빛이었다. 하지만 이십대 중반쯤으로 보이는 이 여자는 특별히 여리거나 겁에 질린 것처럼 보이지 않았다. 그녀는 흔들리지 않는 멋진 미소로 계속 내 시선을 붙잡아두었다. 그것이 내가 그녀를 알아보지 못한 이유였다.

"나탈리 모에예요." 그녀가 말했다.

"나탈리 모에?" 나는 믿을 수가 없어서 그녀의 말을 따라 하다가 말을 바꿨다. "그렇지. 네가 여기서 일하기 시작했다는 말을 동생한테서 들었어. 미안해, 아무래도 내가…… 그걸 뭐라고 하지? 알츠……?"

"사과하지 않아도 돼요." 그녀가 말했다. "이 동네 사람들이 날 알아보지 못하는 게 기분 좋아요."

"그래?"

그녀는 어깨를 으쓱했다. "그 이유를 대부분의 사람보다 잘 알텐데요, 로위."

나는 고개를 끄덕였다. 모든 것을 의미하면서 동시에 아무 의미도 아닐 수 있는 오스 특유의 느린 끄덕이기. 위아래로. 그리고 마침내 고갯짓으로 헤드폰을 가리켰다.

"무슨 음악을 듣고 있었어?"

그녀는 내가 빨리 화제를 바꾸고 싶어한다는 것을 알아차리고 재빨리 미소를 지었다. "브루크너의 교향곡 5번이에요."

"이런. 오스에 그런 걸 듣는 사람은 많지 않을걸."

"사실 나도 안 들어요. 그냥, 뭐랄까, 일종의…… 탐색이죠."

"탐색." 나는 같은 말을 되풀이했다. 고개를 끄덕이는 걸 멈출 수가 없었다. 다행히 그녀의 문서 인쇄가 다 끝난 것이 눈에 들어왔다. 내가 가격을 써놓은 문서가 프린터에서 밀려 나왔다.

"저건 아마 내 것 같은데." 나는 그쪽을 가리켰다. 나탈리가 한 발 옆으로 비켜서고, 나는 그 종이를 잡았다.

"네가 다시 돌아온 걸 보니 기쁘다, 나탈리. 어디서……?"

"아뇨, 아버지랑 같이 집에 있지 않아요. 아버지는 이제 혼자 살아요. 로위도 알죠?"

"상처하셨다는 이야기는 들었어." 내가 말했다. 어쩌면 그가 지금 얼마나 외롭게 사는지 그녀가 더 이야기해줄 수도 있었겠지만, 내게는 필요 없는 이야기였다. 이제 성인이 된 그녀의 모습만 봐도 충분했다. 누군가의 도움이 필요하던 그 겁먹은 십대 소녀는 이제 없었다. 수치심을 극복하고 마을을 벗어날 수 있게 도와줄 사람. 그 집에서 벗어날 수 있게 도와줄 사람.

"그럼 나중에 또 보자." 내가 말했다.

"로위?"

내 이름을 이런 식으로 부르는 그녀의 목소리를 듣는 기분이 묘했다. 나탈리가 여기 살면서 주유소의 가게에 오던 시절에 그녀와 나는 거의 한마디도 말을 주고받지 않았다. 그런데도 우리 사이에는 우리를 떼어놓으면서 동시에 하나로 묶어주는 그 일이 있었다.

옛날 노토덴의 카페에서 내가 그녀를 보았을 때, 그녀는 나를 보지 못한 척했고 나는 그것이 반가웠다.

나는 문간에서 돌아서서 그녀를 보았다. 그녀가 뭐라고 말했다. 딱 한 단어. 하지만 워낙 조용한 목소리라서 프린터 소리에 묻혀버렸다. 하필 바로 그 순간에 프린터가 작업이 끝났음을 알리려고 날카롭게 삐 소리를 냈다. 나는 빙긋 웃으며, 이제 정말 가봐야 한다는 신호를 보냈다.

주차장으로 들어가는 내 따뜻한 이마에 닿는 가을바람이 시원하고 부드러웠다. 나는 볼보에 올라 시동을 걸었다. 아까 나는 나탈리의 입술을 읽었다.

나탈리 모에가 한 말은 '고마워요'였다.

8

네르가르의 집을 지나 오르막길을 올라가기 시작하는데, 저 높이 예이테스빙엔 아래쪽 바위벽에서 뭔가가 움직이는 것이 보였다. 커다란 짐승이 튀어나온 바위를 천천히 올라가는 줄 알았는데, 짐승이 아니라 자동차라는 사실을 조금 뒤에 깨달았다. 나는 차를 세우고 더 자세히 바라보았다. 확실히 첫 번째 자동차였다. 검은색 캐딜락 드빌의 잔해. 아빠가 '흥정 없이' 빌룸 빌룸센에게서 산 1979년 모델. 빌룸센은 그 차가 건조하기 짝이 없는 네바다에서 쭉 뻗은 고속도로만 조심스럽게 달렸으며, 녹슨 곳도 전혀 없어서 새것이나 마찬가지라고 주장했다. 그러나 구입하고 이 주도 안 돼서 정비소에 가야 했다. 그 뒤로 몇 년 동안 나는 그 차 덕분에 자동차의 구조를 공부했다. 그러나 내가 배운 가장 중요한 교훈은 물건을 수리하는 일이 실제로 가능하다는 점이었다. 한동안 나는 이 깨달음이 모든 것에 적용된다고 믿었다. 지금은 아니지만.

내가 예이테스빙엔에 도착했을 무렵, 크레인은 이미 캐딜락을 감아올려 대기하던 트럭 화물칸에 실은 다음이었다. 캐딜락 아래에는 칼의 85년식 드빌과 빌룸센의 덴마크인 청부업자가 몰던 E 타입

재규어가 있었다. 그곳에 서 있는 남자들이 나를 지켜보았다. 나는 그중 한 명을 알아보았다. 형광색 재킷을 유일하게 입지 않은 사람이었는데, 그 옆에 차를 세우고 창문을 내렸다.

"길리아니?" 내가 말했다. "고속도로국에서 일해요?"

범죄 현장 감식 전문가인 그는 빙긋 웃으며, 공붓벌레 같은 안경을 콧잔등 위로 더 높이 밀어 올렸다.

"기억력이 좋은걸요, 오프가르. 이게 얼마 만이죠? 칠 년? 팔 년?"

쿠르트 올센이 후켄 아래쪽의 시신들을 조사할 팀을 보내달라고 크리포스에 요구했을 때였다. 당시 크리포스는 그 사람들이 전부 추락하면서 입은 부상이 사망원인이 아니라는 증거를 전혀 찾지 못했다. 게다가 청부업자의 손에서 발견된 발사 잔여물이 빌룸센의 시신 옆 베개에서 발견된 총과 관련된 것으로 밝혀지자, 크리포스는 그 사건도 청부업자가 빌룸센을 죽인 것으로 종결해도 되겠다고 생각했다. 살인 동기? 크리포스는 빚이 3000만이나 되면 살인 동기가 여러 가지 생길 수 있다면서, 그러나 두 사람이 모두 사망했으니 수사를 계속할 이유가 없는 것 같다고 말했다.

하지만 칠팔 년이 흐른 지금은 그들이 분명한 이유를 찾아낸 모양이었다.

"크리포스를 불러들인 게 아마 쿠르트 올센이죠?" 내가 말했다.

"그럴 수도 있죠."

"그렇군요. 자동차 세 대를 모두 실험실로 가져갈 건가요?"

"그럴 계획이에요."

"왜요? 사건에 새로운 진척이라도 있었나요?"

"신기술이 나왔죠." 길리아니가 말했다.

"아, 그래요?"

나는 그가 옛날에 가져왔던 멋진 장비를 떠올렸다. 헤어드라이어와 비슷하게 생긴, 발사 잔여물 감지기.

"하지만 저 낡은 캐딜락은 어디에 쓰려고요?"

"공소시효가 이제 없어졌으니까요. 당신도 아마 알고 있었을 텐데요."

"아뇨." 나는 거짓말을 했다. 그리고 칼과 내가 라디오를 듣다가 정부가 그 법을 바꾸는 데 표를 던졌다는 소식을 들은 날을 떠올렸다.

"지난 이십오 년 동안 저질러진 살인사건의 범인은 이제 영원히 언제든 기소될 수 있어요." 길리아니가 말했다.

"설마요."

"진짜예요. 올센 말로는 첫 번째 자동차가 여기 절벽에서 떨어진 지 아직 이십오 년이 안 됐다던데, 맞죠?"

나는 고개를 끄덕였다. 라디오에서 기자가 법이 바뀌면 어떻게 달라지는지 설명하는 것을 듣고 칼과 내가 욕을 내뱉은 기억이 났다. 법이 몇 년만 더 늦게 바뀌었다면, 우리는 그 세 건의 살인을 걱정할 필요가 없었을 텐데.

"세월이 많이 흘렀는데 무슨 단서가 나올까요?" 내가 물었다.

"두고 봐야죠. 비도 햇빛도 협곡 아래로 그렇게 깊은 곳까지는 뚫고 들어가지 못해요. 그리고 DNA도 생각보다 튼튼하고요."

나는 길리아니를 보면서 그의 표정을 읽으려고 했다. 지금 겁주려는 건가? 아니면 지난번 크리포스가 여기 왔을 때 칼과 내가 완전히 용의선상에서 제외되었기 때문에 이렇게 솔직히 말하는 건가?

"행운을 빌어요." 나는 이렇게 말하고 나서, 여기에 한동안 더 있을 거라면 우리 집 부엌에 커피가 있다고 말을 덧붙였다. 길리아니는 씩 웃으며 고개를 저었다.

나는 커피를 석 잔째 마시는 중이고, 고속도로국 사람들은 추락 방지막을 세우기 위해 기둥을 꽂을 구멍을 파느라 분주히 움직이고 있었다. 얄팍한 부엌 유리창이 하도 시끄럽게 덜컹거려서 나는 전화벨 소리를 금방 알아차리지 못했다.

"네?" 내가 소음 때문에 소리를 지르듯이 말했다.

"할렌입니다."

"잠깐만요." 나는 이렇게 말하고 나서, 창문을 제대로 설치한 거실로 자리를 옮겼다. "좀 낫네요. 그래, 마음은 정하셨어요?"

"어디서 만날까요?"

불안한 목소리였다. 나는 잠시 생각해보았다. 불안한 건 좋은 일이었다. 만약 그가 경찰에 신고했다면 훨씬 더 차분한 목소리였을 것이다. 그는 시간과 장소를 말하지 않고 내게 맡겼다. 그러니 이것이 함정일 가능성도 별로 없었다. 어쨌든 내가 그를 찾아간 지 아직 이틀이 지나지 않았는데, 경찰이 계획을 짜는 데에는 시간이 그보다 더 걸릴 것 같았다.

"노토덴." 내가 말했다.

"거긴 오스에 좀 가깝지 않아요? 당신이 아는 사람이 우리가 만나는 걸 보면……."

"브라트레인 호텔." 내가 말했다. "수요일 3시. 333호. 다른 연락이 없으면 그 방으로 곧장 와요. 그리고 혼자 오세요."

"하지만 푸르도……."

"혼자. 그 사람이 원한다면 따라와도 되지만, 차에서 기다려야 할 거예요."

잠시 침묵이 흘렀다. 그가 이 대화를 엿듣고 있는 사람과 시선을 교환중일 거라는 느낌이 들었다. 아마 푸르겠지.

"그래요, 오프가르."

"좋아요. 거기서 봅시다."

나는 전화를 끊었다. 앞을 빤히 바라보았다. 내가 왜 333호라고 말했을까? 순전히 그 방이 어떻게 생겼는지, 그러니까 예를 들면 화장실이 어디인지 알기 때문에? 하지만 아마 모든 방이 똑같이 생겼을 테니, 내가 그 방을 말한 것은 틀림없이 순전한 향수 때문일 것이다. 새넌과 내가 처음으로 사랑을 나눈 그 방을 한 번 더 보고 싶다는 감정. 아니면 그곳이 이미 저주받은 곳이라서? 내가 내 혈육을 배신하고, 지난 팔 년 동안의 변화를 시작한 곳이라서? 이제 나는 한때 의미 있는 사람, 뭔가를 상징하는 사람, 중요한 사람이 되고 싶다는 욕망을 유지해준 도덕적 나침반을 잃어버리고 냉소적인 죄인이 되었다. 아무도 손가락 하나 까딱하지 않을 때 나탈리 모에를 도와주기도 했는데. 333 곱하기 2. 새로운 로위 오프가르에게 잘 맞는 숫자.

나는 칼에게 전화를 걸었다. "내일 그 터널 쪽 사람을 만날 거야."

"아, 그래? 그 사람이 뭐라고……."

"그 얘기는 오늘 저녁에 하자."

우리는 전화를 끊었다. 나는 아빠의 낡은 윙체어에 앉았다. 우리가 집의 장식을 바꾼 뒤 칼이 이상하게 버리지 말자고 주장한 의자였다. 나는 전화기를 빤히 보았다. 조금 전 통화에서 지오데이터나 할렌의 이름을 일부러 언급하지 않고, 칼이 너무 많은 이야기를 하는 것도 막았다. 쿠르트의 협박이 먹힌 건가? 크리포스가 문자 그대로 내 집 앞에 와 있기 때문인가? 아니면 칼의 편집증이 내게도 영향을 미치기 시작한 건가?

나는 부엌으로 걸어가 빵 상자 옆에서 펜을 찾아 가격 제안서에 서명했다. 장작 난로에서 뻗어 올라가 천장의 구멍을 통과해서 우리 둘이 자던 2층 침실까지 이어진 연통을 보았다. 그 침실의 바닥에는 집에 화재가 나지 않을 만큼만 구멍이 뚫려 있었다. 칼은 전에 부엌도 새로 고쳐야 한다고 주장했다. 그때 내가 왜 반대했는지 잘 모르겠다. 칼은 윙체어를 버리지 말자고 했고, 나는 연통이 달린 장작 난로를 버리지 말자고 했다. 둘 다 우리에게 행복한 추억을 상징하는 물건이 아니었다. 그러나 과거 물건과의 관계를 더듬는 것은 때로 수수께끼 같다.

정확히 6시에 나는 리타 빌룸센의 집 초인종을 눌렀다.

적어도 한동안은 오스에서 가장 큰 단독주택이었다. 정문 양쪽에 우스꽝스러운 기둥도 있어서, 이 마을의 주택들 중 저택에 가장 가깝기도 했다. 기다리는 동안, 오스에서 사십사 년을 산 내가 이 문 앞에 선 것이 처음이라는 생각이 문득 들었다. 전에 딱 한 번 이 집에 들어갔을 때는 지하실 문을 이용했다.

문이 열리고 리타가 탑처럼 나를 내려다보았다.

"개가 침실에서 널 기다리고 있어." 리타가 옆으로 물러나며 말했다.

"침실요?" 나는 안으로 들어가면서 말했다.

"길은 알지, 로위?"

이게 도대체 무슨 말도 안 되는 짓이냐고 내가 묻기도 전에 리타는 거실로 사라져버렸다. 나는 널찍한 계단을 올라갔다. 층계참 위쪽 벽에 빌룸 빌룸센의 초상화가 있었다. 화가가 이중 턱을 조금 지우고 그의 표정을 악당보다는 위엄 있는 쪽으로 다듬었지만, 결과물은 살아 있을 때의 빌룸센만큼이나 매력이 없었다.

내가 전에 딱 한 번 들어가봤던 침실 문은 열려 있었다. 나는 안쪽으로 고개를 들이밀었다. 쿠르트가 침대에 누워 있었다. 확실히 옷은 모두 입고 있었지만, 그의 자세와 전체적인 모습이 곰 가죽 깔개 위에 알몸으로 누워 있던 버트 레이놀즈의 상징적인 사진을 확실히 연상시켰다. 문제의 그 사진은 잡지 〈코스모폴리턴〉에 실린 적이 있다. 사진과 쿠르트의 또 다른 차이점은 그의 입술에 매달린 것이 가느다란 여송연이 아니라 담배라는 점이었다. 그의 머리를 받친 것이 오른손이 아니라 왼손이라는 점도 달랐다. 그의 오른손은 나를 향해 뻗어 있었다.

나는 내 제안서를 그에게 건넸다. 그는 그것을 재빨리 읽어보고 이불 밑에 밀어 넣었다.

"네가 범죄 현장을 한 번 더 보고 싶어할 것 같아서." 쿠르트가 말했다.

"아, 하지만 리타와 나는 여기서 섹스한 적이 없어." 내가 말했다.

쿠르트가 신경을 곤두세우자 관자놀이의 혈관이 튀어나왔다.

"네가 빌룸 빌룸센을 여기서 쐈잖아." 쿠르트가 말했다.

"내가 어떻게 반응하는지 보려고 날 이리로 부른 거야?" 나는 주위를 둘러보며 말했다. 내가 보기에 달라진 건 하나도 없었다. 하지만 그때는 겨울이고 아주 이른 시각이라서 방이 어두웠다. 나는 쓱 하고 숨을 들이쉬었다.

"X선 같은 네 눈으로 보니까 어때, 쿠르트?"

"넌 진짜 냉혹한 시팔 십새끼야, 로위."

"한 문장에 십이 두 번 들어갔네. 그러고 보니 생각이 났는데, 다른 사람이 제안했다는 문서를 보여줘."

"리타가 본 걸로 충분하다며."

"그래, 그럼 리타더러 올라오라고 해."

"싫어. 내가 보여줄게."

쿠르트는 이불 밑에서 다른 종이를 꺼내 아래쪽 절반을 손으로 가린 채 내가 볼 수 있게 내밀었다. 나는 종이를 들여다보았다. 손으로 쓴 짧은 문장이 몇 줄 적혀 있고, 맨 끝에는 '이만 줄입니다'라는 말이 있었다. 이름은 쿠르트의 손에 가려진 상태였다. 그가 종이를 다시 치우려고 했다.

"잠깐." 내가 말했다.

"아, 미안. 내가 깜박했네. 너 난독증이잖아."

나는 종이를 보았다. 분명히 640만을 제안하는 내용이었다. 누가 숫자를 고쳐 쓴 것 같지도 않았다. 나는 짧은 글을 다시 읽었다. '리타 빌룸센이 소유한 야영장에 대해 640만 노르웨이 크로네의 가격을 제안합니다. 이만 줄입니다.' 내 안에서 뭔가가 꿈틀거렸다. 이 편지에 뭔가가 있었다. 쿠르트의 비위를 맞추기 위해 지불하라고 칼이 말한 100만 크로네보다 어쩌면 더 가치가 높을 수도 있는 것.

"알았어." 내가 말했다.

"그럼 돈은?"

"서류에 서명만 하면 곧바로 보낼게. 그게 일반적인 절차야. 넌 보안관이니까 일반적인 절차를 따르겠지?"

그는 씩 웃었다. "이건 리타의 돈이야. 난 그런 것에 대해 잘 모르고. 하지만 이제 나한테는 이게 있으니까……." 그는 내 제안서 위의 이불을 툭툭 두드렸다. "네가 돈을 지불하지 않으면……." 그가 손가락으로 목을 긋는 시늉을 했다.

"아주 살인자 같네, 그렇지?" 내가 말했다. "말이 나온 김에, 빌룸을 쓰러뜨린 살인자가 그 청부업자가 아니라면, 혹시 너 아냐? 지금 네가 어디 있는지 봐. 모든 게 교활한 계획의 일부였는지도 모르지."

쿠르트 올센이 얼굴을 찡그렸다. "네 영혼은 이미 추악하잖아, 로위."

"내가 알아서 나갈게." 나는 그가 일어서기 전에 방을 나왔다.

거실을 지나가다가 문 뒤로 고개를 내밀었다.

"방금 당신 야영장을 샀어요, 리타."

"축하해." 그녀는 읽고 있던 얄팍한 책에서 시선을 들지 않은 채 말했다. 아마 고전이 된 위대한 문학작품일 것이다. 만약 쿠르트가 나처럼 그런 걸 잘 받아들여주기를 그녀가 기대했다면 십중팔구 실망했을 테지만, 아마 그에게도 다른 장점이 있을 것이다.

"왜 거래를 쿠르트한테 맡겼어요?" 내가 물었다.

마침내 그녀가 시선을 들었다. 피곤한 얼굴이었다.

"걔가 원했어."

"당신한테 잘 보이려고요? 아니면 그냥 날 골탕 먹이려고?"

리타 빌룸센은 한숨을 내쉬었다. 풍성한 머리카락을 땋아서 단단히 묶은 모습이었다. 아마 슬슬 나타나기 시작한 주름을 펴기 위해서일 것이다.

쿠르트가 계단을 내려오는 소리가 들렸다.

"다른 사람 제안서 봤어요?" 내가 물었다.

"640만." 그녀가 말했다. "괜찮아 보이던데."

나는 그녀가 설명을 이어가는지 잠시 기다렸다. 그러다 나도 만족하고 있다는 사실이 기억났다. 내가 산 물건과 거기에 덧붙여 획득한 것에 모두. 그래서 고개를 끄덕이고 앞문으로 나갔다.

 9

칼이 부엌으로 들어온 시각은 아침 7시였다.

"형이 오늘 일하는 줄 알았어." 칼은 한 시간 동안 하는 일 없이 조용히 놓여 있던 주전자에서 커피를 한 잔 따르며 말했다.

"에길한테 일을 맡아달라고 했어." 내가 말했다. "오늘 은행에서 리타랑 서류에 서명할 거거든. 조금 일찍 가서 벤엘보랑 함께 서류를 살펴보려고 해."

"벤엘보는 같이 일하기에 좋은 사람이지." 칼은 커피를 후루룩 마셨다. 그 소리를 들으니 아빠가 생각났다. 아빠는 접시에 커피를 따라서 식힌 다음 후루룩 마시곤 했다. 그 소리가 천장의 구멍을 통해 칼과 내가 자는 방까지 다 들릴 정도였다.

"같은 편으로 두기에 딱 좋은 사람이야." 칼이 말했다. "내가 나탈리 모에에 대해 생각해봤는데, 형은 걔를 어떻게 생각해?"

"어떻게 생각하냐고?"

"야영장 프로젝트에 걔를 끌어들이는 게 좋을 것 같아서. 마케팅을 잘하는 사람이 필요하잖아."

나는 창가로 갔다.

"그럴지도. 하지만 그렇게 큰 프로젝트를 맡기기에는 조금 어리지 않아? 다른 사람이 나을지도 모르지."

"우리한테 필요한 게 젊음이야. 걔들은 네트워크를 알고, 효과 있는 게 뭔지도 알거든. 걔가 오슬로의 체인에서 일자리 제의를 받았는데 우리가 채왔다고 내가 말했던가?"

"틀림없이 실력이 좋겠지. 하지만……."

"하지만?"

"걔가 믿을 만하다고 확신해?"

"예를 들면?"

"예를 들면, 네가 걔한테 어떤 이야기를 해도 온 마을에 퍼져 나가지 않는 거지. 아니면 걔가 우리 둘 밑에서 일하게 되더라도, 우리의…… 개인적인 문제를 너무 깊이 파고들지 않는다든가."

"나탈리는 진짜야. 아주 진지한 아가씨라고. 내가 장담해."

나는 생각해보았다. 이유는 모르겠지만, 거슬렸다. 나탈리는 분명히 내게 신세를 졌다고 생각하고 있었다. 그래도. 아니, 어쩌면 바로 그것이 문제일 수도 있었다. 금방 지나치게 개인적인 관계가 될 수 있으니까.

"난 모르겠다." 내가 말했다. "마케팅에 대해 생각하기에는 좀 이른 것 같아."

"이르다고?" 칼이 양팔을 넓게 벌렸다. "이제 야영장을 샀잖아. 계획도 있고, 건물을 지어줄 건축 회사도 있어. 중앙도로 경로가 바뀌지 않는다는 보고서가 발표되자마자 우리 아이디어로 벤엘보랑 은행을 설득하기만 하면 돼. 그건 내가 알아서 할 거고. 형도 알다시피."

"그래?" 구름이 오테르틴 산 위로 흘러갔다. 비가 내린다는 예보가 있었다. "그쪽에서 안 된다고 하면?"

"그런 일은 없어."

"내가 경기 때 벤엘보에게 예상 대출 액수를 말했어. 벤엘보가 그걸 듣고 기절하지는 않았지만, 담보가 중요하다는 말은 하던데."

"바로 그거야. 도로의 경로가 바뀌지 않을 거라는 뉴스가 터지면, 우리 재산의 가치가 마구 치솟을 테니 여기서부터 달나라에 다녀와도 충분할 만큼 많은 담보를 은행에 제공할 수 있어. 그렇게 대출을 받으면, 당장 본 경기 시작이야. 그동안 비밀이던 게 밝혀지는 거지. 그때부터는 대중매체를 통해서 우리 프로젝트를 잘 알리는 게 중요해. 나탈리 같은 전문가를 쓰면, 사람들이 모두 감탄하게 만들 수 있어. 좋은 첫인상을 줄 기회는 딱 한 번뿐이라고. 안 그래?"

나는 마지못해 고개를 끄덕였다.

"그럼 오케이?" 칼이 물었다.

나는 한숨을 내쉬었다. "오케이."

칼은 창가의 내게 다가와 나란히 섰다. 그리고 내 어깨에 한 손을 얹고 또 커피를 후루룩 마셨다.

"우리한테 추락 방지막이 생길 것 같네." 칼이 말했다.

"그럴 것 같아."

오스 저축은행은 카운티 행정부서, 보안관서, 외과의원이 있는 평범한 80년대 건물에 있었다. 지점장인 아슬레 벤엘보와 나는 매도 계약서를 죽 읽어보는 리타를 지켜보았다. 벤엘보는 그 부동산에 미지불 부채가 없고, 인가가 필요한 대상이 아니며, 대금이 내 계좌에서 은행 계좌로 이체되어 언제든 리타에게 지불될 수 있음을 분명히 했다.

"모두 표준을 따른 겁니다." 리타가 종이를 넘기는 동안 벤엘보가 말했다. "내가 형식적으로 덧붙인 건, 640만 크로네 제안서가 있다는 내용뿐이에요. 두 사람 모두 구매를 희망한 다른 사람들의 이름과 제안 내용을 별도로 기록하고 싶어하지 않는 것 같아서요."

리타와 나는 고개를 끄덕였다.

벤엘보는 리타와 내가 서류에 서명할 때 필요한 두 번째 증인으로 비서를 불러들였다. 모든 절차가 끝난 뒤, 벤엘보는 우리에게 축하 인사를 하고는 밖으로 안내했다.

"저기, 로위, 다른 문제에 관해서 잠깐 이야기를 나눌 수 있을까?" 벤엘보가 우리를 위해 문을 잡아주면서 말했다.

나는 고개를 끄덕였고, 리타는 나와 함께 나가지 않아도 된다는 생각에 조금 마음이 놓이는 것 같았다. 우리는 밖으로 나가는 그녀를 지켜보며 서 있었다. 가끔 나는 남자들이 지켜보고 있다는 걸 알면 여자들이 몸을 더 살랑거리며 걷는 것 같다고 생각한다. 하지만 리타 빌룸센은 아니었다. 원래 그렇게 걸었다. 고양이처럼.

"계약을 도와줘서 고마워요." 내가 말했다. "대출을 그렇게 빨리 승인해준 것도."

"보통 야영장에 그 정도 액수를 내주지는 않아." 벤엘보가 말했다. "하지만 기존의 대출을 한 고객에서 다른 고객에게로 옮길 뿐이니까, 일을 쓸데없이 복잡하게 만들기 싫었어."

우리는 리타가 사브 소네트에 오르는 모습을 지켜보았다. 차와 리타의 상태가 그토록 훌륭하다는 사실이 놀라웠다. 멋있어. 아주 멋있어. 나는 속으로 생각했다. 리타 빌룸센은 멋을 절대로 포기하지 않을 것이다.

"은행이 같은 액수의 대출을 승인한 건, 살짝 위험한 채무자에게서 비교적 안정적인 채무자에게 이전되는 거래였기 때문이죠." 내가 말했다. "지점장님도 아마 빌룸센의 장부를 봤을 것 같은데, 리타가 그 빚을 일부 갚게 됐으니 반갑지 않아요?"

벤엘보는 그냥 흐릿한 미소를 지을 뿐이었다. 지점장다운 신중함이었다.

그가 기침 소리를 냈다.

"난 그저 네가 억대의 대출에 대해 문의한 걸 본점에 전했다는 얘기를 하고 싶었을 뿐이야. 불행히도 본점에서는 중심부에서 그렇게 멀리 떨어진 곳에 돈을 빌려줘도 되는지 조금 회의적이었지. 달리 표현하자면, 네가 내놓은 담보가 여기 있는 게 문제였어. 네 재산 가치는 오스의 부동산 가치에 달린 거니까. 본점에서는 토데 터널에 관한 결정이 내려진 뒤 가격이 떨어졌다는 걸 지적했지. 앞으로도 계속 떨어질 거라는 게 그쪽 평가야."

"여기 상황을 못 보는 거예요?" 내가 말했다. "오스 스파는 진짜 잘 되고 있어요. 중앙도로가 없어도 아무 문제 없을 거예요."

벤엘보는 한숨을 내쉬고, 발꿈치로 선 채 몸을 앞뒤로 한 번 흔들고, 정장 바지의 허리띠를 잡아당겨 정리했다.

"오스 스파만으로는 충분하지 않아, 로위. 마을이 지금 질식하고 있잖아. 앞으로 삼사 년 뒤에 이 은행이 여기 계속 있을지조차 확실치 않아. 그러니 내 관점에서는 이 일대에 새로운 숨을 불어넣을 수 있는 거라면 무엇이든 환영이지. 하지만 본점은 오스에 특별대우를 해줄 이유가 없어. 이미 토데의 프로젝트들을 검토하기 시작했다고."

"토데요? 토데는 실제로 있는 지역도 아니잖아요."

"없지. 하지만 생길지도 모르잖아."

"네? 그럼 당신도 거기……." 나는 침을 뱉으려는 것처럼 입술에 힘을 주었다. "토데의 지점장이 되고 싶어요?"

벤엘보는 잠시 생각해보았다. "아니, 그건 아니야."

"그렇군요. 어쨌든 정보를 줘서 고마워요."

나는 모피 칼라가 달린 리바이스 청재킷의 단추를 잠갔다. 율리는 이런 옷의 유행이 다시 시작되고 있다고 말했다. 그런데…… 나는 아직 그 유행을 기다리고 있다.

자동차가 있는 곳으로 나가는 길에 휴대전화가 울렸다. 모르는 번호였지만, 홍보 전화라는 표시가 뜨지 않아서 나는 전화를 받았다.

"네."

"안녕하세요, 나탈리예요. 칼이 전화하라고 해서요."

나는 소리 없이 욕설을 내뱉었다. 흔히 하는 말처럼 칼이 모든 걸 훤히 꿰고 있는 건 괜찮았다. 하지만 너무 빨리 앞서 나가고 있었다. 항상 그랬다. 그러다 발이 걸려 넘어지면, 칼을 붙잡아줘야 하는 건 항상 형인 나였다.

"의논하고 싶은 프로젝트가 있다면서요?"

"그래." 내가 말했다. "그런 셈이지."

"알았어요. 언제 만나는 게 좋아요?"

나는 잠시 생각에 잠겨 손목시계를 보았다. 아침에 노토덴으로 출발할 것이다. 그다음 날은 오늘 에길이 나 대신 일해준 만큼 두 배로 일하겠다고 약속했다. 이야기를 빨리 해치워버리는 게 나을지도.

"지금 어때?"

"좋아요. 어디서요?"

"야영장. 차 있어?"

"네. 십 분 안에 갈게요."

구 분 뒤 나탈리가 먼지 낀 미쓰비시 자동차에서 내려 걸어오는 모습을 지켜보면서, 나는 그녀가 예쁘다는 사실을 깨달았다. 아마 십대 때도 예뻤겠지만, 그때는 전혀 알아차리지 못했다. 아니면 그녀가 외모를 숨겼거나. 그때 그녀는 고개를 깊이 숙여 앞머리 뒤에 얼굴을 숨긴 채 웅크린 자세로 걸어 다녔다. 율리와는 달랐다. 사교적이고 외향적인 그녀는 벌써 몸에 여성적인 곡선이 드러났고, 자신감과 장난스러움으로 반짝거렸으며, 물가로 모여드는 육식동물처럼 주유소 근처에서 빈둥거리던 어린 레이서들 사이에서 엄청난 인기였다. 아니, 육식동물은 좋은 비유가 아니다. 그 어린 새싹들은 율리의 장단에 맞춰 춤을 추고 있었으니까. 오스의 진짜 육식동물들은 담장에 에워싸인 굴 안에 머물렀다.

그래도 나탈리 모에가 리타 빌룸센과 비슷하게 엉덩이를 흔들며 걷는다는 사실이 눈에 들어왔다.

"여기에 정말 오랜만에 와보네요." 이번에도 아주 똑바로 나를 보면서 나탈리가 말했다. 마치 지금까지 살아오면서 어느 시점에 반드시 사람들의 눈을 똑바로 바라보겠다고 결심하고 연습해서 완전히 몸에 익힌 사람 같았다. 어쨌든 내 눈에는 아주 자연스럽게 보였다. 나도 그렇게 사교적으로 굴 수 있으면 좋겠다는 생각을 자주 한다. 칼도 사교적인데. 어쩌면 나탈리는 원래 이렇게 밝은 성격이었는지 모른다. 당시 상황 때문에 성격이 어두워졌을 뿐이다. 반면에 나는 처음부터 어둠 속에서 자라나 항상 어둠 속에 있었다. 내가 대단한 변신을 할 수 있을 거라고 나 자신을 속인 적도 없다.

우리는 거의 자동적으로 작은 오두막 사이를 걸어 호수 쪽으로 향했다. 풀도 베어야 할 것 같고, 오두막에 페인트칠도 새로 해야 할 것 같았다. 시즌이 끝났지만, 리타는 스무 채의 오두막 중 예약된 곳과 아직 사용중인 곳을 내게 알려주었다. 우리는 가을 동안 주유소에서 열쇠, 침대보, 수건을 손님들에게 나눠주고 수거하는 일을 하기로 했다.

"옛날에는 여름에 수영하러 여기로 왔어요." 나탈리가 말했다. "사실 아빠는 못 오게 했죠. 여기서 휴일을 보내는 남자들이 걱정스럽다고. 그래서 엄마한테 물었어요. 호숫가에 갈 수 있는 좋은 장소가 여기 야영장밖에 없다고. 그랬더니 엄마가 괜찮다고 했어요."

"똑똑한 분이네."

"글쎄요." 나탈리가 빙긋 웃으며 말했다. "그거 거짓말이었거든요. 당연히 여기서 남자애들을 만나려고 그런 거죠."

우리는 웃음을 터뜨렸다. 그러고 보니 나탈리의 삶이 그 이전과 이후로 나뉜다는 생각이 들었다. 순수하던 시절, 그리고 먹이를 노리는 짐승이 덮친 뒤.

"로위는 어때요?" 나탈리가 물었다. "어렸을 때 칼이랑 같이 여기 왔어요?"

"당연하지. 그때는 여기 오두막이 전혀 없었어. 그래서 사람들이 트레일러나 텐트에서 잤지. 어느 해 여름에 내가 여기서 친구를 사귀었거든. 그다음 해에 그 애를 또 만날까 싶어서 여기 다시 왔는데, 그 애가 그 뒤로는 한 번도 안 왔어. 아니, 사실 어느 해 여름에 걔랑 비슷하게 생긴 애를 보기는 했지. 그래서 내가 다가가서 이름을 불렀어. 내 친구 이름 말이야. 그랬더니 그놈이 자기 친구들을 보면서 웃더니, 나더러 여기서 밴조를 연주하느냐고 묻는 거야. 그 뒤로는 여기 온 적 없어. 한 이 년 전까지."

나탈리는 아무 말도 하지 않았다. 그러고 보니 잘 알지도 못하는 사람한테 이상한 이야기를 한 것 같다는 생각이 갑자기 들었다. 나탈리 이전에 내가 이 이야기를 해준 사람은 딱 한 명이었는데, 이 이야기를 듣는 사람이 나를 얼마나 외로운 사람으로 봤을지 미처 생각하지 못했다. 섀넌은 이미 알고 있었으니까.

내가 헛기침을 했다.

"내가 다른 곳도 아니고 여길 다시 찾은 건 아이디어가 생겼기 때문이야. 그러고 나서 어떤 그림을 발견하고, 그 아이디어를 현실로 만들 수 있겠다는 확신이 들었어."

사실은 반대 순서로 일이 진행되었다는 것을 나탈리에게 굳이 이야기할 이유가 없을 것 같았다. 그러나 나탈리 모에에게 방금 내가 처음으로 거짓말을 했다는 사실은 인식했다.

"롤러코스터죠?" 나탈리가 말했다.

"젠장. 칼이야?"

"네."

"내가 그 말을 했을 때 네 표정을 보고 싶었는데."

"왜요?"

"네가 그 정신 나간 아이디어에 몇 점을 주는지 보려고."

나탈리가 웃음을 터뜨렸다.

"칼은 내가 그리 충격받은 표정이 아니라고 했어요."

"그래? 칼은 나더러 네가 진지한 사람이고, 프로 정신이 대단하다고 하던데."

"맞아요!" 나탈리가 계속 웃는 소리를 들으며 나는 그녀를 떠올렸다. 당연했다. 언제쯤이면 내가 살아 있는 사람들의 세계에서 그녀를 찾아 헤매는 걸 그만두게 될지 가끔 궁금해진다. 하지만 내 안에 완전히 자리 잡은 그 습관은 망할 놈의 바이러스와 비슷해서, 항상 활동하지는 않지만 줄곧 핏속에 있다. 나는 그 기억을 무시하려고 애썼다.

"독창적인 아이디어는 다 그래요." 나탈리가 말했다. "처음 그 아이디어를 들었을 때는 미친 소리 같죠. 그러다 어느 순간 누가 일찌감치 이걸 생각해내지 못한 게 진짜 정상이 아닌 것 같다는 생각이 들어요. 그 아이디어를 말해보세요."

"칼이 너한테 어디까지 얘기했는지 모르겠는걸."

"나무로 만든 롤러코스터라고만 말했어요. 그걸 여기에 지을 거라고."

나는 고개를 끄덕였다.

우리는 보트 창고 앞 선착장 옆의 나무 벤치에 앉았다. 나는 오스 스파를 더욱 완벽하게 만들어줄 아이디어를 원했다고 말했다. 가족을 겨냥한 시설. 사실 오스 스파에는 나이가 어린 손님들이 즐길 만한 것이 별로 없었다. 작은 수영장 하나, 산속을 걷다가 여우나 사슴을 우연히 볼 가능성, 이런 것도 다 좋지만 수영을 원하는 아이가 있는 가족은 노토덴 맞은편에 있는 뵈의 워터파크 솜마를란드를 선호했다. 그리고 자연을 보고 싶은 사람들은 크리스티안산의 동물원으로 갔다. 나는 폴란드에서 세계 최대의 나무 롤러코스터인 자드라를 본 이야기를 했다.

"자토르라는 마을에 있는데, 오스랑 크기가 비슷하고 아주 오지에 있어. 크라쿠프에서 차로 칠십 분이 걸리니까. 그런데 거기에 폴란드 최대의 놀이공원이 있어. 물론 온갖 시설이 갖춰져 있지. 하지만 가장 인기 있는 건 롤러코스터야. 바로 그것 때문에 일요일에 아빠들이 한 시간 넘게 운전할 각오를 한다고.”

“그럼 여기에도 비슷한 걸 지을 생각이에요? 가족을 위한 놀이공원?”

“맞아. 하지만 롤러코스터가 먼저야.”

“그렇겠죠.”

나는 나탈리를 흘깃 보았다. 이제 첫 번째 시험을 할 때였다.

“왜 ‘그렇겠죠’야?”

나탈리는 주저 없이 대답했다.

“롤러코스터는 이 놀이공원을 지은 사람의 포부를 보여줄 테니까요. 신문의 헤드라인을 차지하고, 놀이공원의 다른 시설에 대한 기대를 불러일으킬 거예요. 최고의 성공 비법은 기대치를 높이 끌어올린 다음에 그걸 충족시키는 거죠. 애당초 기대치가 충분히 높아진 상태라면, 부분적인 성공만으로도 충분할 거예요. 평범한 기대치를 능가하는 성과를 올리는 것보다도 더 좋아요. 무슨 뜻인지 알겠어요?”

“왜 그렇지?”

“기대치가 인식에 영향을 미치거든요. 미국에 아주 유명한 사례가 있어요. 직접 만든 치즈를 두 종류로 포장해서 팔던 식품점 이야기인데요, 한쪽 포장지에는 그냥 ‘슬라이스치즈’라고만 적혀 있고, 다른 포장지에는 ‘수제 슬라이스치즈’라고 적혀 있었어요. 치즈 맛이 어떻더냐고 손님들한테 물어보면, ‘수제 슬라이스치즈’를 산 사람들이 가장 만족스러운 반응을 보였대요. 하지만 여기에도 당연히 한계는 있죠. 놀이공원이 감당하지도 못할 약속을 남발하면, 손님들이 훨씬 더 심한 벌을 내릴 거예요.”

나는 오스 특유의 느린 속도로 고개를 끄덕였다. “그럼 네가 할 수 있는 일은…….”

“……기대치를 높이 올리는 거죠. 그걸 만족시키는 건 로위 몫이고요.”

“그래. 기대치를 어떻게 올릴 건데?”

“오늘은 그냥 로위의 계획을 듣고 싶었어요. 그러고 나서 내가 할 일을 좀 더 생각해봐야죠.”

“사실…….” 나는 입을 열었다가, 예상치 못한 그녀의 자신감 앞에서 거의 말을 멈출 뻔했다. “나더러 너랑 말해보라고 한 사람이 칼이야. 지금 단계에서 마케팅 쪽 사람이 필요한지 나는 잘 모르겠거든. 그리고 오스 스파랑 여기는 별도의 기업이니까 네가 여기서 뭘 해야 할 의무는 없어.”

“알아요.” 나탈리가 빙긋 웃었다. “그러니까 나는 남는 시간에 여기 일을 할 거고, 로위한테 시간당 보수를 청구할 거예요.”

“아, 젠장. 미터기가 지금도 돌아가는 거야?”

나탈리는 웃음을 터뜨렸다. “아직은 아니에요.”

“오케이. 좀 생각해보자.”

우리는 일어서서 다시 자동차로 향했다.

“오슬로에서 공부해서 그런지 여기 말씨가 좀 사라졌네.” 내가 말했다.

“오슬로에서 없어진 건 그것만이 아니에요.” 나탈리는 한쪽 눈을 반쯤 감은 채 나를 흘깃 보았다. 태어날 때부터 무겁게 처져 있었다던 섀넌의 눈꺼풀이 생각났다. 섀넌은 그것을 안검하수라고 불렀다. 나탈리의 표정이 계속 물어보라고 부추기는 건지 아니면 하지 말라고 경고하는 건지 판단할 수 없었지만, 어쨌든 나는 그냥 흘려보냈다.

팬티와 티셔츠 차림의 뚱뚱한 남자가 어느 오두막에서 나왔다. 그리고 우리가 지나가는 모습을 지켜보며 트림을 하고 자기 팔을 긁었다. 나는 나탈리가 미쓰비시에 오르는 동안 그 옆에 서 있었다. 그녀가 시동을 걸자마자 음악이 흘러나왔다. 또 바이올린 소리 같았지만 클래식은 아니었다. 이번에는 하르딩페레[†] 소리였다.

“그게 뭐야?” 내가 물었다.

“오드 바케루드의 연주예요. 마음에 들어요?”

나는 귀를 기울였다. 잉잉거리는 새된 소리였다. 아빠는 옛날에 민속음악이 나올 때마다 라디오를 꺼버렸는데. 뭔가가 생각날 거 같았다. 그게 도대체 뭐지?

“사이키델릭한데.” 내가 말했다. “새로 만든 음악이야?”

나탈리가 웃음을 터뜨렸다. “50년대 음악이에요. 바케루드가 스타일을 바꾸기 전, 동네 무도장에서 연주하던 시절.”

지미 헨드릭스. 그래, 그거였다. 우드스톡 콘서트 때의 ‘퍼플 헤이즈’. 내가 이 음악을 듣고 떠올린 게 그거였다.

“토요일 오전에 만나는 거 괜찮아?” 내가 말했다.

“생각해본다고 하지 않았어요?”

“이미 생각해봤어. 10시 오케이?”

“좋아요.”

“오프가르 농장이 어디 있는지는 알지?”

“당연히 알죠. 내 시간당 보수가 얼마인지 궁금해요?”

“아니. 하지만 설마 날 파산시킬 작정은 아니겠지.”

나탈리는 고개를 한쪽으로 기울이고 이상한 표정으로 나를 보

---

† 바이올린과 비슷하게 생긴 노르웨이 전통악기.

았다.

"나만 변한 게 아니에요. 로위 오프가르도 변했어요."

"그래? 어떻게?"

"모르겠어요." 나탈리는 곧이어 자신의 시간당 보수를 내게 말해주고는 창문을 올리고 가버렸다. 멀어지는 그녀를 보면서 나는 오프가르는 절대 돈 문제로 흥정하지 않는다는 말을 다시 생각해봐야 할 때가 되었음을 깨달았다.

_10_

수요일 아침에 크리포스의 베라 마르틴센에게 전화를 걸었다.

그녀는 덴마크인 청부업자 포울 한센의 죽음과 관련해서 오스에 온 적이 있었다. 그때 우리는 서로에게 호감을 느꼈다. 우리가 사귀었다고 말하는 사람도 있을지 모른다. 그 뒤로 베라가 오스에 몇 번 다녀갔고, 나도 오슬로로 그녀를 만나러 갔으니까. 즐겁고 확실히 마음이 치유되는 시간이었지만, 내 관점에서 보면 새넌이 그렇게 되고 이렇게 일찍 강렬한 감정을 느끼면 안 될 것 같았다. 내가 베라에 대해 들은 마지막 소식은 같은 일을 하는 남자를 만나서 사귀었고 지금은 함께 산다는 것이었다. 심지어 둘이 새집으로 이주하기까지 했다고 들었다. 나는 각자 어떻게 살고 있는지 짧게 수다를 떤 뒤(나보다 그녀가 더 많은 이야기를 했다), 본론으로 들어갔다. 아니, 베라가 본론을 꺼냈다고 해야 할 것 같다.

"그 자동차들 조사가 어떻게 되고 있는지 궁금한 거지?"

"응."

"내가 말해줄 수 없다는 것도 알고?"

"응."

"그래도 물어볼 거지?" 목소리에 비난이 섞여 있는 것 같았다.

"그럴걸. 우리 부모님이잖아, 베라. 부모님의 죽음이 누군가의 잘못 탓인지 당신이라도 알고 싶을 거야."

"그렇겠지. 특히 내가 용의자가 될 위험이 있다면."

나는 긴장했다. 과거에 베라는 쿠르트 올센의 비난을 비웃었다. 음모론이라면서. 크리포스가 오스까지 온 건, 지방의 작은 보안관서를 응원한다는 뜻을 보여주는 것이 정부의 방침이기 때문이라고 내게 설명해주었다. 그동안 생각이 바뀐 건가?

"그런 뜻이 아니야." 베라가 말했다. "조사 결과가 어떻게 나오든, 그 동네 보안관은 그걸 당신이랑 당신 동생과 연결시킬 구실을 어떻게든 생각해낼 거라는 뜻이었어. 지금도 그때랑 똑같이 열렬한 것 같던데."

"오케이." 내가 말했다.

잠시 침묵이 흘렀다. 베라는 아무 말이 없었다.

"그래서 뭘 좀 찾아내기는 했어?" 결국 내가 물었다.

"로위……."

"알아. 미안해. 당신 목소리를 다시 들으니 반갑네, 베라. 당신이랑 그 남자가 잘되고 있다는 소식도 반갑고. 새집에서 잘 살아. 그게 이혼의 빌미가 되지 않게 조심하고."

"그럴게. 물떼새한테 안부 전해줘."

"그래."

나는 전화를 끊지 않았다. 그녀도 끊지 않았다.

"혈액이 발견됐어." 베라가 말했다. "머리카락도."

나는 기다렸다. 그것이 전부였다. 그녀가 전화를 끊었다.

노토덴까지 차를 몰고 가는 길에 나는 J. J. 케일의 노래를 들었다. 하지만 얼마 뒤 길가에 차를 세우고, 휴대전화를 꺼내 오드 바케루드를 찾아냈다. 그렇게 화면에 가장 먼저 뜬 노래('파니툴렌')를 오디오시스템에 연결하고 계속 차를 몰았다. 전에 들은 적이 있는 노래였다. 노르웨이 사람이라면 모두 아는 이 노래에서 바케루드는 가끔 활을 떼고 왼손으로 현을 연주한다. 하지만 이 노래는 나탈리가 차 안에서 듣던 그 음악만큼 야성적이지 않았다.

3시까지 아직 삼십 분이 남았을 때, 브라트레인 호텔로 들어가 건물 뒤편에 차를 세웠다. 차가 그리 많지 않았는데, 오슬로 번호판을 단 차는 한 대뿐이었다. 할렌의 아우디는 아니었다. 그러나 내가 프런트데스크에서 333호의 열쇠를 요구하자, 직원은 내 손님들이 이미 도착했다고 말해주었다.

'손님들.' 복수였다.

젠장. 경찰인가? 나는 엘리베이터 옆에서 기다렸다. 여기서 나가야 하나?

오슬로로 할렌을 찾아가기 전에도 나는 뇌물에 대해 자료를 찾아보려고 했다. 아마도 '거래 조정'이라고 표현하면 될 것 같다. 할렌, 푸르, 내게 닥칠 잠재적인 결과를 알게 된 것이 좋았다. 이런 거래에 동의한 양측은 형사법 389조에 따라 최대 징역 삼 년을 받을 수 있었다. 그러나 법에는 뇌물을 받는 행위가 처벌받을 수 있다고 적혀 있을 뿐이었다. 뇌물을 계획하거나 의논하는 것에 대한 언급은 없었다. 엘리베이터 문이 열려서 나는 333호로 움직였다.

할렌은 책상 옆 의자에 앉아 있고, 푸르(인터넷으로 이미지 검색을 해본 덕분에 얼굴을 알아보았다)는 창가의 안락의자에 있었다. 두 사람이 모두 일어섰다. 할렌과 나는 악수를 했다.

"나더러 혼자 오라고 한 건 알지만……." 할렌이 말했다. "파트너가 꼭 같이 있어야겠다고 해서요. 사실 우리 모두 많은 걸 걸어야 하지 않습니까."

"욘 푸르요." 할렌 옆에서 남자가 말했다.

나는 푸르를 보고, 그가 내민 손을 보았다. 그는 할렌과 다른 유형이었다. 머리를 짧게 깎고, 군복 색깔의 보머재킷을 입었다. 단단하고 근육질이었으며, 여드름이 두어 개 난 것을 보니 스테로이드를 사용하는 듯싶었다. 코가 휘어진 건 무술을 익혔다는 뜻일 수 있고. 그는 분위기가 완전히 다른 사람이었다. 차갑고, 도전적이고, 자신 있게 보였다. 횡령 혐의에 대한 선고와 마찬가지로, 그의 폭력 혐의에 대한 유죄판결도 조건부였다. 정당방위 측면이 있기는 했으나, 필요 이상으로 잔혹했다고.

"안녕하세요." 나는 그와 악수했다.

"로위 오프가르, 맞죠?" 푸르가 말했다.

나는 고개를 끄덕였다. 별로 어려울 것도 없고 짧은 내 이름이 왜 그를 곤란하게 만드는지 궁금했다. 그와 눈을 마주치려고 해보았지만 허사였다.

우리 모두 자리에 앉았다. 나는 섀넌과 함께 누웠던 더블 침대에 걸터앉았다. 적어도 내 생각에는 이것이 그때 그 침대일 것 같았다. 이 방의 어느 것도 그때랑 달라지지 않은 것 같았다.

"그래, 어떻게 하실 겁니까?" 나는 할렌을 보면서 물었다. 그는 불안한 표정으로 눈을 깜박였지만, 그리 놀란 것 같지는 않았다.

푸르가 헛기침을 했다. "우리가 대답하기 전에, 분명히 해둘 것이 몇 가지 있어요. 괜찮죠?"

"말해보세요." 내가 말했다.

"당신, 로위 오프가르가 우리 지오데이터를 뇌물로 매수할 작정인 거죠? 우리가 고속도로 및 공원국에 토데 터널과 관련된 거짓 보고서를 제출하는 대가로 1200만 크로네를 주겠다는 제안이 맞아요?"

나는 그를 빤히 보았다. 그것이 정식 이름이긴 해도, 실제로 고속도로 및 공원국이라고 말하는 사람은 없다. 모두 '공원'을 빼고 말한다. 나는 시선을 내렸다. 그의 보머재킷 천이 워낙 얇아서 안주머니에 들어 있는 휴대전화 화면 불빛이 보였다.

"잠깐 실례 좀 할게요." 나는 일어서서 화장실로 갔다.

적어도 수건은 예전과 달랐다. 하늘색. 옛날에는 하얀색이었는데. 아일랜드 혈통인 섀넌의 피부처럼 하얀색. 그녀가 욕실에서 수건을 몸에 감고 나올 때면 마치 알몸처럼 보였다. 나는 수도를 틀고 거울로 내 모습을 꼼꼼히 살폈다. 나탈리 모에의 말은 무슨 뜻이었을까? 내가 달라졌다고 했는데. 팔 년 동안 사람이 변하는 것은 당연하다. 우선 나이를 먹으니까. 하지만 나탈리의 말은 뭔가 다른 뜻이었다, 그렇지? 나는 휴대전화를 꺼내서 화면을 두드린 다음 거울 중간쯤에 끼우고 화면을 문 쪽으로 돌렸다. 그리고 작은 수건 하나를 꺼내 오른손에 감고 나서, 수도를 잠그고 방으로 돌아갔다.

싸울 때는 주의할 것이 두어 가지 있다. 하나는 무술 실력이 중요하지 않다는 것. 젊은 시절에 댄스파티에서 싸움을 많이 해본 사람이 상대라면 무술 실력은 별로 도움이 되지 않을 것이다. 무술 도장에서는 보통 심판의 시작 신호를 기다려야 한다고 배우기 때문이다. 나는 굳이 등 뒤로 손을 돌려 화장실 문을 닫느라고 지체하지 않고 그대로 속도를 내면서 옛날에 아빠가 헛간의 샌드백으로 권투를 가르칠 때 알려준 대로 했다. 엉덩이를 앞으로, 어깨를 써라. 욘 푸르가 널찍한 의자에 앉아 있으니, 반드시 낮은 훅을 날려야 했다. 의자 등받이에 머리를 기댄 그는 내 주먹의 힘을 흘리려고 뒤나 옆으로 움직일 수 없는 자세였다.

내가 그의 코를 때리자, 봉지 속의 바삭한 과자가 부서지는 소리가 났다. 할렌은 비명을 지르고, 푸르는 그냥 신음 소리만 냈다. 그가 미처 가드를 올리기도 전에 내 두 번째 주먹이 들어갔다. 같은 곳이지만 이번에는 부서지는 소리가 없었다. 콧대가 이미 나간 모양이었다. 이제 푸르는 팔뚝을 얼굴 앞으로 올리고, 고개를 숙인 자세였다. 나는 의자 옆으로 돌아가 그의 재킷 주머니에서 휴대전화를 꺼냈다. 삼성. 내 것과 같은 회사 제품이었다. 녹음중임을 알리는 음파 모양의 그래픽을 보았다. 정지 버튼을 누르고, 녹음한 것을 삭제했다. 휴대전화를 푸르의 무릎으로 던졌더니 그가 움찔했다. 아마 이번에는 배로 주먹이 날아올 거라고 생각한 모양이었다. 그가 천천히 팔을 내리자, 아파서 눈물이 고인 두 눈이 드러났다. 그다음에는 원래보다 심하게 휘어진 코. 콧구멍에서 흘러나온 피가 툭 튀어나온 윗입술과 턱으로 뚝뚝 떨어지고, 거기서 다시 보머재킷으로 떨어졌다. 봄에 산에서 얼음이 녹을 때와 비슷했다.

"덫을 놓을 거라면……." 내가 말했다. "절대로 피해자보다 더 멍청한 덫을 놓으면 안 되죠."

푸르는 나를 유심히 살폈다. 자기가 나를 잡을 수 있을지 생각하면서 일어날까 말까 고민하는 것 같았다. 하지만 현명하게 포기했다.

"우리는…… 우리는 그냥 보험이 필요했어요." 할렌이 말했다.

나는 그를 보았다. 뱃멀미를 하는 사람처럼 창백했다.

"우리가 보고서를 제출했는데 당신이 지불하지 않을지도 모르니까." 푸르가 신음하듯이 말했다. 부러진 코에서 휘파람 같은 소리가 나서, 그의 목소리가 이중으로 멋지게 겹쳐 들렸다. 바케루드의 하르딩페레 소리와 비슷했다.

나는 코웃음을 쳤다. "그러면 녹음한 걸 가지고 경찰에 가려고요? 우리 셋 다 징역 삼 년을 먹게? 그게 나한테 무슨 협박이 되겠어요?"

두 사람은 서로를 보았다. 푸르가 말을 이었다.

"만약 당신이 돈을 지불하지 않으면, 엄밀히 말해서 뇌물은 없었던 게 되죠. 그러면 우리가 경찰에 가서 당신을 잡을 함정으로 일부러 가짜 보고서를 제출했다고 말할 수 있어요. 우리가 경찰에 미리 알리지 않은 건, 경찰이 그런 범죄행위를 민간인에게 부탁할 수 없다는 걸 알기 때문이라고." 푸르는 간신히 살짝 웃어 보였다. 나쁜 자식. "범죄자들, 특히 숙련된 범죄자들의 체포에 국민이 기여하는 게 사회를 위해 얼마나 중요한지 한마디 하는 거죠. 우리는 진짜 보고서를 제출할 준비가 되어 있었다는 말도 하고요."

"그 보고서는 이미 갖고 있어요?"

푸르는 재킷 소매로 코 밑을 훔치고 고개를 끄덕였다. "오프가르 당신이라도 이런 비상 대책을 세웠을 겁니다." 그가 바람이 새는 소리로 말했다.

그가 옳았다. 비상 대책. 그래, 우리는 사고방식이 비슷했다. 그렇지 않았다면, 그가 지나치게 노골적이고 과장되게 지금 상황을 설명하기 시작했을 때 내가 의심을 품지 않았을지도 모른다. 그가 내 이름을 확인한 것과 '공원'을 빼놓지 않은 것. 하지만 솜씨가 워낙 아마추어 같아서 나는 이만 그들을 믿기로 하고, 오른손에 감았던 수건을 풀어 푸르에게 내밀었다.

"잘 들어요." 나는 다시 침대에 걸터앉으면서 말했다. "우리는 악당이 아니에요. 우리 모두. 그냥 해야 하는 일을 할 뿐이에요. 그것도 우리 자신보다 더 큰 일을 위해서. 당신들은 힘든 시기에 직원들이 일자리를 잃지 않게 해줄 수 있고, 나는 우리 마을이 살아남기를 원해요. 지금 이 상황에서 우리 모두 목적을 달성할 수 있지만, 일을 제대로 해내려면 서로를 믿을 수 있어야 합니다."

두 사람을 달래려는 내 말이 어떻게 받아들여지고 있는지 판단하기가 쉽지 않았지만, 나는 말을 계속했다.

"눈먼 믿음." 이건 내가 전에 한 번 사용한 적이 있는 표현이었다. 빌룸 빌룸센과 서로를 죽이지 않기로 합의하고 악수할 때. 이 방법은 효과가 있었다. 적어도 한동안은.

"우리가 기꺼이 그렇게 믿겠다는 증표로……." 나는 파카 주머니에서 두툼한 봉투를 꺼내 그들 두 사람 사이의 작고 둥근 탁자 위로 던졌다. "여기 계약금을 드리죠. 20만 크로네입니다."

두 사람은 봉투를 보았다. 푸르가 먼저 봉투를 집어 들 것 같았다. 내 짐작이 맞았다.

"그럼 나머지는?" 그는 미리 연습한 것처럼 무심한 태도로 1000크로네 지폐를 휘리릭 넘기며 물었다.

"보고서가 발표되고 십사 일 뒤."

"왜 그렇게 늦게?"

"은행이 내 대출신청서를 받은 뒤 서류를 처리하는 데 필요한 기간이니까요."

"대출?" 푸르가 물었다. 그리고 다시 할렌과 시선을 교환했다. "왜 보고서 발표까지 기다렸다가 대출을 신청하죠?"

"보고서 내용이 곧 대출 승인을 뜻하니까요. 나는 오스에 주유소를 비롯해서 여러 부동산을 소유하고 있는데, 중앙도로가 계속 마을을 통과해 지나간다는 사실이 분명해지면 그 자산의 가치가 갑자기 크게 올라서 은행에 담보로 내놓을 수 있게 됩니다."

푸르는 탐탁지 않은 기색이었다. 어차피 바로 조금 전에 코가 으깨진 얼굴로 기분 좋은 표정을 짓기는 쉽지 않았을 것이다.

"방금 말했듯이, 우리는 서로를 믿을 수 있어야 해요."

푸르가 할렌을 흘깃 보았다. 그리고 두 사람은 고개를 끄덕였다.

"다음 주 목요일에 보고서가 발표될 겁니다." 할렌이 말했다.

나는 주차장을 가로질러 오슬로 번호판이 붙은 벤츠에 올라타는 두 사람의 모습을 창가에 서서 지켜보았다. 아까 보고서의 가장 중요한 부분들을 점검할 때 두 사람은 그 데이터가 완전히 가짜는 아니라는 점을 강조했다. 사실을 아주 조금 뒤틀 뿐이라고. 만약 고속도로국 사람들이 다른 곳에 독자적인 평가를 의뢰하더라도 같은 결론에 이를 터였다. 아니, 최소한 토데에 터널을 짓는 것이 실용적이지 않다는 지오데이터의 결론에 문제를 제기할 수는 없을 것이다. 전임 시장과 현 시장 모두 오슬로까지 가서 의회를 찾아가, 기존 도로를 수리하고 개선해서 사용하는 방법이 비용도 절감할 수 있다고 주장한 적이 있다. 그러나 그 방법으로는 A 지점에서 B 지점까지 이동하는 거리가 짧아지지 않는다. 그리고 솔직히 오스는 A도 B도 아니었다. 그러나 터널 아이디어가 힘을 잃으면, 오스를 통과하는 기존 도로를 개선하자는 주장이 되살아날 가능성이 높았다. 그러면 마을은 고립될 위험에서 벗어날 뿐만 아니라, 인구가 집중된 드람멘, 오슬로와 더 가까워질 수도 있었다.

벤츠에 불이 켜지고, 두 사람은 떠났다.

나는 아직 문이 열려 있는 욕실로 들어가, 내 휴대전화를 끼워놓은 거울을 향해 고개를 숙이고 토크쇼 사회자를 최대한 흉내 낸 목소리로 말했다.

"여기는 브라트레인 호텔 333호입니다. 지오데이터의 벤트 할렌과 욘 푸르가 토데 터널의 타당성에 관한 거짓 보고서를 제출하는 대가 중 일부로 20만 크로네를 받는 모습을 조금 전에 보셨습니다." 나는 휴대전화를 꺼내 영상 녹화를 끝냈다. 그리고 방으로 돌아가 침대에 누워서 영상을 처음부터 재생했다. 할렌은 화면에 나오지 않고, 내 등이 보였다. 푸르가 돈을 세는 모습도 나왔다. 그가 봉투를 주머니에 찔러넣는 장면. 그리고 대화 소리. 내가 말했듯이, 두 사람과 나는 비상 대책에 관해 같은 생각을 하고 있었다.

나는 눈을 감고, 매트리스를 누르는 내 체중을 느꼈다. 확실히 같은 매트리스였다.

차를 몰고 집으로 돌아오는 길에 〈바르그 부엔〉이라는 앨범을 발견했다. 최근에 나온 앨범이었다. 하르딩필레 두 대의 연주가 내 귀에는 자동차 경주처럼 들렸다. 좋은 곡이었다. 소리를 아주 크게 키우고 지나치게 빠른 속도로 차를 몰았다. 그러다 갓길로 두 번이나 빠지는 바람에 속도를 줄일 수밖에 없었다. 그래, 할렌과 푸르가 돈을 받아갔다. 주사위가 던져졌으니 축하를 해야 마땅했다. 차 안에서 혼자 축하하는 게 아니라면, 누구랑 하지? 칼? 그래, 당연했다. 우리 팀에 다른 사람은 없었다. 그리고 그 계획, 그게 뭐였더라? 그렇지, 롤러코스터를 짓는 것. 그럼 그다음에는? 계획이 뭐지? 세상에, 내가 또 나 자신을 탓해야 하나? 이건 인생의 의미가 뭐냐고 묻는 것과 같은데. 늪에서 한참 동안 첨벙첨벙 돌아다닌 뒤에야 비로소 마른 육지에 닿을 것이다. 아예 마른 육지에 닿지 못할 수도 있고. 자신이 하는 일, 자신이라는 사람에 아무 가치가 없다는 사실을 깨닫고 나면, 자신의 이마에 총알을 박아넣는 편이 더 나을지도 모르기 때문이다. 나는 이런 생각을 간신히 적당한 거리에서 저지할 수 있었다. 굳이 적당한 거리를 유지하는 것은, 그 생각에서도 위안을 얻을 수 있기 때문이다. 언제든 출구가 있다는 생각. 섀넌이 죽고 모든 것이 의미를 잃어버린 뒤, 나는 삶에 대한 갈망을 다시 깨울 수 있는 요소는 위험뿐임을 깨달았다. 언제든 삶을 빼앗길 수도 있다는 사실을 항상 되새기다 보면, 실제로 삶에 더 열심히 매달리게 된다. 자신이 버린 장난감을 다른 아이가 주우면 히스테리 환자처럼 난리를 피우는 아이와 같다. 어쩌면 그래서 내가 아까 호텔 방에 들어갈 때 그토록 즐거웠는지 모른다. 무엇이든, 심지어 내 죽음까지도 마주할 준비가 되었다는 느낌. 그래서 폴란드에 있을 때 롤러코스터 열차가 궤도에서 이탈하기를 절반쯤 바랐다. 베라 마르틴센이 혈액과 머리카락이 발견됐다고 말했을 때 내 두피가 찌릿찌릿했던 이유도 그것이었다.

네 명, 아니 다섯 명을 태우고 후켄으로 추락한 자동차들이라면 그 안에서 혈액과 머리카락이 발견되는 것이 자연스러운 일이기 때문이었다. 따라서 당연히 그 말은 베라가 기자에게도 알려줄 수 있는 내용이었다. 비밀엄수 서약을 어기는 일이 아니기 때문에. 따라서 그녀가 내게 그 말을 해준 것은 당연히 단순히 그 뜻이 아니기 때문이었다. 베라는 내게 뭔가를 직접 입에 담지 않고도 말해주려고 했다. 그래서 마지막에 "머리카락도"라고 덧붙인 것이다.

내 머리카락이라는 뜻이었을까? 만약 두 캐딜락 모두, 또는 둘 중 한 곳에서 내 머리카락이 발견되었다면, 그건 전혀 수상쩍은 일이 아니었다. 두 자동차 모두 내가 타고 다니던 적이 많았으니까. 만약 재규어에서 내 머리카락이 한 가닥이라도 발견되었다면 설명하기가 조금 힘들었겠지만, 거기서 발견되었을 것 같지는 않았다. 나는 후켄에 내려가 그 청부업자의 총, 그러니까 내가 나중에 빌룸 빌룸센의 침실에서 그의 숨을 끊어놓는 데 사용한 그 총을 가지고 올라올 때 지문이든 뭐든 생물학적인 흔적을 남기지 않으려고 주의를 기울였다. 게다가 내 머리카락이 딱히 튀는 색깔도 아니고, 거기서 발견된 머리카락에 대한 DNA 검사가 벌써 끝났을 리도 없었다.

나는 밭에서 곧장 나온 것이 분명한 트랙터 뒤에 바짝 붙었다. 커다란 흙덩어리들이 바퀴에서 떨어져나오더니, 그중 하나가 보닛에 쿵 하고 떨어졌다. 나는 어디든 급히 가야 할 필요가 없는데도 길모퉁이에서 트랙터 뒤에 바짝 붙어, 빨리 직선 도로가 나오기를 초조하게 기다렸다. 이 모퉁이를 지나면 바로 직선 도로가 있었다. 원심력을 보여준 흙덩어리가 보닛에 그대로 남아 있는 것이 보였다.

그 순간 깨달음이 왔다.

머리카락. 길고 굵은 완전한 백금발. 그것의 출처는 둘 중 한 곳일 수밖에 없었다. 쿠르트 올센의 머리 또는 그에게 그 머리카락을 물려준 옛 보안관. 시그문 올센이 이십여 년 전 절벽 너머로 몸을 기울여 후켄에 떨어진 아빠의 캐딜락을 내려다보던 모습이 머릿속에 다시 떠올랐다. 칼이 한 걸음 다가가 그를 민다. 마치 내가 그 자리에 있었던 것처럼 그 광경이 선명히 보였다. 아니, 훨씬 더 선명하게 보였다. 상상 속에서 그 일을 느리게 돌려볼 수 있었기 때문에, 현실 속에서는 겁에 질린 십대 소년이 절박한 심정으로 찰나의 충동을 이기지 못하고 저지른 그 치명적인 일이 상상 속에서는 몇 초로 늘어졌다. 힘에 밀린 시그문 올센의 몸이 공중에서 천천히 회전해서, 저 아래의 차에 떨어질 때에는 등이 아래로 가 있다. 그가 떨어진 곳은 보닛이 아니라 차체 하부다. 자동차 역시 추락하면서 공중제비를 돌았기 때문이다. 나는 정비소에 있다가 칼에게서 전화를 받았다. 칼이 금방이라도 울음을 터뜨릴 것 같아서 나는 곧장 달려가야 했다.

동생에게 내가 필요해질 때면 항상 그랬듯이, 그날도 나는 갔다. 내가 무슨 이타적인 멍청이라서가 아니라, 우리가 이미 똑같은 피와 죄책감과 운명으로 묶여 있기 때문이었다. 그러니까 우리가 100미터짜리 밧줄의 한쪽 끝을 당시 내가 몰던 볼보 240에 묶고 반대쪽 끝을 내 몸에 묶은 것은 어떤 의미에서 몹시 상징적인 일이었다. 칼이 차를 후진시키고 나는 후켄으로 떨어졌다. 시그문 올센의 시체는 자동차에 반쯤 걸쳐져 있었다. 몸이 90도로 꺾여 있어서, 관절이 없는 인형이나 허수아비처럼 보였다. 상반신과 머리는 자동차 번호판과 트렁크 앞으로 늘어져 있고, 머리카락에서 돌바닥을 향해 아직도 피가 뚝뚝 떨어지며 작은 소리를 냈다. 그는 허수아비치고 별로 대단하지 않았다. 갈까마귀 한 마리가 올센의 커다란 허리띠 쇠를 발톱으로 잡고 배 위에 앉아 있었기 때문이다. 녀석은 내가 돌을 던진 뒤에야 어디론가 날아갔다.

칼과 나는 간신히 시체를 끌어올려서, 뱀 가죽 부츠를 벗겼다. 그리고 그날 밤 나는 올센의 보트 바닥에 부츠를 놓고, 보트를 호수로 밀었다. 올센의 시체는 트랙터의 버킷에 넣고, 거기에 프리츠 산업용 세제를 가득 부었다. 지금은 불법이 된 그 세제는 무엇이든 녹여버린다. 디젤 기름, 아스팔트, 심지어 칼슘까지. 보트가 표류하다가 발견되었을 때에는 물론 모두 충격을 받았다. 어느 모로 보나 보안관이 스스로 물에 빠져 죽은 것 같았다. 시그문 같은 남자들은 누구에게도 자신이 우울하다는 이야기를 하지 않는다는 사실을 누구나 안다. 그러나 쿠르트 올센은 아버지가 자살했다는 결론을 결코 받아들이지 않았다. 그때 나와 칼에게 시선을 고정한 뒤로 지금까지 눈을 떼지 않았다.

하지만 자동차 바깥쪽에서 피와 머리카락이 발견됐다니 이해하기가 어려웠다. 게다가 우리가 프리츠를 사용한 그 밤으로부터 이십 년이 넘게 흘렀는데? 그동안 온갖 풍상에 시달렸을 텐데? 후켄이 강렬한 햇빛과 빗줄기를 어느 정도 가려주는 것은 사실이다. 그러나 땅을 기어다니는 곤충 중에는 피를 먹고 사는 녀석들이 있다. 어쩌다 떨어진 머리카락은 가끔 불어오는 돌풍에 쓸려갔을 것이다.

도로가 직선이 되었다. 나는 백미러를 흘깃 보고 페달을 밟으며 다시 백미러를 확인했다. 트랙터는 벌써 거의 보이지 않을 만큼 작아졌다. 하르딩페레 음악을 다시 틀었다. 그래, 그래, 모든 일이 아주 잘 풀릴 것 같았다.

11

주말까지 비가 오더니 날이 개었다. 하늘은 청명하고 공기는 상쾌했다. 토요일 오전에 나는 예이테스빙엔에 새로 세워진 추락 방지막을 확인하러 갔다. 모든 권고와 지침을 따랐는지, 상당히 튼튼해 보였다. 나는 네르가르의 집을 향해 휘어진 도로를 바라보았다. 그러고는 걸어서 되돌아와 나지막한 경사로를 지나서 건초 다락으로 올라갔다. 불을 켜고 한가운데에 서서 눈으로 주위를 둘러보았다. 칼과 나는 이 헛간과 염소 방목장을 어떻게 할지 몇 년 전부터 의논중이었다. 이걸 부수고 새 건물을 지을까, 아니면 저절로 바람에 쓸려갈 때까지 그냥 내버려둘까. 최근 들어 칼은 두 번째 방안에 찬성했다. 보험금이 아주 많이 나올지도 모른다면서. 나는 생각이 달랐다. 우리가 아무리 추락한다 해도 한계는 있어야 한다고 칼에게 말했다. 하지만 이제는 그때만큼 자신 있게 말할 수 없었다. 보험금이든 뭐든, 가을 폭풍에 저 건물과 그 안에 쌓여 있는 모든 기억이 싹 쓸려간다면 좋을 것 같았다. 샌드백은 원래 자리에 여전히 걸려 있었다. 아빠가 주먹에서 피가 날 때까지 저 샌드백을 두드렸고, 나도 아빠의 발자취를 따랐다.

전등 스위치 아래 벽을 보았다. 그날 저녁 아빠가 엽총을 거기에 놓아두었다. 두 총열에 모두 총알이 있었다. 내가 꼭 해야 하는 일을 할 수 있게. 나는 아빠를 실망시켰다. 아빠뿐만 아니라 온 가족을 실망시켰다. 나는 바닥을 보았다. 바로 여기, 이 자리에서 아빠가 개를 품에 안고 무릎으로 앉았다. 칼이 오발로 개를 쏘고, 내가 칼로 개의 목숨을 끊은 직후였다. 칼이 하지 못해서 내가 했다.

그래, 여기에는 미련을 가질 것이 별로 없었다.

나는 본채 서쪽의 창문 하나 없는 벽을 보았다. 사람들이 이곳에 저 집을 지을 때 우선순위는 빛이 아니었다. 북서풍을 막는 것이 가장 중요했다. 집의 입구는 뒤편, 즉 정북쪽에 있었다. 햇빛이 드는 반대편에 있는 엄마의 겨울정원에서는 칼이 앉아 컴퓨터로 신문을 읽고 있었다.

나는 귀를 쫑긋 세웠다. 시간을 다시 확인했다. 마당으로 걸어 나갔다.

그래, 확실히 자동차 소리였다. 기어를 내리는 소리. 아마 지금쯤 일본식으로 커브를 돌고 있는 모양이었다. 내가 십대 때는 소리만 듣고 자동차 제조사를 알아맞히는 것이 가능했다. 적어도 신차만 아니라면. 하지만 요즘은 어림없었다. 타이어 제조사를 추측하는 편이 더 쉬웠다. 그런데 예이테스빙엔을 돌아서 나타난 자동차를 보니 나탈리의 미쓰비시였다.

그녀가 차에서 내렸다.

"여기가 그 유명한 오프가르 농장이군요." 그녀가 말했다.

"이 길로는 처음 올라오는 거야?"

나탈리가 고개를 끄덕였다. "이 도로로는 여기로만 통하잖아요."

"나는 너희가 혹시 산속을 걸어 다니지는 않았나 했지."

“우린 산속을 걸은 적 없어요. 어머나, 새로 쌓인 눈이 있어요!” 나탈리는 웃음을 터뜨리며 먼 곳을 가리켰다. 밤새 얄팍하게 내린 눈이 케이크 위의 설탕 장식처럼 산꼭대기에 쌓여 햇빛 속에서 탁하게 반짝이고 있었다. “올라와보니 정말로 아름다운 곳이에요, 로위.”

“그래, 우리가 운이 좋았지.”

이유는 모르겠지만, 확실히 조금 자랑스러웠다. 지금 우리가 보고 있는 땅이 확실히 오프가르의 것이긴 해도, 농부의 자부심은 아름다움을 따지지 않는다. 목초지의 상태가 얼마나 좋은지, 산림이 어떤지 등이 자부심의 바탕이다. 그런 의미에서 오프가르 농장은 자랑할 것이 별로 없었다. 이것도 좋게 표현한 말이다. 나지막한 바위산, 자작나무, 히스 등…… 이 땅에서 잘 살 수 있는 생물은 염소뿐이다.

“그러니까 여기까지 걸어 올라온 적이 없다고?” 내가 물었다.

“모르겠어요. 아마 있긴 할 것 같은데, 기억이 안 나요. 어쨌든 내가 알아둬야 할 일이긴 해요. 여기까지 걸어서 올라오는 게 호텔의 홍보 포인트 중 하나거든요.”

“아멘. 커피?”

“그거 좋죠.” 나탈리가 특유의 행복하고 솔직한 미소를 지었다. 하지만 나는 그런 솔직함과 기쁨을 마주할 준비가 되어 있지 않았기 때문에 계속 풍경을 유심히 살피는 척했다.

내가 앞장서서 집 안으로 들어갔다. 내가 커피를 올리는 동안 나탈리는 식탁에 앉았다.

“안녕, 나탈리.” 칼이 겨울정원에서 소리쳤다.

“안녕하세요, 사장님!”

칼이 웃음을 터뜨렸다. 만족스러운 웃음이었다.

나는 조리대에서 돌아섰다. 그녀가 앉아 있는 것을 보았다. 내가 작성한 메모가 아직 식탁에 있는 것을 보았다. 갑자기 부엌이 너무 작다는 생각이 들었다. 물론 거실을 사용해도 되지만, 거기에는 어제 먹은 피자의 잔해와 칼이 비운 맥주병이 흩어져 있었다.

내가 말했다. "있잖아, 어차피 여기에 익숙해져야 한다니까 말인데, 커피를 보온병에 넣어서 산책을 가면 어때?"

나탈리는 몸에 꼭 끼는 청바지와 얄팍한 컨버스 운동화를 자기도 모르게 흘긋 내려다보았다.

"우리 엄마가 옛날에 신으시던 워킹화를 빌려줄 수도 있어." 내가 말했다.

엄마의 신발은 포치의 트렁크 속에 있었다. 나탈리가 신발 끈을 묶는 동안 나는 문 위에 걸린 레밍턴 소총을 보았다.

"레밍턴 700 CDL?" 나탈리의 목소리가 들렸다.

나는 돌아섰다. 이제 나탈리는 파타고니아 재킷의 지퍼를 끝까지 올리고 나갈 준비를 모두 마친 채 일어서 있었다.

"총을 잘 알아?" 내가 물었다.

나탈리는 고개를 저었다. "옛날에 아빠가 저거랑 똑같은 걸 갖고 있었어요."

"사냥을 다니나?"

"옛날에는 그랬죠."

"하지만 널 데려간 적은 없고?"

"없어요. 소총에는 손도 못 대게 했어요. 그냥 보기만 하라고 했죠. 특히 내가 크리스마스에 작은 인두를 가져다가 여기에 아주, 아주 작은 하트를 그린 다음에는 더했어요."

나탈리는 발끝으로 서서 호두나무로 만든 총 개머리판 끝을 손가락으로 쓸었다.

"눈에 잘 보이지도 않을 정도였는데, 세상에, 얼마나 혼났는지 몰라요."

"엄격한 사람이었네." 나는 문고리를 손으로 잡았다.

"아, 날 혼낸 사람은 엄마였어요. 소총에 손대지 말라고 말한 사람도 엄마였고요."

나는 머릿속에 떠오른 여러 질문을 옆으로 밀어버리고, 문을 열었다. 빛이 쏟아져 들어왔다.

우리는 히스밭을 헤치며 나아갔다. 나탈리의 보폭이 짧아졌다가 길어지기를 반복하는 것이 눈에 들어왔다. 이 땅에서 어떻게 걸어야 할지 잘 모르는 사람처럼, 거의 폴짝거리듯이 걸었다. 호텔이 보이는 첫 번째 언덕 꼭대기에 다다랐을 때 그녀는 벌써 숨이 턱에 차 있었다.

"로위는 정말 야생 염소 같네요." 나탈리가 말했다.

"난 잘 모르겠는데."

"아뇨, 맞아요. 천천히 차분하게 걷는 것 같은데, 훌쩍 앞에 가 있잖아요. 올라랑 똑같아요."

"올라가 누구야?"

나탈리는 고개를 한쪽으로 기울이고, 한쪽 눈을 감은 채로 나를 보았다.

"있어요. 나랑 같이 사냥하는 사람."

"아하! 그러니까 총 쏘러 다니는구나?"

"아뇨. 사냥 허가를 받지 못해서 그냥 구경만 해요. 계속 갈까요?"

"오케이. 어디로?"

나탈리가 빙긋 웃었다. 넓게 벌어진 입, 부드러운 입술, 하얀 치아.

"물론 정상으로 가야죠."

우리는 계속 걸었다. 나는 윤곽이 불분명한 산길에서 약간 오른쪽으로 치우쳐 걸으면서 아까보다 속도를 조금 늦췄다. 나탈리가 나와 나란히 걸을 수 있게.

"총 얘기가 나와서 말인데……." 나탈리가 말했다. "오스에 놀이공원을 만들자는 로위의 아이디어를 시작도 안 해보고 그냥 쏴버리기 싫어요. 그래서 내가 조사를 좀 해봤거든요."

"말해봐."

"노르웨이에서 성공을 거둔 놀이공원에는 한 가지 공통점이 있어요. 그게 뭔지 알아요?"

"짐작을 해볼 수도 있겠지만, 그냥 네가 말해."

"모두 널찍한 도로와 가까이에 있어요. 가장 규모가 큰 놀이공원 네 곳, 그러니까 투센프뤼드, 콩에파르켄, 뒤레파르켄, 훈데르포센이 모두 대로 옆에 있다고요. 워터파크 솜마를란드는 1급 국도 옆에 있고요. 사업도 잘돼요. 연간 방문객이 15만 명이니까. 훈데르포센을 이길 만큼 놀이기구도 많아요. 가장 중요한 건 접근성이에요. 그러니까 오스가 중앙도로에 접근할 수 있다는 이점이 사라진다면, 놀이공원 사업이 재정적인 타당성을 확보할 가능성은 그리 크지 않아요. 내 생각에는요. 그래서 가장 먼저 묻고 싶은 건 이거예요. 혹시 더 작은 규모는 생각해봤어요?"

"해봤어. 그리고 포기했지." 내가 말했다.

"왜요?"

"롤러코스터를 지으려면 수억 크로네가 들어. 그러니까 그걸로 이윤을 내려면, 매년 수천 명의 방문객이 와야 하잖아."

나탈리는 무슨 말인지 알겠다는 듯이 고개를 끄덕였지만, 이해하지 못했음이 분명했다.

"내가 현실적인 사업 계획을 갖고 있는지, 아니면 그냥 롤러코스터에 집착하는 건지 궁금한 거야?"

"음, 집착이에요?"

나는 나탈리를 보았다. 그녀는 내 눈을 똑바로 바라보고 있었다. 왠지 그녀가 내 마음을 읽을 수 있는 것 같았다. 정말로 그런 느낌이 들었다. 옛날에 내 주유소로 사후피임약을 사러 왔던 그 학대당한 십대 소녀의 마음을 내가 읽은 것과 마찬가지로, 그녀가 내 마음을 읽을 수 있는 것 같았다. 이걸 깨닫고 나니 나탈리에게 모든 걸 털어놓고 싶다는, 이상하기 짝이 없는 욕망이 생겼다. 아니, 아니지, 모든 건 아니다. 일부만. 물론 그것도 불가능한 일이지만.

"산술적으로는 좀 더 광범위해." 내가 말했다. "시너지 효과가 있으니까. 가족 테마의 놀이공원과 오스 스파 사이의 시너지 효과뿐만 아니라, 주유소, 프리트팔, 이 일대의 부동산 가격에도 영향이 미칠 거야. 중요한 건 임계점이야. 롤러코스터를 촉매 삼아 스스로 증식하는 반응을 일으키는 거지."

"그래요." 나탈리는 이렇게 말했지만, 여전히 확신이 없는 듯했다. 어쩌면 그녀가 노토덴의 중등학교에서 과학, 수학, 화학 수업을 듣지 않았기 때문일 수도 있고, 내가 그린 큰 그림의 계산 결과를 믿지 않기 때문일 수도 있었다. "뭐, 그 사업 계획을 평가하라고 로위가 날 고용한 건 아니지만, 이게 정말로 로위가 원하는 건지 확실하게 확인할 필요가 있어서 그래요. 이런 걸 마케팅할 때에는 몇 가지 기본 원칙이 있거든요."

"이를테면?"

"돈이 많이 들어가는 대규모 프로젝트에는 순전히 금전적인 측면에서 더 많은 마케팅이 필요하다는 걸 모두가 알지만, 전체 투자액에서 마케팅의 비중 또한 더 커진다는 사실은 잘 몰라요. 영화산업을 예로 들어볼까요? 거기서는 영화 한 편, 한 편이 별도의 프로젝트잖아요. 규모가 작은 인디 영화에서 마케팅의 비중은 전체 예산의 10-20퍼센트쯤. 하지만 블록버스터 영화에서는 50퍼센트 이상인 경우가 많아요. 그 정도 돈이 수중에 있어요?"

"아니." 나는 사실을 인정했다.

"그럴 줄 알았어요. 그럼, 오스의 규모가 어느 정도 수준과는 거리가 멀고, 이곳을 통과하는 교통량이 싹 사라지기 직전이고, 로위에게 엄마들을 설득할 돈이 없다는……."

"엄마들?"

"연구 결과에 따르면, 가족이 휴일과 주말을 어디에서 보낼지 결정하는 사람이 엄마들이에요."

"오케이."

"그래서 내가 생각을 해보다가 아이디어를 하나 떠올렸는데요, 로위가 받아주면 좋겠어요."

나는 고개를 끄덕이면서 계속 얘기해보라고 말했다.

"로위 오프가르가 카드 하나에 올인 해야 해요."

"응?"

"그거 말고, '무슨 카드?'라고 물어야죠."

나는 눈을 굴렸다. "무슨 카드?"

그녀는 다시 나와 눈을 마주치더니, 천천히 또렷하게 말했다. "세. 상. 에. 서. 제. 일. 큰. 롤. 러. 코. 스. 터."

뭐가 뭔지 정신을 차리지 못하는 사이, 그녀는 내 손을 붙잡아 팔을 잡아당기더니, 파카 소매를 위로 올렸다.

"보이죠?" 그녀가 웃음을 터뜨리며, 내 팔 아래쪽의 부드러운 부분을 손가락으로 오르락내리락했다.

"뭐가?"

"소름. 그게 로위의 카드예요."

"소름이?"

나탈리가 내 팔을 놓아주어서 나는 다시 소매를 내렸다.

"홍보 예산이 제한되어 있다는 건 목소리를 크게 낼 수 없다는 의미만이 아니에요. 말할 수 있는 내용에도 제약이 생기죠. 그러니까 로위가 해야 할 말은 딱 하나예요. '세상에서……'" 나탈리가 내게 지시하듯 두 손을 움직였다. 내가 그녀와 함께 합창할 때까지 포기할 생각이 없는 모양이었다. "……제일 큰 롤러코스터."

"그 문구가 로위의 메시지예요. 광고마다, 매체를 상대로 뭔가 말할 때마다 꼭 이 문구를 되풀이해야 해요."

"그것만으로 사람을 끌 수 있다고?"

"투센프뤼드의 방문객이 100만 명을 넘은 건, 거기에 새 롤러코스터가 도입된 해뿐이었어요. 심지어 그건 세상에서 제일 큰 것도 아니었는데 말이죠. 오스에 세상에서 제일 큰 것이 들어온다면, 심지어 아빠들도 가족의 나들이 장소에 대해 의견을 내려고 할 거예요. 온 세상의 롤러코스터 덕후들이 나타나는 건 말할 필요도 없고요. 미국에는 수천 명의 회원이 전세계를 돌아다니는 롤러코스터 클럽들이 있어요."

"그 말이 맞을 수도 있겠지." 내가 말했다. "하지만 이건 세상에서 제일 큰 롤러코스터가 아니야. 그냥 세상에서 가장 아름다운 롤러코스터일 뿐이지. 트랙 자체도 그렇고, 주변 풍경도 그렇고."

"미학적인 부분이 덕후들을 불러들이기는 하겠죠. 하지만 일반 대중은 아니에요. 그 사람들은 세상에서 제일 큰 롤러코스터를 타 봤다고 목록에 표시하고 싶어해요."

"그럼 네 말은……."

"……더 큰 롤러코스터를 만들어야 한다."

"그러다 이 년 뒤에 두바이에 더 큰 게 들어서면?"

"놀이공원 방문객 숫자는 상당히 안정적으로 유지되는 경향이 있어요. 첫해 방문객 숫자를 보면, 향후 이십 년 동안 어떤 상황이 펼쳐질지 상당히 정확하게 예측할 수 있다는 뜻이에요. 블록버스터 영화의 개봉 주말 성적과 좀 비슷해요. 문을 열 때부터 이게 '세상에서 제일 크다'라는 말을 자꾸만 되풀이한다면, 사람들은 그 말을 기억할 거예요. 더 이상 그 말을 할 수 없게 된 뒤에도 한참 동안."

"그래, 확실히 생각해볼 점이긴 하네." 나는 턱을 긁적이며 말했다. 아침에 전기면도기를 떨어뜨리는 바람에 안전면도기를 쓸 수밖에 없었는데, 느낌이 이상했다.

"저기서 커피 마실까요?" 나탈리가 눈 모자를 쓴 네사크슬라 산을 가리키며 말했다.

"저거 보기보다 좀 멀걸." 내가 말했다.

"그게 어때서요?"

나는 어깨를 으쓱했다. "뭐, 차가운 커피가 좋다면야……."

나탈리가 빙긋 웃었다. "눈이 있는 데까지 올라가서 직접 아이스커피를 만들어 먹을까요?" 그녀는 내 대답을 기다리지도 않고 먼저 출발했다. 나는 그녀가 돌아서기를 기다리며 가만히 서 있었다. 하지만 그녀가 돌아서지 않았기 때문에, 잠시 뒤 그녀를 따라갔다.

네사크슬라 산을 향해 눈을 헤치며 터벅터벅 걷는 우리 머리 위에서 해가 미끄러지듯이 움직였다. 나탈리는 울퉁불퉁한 산길을 걷는 법을 아주 빨리 배웠다. 그래서 곧 나는 평소 속도로 걸을 수 있게 되었다. 그녀와 놀이공원에 대해 계속 이야기를 나누면서 나는 미처 생각하지 못한 일들이 많다는 사실을 깨달았다. 나탈리가 모든 정답을 안다고 주장한 것이 아니었다. 그보다는 좋은 질문을 많이 던졌다. 얼마 뒤 우리는 주위에 보이는 것들에 관해 이야기하기 시작했다. 나는 여러 산봉우리를 가리키며 이름과 높이를 말해주었다. 하늘을 날고 있는 새에 대해서도 그녀에게 말해줄 수 있었다. 걷다가 산막이 나올 때마다 그곳의 이름도 말해줄 수 있었다. 나탈리는 우유 짜는 여자의 노래와 가축을 부르는 신호에 대해 이야기해주었다. 우유 짜는 여자들은 여름에 여기 산속에 혼자 살면서 동물들에게 노래를 불러줬다. 그들에 대한 노래가 만들어지기도 했다.

"틴의 카리 미드트가르드를 아나요?" 나탈리가 밝고 생기 있는 목소리로 노래했다. 재즈 가수처럼 원래 키보다 살짝 낮춘 음이 흠잡을 데 없이 정확했다. **"그녀는 남자를 안으로 들이지 않아."**

노래가 너무나 사랑스러워서 나는 걸음을 멈췄다. 어쩌면 입도 벌렸는지 모르겠다. 적어도 그녀가 웃음을 터뜨리기는 했다. 고독하고 슬픈 소리가 공중에서 대답하자 그녀는 귀 뒤에 한 손을 댔다.

"뭐예요?"

"검은가슴물떼새." 내가 말했다.

"검은가슴물떼새? 새라고요?"

나는 고개를 끄덕였다. "우리가 둘이라서 녀석이 눈에 보이지 않는 거야. 혼자일 때는 녀석이 스스로 모습을 드러내. 검은가슴물떼새는 고독의 동반자거든."

"그럼 그거네요." 나탈리가 방금 뭔가를 깨달은 사람처럼 혼자 고개를 끄덕였다.

"뭐가 그거야?"

"그 소리요. 뭔지 알겠어요. 로위와 그 새가 서로를 본 적이 많은 거예요. 그렇죠?"

틀림없이 내게 시선을 고정하고 있을 나탈리와 눈을 마주치지 못하고, 나는 손목시계를 보았다.

"정말로 여기서 안 돌아갈 거야?" 내가 물었다.

"오늘은 다른 계획 없어요. 로위는요?"

나는 고개를 젓고 나서, 그녀와 함께 계속 걸었다.

세 시간 넘게 걸은 뒤에야 눈 모자에 도착했다. 눈이 이미 녹기 시작해서, 새로 생긴 작은 개울에서 졸졸 물 흐르는 소리가 들렸다. 비탈진 바위와 히스밭이 드러나 있었다. 우리는 마른 바위 두 개를 찾아 앉았다. 나는 배낭을 열어 보온병을 꺼내서 플라스틱 컵 두 개에 커피를 따랐다. 햇빛에 아직 온기가 조금 남아 있었다. 부리가 조붓하고 꼬리 깃털이 수직으로 솟은, 자그맣고 동글동글한 새가 뒤집어진 나무뿌리 위에 서서 우리를 유심히 바라보았다.

"검은가슴물떼새도 결국 친구를 원하는 건가요?" 나탈리가 물었다.

나는 고개를 저었다. "저기 저거는 굴뚝새야."

"아. 근처에 둥지가 있을까요?"

"없을걸. 보통 수컷이 재료를 쉽게 구할 수 있는 숲에 둥지를 짓거든."

"그 세계에서도 수컷이 집을 짓는 거네요, 그렇죠?"

"그렇지. 그러면 암컷이 와서 둥지를 검사해보고 좋아하면 다행이지."

"싫어하면 어떻게 되는데요?"

나는 어깨를 으쓱했다. "나도 잘 몰라. 수컷이 새로운 둥지를 지어야 하지 않을까. 아니면 암컷이 더 좋은 둥지를 지은 다른 짝을 찾아 나서거나."

"그래서 여자친구를 사귀지 않는 거예요, 로위?"

이 질문에 너무 놀라서 나는 대답할 말이 생각나지 않았다. "내가?"

"어제 머리를 자르러 갔는데, 그레테 말이 전에 여자 경찰관이 여기까지 와서 로위를 만나던 시절 이후로 아무도 없었다고 하더라고요. 그런데 그건 오 년 전 일이라고."

나는 웃음을 터뜨렸다. "그레테의 날짜 감각은 진짜 대단해. 적어도 나보다는 나아."

"그래요?" 나탈리는 또 나를 똑바로 바라보았다. "왜 여자친구를 안 사귀는 거예요?"

나는 잔을 입으로 가져갔다. 시간을 좀 벌기 위해서.

"너무 개인적인 질문이라면 미안해요." 나탈리가 말했다.

"아냐, 아냐." 나는 거짓말을 했다. "할 말이 별로 없어서 그래. 시간은 계속 흐르고, 할 일은 아주 많고, 그런 거지."

나탈리는 황량한 풍경을 바라보며 고개를 끄덕였다. 저물어가는 햇빛이 곧 가을의 색채를 삼켜버릴 것이다.

"그냥 생각해봤는데요, 로위가 나랑 내 일에 대해 잘 아니까 나도 좀 알아두는 게 공평한 거 아닌가 싶었어요. 어쨌든 내가 생각하기에는 그래요."

"그래."

나탈리는 잔에 남은 커피를 눈 위로 부었다.

"소변 좀 보고 올게요." 나탈리가 말했다. "아무도 못 오게 망봐줄 수 있죠?"

농담이었지만, 우리 둘 다 웃지 않았다.

"그럴게." 내가 말했다.

나탈리는 능선을 올라가 거대한 바위 뒤로 사라졌다. 나는 자리에 앉아 해를 바라보며, 돌아가는 길은 대부분 내리막길이고 나탈리가 꾸준히 걷는 법을 익혔으니 두 시간 반이면 도착할 것이라고 계산을 마쳤다.

"로위!"

크게 외치는 소리가 메아리쳤다.

나는 고개를 돌렸다.

"여기로 와요!"

나는 일어서서 바위까지 50미터를 걸었다. 나탈리가 그 뒤에 서서, 눈 속의 뭔가를 가리키고 있었다. "발자국이에요."

확실히 동물 발자국이었다. 발가락 네 개, 곡예사의 모자를 닮은 모양.

"늑대 아니에요?"

"그럴지도." 내가 말했다. "그보다는 아마 개일 거야."

"개라고 하기에는 너무 크지 않아요?"

"개의 종류에 따라 다르지. 사실은 차이를 알아보기가 불가능해."

"아까 미용실에서 어떤 여자가 그러던데, 이 근처에서 늑대들이 보였대요."

"그 미용실에서 상당량의 가짜 뉴스가 제조되는 것 같은데. 여긴 사냥하는 지방이야. 이 일대에는 개가 아주 많아."

“만약 늑대라면요? 곧 해가 질 텐데…….” 나탈리가 두려운 표정으로 나를 보았다.

“늑대라면, 혼자 다니는 녀석이야.” 나는 나탈리의 불안을 가라앉히려고 애썼다. 이 조숙한 아가씨보다 거의 스무 살이나 많은 남자이니 그렇게 할 수 있을 것이다. “혼자 다니는 수컷일 거야. 아마 알파메일과 싸워서 졌겠지.” 나는 말을 계속 이었다. “그러니까 힘이 가장 센 늑대가 아니야. 무리가 없어서 굶주리고 약해진 늑대는 이미 사형선고를 받은 거나 같아. 게다가 네가 이놈을 무서워하는 것보다 이놈이 널 더 무서워할걸.”

“내기할래요?”

두려움을 뚫고 작은 미소가 모습을 드러냈다. 정말로 겁에 질렸던 건가? 아니면 그냥 날 놀린 건가?

“다음에는 우리 둘 다 총을 가져오자.” 소지품을 챙겨서 산길을 내려가며 내가 말했다.

“늑대를 쏘는 건 불법이에요.” 나탈리가 말했다.

“정당방위라면 무엇이든 쏠 수 있어.”

“확실해요?”

나탈리가 내 앞에서 걷다가 속도를 전혀 늦추지 않은 채 돌아서서 한쪽 눈을 감았다. “사형선고를 받고 교수대에 선 사람은 사형집행인의 목을 졸라도 되나요? 왕이 적의 기관총 포화 속으로 돌격하라고 명령한다면, 그 명령을 받은 사람에게 왕을 쏠 권리가 생기는 거예요?”

나는 고개만 저었다.

“그거 엄청난 질문인데.” 나탈리가 일부러 묵직한 목소리를 흉내냈다.

"앞을 봐. 발 디디는 자리를 봐야지." 내가 말했다.

"진짜 엄청난 질문이라고 생각했죠? 인정해요." 기묘한 색채를 띤 나탈리의 눈에서 즐거움이 춤을 추었다.

"진짜……." 나는 나탈리를 앞으로 밀면서 말했다. "엄청난 질문이라고 생각해."

나탈리의 웃음소리가 창백한 가을 하늘 아래 맑고 상쾌한 공기 속으로 새소리처럼 퍼졌다.

나탈리가 자신의 차를 몰고 떠난 것은 이미 어스름이 내린 뒤였다. 칼은 집에 없었다. 십중팔구 호텔에 있을 것이다. 누구와 같이 있는지 알 것 같았다. 나는 늦은 시간까지 롤러코스터 그림을 보며 앉아 있었다. 자드라의 측정치를 바탕으로, 전체적인 크기를 키우면 궤도가 물리적으로 어떤 영향을 받을지 알아보려고 시도했다. 한동안 공식을 붙들고 씨름했지만, 내 능력을 넘어서는 일임을 인정하는 수밖에 없었다. 그래서 잠자리에 들기 전에 이것이 가능한 일인지 묻는 이메일을 글렌 무어에게 보냈다. 비용이 얼마나 들어갈지도 물었다.

잠들기 전에 멀리서 어떤 소리가 들렸다. 길고 슬픈 소리였다. 나는 검은가슴물떼새를 떠올렸지만, 그 녀석의 소리가 아니었다. 개도 아니고, 늑대도 아니었다. 내가 늑대 소리를 들어본 적은 없어도, 그 소리는 너무나 인간적이었다. 마치 노래처럼. 저 아래 후켄에서 올라온 차갑고 날카로운 소리가 그 노래를 방해했을 때 나는 이미 설핏 꿈나라로 간 뒤였던 것 같다. 다시 갈까마귀가 보였다. 녀석은 그때 앉아 있던 그 자리, 시그문 올센의 허리띠 쬠쇠 위에 앉아 있었다.

바람과 함께 일요일이 왔다. 낮게 뜬 조각구름은 서둘러 하늘을 가로질렀다.

우리 팀의 홈 경기가 또 있었다. 칼은 모든 홈 경기가 11월 이전에 끝나고 원정 경기는 늦가을에 열리게 오스 FC의 경기 일정을 조정했다고 설명했다. 원정 경기가 열릴 저지대는 그 시기에 눈이 내릴 위험이 적었다.

칼을 따라 관중석 위쪽으로 올라가면서 보니, 페넌트들이 VIP석의 한쪽 면을 가득 메우고 있었다. 마리 오스가 칼에게 재빨리 형식적인 미소를 보내는 것이 보였다. 겨우 몇 시간 전 오스 스파 어딘가에서 서로 끌어안고 누워 있던 사이면서. 칼과 나는 마리와 칼의 관계를 결코 입에 올리지 않았다. 칼이 아니라 내가 원한 일이었을 가능성이 높다. 나는 그런 은밀한 일에 절대로 끼고 싶지 않았다. 아마 칼도 눈치챘을 것이다. 칼에게도 그편이 편했는지 모른다. 아무도 모르는 상황에서는 그것이 그저 자신의 상상에 불과한 척하기가 더 쉽다. 옛날에 나와 리타도 비슷했다. 섀넌과 나의 관계도 당연히 그랬고. 그래, 섀넌…… 그것이 정말로 있었던 일인지 아니면 모든 것이 그냥 꿈이었는지 지금도 가끔 잘 모르겠다.

오늘은 관중이 적었다. 관중석에도, 경기장 주위에도. 팀을 선택하는 데에 홍보가 분명히 영향을 미쳤다. 알렉스가 훈련복 상의를 벗는 모습이 보였다. 오늘 선발로 출장하는 모양이었다.

주심과 선심이 등장하기 전에, 아나운서가 무선 마이크와 쿠폰을 양손에 각각 들고 센터서클로 걸어왔다. 매번 경기 시작 전에 이전 경기의 최고 선수에게 상을 주자는 것은 칼의 아이디어였다. 선물은 항상 호텔 스파의 두세 시간짜리 관리코스 이용권이었다.

아나운서가 선수의 이름을 부르자 칼이 내게 윙크했다. 사람들의 박수를 받으며 쿠르트 올센이 센터서클로 뛰어나왔다.

"금요일에 올센이 드래프트 계약을 했는데, 오늘은 상까지 받네." 칼이 속삭였다.

쿠르트는 쿠폰을 받았지만, 평소처럼 감사하다고 인사하고 경기장을 떠나지 않고 마이크를 잡았다. 바람 때문에 스피커에서 듣기 싫게 긁히는 듯한 소리가 나자, 아나운서가 바람을 등지고 마이크를 보호하는 방향으로 쿠르트를 돌려세웠다.

"트레이너가 최고 선수로 호명된 것은 아마 오늘이 처음일 겁니다." 올센이 말했다. "하지만 정말 옳은 결정이라고 할 수밖에 없네요."

VIP석에서 웃음이 터졌다.

"하지만 우리 클럽과 서포터 여러분에게 제가 마음을 정했음을 알리기에 좋은 자리인 것 같기도 합니다."

칼이 씩 웃으며 뒤로 등을 기댔다. 손을 등 뒤로 돌리고 배를 불룩 내민 자세였다. 그러고 보니 칼에게서 예전보다 훨씬 더 '무게감'이 느껴진다는 사실이 이제야 눈에 들어왔다. 칼은 몸의 균형을 유지하기 위해 뒤로 살짝 몸을 기울여야 했다. 내가 갑자기 깨달은 사실은 그것만이 아니었다. 예전 오스의 왕, 즉 빌룸 빌룸센이 지금의 칼과 같은 나이일 때의 모습과 지금 칼의 모습이 그리 크게 다르지 않다는 것.

"이 클럽에서 제가 할 일은 이제 끝난 것 같습니다." 쿠르트가 말했다. "저도 여행의 다음 여정으로 나아가고 싶습니다만, 사실 보안관으로서 다른 임무가 있습니다. 이런저런 이유로 앞으로 몇 달 동안 그 임무에 시간을 쏟게 될 것 같습니다."

이제 경기장에서 들리는 소리는 휘파람 같은 바람 소리와 페넌트가 펄럭이는 소리뿐이었다.

"저쪽의 거물들이 계약을 제의했습니다." 쿠르트가 우리 쪽을 가리키자, 터치라인 쪽에서 누군가가 웃었다. 에릭 네렐의 목소리 같았다. "조건이 괜찮았어요. 당연히 그래야 하는 거지만. 그쪽은 그럴 여유가 있고, 저는 정말 끝내주는 트레이너니까요." 또 에릭 네렐이 짧게 웃었다. 그는 쿠르트의 신실한 사도였다. "하지만 이제부터는 보안관으로서 제가 맡은 일에 집중하면서 다른 사람에게 배턴을 넘기는 것이 저의 소망이자 의무입니다. 저를 믿어주셔서 감사합니다. 안녕히 계세요." 쿠르트는 스파 쿠폰을 들어 올리며 박수갈채보다 큰 목소리로 말했다. "제가 이걸 사용할 시간이 없을 것 같으니, 다른 사람에게 주겠습니다! 알렉스가 훈련을 잘했으니까 사우나를 즐기게 해주죠!"

나는 칼을 흘긋 보았다. 칼은 돌처럼 굳은 얼굴로 서서, 손바닥을 벌하듯이 손뼉을 치고 있었다.

"저놈 저거 무슨 짓이야?" 칼의 입꼬리에서 소리가 새어 나왔다.

"일종의 폭탄을 손에 넣었나 보네." 내가 계속 박수를 치면서 속삭였다. "이제 쿠르트가 거리를 벌리겠어."

칼은 고개를 끄덕였다. 내 말이 무슨 뜻인지 알아들은 모양이었다. 쿠르트가 일종의 다이너마이트를 갖고 있는데, 그걸 터뜨리기 전에 본인이 먼저 방에서 나가 몸을 피해야 한다는 뜻. 우리와 거리를 둬야 할 것이다. 자신은 우리와 아무 관련이 없고, 공통 관심사도 없다고. 자동차의 잔해에서 뭔가가 발견되었음이 분명했다. 쿠르트가 오스에서 진짜 전설이 될 기회가 왔는데도 계약을 거절한 이유로 생각할 수 있는 것은 그것뿐이었다. 아니, 여전히 오스에서 전설이 될 계획이긴 할 것이다. 다만 분야가 다를 뿐. 자기 아버지의 살인사건뿐만 아니라 다른 여섯 건의 살인까지, 즉 모두 합해 일곱 건의 살인사건을 해결한 사람이 되는 것. 쿠르트는 그동안 내내 거의 혼자서 이 사건들을 수사하고 있었다. 그래서 나는 계속 박수를 쳤다. 분명히 그는 박수를 받을 자격이 있었다. 저 강인한 자식은 겨울이 와도, 전선에서 아무 소식이 없어도 계속 싸우는 참호 속 전사였다.

리타가 고개를 돌려 우리를 올려다보았다. 그녀의 눈에 전에는 본 적이 없는 눈빛이 있었다. 차가움. 순수한 증오. 그 눈빛이 빌어먹을 감마선처럼 내 몸을 뚫고 지나가서 나는 부르르 떨었다. 한때 마음과 침실 문을 열어주었던 여자에게 미움받는다는 사실을 아무리 잘 설명하고 지나간다 해도, 피할 수 없는 질문이 하나 있다. 저 여자가 옳은가? 지금 저 여자의 눈빛에 드러난 것처럼 내가 정말로 그렇게 불쾌한 사람인가? 영적인 장애자인가? 하지만 과거에 저 여자가 나를 사랑했다면, 아니 조금이라도 내게 마음을 주었다면, 내가 처음부터 그런 사람이었을 리가 없다. 그렇다면 언제 바뀐 건가? 정확히 언제 나와 내 인간성 사이의 연결이 끊어진 건가?

섀넌을 태운 캐딜락이 절벽 너머로 기울어지는 모습을 보았을 때인가? 아니면 그 전에, 엄마와 아빠를 태운 캐딜락이 같은 방식으로 사라졌을 때? 아니면 그 전에, 이층 침대 위층에 누워 양손으로 귀를 막고 자신이 완전히 다른 곳에 있다고 생각하려 애쓰던 열두 살 때?

리타가 다시 경기장으로 시선을 돌렸다. 양 팀이 킥오프를 위해 줄을 맞춰 서 있었다. 상대 팀은 이 경기에 더 많은 것이 걸려 있었다. 내가 알기로는 그랬다. 자칫하면 강등될 상황이었으니까. 그러니까 이건 평범한 경기였다. 가장 영리하고 가장 강한 최고의 팀과 승리를 가장 원하는 팀 사이의 경기.

경기장에서 돌아온 뒤 나는 파스타를 만들었다. 함께 식사하면서 칼과 나는 쿠르트 올센이 과연 어떤 종류의 폭탄을 손에 넣었을지 의논했다.

칼이 말했다. "크리포스에 있는 형의 여성 친구가 혈액과 머리카락을 발견했다고 말했고, 형은 그걸 뻔한 곳에서 발견한 게 아니라는 뜻으로 보고 있잖아. 그렇다면, 내 캐딜락의 트렁크에서 뭔가가 발견된 건지도 모르겠어."

그가 섀넌의 이름을 언급하지 않으려 하는 것이 눈에 띄었다. 칼은 섀넌을 구타해서 죽인 뒤 자기 자동차 트렁크에 시체를 숨겨두고 내게 전화를 걸어 도움을 청했다. 내가 상황을 알아차리고 내 인생이 재로 변한 순간에 어떻게 사실을 감출 수 있었는지 지금 생각해도 수수께끼다. 그때 나는 섀넌을 운전석으로 옮기고 차를 절벽 너머로 보내 사고처럼 보이게 해야 한다고 말했다. "예이테스빙엔에서 또 사고가 났다고 하자고?" 칼이 물었다. 이 질문에 대한 답으로 나는 한 해 동안 발생한 교통사고의 절반은 통계적으로 이전 사고 지점에서 발생한다고 말했다. 그러니 십팔 년 동안 예이테스 빙엔에서 사고 세 건이라면 딱히 놀라운 숫자는 아니라고.

나는 포크로 파스타를 쑤셨다. "우리가 그 트렁크를 얼마나 철저하게 닦았는데. 거기선 아무것도 발견하지 못했을 거야."

"그럼 도대체 뭘까?"

나는 어깨를 으쓱했다. "그냥 여기저기서 머리카락 몇 가닥을 발견했을지도 모르지. 그걸 조사하면 피해자의 것이나 너랑 내 것으로 판명될 거야. 그러니까 걱정할 필요 없어. 디저트 먹을래?"

"디저트가 있어?"

"네가 장을 안 봤으면 없지."

우리는 서로를 마주 보다가 웃음을 터뜨렸다.

칼은 일찍 잠자리에 들었다. 어젯밤에 칼이 집에 들어오는 소리가 들린 때는 늦은 시각이었다. 마리가 누구를 끌어들여 핑곗거리로 이용하고 있는지는 하느님만 아실 것이다. 어렸을 때부터 절친한 친구인 그레테 스미트? 그래, 그렇다면 굉장하네. 하지만 사실 1914년 이전에 큰 나라들이 하던 짓이 바로 그런 것 아닌가? 전쟁 상대로 가장 두려워하는 나라들과 동맹을 맺었으니까.

나는 가만히 앉아서 생각해보았다. 마리는 오스 판 KGB와 한편이 된 것인가? 그렇게 오랫동안 바람을 피우면서 그럭저럭 비밀을 유지하는 것은 정말 대단한 일이었다. 만약 내 추측이 옳다면, 나도 여기서 배울 점이 있지 않을까?

나는 이메일을 확인했다. 무어의 답장이 와 있었다. 그는 직접 와서 현장을 살펴보고 프로젝트에 대해 의논하고 싶은 마음이 간절하다고 썼다. 모든 치수를 같은 비율로 확대하기만 해서는 안 될 것 같다는 내 추측이 옳았으며, 더 크고 높은 궤도를 짓는 데 드는 추가 비용 때문에 프로젝트 전체의 비용이 불행히도 덩달아 증가하는 경향이 있다는 말도 있었다. 답장에 나는 내 일정을 언제든 조정할 수 있으니 편안한 때에 오시라고 썼다. 내 입장에서는 빠를수록 좋다는 말도 덧붙였다.

답장을 쓰고 나서 나는 노르웨이 민속음악과 카리 미드트가르드를 검색해보았으나, 검색결과가 나오지 않았다. 그래서 나탈리에게 아까 부른 노래의 제목을 가르쳐달라고 문자를 보냈다.

이 분 뒤 그녀의 답변이 도착했다.

'카리 미드트가르드를 알아요?'

스포티파이에 이 노래가 있었다. 늙은 남자, 오래전에 녹음된 곡. 나탈리의 순수한 노래와 닮은 구석이 별로 없었다. 하지만 영혼이 있는 노래라서 괜찮았다. 나탈리의 노래와 조금 다를 뿐이었다.

곧 나탈리에게서 또 문자가 왔다.

정말로 관심이 있어요?

나는 재치 있는 척하는 답변 두 개('정말로'를 정의해봐, 우리 집이랑 네르가르 집 사이 산에 누가 살기는 했는지 그냥 궁금해서)를 포기하고 한 글자로 답변을 보냈다. 응.

그 뒤로는 답장이 없었다.

나는 침대로 들어가 토마스 만의 《마의 산》을 몇 페이지 읽었다. 비싸지 않고 효과가 좋은 수면제라서 나는 이 년 전부터 이 책을 읽고 있었다. 언제나 한 페이지도 채 읽지 못하고 곯아떨어졌는데 이날은 밤이 꽤 깊어졌다. 그때 문자가 왔다.

늦게 답해서 미안해요. 통화를 길게 했어요. 하드코어 민속음악을 더 듣고 싶으면 수요일에 노토덴의 콘서트에 같이 가요. 청중

이 필요해요.

수요일이라. 늦게까지 근무하는 날이었다. 나는 자판을 두드려 답장을 작성했다.

좋은 생각이지만 주요소에서 일해야 해. 나중에 갈 수 있으면 좋겠다.

엄지손가락을 들어 올린 이모티콘이 답장으로 날아왔다.

《마의 산》을 한 페이지 더 읽었다. 한 페이지 더. 한 페이지 더. 한숨을 내쉬고 불을 끈 뒤 어둠 속에서 눈을 깜박거리며 누워 있었다. 몸을 뒤척였다. 보안관이 내 뒤를 쫓고 있고, 곧 폭탄이 터질지도 모른다는 사실을 아는 상황에서 잠이 잘 오지 않는 것은 그리 이상한 일이 아닌지도 모른다는 생각이 들었다.

그러고 나서 어쨌든 잠이 든 것 같다.

13

폭탄은 화요일 오전에 터졌다.

주유소에서 근무중이던 오전 10시였다. 나는 주유기가 있는 곳으로 가서 쓰레기를 치우고, 주유기 노즐에 묻은 기름을 닦고, 종이 타월과 물비누를 새것으로 갈았다. 그때 자동차가 기어를 낮추는 소리가 들리더니, 아스팔트 위 자갈이 밟히는 소리가 났다. 자동차가 주유소 안으로 들어왔다는 뜻이었다. 나는 돌아섰다. 자동차가 속도를 줄이자, 앞 유리창을 통해 남자의 모습이 보였다. 머리카락이 몇 가닥밖에 남지 않은 대머리 아래에서 탁한 파란색 눈이 나를 쏘아보고 있었다. 창백하고 수척한 얼굴의 푹 꺼진 뺨은 모래시계 모양이었다. 병자 같았다. 하지만 지붕 기술자 모에는 내가 기억하는 한 항상 저런 모습이었다. 그는 기름을 채우고 카드로 값을 지불하면서, 주유소 안으로는 들어오지 않았다. 내가 모에의 집 부엌에서 그를 두들겨 팬 뒤로는 그랬다. 뺨을 한층 더 안으로 빨아들인 모습이 침을 뱉을까 고민하는 것 같았지만, 그러려면 그 낡은 배달용 승합차의 창문을 내려야 할 테니 의도가 너무 훤히 드러날 것이다. 그래서 그는 경고처럼 엔진을 공회전시키다가 클러치에서 발을 떼고 다시 도로로 나가 서쪽으로 사라졌다.

그를 지켜보며 서 있는데, 휴대전화가 울렸다. 단 크라네의 전화였다. 〈오스 데일리〉의 기자.

그가 이름을 밝혔을 때 솔직히 나는 긴장했다. 정보가 샜구나. 그는 다음 날이면 그 소식이 신문 1면을 온통 차지할 것이고, 한시간도 안 돼서 인터넷판에도 톱기사로 뜰 것이라고 말했다. 거기에 폭탄이 있다면서(크라네가 실제로 이 이미지를 사용했다) 내 반응을 듣고 싶다고 했다.

"먼저 '폭탄'이 뭔지 나한테 말해줘야죠." 내 머리가 엄청난 속도로 돌아갔다. 기술 발전 덕분에 요새는 경찰이 DNA 분석 결과를 예전보다 훨씬 더 빨리 받아볼 수 있다는 말을 어디선가 읽은 적이 있었다. 그러니 DNA에 관한 정보가 있더라도 놀랍지 않았다. 사실 계곡에서 차를 끌어 올린 지 일주일이 넘지 않았는가. 놀라운 것은 언론이 경찰보다 먼저 우리를 포착했다는 점이었다. 정보가 샌 것도. 어떻게 된 거지? 당연히 쿠르트 올센의 짓일 것이다. 그렇지 않다면 〈오스 데일리〉보다 오슬로의 신문이 먼저 이 정보를 포착했을 것이다. 쿠르트가 일요일에 트레이너를 그만두겠다고 선언했을 때 DNA 분석 결과가 누구를 가리키는지 이미 알고 있었을 것이다. 그 점을 내가 깨달았어야 하는 건데. 쿠르트는 오프가르 형제에게서 봉급을 받는 일자리를 한시라도 빨리 그만둬야 한다고 생각했을 것이다. 쿠르트가 일부러 이 정보를 흘려서, 오프가르를 미워하는 크라네를 적극적인 공범으로 이용하고 있다고 해도 놀라운 일이 아니었다. 쿠르트는 우리가 법률 자문 뒤에 몸을 숨길 여유도 없이 대중의 관심이라는 프라이팬에서 지글지글 튀겨지는 꼴을 보고 싶을 것이다. 심장이 쿵쾅거렸다.

"폭탄이라는 건……." 크라네가 말했다. 악의적인 환희가 조금도 느껴지지 않는 목소리였다. 그 점만은 나도 인정할 수 있었다. "수요일에 발표될 예정이던 고속도로국의 보고서가 미리 새어 나왔고, 토데 터널 프로젝트에 타당성이 없으니 폐기해야 한다는 결론이 내려졌다는 겁니다."

"뭐라고요?" 내가 일부러 크게 놀란 척 연기할 필요가 없었다.

"보고서에 따르면 터널 건설 비용이 의회가 배정한 금액을 크게 상회할 거랍니다. 게다가 그 비용을 들이고도 터널의 안전성을 충분히 보상할 수 없대요. 토데 프로젝트 전체를 산산이 부숴버리는 폭탄입니다. 이 일로 당장 영향을 받을 사람들의 자연스러운 반응을 보려고 여기저기 전화를 돌리고 있어요. 주유소를 비롯해서 마을에 여러 부동산을 소유한 사람으로서 어떻게 생각합니까?"

나는 안도의 한숨을 크게 내쉬었다. 카운터를 맡은 에길이 두 개 가격에 세 개를 주는 빵을 종이 봉지에 넣어 손님에게 건네는 모습을 지켜보았다. 이번 손님도 만족한 표정이었다. 손님의 입술이 움직여 단어를 만들어냈다. 가격. 그거라면 내가 말해줄 수 있었다. 사람들이 아직 현금으로 값을 치르던 시절부터 나는 소리 내어 가격을 말해줄 수 있었다. 지금은 모두 카드로 값을 치르면서 기계 화면으로 가격을 확인하기 때문에 나는 가격을 말해주지 않게 되었다. 하지만 에길은 아니다. "162크로네입니다." 에길이 이렇게 말하면, 가끔 성마른 손님이 투덜거렸다. "그래, 그건 나도 봐서 알아." 하지만 에길은 굴하지 않았다. 상관없는 일이었다. 도로가 계속 마을을 통과할 테니 에길은 내년에도 이 일을 할 수 있을 것이다.

그래서 나는 크라네에게 대략 비슷한 답을 들려주었다. 정확히 뭐라고 했는지는 기억나지 않지만, 도로 경로가 바뀌지 않는다면 최소한 업그레이드 정도는 해줘야 할 것이라는 말과 완전고용에 관한 말이었다.

"요 오스와도 이미 이야기를 해봤는데, 그분도 같은 생각이에요."

그렇겠지. 이번에도 오스가 관련되어 있었다. 현직에 있을 때 오스는 터널 건설에 드는 천문학적인 비용과 지역 공동체 소멸에 대해 교통부 장관에게 알리려고 했지만 소용이 없었다. 어쨌든 처음부터 그의 생각이 옳았다.

"당신이 지난주에 리타 빌룸센의 야영장을 샀다는 발표를 봤습니다." 크라네가 말했다. "타이밍이 아주 좋았네요. 순식간에 그게 그리 나쁜 거래가 아닌 것처럼 보이게 됐으니까요."

"보고서를 보기 전에는 나쁜 거래라고 생각했다는 겁니까?" 나는 이 말이 농담처럼 들리기를 바랐다. 크라네가 방금 한 말을 취소할 수 있게. 하지만 그는 취소하지 않았다.

"중앙도로가 바로 옆으로 지나가는 땅 몇 에이커에 650만 크로네도 큰돈인데, 그곳이 결국 쓸모없는 땅이 될 가능성이 높다면요? 어떤 사람들은 완전히 어리석은 짓이라고 말할 겁니다. 그 땅과 구매 시기에 대해 하실 말씀 없습니까?"

"없습니다." 나는 주유기 노즐을 고리에서 빼서 손잡이에 묻은 기름을 닦았다. "사실 내가 지금 좀 바빠서요."

"알겠습니다." 크라네가 말했다. "당신 동생한테도 전화해서 반응을 물을 겁니다. 이건 오스 스파에도 좋은 소식이니까요."

"마을 전체에 좋은 소식이죠. 당신 신문사에도 마찬가지고요. 사실 당신이 그 소식에 대해 이렇게 차분한 게 놀랍습니다, 단."

크라네가 짧게 웃었다. "그래요?"

나는 대답하지 않았다. 그의 목소리에서, 그가 술을 마시다가 전화한 것 같다는 느낌이 갑자기 들었다. 그 짧고 씁쓸한 웃음은 그가 이 마을을 얼마나 싫어하는지 알려주었다. 이 마을은 그를 죄수처럼 붙잡고 있었다. 아이 셋을 낳고 오쟁이 진 남편이 됐으나, 책임감이 너무 강해서 그냥 떠나버리지 못하는 사람. 아니, 그를 이 마을에 가둔 것은 어쩌면 마리일 수도, 어쩌면 그녀를 사랑하는 그의 마음일 수도 있었다. 사랑은 사람을 자유롭게 해주지 못한다. 벽을 세워 가두고, 의지를 빼앗아버린다. 나는 이것을 경험으로 알고 있다. 그래서 사랑에는 손을 대지 않았다. 생각해보면, 나는 항상 단 크라네에게 약간의 연민을 느꼈다. 그가 어쩌면 탈출구를 찾으려고 토데 터널을 들여다본 건지도 모른다는 생각이 처음으로 들었다. 도로라는 생명줄이 없는 오스는 시들어갈 것이고, 신문사도 사라질 것이다. 그러면 그와 마리는 아이들이 다닐 학교와 자신들의 일자리를 찾아 이주할 수밖에 없을 것이다. 그런 탈출구를 위해 그가 지금 버티고 있는 것이다. 이런 생각을 하니 너무 슬퍼져서 약간의 응원과 상냥한 말로 대화를 마무리해야 할 것 같았다.

"행운을 빕니다." 나는 이렇게 말하고 나서 전화를 끊었다.

그리고 주유소 뒤편의 작은 정비소로 향했다. 기름때가 묻은 피트를 지나고, 그 옆에 주차된 트랙터를 지나갔다. 트랙터에는 번호판이 없었다. 그 너머 선반에, 마치 과거를 일깨워주듯이, 독성이 강한 프리츠 산업용 세제 통 두 개가 있었다. 그 낡은 깡통 두 개를 없앨 방법을 나는 아직도 궁리하는 중이었다. 나는 오래전 그 안쪽에 직접 만든 방으로 들어갔다. 칼에게 전화해서 새어 나온 정보에 대해 이야기하고, 지오데이터가 우리 요구대로 보고서를 쓴 것 같다고 말했다. 그리고 단 크라네가 전화해서 의견을 물을 것이라고 미리 알렸다.

“나랑 얘기 좀 해.” 칼이 말했다.

“물론이지. 6시에 퇴근이야.”

“그 전이면 더 좋겠는데.”

칼의 목소리가 좀 이상했다. 스트레스에 시달리는 것 같았다.

“점심 때 호텔로 올라올 수 있어?”

“그래. 무슨 문제라도 있어?”

“있어. 조금 큰 문제야.”

우리는 전화를 끊었다. 내가 벽에 못으로 박아둔 희귀 번호판들을 보았다. 바수톨란드, 프랑스령 적도 아프리카, 조호르, 영국령 온두라스. 바로 그때 한 번도 생각해본 적이 없는 사실이 머리에 퍼뜩 떠올랐다. 내가 이제는 존재하지 않는 것들만 수집해놓았다는 것. 친구들의 사진도, 알고 지내던 사람들의 사진도, 나와 칼의 사진도 없다는 것. 사진이 단 한 장도 없었다.

나는 주유소 가게로 돌아갔다.

에길은 내가 나가서 점심을 먹고 와도 괜찮다고 말했다. “원한다면 오늘 오후에 일찍 퇴근해도 돼.” 내가 말했다.

에길은 어깨를 으쓱했다. “그냥 있을까 봐요. 요새는 할 일이 별로 없거든요.”

“없어?”

“집에 가면 심심해 죽겠어요. 다들 떠나버렸잖아요.”

여기서 ‘다들’이란 에길이 십대 시절에 컴퓨터로 함께 게임을 하던 친구 두 명을 뜻했다.

“원한다면 내일 저녁에 추가 근무를 해도 돼.”

에길의 얼굴이 환해졌다. “그래요?”

나는 빙긋 웃었다. “네 마음대로.”

12시 직전에 차를 몰고 주유소를 빠져나오면서 나는 호텔로 가기 전에 은행에 잠깐 들르기로 했다.

벤엘보가 나타나 자신의 사무실로 나를 안내했다.

"소식 들었어요?"

"당연하지." 그가 말했다. "라디오로 들었어. 노동당과 보수당 의원들도 벌써 반응을 내놨고. 만약 새어 나온 정보가 옳다면, 새 도로를 다시 의제에 올려야겠다고 하던걸. 그렇다면 적어도 앞으로 십오 년이나 이십 년 동안은 도로 경로를 바꾸자는 얘기가 없겠지. 어쩌면 영영 안 나올 수도 있고."

"그럼 여기 남으시겠네요."

벤엘보는 빙긋 웃었다. "오스에서 아주 행복해, 나는."

"그럼 내 대출 신청도 다른 각도에서 보게 되나요?"

"나도 이미 그 생각을 했어. 맞아."

벤엘보는 의자에 등을 기대고 뒤통수에서 양손을 포갰다.

"주유소 대금은 이제 모두 치렀으니, 다른 문제는 없겠지. 맞아?"

"맞아요." 나는 그의 자세를 흉내 내서 목덜미에서 양손을 맞잡았다. 이렇게 상대를 똑같이 흉내 내는 것이 무의식적인 공감의 표현이라는 말을 어딘가에서 읽은 적이 있다. 하지만 그런 원칙에도 예외가 있을 거라는 생각이 든다.

"프리트팔, 야영장, 지금 우리가 앉아 있는 이 건물의 지분 25퍼센트도 마찬가지예요. 오스 스파의 내 지분과 오프가르 벌판의 지분도 그렇고, 어디에도 저당권 문제가 없어요."

"좋아. 그럼 본점과 회의 일정을 잡아볼까?"

호텔에 도착하니 칼은 이미 점심을 먹고 스파에 내려가 있다고 했다. 나는 계단을 내려가 스파 접수대로 향했다. 반짝반짝 화장을 한 접수대 여직원은 칼이 사우나에 들어가 있다면서, 내가 도착하면 곧장 들여보내라는 지시가 있었다고 말했다. 나는 스피커에서 시럽처럼 뚝뚝 떨어지고 있는 명상 음악을 꺼야만 안으로 들어가겠다고 말했다. 여직원은 농담을 들은 사람처럼 웃기만 하면서 내게 수건 한 장을 건넸다.

탈의실에서 옷을 벗고 사우나로 가니 칼이 있었다. 문을 열자 증기가 소용돌이처럼 흘러나와서, 가장 높은 벤치에 알몸으로 앉아 있는 칼의 모습이 잠깐 보였다. 그러나 문이 닫히자 칼은 짙은 흰색 안개 속으로 다시 사라져버렸다.

나는 칼의 아래층 벤치에 앉아, 습도가 거의 100퍼센트인 공기를 들이마셔도 위험하지 않다고 내 몸을 설득하며 기다렸다. 칼이 거칠게 숨을 들이쉬는 소리가 들렸다.

"인터넷에 교통부 장관 말이 인용되어 있는데, 보고서 전문을 읽어보기 전에는 의견을 내지 않겠대."

"합리적이네." 내가 말했다. "그래도 토데 터널 계획은 이제 죽었다는 결론을 내릴걸."

"그렇지. 대출 신청에 대해서는 들은 말 없어?"

나는 하얀 안개만 빤히 바라보며 대답하지 않았다.

"안심해. 여긴 우리뿐이야." 칼이 말했다.

"승인이 떨어질 거야. 조금 있다가 벤엘보에게 프로젝트 설명서랑 예산서를 보낼 예정이야. 그쪽에서 내 부동산에 대한 최신 평가를 실시하는 즉시 그쪽이랑 회의 일정이 잡힐 거야. 벤엘보가 우리 입장을 강력히 대변하고 있어서, 다음 주 초쯤이면 절차가 다 끝나고 그다음 주에 대출 승인이 날 거래."

"그렇게 늦게?"

"지오데이터 쪽에 십사 일은 지나야 1200만을 받을 수 있을 거라고 말해뒀어. 그쪽도 받아들였고. 넌 뭘 걱정하는 거야?"

"내가 뭘 걱정한다고?"

"그래."

칼이 반박하지 않을 것을 나는 알고 있었다. 내가 칼을 아는 만큼, 칼도 나를 알았다.

"알팽." 칼이 말했다.

"그쪽이 왜?"

"빠지겠대."

"뭐?"

"대규모 화재 피해가 숨겨져 있는 걸 그쪽 엔지니어들이 발견했대."

"무슨 피해인데?"

"정확히 말해주지는 않았어. 하중을 받는 구조물에서, 시간이 흐르면 기초가 망가질 피해라던데. 투자하기에 위험하다고 생각할 만큼."

"진짜야?"

나는 칼을 보려고 고개를 돌렸지만, 칼은 여전히 안개에 가려져 있었다.

"진짜야."

"그 말을 믿어? 우리가 엔지니어들의 잘못된 보고서 하나를 막 바로잡았는데, 또 그런 보고서가 나타나서 우리 뺨을 후려치는 것 같다는 생각은 안 들어?"

칼이 코웃음 같은 웃음소리를 냈다.

"그렇게 볼 수도 있겠지. 프랑스 놈들이잖아. 만약 놈들이 그 보고서를 이용해서 돈을 후려치려고 했다면 나도 의심했을 거야. 하지만 놈들은 지금 완전히 발을 빼겠다는 거야, 완전히."

"도로가 마을에 남을 거잖아. 그 소식을 들으면 그쪽도 마음을 바꾸지 않을까?"

침묵이 흘렀다.

"네가 고개를 끄덕이는지 가로젓는지 난 안 보여, 칼."

"아냐." 칼이 말했다. "놈들은 마음을 바꾸지 않을 거야."

"이유는?"

"도로가 계속 오스 중심부를 지나갈 거라고 내가 이미 말해줬으니까."

"뭘 했다고?"

"그래. 내가 할인을 해줬어."

여기서 '할인'은 미국에서 경영학을 공부한 칼이 가장 좋아하는 용어 두 개 중 하나였다. 미래의 현금흐름을 현재 가치로 할인해주는 것. 나머지 용어 하나는 '선제공격'이었다. 칼의 주장에 따르면, 내가 오르툰에서 토요일에 주먹다짐을 벌이던 시절에 나를 보고 배운 전술이라고 했다. 상대가 날 공격하려는 낌새가 보이자마자 먼저 공격하는 것. 나는 앓는 소리를 냈다.

"그러니까 누군가가, 십중팔구 우리가 돈으로 그 보고서를 만들었다는 걸 그 프랑스 놈들이 알고 있다는 거야?"

"놈들이 무슨 생각을 하든 놈들 마음이지만, 놈들한테는 그게 중요하지 않아, 로위. 이건 놈들이 고려중인 백여 개의 호텔 프로젝트 중 하나일 뿐이야. 그리고 그 프로젝트 대부분은 노르웨이보다 더 부패한 나라의 것이고."

뭔가가 내 몸을 타고 움직이고 있었다. 땀방울인지 응결된 수증기인지 알 수 없었지만, 어쨌든 간지러웠다. 간지러운 곳이 너무 많았다. 이상한 곳들이 간지러웠다.

"그럼 이제 어떻게 할 거야? 신관 계획을 취소해?"

"이미 너무 늦었어. 계약이 다 체결됐으니, 이렇게 공사가 임박한 시점에서 취소한다면 우린 끝이야."

"그럼?"

"그래서 형이 신청해놓은 대출을 생각해봤어."

그렇겠지. 그렇겠지. 또 같은 일의 반복이었다. 칼이 일을 망치면 형이 나타나서 구해줄 수밖에 없다는 패턴. 하지만 이번에는 아니었다. 나도 이젠 지쳤다. 섀넌의 일이 마지막이었다.

"그 대출은 놀이공원을 위한 거야, 칼. 네 뒤치다꺼리에 그걸 사용할 수 없다는 걸 네가 이해해야 해."

"또 뒤치다꺼리를 하게 됐다는 뜻이야?"

"그런 뜻이 아니야. 하지만 뒤치다꺼리는 맞지."

"형이 나한테 진 빚을 잊지 마."

나는 다시 고개를 돌려, 하얀 독안개 속을 빤히 보았다. 내가 칼의 말을 제대로 들은 건지 확신할 수 없었다. 그래, 내가 칼에게 부채감을 느끼는 건 사실이었다. 칼이 어렸을 때 겪은 일을 갚아줘야 한다는 부채감이었다. 하지만 그건 내 감정이지 칼의 것이 아니었다. 미친 소리였다. 이건 마치 피해자인 칼은 나와 함께 쓰던 방에서 밤에 공격당한 기억을 받아들였는데, 아니 아마도 억압했는데, 오히려 내가 그 기억을 잊지 못하고 있다고 말하는 꼴이었다. 칼이 그동안 그럭저럭 의식적으로 내 죄책감을 자극했던 것은 사실이었다. 그러나 내가 칼에게 빚을 지고 있다고 직접 말한 적은 한 번도 없었다. 게다가 조금 전 그 말을 할 때 칼의 목소리는 쓸쓸하게 떨리고 있었다. 내가 한 번도 들어본 적이 없는 목소리였다. 하지만 곧 달콤하게 아첨하는 목소리가 되살아났다. 남을 설득할 때 칼이 내는 목소리, 내가 아는 목소리였다.

"우린 가족이야, 로위. 호텔은 내 것이고, 놀이공원은 형의 것이지만, 1 더하기 1은 2보다 커."

"나도 알아. 하지만……."

"은행은 담보만 잡으면, 그리고 형이 이자랑 분할상환금을 잘 내기만 하면, 그 돈이 어디에 쓰이든 별로 신경 안 써. 게다가 그 돈을 잠깐만 쓰면 돼. 딱 한 달만, 길어야 두 달. 내가 새 투자자를 찾을 때까지만. 내가 전에 거절한 중국 회사 두 곳이 아직도 관심을 보이니까 그 둘이 입찰 경쟁을 벌이게 만들 수 있을 거야. 형이 롤러코스터 비용을 낼 때가 되기 훨씬 전에 돈을 돌려줄게. 약속해. 어때, 형?"

상대가 지금 무슨 짓을 하고 있는지 훤히 보이는데도, 상대가 내 시선을 자신의 오른손에 붙잡아두고 왼손으로 무슨 짓을 하는지 1킬로미터 밖에서도 훤히 보이는데도, 그 상대가 나를 심리적으로 장악하고 있다면 어떻게든 자기 마음대로 일을 끌고 갈 수 있다. 이상한 일이다. 내 심장을 쥐고 있는 상대의 손이 오른손이든 왼손이든 중요하지 않다.

"생각해볼게." 내가 말했다.

"내가 바라는 것도 그것뿐이야. 난 오늘 집에 늦게 들어갈 거야. 내일 일이 끝난 다음에 자세한 이야기를 할까?"

"오케이. 아니면, 아냐, 내가 노토덴에 갈 일이 있어."

"그래? 무슨 일인데?"

"콘서트."

"형 혼자?"

"아니. 나탈리 말이, 내가 관심을 보일 것 같대."

나는 무심하게 툭 던지듯이 말했다. 어쩌면 너무 무심해서 과장되게 들렸는지도 모르겠다. 어쨌든 안개 장벽 뒤편에서 칼이 어떤 반응을 보이는지 파악할 수 없었다.

"잘 다녀와. 그럼 내일모레?" 칼은 이 말만 했다.

"그래. 난 이제 일하러 가야겠다."

"오케이. 난 여기 좀 더 있다 갈게."

나는 문을 밀어서 연 채로 붙잡고 있었다. 하얀 안개가 한꺼번에 쏟아져 나가, 사우나실 안에 정말로 칼밖에 없다는 것을 확인할 수 있을 때까지. 알몸으로 혼자 앉아 있는 칼이 의미를 짐작할 수 없는 시선으로 나를 보았다. 아주 오랫동안 아주 가까이서 함께 살았던 사람이 갑자기 낯설게 보일 수 있다니, 이상한 일이다. 틀림없이 빛의 장난이거나 피로 탓이라고 생각할 것이다. 저기 저 녀석은 내게 아무것도 숨기지 못하는 내 남동생이라고. 그러다 나는 심지어 나의 자아조차 완전히 들여다보지 못한다는 사실을 깨닫는다.

14

"그러니까 나탈리 모에를 위해서 널 멋지게 꾸며달라고?" 그레테 스미트가 내 두피를 마사지하며 말했다. 나는 미용실 의자에 무방비하게 누워서 개수대에 머리를 댄 자세였다. 미용실의 다른 손님 두 명이 그레테의 말을 못 들었어야 하는데. 그레테는 번창하고 있었다. 직원도 한 명 고용했고, 광장에 더 가까운 곳으로 가게를 옮기려고 적당한 곳을 물색하는 중이었다.

"그냥 평소처럼 해." 내가 말했다. "너무 멋지게 꾸밀 필요는 없어."

내 말에 깃든 모욕을 그레테가 알아차렸는지, 그날 저녁에 나탈리와 내가 노토덴에 간다는 정보를 어디서 얻었는지는 알 수 없지만, 그레테에게 직접 물어볼 생각은 없었다. 그레테는 내 머리를 수건으로 감싸고 빈 의자로 나를 데려가 젖은 머리를 빗으로 빗었다. 그리고 그 유명한 일본제 니가타 1000 가위를 휘두르기 시작했다. 언젠가 그레테가 혼자 떠들다가 그 가위 값이 1만 5000크로네였다는 사실을 말할 날이 아마 올 것이다.

"넌 도통 늙지 않는 것 같아, 로위." 그레테가 말했다.

나는 이 칭찬에 살짝 당황해서 내 얼굴을 자세히 살펴보았다. 어떤 면에서는 그레테의 말이 옳았다. 사납고 우툴두툴한 코, 널찍한 입, 각진 턱, 깊숙한 눈, 검은 머리카락, 그리고 절대 뒤로 물러나지 않을 것처럼 보이는 머리. 어쨌든 완전히 물러날 것 같지는 않았다. 나보다 훨씬 젊은 여자가 얽혀 있기 때문에 그레테가 이런 말을 하게 된 걸까? 하지만 딱히 그런 분위기는 아니었다. 비록 그레테가 말하지는 않았지만, 그 뒤에 이어진 말이 있는 것 같았다. 그 말이 무엇인지 알 것 같았다. '네 동생 칼과는 달라.'

이 말이 사실이긴 해도, 그보다는 그레테의 마음이 여전히 칼에게 붙들려 있기 때문에 나는 그녀가 미처 하지 않은 말을 이해할 수 있었다. 예전에 그레테의 마음은 아무런 희망이 없는 긴 짝사랑의 형태를 띠었다. 그 결과 단 한 번 칼과 섹스를 하기는 했으나, 칼은 그 일을 마음에서 완전히 지워버렸다. 그런데 지금은 그레테가 시몬 네르가르와 사귀게 된 자신이 얼마나 운이 좋은지 증명하려고 증거를 모으고 있는 것처럼 보였다. 설사 시몬 네르가르가 지루하고 별 볼 일 없는 놈이라 해도, 아니 어쩌면 바로 그 이유 때문에, 아마 그레테가 정말로 운이 좋다고 봐도 될 것이다.

"그럼 네 동생은 어디 따뜻한 곳으로 가는 거야?" 그레테가 물었다.

"그건 왜 물어?" 이 말을 하자마자 그냥 모른다고 할 걸 그랬다는 생각이 들었다.

"지난주에 칼이 일광욕을 하려고 여기 두 번 들렀거든."

"그게 뭐? 비타민 D는 건강에 좋잖아, 안 그래?"

"그렇지. 하지만 이 동네 사람들은 일광욕실을 이용하는 남자는 틀림없이 게이라고 생각한단 말이야. 그리고 여기 그런 남자는 세

명밖에 없어. 은행 지점장이랑 스탠리 스핀드랑 쿠르트 올센. 그런데 쿠르트가 여자를 좋아한다는 건 모두가 알지. 여기 오스 사람들은 게이랑 조금이라도 관련되는 걸 죽을 만큼 무서워해. 옛날에 여기서 일하던 아드리안 기억나?"

기억하고 있었다. 스탠리가 휴일에 이비사에서 만난 청년인데, 여기 마을에 들어와 팔 개월을 버텼다. 그 자체로서 대단한 일이었다.

"진짜 솜씨 좋은 이발사였어. 하지만 내보낼 수밖에 없었지. 여기 여자들조차 호모가 자기 머리를 만지는 걸 무서워했거든."

그레테 스미트가 무슨 말을 하려고 이 이야기를 꺼낸 건지 짐작이 가지 않았다. 별로 알고 싶지도 않았다. 그래서 관심이 없는 것처럼 보이려고 눈을 감았다.

"하지만 적어도 칼이랑 쿠르트가 함께 일광욕실을 즐길 수 있다는 건 좋은 일이야. 둘이 딱히 절친한 사이는 아니잖아. 쿠르트가 칼의 축구팀 훈련을 그만뒀으니까. 내가 틀렸어?"

말을 최대한 줄이자. 나는 속으로 이렇게 중얼거렸다. "이젠 둘 다 어른이잖아."

"칼이 어제 아침에 보안관서에서 나올 때는 그렇게 보이지 않았다던데." 그레테가 말했다. "나도 들은 소리인데, 칼이 엄청 화가 난 것 같았대. 막 욕을 하면서 시속 160킬로미터로 주차장을 빠져나갔다는 거야."

나는 천천히 호흡하는 데에 정신을 집중했다. 그냥 프리트팔의 사무실에서 율리한테 재빨리 뒷머리랑 옆머리만 잘라달라고 할걸. 내가 뭣 하러 여길 왔을까.

나는 목을 가다듬었다. "아마 쿠르트한테 훨씬 더 좋은 조건을 제시했는데도 거절당한 거겠지."

일본제 슈퍼 가위 소리가 멈췄다. 방금 내가 한 말을 제대로 완전히 검토해보려면 확실히 집중력이 필요했다.

"그럴지도 모르지." 마침내 그레테가 말했다. 그리고 가위 소리가 다시 시작되었다.

"조건이라니까 생각났는데, 지난주에 노토덴의 어느 미용사가 전화해서 내 니가타 1000 가위를 사고 싶다고 하더라. 돈을 얼마나 내겠다고 했는지 알아?"

나는 거울을 흘긋 보았다. 내 뒤편 벽에 걸린 시계를 보기 위해서였다. 내가 호텔로 나탈리를 데리러 가기로 한 시각은 6시였으므로, 시간이 아주 많았다. 얼마든지 느긋하게 굴어도 될 정도였다. 지난 팔 년 동안 불규칙한 간격으로 나를 찾아오던 생각도 갑자기 다시 나타났다. 시간이 너무 많다는 생각.

살짝 비가 내리는 날씨 속에서 우리는 차를 몰고 마을을 빠져나왔다. 스피커에서는 '돈트 고 투 스트레인저스'가 흘러나왔다. 언제나 그랬듯이, 나는 카운티 경계선 표지판을 지나치자마자 백미러를 흘긋 보았다.

"즈오." 나탈리가 말했다.

"뭐?"

"거꾸로 보면 마을 이름 OS가 ZO로 보이잖아요. 그래서 거울을 확인한 거죠?"

나는 빙긋 웃을 수밖에 없었다. "그걸 알아차린 사람은 나뿐인 줄 알았는데."

"그럴 리가요. 저 ZO를 볼 때마다 얼마나 기뻤는데요. 내가 이 마을을 벗어난다는 뜻이었으니까."

나는 고개를 끄덕였다. 이 말을 어떻게 해석해야 할지 알 수 없었다. 나탈리가 집에 다니러 왔을 때 나쁜 일이 계속 일어났다는 뜻일까? 그건 아니어야 할 텐데. 나탈리뿐만 아니라 나와 모에를 위해서도 그래야 했다. 그가 딸에게 다시 손을 댄다면 내가 그를 죽여버리겠다고 맹세했으니까. 나는 내 말을 반드시 지킬 작정이었다.

"지금 나오는 노래는 뭐예요?" 나탈리가 물었다.

"J. J. 케일. 70년대 노래야."

"지금 '낯선 사람한테 말하지 마'라고 노래하는 거예요?"

"비슷해."

"옛날에 우리 친척 아주머니가 나한테 하던 말이 그거거든요. 다른 사람들한테는 아무 말도 하지 말라고."

몇 초 동안 침묵이 흘렀다. J. J.의 노랫소리와 박자를 맞춰 움직이는 와이퍼 소리뿐이었다.

"그 아주머니는 할아버지한테 학대당했대요. 그 아주머니의 아버지도 당했다고 했어요."

"무슨 소리야? 그 일을 그 아주머니가 알고 있었어?"

"네. 그렇게 짐작한 거죠."

내 맥박이 점점 빨라지고, 내 발이 무의식중에 가속페달을 더 세게 누르고 있었다. "그런데 너한테 아무 말도 하지 말라고 한 게 전부야?"

나탈리는 어깨를 으쓱했다. "만약 로위의 가족 일이라면, 다른 사람한테 말했을 거라고 자신할 수 있어요?"

나탈리의 시선이 느껴졌다. 어떻게 대답해야 할지 알 수 없었다. 갑자기 목구멍이 죄어들었다.

"아주머니는 언젠가 그 일이 멈출 거라고 했어요." 나탈리가 말했다. "자기 할아버지도 그랬다고. 어느 날 그냥 그만뒀대요. 그 뒤로는 두 번 다시 그런 일이 없었고요. 그렇게 몇 년이 지나니까 마치 처음부터 아무 일도 없었던 것처럼 됐죠. 총상 주위로 새살이 돋는 것처럼."

"그렇군." 가속페달을 밟은 발에는 이제 조금 전처럼 힘이 들어가지 않았다. "실제로 그랬어? 아무 일도 없었던 것 같아?"

나탈리는 고개를 저었다. "아뇨, 아뇨, 안 그래요. 하지만 이제는 그 사람이 안 무서워요."

"왜? 아직 힘으로는 충분히……." 나는 다른 마땅한 단어를 찾아보다가, 이제는 그 단어를 피하는 것이 무의미한 일임을 깨달았다. 그래서 나탈리를 보면서 말했다. "널 겁탈할 수 있어."

나탈리는 눈 하나 깜짝하지 않았다.

"물론 그렇죠. 하지만 이제는 그 사람이 날 휘두르지 못해요. 그럴 수 있는 힘을 잃어버렸어요. 엄마가 돌아가신 뒤에는 그나마 자신을 통제하던 힘조차 잃어버렸고요. 슬픈 사람이에요, 로위. 집에서 혼자 왔다 갔다 하면서…… 글쎄요…… 죽을 날을 기다리고 있어요. 난 그 사람을 미워하지 않아요. 아니, 미워하긴 하는데 동시에 사랑해요. 황당한 소리라는 건 알아요. 그래서 너무 화가 나요. 내 눈물 한 방울조차 받을 자격이 없는 남자가 안쓰러워서 울다니. 난 진짜 그 사람을 미워하고 싶다고요. 내 뇌는 그 사람을 미워하는데, 심장이 날 배신해요. 알겠어요?"

나는 고개를 끄덕였다. 무슨 말인지 정말로 알기 때문에.

우리는 계속 도로를 달렸다. J. J. 케일의 노래를 듣고 있자니 맥박이 차츰 느려졌다. 내 예상대로 그녀가 그 질문을 던질 때까지.

"로위는 왜 그랬어요?"

"네 아버지 말이야?"

"네. 로위만 의심한 게 아니었거든요."

"그래?"

"네. 하지만 행동에 나선 사람은 로위뿐이었어요. 왜 그랬어요?"

"틀림없이 내가 책임감 있는 시민이기 때문이겠지, 아마."

나탈리가 창밖을 보았다. 이제 해가 져서 캄캄하고, 빗줄기가 더 굵어져서 창밖이 잘 보이지 않았다.

그러다 나탈리가 말했다. 조용한 목소리였다. "그 이야기를 하고 싶지 않아요?"

운전대를 쥔 내 손마디가 하얗게 변했다. 그 이야기를 하고 싶지 않으냐고? 사람들은 모두 이야기를 하고 싶어한다. 이야기를 해서 이해받고 싶어한다. 자신이 다시 인간이 된 느낌을 받고 싶어서 누군가의 도움을 얻으려 한다. 그래야 거울에 비친 자신의 모습을 참을 수 있으니까. 하지만 그 이야기를 할 상대가 없었다. 그걸 이해해줄 사람이 없었다. 입을 다물어줄 거라고 믿을 수 있는 사람이 없었다.

"로위?"

나탈리만 빼고. 그녀도 그 일을 겪었으니까. 그녀에게도 지켜야 하는 가족의 비밀이 있었으니까. 나는 목소리가 잘 나올지 순간적으로 확신할 수 없어서 심호흡을 했다.

"우리 아버지도 학대범이었어."

드디어 말했다.

나는 또 숨을 깊이 들이쉬었다. "그래서 네 아버지를 보고 알 수 있었어. 수치심에 짓눌리고 있다는 것. 돌을 가득 채운 배낭을 멘 사람처럼."

“아마 그럴 것이라고 짐작은 하고 있었어요.” 나탈리가 말했다. “얼마나 오랫동안 계속된 거예요?”

나는 머뭇거렸다. 내가 아니라 칼이 피해자였다고 밝혀야 할까? 나는 형인데도 이층 침대 위층에 누워 잠든 척하며 방관했다고? 내가 할 수 있는 일이 없을 것 같아서, 가족들 사이에서 있을 수도 있는 일이고 사람들은 그런 일에 대해 입을 다무는 것 같아서 그렇게 했다고? 아니, 칼의 이름을 내놓을 수는 없었다. 칼은 나탈리의 상사고, 칼의 사연을 내 멋대로 입에 담을 수는 없었다.

“내가 열두 살 무렵부터.”

“나랑 같네요. 그러다 멈췄나요?”

“우리 부모님이 자동차 사고로 돌아가셨을 때.”

“그러고 보니 지금 속도가 너무 빨라요.”

“아, 젠장.” 나는 이렇게 내뱉은 뒤 다시 속도를 줄였다. “고마워.”

나탈리가 한 손을 내 팔에 얹었다. 재킷과 플란넬 셔츠를 통해 손의 온기가 느껴졌다. “고맙다고 말할 사람은 나예요. 알죠, 로위? 로위가 내 인생을 구했어요.”

“내가 아는 건…….” 나탈리의 손이 영원히 그 자리에 머물러 있으면 좋겠다는 생각이 들었다. “네 덕분에 내가 옳은 일을 할 기회를 얻었다는 것뿐이야.”

“학대범한테 맞설 기회 말이죠.”

나는 고개를 끄덕였다. 그리고 운전대에서 다른 손가락들보다 조금 더 튀어나와 있는 가운뎃손가락을 보았다. ‘선제공격’의 결과. 모에의 집 부엌에서 내가 그에게 최후통첩을 했을 때, 나탈리가 집을 떠날 수 있게 해준다면 내가 입을 다물어주겠다고 말했을 때, 모에는 망치로 그 손가락의 맨 아래 관절을 부숴버렸다. 그러고 나서 우리는 싸움을 시작했다. 결국 그는 몸을 둥글게 만 자세로 바닥에 쓰러져 흐느끼는 신세가 되었다. 작은 개울처럼 흐르던 피는 뒤집어진 의자에 닿은 뒤에야 멈췄다. 그러고 며칠 뒤 나탈리는 노토덴으로 떠났다.

나탈리의 손이 떨어졌다. 그녀가 음악 소리를 키웠다. 나는 머리받침에 머리를 대고, 헤드라이트 불빛으로 볼 수 있는 가장 먼 거리에 시선을 고정했다. **오, 그대여, 헷갈릴 때는 내게 전화해요.**

콘서트는 차원이 달랐다. 내가 가본 어떤 공연과도 달랐다.

공연장이 크지는 않았다. 바 하나, 테이블 몇 개, 그리고 작은 무대. 오십 명쯤 되는 청중은 공연자의 친구나 친척인 것 같았다. 가장 먼저 할링달 지역의 전통의상을 입은 젊은 남자가 무대로 올라왔다. 하얀 재킷, 빨간 조끼, 무릎까지 오는 검은색 바지, 하얀 스타킹. 그는 드론 스트링†이 있는 하르딩페레를 연주했다. 박자를 맞추는 그의 발이 쿵쿵 바닥을 때리는 힘이 너무 강해서 옆의 의자에 놓인 맥주잔이 흔들릴 정도였다. 그가 짧은 음악을 두 곡 연주한 뒤, 다른 청년이 일어섰다. 이번에는 세테스달 지역의 전통의상에 챙이 넓은 검은 모자를 쓴 남자였다. 청중의 반응과 청년의 카리스마를 보니, 그가 바로 오늘의 스타인 것 같았다. 덩치가 크고 눈이 강철처럼 반짝이는 그가 발음이 분명치 않은 스웨덴어로 말했다. 자신의 스승이 쓴 곡을 연주할 거라고. 그가 악기를 목에 대고 손을 위치에 올려놓을 때, 손등의 십자가 문신이 눈에 띄었다. 청년은 숫자를 다섯까지 센 뒤 연주를 시작했다. 이건 뭔가 다른 음악

---

† 현악기에서 지속적으로 같은 음을 내며 울리는 현.

이라는 생각이 곧바로 들었다. 그의 연주는 단단하고 공격적이었다. 첫 번째 곡의 연주가 끝났을 때에는 이미 활에서 풀려나온 털가닥들이 무대의 불빛 속에 반짝이고 있었다. 그는 발로 바닥 대신 스톰프박스를 때리며 박자를 맞췄다. 그러자 상자에서 현이 하나뿐인 베이스기타와 베이스드럼을 섞은 것 같은 소리가 났다. 나는 눈을 감았다. 야성적이고, 크고, 깊은 음악이었다. 너무나 친숙한 동시에 완전히 낯설었다. 어렸을 때 알고 지내던 여자아이가 완전히 다른 사람이 돼서 마을로 돌아왔을 때처럼. 그 달라진 모습을 이제야 비로소 조금씩 이해할 수 있게 된 것처럼. 아니, 어쩌면 그 사람이 바로 나 자신일 수도 있었다. 지난 세월 동안 나도 모르는 사이에, 한 번에 한 발짝씩 변화하면서, 평생 바로 앞에 있던 것을 비로소 보고 듣고 이해할 수 있는 통찰력을 얻은 것일 수도 있었다. 내가 나탈리를 흘깃 보자, 그녀도 나를 마주 보며 맥주병을 들어 올렸다. 나도 내 물잔을 들어 올렸다.

곧 밴드 전체가 무대로 올라왔다. 드럼, 현이 두 개인 더블베이스, 아코디언, 하르딩페레 두 대. 그들의 연주는 시끄러웠다. 이렇게 표현해도 되는지 잘 모르겠지만. 하르딩페레 두 대를 제외한 모든 악기 소리가 반주였다. 하르딩페레 소리가 상음上音, 자리바꿈, 베이스라인, 리듬을 술술 풀어냈다. 소리가 질주하며 서로 멀어져 금방이라도 혼돈 속으로 떨어질 것처럼 보이다가 다시 만났다. 3과 4가 만나 12가 되는 것처럼. 소리가 왼쪽으로 가는가 싶으면 오른쪽으로 가고, 다시 숨을 고르기도 전에 청중은 음악적인 자유낙하를 경험했다. 그러나 목재로 지은 좋은 롤러코스터를 탈 때처럼, 항상 저변에 깔려 있는 화음, 질서, 의미가 느껴졌다. 스웨덴인 청년이 검은 모자를 공중으로 던지자 짧게 자른 머리가 드러났다.

하지만 윤기 나는 검은 앞머리는 짧게 자르지 않고 한쪽으로 넘겨서 커다란 귀걸이에 걸어두었다. 옛날 전통악기 연주자들의 사진에서 본 적이 있는 모습이었다. 그들은 앞머리를 스피르라고 불렀다. 청년은 눈알이 튀어나올 것처럼 눈을 크게 뜨고 이를 드러냈다. 연주가 절정에 이르렀을 때에는 우리 쪽을 향해 쉿쉿 소리를 냈다.

한 시간 뒤 우리는 공연이 끝난 줄 알았다. 그러기를 바란 사람도 틀림없이 몇 명 있었을 것이다. 그런데 그때 그 스웨덴인이 나탈리를 무대로 불러냈다. 그녀는 이상하게 생긴 관악기를 골랐다. 아이스크림콘처럼 생긴 악기의 높이가 그녀의 키와 거의 맞먹었다. 바깥의 포스터에 그려져 있던 그 악기였다. 노르웨이가 낭만적이던 시대에 그려진 그 그림 속에서 산속 농장의 젖 짜는 여자가 관악기를 불고 있었다. 밴드의 이름인 헬 스펠레만슬라그가 고딕체로 적혀 있는 이 그림을 전에 어디선가 본 적이 있는데, 어디였는지 기억나지 않았다.

나탈리가 악기의 좁은 구멍에 입술을 대더니, 가슴을 부풀리며 악기를 불었다. 그 악기가 뭔지 이제 알 것 같았다. 나탈리가 나와 함께 산속을 걷다가 듣고 알아차렸던 그 길고 슬픈 소리. 검은가슴물떼새의 울음소리였다. 나탈리는 세 개의 음을 같은 순서로 몇 번이나 연주했다. 그러자 최면에 걸린 것 같은 기분이 되었다. 스웨덴인이 스톰프박스로 그 느린 박자를 똑같이 맞추기 시작했다. 이윽고 나탈리가 노래를 시작했다. 완전히 침묵에 빠진 공연장 안에 들리는 소리라고는 아름답고 순수하며 거의 흐느끼는 듯한 그 목소리뿐이었다. 그리고 느리고 끈질긴 심장박동처럼 꾸준히 박자를 맞추는 소리. 나는 다시 눈을 감고 속으로 투덜거렸다. 내가 정말로 자유낙하를 경험하고 있었기 때문에.

콘서트가 끝난 뒤 밴드와 나탈리는 무대 뒤편의 문으로 사라졌다. 그들이 다시 나타난 것은 청중 대부분이 떠난 뒤였다. 나탈리와 스웨덴인이 내 테이블로 와서 함께 앉았다. 재킷을 벗은 스웨덴인의 하얀 셔츠가 땀에 흠뻑 젖어 가슴 근육에 착 달라붙어 있었다. 그가 테이블 한복판에 보온병을 묵직하게 쿵 내려놓았다.

"로위." 나탈리가 말했다. "이 사람은 올라예요."

"당신이 로위군요." 스웨덴인이 내게 한 손을 내밀었다. "나탈리가 옳았어요."

"옳았다니요?" 나는 그와 악수하며 물었다.

"정말로 레너드 코언을 닮았지만, 그 사람만큼 미남은 아니라는 말. 우데발라 출신?"

그가 보온병을 들었다. 손등의 십자가 문신이 도드라진 혈관 위에서 꿈틀거렸다.

"그게 뭡니까?"

그가 씩 웃었다. 아마도 고작해야 나탈리보다 두 살쯤 위인 것 같은데, 벌써 금을 씌워서 반짝이는 치아가 여러 개 있었다.

"카페괴크." 그가 말했다. "카페도크토르. 술과 커피."

"고맙지만 운전을 해야 해서요."

"오케이." 그는 나탈리의 잔과 자신의 잔에 음료를 조금 따랐다.

"그래, 어땠어요, 로위?"

"뭐가요?"

"물론 우리죠."

나는 올라와 나탈리를 번갈아 바라보았다.

올라가 씩 웃었다. "밴드 말이에요. 음악."

"아, 아, 그렇죠." 나는 재빨리 생각을 정리했다. "그건…… 강렬했어요."

"우데발라 사람처럼?"

"지미 헨드릭스처럼."

올라가 만족스러운 표정으로 고개를 끄덕했다. "좋아요. 제대로네요."

그가 잔 속의 음료를 마셨다.

"최소한 거의 제대로예요."

"거의?"

"으음, 당신이 음악을 좀 아는 것 같다고 나탈리한테서 들었거든요. 그런데 당신은 우리보다 상당히 나이가 많고 노르웨이인이잖아요. 그래서 지미 헨드릭스보다는 좀 더 현대적인 비유를 하지 않을까 생각했어요."

"그래요?"

"그래요. 어쨌든 노르웨이 음악에서 특히 두드러지는 두 종류를 직접 이어주는 선이 있죠. 민속음악과……."

그는 말을 멈추고 기대에 찬 얼굴로 나를 빤히 보았다. 그의 강렬한 눈빛 속에서 즐거움이 춤을 췄다. 나는 머리를 전속력으로 쥐어짰다. 아냐, 잠깐…… 그래, 그 포스터. 이제 알겠다.

"블랙 메탈." 내가 말했다. "버줌. 젖 짜는 여자가 있는 그 포스터가 그 밴드 앨범 커버예요."

올라가 나탈리에게 시선을 돌렸다. "상당히 똑똑한 분인데. 공물을 바쳐야겠어."

그는 문신한 손을 나탈리의 손에 한 번 포갰다가 일어서서 출구로 향했다.

"공물?" 내가 말했다.

나탈리는 웃음을 터뜨리며 맥주를 마셨다.

"세테스달 지역의 관습이에요. 이 일대의 외딴 농장 사람들은 얼마 전까지도 신들에게 음식과 피를 공물로 바쳤거든요. 올라는 토하러 나갈 때 공물을 바친다고 해요."

"그걸 자주 하나?"

"콘서트 전에는 항상. 콘서트 뒤에도 가끔 하고요. 콘서트 전에는 불안해서, 뒤에는 지쳐서. 올라는 예술가라서, 자신을 엄청나게 몰아붙여요."

"이걸로 생계를 해결한다는 뜻이야?"

나탈리는 빙긋 웃었다. "그건 당연히 아니죠. 이걸로는 도저히 먹고 살 수 없어요. 여기 노토덴에 있는 교회에서 관리인으로 일해요. 하지만 음악은 올라의 생명이고 호흡이에요. 어렸을 때 보후슬렌에서는 뉘켈하르파를 연주했대요. 다섯 살 때부터."

"뉘켈하르파?"

"하르딩페레의 스웨덴판이라고 보면 돼요. 손가락으로 현을 연주하는 게 아니라 건반을 누른다는 점이 다를 뿐이죠. 그리고 현이 네 개밖에 없어요. 올라는 세테스달에 있는 친척 집에 왔을 때 음악 마스터클래스에 갔다가 하르딩페레의 존재를 알게 됐어요. 사실 거기서 연주하던 건 초기 형태의 하르딩페레였지만, 그래도 드론 스트링은 있었어요. 올라는 완전히 마음을 뺏겼죠. 그래서 세테스달 최고의 음악 교사 한 명에게 지도를 받기로 하고 여기로 이사했어요."

"그런데 지금은 교회 관리인이란 말이지. 버줌처럼 교회를 불태운 사람들을 음악적 롤모델로 삼고서?"

나탈리가 웃음소리를 냈다. "올라는 그냥 음악을 들으면서 감정을 느끼는 거예요. 다른 건 전부 정신을 산만하게 만들 뿐이죠."

나탈리의 목소리에 깃든 찬탄, 반짝이는 눈빛이 느껴졌다. 이제 집에 갈 시간이었다. 나는 손목시계를 보았다.

"여기서 자고 갈래요?" 나탈리가 물었다.

나는 고개를 들었다. "자고 가?"

"파티가 있어요. 난 올라의 집에 묵을 건데, 방이 있으니까 로위도 갈 수 있어요."

뱃속이 뭉치는 것 같았다. "난 돌아가야 해. 내일 일찍 나가봐야 하거든. 넌 내일 버스를 타야겠다."

이 말을 하는 순간 상대에게 어떻게 들리는지 깨달았다. 하지만 취소하기에는 너무 늦었다. 나탈리의 눈빛을 보니 뭔가 설명하려 하는 기색이었다. 순전히 내 차를 타고 오스로 돌아가려고 자고 가자는 말을 꺼낸 것이 아니라고 확실히 밝히는 말. 하지만 나탈리는 맥주병을 들어 입에 대며 시선을 돌려버렸다. 차 안에서 그녀가 내 팔에 손을 얹었던 것, 그뿐이었다. 지금 이 대화로 궁지에 몰린 우리는 침묵 속에서 가만히 앉아 있었다. 그러다 갑자기 나탈리의 눈으로, 올라의 눈으로 나를 보게 되었다. 이 클럽 안의 모든 사람이 보기에 나는 딸이라고 해도 될 만큼 젊은 여자에게 침을 흘리며 앉아 있는 중년 남자일 것이다. 그것도 여자의 남자친구가 자리를 비운 틈을 타서. 세상에, 어디까지 한심해질 셈이야? 나는 테이블 아래에서 주먹을 꽉 쥐었다. 나는 도대체 뭐가 문제인가? 나탈리에게 내보인 내 모습이 너무 창피해서 순간적으로 여기까지 오는 길에 차가 미끄러져서 우리 둘 다 죽었다면 더 좋았겠다는 생각이 들었다. 아니, 나탈리는 안 되지. 그녀와 올라는 서로를 충분히 행복하게 해줄 수 있을 것처럼 보였다. 어쨌든 나는 혼자 차를 몰고 돌아가면서 사고를 당할 기회를 한 번 더 노릴 수 있을 것이다. 웃음이 나왔다.

나탈리가 놀라서 나를 보았다. "왜요?"

"아무것도 아니야…… 사실 나는 여기까지 오면서 롤러코스터랑 놀이공원에 대해 이야기할 수 있을지 모른다고 생각했거든. 이제 우리가 도로를 잃어버리지 않을 것 같으니까 말이야. 하지만 음악 이야기랑 어렸을 때 이야기가 더 재미있었어. 물론 그……."

"……어렸을 때 이야기는 빼고." 우리가 합창하듯 함께 말했다. 이번에는 나탈리가 웃음을 터뜨렸다.

나는 일어섰다. "일 이야기는 주말에 전화로 해도 돼."

나를 올려다보는 나탈리의 눈빛이 피해자 같았다. 마치 내가 그녀의 뺨을 때리기라도 한 것 같았다.

"좋아요." 나탈리가 말했다. "와줘서 고마워요. 운전 조심하세요."

밖으로 나와 내 차로 걸어가는 길에, 흰색 할링달 지역 전통의상을 입은 남자와 올라가 싸우는 모습을 보았다. 상대의 어깨를 양손으로 짚은 올라가 워낙 만취한 상태라, 이제 보니 그냥 상대에게 의지해 몸을 지탱하는 것 같았다. 두 사람 모두 나를 보지 못했다.

내가 마당에 차를 세운 시각은 새벽 2시 30분이었다. 칼의 차는 보이지 않았다. 나는 부엌으로 가서 맥주 두 병을 꺼내 들고 겨울 정원에 앉았다. 약 십 분 뒤 칼의 BMW 헤드라이트 불빛이 내 시야를 가렸다. 칼도 안으로 들어와 역시 맥주 한 병을 들고 내 옆에 앉았다.

"늦었네." 내가 말했다. "도로 건으로 축하한 거야?"

"아니. 마리 오스랑 잤어. 또."

우리는 각자 맥주를 마시며, 밤 풍경을 바라보았다. 계속 비가 내리고 있었다.

"놀란 기색이 아니네." 칼이 말했다.

"네가 나한테 말해줬다는 사실이 놀라울 뿐이야. 아니, 하필 지금 말해줬다는 게 그렇지. 왜 지금이야?"

"형의 생각을 알고 싶으니까."

"무슨 생각?"

"마리랑 내가 커플이 되는 것. 정식으로."

"마리랑 단이 이혼한다는 뜻이야?"

"응."

"마리가 원하는 일이야? 아이들도 있고 다른 문제도 있을 텐데?"

"맞아. 단 크라네는 오스를 떠나고 싶어하는데, 마리는 아니거든."

"그럼 네가 남편 노릇, 아빠 노릇을 하겠다고?" 나는 병을 들어, 저 아래 어딘가에 있는 오스의 집을 향해 경례하는 시늉을 했다. "마리 오스가 생각을 잘했네. 변변찮은 남편 대신 오스의 왕을 선택하다니. 타이밍도 딱 좋아. 실내장식을 마음대로 하기에 딱 좋은 시기에 완전히 새로 지은 성으로 들어갈 수 있잖아. 너한테도 좋은 일이지. 넌 딱히 혼자 살 수 있는 타입이 아니니까."

"그만해, 로위. 마리랑 내가 전에도 이런 생각을 안 해봤겠어?"

"그래? 그럼 그때는 왜 잘 안 됐는데?"

칼은 어깨를 으쓱했다. "머뭇거린 건 마리 쪽이야. 이유야 많지. 그때는 내가 바람을 피웠고, 마을 사람이 그 사실을 다 알고 있었으니 자존심이 상했을 거야."

"세상에, 그건 전생만큼이나 먼 옛날 일이야."

"그래. 하지만 아마 그 때문에 마리가 날 전적으로 믿을 수 없게 됐을 거야. 사실 우리는 섄넌이 아직 살아 있을 때 만나기 시작했어. 내가 두 번이나 바람을 피웠다는 증거를 마리가 갖게 된 거지. 그리고 애들이 단을 아주 좋아해. 마리 말로는 단이 평범한 슈퍼 아빠래." 칼은 머리를 뒤로 젖히고 눈을 굴렸다. 그 말이 사실인지 누가 알겠느냐는 뜻이었다. "어쨌든 옛날에는 그랬대. 지금은 애들 아빠 노릇도 조금 부족해졌나 봐."

칼은 팔꿈치를 무릎에 대고 양손으로 맥주병을 감싼 자세로 몸을 앞으로 기울였다. "내가 지금이 딱 좋은 때라고 마리에게 말했어. 지금은 사람들이 온통 도로 이야기만 하고 있으니까 우리 일이 레이더에 잡히지 않을 거라고. 마리는 그런 게 별로 중요하지 않은 척하지만, 당연히 중요하지. 어쨌든 오늘 저녁에는 마리가 조금 긍정적이었어."

"그렇겠지." 내가 말했다. "도로 덕분에 오스가 갑자기 마리와 아이들이 정착해 살아갈 수 있는 곳이 되었으니까. 게다가 단은 자신이 오쟁이 진 남편이라는 사실을 모두가 알고 있는 이 마을에서 계속 살 수 없다는 사실도 마리는 알고 있고."

칼이 나를 보았다. "그러니까 형은 단이 안다고 생각하는 거야?"

"단 크라네한테도 눈이 있어, 칼. 그 집 막내가 네 아이라는 건 누가 봐도 알 수 있어."

칼은 다시 창밖으로 시선을 돌렸다. "아, 젠장."

"조심해. 오쟁이 진 남편은 위험해."

"그래, 뭐, 형이라면 잘 알겠네, 그렇지?"

순간적으로 나는 나탈리와 함께 자동차 안에 있던 그 순간으로 돌아갔다. 그러나 내 팔을 잡은 손이 칼의 것임을 금방 깨달았다.

"그거 알아, 로위?"

"뭐를?"

"형은 나 같은 멍청이한테 최고의 형이야."

칼의 목소리가 워낙 따뜻하고 강렬해서 나는 침을 꿀꺽 삼켰다. 우리처럼 삶이 한데 얽혀 있으면 모든 것을 한꺼번에 보고 느끼기가 불가능해진다. 어느 특정한 부분에만 초점을 맞춰서, "너 그때 기억나?"라고 말할 수는 있다. 그러면 그 순간에는 그때의 그 일이 전부가 되어버리고, 그 기억이 불러일으킨 감정만이 존재한다.

"하, 나도 너만큼 멍청이야." 내가 말했다. 말하기 전에 목을 먼저 가다듬었어야 하는 건데. 칼이 내게 시선을 돌렸다.

"무슨 일이야?"

나는 콜록거리다가 술을 한 모금 마셨다.

칼이 내 팔을 꼭 쥐고, 시선을 내게 고정했다.

그래서 칼에게 말해주었다. 저녁 때 노토덴에서 있었던 일을. 내가 나 자신마저 속이고 있다가, 내 진짜 꿍꿍이를 갑자기 깨달았다고. 아니, 사실 그건 꿍꿍이도 아니었다. 그냥 내 느낌이었다.

"형은 사랑에 빠진 거야." 칼이 웃음을 터뜨리며 외쳤다. 그리고는 의자에서 좌우로 몸을 흔들었다. "아, 젠장, 로위! 형이 사랑에 빠진 걸 처음 봐."

이 말을 들으니 또 장이 꼬이는 것 같았다. 칼이 무척 기뻐 보여서, 나는 칼에게 진실을 말할 수 없었다. 내가 전에도 사랑에 빠진 적이 있다고, 상대는 칼의 아내였다고, 그래서 내가 크리스티안산으로 도망친 거라고, 상황이 진짜 암울했을 때에는 다리에서 몸을 던져 모든 걸 끝낼 생각도 했다고. 이런 말을 하는 대신 나는 칼과 함께 웃으려고 애썼다.

"지나가는 감정일 거야." 내가 말했다.

"아, 그 연주자를 제거하려는 거구나." 칼이 말했다.

"내 말을 어디로 들은 거야? 난 누구도 제거할 생각 없어. 걔는 나탈리 모에라고. 그 지붕 기술자의 딸. 걔가 십대였던 시절이 엊그제 같은데! 나는 모든 게 가라앉을 때까지 그냥 조용하게 가만히 있을 거야."

칼은 고집을 피웠다. "잘생겼어? 그 올라라는 녀석?"

"그건 취향 문제지. 하지만 지미 헨드릭스 같은 소리를 내긴 해. 경쟁하기 힘들 거야. 너처럼 멋진 녀석이라도."

칼이 기쁜 듯이 환하게 웃었다. "왜 이래, 로위. 지금 어느 때보다 잘생겨 보이는데."

"멍청이."

우리는 건배를 했다. 나는 손목시계를 확인했다. 내가 일어나야 하는 시각까지 네 시간도 남지 않았다. "하지만 나탈리는 내가 못생긴 레너드 코언을 닮았다고 올라에게 말했어."

"그건 모순적인 말인데."

"그런데 차를 몰고 돌아오는 길에 그 얘기가 생각나더라고. 1960년대 말의 뉴욕. 레너드 코언이 포크 음악계에서 자기보다 나이 많은 캐나다인이랑 어울리고 있었는데, 환상적인 목소리를 지닌 사랑스러운 여자가 나타났지. 조니 미첼. 코언이 그녀와 식사를 하면서 데이트를 하고, 함께 머물던 첼시 호텔로 돌아가고 있는데, 리무진 한 대가 다가왔어. 선팅한 창문이 내려가면서 지미 헨드릭스의 얼굴이 드러났지. 조니가 아주 환하게 웃으면서 말했어. '어머, 지미!' 지미는 '안녕 조니? 드라이브할래?'"

"그래서?"

"그래서? 그다음에는 아마 그 망할 수잰이 널 데려가고[†] 할렐루야. 이제 '퍼플 헤이즈'와 '부두 차일드'[††]가 온다. 내가 레너드였다면 조니에게 꺼지라고 말하고는 지미 옆자리에 올라타서 내가 직접 섹스 상대가 됐을 거야."

칼은 깊이 숨을 들이쉬더니 웃음을 터뜨렸다. 그 소리를 듣고 있자니 해방감이 느껴졌다. 젠장, 인생은 그렇게 심각하지 않아, 라고 말하는 것 같았다. 사랑도 그래. 죽음도 그래. 그냥 순간을 즐겨. 모든 건 일시적이야, 진짜는 없어, 진짜도 없고 영원한 것도 없어.

"그다음에는 어떻게 됐어?" 칼이 눈물을 닦으며 말했다. "그 여자가 지미 차에 탔어?"

"기억 안 나. 아마 그랬을걸."

나는 맥주를 더 가져오려고 일어서서 부엌으로 갔다. 긴 밤이 될 것 같았다.

[†] 코언의 노래 '수잰'의 가사 첫 줄. 코언은 수잰과의 플라토닉한 관계를 이 노래에 담았다.
[††] 둘 다 헨드릭스의 노래.

15

그다음 수요일에 글렌 무어가 렌터카를 타고 오스에 도착했다.

나는 호텔에서 그를 만나 야영장으로 데려갔다. 그는 엄청 들떠 있었다. "와우, 로위, 산과 어우러지는 롤러코스터 프로필을 달라고 한 이유를 이제 알겠어요. 게다가 저 호수! 그거 알아요? 크기와 상관없이 이건 걸작이 될 것 같아요." 그는 이곳의 지질학적 특성에 대해 몇 가지 질문을 던졌다. 부지가 좀 작은 편이라면서, 주위의 땅을 더 사들일 가능성이 있느냐고 묻기도 했다. 나는 특정 농지의 용도 제한, 그에 따른 혜택과 면제 가능성에 대해 최선을 다해 설명했다.

그가 말했다. "어쨌든 시각적으로는 굉장할 겁니다. 롤러코스터를 타는 사람에게도, 구경꾼에게도, 차를 타고 지나가는 사람에게도. 이렇게 표현할 수 있겠네요. 모두 여기에 들러서 롤러코스터를 타고 싶어질 겁니다."

우리는 호텔로 돌아가 점심을 먹고 그림을 살펴보기로 했다.

"사냥 시즌인가요?" 위장복을 입은 남자 세 명이 오두막 앞의 접의자에 앉아 있는 모습을 보고 그가 물었다. 남자들 중 두 명은 소총을 청소하고 있었다.

"네."

"여기서는 뭘 사냥해요?"

"주로 사슴이죠. 큰사슴도 있고, 노루도 있고요." 그리고 가끔은 사람도 있지. 이 말이 저절로 머리에 떠올랐다. 쿠르트 올센이 랜 드로버를 몰고 지나가는 것을 조금 전에 보았다. 계곡에서 끌어올 린 차의 조사 결과에 대해 더 이상 들려오는 정보가 없는 걸 보니, 혈흔도 머리카락도 모두 걱정할 필요가 없는 것 같았다. 그런데도 양쪽 어깨뼈 사이가 따끔거렸다. 누군가가 나를 겨냥하고 있을 때 그곳이 따끔거린다는 표현이, 어렸을 때 읽은 모건 케인의 서부극 소설에 자주 나왔는데.

점심식사를 마친 뒤 우리는 회의실로 갔다. 마침 회의실에서 나 오던 사람들이 우리와 마주쳤는데, 칼이 거기에 있었다. 칼은 내게 비밀스러운 미소를 지어 보였다. 나는 사람들 무리 뒤편에서 나타 난 나탈리를 보고 그 미소의 의미를 알아차렸다.

"안녕하세요, 로위." 나탈리가 웃는 얼굴로 말했다.

나도 미소를 지었다. 노토덴 이후로 나는 그녀에게 연락하지 않 았다. 원래 연락을 했어야 하는데도. 모든 준비가 갖춰지기 전에는, 그러니까 궤도를 건설할 수 있는 회사를 찾고, 은행 대출도 확보되 기 전에는 마케팅에 대해 진지하게 고려하지 않겠다는 말을 하기 위해서라도 연락하는 것이 맞았다. 바로 지금 여기서 걸음을 멈추 고 나탈리에게 이 말을 할 수도 있겠지만, 갑작스러운 만남에 나는 조금 많이 놀란 상태였다. 사실 뺨도 조금 달아올랐다.

"아니, 노르웨이 여자들은 도대체 왜 전부 이렇게 아름다운 거예 요?" 회의실 문을 닫은 뒤 무어가 말했다.

나는 어깨를 으쓱했다. 무어는 더 이상 그 질문을 던지지 않았다.

그 뒤 네 시간 동안 우리는 그림을 샅샅이 들여다보았다. 섀넌의 원본은 물론, 글렌 무어가 기본적인 형태를 유지한 채 크기를 키운 그림도 살펴보았다.

"이건 세계에서 가장 높은 목제 궤도가 될 겁니다." 무어가 말했다. "자토르보다 높아요. 고작 2미터 차이이긴 해도." 그러나 자토르의 최고 속도인 시속 121킬로미터를 이길 수는 없을 것 같다고 했다. 무어는 이곳의 공기가 더 차갑기 때문에 바퀴와 궤도의 마찰력도 커진다고 설명했다. 이렇게 고도가 높은 곳에서는 공기저항이 조금 줄어들지만, 마찰력이 그보다 더 클 것이라고 봤다. 하지만 궤도를 짓기 전에는 최고 속도를 정확히 알 수 없는 법이었다.

"우리는 대략 1200만에서 1300만 달러를 생각하고 있습니다." 비용 얘기가 나오자 무어가 말했다. 나는 사실을 말했다. 이 지역 은행에서 대출을 받을 생각이며, 은행 측에서는 현실적인 예산을 요구할 것이라고. 롤러코스터의 기대 수익을 현실적으로 평가한다면, 내가 그 금액을 댈 수 없을 것이라는 말도 했다.

"음." 무어가 말했다. "방법을 찾아보죠. 고객들은 저마다 자기 프로젝트가 독창적이라서 선전 효과가 있을 테니 건설비를 깎아달라고 주장합니다. 정말로 독창적인 프로젝트는 이번이 처음이네요. 이건 아주 특별한 롤러코스터가 될 수 있습니다, 로위. 난 진짜, 진짜, 진짜 이걸 하고 싶어요."

나는 빙긋 웃으며 생각했다. 내가 방금 값을 깎은 것 맞지?

어스름 녘에 나는 무어의 자동차가 있는 곳까지 함께 걸어갔다. 머리 위로 지나간 총성이 오테르틴 산에서 메아리로 되돌아왔다. 글렌 무어가 산허리를 흘깃 올려다보았다.

"사냥꾼이 사냥감을 제대로 보고 겨냥하는 거겠죠?" 그가 말했다.

그러게요. 나는 그의 자동차 꼬리등이 마을 쪽으로 사라지는 모습을 지켜보며 생각했다. 사냥꾼이 사냥감을 제대로 보고 겨냥하는 것이길 바라야죠.

칼과 나는 금요일에 은행 사람들을 만났다. 도로와 토데 터널에 대한 보고서가 나온 지 이틀 뒤였다. 미리 새어 나온 정보가 워낙 속속들이 보도되었기 때문에 실제로 보고서가 발표되었을 때에는 헤드라인을 차지하지 못했다. 의회 고속도로국 위원회 위원들의 말이 몇 마디 인용되었으나, 전문적인 지식을 기반으로 내려진 결론에 도전하려는 사람은 없는 듯했다. 좌익 정당의 한 인사는 이렇게 말했다. "우리는 이 보고서를 유감스럽게 생각하기보다 반겨야 합니다. 나랏돈이 얼마나 절약되는지 생각해보세요. 자칫하면 그 돈을 허비할 뻔했잖아요."

오스 저축은행의 회의실에서는 의견이 갈렸다. 노토덴의 본점에서 온 두 사람은 오스를 제외한 카운티 전체에는 그 보고서가 나쁜 소식이라고 생각했지만, 벤엘보는 그 좌파 정치인의 발언을 인용했다. 칼은 평소와 달리 조용하고 창백했다. 고작 11시밖에 안 되었는데도 칼은 내게 운전대를 맡겼다. AUB의 사장인 레비가 와서 어젯밤 새 신관 공사 계약서에 서명한 뒤 함께 술을 몇 잔 마시며 축하를 했다는 것이었다.

"리투아니아 사람들은 대단해." 칼이 앓는 소리를 냈다.

나는 '오스 놀이공원' 프로젝트를 파워포인트로 정리해서 발표했다. 오프가르 농장의 부엌에서 미리 프레젠테이션 연습을 했을 때는 상당히 인상적인 자료처럼 보였는데. 방문객의 수를 조심스레 예측하고, 롤러코스터에서 문자 그대로 엎어지면 코 닿을 곳을 지나게 될 고속도로의 교통량도 멋들어지게 포장해서 밝힌 뒤에도 사람들의 얼굴에서는 들뜬 기색이 전혀 보이지 않았다. 심지어 벤엘보도 마찬가지였다. 칼도 눈치를 챈 모양이었다. 자신이 발언할 차례가 됐을 때 칼이 조금 과장되게 행동한 것도 그래서였을 것이다. 칼은 놀이공원의 도미노효과로 오스 스파를 포함한 은행의 다른 고객들도 이득을 보게 될 것이라고 열광적으로 말했다. 이번에도 칼의 열정에는 전염성이 있어서, 노토덴에서 온 사람들 중 한 명조차 고개를 끄덕이고 있었다. 그러나 칼의 발언이 끝나고 은행 사람들이 질문을 던지기 시작하자 모두들 다시 돌처럼 굳은 얼굴이 되었다. 그들은 지금은 농경지인 이웃 땅까지 놀이공원의 경계선이 그려진 점을 당연히 지적했다. 이 문제를 어떻게 해결할 생각입니까? 나는 얼마 전 그 땅의 주인 두 명과 이야기를 해봤는데 그중 한 명이 가격만 맞는다면 땅을 팔 생각이 있으며, 다른 한 명은 이십 년 임대 계약을 맺을 용의가 있다고 사실대로 설명했다. 그 땅의 용도변경과 관련해서 위원회와도 이야기를 나누고 있다는 것, 지금까지는 반응이 긍정적이라는 것도 이야기했다. 이 프로젝트는 결국 이 마을 전체의 경기를 살리는 데 도움이 될 겁니다. 벤엘보는 회의를 마무리하면서 우리에게 감사 인사를 하고, 다음 주 초까지 결과를 알려주겠다고 말했다.

"그 코찔찔이 새끼." 칼이 내 차 안에서 말했다. "놈이 그 순간을 아주 즐기는 거 봤어?"

"벤엘보 말이야?"

"우리가 오스 FC를 인수한 뒤 그 거지 같은 은행 이름이 유니폼에서 사라졌을 때 그놈이 얼마나 싫어했는데. 그런데 지금은 싸구려 양복을 입고 앉아서 데니시 패스트리나 내놓으면서, 드디어 자신에게 걸맞은 힘을 손에 쥐었다고 생각하고 있겠지.”

“네가 잘못 생각하는 것 같은데.” 나는 주차장을 빠져나가면서 말했다.

“응?”

“벤엘보는 그냥 맡은 일을 한 거야. 나는 내 일을 하지 못했고. 발표를 잘하지 못했으니까.”

“말도 안 돼. 그놈들이 큰 그림을 못 봐서 그래.”

“아무도 큰 그림을 못 봤어, 칼. 내 실력이 모자라서. 너는 최선을 다했고.”

“그거야 당연하지. 형은 내 형이니까.”

“고마워. 하지만 우리가 형제라는 사실이 아마 문제일 거야.”

“아, 젠장!” 칼은 손바닥으로 대시보드를 때렸다. “내용이 훌륭하면 그걸로 된 거지. 발표하는 사람이 누구든.”

호텔 식당 앞에 차를 세우면서 보니, 점심식사 손님들이 이미 몰려들고 있었다.

“자리가 없을 것 같은데.” 내가 말했다.

칼이 한숨을 내쉬었다. “세계 요리대회 우승자를 셰프로 데려오려고 돈을 제법 썼지.” 칼은 조수석 문을 열었다. “벤엘보가 대출을 안 해주면, 내가 놈의 사우나 이용을 막아버릴 거야.”

“그게 심각한 위협이 될 것 같아?”

“물론이지.”

“오케이. 아, 칼?”

“응?”

“들어가기 전에 이 구취제거제 뿌려.”

칼은 킬킬거리면서 내가 시키는 대로 했다. 그러고는 내 뺨을 툭툭 두드린 뒤 차에서 내려 식당 입구로 단호하게 걸어갔다. 지켜야 할 약속이 있어서가 아니었다. 옛날에 칼이 내게 설명했듯이, 카라카스의 뒷골목에서 강도를 예방할 때의 요령이 사업에도 똑같이 적용되기 때문이었다. 바쁜 사람처럼 행세해라.

"앞으로 평생." 스탠리 스핀드가 좁은 책상 너머에서 나를 바라보며 남부 사투리로 말했다.

"내가 앞으로 평생 이 약을 먹어야 한다고?" 나는 그가 건넨 처방전을 빤히 바라보며 믿을 수 없다는 얼굴로 물었다. 지금 내 상태가 건강하지 못한 생활 습관 때문이라기보다 유전적인 문제인 것 같다는 설명을 스탠리에게서 이미 들은 뒤였다.

"콜레스테롤 수치가 높은 노르웨이인은 너 말고도 10만 명이나 있어." 스탠리가 말했다. "심장 발작 같은 걸로 죽고 싶은 게 아니라면 약을 먹어야지. 그 10만 명이랑 똑같이."

"고마워." 나는 스탠리를 좋아했다. 그는 의사 가운 속에 두개골이 장식된 하와이언 셔츠를 입고 있었다. 머리는 탈색한 상태이고, 실제 나이는 나와 비슷한데도 서른 살쯤으로 보였다.

"식단도 좀 바꿔야 돼. 운동도 더 하고."

"생활 습관 문제가 아니라 유전적인 문제라며?"

"그러니까 더 절제된 생활을……."

"그 10만 명의 노르웨이인보다?"

"맞아. 그 약은 어느 약국에서나 살 수 있어. 가장 가까운 곳은, 어……."

"노토덴에 있지." 나는 한숨을 내쉬었다.

"그래." 스탠리는 컴퓨터에 뭔가를 입력하다가 갑자기 멈추더니 나를 보았다.

"네 주유소가 식품안전국 관할 아니야?"

"응, 맞아."

"오스는 누가 약국을 열기에는 너무 작은 마을이지. 그런데 네가 주유소에서 합법적으로 약을 팔 자격이 있다는 거 알았어?"

"응. 처방전이 없어도 되는 약은 이미 팔고 있어. 파라세타몰, 사후피임약, 뭐, 그런 것."

"내 말은 네가 처방전 약도 약국에 주문해서 받을 수 있다는 뜻이야. 그러면 사람들이 차를 몰고 노토덴까지 가지 않아도 되잖아. 네 일이 좀 늘어나기는 하겠지만, 여기가 유령마을이 될 가능성이 사라졌으니 그만큼 돈이 될지도 몰라. 내가 소비조합에도 같은 제안을 했는데, 거기서는 열여덟 살이 넘은 직원이 부족하다고 하더라고. 아슬레는 누구든 여기서 그런 상점을 열고 싶은 사람에게 창업 대출을 해줄 거라고 나한테 분명히 말했어."

"고맙지만, 거기에다 내 신용 한도를 쓰고 싶지는 않네." 이 말을 하는 동안 주머니 속에서 휴대전화가 진동했다. 나는 처방전을 접어서 챙기고 스탠리에게 고맙다고 말한 뒤 진찰실을 나와 대기실에서 전화를 받았다. 율리였다. 딸이 아픈데, 프리트팔에서 대신 저녁 근무를 해줄 사람이 없다고 했다.

"에릭이 감당할 수 있을 텐데."

"혼자서는 안 돼요, 로위. 금요일 밤이잖아요."

"주유소에서 사람을 보낼 수 있으면 좋겠지만, 나이를 따졌을 때 술을 서빙할 수 있는 직원이 에길밖에 없어. 그런데 오늘 저녁에 콩스베르그에서 열리는 바이커 모임에 갈 거라고 했거든."

“에길요? 오토바이를 안 탈 텐데요.”

“그렇긴 한데, 뵈르게랑 같이 클럽을 만들었어.”

“뵈르게 리드요? 오토바이 시험에 합격했대요? 마을을 떠날 때 한쪽 눈이 안 보이는 상태였거든요. 최소한 한쪽 눈이.”

“둘 다 면허는 없는데, 뵈르게가 등록이 말소된 오토바이를 한 대 구했어.”

“그래서 둘이 오토바이 클럽을 만들었다고요?”

“리드 & 에벤센. 배지가 꽤 멋진데, 본 적 없어?”

율리는 웃음을 터뜨렸다. 처음 임신했을 때 담배를 끊었지만, 거칠지만 기운이 넘쳐서 옆 사람까지 웃게 만드는 웃음소리에 담배의 흔적이 아직 남아 있었다. 율리를 웃게 만들 수 있다면, 그 웃음소리만으로 충분한 보상이 되었다.

“내가 할게.” 내가 말했다.

“로위가요?”

“나도 맥주를 잔에 담고, 맥주 통을 새 걸로 갈고, 금전등록기를 조작할 수 있어. DJ도 할 수 있고.”

“DJ는 에릭이 할 거예요. 아마 로위한테 안 넘기려고 할걸요. 어쨌든 고마워요, 로위. 로위가 스타예요.”

“음, 그게 내 미들 네임이긴 해.”

16

내가 프리트팔에 들어섰을 때 에릭은 가게 앞에 내놓을 칠판을 앞에 두고 테이블에 앉아 있었다. 7시였다. 낮 시간 손님은 이미 모두 돌아갔고, 저녁 손님은 앞으로 한 시간쯤 뒤에나 나타날 것이다. 나는 에릭의 뒤에 서서, 그가 칠판에 분필로 글자를 쓰는 모습을 지켜보았다. 칠판에는 이미 크고 화려한 글씨로 'DJ 에릭 금요일 라이브'라고 적혀 있었다. 지금은 에릭이 그 뒤에 '히트곡만'이라고 덧붙이는 중이었다.

"어때?" 에릭이 고개를 한쪽으로 기울이려고 애쓰면서 내게 물었다. 내가 '애쓰면서'라고 말한 건 굵은 근육질 목 위에 얹혀 있는 에릭의 머리가 워낙 작아서 머리와 목이 하나처럼 보였기 때문이다.

"아름답네." 나는 칠판을 가리키며 말했다. "이건 너만의 글자체니까, 네 이름을 붙여줘야겠어."

"뭐, 최소한 내가 철자는 틀리지 않으니까." 에릭이 고개를 들지 않은 채 말했다.

에릭의 목 피부가 오그라드는 것이 보였다. 방금 자신의 말이 좀 지나쳤다고 생각하는 모양이었다.

나는 웃음을 터뜨렸다. "내가 졌다. 내가 뭘 하면 되는지 알려주시죠, 점장님."

마침내 에릭이 시선을 들어 어정쩡한 미소를 지었다.

"내가? 사장은 너잖아."

"너 그거 알아? 소유주랑 상사가 항상 같은 건 아니야." 나는 에릭에게 마주 웃어주었지만, 피곤한 저녁이 될 것 같다는 예감이 들었다.

시작은 괜찮았다. 8시 반쯤 손님들이 들어오기 시작하더니, 10시쯤에는 가게가 가득 찼다. 나는 맥주 펌프를 맡았는데, 그것만으로도 일이 많았다. 에릭은 DJ 일 때문에 휴대전화로 플레이리스트를 확인해야 했다. '히트곡만' 틀겠다는 말도 잘 지켰다. 아니, 좀 더 정확히 말하자면 '봄바딜라 라이프' 같은 싸구려 히트곡과 '헝그리 하트'처럼 논란의 여지가 없는 노래가 섞여 있었다. 이 클럽을 대표하는 노래인 '프리 폴링'도 있었다. 잠깐 쉴 틈이 생길 때마다 나는 손님들을 훑어보았다. 특정한 누군가를 찾는 것이 아니라고 얼마나 더 나를 속였는지 잘 모르겠다. 어쨌든 그녀는 여기에 없었다. 잘된 일인 것 같았다. 오스 같은 곳에서 술집이 성공하려면 굳이 특수한 취향에 맞추려고 애쓰지 말아야 한다. 취향에 상관없이 모든 사람의 마음을 끌 수 있어야 한다. 그런데도 나는 아슬레 벤엘보가 갑자기 내 앞에 나타나 맥주 넉 잔을 주문하는 바람에 깜짝 놀랐다. 양복을 입지 않은 은행 지점장의 모습이 이례적일 뿐만 아니라, 그가 집에 아내와 두 아이가 있는 가장이기도 하기 때문이었다. 나는 자기 자리로 돌아가 세 젊은이 앞에 잔을 내려놓는 벤엘보를 지켜보았다. 세 젊은이 중 내가 아는 얼굴은 하나뿐이었다. 사람들이 조니 뎁이라고 부르는 성질 급한 녀석. 아주 영리한 녀석은 아니었다. 조니는 원래 그의 이름이고, 뎁은 그가 올센 보안관 밑의 부보안관deputy이라서 붙은 별명이었다.

청년들은 각자 맥주를 마셨지만, 벤엘보와 이야기를 나누는 데에는 관심이 없는 듯했다. 벤엘보는 조니와 나란히 앉아 있었는데, 조니는 벌써 술을 꿀꺽꿀꺽 마시는 중이었다. 벤엘보가 그의 어깨에 한 손을 올리자 조니는 새똥을 보듯이 그 손을 보고는 일어서서 두 청년에게 다른 자리로 가자고 손짓했다.

에릭이 여러 테이블에서 빈 잔을 가져오는 동안 나는 카운터 뒤에 있던 에릭의 휴대전화를 들어 스포티파이를 열고 헬 스펠레만 슬라그를 입력했다. 나탈리가 좋아하는 그 밴드의 이름이었다. 화면에 그 밴드의 이름이 뜨기는 했지만, 사진은 없었다. 팔로워는 137명이고, 등록된 곡은 11개였다.

나는 그중에 '이옐슬롯Ihjælslått'을 선택한 뒤, 스피커의 볼륨을 높이고 재생을 눌렀다. 하르딩페레 소리가 곧바로 튀어나오자, 순간적으로 술집 안의 풍경이 영화 속 정지화면처럼 보였다. 곧 다른 악기들이 우당탕 따라 나왔을 때에는 난리 법석이 벌어졌다. 나는 휴대전화 위에 행주를 하나 걸쳐두고 맥주 펌프로 돌아갔다. 에릭이 뛰어오고 있었다.

"이게 무슨 짓이야?" 에릭이 마구 울부짖는 음악 소리보다 더 소리를 높여 외쳤다. "손님을 다 내쫓을 셈이야?"

"우리 음악을 틀어보면 좋을 것 같아서 그랬지. 곰팡내가 안 나는 걸로."

"곰팡내? 세상에 하르딩페레보다 더 곰팡내 나는 게 있어? 내 휴대전화 어디 있어?" 에릭은 카운터 아래의 유리잔들 사이를 열심히 뒤졌다.

“내가 이 잔만 딱 담고 찾아줄게.” 내가 말했다.

에릭이 성난 얼굴로 나를 보았다.

헬 스펠레만슬라그의 노래는 보통 이삼 분 길이였다. 그래서 결국 ‘이예슬롯’을 끝까지 들은 뒤에야 크리던스 클리어워터 리바이벌의 노래로 돌아갔다. 나는 그날 저녁에만 벌써 두 번째로 식기세척기를 비운 뒤, 테이블 위의 빈 잔들을 가져오려고 나갔다. 벤엘보는 혼자 앉아 있었다. 나는 그 옆을 지나다가 테이블에 쟁반을 놓고 의자에 앉았다.

“네가 진짜 여기 있는 거야?” 벤엘보가 희미하게 웃으며 말했다. 정신이 완전히 말짱하지는 않은 것 같았다.

“안녕하세요.” 내가 말했다. “우리가 나온 뒤에 본점 사람들이 뭐라고 하던가요?”

벤엘보는 손에 쥔 잔을 빙글 돌렸다. “뭐라고 했을 것 같아?”

“우리 계획을 별로 믿지 못하겠다고.”

“산속 마을에 놀이공원을 짓는다고, 로위? 솔직히 인정해. 그 프로젝트가 완전히 엎어질 수도 있다고.”

“그럴 수 있죠. 하지만 그 사람들이 반드시 우리를 믿어줘야 하는 건 아니에요. 내가 담보를 제공할 수만 있으면 되잖아요.”

벤엘보는 대답하지 않았다. 티셔츠와 청바지를 입은 모습이 더 젊어 보이는 게 아니라 오히려 더 늙어 보였다. 하지만 어울리지 않는 건 옷차림이 아니었다. 그의 표정이었다.

“맞죠?” 내가 말했다.

“맞아.” 벤엘보는 맥주를 조금 마셨다. “아냐, 안 맞아.”

나는 슬슬 불안해졌다. “무슨 소리예요, 벤엘보?”

그는 내 눈을 똑바로 바라보았다. 아직 양복을 입고 있는 것 같은 눈빛이었다. "결국 중요한 건 말이야, 로위, 신뢰야. 내가 이런 말을 해주면 안 될 것 같지만, 칼이 문제가 되는 것 같아."

"칼? 걔가 왜 문제가 돼요?"

"오스 스파가 분할상환금을 제때에 내지 못하고 있어. 그리고 본점에서는 칼의 장부가 회사의 실제 상황과는 다른 것 같다고 보고 있고."

나는 침을 꿀꺽 삼켰다. "하지만 놀이공원은 오스 스파랑 별도의 회사예요."

"방금 말했듯이⋯⋯." 벤엘보는 눈으로 클럽 안을 훑었다. "중요한 건 신뢰야. 너희 둘은 그 두 회사를 별개의 것으로 보더라도, 우리 눈에는 둘이 함께 채무를 지는 것이 보이지. 다른 은행을 알아보면 어떨까? 칼과 관계가 없는 은행 말이야."

"하지만⋯⋯ 여기 오스에 있는 내 재산의 가치를 다른 은행에서는 제대로 평가하지 못할 거예요."

"더 조심스럽겠지. 하지만 네가 시간을 조금 준다면, 그쪽에서 반드시 제안을 내놓을걸."

"시간이라면 얼마나요?"

"여러 은행에 연락해보고, 각각 한 달이나 두 달쯤. 재촉하면 안 돼. 그러면 십중팔구 대출을 거절할 거야."

"하지만 나한테는 그런 시간이 없어요."

"없긴 왜 없어. 공사는 봄에나 시작될 거라면서."

"그건 나도 알지만⋯⋯."

목구멍이 바짝 마르는 것 같았다. 이건 청천벽력이었다. 하지만 내가 달리 무슨 말을 할 수 있겠는가? 앞으로 십사 일 안에 뇌물로 약속한 돈 1200만 크로네가 필요하다고?

"아슬레." 내가 평생 처음으로 이 이름을 부르는 소리가 얼마나 가짜처럼 들리는지 나조차도 알 수 있었다. "우리를 믿어도 된다고 당신이 본점을 설득해줄 수 있잖아요. 그렇게 해줘요."

벤엘보는 고개를 좌우로 흔들었다. "설득할 수도 있겠지, 로위. 문제는 나도 역시 불안하다는 거야. 네가 아니라 칼에 대해서."

나는 그를 보았다. 내 동생에 대해 또 다른 정보를 갖고 있는 건지 물어볼까 고민하다가 그만두었다.

"은행에서는 언제쯤 결정을 내릴까요?"

"수요일 대출 회의 때."

"알았어요." 나는 일어섰다. "그 전에 당신들을 설득할 만한 걸 마련해볼게요."

벤엘보는 이번에도 슬프고 희미한 미소를 지어 보였다. "나한테 그보다 더 좋은 일은 없을 거야, 로위."

나는 그를 내려다보았다. 지금은 그를 미워하는 마음이 조금 있었다. 안쓰러운 마음도 있었다. 이 자리에 앉아 있는 그의 모습이 너무나 외롭고, 이곳과는 어울리지 않는 것처럼 보였다.

그 뒤로는 저녁 내내 바 뒤에서 맥주를 잔에 따르는 일만 했다. 머릿속에서 생각이 소용돌이쳤다. 할렌과 푸르에게 호텔에서 돈을 받을 때를 녹화한 영상을 보여준다면, 그들이 겁을 먹고 돈에 대해 좀 더 인내심을 발휘해줄 수도 있을 것 같았다. 하지만 뇌물 수수 스캔들이 터지는 경우 나 또한 그들만큼 잃을 것이 있다는 사실을 그들도 알기 때문에, 그들의 인내심에는 한계가 있을 터였다. 내가 그들에게 접근했을 때 그들은 십중팔구 진짜 보고서를 이미 마무리한 뒤였을 것이다. 그 보고서가 지금도 어딘가의 서랍 속에 들어 있을 가능성이 있었다. 그들 입장에서는 데이터를 다시 분석해봤다는 식으로 둘러대기만 하면, 뇌물을 받아 쓴 보고서를 누가 자세히 들여다볼까 봐 걱정할 필요 없이 홀가분해질 것이다. 칼과 이야기해봐야 했다. 상황이 지옥으로 굴러가고 있는 것 같다고 칼에게도 알려야 했다.

"맥주 한 잔요, 로위 삼촌." 내 앞에서 술에 취한 목소리가 들리더니, 다른 두 명의 웃음소리가 이어졌다. 나는 시선을 들었다. 조니 뎁이었다. 이미 심하게 술에 취해서 눈이 빙빙 돌고 있었다.

"미안, 술에 취한 사람한테는 술을 줄 수 없어." 나는 이것으로 상황이 정리되기를 바랐다. 지금까지 항상 정반대의 상황만 겪었는데도.

조니가 웃음을 터뜨렸다. "도대체 뭘 보고 내가 취했다는 거예요, 삼촌?"

"우선 네가 날 네 삼촌으로 생각하는 것."

"내 삼촌이 아니야, 멍청이. 오스의 어떤 꼬마의 삼촌이지." 조니는 일행 두 명의 지원을 기대하며 뒤를 돌아보았다. 세 청년은 능글맞게 웃었다. 이번에는 소리 내어 웃지 않고, 의미심장하게 나를 볼 뿐이었다. 데이비드 보위의 '진 지니'가 흘러나오고 있었다. 이 노래를 고른 에릭을 인정할 수밖에 없다. 노래의 끝이 가까워서 점점 크레셴도를 향해 가고 있었다.

"아니, 생각해보니 내가 네 삼촌일 수도 있겠다." 내가 말했다.

'진 지니'는 새로운 구절이 시작될 것처럼 보이는 순간에 딱 끊어졌다. 이어진 침묵 속에서 조니가 나를 노려보았다. 턱을 움직이며 입을 열었다가 닫는 모습이 망할 수족관 속의 물고기 같았다.

"반격은 없어, 조니?" 내가 말했다. "반응 시간이 그렇게 길면 결국 음주 검사기를 불게 될걸? 콜라는 어때? 싫어? 제로 콜라는?"

조니 뎁은 천천히 고개를 저으며 앞으로 몸을 숙였다. 뭔가를 떠받치려는 것처럼. 몽롱한 눈동자가 눈꺼풀 아래로 숨었다.

"마음대로." 내가 말했다. "어쨌든, 네 누이한테 안부나 전해주라."

그의 친구 한 명이 순간적으로 상황을 잊어버리고, 크게 짖는 듯한 소리로 짧게 웃음을 터뜨렸다.

조니가 팔을 휘둘렀다.

나는 한 손을 맥주 펌프에 대고 다른 손으로는 반쯤 찬 유리잔을 들고 있었지만, 그건 변명이 되지 못했다. 토요일 밤에 오르툰에서 몸을 풀던 경험으로 나는 술과 호르몬에 잔뜩 취한 남자가 언제 이성을 잃는지 알고 있었다. 조니의 몸짓을 보고 녀석이 한 대 칠 준비를 한다는 사실을 알았는데, 왜 옆으로 피하지 않았느냐고? 내가 너무 늙어서? 너무 느려져서? 둔해져서? 그럴지도 모른다. 하지만 내가 녀석을 몰아붙이지 않았던가. 녀석에게 선택의 여지가 남지 않을 때까지. 그러니 내가 그 주먹을 자초한 거나 마찬가지 아닌가? 우리 사이에 카운터가 있고 조니의 팔은 짧기 때문에, 녀석의 타격에는 한계가 있다는 것을 알고 있었다. 그래도 타격을 느낄정도는 되었다. 뭔가가 느껴졌다. 주먹이 내 예상보다 셌다. 눈앞에 불똥이 튀고, 나는 휘청거리며 뒤로 물러났다. 정신을 차리고 보니 깨진 유리 조각 사이에 내가 주저앉아 있고, 거품이 이는 맥주가 내 바지를 흠뻑 적시는 중이었다. 누군가가 소리를 질렀다. 음악이 멈추고 사람들이 몰려들었다.

"이게 다 무슨 일이야?" 사람들을 밀치며 앞으로 나온 에릭이 소리쳤다.

나는 일어서서 턱을 문지르며 겁에 질린 조니의 눈을 들여다보았다. 이제는 눈동자가 몽롱하지 않았다. 갑자기 술이 다 깬 모양이었다. 에릭과 달리 그는 이제부터 무슨 일이 벌어질지 정확히 알고 있었으니까. 〈오스 데일리〉에 크게 실릴 기사 제목까지도 벌써 눈에 훤히 보일 것이다. '술에 취한 경찰관이 바텐더 공격.' 맥주 펌프 앞에 늘어서 있는 목격자들의 수를 감안하면, 단 크라네가 조심조심 기사를 쓸 필요도 없을 것이다. 어쩌면 조니는 신문을 넘기며 구인란 광고를 찾는 자신의 모습을 이미 상상하고 있을지도 몰랐다.

"아무것도 아냐." 내가 말했다. "내가 발을 헛디뎠어." 나는 목소리를 높였다. "아무 일도 아니에요, 여러분! 아무 일도 없었습니다! 다시 춤도 추고 술도 마셔요!"

여기저기서 웃음소리가 들렸다.

에릭은 바 뒤의 앰프로 가서 음악 소리를 더 키웠다. 조니의 친구 한 명이 조니의 어깨를 잡고 끌어내리려고 했지만, 조니는 그냥 가만히 서서 나를 빤히 보았다. 나는 바지에 묻은 유리 조각을 털어내고, 그에게 몸을 기울여 그만이 들을 수 있는 작은 목소리로 말했다.

"이 일은 잊어버리는 걸로 하자, 조니. 그러니까 너는 계속 뎁으로 살 수 있어. 하지만 나한테 하나 빚진 거다. 알았어?"

조니는 계속 나를 빤히 보았다. 텅 빈 눈을 깜박였다. 입을 열었다가 닫더니 비로소 간신히 문장을 만들었다.

"미친 십새끼."

그는 친구의 손을 떨쳐버리고 휙 돌아서서 비틀거리며 출구로 향했다. 나는 시계를 흘깃 보았다. 아직도 자정이 되지 않았다. 에릭이 '마카레나'의 소리를 키웠다. 아, 정말로 피곤한 저녁이 될 것 같았다.

2시 조금 넘어서 밖으로 나와 휴대전화를 꺼내보니 부재중 전화가 두 통 있었다. 하나는 칼의 전화고, 다른 하나는 연락처에 저장되지 않았지만 내 기억 속에 있는 번호였다. 그 번호에서 들어온 문자도 하나 있었다. **전화해요. 늦어도 상관없어요.**

나는 통화 버튼을 누르고 휴대전화를 귀에 대며 내 차를 향해 광장을 가로질렀다.

"여보세요." 나탈리가 잠에 흠뻑 취한 목소리로 속삭였다.

"나 때문에 깬 거야?"

"네. 어디예요?"

"광장에 있어. 프리트팔에서 저녁 근무를 하고 나온 길이야. 네 문자를 이제야 봤어."

"아, 그래요. 나는 그냥……." 그녀는 말을 하다 말고 하품을 했다. 그녀가 속삭이는 것이 옆에 다른 사람이 있기 때문인지 궁금했지만, 물어볼 생각은 없었다. "……나한테 사냥하는 법을 가르쳐줄 수 있는지 물어보고 싶어서요."

"사냥? 동물 사냥 말이야?"

침묵이 흘렀다. 하지만 그 침묵 속에서 나는 나탈리가 혼자 있다는 걸 느낄 수 있었다.

"나탈리?" 이제는 나도 속삭이게 되었다.

"네. 한 번도 해본 적이 없어서요."

"나는 해본 것 같고?"

"아니에요?"

"두세 번밖에 안 돼. 작은 건 빼고."

"작은 것?"

"있잖아. 산토끼. 새. 그냥 하룻밤에 다 먹을 수 있는 것."

나탈리가 나직하게 웃었다.

"잠시 이해를 못 했어요."

"그럴 수 있지." 나는 차에 올랐다. "지금 당장 우리가 서로에게 유용한지 아직 잘 모르겠어. 넌 이미 정해진 게 있고."

"정해져요?"

"이미 일이 있잖아."

"맞아요. 있죠." 나탈리가 느릿느릿 말했다. 어쩌면 내가 착각한 것일 수도 있었다. 그녀의 목소리에 깃든 것이 잠기운이 아닌 다른 것일 수도 있었다. 술에 취한 건 아니었다. 그렇게 보기에는 발음이 너무 또렷했다. 하지만 어쨌든 뭔가에 취한 상태? 마리화나? 엑스터시? 다른 약?

"내가 사냥에 대해 많이 알지는 못해도 그것이나마 너한테 가르쳐줄 수는 있어, 당연히." 내가 말했다.

"언제요?"

"넌 언제가 좋아?"

"주말 내내 비어 있어요."

느릿느릿한 말투 때문에 이상하게 공식적인 말처럼 들렸다. 마치 그녀가 주말 이틀이 아니라 평생을 내게 내어주겠다고 말하는 것 같았다. 웃기지도 않는 생각이었지만, 그래도 심장이 두근거리는 것을 막을 수 없었다. 이제 막 다시 마음을 정리하기 시작했는데.

"내일." 내가 말했다. "호텔에서 10시. 오케이?"

"오케이."

전화를 끊은 뒤 나는 운전대에 머리를 기댔다.

젠장.

17

  높은 산속에 사는 우리에게는 10월에 뜻밖의 선물처럼 다가오
는 따뜻한 날이었다. 하늘에 떠 있는 하얀 구름 몇 개 뒤로 해가 사
라지자마자 기온이 곤두박질쳤지만, 햇볕에는 아직 온기가 충분히
남아 있었다.

  나탈리와 나는 1킬로미터도 채 걷기 전에 고어텍스 재킷을 벗어
배낭에 밀어 넣었다. 나는 뒷문 위에 걸려 있던 소총을 가져와 끈으
로 어깨에 메고 있었다. 걸으면서 사냥용 총기 면허를 취득하는 법
에 대해 내가 아는 것을 나탈리에게 말해주었다. 나는 일곱 살인가
여덟 살 때 처음으로 사냥에 나갔는데, 총기 면허는 그 뒤에야 의무
화되었기 때문에 나도 그 절차에 대해 아는 것이 많지는 않았다.

  "아마 칼이랑 나도 면허를 취득했어야 할 텐데, 아빠가 당국에
편지를 썼어. 우리가 총기를 다룰 줄 안다면서 나랑 칼이 죽은 염
소 두 마리 옆에 서 있는 사진을 같이 보냈지. 그래서 면허를 굳이
딸 필요가 없었어."

  나탈리가 웃음을 터뜨렸다.

  우리가 잘 다져진 길을 벗어나자, 뇌조 몇 마리가 화들짝 놀랐

다. 나는 이론적으로는 산탄총 말고 소총으로 새를 쏠 수 있지만, 지금 우리가 찾는 것은 산토끼라고 설명했다. 바람이 전혀 없었다. 우리는 사방이 잘 보이는 곳에서 커피를 마시며 첫 휴식을 취할 수 있었다. 여전히 재킷을 입지 않은 채였다.

"너한테 총 쏘는 법을 가르쳐줘야겠다." 커피를 다 마신 뒤 내가 말했다.

나는 총을 장전하고, 올바른 자세를 보여주었다. 총을 잡는 법. 조준하는 법. 숨 쉬는 법과 발사하는 법. 방아쇠는 당겨야지 붙잡으면 안 돼.

나탈리가 총을 발사했다. 소리가 크게 울리고, 몇 초 뒤에야 메아리가 되돌아왔다.

"한 번 더!" 그녀가 소리쳤다.

나는 총알을 장전했다.

"이제 뭔가 겨냥해봐." 내가 어딘가를 가리켰다. "저기 저 자작나무가 나치라고 상상해."

"공산주의자는 어때요?" 나탈리는 한쪽 눈을 감고 방아쇠를 천천히 뒤로 당겼다. 세 번째 시도(그 전에 그녀가 직접 총을 장전했다)에서 나무가 살짝 흔들렸다.

"타고났네." 좋아하는 그녀에게 내가 말했다.

우리는 이 일을 기념하기 위해 커피를 한 잔 더 마셨다.

"내가 사람을 죽일 수도 있을 것 같아요?" 나탈리가 따뜻한 커피 잔을 양손으로 감싸고 황야를 바라보며 물었다. "내가 이걸 진짜로 했다면요."

"무고한 사람을 말하는 거야?"

"꼭 그런 건 아니에요. 전쟁을 말하는 것도 아니고요. 전쟁에서는 우리한테 사실상 선택의 여지가 없으니까. 그런 거 말고 속으로 이렇게 말하는 거예요. 저기에 생명이 있다, 내가 그걸 없애버릴 것이다……."

"동기에 따라 다르지 않을까? 그 사람이 없어야 세상이 더 좋아질 거라고 생각한다면, 아마 가능할지도."

"그동안 생각해봤어요. 만약 다른 사람들을 고통스럽게 만들었을 뿐만 아니라 앞으로도 그럴 것 같은 국가 지도자 두어 명을 쏴버릴 기회가 생긴다면, 나는 과연 할 수 있을까. 어떤 결론이 나왔는지 알아요? 못 할 것 같아요. 그걸 바랄 수도 있고 원할 수도 있겠지만, 실제로 한다? 아뇨. 로위는 어때요?"

나는 그 질문을 두고 고민하는 척 입술에 침을 묻혔다. "대답하기가 힘드네."

"맞아요, 그렇죠?"

나탈리가 이 이야기를 계속하고 싶은 것처럼 보였기 때문에 나는 재빨리 콜록콜록 기침을 한 뒤 혹시 그녀의 밴드가 프리트팔에서 연주를 할 수 있겠느냐고 물었다.

나탈리는 예쁜 얼굴을 찡그리며 고개를 저었다. "그게 진짜 역설인데요, 장소가 작을수록 민속음악에 관심 있는 사람도 적은 것 같아요."

"그럴지도. 하지만 올라가 혹시 관심이 있을지도 모르잖아. 자기 여자친구의 고향인데."

나탈리가 나를 보았다. "오늘 뭘 사냥한다고 했죠?"

"산토끼."

"그럼 사냥감을 몰래 미행해야 하나요?"

나는 그냥 빙긋 웃었다. 나탈리도 빙긋 웃으며 다시 황야로 시선을 돌렸다. "올라는 내 남자친구가 아니에요. 절친한 친구죠. 남매 같은 사이. 우리 사이에는 비밀이 없고, 서로 최고의 모습과 최악의 모습을 모두 봤어요. 그런데도 여전히 서로를 사랑하고요."

"안타깝네. 너희 둘이 하는 짓을 보면, 편안한 부부 같거든."

"부부요?" 나탈리가 콧방귀를 뀌었다. "올라는 내 결혼식에서 연주해주겠다고 하는걸요. 반드시 자기한테 들러리를 맡겨야 한다는 조건이 있지만요. 하지만 결혼식은 없을 거예요."

"왜?"

나탈리는 어깨를 으쓱했다. "로위가 날 자유롭게 해줬잖아요. 난 계속 자유롭고 싶어요."

"내가 그렇게 해준 게 아니야. 네가 직접 자유로워졌지."

"그래도 내가 나갈 수 있게 문을 잡아준 사람은 로위예요."

나는 대답하지 않았다. 빨간 카펫 같은 히스밭을 정처 없이 바라보았다. 그녀가 입을 열었을 때 순간적으로 마치 내 생각을 말하는 것 같았다. "세상에, 불이 붙은 것 같아요."

우리는 각자 커피잔을 들고 조용히 앉아 있었다. 그러다가 말없이 배낭을 메고 계속 나아갔다. 한 시간 뒤 숲 한가운데 호수에 다다랐다. 마가목과 자작나무가 가장 많았다. 이때 나탈리가 한 말에 내가 완전히 깜짝 놀랐다고 말해도 될지 잘 모르겠다.

"수영할래요?"

우리는 먼저 불을 피운 뒤 옷을 벗었다. 속옷은 벗지 않았다. 나중에 속옷 없이 겉옷을 입을 수밖에 없다는 것을 알면서도. 모닥불로는 두툼한 면 속옷을 다 말릴 수 없을 터였다. 내가 먼저 물속으로 들어갔다. 물이 어찌나 차가운지 곧바로 다리의 감각이 사라졌다.

"넌 마음을 바꿔도 되지 않아?" 내가 물었다.

"절대 그럴 일 없네요!" 나탈리는 날카로운 소리를 내며 전속력으로 내 옆을 지나가 양팔을 뻗은 채 곧바로 다이빙했다. 물속으로 사라졌다가 몇 미터 앞에서 나타났다. 나는 투덜거리면서 나탈리를 따라 다이빙했다. 순간적으로 물속에서 기절하는 줄 알았다. 다시 물 위로 올라와 보니, 나탈리가 필사적으로 헤엄쳐서 돌아오고 있었다. 눈은 휘둥그렇고, 입술은 벌써 퍼런색이었다.

"오, 그런 거였어?" 나는 그녀를 따라 다시 육지로 향했다.

우리는 재빨리 옷을 입고 거의 모닥불을 타고 앉다시피 했다. 계속 이를 덜덜 떨면서 딱 붙어 앉아 조금이라도 온기가 돌아오게 서로의 몸을 문질러주었다. 나탈리는 얼음처럼 차가운 코를 내 목에 붙이고, 이마를 내 뺨에 댔다. 그녀를 품에 안고 있으니 숨결이 느껴졌다. 그녀의 것과 내 것 모두. 차츰 호흡이 차분해졌다. 나탈리가 고개를 들어 내 얼굴로 다가왔다. 나는 색깔이 이상한 그녀의 눈을 들여다보았다. 그렇게 보고 또 보는 동안 그녀의 얼굴은 꼼짝도 않고 자리를 지켰다. 나는 기다렸다. 그러다가 키스했다. 할 수 있는 일이 그것밖에 남지 않았기 때문에. 나탈리가 내 셔츠를 벌리고, 나는 그녀의 셔츠를 벌렸다. 그녀는 살갗에 소름이 돋은 채로 덜덜 떨고 있었다. 처음에는 그녀가 흥분한 건지 아니면 아직도 추운 건지 알 수 없었다. 그러나 그녀가 내 바지의 단추를 풀고 자신의 바지 앞섶도 연 다음 나를 이끌어 히스밭에 누울 때 깨달았다. 그녀가 나를 타고 앉았다. 젖은 머리카락에서 내 몸으로 떨어지는 물방울이 작고 작은 키스 같았다. 나는 뭔가 말하고 싶었다. 우리가 이럴 필요는 없다든가, 지금이라도 멈춰야 한다든가. 하지만 내가 말을 하려고 숨을 들이쉬는 순간 그녀가 손으로 내 입을 덮었다. 내가 하려는 말을 내 얼굴에서 읽어낸 것처럼.

“내 정신은 멀쩡해요.” 그녀는 이렇게 속삭이고 나서 앞으로 몸을 숙여 손으로 내 것을 인도했다. 그녀의 숨결이 내 목을 두드렸다.

비현실적인 동시에 몹시 현실적이었다. 나탈리와 정사를 나누는 꿈은 그동안 밤낮을 가리지 않고 내 머릿속에 있었다. 그런데 지금 그 꿈이 현실이 되었다. 그러나 그것은 정사가 아니라 그냥 섹스였다. 마치 토해내야 할 것이 있는 사람들처럼, 우리가 서로의 약인 것처럼. 그녀가 내 위에서 움직이자 히스가 내 등을 긁었다. 그녀는 손바닥으로 내 배를 짚어 몸을 지탱했다. 하늘을 배경으로 그녀의 실루엣이 보였다. 감은 눈. 위를 향해, 내게서 멀어지는 쪽으로 들어 올린 얼굴. 사람들의 말처럼 우리는 하나가 되었지만, 그녀가 아주 멀리, 아주 외롭게 있는 것 같았다. 마치 그녀가 외로움을 원하는 것 같았다. 곧 그녀의 숨소리가 딱딱 끊어지면서 그녀의 흥분이 높아졌다. 절대로 그녀를 방해하지 말아야 한다는 걸 알기 때문에 나는 그녀의 리듬만 따라가려고 애썼다. 그녀를 방해하지 않고, 그녀가 혼자서 하고 있는 일에 힘을 보태려고만 했다. 그녀가 거친 신음 소리를 길게 내고 몸을 파르르 떨면서 절정에 이르렀다. 얼굴 앞쪽으로 머리카락이 흘러내리고, 그녀가 내 몸 위로 쓰러졌다.

우리는 그 상태로 꼼짝도 않고 누워 있었다. 그녀의 손끝이 내 손끝에 닿았지만, 쓰다듬는 내 손길에는 반응하지 않았다. 그녀를 품에 안고 싶어도 안지 않았다. 준비가 됐을 때 그녀가 내게 올 것이다. 그래서 나는 다시 차분해지는 그녀의 숨소리에 귀를 기울였다. 어딘가에서 새가 울었다. 목도리지빠귀 소리 같았다. 새넌과 처음 만난 지 얼마 안 됐을 때 칼까지 셋이서 함께 이야기를 나누다가 내가 한 말이 생각났다. 산새 수컷들은 암컷을 찾으려 노래하지 않으며, 노래는 그냥 자기 자랑이라고 생각한다고. 수컷들은 노래

대신 암컷이 감탄할 만한 둥지를 짓는다고. "호텔 말인가요?" 섀넌이 말했다. "아니면 주유소?" 그때 나는 이렇게 대답했다. "호텔이 제일 좋을 것 같네요."

나탈리가 자세를 살짝 바꿨다. "오." 그녀가 나를 흉내 내려고 목소리를 낮게 깔았다. "그런 거였어?"

나는 빙긋 웃었다.

"지금 이런 생각을 하고 있죠?" 그녀가 말했다.

"아니." 이렇게 말하고 나서 나는 드디어 한 팔로 그녀를 안았다. "내가 생각한 건 이거야. '굉장해. 고작 첫 번째인데.'"

내가 말하는 동안 그녀의 몸이 긴장하는 것이 느껴졌기 때문에, 말하지 말걸 그랬다는 생각이 들었다.

"걱정 마." 내가 말했다. "그냥 말한 거야. 진짜 좋다고 생각한 것도 맞고. 오케이?"

그녀의 몸에서 다시 힘이 빠졌다.

"고마워요." 그녀가 이렇게 속삭이고 나서 내 뺨에 입을 맞췄다.

곧 일어서서 옷을 입기 시작했다.

"이제 돌아가야겠어요." 그녀가 말했다.

"벌써?" 나는 내 바지를 끌어당겼다.

"네. 산토끼를 잡았잖아요."

나탈리가 농담으로 한 말이라는 걸 알았지만, 우리 둘 다 웃지 않았다.

"혼자 갈게요." 그녀가 말했다. "로위는 사냥을 계속해요."

"아냐, 안 돼. 나랑 같이 가." 나는 배낭을 열었다. "그 전에 뭘 좀 먹지 않을래?"

나탈리가 고개를 저었다. "직원 파티 전에 할 일이 몇 가지 있어요. 그리고…… 로위가 괜찮다면, 산속을 혼자 걷는 기분을 좀 느껴보고 싶어요."

내가 상당히 놀란 표정이었는지 그녀가 웃음을 터뜨렸다.

"내가 길을 잃을 걱정은 없어요, 로위. 오테르틴 산도 저기 보이고, GPS 신호도 잡히는데요. 그러니까 괜찮죠?"

"물론 괜찮지." 나는 이렇게 말하면서도 물음표처럼 말끝을 올렸다. 나탈리는 더 이상 아무 말 없이 가방을 챙겨서 나를 한 번 안아주고 가버렸다. 나는 모닥불 옆에 남아 그녀를 지켜보았다. 방금 무슨 일이 있었던 건지, 뭐가 잘못된 건지 어리둥절했다. 내가 뭘 잘못했나? 아니면 나탈리가 이런 걸 원하는 건가? 가능한 한 친밀한 관계를 자제하고, 육체적인 관계만 맺는 것? 물론, 그녀의 인생이 처음부터 엉망으로 꼬인 탓일 수도 있었다. 그 일이 섹스에 대한 그녀의 태도에 영향을 미치지 않았다면, 그편이 오히려 이상할 것이다. 하지만 결국 나는 지나치게 깊이 생각해봤자 소용없다는 결론을 내렸다. 그냥 섹스가 아주 형편없었기 때문일 수도 있었다. 아니면 섹스는 괜찮았는데, 그녀가 이걸 다시 하고 싶지는 않았을 수도 있고. 아니면 일단 산토끼를 잡은 다음에는 이렇게 하는 게 요즘 방식인가?

그녀의 모습이 점점 작아지다가 마침내 어느 절벽 뒤로 사라졌다. 나는 잔에 커피를 따랐다. 모닥불이 저절로 꺼져서, 연기가 하늘로 똑바로 올라갔다. 그만큼 바람이 없다는 뜻이었다.

거의 한 시간이 지난 뒤에야 나는 간신히 다른 생각을 할 수 있었다. 벤엘보를 어떻게 설득해야 그 대출을 받아낼 수 있을까? 그때 그것이 보였다. 내가 그렇게 꼼짝없이 앉아 있지 않았다면, 우리 사이에 물이 있지 않았다면, 그것이 스스로 나타나는 일은 절대 없었을 것이다. 녀석이 다가오는 것을 보지 못했는데, 어느새 호숫가 바위 위에 서 있었다. 우리 둘 사이에는 폭이 약 100미터인 잔잔한 호수가 있을 뿐이었다. 빨간 히스밭을 배경으로 녀석의 털이 검은색과 회색으로 보였다. 강력한 힘이 느껴지는 머리에서 귀가 쫑긋 서 있었다. 그 늑대는 말랐는데도 덩치가 컸다. 긴 앞발, 널찍한 가슴.

우리는 서로를 유심히 살폈다. 둘 다 움직이지 않았다. 한 영역에서 만난 외로운 늑대 두 마리. 여기는 나의 들판이자 녀석의 사냥터였다. 녀석은 무슨 생각을 하고 있을까? 생각을 할 수는 있나? 녀석이 몹시 시장한 상태라면 나를 사냥감으로 생각할 수도 있겠지만, 그럴 것 같지는 않았다. 내가 얼마나 위험한 존재인지 가늠해보고 있는 것 같았다. 그러다가…… 마치 됐다, 저놈이 날 귀찮게 굴지는 않을 것 같아, 라는 결정을 내린 것처럼 녀석이 몸을 옆으로 돌려 호숫가를 따라 걷다가 나탈리와는 반대 방향으로 올라가 시야에서 사라져버렸다.

나중에, 내가 모닥불에 물을 붓고 자리를 뜰 준비를 하고 있을 때, 총성이 들렸다. 늑대가 간 방향에서 난 소리였다. 아마 녀석이 뒤쫓던 사냥감을 사냥꾼이 총으로 쏜 거겠지.

차를 세워둔 호텔이 보이는 곳까지 왔을 때에도 아직 날이 환했다. 쿠르트의 랜드로버가 내 볼보 옆에 있었다. 내가 가까이 다가가는 동안 랜드로버의 앞문 두 개가 모두 열리더니 쿠르트와 조니가 내렸다. 두 사람 모두 청바지에 정부가 지급하는 기본 형광 재킷을 입고, 소총을 들고 있었다.

"경찰이다!" 쿠르트가 소리쳤다. 그 소리가 자동차들과 창문들 사이에서 반사되어 식당 안으로 들어갔다. "로위 오프가르, 총열을 잡고 총을 바닥에 내려놔! 당장!"

순간적으로 나는 쿠르트가 농담을 하는 줄 알았다. 아니면 최소한 그 말이 문자 그대로 그 뜻일 것 같지는 않았다. 나는 소총을 어깨에서 내리려고 했다. 두 사람이 직접 가지러 올 필요가 없다는 점을 보여주기 위해서였다. 나는 그냥 총을 건넬 준비가 되어 있었다. 그러나 두 사람의 몸짓을 보고 장난이 아님을 깨달았다. 내가 소총을 잡고 움직인다면, 쿠르트 올센이 지난 세월 내내 꿈에서도 바라던 핑계를 만들어줄 것 같았다. 그래서 나는 쿠르트가 말한 대로 소총의 총열을 잡고 허리를 숙여 조심스레 총을 내려놓았다. 그리고 다시 허리를 폈다.

"배낭을 등에서 아래로 내리고 우리가 볼 수 있게 손을 위로 들어." 쿠르트가 소리쳤다.

나는 시키는 대로 했다. 식당 안에서 우리를 바라보는 사람들이 보였다.

"이제 나를 향해 네 걸음 걸어와서 뒤돌아선 다음, 엎드려라. 코를 아스팔트에 대! 당장!"

이게 무슨 짓인가 싶었다. 여기는 브롱크스가 아니라 오스였다. 쿠르트 올센은 항상 헝클어진 더벅머리로 다니는 안짱다리 보안관이었다. 하위리그 소속인 축구팀 선수들에게 지시를 내릴 때도 아마 이런 목소리를 냈을 것이다. 그래도 나는 그가 시키는 대로 했다. 그가 정해준 대로 네 걸음을 걷는 동안 식당 창문에서 겁에 질린 얼굴로 밖을 내다보는 사람들의 얼굴이 벽처럼 보였다. 그들 중에 나탈리도 있었다. 그녀는 두 테이블 사이에 서서 한 손으로 입을 가린 모습이었다.

나는 바닥에 엎드려 흙냄새를 들이마셨다. 내가 시키는 대로 정확히 했으니 최소한 쿠르트가 일반적으로 범죄자를 체포할 때보다 더 내게 굴욕을 줄 구실은 없을 것이다. 하지만 이것이 틀린 생각임을 당연히 알았어야 하는 건데. 쿠르트는 우선 내 등을 깔고 앉았다. 마치 내가 자신의 조랑말인 것처럼. 그러고는 양손을 등 뒤로 잡아당겨 찰칵 수갑을 채웠다. 이제는 내가 혼자 힘으로 일어설 수 없는 상태가 되었으므로, 쿠르트가 내 옷깃을 잡고 끌어올렸다. 쿠르트에게 목을 붙잡힌 채 일어선 순간 바로 앞에서 플래시가 터졌다. 단 크라네였다. 그는 5미터 앞의 두 자동차 사이에 서서 카메라로 나를 겨냥하고 있었다. 플래시가 두 번 더 터졌다.

"고마워요." 단이 말했다. 내게 하는 말인지 쿠르트에게 하는 말인지 알 수 없었다. 그는 카메라를 내려 작은 화면으로 사진을 살펴보았다. 그동안 쿠르트는 나를 붙잡은 채 기다렸다. 단이 고개를 들고 쿠르트에게 살짝 고개를 끄덕였다.

"자, 가자." 쿠르트가 나를 랜드로버 쪽으로 밀었다. 조니가 열린 뒷문을 붙잡고 서 있었다. 차의 높이가 낮은 편이 아닌데도, 쿠르트는 안으로 들어가려고 허리를 숙인 내 정수리를 보호하듯이 한 손으로 덮었다. 오스의 보안관이 아주 세세한 부분까지 일을 제대로 한다는 사실을 관객들에게 보여주기 위해서였다. 우리 나라에도 미란다 원칙 같은 것이 있어서 내게 읽어줄 수 있으면 좋겠다는 생각도 하고 있을 것이다. 조니가 배낭과 소총을 뒷좌석으로 던진 뒤 쿠르트 옆자리에 올랐다. 차가 방향을 돌려 빠져나가는 동안 크라네의 카메라가 두 번 더 플래시를 터뜨렸다.

18

　침묵 속에서 이 분 정도 차를 달린 뒤 쿠르트가 백미러로 나를 보는 것이 눈에 들어왔다.

　"무슨 일이냐고 묻지도 않아, 로위? 이미 다 알고 있는 거야?"

　나는 어깨를 으쓱하고 창밖을 바라보았다. 점점 구름이 끼고 있었다. 이번 주말이 몇 시간 전에 생각했던 것보다 훨씬 더 지독해질 것 같았다.

　자그마한 보안관서에 도착한 뒤 조니가 수갑을 벗기고, 그들이 감방으로 사용하는 작고 창문 없는 방으로 나를 데려가 기다리라고 말했다. 이 방은 창고도 겸하고 있었기 때문에, 벽 앞에 각종 서류철과 서류가 잔뜩 쌓여 있었다. 조니가 내게 줄 커피를 들고 들어왔을 때 우리의 시선이 마주쳤다. 조니가 먼저 눈을 피했다. 곧 쿠르트가 들어와 앉았다.

　"녹음해도 괜찮아?" 그가 이미 녹음 앱을 켜둔 휴대전화를 탁자 위에 놓으며 물었다.

　"그럼." 내가 말했다. "나중에 나한테 녹음을 들려준다면."

　"그거야 뭐." 쿠르트가 미소를 지으며 말했다. "이름, 생년월일,

주소를 말해주겠습니까? 여기에 녹음되도록.”

나는 지시를 따랐다.

쿠르트는 양손을 맞잡고, 연도와 날짜를 말했다. “생각나는 거 있어?” 그가 물었다.

“그건 진짜 오래전이잖아, 쿠르트. 그때 너랑 나는 십대 후반이었어. 그래도 네가 물어봤으니까, 그리고 네가 보안관이 된 뒤로 줄곧 네 아버지의 실종을 나랑 연관시키려고 했으니까, 추측하자면 아마 네 아버지가 사라진 날이겠지? 아저씨의 신발이 텅 빈 보트에서 발견된 날일 수도 있고.”

“아버지가 사라진 날이야, 로위. 그날 넌 뭘 했어?”

“팔 년 전에도 여기서 정확히 똑같은 질문을 나한테 던졌어, 쿠르트. 네 수첩을 확인해봐.”

“네 기억을 확인해보라는 얘기야.”

호텔 밖에서 날 체포한 뒤로 쿠르트는 불안할 정도로 차분한 태도를 유지했다. 그가 좋은 패를 손에 쥔 모양이었다. 하지만 지금은 내면 깊숙한 곳의 온갖 압박감 때문에 턱 근육이 조금씩 움직이는 것이 보였다.

“그리고 네 양심도.” 쿠르트가 말을 덧붙였다. 목구멍에 힘이 잔뜩 들어갔는지, 목소리에서 금속성 소리가 났다.

나는 앞으로 조금 몸을 기울이고, 크고 또렷한 목소리로 말했다. “그럼, 이 녹음을 위해 지금 분명히 밝힙니다. 신문이 이루어지는 이 시점에 나를 신문하는 쿠르트 올센 보안관도 보안관서의 다른 누구도 내가 왜 체포됐는지, 내 권리가 무엇인지, 내 이름과 신상정보 외의 질문에 답해야 할 의무가 있는지, 날 얼마나 붙잡아둘 생각인지, 그들이 법적으로 날 붙잡아둘 수 있는 기간이 얼마인지,

내가 변호사와 연락할 수 있는지에 관해 아무런 정보도 주지 않았습니다."

쿠르트는 억지웃음을 지으며 조니를 흘깃 보았다. 조니는 쿠르트 뒤편의 벽에 기대서 있었다.

"수작 부리지 마, 로위. 때가 되면 다 알려줄 거야."

"녹음을 위해 말합니다." 나는 말을 이었다. "올센 보안관은 이로써 자신이 이러한 정보를 내게 전달하기 전에 신문을 시작했음을 확인했습니다."

쿠르트가 앞으로 몸을 기울였다. 이제 얼굴이 벌겋게 상기되어 있었다. 그가 녹음을 꺼버렸다. "똑똑한 척하지 마, 로위. 네 마음대로는 안 돼. 협조하지 않으면 네 상황이 더 나빠질 뿐이야."

"무슨 말인지는 알겠어. 너 이 녹음을 지울 거야? 아니면 나한테도 사본을 하나 줄 거야?"

"어쩔 것 같아?" 쿠르트가 이를 악물고 말했다.

나는 대답하지 않았다.

쿠르트는 눈을 감고 숨을 깊이 들이쉬었다. 옛날에 서점 지하에서 잠깐 열렸던 요가 수업에 남자로는 쿠르트가 유일하게 참가했다는 말을 율리에게서 들은 적이 있었다. 그러니 지금 저 행동도 참선과 관련된 것인지 몰랐다. 그가 상상했던 대로 일이 풀리지 않고 있었으므로, 신문을 원래 계획했던 방향으로 되돌리고 싶을 터였다. 쿠르트가 다시 녹음 앱을 켜고, 입을 열었다. 이번에는 마치 벨벳처럼 부드러운 목소리였다.

"애당초 우리는 널 사십팔 시간 동안 붙잡아둘 수 있어. 지금 네가 최소 징역 육 개월이 나올 수 있는 혐의를 받고 있기 때문이지. 사십팔 시간 이후에도 널 계속 구금하고 싶다면, 신병 처리와 관련된 회의를 열어야 할 거야. 넌 가족에게 연락할 수 있고, 변호사와도 이야기할 수 있어. 우리가 묻는 질문에 반드시 대답할 의무는 없고. 확실히 알아들었어?"

"응." 내가 말했다.

"넌 오스 카운티의 전 보안관인 시그문 올센을 살해한 혐의, 또는 살해의 종범 혐의로 체포되었다."

"오케이. 이번에도 너의 그 낡아빠진 개인적인 의심인 거야, 아니면 새로운 사실이 밝혀진 거야, 쿠르트?"

쿠르트는 입술에 힘을 주었다. 미소를 지으려 한 것 같기도 했다. 나는 몸을 부르르 떨면서 마음을 다잡았다. 차에서 혈흔과 머리카락이 발견되었다는 소식은 그리 나쁜 것 같지 않았다. 하지만 쿠르트의 얼굴을 보니 느낌이 좋지 않았다.

"현장 감식반원들이 오랫동안 힘들게 수색한 끝에, 네 부모님의 캐딜락에서 혈흔을 발견했어." 쿠르트가 말했다. "혈흔과 머리카락 세 개."

나는 어깨를 으쓱했다. "사고 난 차에서 그건 놀라운 일이 아닌걸."

"그렇지. 하지만 차 바깥쪽에서 발견된 거야, 로위. 좀 더 정확히 말하자면, 뒤쪽 번호판의 나사를 푼 뒤에."

마치 누가 내 두피를 쫙 잡아당기는 것 같았다. 일이 어떻게 된 건지 나는 순식간에 정확히 깨달았다. 재앙이었다. 두피가 내 눈, 내 귀, 내 턱에서 위로 잡아당겨지는 듯한 느낌 속에서 나는 쿠르트의 입이 움직이는 모습을 지켜보았다. 시그문 올센이 캐딜락 위로 떨어졌을 때, 그의 머리가 자동차 아랫부분, 번호판 바로 위에 쾅 부딪혔다. 그때 흘러내린 피가 번호판 뒤로 스며들면서 머리카락 세 가닥도 딸려가 나사 주위에 달라붙은 채로 피와 함께 말라버린 것이다. 망할 놈의 DNA 증거가 번호판의 보호를 받으며 오랫동안 참을성 있게 기다리고 있었다는 뜻이다. 누군가 양심적인 사람이 나타나 그 증거를 찾아주기를. 쿠르트 올센 같은 사람. 이제 그는 의기양양한 표정이었다. 이 말을 들었을 때 내가 어떤 표정을 지을지 그동안 줄곧 꿈에서도 그려보았을 것이다. 그래서인지 그는 거기서 그치지 않고 말을 계속했다.

"그 머리카락과 혈흔이 내 아버지 것이라는 사실을 알아내는 데 시간이 좀 걸린 건 아버지의 DNA 프로필도 없고 비교 원본도 없었기 때문이야. 그 당시에는 아버지의 재킷에서 머리카락을 떼어내 보관하자는 생각을 아무도 못 했기 때문에 모두 세탁소나 쓰레기장으로 가버렸지. 딱 하나만 제외하고." 쿠르트가 집게손가락을 들어올렸다. "아니, 두 개." 그는 씩 웃으며 가운뎃손가락도 들어 올렸다. "아버지의 뱀 가죽 부츠. 네가 직접 보트에 놔둔 것 말이야. 아버지가 스스로 노를 저어 나가서 물에 빠진 것처럼 보이게 하려고. 우리가 그 신발은 안 버렸거든. 이 도시 최고의 경찰관이었던 아버지에게 경의를 표하기 위해 내가 신고 다녔어. 알아? 그게 우리한테 행운이었지. 거기 안창에서 아주, 아주 작은 발톱 조각을 발견했으니까. 아버지의 것과 내 것 모두."

쿠르트는 이제 활짝 웃고 있었다. 내 표정이 그의 기대를 모두 충족시킨 모양이었다. 이제 내 이마는 드럼처럼 팽팽했다. 나사를 두어 번만 더 조이면 얼굴이 터져버릴 것 같았다.

"아버지가 사라지던 날 오프가르 농장에 갔다는 건 확실히 아는데, 이제는 아버지가 거길 떠난 적이 없다는 것도 알게 되었어. 후켄에 떨어져, 이미 거기 떨어져 있던 자동차 위에서 피를 흘렸다는 걸. 그때 너희 형제는 아버지가 오프가르 농장을 떠나는 걸 봤다고 주장했지. 자, 이제는 뭐라고 할래, 로위?"

나는 턱을 몇 번 쭉쭉 움직인 뒤에야 입을 움직일 수 있었다.

"변호사한테 전화하고 싶다고 말할 거야."

"가장 가까운 변호사는 노토덴에 있지. 거기에 변호사 두 명이 등록되어 있는데, 두 사람 모두 토요일에는 바쁠걸. 오늘 하루를 꼬박 여기에 앉아 노토덴이나 오슬로에서 누가 올 때까지 기다리고 싶다면, 얼마든지. 아니면 질문 몇 개에 대답하고 여기서 걸어 나가는 방법도 있어."

"싫어."

쿠르트가 죽은 눈빛으로 나를 보았다.

"좋아." 한참 만에 그가 말했다. "네가 변호사 없이는 질문에 대답하지 않겠다고 했다고 기록해둘게. 앞으로 십사 일 동안 이 지역을 떠나지 않겠다는 이 각서에 서명하면 가도 좋아."

"그건 비합리적이야." 내가 말했다.

"동의해." 쿠르트가 말했다. "원한다면 나가도 돼." 쿠르트는 의자에 등을 기대고 바지 주머니에서 구겨진 담뱃갑을 꺼내 담배를 하나 꺼내서 입술에 끼웠다. "증거를 인멸할 위험도 없고, 네가 이 나라에서 도망치려 할 것 같지도 않으니까, 우리는 널 계속 붙잡아둘 이유가 없어." 쿠르트는 녹음 앱을 끄려고 손을 뻗으며 나를 노려보았다. 그때 내가 그의 손과 휴대전화 사이로 내 손을 집어넣었다.

"날 걸어가게 하는 게 말도 안 된다는 뜻이야." 내가 말했다. "호텔에 세워둔 내 자동차 바로 옆에서 네가 날 체포했잖아. 그러니까 네가 날 거기까지 차로 데려다줘야지."

쿠르트가 나를 샅샅이 훑어보았다. 아마 우리 둘이 같은 생각을 하고 있었을 것이다. 쿠르트가 날 체포한 지 삼십 분 만에 같은 장소로 데려다주면, 식당에서 체포 광경을 목격한 사람들 눈에는 경찰이 잘못을 인정하는 것처럼 보일지 모른다는 것.

"질문은 이미 테이프에 녹음됐어. 어쩔래?" 내가 말했다.

쿠르트의 눈에서 증오가 불길처럼 타올랐다.

"조니." 그가 시선을 내 이마에 고정한 채 말했다.

나는 조니 뎁을 따라 주차장을 가로질렀다. 자동차까지 절반쯤 갔을 때 돌아보았더니, 쿠르트 올센이 건물 앞 계단에 서 있었다. 날이 차츰 어두워지기 시작해서, 빨갛게 타오르는 담배 불빛이 보였다. 은행, 병원, 카운티 사무소의 불은 모두 꺼져 있었다. 쿠르트가 DNA 결과를 손에 넣은 건 하루나 이틀 전인데, 변호사를 구하기 어렵게 하려고 일부러 토요일에 날 체포한 걸까? 단 크라네와 일찌감치 상황을 준비했음이 분명했다. 아이를 키우는 사람들은 언제나 주말에 바쁘기 마련인데. 쿠르트는 혹시 내가 입을 열지도 모른다는 희망을 품었겠지만, 실제로 확신하지는 않았을 것이다. 그래도 내게 굴욕을 준다는 중요한 목표는 달성했다. 내가 용의자라고 오스 전체에 크고 또렷하게 알리는 것도. 이 마을의 소문 기계를 작동시켜 숲에 숨어 있던 해충을 백일하에 드러내는 것도. 당시 상황에 대해 뭔가 알고 있으면서도 쿠르트에게 말하지 않은 누군가가 있다면, 그 사람에게 한 번 더 기회를 준다는 목적도 있었다.

조니가 낡은 혼다 시빅의 조수석 문을 열었다.

그러고는 비좁은 운전석에 몸을 구겨 넣고 차에 시동을 걸었다. 차가 부르릉 살아나는 소리에, 틀림없이 낑낑거리는 소리와 똑딱거리는 소리가 반주처럼 섞였다.

“너 이거 조심해야겠다.” 내가 말했다.

“그냥 팬벨트가 헐거워진 거예요.” 조니는 도로로 차를 몰았다. “내가 고칠 거예요.”

“네가 팬벨트는 고칠 수 있을지 몰라도, 지금 이 소리는 낡은 타이밍 벨트에서 나는 거야. 그게 끊어지면 엔진 전체가 망가져.”

조니는 내가 사실을 말하는 건지 확인하려는 듯 나를 흘깃 보았다.

“월요일에 주유소로 가져와.” 내가 말했다. “정비소에서 벨트를 바꾸게. 오래 안 걸릴 거야.”

조니는 다시 운전에 정신을 집중했다.

“아까 그건 내가 원해서 한 것 아니에요.” 조니가 말했다. “우리가 로위를 잡으려고 오프가르 농장으로 갔는데, 로위가 차를 몰고 호텔로 갔다고 칼이 그랬어요. 그래서 쿠르트가 거기서 기다리기로 한 거예요.”

“그럼 단 크라네는?”

“우리가 보안관서에 도착했을 때 그 앞에서 크라네가 사진을 찍을 수 있다고 쿠르트랑 약속이 돼 있었어요. 하지만 장소가 호텔로 바뀌니까 쿠르트가 크라네한테 전화해서 알려준 거죠. 그쪽이 더 극적이잖아요.”

나는 고개를 끄덕였다. 그러고 나서 우리는 한동안 말이 없었다.

“고마워요.” 조니가 말했다. “어제 일에 대해 입을 다물어줘서요.”

“내가 그 일을 신고할 생각이었다 해도 쿠르트한테는 안 가지. 노토덴의 경찰서로 갔을 거야.”

조니가 의자에 앉은 채 꼼지락거렸다. “그럴 거예요?”

나는 고개를 가로저었다. 정말로 신고할 생각이 없었다. 이 아이는 아마 이미 교훈을 얻었을 것이다. 게다가 내게는 생각할 것이 아주 많았다. DNA 샘플. 나탈리. 뇌물. 아주 심각하게 꼬여버린 것 같은 투자 계획. 누구라도 절망에 빠질 정도였다. 지푸라기라도 잡고 싶을 정도로. 그래서 내가 조니에게 도리어 질문을 던졌는지도 모른다.

"너랑 벤엘보 사이는 뭐야?"

"사이요? 무슨 사이?"

"벤엘보가 너랑 네 친구들한테 맥주를 사줬잖아."

조니는 억지웃음을 지으며 머뭇거렸다. 하지만 나한테 조금 협조하는 편이 좋겠다고 생각한 모양이었다.

"벤엘보는 내 몸에 손을 대고 싶어해요. 그거야 잘못된 일이 아니지만, 그런 일은 없을 거예요. 그런데도 맥주도 사주고, 식사도 사주고, 대출도 해주고 싶다면, 그거야 그 사람 마음이죠."

"대출?"

"네. 하지만 말했듯이 그런 일은 없을 거예요."

"말해봐."

"내가 이 주쯤 전에 중고 포르쉐 사진을 벤엘보한테 보여줬거든요. 아주 멋진 물건인데, 노토덴에 사는 어떤 사람이 팔겠다고 내놨어요. 그랬더니 벤엘보가 시중 금리보다 낮게 대출해주겠다고 하더라고요."

하루 종일 이미 상당히 많은 일을 한 내 맥박이 다시 올라갔다. 이것이 지푸라기가 될 수 있을까? 나는 침을 꿀꺽 삼켰다. "그냥 해본 말이겠지?"

"아뇨, 아뇨, 완전 진심이었어요."

"그걸 어떻게 알아?"

"문자로 자세한 내용을 보냈거든요. 금리는 0에 가깝고, 분할상환금도 얼마 안 돼요. 은행 업무가 끝난 뒤 우리가 만나서 서류에 서명하면 된다고 하더라고요. 내가 그 돈을 갚을 방법을 자기가 찾아보겠다는 말도 하고. 하지만 그 사람이 뭘 노리는지 보이니까 나는 당연히 싫다고 했죠. 난 여자가 좋아요. 무슨 말인지 알죠?"

"알아들었어." 내가 말했다. "벤엘보가 너한테 다른 문자도 보냈을 것 같은데, 안 그래?"

조니는 씩 웃었다. "네, 뭐, 그렇다고 할 수 있죠."

"사진도?"

"아뇨, 사진은 없어요. 벤엘보는 유부남이잖아요. 그런 게 마을에 돌아다닐 위험을 무릅쓸 수야 있나요, 안 되죠."

"하지만 그 문자에는 벤엘보의 속셈이 드러나 있고?"

"그걸 알아차리지 못한다면 아주 머리가 둔한 사람이죠." 조니는 다시 나를 흘긋 보았다. 그의 멍청한 눈빛에서 의심이 보였다.

"이제 어디로 갈 거예요?"

"호텔로."

조니는 계속 차를 몰면서 속도를 늦췄다. 마치 이제부터 무슨 일이 벌어질지 기다리며 지켜보는 것 같았다.

"조니." 내가 말했다. "너랑 나랑 작은 거래를 하나 하면 어떨까?"

19

일요일에 나는 주유소에서 일했다. 다른 건 몰라도, 내가 어떻게든 1억 2000만 크로네를 구해야 한다는 사실과 DNA 결과에 대한 고민으로부터 잠시나마 벗어나 머리를 쉴 수 있었다. 토요일에 칼과 나는 리브 괴벨과 줌으로 회의를 했다. 괴벨은 오슬로의 형사법 전문 변호사로, 기운이 넘치고 사무적인 오십대 여성이었다. 나는 오스 스파에서 열린 만찬에서 그녀를 처음 만났다. 보통 이런 문제에서는 내 기준이 상당히 높은 편이지만, 그녀가 믿을 만한 사람이라고 느낀 적이 한 번 있었다. 지금 화면 속에서 깔끔한 책상에 앉아 있는 그녀의 등 뒤 창문으로 시청이 보였다. 거친 웃음소리와 아주 빠른 말씨 때문에 그녀의 말을 놓치지 않으려면 정신을 집중해야 했다. 그녀는 발톱이 없었어도, 번호판 뒤에서 발견된 혈흔이 시그문 올센의 것이라는 사실을 경찰이 아마 알아냈을 것이라고 설명했다.

"요즘 분석기술로는 임신한 여자의 피 한 방울만 있어도 태아의 DNA 프로필뿐만 아니라 그 아이 아버지의 프로필까지도 알아낼 수 있어요. 이 사건의 경우에는, 경찰이 쿠르트 올센의 DNA를 이용해서 그 혈흔이 그의 아버지 것임을 증명할 수 있었을 겁니다."

괴벨은 경찰이 칼을 만나지 않은 것, 아무래도 오로지 나만 뒤쫓고 있는 듯하다는 점에 놀라움을 표시했다. 그리고 당시 우리 나이가 몇 살이었느냐고 물었다. 내가 갓 열아홉 살이고 칼은 열여덟 살도 되기 전이라고 말하자, 괴벨은 이유를 알겠다고 말했다. 형사 사건에서 책임을 묻는 연령은 십오 세이지만, 기소를 고려할 때는 십팔 세가 분명한 경계선으로 여겨진다는 것이었다. 열여덟 살이 안 된 사람을 기소해서 감옥에 가두기는 쉽지 않기 때문에, 이렇게 오래된 사건을 다룰 때 당국은 자연스럽게 나를 겨냥하게 된다는 설명이었다. 〈오스 데일리〉 인터넷판에는 오래전에 실종된 사람과 관련된 DNA가 발견된 소식과 체포 소식이 짤막하게 실렸으나, 구체적인 사건 내용도 내 이름이나 사진도 실리지 않았다. 괴벨은 아마 그 신문사 자체의 검열 과정 때문일 것이라고 말했다. 내가 이미 석방되었고 공식적인 혐의도 없기 때문에 일반 대중은 그 이상 자세한 정보를 알 법적인 권리가 없다는 것이었다.

칼과 나는 분노의 시선을 교환했을 뿐이다. 괴벨은 누가 무슨 일 때문에 체포됐는지를 오스 사람들이 모두, 정말로 모두 알고 있다는 사실을 몰랐다. 쿠르트 올센이 누구든 사건과 관련된 정보를 알려줄 사람의 전화를 기다리고 있다는 사실 또한.

그날 밤 나는 잠을 거의 이루지 못했다. 6시에 자명종이 울리자 오히려 마음이 놓였다. 일요일은 주유소가 가장 바쁜 날이었다. 계곡 위쪽의 오두막과 호텔 손님들이 집으로 돌아가는 날이기 때문이었다. 그들은 단순히 차에 기름만 채우지 않았다. 장거리 운전을 해야 하니 먹을 것과 마실 것도 필요했다. 잠시 손님이 뜸해진 틈에 에길이 오토바이 모임에 대해 이야기해주었다. 몹시 성공적인 모임이었다고 했다. 나는 오토바이 모임에서는 무엇을 기준으로 성공을 판단하느냐고 물었다. 모임에 나온 바이커들의 수가 기준인가? 에길은 그건 별로 중요하지 않고, 모임에 나온 사람들이 즐거운 시간을 보내는 것이 중요하다고 말했다.

"예상보다 더 즐거웠어?" 내가 물었다.

"네?"

"모임이 성공적이었다면, 예상보다 더 즐거운 일이 많았을 것 아냐."

"사람들이 성공을 예상했던 것 같은데요." 에길이 말했다.

내가 소시지와 새우 샐러드 롤 다섯 개를 막 손님에게 건넸을 때 나탈리가 안으로 들어왔다. 머리카락을 하나로 모아 트럭 운전사들의 모자를 쓰고, 테임 임팔라†가 새겨진 후드티를 입고 있었다. 자동차 유리창 세정제 진열대 옆에 서서 기다리는 그녀의 얼굴이 피곤해 보였다. 카운터가 비자 그녀가 내게 다가왔다.

"뭘 드릴까요?" 내가 물었다.

그녀는 특유의 시선으로 나를 보았다. 내 눈을 똑바로 바라보는 시선. 나는 또 달콤하고 멍한 기분이 되었다. 젠장.

"뭐가 있어요?" 그녀가 조용히 말했다.

"으음." 나는 숨을 들이쉬었다. "늙어서 질긴 염소 고기가 할인중이야. 늙은 염소이긴 해도, 상당히 괜찮아."

나탈리가 조용히 웃었다. "그럴 것 같네요. 하지만 그 고기는 어제 품절된 것 같은데요. 무슨 문제라도 있어요?"

나는 어깨를 으쓱했다. "네가 태어날 무렵에, 아직 젊은 나이이

---

† 　호주 출신 밴드.

던 그 염소가 늙은 보안관을 후켄으로 밀어버렸다고 누가 그러더라고."

"사실인가요?"

나는 고개를 저었다. 문이 열리고 손님이 들어왔다. 에길은 주유기 옆에서 분주히 움직이고 있었다.

"그래도 그 고기를 버려야 할 거야." 나는 손님에게 눈길을 주며 말했다. "다른 데서 찾아보는 게 좋을걸. 더 신선한 고기가 있는 곳에서."

"로위?"

나는 그녀를 보았다. 그녀가 미소를 지었지만 순식간에 지나가는 미소였다. 계속 웃고 있기가 너무 힘들다는 듯이.

"미안해요."

나는 애써 미소를 지었다. "사과할 게 뭐 있어. 넌 딱 네가 원하는 대로만 해, 나탈리."

"그래요." 그녀는 깊이 숨을 들이쉬었다. 마치 발끝으로 서 있는 사람 같았다. "내가 원하는 건……." 그녀가 말을 멈췄다. 손님이 자동차 유리창 세정제 한 상자를 들고 나탈리 뒤에서 차례를 기다리고 있었다. "……나중에 또 봐요. 로위가 원한다면."

나는 그녀를 보았다. 너무나 아름다웠다. 눈물이 나올 만큼 아름다운 노래와 비슷했다. 내가 이용당하는 걸 무서워해서 이러는 것이 아니었다. 대개는 무엇이든 이용당하는 편이 좋은 법이다. 하지만 일이 너무 복잡해져서 내가 삼당할 수 없을 것 같았다. 무엇보다 그 점이 가장 큰 이유였다. 문제는, 그녀를 보니 고통에 시달리다가 모르핀 주사를 맞은 것 같은 상태가 되었다는 점이다. 그녀를 더 많이 원하게 되는 것을 피할 수 없었다. 그래서 억지로 시선을 돌려 그녀 뒤의 손님에게 말을 걸었다.

"그거 두 개 사면 한 개를 더 드려요."

"와." 손님은 신난 표정이었다. 나가는 길에 나머지 두 개를 들고 가면 된다고 말하려 했는데, 그는 벌써 진열대로 향하고 있었다.

"우리 나중에 이야기하자, 나탈리. 상황이 좀 조용해지면, 오케이?"

나는 다시 그녀를 보았다. 눈이 몽롱하게 빛나고, 눈동자가 크고 검게 보였다. 뭔가에 취한 건가? 아니면 울고 있나?

"그럼 언제 상황이 조용해지는데요?" 그녀의 목소리가 갈라졌다.

나는 침을 꿀꺽 삼켰다. "5, 6⋯⋯." 일단 입을 열었지만 뒤에 '주'를 붙여야 할지 '일'을 붙여야 할지 알 수 없었다. 독특한 색을 띤 나탈리의 눈동자 위, 가늘고 짧은 속눈썹에 눈물이 한 방울 맺혔다.

"시간 뒤에." 내가 말했다. "내가 여기 근무를 마친 뒤에. 6시에 밖에서 만나자."

나는 4시에 밖으로 나가 주유기 주위를 청소한 다음, 신세대 소년 레이서들이 튜닝한 자동차 안에 앉아 있는 곳으로 갔다.

"담배꽁초 주워." 나는 아스팔트에 흩어진 꽁초 다섯 개를 가리켰다.

"네, 네, 아빠." 담배를 피우며 운전석에 앉아 있는 녀석이 말했다. 녀석은 언밸런스 디자인의 청재킷에서 빠져나온 맨 팔에 몸을 기대고 있었다. '자비는 없다'라고 외치는 문신이 보였다.

"지금." 내가 말했다.

"여기서 나갈 때 주울게요." 녀석이 당황스러울 정도로 느긋하게 담배를 빨면서 말했다.

"안 돼. 여기는 항상 깨끗해야 해."

"나갈 때 한다니까요, 아빠." 녀석이 콜라병을 들어 올리며 웃었다. "우린 돈을 내는 손님이잖아요, 그렇죠?"

나는 녀석이 미처 반응할 틈도 없이 녀석의 입에서 담배를 낚아챘다. 그것을 뒷좌석으로 튕기자, 어린 여자애와 남자애가 비명을 지르며 도망치려고 했다.

"무슨 짓이야!" 운전석의 소년이 말했다.

"이제 내 기분을 알겠네." 나는 이렇게 말하고 나서 부달 호수 쪽으로 이어진 내리막길과 추락 방지막으로 향했다. 그리고 휴대전화를 꺼내 아슬레 벤엘보에게 전화를 걸었다.

"네?"

"당신이 내게 대출을 내주는 데 필요한 걸 찾아낸 것 같아요." 내가 말했다.

"로위니?"

"네. 지난번에 우리가 이야기를 나눈 뒤로, 내 재산목록에 새로 나타난 게 있어요. 담보로 쓸 수 있는 거예요. 내일 아침 일찍 내가 들러도 괜찮아요?"

"음, 반가운 이야기인 것 같네." 말은 이렇게 했지만, 딱히 기뻐서 어쩔 줄 모르는 목소리는 아니었다. "하지만 너 모종의 문제로 경찰의 관심 대상이 되지 않았어?"

"오해가 있었어요. 내일 그 얘기도 하면 되죠. 10시 괜찮아요?"

"내일은 좀 힘들어, 로위."

"좀 힘들다는 말은 몹시 힘들다는 말보다 낫네요. 그건 그렇고, 조니 뎁이 인사 전해달래요."

침묵이 흘렀다.

"10시?" 내가 물었다.

벤엘보가 콜록거렸다. "삼십 분 안에 이야기를 끝낼 수 있다면."

"아마 그보다 더 빨리 끝날걸요."

우리는 전화를 끊었다. 그의 약점을 찾아냈다. 이제 문제는, 내 심장이 그것을 이용할 수 있을 만큼 차가운가 하는 점이었다. 나는 돌아서서 주유소로 걸어갔다. 청재킷을 입은 녀석이 이제 차에서 밖으로 나와 있었다. 나를 기다리며, 양발로 번갈아 체중을 옮겼다. 다른 차에서 내린 빨간 머리 청년이 다가와 녀석에게 뭐라고 속삭였다. 녀석은 믿을 수 없다는 표정으로 빨간 머리 청년을 보다가 나를 보았다. 빨간 머리는 자기 차로 서둘러 돌아가고, 청재킷은 빨리 차에 오르려고 문을 열었다.

"어이, 야!" 내가 소리쳤다. "꽁초부터 주워."

녀석이 나를 빤히 보았다. 10미터나 떨어져 있는데도, 녀석의 목울대가 위아래로 움직이는 것이 보였다. 곧 녀석이 쪼그려 앉아 꽁초를 줍기 시작했다. 내가 어제 전 보안관을 살해한 혐의로 경찰에 체포됐다는 이야기를 빨간 머리 녀석이 해줬음이 분명했다.

"우우!" 내가 녀석 옆을 지나가며 작게 속삭이자, 녀석이 화들짝 놀라는 바람에 꽁초가 사방으로 날아갔다.

그래, 내 심장은 확실히 아주 차가웠다.

6시 정각에 나는 주유소에서 나왔다. 나탈리는 내 차 옆에 서서 팔짱을 긴 채 덜덜 떨고 있었다. 날이 춥기는커녕 오히려 그 반대였기 때문에 조금 놀라웠다.

"오래 기다렸어?" 내가 물었다.

나탈리는 고개를 저었다.

"추워 보이네. 드라이브라도 할까?"

나탈리는 고개를 한쪽으로 기울였다. "로위가 젊었을 때 남자들이 그렇게 했어요?"

"물론이지. 자동차랑 운전면허가 있다면, 사람을 사귄다는 측면에서 다 가진 거나 같았지."

나탈리가 웃음을 터뜨렸다. "그래서 남들은 술 마시고 여자를 꼬실 때 로위는 운전만 한 거예요?"

"그렇게 뻔히 들여다보이나?"

"아마도요. 우리 둘만 있을 수 있는 장소가 없겠죠? 실내면 좋겠는데."

"비슷한 데가 있긴 해. 기름 냄새가 싫지 않다면."

정비소 문의 자물쇠를 여는 동안, 내가 이곳에 가장 마지막으로 데려온 사람이 섀넌이라는 생각이 문득 들었다. 그녀가 아직 살아 있을 때였다. 우리는 내가 오랫동안 살았던 방에 앉았다. 나는 스트레스리스 의자에, 그녀는 침대에. 나탈리가 창백하게 질려서 이 파리처럼 와들와들 떨었기 때문에, 나는 보통 겨울에 사용하는 강력한 팬히터를 틀었다. 그리고 유일하게 들을 만한 루 리드의 앨범 (《트랜스포머》)을 전축에 걸고 차를 준비했다. 화덕 위 선반에 있는 꿀단지가 적어도 십 년은 된 것 같았다. 하지만 꿀은 살인과 같다. 유통기한이 없다는 점에서. 나는 펄펄 끓는 물을 차에 따르고 꿀을 세 스푼 넣어 나탈리 앞에 놓았다.

"안색이 별로 안 좋은데." 내가 말했다.

"기분도 별로 안 좋아요." 나탈리는 이렇게 말하고 나서 차를 한 모금 마셨다. "고마워요. 저건 다 뭐예요?" 그녀가 벽을 가리켰다.

"이제는 존재하지 않는 나라들의 번호판이야. 원래 우리 삼촌이 수집하시던 거라서, 내가 정비소를 인수했을 때 이미 저 벽에 걸려 있던 것도 있어. 나머지는 내가 수집했고."

"바수톨란드." 나탈리가 번호판 하나를 소리 내어 읽었다.

"지금은 레소토지."

"레소토?"

"아주 작은 왕국이야. 남아프리카의 외딴 나라. 아주 아름다운 곳이래. 높은 산속에 있는데, 가장 높은 산봉우리에는 눈이 쌓여 있다고 들었어."

"그럼 여기랑 좀 비슷하네요. 산속 왕국이라. 왕은 누구예요?"

나는 코담배 상자에서 담배 한 덩이를 꺼냈다. "거기? 아니면 여기?"

나탈리는 빙긋 웃으며 차를 한 모금 더 마셨다. "로위는 이상한 말을 많이 해요."

"왕의 이름은 기억 안 나. 자기 아버지가 교통사고로 죽은 뒤에 왕위를 이었다는 것만 알아."

"그래요?"

"가축이 잘 자라는지 확인하려고 농장에서 차를 몰고 나갔다가 도로를 이탈해서 절벽으로 곧장 떨어졌대. 누가 차에 미리 장난을 쳐뒀다고 말하는 사람도 있어. 살인이라는 거지."

"로위는 어떻게 생각해요?"

나는 어깨를 으쓱했다. "음모론이야. 어쨌든 아들이 뒤를 이어서 지금 옥좌에 앉아 있어."

"이름이 뭐예요?"

"몰라."

"구글로 찾아볼까요?"

"그냥 모르는 채로 놔두는 방법도 있어."

"모르는 채로 두죠. 나한테 키스할래요?"

이번에는 달랐다. 느리고, 부드럽고, 참을성 있게 탐색하는 느낌. 마침내 찾던 것을 발견했을 때, 우리는 나른하지만 은은하게 빛나는 친밀감을 느끼며 하던 일을 계속했다. 내가 두어 번 그녀를 제지하자, 그녀가 요령을 터득했다. 우리는 무용수처럼 서로의 리듬과 파장을 찾아냈다. 그제야 점차 주파수를 높일 수 있었다. 이번에는 소리 없이 절정에 오른 그녀가 내 어깨에 기대 몸을 떨며 울었다.

우리는 차를 더 마셨다. 내가 레코드를 전축에서 뒤집어 놓은 뒤 우리는 다시 사랑을 나눴다. 그러고 나서 피터 잭슨의 첫 영화 〈배드 테이스트〉를 보았다. 우리 둘 다 감탄하는 영화였다. 나는 주유소에서 냉동 피자를 한 판 가져와 오븐에서 데웠다. 이제는 방이 따뜻한데도 나탈리는 계속 이를 떨었다. 하지만 열은 없었다. 오히려 그 반대였다. 내가 그녀를 안았을 때, 그녀의 몸이 땀에 젖어 차갑게 느껴졌다.

"어디가 아픈 거야?" 내가 물었다.

"어떤 것 같아요?"

"아마 금단증상이라는 병일 것 같은데."

그녀가 고개를 끄덕였다.

"무슨 금단증상이야?"

나탈리는 어깨를 으쓱했다. "나한테도 원칙은 있지만, 유연한 원칙이에요."

"그 말은?"

"엑스터시, 각성제, 코카인. 우울할 때는 극소량의 케타민. 잠이 필요할 때는 대마초. 돈에 여유가 있고 물건을 구할 수 있을 때는 아야와스카†. 하지만 필로폰, 모르핀, 헤로인은 절대 안 해요."

"얼마나 중독된 거야?"

"중독 아니에요. 그냥 습관 같은 거예요. 무슨 말인지 알겠어요? 다시 시작할 때마다 이걸 끊어야 한다는 걸 알긴 하는데, 그래도 내가 조절할 수 있어요. 지금처럼. 괜찮아요. 하루나 이틀 정도 지나면 괜찮아질 거예요."

"왜 자꾸 다시 시작하는데?"

나탈리는 볼에 바람을 넣어 부풀렸다가 되돌렸다. "좋은 질문이에요. 지루해서 그래요. 아니면 우울하거나. 복잡한 머릿속을 한동안 정리해주거든요."

"아야와스카가 머릿속을 정리해준다고?"

"음, 좀 다른 종류의 정리이긴 해요."

"그런 물건은 어디서 구해?"

"노토덴까지 가야 해요."

"올라한테?"

나탈리는 날 믿어도 되는지 확인하려는 듯이 잠시 나를 바라보다가 고개를 끄덕였다. "어떻게 알았어요?"

"으음, 올라는 블랙 메탈을 하고 현악기를 연주하잖아."

나탈리는 빙긋 웃으며 고개를 저었다. "틀렸어요. 블랙 메탈을 하는 사람들은 정상이 아니지만, 화려한 옷을 입고 규율을 지키면

---

† 아마존 지역 원주민들이 오래전부터 사용한 환각성 음료.

서 마약을 안 해요. 소도시 출신의 근면한 얼간이들이거든요. 로큰
롤 인생을 사는 포크 음악가예요. 그래서 죽을 것같이 힘들어해요.
항상 그랬어요. 내가 항상 이페칵을 들고 다니는 건 그 밴드 친구
들 때문이에요. 특히 올라가 그 약을 가장 많이 써요.”

“이, 뭐?”

“이페칵. 구토제예요. 토하게 만드는 약. 하지만 약물을 과용하고
한 시간 안에 이페칵을 먹어야지, 안 그러면 끝이에요.” 나탈리가
말을 멈췄다. “나한테 질렸어요?”

“질려?”

“내가 약을 하잖아요. 성적인 학대의 피해자이기도 하고. 우울증
도 있고. 나 같은 사람을 멀리하면 인생이 편안해져요.”

“아, 그런 뜻. 아니, 그런 건 문제가 안 돼. 나한테도 나름대로 문
제가 있어서.”

나는 오븐에서 피자를 꺼내 접시에 놓고 자르기 시작했다. 나탈
리가 뒤편 침대에서 움직이는 소리가 들렸다.

“아버지한테 학대당한 것 말고, 또 뭐가 있어요?”

“그걸로 충분하지 않아?” 나는 고개를 돌리지 않고 말했다.

“충분하죠. 하지만 더 있는 거죠?”

“흠. 아마. 문제는 언제나 더 있는 것 같은데.”

나는 피자를 여섯 조각으로 자른 뒤, 이불 위의 접시에 놓았다.
그리고 그녀 옆에 앉았다.

“네가 감당할 수 있다면 그렇다는 말이야.” 나는 피자를 고갯짓
으로 가리키며 말했다.

“감당할 수 있어요. 어서요. 말해봐요.”

“내 말은……”

“무슨 말인지 알아요. 그래도 알고 싶어요.”

나는 피자 한 조각을 들었다. 녹은 치즈가 쭉 늘어난 모양이, 마치 그 피자 조각이 집을 떠나기 싫어서 필사적으로 매달리고 있는 것처럼 보였다. 나는 한 입 베어 물고 씹었다. 나탈리는 나를 지켜보며 기다렸다. 계속 기다리는 그녀를 두고 나는 몇 번 숨을 들이쉬었다 내쉬었다.

“모슈슈 2세.” 내가 말했다.

“네?”

“이런 이름이었어. 레소토의 왕 말이야. 그 사람 장남이 지금의 렛시 3세고. 그런 일이 어떻게 벌어질 수 있었는지를 두고 많은 추측이 나왔지만, 확실한 결론은 없어. 그리고 우리 아빠는 항상 오프가르 농장을 자기 왕국이라고 불렀어. 아빠는 모슈슈, 나는 농장을 이어받은 렛시. 하지만 큰 차이가 하나 있어.”

나탈리도 피자를 한 조각 들었다. “무슨 차이요?”

“나는 렛시가 자기 아버지를 죽였다고 생각하지 않아.”

20

　나는 거의 열여덟 살, 칼은 아직 열일곱 살이 되기 전. 나는 칼에게 아빠가 다시는 널 괴롭히지 않을 것이라고 약속했다. 내가 아빠를 죽일 거라고. 아빠도 그걸 알았다. 내 눈빛에서 알아차리고 반가워했다. 자신의 생각이라는 고문실에서 내 손에 해방되기를 갈망했던 것 같다. 그날 밤 우리 방에 들어왔던 아빠가 헛간에 나와 있었다. 내가 뒤에 서 있는 걸 알면서, 샌드백을 때리고 또 때렸다. 아빠는 엽총을 꺼내와서 벽에 세워두었다. 총알이 장전된 상태로. 내가 가까이에서 아빠의 머리를 쏘고 총을 아빠 옆에 놓아두기만 하면 될 일이었다. 시그문 올센 보안관은 이 동네 남자들이 가장 흔하게 사용하는 자살 방법이 또 사용된 비극적 사건이라는 결론을 내릴 터였다. 하지만 나는 그럴 수 없었다. 젠장, 할 수 없었다. 아무리 미워한다 해도 아빠는 여전히 나였고, 나도 아빠였으니까.

　그렇게 계속되었다.

　그러다가 그해 말 어느 저녁에 칼과 나는 베르나르 삼촌이 내게 준 낡은 볼보 안에 앉아 있었다. 겨울정원 앞의 마당에서. 아빠와 엄마를 태운 캐딜락이 우리 앞에서 예이테스빙엔을 향해 움직

233

였다. 이제부터 벌어질 일을 나는 알고 있었다. 운전대 축의 나사를 느슨하게 풀고, 브레이크 호스에 구멍 두 개를 내고, 브레이크 오일을 양동이에 받는 데 삼십 분이 걸렸다. 엄마가 차에 함께 타는 것까지 계산하지는 않았지만, 일이 그렇게 되고 보니 일종의 인과응보가 느껴졌다. 엄마는 내가 사실을 알리려고 하면 뭐가 어떻게 돌아가는지 모르는 척하면서 내 말을 들으려 하지 않았다. 항상 칼과 나보다 아빠를 더 사랑했다. 사람들이 말하는 생물학적 이상현상일 수도 있지만, 어쨌든 그랬다. 내가 엄마를 이해한다는 뜻은 아니다. 엄마가 얼마나 자괴감에 시달렸을지 나는 모르겠다. 그래도 내가 엄마에게 저지른 짓 때문에 사형선고를 받아도 할 말이 없었을 것이다.

그때 심장이 어찌나 큰 소리로 쿵쾅거렸는지, 그 뒤에 내려앉은 침묵 속에서 그 소리가 밖으로도 들릴 거라고 확신했던 기억이 난다. 자동차 타이어가 자갈 위를 구르는 소리가 이제 들리지 않았다. 빨간색 꼬리등이 말 없는 목격자의 눈처럼 나를 빤히 보던 것이 기억난다. 그러고는 곧 그 불빛이 사라져버렸다. 100미터 아래로 자유낙하. 차가 후퀸 바닥에 떨어질 때 쿵 하는 소리가 너무 둔탁해서 깜짝 놀랐다. 어쩌면 그 두 사람이 살았을지 모른다는 생각이 가장 먼저 들었던 것도 기억난다. 조금 있으면 아빠가 절벽을 기어 올라올 것 같았다. 피투성이지만 살아서, 그 친숙한 자기혐오적 분노로 불타오르는 눈빛을 하고. 우리는 계속 앉아 있었다. 마침내 완전히 확신이 들 때까지.

"꼭 해야 하는 일을 한 거예요." 나탈리가 속삭였다. 나는 한참 동안 그녀에게 내 이야기를 들려주고, 그녀의 질문에 대답했다. 그러면서 오래된 맥주도 두 개 땄는데, 맛이 아직 괜찮았다. 나탈리가 마리화나를 한 대 마는 것을 보고도 나는 제지하지 않았다. 그녀는 금단증상의 고통을 조금 누그러뜨리기 위해서라고 말했다. 이미 밤이 되었는데도 우리는 불을 켜지 않았다.

"그래, 나는 꼭 해야 하는 일을 한 거야." 내가 말했다. "필요하다면 또 그렇게 할 거야." 그리고 나서 나탈리가 가끔 내게 사용하는 목소리를 흉내 냈다. "나한테 질렸어?"

어둠 속에서도 그녀의 미소가 느껴졌다. 나탈리는 맨살이 드러난 내 가슴, 뺨, 머리카락, 목을 손으로 쓸었다.

"아뇨." 그녀가 말했다. "이제 내가 궁금한 건 딱 하나만 남았어요."

"그래?"

"날 믿을 수 있다고 어떻게 확신해요?"

나는 그녀에게 미소로 응답했다. "내가 확신한다고 누가 그래? 어쨌든 넌 지금 알몸이니까, 쿠르트 올센이 너한테 마이크를 붙여 놓지 않았다는 건 알겠네. 녹음이 없다면, 네가 하는 말은 그저 그랬다더라가 되는 거지."

나탈리는 장난스럽게 나를 한 대 때렸다. "그게 다가 아니잖아요. 만약 내가 이것보다……." 나탈리는 마리화나를 들어 보였다. "더 센 것을 하고서 떠들어대면 어쩌려고요. 내가 그러지는 않을 거지만, 로위가 확신할 수는 없잖아요."

나는 어깨를 으쓱했다. "살다 보면 가끔 운을 걸어볼 때가 있는 것 같아."

지금은 색깔이 보이지 않아서 나탈리의 흰자위, 그리고 몸과 머리의 실루엣만 볼 수 있었다. 사방이 워낙 어두워서, 내가 원한다면 지금 섀넌과 함께 있다고 상상할 수도 있을 것 같았다. 하지만 나는 그러고 싶지 않았다. 그럴 필요가 없었다.

나탈리가 몸을 기울여 내게 키스했다. 마리화나와 맥주와 나탈리 냄새가 났다. 이번에는 내가 키스했다. 몸이 달아올라서가 아니라 호기심 때문이었다. 그녀가 달아올랐는지 확인하고 싶다는 호기심. 그녀의 키스가 점점 다급해지고, 나도 곧바로 반응했다.

"젠장." 나는 이렇게 말하면서 그녀를 놓아주었다.

"그러게요!" 나탈리가 웃음을 터뜨렸다.

나는 이불에서 피자 부스러기를 쓸어낸 뒤, 빈 접시를 수도꼭지 밑에 대고 물을 틀었다. 그렇게 그녀를 등진 채 서서 이게 지금 무슨 상황인지 자문했다. 내가 살인 자백으로 사랑을 선언한 건가? 그녀에게 뭔가를 증명하려고 그녀 손에 내 운명을 맡긴 거야? 아니면 나도 아빠와 똑같은 짓을 한 건가? 장전된 총을 벽에 세워두고, 그녀가 그 기회를 노려주길 반쯤 바라면서 등을 돌리고 있는 건가?

그럴 수도 있고 아닐 수도 있었다. 내가 나탈리에게 고백한 건 맨 처음 두 사람을 죽인 사건뿐이었으니까.

당시 사람들은 절벽 아래에서 시체만 끌어올리고 캐딜락은 그대로 내버려두었다. 차를 끌어 올리는 일은 비용이 너무 많이 들고 위험하기 때문이었다. 나는 시그문 올센이 차츰 의심을 품고 오프가르 농장으로 올라와 후켄으로 내려가서 차를 조사해보고 싶다고 말했을 때, 칼이 그를 절벽 너머로 밀어버린 것이 단순히 불행한 사고가 아니었다는 말을 나탈리에게 하지 않았다. 그 덴마크인 청부업자에 대해서도 말하지 않았다. 빌룸센에 대해서도. 섀넌과 아기에 대해서도. 내가 지금 느끼는 통증이 수돗물 때문이라는 사실을 서서히 깨달은 나는 손을 잡아당겼다. 물이 델 듯이 뜨거웠다.

21

"날씨 얘기는 이제 됐어." 아슬레 벤엘보가 손목시계를 보았다. 시간이 많아야 삼십 분밖에 없다는 사실을 내게 일깨우려는 것 같았다. "담보와 관련해서 새로 말할 것이 생겼다고 했잖아."

"맞아요." 나는 창문으로 광장을 내다보며 말했다. 월요일 오전이라 오스를 지나가는 중앙도로에는 차가 찔끔찔끔 지나가고 있었다. 나는 그가 질문을 던질 때까지 기다렸다.

"어떤 종류의 자산을 말하는 거야?"

나는 벤엘보에게 시선을 돌렸다. 그는 가족사진이 놓인 책상에 앉아 있었다. 그가 통통한 손끝을 하나로 모으는 모습이 보였다. 양복 소매가 너무 짧았다. 작은 마을의 은행 지점장들은 왜 항상 대도시 지점장들이 입는 것보다 값싼 양복을 고르는지 알 수 없었다. 내가 아는 한 그들의 봉급은 똑같은데. 주로 상대하는 고객인 농민들에게 이른바 민초처럼 보이고 싶은 건가? 에르메네질도 제냐 양복을 입으면, 오스의 평균적인 주민들 눈에 우스꽝스럽다 못해 거의 모욕적으로 보일까 봐서?

"이른바 신용이라는 자산이에요." 내가 말했다.

"신용?"

"네. 비물질적인 자산이죠."

"신용이 뭔지는 나도 알아. 하지만 그건 형태가 있는 구체적인 자산이 아닌 모든 것을 일컫는 총칭이야. 어떤 종류의 신용을 말하는 거지? 상표? 평판? 특허?"

"평판. 좋은 평판요."

"네 주유소를 실제 가치보다 상당히 높은 값에 사겠다는 사람이 나타났다는 뜻이야?"

"아뇨."

벤엘보는 무겁게 한숨을 내쉬었다. 내가 보기에는 조금 마음이 놓인 것 같기도 했다. 내가 10시 5분에 그의 사무실에 들어섰을 때, 그의 윗입술이 땀에 젖어 반짝이고 있었다. 책상에는 커피가 준비되어 있고, 그는 날씨에 대해 가벼운 말을 몇 마디 던졌다. 틀림없이 무슨 일인가 하고 나름대로 고민했을 것이다. 이제는 조금 안심한 듯한 기색이었다.

"그럼 그 회사가 신용이라는 추가 자산을 소유했다는 가정뿐이군. 은행은 평판을 바탕으로 한 신용이라는 담보는 받아들이지 않아. 그런 건 하루아침에 사라질 수 있으니까. 특히……." 그는 입을 꾹 다물었다.

"특히 뭐예요?" 내가 물었다.

벤엘보는 허리를 세우고 똑바로 앉았다. 아마도 권위적인 분위기를 내려고 애쓴 것 같은 표정으로 내게 시선을 고정했다. "특히 회사 소유주가 경찰 조사를 받고 있을 때는 더 그렇지. 어쨌든, 좋은 평판이라는 담보는 받을 수 없어."

"그 좋은 평판이 내 것이 아닌데도요?"

"뭐라고?"

"내가 자산으로 취득한 좋은 평판이 내 것이 아니라 당신 것인데도요?"

벤엘보는 침을 꿀꺽 삼켰다. 그의 목소리가 한층 높아졌다. "도대체 무슨 소리를 하는 거야, 로위?"

나는 그의 앞에 내 휴대전화를 내려놓고 손가락으로 가리켰다.

"당신이 어느 젊은 남자에게 보낸 이메일과 문자가 여기 들어 있어요. 당신이 남자와 부정을 저지를 생각을 했다는 건 당신과 당신 아내의 문제죠, 당연히. 물론 당신 아내는 그 일에 대해 전혀 모를 가능성도 있고요. 어떤 경우든, 내가 이 문자들을 당신 아내에게 보낸다면, 여기 책상 위에 놓아둔 가족사진을 다른 걸로 바꿔야 할지도 몰라요."

휴대전화 화면을 내려다보는 벤엘보의 얼굴에 브레이크등이 들어온 것 같았다.

"하지만 결혼생활의 문제보다 더 심각한 건, 당신의 사회 경력도 끝날 가능성이 있다는 거죠."

나는 휴대전화 화면을 다음 페이지로 넘겼다. 그리고 벤엘보가 거기에 적힌 자신의 말을 읽을 수 있게 잠시 기다렸다가 말을 이었다.

"그런 제안을 그렇게 문서로 남기지 말았어야죠, 아슬레. 은행이 대출을 해줄 때 요구하는 품행에 대해 당신이 워낙 철저하게 설명해줘서, 이건 아니라는 걸 나도 알겠던데요. 당신이 반한 젊은 남자에게 시중금리보다 한참 낮은 금리로 은행 돈을 대출해주겠다고 제안하다니요. 이런 걸 뭐라고 하더라? 부정행위? 횡령? 나는 언어에 별로 소질이 없지만, 본점에는 틀림없이 여기에 해당하는 용어가 있겠죠. 〈오스 데일리〉의 단 크라네도 분명히 그런 용어를 알

테고요."

벤엘보가 눈을 들어 나를 쏘아보았다. 다시 입을 연 그의 목소리
가 너무 심하게 갈라져서 알아듣기가 힘들 지경이었다.

"원하는 게 뭐야?"

나는 천천히 고개를 끄덕이며 손목시계를 보았다. "아직 이십 분
이 남았어요. 뭘 해야 할지 그동안 자세히 의논해볼 수 있겠죠. 하
지만 짧게 말하자면 이런 거예요. 일주일 내에 1억 크로네에 대한
대출 승인이 떨어져야 해요. 당신이 그걸 해내면, 거기 있는 버튼
을 누르지 않을게요."

나는 휴대전화 화면의 '전달' 아이콘을 가리킨 뒤, 의자에 등을
기댔다. 그리고 기다렸다. 벤엘보를 지켜보면서. 벤엘보는 자기 앞
의 어느 지점을 빤히 바라보면서, 코로 씩씩 숨을 쉬었다. 마침내
그가 기침 소리를 냈다. "금리는 얼마나 생각하고 있는데?"

"시중금리요." 나는 배 위에 양손을 올렸다. "오프가르 남자들은
흥정 안 해요."

광장을 가로지르면서 휴대전화를 보니 나탈리의 부재중 전화가
있었다.

"자기야." 내가 전화를 걸자 나탈리가 이렇게 전화를 받았다.

물론 장난이었다. 그래도 내 뱃속에 따뜻한 기운이 퍼졌다. "오
늘 밤에 일해요?"

"아니." 내가 말했다.

"괜찮으면 내가 오늘 저녁식사를 요리할 수 있는데."

"그러면 좋지."

"7시 괜찮아요?"

“좋아. 내가 뭘 좀 가져갈까?”

“어떤 거요?”

“와인이라든가.”

나탈리가 웃음을 터뜨렸다. “노토덴의 주류 판매점까지 차로 갔다 오겠다고요?”

“우리 집에 와인이 있을 거라는 생각은 안 하는 거야?”

“있어요?”

“응.”

“진짜요?”

“아니기도 하고. 칼의 와인을 한 병 가져올게.”

나탈리의 웃음소리가 내 귀를 간질였다. “고맙지만, 나 때문에 그럴 필요는 없어요, 로위. 오늘 저녁에는 물만 마실래요.”

“알았어. 와인은 안 되겠네. 오늘부터 술을 끊겠다고 네가 어제 말했으니까.”

“조금씩 타협하는 건 나한테 안 맞아요. 송어 좋아해요?”

“네가 직접 잡았어?”

“네. 소비조합 냉장고에서요.”

“그게 우리가 좋아하는 거지. 사육당하고 길들어서 완전히 차갑게 죽은 놈을 먹는 것.” 송어를 많이 먹으면 클라미디아가 낫는다는, 별로 재미없는 우스갯소리를 들려주었다. 재미없는 농담을 하면 대가를 치러야 한다는 사실을 이제는 나도 알고 있지만, 이런 농담으로 그녀를 웃게 만들 수 있다면 계속할 생각이었다.

전화를 끊은 뒤 나는 프리트팔로 갔다. 에릭이 바 뒤에서 신문을 읽고 있었다. 술집 안을 둘러보니, 손님이 열 명 있었다. 오늘 경주가 열릴 때 낼 경품권을 작성하고 있는 늙은 괴짜 두 명까지 포함하면 열두 명이었다. 에릭이 내 생각을 읽은 모양이었다.

"걱정 마. 금요일에 손님이 얼마나 왔을 것 같아?"

"많이 왔지." 내가 말했다. "하지만 그때는 진짜 끝내주는 바텐더가 있었잖아."

"히트곡 덕분이지! 네가 어떤 음악은 네 수준에 못 미친다고 생각하는 건 알지만, 그날 손님들한테는 아주 딱 맞아떨어졌어. 남녀를 막론하고, 그리고 여기 오스에 와 있는 네 사람도 포함해서 모든 사람이 좋아할 만한 장르를 찾기만 하면 돼."

에릭은 금니 두 개가 드러나도록 입을 크게 벌리고 환히 웃으면서, 음모를 꾸미는 사람 같은 표정을 지었다. 나는 그 말이 무슨 뜻이냐고 묻지 않았다. 전에도 에릭이 이 농담을 한 적이 있었다. 여기서 어느 부분이 웃긴 건지는 기억이 나지 않지만, 이걸 다시 듣고 싶지 않다는 마음만은 확고했다.

"그건 그렇고, 그동안 고속도로국에 계속 문의를 하고 있었거든. 이제 완전한 메뉴를 내놓을 수 있게 됐으니까 나이프와 포크 모양의 파란색 도로 표지판을 설치하게 해달라고 말이야. 그러면 네 주유소 손님을 우리가 좀 훔쳐올 수 있을 것 같아."

"좋을 대로 해." 내가 말했다. "그 표지판을 보고 운전자들이 허기를 느낀다면, 우리 둘 다에게 좋은 일이지. 그건 네 아이디어야 율리 아이디어야?"

에릭은 멍한 표정이었다. "모르겠는데. 그냥 우리 아이디어라고 할래."

나는 오스 특유의 느린 속도로 고개를 끄덕였다. 그래, 율리의 아이디어라는 뜻이구나.

"좋은 아이디어는 언제나 반갑지." 내가 말했다. "먼저 적극적으로 나서는 것도 그렇고. 마진을 높이려면 그런 게 필요해. 내가 그 래서 들른 것이기도 하고."

에릭 네렐이 경계하는 표정으로 나를 보았다. 놀라운 일은 아닌 것이, 에릭은 내가 뭔가 말을 할 때마다 자신한테는 좋은 소식이 아니라는 사실에 이미 익숙해져 있었다.

"내가 분기별 수익을 살펴봤거든." 내가 말했다. "문제는 변수가 아니라 고정적인 지출이야. 그중에 가장 중요한 게 상근 직원의 임 금이지."

걱정하던 일이 마침내 벌어졌다고 생각하는 기색을 에릭의 눈빛 에서 읽을 수 있었다. 프리트팔의 상근 직원이 율리와 에릭, 둘뿐 이기 때문이었다. 율리는 일을 잘하고, 지금 임신중이었다. 따라서 율리를 내보낼 수도 없고, 내보낼 생각도 없었다.

"아직 율리한테는 말 안 했어." 내가 말했다. "너랑 먼저 얘기하고 싶어서."

"무슨 얘기?" 벌써 절망과 분노가 단단히 느껴지는 목소리였다.

"율리한테 봉급이 조금 줄어드는 대신 프리트팔의 소유권 일부 를 가져가겠느냐고 물어볼 생각이야. 그러면 가게가 잘되든 아니 든 우리가 같은 처지가 되겠지. 내 생각에는 좋은 제안인 것 같아. 도로가 계속 마을 중심부를 지나가게 될 테니까."

에릭 네렐의 턱 근육이 불끈불끈 움직였다. "그럼 나는?" 거칠게 갈라진 목소리였다.

"너한테도 같은 제안을 할 생각이었어."

"같은 제안?" 에릭이 믿을 수 없다는 표정으로 나를 보았다. '같 은 제안'이라는 말을 자세히 설명해보라고 했다가는, 전혀 같은 것 이 아니라 시시하고 재미없는 제안이라는 사실이 밝혀질 거라고 생각하는 표정 같기도 했다.

"너, 율리, 내가 동업자가 되는 거야. 각자 삼분의 일씩 지분을 갖고."

에릭은 한쪽 눈을 감았다. 하지만 나탈리처럼 호기심 어린 표정이 아니라, 지극히 의심스러운 표정이었다.

"우리 둘이 지분을 사라고?"

"아니." 내가 말했다. "너희 둘 다 삼분의 일 지분을 공짜로 가져가는 거야. 대가로 봉급이 15퍼센트 깎일 뿐이야. 지난 이 년 반의 실적을 생각하면, 율리의 수입은 25퍼센트, 네 수입은 28퍼센트 늘어날 거야."

"내가 율리보다 더 가져가게 된다고?"

"율리의 봉급이 너보다 많잖아. 그러니까 15퍼센트 깎이는 금액이 더 크지. 그런데 수익은 똑같이 가져갈 거니까."

에릭 네렐은 이걸 믿어야 하는지 잘 모르겠다는 표정을 지었다. "왜…… 이런 제안을 하는 건데?"

나는 양팔을 벌렸다. "말했듯이, 우리 셋이 같은 입장이 되는 게 좋을 것 같아서. 창의적이고 진취적인 사람들이 매일 하는 일에 주인 의식을 느끼게 해주는 것이니까. 너희에게 좋은 일이 나한테도 좋을 것 같기도 하고."

에릭은 생각에 잠겼다가 고개를 저었다. "아, 젠장." 그가 활짝 웃는 바람에, 금니가 반짝였다. 에릭이 어떤 기분인지 나도 알고 있었다. 내가 오랫동안 일하던 주유소를 마침내 사들일 수 있게 됐을 때 바로 그런 기분이었다. 내 일이던 것이 드디어 온전한 내 것이 되었다는 기분. 우리 모두의 마음속에는 농부의 기질이 있어서, 자신의 땅을 소유하고 싶어한다. 그 땅에 서고 싶어하고, 가능하다면 더 많은 땅을 갖고 싶어한다. 무슨 질병 같다. 이제 에릭도 그 병에 걸렸으므로, 그의 마음속 농부가 나를 빤히 바라보는 모습이 보이는 것 같았다.

"하지만 이것도 분명히 알아둬." 내가 말했다. "우리 모두 입장이 같아졌을 때, 한 명이라도 엉뚱한 짓을 하면 다른 둘도 같이 넘어진다는 것. 그러니까 우리 모두 서로를 도와야 해."

"물론이지." 에릭이 모호하게 말했다. 그는 벌써 조금 전과는 다른 눈빛으로 가게 내부를 훑어보고 있었다. 수입과 지출을 계산하는 주인의 표정이었다.

"예를 들면, 내가 열일곱 살이 되던 겨울에 일어난 일에 대한 기억을 돕는다든가. 그때 넌 열다섯 살이었지?"

"응?" 에릭이 다시 나를 보았다. "이거 혹시 쿠르트가 널 보안관서로 데려간 일이랑 관계 있는 거야?"

나는 고개를 끄덕였다. "너랑 쿠르트가 친구인 건 아는데……."

"으음, 그 정도는 아니야. 그냥 쿠르트가 뭔가 도움이 필요할 때 날 찾아오는 정도. 그것도 자기가 나랑 여기 가게를 보증해주는 걸로 영업허가증을 좌우할 수 있다는 걸 아니까 날 찾아오는 거지."

"쿠르트가 자기 아버지가 스스로 물에 빠졌다는 걸 끝내 받아들이지 못하고, 나랑 칼이 그 일에 관련되어 있을 것이라는 음모론을 좇는 거, 너도 알지?"

"음, 알지. 몇 년 전에 나를 후켄으로 내려보내서 그 차를 조사하려고 하기도 했으니까."

"그것 봐. 그래서 날 도와달라는 거야. 네가 열다섯 살 때 우리 아빠가 너희 집 바로 앞에 쌓인 눈에 캐딜락을 박았을 때 일을 쿠르트가 떠올리게 만들어야 하거든."

에릭이 기묘한 표정으로 나를 보았다. "너희 아버지가 그랬어?"

"그랬지. 기억 안 나?"

에릭은 머리를 긁적였다. "어, 음. 그런 기억은 없는 것 같아."

"그럴 만도 하지. 워낙 오래전이니까. 딱히 극적인 사건도 아니고. 하지만 차근차근 기억을 더듬어보자. 그러다 보면 뭔가 생각날지도. 어렸을 때 기억이라는 게 묘하거든. 실제로 누가 일깨워줘야 기억이 나니까 말이야."

에릭은 입을 반쯤 벌리고, 내게 시선을 집중했다. 그러고는 고개를 천천히 끄덕였다. 아주 천천히.

"그럴지도." 그가 말했다.

22

"열두 살 때부터 그 일이 시작됐어요." 나탈리가 말했다. "내가 초
경을 했을 때. 그게 무슨 연관이 있는지는 잘 모르겠어요. 심리학
자인 친구들한테도 물어봤죠. 그냥 일반적인 얘기처럼. 당시 집에
서 있었던 일은 누구한테도 자세히 말 안 해요. 어쨌든 친구들은
아, 그렇지, 틀림없이 생물학적인 요인과 관련되어 있을 거야, 라고
말했어요. 하지만 심리학자는 점성술사랑 같잖아요. 언제든 쉬운
해법과 뻔한 패턴을 찾으려 한다는 점에서. 내 경우에는 그 연관성
이 틀림없이 정반대 효과를 냈을 거예요. 딸을 임신시키는 게 생물
학적으로 똑똑한 짓은 아니니까요. 아버지도 그 점을 알고 있었어
요. 그래서 주유소로 가서 사후피임약을 산 거예요. 자기가 조심하
지 않은 것 같을 때."

나탈리는 내 품에서 좀 더 편안한 자세를 잡았다. 그녀의 침대도
정비소의 내 침대만큼 작았지만, 지금까지 우리 관계에서는 폭이
1미터가 넘는 침대를 써봤자 공간 낭비일 뿐이었다.

"열두 살 때까지 나는 활달하고 행복한 아이였던 것 같아요." 나
탈리가 말했다. "그 일이 시작된 뒤에는 우울하고 말 없는 아이가

돼서, 곧 다들 나랑 어울리지 않게 됐어요. 나도 다른 아이들이랑 어울리고 싶지 않았고요. 그런데 나한테 그렇게 변한 이유를 묻는 사람이 하나도 없었어요. 선생님도, 다른 어른들도."

"칼도 똑같았어." 내가 말했다. "그래도 결국 사람들이 의심을 하게 되기는 했는데, 내가 의심의 대상이었지. 아빠가 아니라."

"그것 봐요. 하지만 그런 걸로 어른들을 탓하기는 힘들 것 같아요. 그 시기에는 애들이 대부분 성격 변화를 경험하잖아요. 어쩌면 학대가 없었어도 내가 그렇게 변했을지 모르죠. 내가 정말로 그렇게 생각하는 건 아니지만, 그래도 잘 모르겠어요. 어쩌면 그게 그냥 내 모습이었을지도 몰라요. 약에 취하는 것과 똑같이."

"그래?"

"내가 술을 알게 된 게 그때예요. 술을 쉽게 구할 수 있었다면, 훨씬 더 심하게 술에 취했을 거예요. 나보다 나이가 많은 남자애들, 술을 어디서 구할 수 있는지 아는 애들 주위를 어른거렸어요. 아마 그래서 내가 아무하고나 잔다는 말이 퍼졌을 거예요. 아주 틀린 말도 아니었고요. 어쨌든 코가 비뚤어지게 취하고 문란하게 구는 게 학대 피해자들의 전형적인 행동 패턴이긴 한데, 그 일이 없었다면 내 성격이 어떻게 변했을지 정말로 모르겠어요. 내가 원래 그냥 고주망태가 돼서 아무하고나 자는 걸 좋아하는 사람인지도 모르죠."

"그래?"

나탈리는 깊이 숨을 들이쉬었다. "아뇨. 어젯밤까지 일 년 동안 나는 약을 전혀 사용하지 않았어요. 그러니까 확실히 멀쩡한 정신으로 지내는 걸 좋아하는 거예요. 그리고 내가 지금까지 함께 했던 남자는 여덟 명이에요. 로위를 포함해서요. 로위가 만난 여자가 몇 명인지는 모르겠지만, 요즘 나랑 어울리는 사람들 사이에서 여덟 명이라면 수녀 취급을 받아요."

"여덟 명이면 나보다 많네. 그래도 그게 그렇게 많은 수는 아니야."

"좋아요, 그럼, 아홉 명이에요. 아버지도 포함해서."

몇 초 동안 침묵이 흐르다가, 둘이 함께 웃음을 터뜨렸다.

"우리가 이렇게 남의 일처럼 그 이야기를 할 수 있다는 게 어이없나요?" 나탈리가 물었다.

나는 고개를 저었다. "이렇게 거리를 둬야만 우리가 그 얘기를 할 수 있을걸."

"이상해요. 평행우주에서 일어난 일을 이야기하는 것 같아요. 마치 꿈이나 악몽을 이야기하는 것처럼. 그러다 문득 그게 현실이었다는 증거와 마주치죠. 아버지가 찢어버린 반바지라든가, 침대보에 남은 아버지의 체취라든가……."

나탈리는 말을 멈췄다. 내가 이런 이미지와 마주칠 때마다 항상 속에서 갑자기 끓어오르는 새하얀 분노 때문에 몸에 힘이 들어가는 것을 느낀 건가. 우리 방의 이층 침대를 보기만 해도 내 맥박이 걷잡을 수 없이 빨라졌다.

"괜찮아요?" 나탈리가 물었다.

그녀의 머리카락 냄새를 들이마시자 맥박이 다시 느려졌다. 밖의 광장에서 자동차 경적 소리가 들렸다. 나탈리의 아파트는 옛날에 낙농장이 있던 건물인 메이에리고르의 꼭대기 층에 있었다. 침실에도 거실과 마찬가지로 최소한의 가구만 갖춰져 있었다. 벽에도 장식이 전혀 없었다. 일을 시작하는 순간부터 일에만 자신을 완전히 던져버리기 때문에, 자신이 사는 곳에는 아무런 관심이 없는 사람 같았다. 아니면 여기에 오래 머무르지 않을 계획이거나.

"괜찮냐고 물어봐야 할 사람은 나지." 내가 말했다. "계속 말해."

나탈리는 내 어깨에 입을 맞췄다. "집을 떠난 뒤로, 그 일이 어떻게 그토록 오랫동안 계속될 수 있었는지 문득문득 궁금해졌어요. 틀림없이 아버지가 집에서 멋대로 굴 수 있었기 때문이겠죠. 농장에서 우리끼리만 살았으니까. 나는 외동이었고, 어머니는 이미 많이 아파서 침대에 누워 있을 때가 많았어요. 이웃이든 친척이든 사람들과 어울리는 일도 거의 없었고요. 그래도. 노토덴에서 만난 여자애랑은 완전히 달랐어요. 그 애는 자기가 그 일을 원하는 것처럼 생각하게 됐다고 말했어요. 아버지가 그렇게 만들었다고. 사실은 그렇지 않다는 걸 알면서도 그 애는 수치심을 느꼈어요. 맞아요, 우리 아버지도 나한테 그런 생각을 집어넣으려고 시도하긴 했죠. 날 더 유순하게 만들려고. 아니면 아마 다른 사람한테 절대 말하지 못하게 만들려고. 하지만 내가 사람들한테 말하지 않은 이유는 그게 아니에요. 무서웠어요. 내가 어떻게 될까 봐 무서운 게 아니라, 아버지가 걱정스러워서. 미친 소리 아니에요? 세상 누구보다 미워하는 사람을 걱정하다니."

"그러게. 하지만 그게 바로 가족인 것 같아."

"가끔 아버지는 나한테 성경을 읽어줬어요. 하느님의 남자들이 가족과 섹스하는 이야기. 아브라함이 이복 누이와, 롯이 딸들과, 등등. 아버지는 하느님을 두려워하는 사람이었거든요. 나를 신자로 만들려는 시도는 포기했지만요. 대신 그런 이야기들을 이용해서, 우리가 지옥에서 불타는 일은 없을 거라고 날 설득하려 했어요."

"너보다는 자기 자신을 더 설득하려고 한 것 같은데."

"아마도요. 어쨌든, 아버지는 항상 자기가 하는 짓이 괜찮은 것처럼 보이려고 했어요. 아니, 최소한 딱히 괴물 같은 짓은 아닌 것처럼 보이려고 했죠. 본인이 견딜 수 없어지면 안 되니까."

"그렇지." 나는 씹는담배 덩어리를 입에 넣었다. "그렇게 해야겠지. 그러다 더 이상 견딜 수 없는 날이 오겠지."

나는 가을 저녁의 소리에 귀를 기울였다. 이파리 사이를 스치는 바람 소리. 자동차가 멀어질 때의, 두 가지 톤의 아름다운 엔진 소리. 타이어가 끽 하고 밀리면서 고무가 탈 때의 소리.

"로위 아버지가 총을 벽에 세워놓은 날처럼요?" 나탈리가 물었다.

"만약 내가 아버지를 벌하고 싶었다면, 아버지가 그렇게 자신을 견디려고 애쓰며 살아가게 두었어야 해. 하지만 어쩔 수 없었어. 동생을 구하려면. 그런 시각으로 보면, 그건 살인이라기보다는 조력자살에 더 가까웠어."

자동차 소리는 이제 들리지 않았다. 나는 그것이 볼보였을 것이라고 상상했다. 안에 두 소년을 태우고, 시속 120킬로미터로 고속도로를 달리고 있는 자동차. 오스를 떠나기 위해 카운티 경계선으로 향하고 있다. 그제야 나는 나탈리의 암묵적인 질문에 답했다.

"우리 어머니는…… 글쎄. 내가 행동하지 않은 엄마에게 사형을 선고한 게 맞아. 하지만 어머니는 무슨 일이 일어날지 아는 것 같았어. 아빠를 죽이기로 마음먹은 밤에 나는 사냥용 나이프를 들고 침대에 누워서, 아빠가 우리 방으로 오기를 기다렸어. 아빠가 오기는 했는데, 아마 위험을 느끼기라도 했는지 돌아섰어. 그러고 나서 바닥에 뚫린 구멍으로 부엌에서 흐느끼는 소리가 올라왔지. 아래층으로 내려갔더니 엄마가 거기 앉아 있었어. 아빠가 칼한테 하는 짓에 대해 우리는 그때까지 한마디도 한 적이 없는데, 그날 저녁에는 엄마가 상당히 터놓고 말했어. 마치 기도라도 하듯이. '있잖니, 로위, 나는 네 아빠를 너무나 사랑하기 때문에 네 아빠 없이는 살

수가 없어. 자식의 목숨과 네 아빠의 목숨 중 하나를 골라야 하는 상황이라면, 나는 네 아빠를 골랐을 거야. 이제 너도 알겠지? 너한테 엄마는 그 정도밖에 안 되는 사람이었다는 걸.'"

"그러니까 어머니가 아버지와 함께 그 차에 타는 걸 선택했을 거라고 생각하는 거예요?"

나는 눈을 깜박거리며 어둠 속을 보려고 애썼다.

"모르겠어. 우리는 꼭 믿어야 하는 일을 잘 믿어버리지. 그런 면에서는 나도 네 아버지랑 같아."

"로위." 나탈리의 따스한 알몸이 나를 향해 더 가까이 파고들었다. "다시는 로위랑 내 아버지를 그렇게 같은 사람처럼 취급하지 말아요. 알았어요?"

"오케이." 내가 말했다.

그녀는 일어서서 욕실로 갔다. 내가 바지를 찾으려고 침대 옆 램프를 켰더니, 침대보에 작은 핏방울이 두어 개 보였다. 욕실에서 돌아온 나탈리가 그걸 보고 있는 나를 보고 웃음을 터뜨렸다.

"웃긴 거야?" 내가 물었다.

"로위의 표정이요." 나탈리는 이렇게 말하고 나서 내 이마에 키스했다. "날 죽였는지 고민하는 것 같은 얼굴이에요. 그냥 관계 뒤에 피를 좀 흘렸을 뿐이에요. 드문 일도 아니고, 위험하지도 않아요."

우리는 함께 이불을 덮고 서로에게 딱 달라붙었다. 그동안 변한 것이 있는지 알아보려고, 밖에서 들리는 소리에 귀를 기울였다.

"있잖아요, 크라쿠프에 가봤어요?"

"크라쿠프?"

"폴란드에 갔을 때요. 거기가 놀이공원이랑 가깝다면서요. 크라쿠프 구시가지가 환상적이라던데."

“응, 나도 들었어. 하지만…… 나는 그때 혼자 여행중이었으니까 굳이 갈 이유가 없었지. 그냥 놀이공원만 확인하고 곧바로 돌아오는 비행기를 탔어.”

“주말여행 어때요?”

“그러니까, 너랑 나랑?”

“네. 오스에서 좀 벗어나는 거예요. 로위는 그럴 필요가 있어요.”

“그런지도.”

“난 금요일이 좋은데, 그날 직원 파티가 있어요. 하지만 토요일에 오슬로에서 출발하는 저가 비행편이 있거든요. 내가 확인해봤어요.”

“이번 주말을 말하는 거야?”

“안 될 것 없잖아요.”

나는 어둠 속에서 다시 눈을 깜박였다. 그녀와 나 단둘이. 다른 곳도 아니고 크라쿠프에서. 아, 그래, 뭐, 안 될 것 없지. 그게 무슨 문제가 되겠어? 전혀 아니야. 맞아. 절대적으로, 완전히 맞아.

23

수요일 오후에 아슬레 벤엘보에게서 기다리던 전화가 걸려왔다. 대출 회의에서 논의가 이루어졌고, 승인이 떨어졌다고 했다. 우리는 대출과 관련된 일들에 대해 짧게 대화를 나누면서, 우리 거래의 이면에 대해서는 언급을 피했다. 그가 걱정할 필요는 없었다. 우리 둘은 한배를 탄 처지였으니까. 만약 내가 벤엘보에 관한 정보를 듣고 다른 사람을 찾아간다면, 그를 협박해서 대출을 얻어냈다는 이야기가 새어나가 나도 끝장이 날 것이다. 그러나 그날의 통화에는 남다른 느낌이 있었다. 아주 평범한 대출에 관한 정상적인 대화처럼 들린다는 점에서. 벤엘보는 심지어 내게 진심 어린 축하를 해주기도 했다. 순전한 연기였다. 마치 이 통화가 도청될지도 모른다고 의심하는 사람 같았다. 나는 그런 생각을 한 번도 해보지 않았다. 쿠르트 올센이 날 체포한 것은 내게 겁을 줘서 내 반응을 보기 위해서라는 생각. 내가 살인이라는 마음의 짐을 감추고 있다는 사실이 드러날 만한 행동을 하지 않을까 싶어서 그가 나를 염탐하고 있다는 생각. 나는 뇌물 사건을 그에게 보너스처럼 안겨줄 생각이 전혀 없었다.

그래서 내 휴대전화가 아니라 에길의 휴대전화로 벤트 할렌에게
전화했다.

"네?"

"안녕하세요, 할렌, 오스 자동차 수리점입니다. 손님의 차량이 준
비됐어요. 어디로 가져다드릴까요?"

그 뒤에 이어진 침묵 속에서 욘 푸르의 목소리가 멀리 들렸다.
그도 통화를 하다가 마무리하는 중인 듯했다.

"잠시만요." 할렌의 목소리가 확연히 떨리고 있었다. "공동 소유
주를 바꿔줄게요."

휴대전화가 다른 사람의 손으로 넘어가는 소리에 이어 푸르의
목소리가 들렸다.

"직접 만납시다." 그가 말했다. "만나서 배달 방법을 다시 훑어보
죠. 만전을 기하기 위해서."

"오케이. 노토덴의 그 호텔로?"

"아뇨. 중앙도로변에 있는 곳으로. 내가 위치를 보내겠습니다. 내
일 05시, 올 수 있습니까?"

"새벽 5시?"

"내일 하루 스케줄이 꽉 차 있어요. 회의가 아주 많죠. 그리고 거
기라면 누가 우릴 방해할 가능성이 낮고요. 내가 위치를 보낼 테니
휴대전화를 챙겨요. 좋습니까?"

나는 귀를 기울였다. 음파 속에서 푸르의 생각을 알아차릴 단서
를 발견할 수 있기라도 한 것처럼.

"괜찮을 것 같네요." 나는 이렇게 말하고 나서 전화를 끊었다.

그러고는 칼에게 전화해서 대출 승인이 떨어졌다고 알렸다.

칼의 환호가 워낙 성대해서 나는 휴대전화를 귀에서 멀리 떼어

내야 했다.

✖

오후에 차를 몰고 오프가르 농장으로 올라갔다. 부엌에 들어가니, 칼이 샴페인의 코르크 마개를 따면서 나를 향해 환히 웃었다. 코르크가 공중을 날아 천장에 부딪히고, 칼은 초록색 샴페인 잔 두 개를 채웠다. 아빠에 따르면 가장 바보 같은 결혼 선물이라던 그 잔을 사용한 적은 딱 한 번뿐이었다. 칼이나 내가 태어났을 때가 아니라, 아빠가 캐딜락을 샀을 때.

나는 내 술을 한 모금 마시고, 칼은 잔을 쭉 비웠다.

"오케이." 칼이 말했다. "내가 이사회랑 이야기를 해봤는데, 이렇게 하면 돼. 형이 주당 500크로네로 신주를 모두 사. 총액 5000만 크로네야."

샴페인이 하마터면 다시 올라올 뻔했다. "사라고? 젠장, 우린 대출을 받았어! 단기 대출."

"알아, 알아, 진정해. 형이 주식을 사면 동시에 판매 옵션이 생겨. 육 개월 뒤에 주당 510크로네로 주식을 오스 스파에 되팔 수 있는 권리야. 의무가 아니야. 육 개월이면 우리가 새로운 투자자를 구하기에 충분하고도 남을 거야. 차액 10크로네로는 형이 은행 이자를 감당하고도 돈이 조금 남을 거고. 주식가격이 아무리 많이 떨어져도, 형은 아무 손해 없이 우리한테 주식을 되팔 수 있다는 뜻이야. 만약 주식가격이 510크로네를 넘어가면, 형이 주식을 계속 갖고 있어도 되고."

"난 못 해. 육 개월 뒤에는 롤러코스터를 짓는 데 그 돈이 필요해."

“알아. 오스 스파 주식은 거래가 딱히 쉬운 편이 아니니까, 우리가 500크로네로 신주를 발행했다가 되사겠다는 거야. 어때?”

나는 손에 쥔 잔을 빙빙 돌렸다. “그러니까 내가 회사에 돈을 빌려주는 셈이 되는 거지?”

“맞아. 그걸로 형이 돈을 많이 벌 수는 없겠지만, 육 개월 뒤에 주식 지분 30퍼센트와 이사회 참석 자격을 얻을 수 있어.”

“그럼 내가 이미 갖고 있는 지분이랑 합쳐서 36퍼센트네. 그 정도 지분이면 이사회장이 되어야 하는 것 아니야?”

칼이 웃음을 터뜨렸다. “육 개월 정도는 이사회장을 바꾸지 않고도 어떻게든 해낼 수 있을 거야. 요 오스가 그 자리에 있는 게 상당히 만족스러우니까. 어떻게 할래, 형?”

나는 입을 꾹 다물었다. 원래 샴페인을 그리 좋아하는 편이 아니지만, 이 샴페인은 전에 마신 것보다 맛이 좋았다. 나는 잔을 들어 올렸다.

“사랑해!” 칼이 소리치며 잔을 들어 내 잔과 챙강 부딪혔다. 동작이 어찌나 열정적인지 술이 조금 넘칠 정도였다.

피자를 오븐에 넣은 뒤 나는 할렌, 푸르와 나눈 대화를 칼에게 말해주었다. 그 대화에 대한 내 생각도. 칼은 고개를 끄덕이고는 괴벨에게 전화해서, 내가 자료를 좀 보낼 것이라고 말했다.

우리는 부엌 식탁에서 피자를 먹었다. 칼은 샴페인을 혼자 다 마시는 꼴이 됐다고 투덜거렸다.

“난 운전해야 돼.” 내가 말했다.

“운전? 새벽 5시에 푸르를 만날 거라면, 밤새 술기운이 날아갈 텐데.”

“지금 운전해야 한다고. 나탈리의 집에서 밤을 보낼 거야.”

칼은 한쪽 눈썹을 올렸다. "진짜? 사흘 밤째인데? 나탈리가 침대에서 그렇게 좋아?"

나는 어깨를 으쓱하고는 피자 테두리 한 조각을 들었다. 칼은 테두리를 먹는 법이 없었다.

"주말에 크라쿠프에 갈 거야." 내가 말했다.

"그래? 롤러코스터 트랙을 다시 확인하려고?"

"아니, 그냥……."

"그냥?"

"구시가지를 돌아다니면서 구경할 거야. 와인도 마시고, 맛있는 것도 먹고."

"형이?" 칼이 웃음을 터뜨렸다. 하지만 지난 며칠 동안 칼의 웃음이 변한 것 같았다. 옆의 사람까지 같이 웃게 만드는 특유의 태평함과 자연스러움이 없었다. 내가 체포당하기 전에 이미 웃음이 변했으니까, 칼이 체포에 신경을 쓰는 것 같지는 않았다. 마리 오스와의 관계에서 새로운 단계로 도약해 커플이 되어야 할지 걱정스러운 건가? 아니면 수리할 것도 많고 공사가 한없이 늦어지는 집 때문인가? 아니면 적자를 더 이상 은폐할 수 없는 지경에 이르기 전에 수익성을 향상시켜야 한다는 걸 알면서도 겉으로는 항상 좋은 얼굴을 보여야 한다는 스트레스 때문인가? 물론 칼에게 그냥 물어볼 수도 있었다. 그런데 왜 안 물어봤을까? 내가 그런 질문을 던지지 않게 될 만큼 우리 사이가 달라진 걸까? 아니, 달라진 것 같지는 않았다. 그래서 그냥 칼에게 물었다. "신경 쓰이는 일이 뭐야, 칼?"

칼은 생각에 잠긴 표정으로 나를 보았다.

"총합." 그가 말했다. "모든 것의 총합. 내 말이 무슨 뜻인지 형은 알 거야. 심지어 형도 스트레스의 영향을 받고 있잖아."

“어떤 영향?”

“쿠르트 올센이 우리 휴대전화에 도청 장치를 설치했을지도 모른다고 생각하는 것. 그건 편집증이야. 그런 건 계속 번져서 모든 걸 물들인다고.”

나는 고개를 끄덕였다. “맞는 말이야. 냉정을 잃으면 안 되지. 조심해. 패닉에 무릎 꿇지 말고.”

나는 손목시계를 확인하고 일어섰다.

“벌써 가려고?”

즉석에서 생각나는 대로 말하는 것처럼 굴었지만, 칼의 의도와는 달리 간청하는 기색이 느껴졌다. 나는 내 동생의 크고 아름다운 눈을 들여다보며, 순간적으로 고민했다. 나탈리에게 전화해서 오늘 저녁에는 칼과 함께 있어줘야 할 것 같다고 말할까. 차를 몰고 멀어지는 동안 칼이 겨울정원에 서서 나를 지켜보는 모습이 눈에 보이는 듯했다. 브레이크를 밟으며 예이테스빙엔으로 방향을 꺾을 때에는, 칼의 얼굴이 빨갛게 빛나는 것 같았다.

나탈리와 사랑을 나누고 그녀가 잠든 뒤 그녀의 품에 누워서 나는 내 머릿속에 계속 메아리치는 아빠의 목소리를 들었다. “우린 가족이다. 우리가 믿을 건 가족뿐이야. 친구, 애인, 이웃, 이 지방 사람들, 국가. 그건 모두 환상이야. 정말로 중요한 때가 오면 양초 한 자루 값어치도 안 된다. 그때는 그들을 상대로 우리가 뭉쳐야 해, 로위. 다른 모든 사람 앞에서 가족이 뭉쳐야 한다고.”

24

내가 저쪽에서 알려준 위치를 찾아 중앙도로에서 벗어나 차를
세운 시각은 5시가 되기 오 분 전이었다. 아직 어두웠다. 헤드라이
트 불빛에, 내 차 외에 유일하게 여기 서 있는 자동차에 기대서서
팔짱을 낀 욘 푸르의 모습이 잡혔다. 지난번 차와는 달리 이번에는
스즈키 어크로스였다. 비슬레트 렌터카의 로고가 보였다. 그가 선
택한 곳은 차가 거의 멈추지 않는 좋은 장소였다. 아마 여기가 좀
황량하면서 동시에 폐쇄적이라서 차가 들르지 않는 모양이었다.
불쑥 튀어나온 검은 바위가 삼면에서 시야를 차단했다. 작고 볼품
없는 호수로 이어진 추락 방지막 뒤에는 돌무더기가 있었다. 여기
서 차로 이십 분 거리에 오스가 있었다. 도로의 대피차선에 작은
카페가 있고, 더 좋은 전망과 주유기도 있는 마을.

"뭡니까?" 나는 차에서 내려 비탈진 돌무더기 아래, 잔잔한 검은
수면에 달빛이 반사되는 곳을 내려다보며 말했다. "할렌은 오기 싫
다고 하던가요?"

"올 필요가 없으니까요." 푸르는 턱을 긁적였다. 지난번보다 여
드름이 두어 개 더 솟아 있었다. "내가 당신한테 IBAN 코드와 계좌

번호만 알려주면 되잖아요."

그가 내게 종이를 건넸다. 내가 그것을 읽는 동안 바위 위 어디선가 갈까마귀가 깍깍 울었다.

"케이맨 제도의 계좌 두 개?"

"완전히 익명성이 보장되니까, 우리 모두에게 이로울 겁니다."

"그럴 것 같네요." 나는 종이를 접어 주머니에 넣으려 했다.

"돌려주세요." 푸르가 말했다. "지금 당장 돈을 이체하라고 보여준 겁니다."

"당장?"

"휴대전화를 가져왔을 텐데요." 그가 종이를 채갔다.

그가 달을 등지고 서 있기 때문에 나는 그의 표정을 읽을 수 없었다. 추워서 양손을 비볐다.

"왜 그렇게 서두르죠?"

"당신이 살인사건 용의자니까요. 감옥에 들어간다면 돈을 이체할 수 없을 것 아닙니까."

"세상에. 누구한테 들었어요?"

"토데 터널과 관련된 사람입니다. 정말로 그쪽 일을 하는 사람이에요. 만약 경찰이 정말로 당신을 수사중이라면, 우리 약속에 완전히 다른 위험 요소가 생기는 겁니다. 벤트는 우리가 돈을 거절하고 수정된 보고서를 보낸 뒤 여기서 발을 빼야 한다고 생각해요. 당신이 우리를 호텔 창문에서 밀어버리겠다고 협박하든 말든 신경 쓰지 말라고."

"그렇죠. 내가 갇힌다면 걱정할 것이 별로 없을 테니까. 그렇게 생각하는 겁니까?"

푸르는 대답하지 않았다. 지나가는 트레일러만 지켜보았다.

"그럼……." 내가 말했다. "할렌이 오지 않은 건, 당신들 두 사람이 나를 무서워하기 때문이겠군요. 내가 정말로 살인자라면, 당신들을 그냥 쓱싹해버릴 가능성이 있다고 생각한 거예요. 보고서는 이미 발표되었으니 1200만 크로네를 주지 않으려고."

푸르는 어깨를 으쓱했다.

"보고서가 수정될 가능성도 제거할 수 있겠죠. 보고서가 수정되는 일이 그렇게 드문 것도 아니니까."

"그거 협박입니까?"

"아뇨, 범행 동기죠."

푸르가 몸을 움직여 양다리에 체중을 실었다. 이미 공격에 대비하고 있으니, 지난번처럼 그를 기습해서 쓰러뜨릴 수는 없을 것이다. 게다가 그가 그렇게 겁에 질린 것처럼 보이지도 않았다. 여드름이 새로 돋아난 것을 보면, 스테로이드 섭취량을 늘려서 테스토스테론 수치를 올려놓았을 가능성도 있었다. 그래서인가? 아니면 무기를 갖고 왔나? 젠장, 무기가 있었다. 보머재킷 아래 바지 허리에서 뭔가가 툭 튀어나와 있었다. 그것이 다른 물건일 가능성도 얼마든지 있었지만, 나는 총이라고 확신했다. 심장이 쿵쾅거리기 시작했다.

"좋습니다." 내가 말했다. 내가 겁에 질렸다는 사실을 푸르가 내 목소리로 알아차리지 말아야 하는데. "우리가 여기 서서 쓸데없는 얘기를 할 필요가 없네요."

나는 휴대전화를 꺼냈다. "이걸 두어 번 두드리면 돈이 당신 것이 될 테니."

"두어 번보다는 많죠. 계좌가 두 개니까. 우선 당신 차에 탑시다."

"두 개?"

"계좌가 두 개인 것 봤잖아요. 한쪽에 600만, 다른 쪽에 900만."

"암산을 해보니 1500만인데요."

"값이 올랐어요, 오프가르. 말했듯이, 경찰이 당신을 주시하고 있으니 우리가 감당할 위험도 완전히 달라졌거든."

"그래서 할렌 계좌에 600만, 당신 계좌에 900만, 그런 겁니까?"

"자자, 어서 당신 차에 탑시다."

나는 침을 꿀꺽 삼켰다. 주위가 너무 조용했다. 아까 트레일러가 지나간 뒤로는 도로에 차가 단 한 대도 없었다. 푸르는 내가 망설이는 기색을 눈치채고, 양팔을 옆으로 내렸다. 주먹을 휘두르려고 준비하는 사람처럼. 나는 나를 지켜보는 그의 시선을 느끼며 내 차로 걸어가 운전석에 앉았다. 푸르가 조수석으로 들어왔다. 터무니없는 생각이 머리에 스쳤다. 그가 아직 총을 꺼내지 않았으니, 만약 내가 지금 차를 출발시키면서 문을 잠그고 운전석 쪽 창문을 내린 다음 짧은 추락 방지막 바깥쪽을 따라 달린다면 그가 미처 반응하기도 전에 차가 물에 빠질 것이라는 계산이었다. 나는 열린 창문을 통해 빠져나올 수 있을 것이다. 말했듯이 터무니없는 생각이었지만, 이런 생각이 내 몸짓에 어떤 식으로든 나타났는지 고개를 돌렸더니 푸르가 총을 들고 있었다. 상당히 무시무시하게 생긴 총이었다.

"아무것도 하지 마, 오프가르. 당장 돈을 이체하기나 해. 내가 지켜보는 앞에서. 그다음에는 우리 둘 다 각자 자기 인생으로 돌아가는 거야. 두 번 다시 만날 필요 없어. 좋은 계획 같지 않아?"

나는 총구를 빤히 바라보며 고개를 끄덕였다. 총구는 비교적 고통 없고 빠른 죽음을 약속하고 있었다. 만약 이 주 전에 이런 상황과 맞닥뜨렸다면 아마 두려우면서도, 한편으로는 반가웠을 것이다. 비참하게도. 하지만 지금은 얘기가 달랐다. 1억을 대출받고, 야영장을 손에 넣고, 도로를 확보했기 때문이 아니었다. 크라쿠프행 비행기 표 두 장이 내 손에 있기 때문이었다.

"아예 당신 휴대전화를 열어서 나한테 줘." 푸르가 말했다.

나는 시키는 대로 했다. 그가 한쪽 눈으로 나를 감시하면서, 한 손으로 휴대전화를 조작하는 모습을 지켜보았다. 그가 휴대전화를 돌려주었다. 그가 이곳 위치를 지도로 알려준 문자메시지를 지운 것이 눈에 들어왔다.

"알겠다." 내가 말했다.

"뭘 알겠다는 거야?"

"당신 계획이 뭔지 알겠다고."

"내가 방금 말했잖아."

"그래, 두 번 다시 만날 필요 없다는 말은 사실이지. 어느 정도까지는."

푸르는 계좌번호가 적힌 종이를 내 무릎에 놓았다. "헛소리 그만하고 휴대전화에 이 번호나 입력해, 오프가르."

나는 움직이지 않았다. 종이만 내려다보았다.

"당장!" 그가 소리치며 총구를 내 관자놀이에 갖다 댔다.

"내가 돈을 이체하기 전에는 날 안 쏠 것 같은데." 내가 말했다. "이체한 다음이라면 몰라도……."

버스 한 대가 지나갔다. 그러고는 다시 사방이 조용해졌다. 들리는 소리라고는 작은 쿠페 안에서 두 남자가 숨 쉬는 소리뿐이었다. 아직은 숨 쉬고 있는 두 남자.

"시작해!" 푸르가 내 귓가에서 잇새로 소리쳤다.

"당신이 직접 해." 나는 휴대전화를 넘겼다.

"뭐?"

"내가 노토덴에서 한 말 잊었어, 푸르? 덫을 놓을 때는 피해자보다 멍청하지 않은 덫이어야 한다고 했잖아."

"도대체 무슨 소리를 하는 거야?"

"당신 계획 말이야. 아무래도 할렌의 생각이 아니라 당신 생각 같은데, 인적이 없는 곳에서 나를 만나면 목격자도 없고, 당신은 아무 흔적도 남기지 않을 수 있지. 그래서 렌터카를 가져온 거야. 아마 그래서 휴대전화도 집에 두고 온 것 같고. 맞지?"

푸르는 대답하지 않았다. 내 관자놀이에 총을 더 세게 누를 뿐이었다.

"당신은 이곳 위치가 있는 메시지를 방금 내 휴대전화에서 지웠어. 경찰이 발견할지도 모르니까. 이것을 확실한 자살로 보기가 어렵다 싶을 때. 아주, 아주 오래전에 저지른 살인으로 체포되기 직전인 남자가 쉬운 탈출구를 택하는 것보다 더 자연스러운 일이 어디 있겠어? 어느 모로 보나 전형적인 '고독한 남자의 자살'인 거지. 동이 트기 전, 외진 장소, 자동차 안, 총. 당신이 총을 들이댄 각도도 좋은 것 같아, 푸르. 아마 추적이 불가능한 총을 손에 넣었겠지? 오래전에 조직 폭력배와 관련된 총이었을 것 같은데. 그 총을 보고 일을 저질러도 되겠다는 확신을 얻은 거지?"

푸르가 총을 바꿔 쥐는 소리가 들렸다. 그동안 총을 너무 세게 쥐고 있어서 팔근육에 피로가 온 모양이었다. 그는 다른 손으로 뭔가를 내 재킷 주머니에 밀어 넣었다.

"이건 뭐야?"

"네 유서야, 오프가르. 사람들이 의심하지 않게. 하지만 아직 안 늦었어. 네가 지금 그 돈을 이체하기만 하면 누구도 죽을 필요 없어."

"없긴 왜 없어? 날 바보로 알아? 이 유서는 날 협박하려고 쓴 게 아니라, 사용하려고 쓴 거잖아. 지금 날 구할 수 있는 방법은 돈을 이체하지 않는 것뿐이야."

"머리에 총을 맞는 것보다 더 심한 일도 있어, 오프가르."

나는 웃음을 터뜨렸다. "이것 봐, 이제 패를 보여주네, 푸르. 고문을 조금 하겠다는 뜻인가? 잭으로? 칼로? 그러면 자살처럼 보이지 않을 텐데, 안 그래?"

"젠장!" 그의 여드름에 피가 잔뜩 몰린 것 같았다. "돈을 이체하지 않으면 널 죽일 거야. 그러고 나서……."

귓가에서 그가 쉭쉭 숨을 쉬었다. 이제 쿠페 안에서는, 미국 스릴러 작가들의 말을 믿어도 된다면, 두려움 또는 테스토스테론 또는 아드레날린의 냄새가 났다. 세 가지 냄새가 모두 나는 것 같기도 했다.

"그러고 나서 또 누굴 죽이려고?" 내가 물었다. "봤지? 문제가 있어. 내가 살인으로 체포될 가능성이 있긴 하지. 그런데 그런 시각에서 보면, 난 지금 죽는 게 전혀 두렵지 않아. 그리고 동시에, 네가 죽일 수 있는 다른 사람이 없어. 내가 나보다 더 소중하게 여기는 사람 말이야. 물론 슬픈 일이지만, 나한테는 행운이네."

그는 침을 꿀꺽 삼켰다. 그러고는 간신히 호흡을 고르고, 자신과 상황을 다잡으려 애쓰며 생각에 잠긴 것 같았다.

"뭘 모르네, 오프가르. 우리한테 가장 좋은 일은 돈을 손에 넣는 거야. 그다음으로 좋은 일은 네가 사라지는 것, 이 일이 전부 없던 일이 되는 것, 그래서 네가 나타나기 전으로 우리가 되돌아가는 것이고. 알겠어? 그러니까 네가 오 초 안에 계좌번호를 입력하지 않으면 내가 총을 쏠 거야. 네가 돈을 이체하면 내가 널 쏘지 않을지도 몰라. 그러니 그 가능성을 잡아야지, 응?"

"아니. 이제 나는 네가 거절할 수 없는 제안을 할 거야. 우리 둘에게 모두 최선의 방향으로 이 상황을 정리할 방법."

"아, 그러셔?"

"내 이메일을 열어." 나는 고갯짓으로 휴대전화를 가리켰다. "보낸 메일함으로 가면 가장 최근에 리브 괴벨에게 보낸 것이 있어. 그걸 열어."

관자놀이에는 총구가 닿아 있는 상태로, 푸르가 자판을 조작하는 소리를 들으면서 나는 똑바로 앞만 바라보았다. 자동차 유리창을 넘어 그 뒤의 어둠을. 내가 잘못 본 건가. 호수 저편의 검은 하늘에 회색이 살짝 나타난 것 같은데. 어쨌든 내가 어젯밤에 보낸 이메일을 푸르가 지금 읽고 있었다. '전화로 한 이야기에 추가합니다. 내가 죽거나 사흘 이상 실종 상태일 때, 리브 괴벨이 내 변호사 자격으로 아래의 링크를 클릭해서 첨부된 영상을 열어본 뒤 관련 당국에 그 내용을 알릴 것을 이로써 승인하는 바입니다. 로위 오프가르.' 몇 초가 흐른 뒤, 브라트레인 호텔 333호에 있던 사람들의 목소리가 들렸다. 푸르가 영상을 보고 있었다. 내가 마지막에 내용을 요약한 부분까지 전부. 권총을 누르는 힘이 조금 줄어들어서 나는 그를 보았다. 그는 고개를 숙인 채 작은 화면을 뚫어져라 내려다보고 있었다.

내가 말했다. "좋은 소식은, 오프가르 남자들이 옥신각신 흥정을 하지 않는다는 거야. 그러니까 당연히 1200만 크로네를 이체해줄게. 1200만이 맞는 금액이니까, 그렇지?"

푸르는 계속 화면만 바라보며 고개를 끄덕였다. 그 속도가 하도 느려서, 오스 토박이라고 해도 될 것 같았다.

"좋아, 그럼 우리가 비긴 거네." 내가 말했다. "휴대전화 이리 줘. 지금 하게."

그다음에 벌어진 일을 당연히 예상했어야 하는데, 상대가 무너지기 직전임을 감지하는 능력을 잃어버린 모양이었다. 푸르가 나를 공격했다. 권총으로 이마를 맞은 내 눈앞에서 불꽃이 튀었다. 피가 한쪽 눈을 지나 뺨을 타고 흘러내렸다. 혀로 핥아보니 금속 맛이 났다.

"자." 푸르가 휴대전화를 건네며 말했다. "이제 우리가 비겼네."

푸르가 차를 몰고 떠난 뒤에도 나는 한동안 그 자리에 남아, 맥박이 정상으로 돌아오기를 기다렸다. 재킷 주머니에 손을 넣어 푸르가 넣어둔 쪽지를 꺼냈다. 굵은 대문자로 쪽지를 작성한 것을 보니, 누구도 내 필체와 이 쪽지를 대조할 생각을 못 하게 만들 작정이었음이 분명했다. 나는 이 삶을 더 이상 견딜 수 없다. 안녕. 오프가르. 짧고 다정했다. 솔직히 나는 조금 감탄했다. 내가 직접 유서를 썼다면, 이것과 거의 똑같았을 것이다.

"내 머리 위로 지네가 기어가는 것 같네." 나는 앞에서 거울을 들고 있는 스탠리 스핀드에게 이렇게 말했다.

"최소한 핼러윈 가면을 살 필요는 없겠어." 스탠리가 봉합용 도구들을 챙기면서 말했다. "너도 알겠지만, 로위, 문고리에 부딪혔다는 네 말은 안 믿어."

"그게 내 최선이야." 나는 손끝으로 이마의 꿰맨 자국을 더듬으며 말했다.

"만지지 마." 스탠리는 이렇게 말하고 나서, 의자 뒤에 서서 내 머리에 붕대를 감기 시작했다. "그건 그렇고, 네가 체포됐다는 얘기는 뭐야?”

스탠리는 믿어도 되는 사람이었다. 또한 딱히 신경 쓰는 문제도 없어서 마을 사람들이 홀린 듯이 좋아하는 갖가지 뒷소문과 음모에 관심이 없는, 축복받은 사람이었다. 솔직한 성격이라서 자기 생각을 똑바로 말하고, 알고 싶은 것이 있으면 곧바로 물어보았다.

“으음.” 내가 말했다. “직업적인 비밀이랄까?”

“네가 그러고 싶다면야.”

“우리 부모님의 캐딜락에서 옛날 보안관의 혈흔이 발견됐어. 쿠르트는 그걸 아직 살아 있는 사람들과 연결시키려고 하는 중이야. 자기 아버지가 스스로 목숨을 끊었다는 얘기를 안 좋아하거든.”

“그럴 만도 하지.” 스탠리가 말했다. “원래 사람이 그렇잖아. 자기 마음에 드는 이야기만 받아들이지. 로위 너도 그럴걸.”

나는 어깨를 으쓱했다. “우리 모두 자기만의 영화에서 주인공이지, 뭐.”

“맞아. 자, 드디어 오스에도 머리에 터번을 쓴 주민이 처음으로 생겼네.” 스탠리는 안전핀 두 개로 붕대를 고정한 다음 다시 자기 책상에 앉았다. “네 연애 생활은 어때, 로위?”

나는 빙긋 웃었다. “밖에 기다리는 환자 없어?”

“있기는 해. 그래서 물어본 거야.”

“뭐?” 나는 옷걸이에서 재킷을 내리며 말했다.

스탠리는 뒤통수에 양손을 포갠 채 씩 웃었다. “이게 내 신속 건강 체크 방법이거든. 사랑에 빠진 사람은 건강하다고 판정하는 거지.”

“아, 그래? 경험론적인 증거라도 있는 거야?”

“일화적인 증거만. 하지만 강력한 증거야. 그 행운의 여성은 누구야?”

나는 웃을 수밖에 없었다. "사람을 보면 그게 보인다고?"

"혈압, 맥박, 흰자위로 아는 거지."

"거꾸로인 것 같은데. 건강한 사람이 더 쉽게 사랑에 빠지는 것 아냐?"

"그럴지도."

"네 연애 생활은 어때, 스탠리?"

"두고 봐야지. 이번 주말에 돌아다니면서."

스탠리는 종이에 뭔가를 적어 내게 건넸다.

"진통제야. 필요하면 먹어."

나는 쪽지를 보았다. "저기, 그동안 궁금하던 게 하나 있어. 임신 중에도 친자검사를 할 수 있다던데, 맞아?"

"할 수 있지. 엄마의 혈액에 들어 있는 세포의 혈액검사만으로 아기의 DNA 프로필을 얻을 수 있거든."

"대단하네."

"그치?"

대기실로 나갔더니 지붕 기술자 모에가 앉아 있었다. 그는 뻣뻣하게 잡지만 내려다보며 시선을 들지 않았다. 아마 진찰실에서 흘러나오는 내 목소리를 들은 모양이었다.

나는 작고 반짝이는 쓰레기통의 페달을 밟고, 묵직한 콘돔을 버렸다. 쓰레기통 뚜껑이 닫히는 순간 몸이 조금 떨렸다.

"당신 머리가 어둠 속에서 빛나고 있어요." 내가 침실로 돌아오자 나탈리가 말했다.

"투명 인간."

"네?"

“붕대만 보이는 거지. 내가 붕대를 풀면 완전히 투명해져서 너한 테 뭐든 마음대로 할 수 있어.”

“붕대를 안 풀어도 그러는 것 같은데요.”

나는 따뜻한 침대 안으로 들어갔다. 나탈리는 내게 등을 돌리며 돌아누워 엉덩이를 밀착시켰다. 내가 목에 입을 맞추자, 그녀가 기 분 좋은 신음 소리를 냈다.

“뭣 좀 물어봐도 돼?” 내가 말했다.

“된다고 하고 싶은데, 그렇게 물어볼 때는 선뜻 대답을 못 하겠 어요.” 나탈리는 팔을 뻗어 나를 더 가까이 잡아당겼다.

“나중에 물어봐도 돼.” 내가 말했다. “아니, 사실 그냥 잊어버려도 되고.”

“안 돼요.”

“돼.”

“이제 너무 늦었어요. 말해봐요.”

“나는……”

“빨리해요!”

“임신한 적 있어?”

마치 전기가 나간 것 같았다. 나탈리가 내게서 손을 뗐다.

“몰라요.” 한참 침묵이 흐른 뒤 그녀가 말했다.

“네가 사후피임약을 사용한 건 알아. 하지만 네가 그걸 확신했던 적이 있어?”

나탈리가 고개를 젓는 바람에, 베개가 부스럭거렸다.

“아기를 갖는 걸 생각해본 적 있어?” 그녀의 몸에 힘이 들어가는 것이 느껴졌다. “아냐, 아냐.” 나는 서둘러 말을 덧붙였다. “우리가 그러자는 게 아니라, 그냥 궁금해서 묻는 거야.”

그녀는 말이 없었다. 한참 동안. 이렇게 힘든 영역에 발을 들이지 말걸.

"있어요."

"있어? 아이를 갖고 싶다고 생각한 적이 있다고?"

"아뇨, 내가 알았던 적이 있다고요." 나탈리가 나를 향해 돌아누웠다. "내가 임신했다는 걸. 한 번."

"상대는……."

"네, 그 사람이에요."

"그 사람도 알았어?"

"네. 날 병원에 보낸 게 그 사람이에요. 그래서 그걸……." 나탈리는 다른 말을 찾아보려고 애쓰다가 곧 포기했다. "그걸 없앴어요."

"그때 병원에서 혹시 혈액검사를 했어?"

"아뇨. 무슨 얘기를 하고 싶은 거예요, 로위?"

"나도 모르겠어." 나는 똑바로 누워서 천장을 바라보았다. "정말 모르겠어."

침묵이 흐르는 가운데, 이 방 안의 뭔가가 바뀐 것 같았다. 불청객이 침대 안으로 기어 들어와 우리 사이에 누워 있는 것 같았다. 놈을 쫓아버려야 하는데. 놈이 완전히 눌러앉기 전에. 뭐든 말해. 나는 침을 꿀꺽 삼켰다.

"사랑해." 내가 말했다.

"뭐라고요?" 나탈리가 이렇게 묻더니, 진심으로 놀란 소리를 냈다.

나는 헛기침을 했다. "발음이 흐릿해서 미안해. 내가 그렇게 많이 해본 말이 아니라서. 내가 말한 건, 너를……." 하지만 그녀의 입술이 내 입술에 닿는 바람에 말이 끊겼다.

"아야." 그녀의 키스가 끝난 뒤 내가 말했다.

“어머, 미안해요. 이마 아프겠다.”

“으음, 그렇게 많이 아프진 않아.” 나는 그녀의 머리를 다시 끌어당겼다.

“날 가져가요······.” 얼마 뒤 그녀가 중얼거렸다.

“기운이 없어.” 내가 말했다.

“당신이 내 안으로 들어오면 좋겠어요. 그래도 조심해요. 배란기니까.”

“아니, 잘 들어. 그 문제에 대해서는 너도 나도 믿을 수 없어. 그건 크라쿠프에 갈 때까지 미루자. 폴란드 젤이 더 싸대.”

그녀의 몸이 부들부들 떨리기 시작했다.

“네가 기다릴 수 없는 게 당연하지.” 내가 말했다. “나도 나랑 섹스하기 직전이라면 못 기다릴 거야.”

나탈리는 여전히 웃느라고 몸을 부들부들 떨면서 내게 가까이 다가왔다. 내 말을 들어준 사람들 중 최고의 반응이었다.

“내가 웃겨서 웃는 거야, 아니면 내가 웃기려고 애쓰는 걸 인정해서 웃는 거야?” 내가 물었다.

“그 둘이 조금씩 섞인 걸로 해요.” 나탈리가 내 뺨을 어루만졌다.

얼마 뒤 그녀가 귓속말을 했다.

“고작 이 주밖에 안 됐는데, 조금 전 같은 말을 하면 안 돼요, 알죠? 하지만 좋아요, 나도 사랑해요.”

잠들기 전에, 정말로 일이 잘 풀린다는 생각이 들었다. 아, 정말로 일이 잘 풀리고 있었다.

그러나 물론 그건 그때 얘기였다.

이틀 뒤 모든 것이 다시 뒤집혔다.

25

토요일 아침 6시. 안개가 짙었다. 게다가 오프가르 농장에서 네르가르의 집을 지나 광장까지 내려오는 도로에 눈이 한 꺼풀 덮여 있었다. 예보에 따르면 기온이 올라간다고 했으니 낮에 눈이 녹겠지만, 나는 타이어를 겨울용으로 미리 바꿔둬서 공항까지 기어가지 않아도 된다는 점이 좋았다.

지난 며칠 동안 일이 전반적으로 아주 빠르게 움직였다. 총회에서 신주 발행에 이미 합의한 뒤였으므로, 급히 소집된 이사회만으로도 나의 주식 구매가 승인되었다. 구매 비용인 5000만 크로네도 이미 입금했기 때문에, 이제 주식은 내 것이었다. 적어도 육 개월 뒤 내가 되팔 때까지는. 나는 신주 계약서의 판매 옵션 조항을 유심히 살펴보았다. 아무 문제도 없는 것 같았지만, 그래도 워낙 거액이 오가는 만큼 뱃속이 조금 불편한 것 같은 느낌은 어쩔 수 없었다. 메이에리고르 앞에 서서 문에 비친 내 모습을 보았다. 집에서 나오기 전에 상처에 두른 붕대를 풀었는데, 딱지가 앉은 상처를 앞머리가 대부분 가려주었다. 나는 나탈리의 집 초인종을 다시 눌렀다. 집에서 출발하기 전에 미리 그녀의 휴대전화로 전화를 했을 때 그녀가 응답하지 않아서 나는 어제 호텔에서 직원 파티를 마치고 집에 늦게 들어온 그녀가 아직 자고 있는 모양이라고 짐작했다. 나도 새벽 3시쯤 비틀거리며 집에 온 칼 때문에 잠에서 깼는데, 칼은 내가 집에서 나올 때에도 자동차 엔진처럼 드르렁드르렁 코를 골고 있었다. 그런데 초인종에도 나탈리의 반응이 없는 것을 보고 점점 걱정이 되었다. 전에 그녀가 아침식사를 사러 나갔을 때 내가 안에서 초인종 소리를 들은 적이 있기 때문에 그 소리가 얼마나 귀에 거슬리는지 알고 있었다. 마치 학교 종소리처럼 시끄러웠다.

나는 시간을 확인했다. 지금 상황에 대한 여러 가지 상상이 머릿속을 휙휙 지나갔지만, 나는 그것을 모두 쓸어버렸다. 하나만 빼고. 그녀가 술에 엉망으로 취했거나 다른 약물로 인사불성이 돼서 누워 있을 것이라는 상상. 나는 이웃집 초인종을 눌렀다. 얼마 뒤 초인종 위의 깨진 스피커에서 졸린 목소리가 들렸다. 나는 상황을 설명했다. 나탈리가 자고 있는 것 같은데, 곧 비행기를 타러 가야 한다고. 이웃은 회의적인 반응을 보였다. 내가 내 이름을 밝혔으니 놀라운 일도 아니었다. 지금 사람들이 내 이름을 듣고 연상하는 것은 '살인 용의자'라는 말밖에 없었다. 그러나 나탈리가 어제 파티에 참석했다고 말했더니 이웃도 알아들은 모양이었다. 이 아파트 사람들은 '혹시 모르는 경우'를 대비해서 서로의 열쇠를 갖고 있었다. 오스에서는 당연한 일이었다.

내가 3층으로 올라갔더니 이웃이 헐렁한 트레이닝복 바지와 '빨지 마'라는 말이 적힌 티셔츠 차림으로 서 있었다. 문을 열어준 그는 복도에 남고 나만 안으로 들어갔다. 내가 그때 무엇을 예상했는지는 모르겠지만, 집은 비어 있었다. 침대도 정리된 상태였다. 이 광경을 보고 당연히 또 다른 가능성 두어 가지가 저절로 머리에 떠올랐다.

그러나 어느 것도 말이 되지 않았다.

나는 복도로 나가서 이웃에게 귀찮게 해서 미안하다고 사과하고, 나탈리가 어디 다른 곳에 있는 모양이라고 말한 뒤 차를 몰고 호텔로 향했다. 접수대의 여자는 밤새 근무했기 때문에 직원 파티에 가지 않았다고 말했다. 하지만 동료들이 오가는 것은 보았다고 했다. 그녀는 내가 여기 사장의 형이자 주주라는 사실을 아주 잘 알고 있었다. 그런데도 나탈리 모에가 언제 여기서 나갔느냐고 내가 묻자 답을 하지 못하고 머뭇거렸다. 나는 나탈리의 이름이 있는 비행기 표를 보여주며, 내가 데리러 갔는데 그녀가 집에 없었다고 설명했다. 여자는 얼굴을 붉히며, 나탈리가 일찍 파티장에서 나왔다고 말했다. 자기가 착각한 게 아니라면 9시 30분쯤 나와서 택시에 올랐다는 것이었다. 그녀가 얼굴을 붉힌 이유는 그저 짐작할 수밖에 없었지만, 공연히 휩쓸리기 전에 나는 곧바로 질문을 던졌다. "혼자였어요, 아니면 누구랑 같이 있었어요?"

"혼자였어요."

"술에 안 취했던가요?"

여자는 뺨을 부풀리며 불만스러운 표정을 지었다. "아뇨."

오케이, 그럼 나탈리가 누군가를 찾아갔을 수도 있겠네. 연인인가? 여자친구?

"어디로 갔는지는 모르고요?"

"네."

"어떤 택시였어요?"

여자는 자판을 조작하더니 화면을 확인했다. 아마 예약이 되어 있었는지 확인하는 모양이었다. "흰색이에요, 빨간색이에요?" 내가 물었다.

"빨간색이에요."

"고마워요." 나는 밖으로 나오면서 다구르에게 전화를 걸었다.

벨이 두 번째 울렸을 때 다구르가 전화를 받았다. 나는 나탈리 모에를 어디로 태워다주었느냐고 물었다.

"미안해, 로위." 그가 섬세하게 노래하는 듯한 그만의 오스 사투리로 말했다. "말할 수 없어."

"나탈리가 누굴 만나러 갔는지는 상관없어, 다구르. 그녀가 무사한지만 알고 싶을 뿐이야."

"나도 아는데, 비밀 유지 의무가 있어서."

나는 코웃음을 쳤다. "택시 기사는 비밀 유지 서약을 안 해."

"하지 왜 안 해. 아는 사람이 별로 없기는 해도, 우리 역시 법적으로 비밀을 유지할 의무가 있어."

"장난해?"

"내가 지금 네 질문에 대답하면, 법에 따라 면허증을 잃을 위험이 있다고. 미안하지만, 내 고객에 대한 정보를 얻고 싶다면 쿠르트를 통해서 나한테 물어야 해. 이만 끊는다, 로위."

그가 전화를 끊었다.

"젠장!" 정신을 차리고 보니 휴대전화를 내동댕이친 뒤였다. 나는 휴대전화가 떨어진 곳으로 가서 주워들었다. 화면 한구석이 작은 장미꽃 모양으로 깨져 있었다. 나는 깨진 곳 가장자리를 엄지손가락으로 매끈하게 문지르며, 이제 무엇을 해야 할지 생각했다. 그때 화면이 켜졌다. 처음에는 내 엄지손가락이 화면을 켠 줄 알았다. 하지만 진동이 느껴져서 화면을 보니 나탈리의 전화였다. 마침내 악몽에서 깨어난 기분이었다.

"너야? 지금 어디 있어?" 나는 거의 고함을 지르다시피 했다. 아니, 정말로 고함을 질렀다.

"로위, 정말 미안해요." 술 취한 사람처럼 뭉개진 발음은 아니었지만, 불안한 기색이 역력했다.

"지금 어디야? 무슨 일 있어?"

"난 크라쿠프 못 가요."

"그건 걱정 마. 지금 어디……."

"하지만 로위는 가야 할 것 같아요."

나는 멈칫했다. "할 것 같다니…… 왜 나 혼자 거길 가?"

"왜냐하면…… 왜냐하면 내가 함께 갈 수 없으니까요."

나는 나탈리의 근처에 있는 다른 사람들의 소리를 들으려고 귀를 기울였다. 그녀가 어디에 있는지 알려주는 소리라면 무엇이든 좋았다. "어제 일이 좀 잘못 흘러간 건 나도 알아." 내가 말했다. "그럴 때가 있지. 하지만 여행은 나중에 언제든 갈 수 있어. 괜찮아. 진짜야."

"아뇨. 괜찮지 않아요."

이제 들어보니 그녀는 울기 직전이었다. 어쩌면 그래서 나도 울 것 같은 기분이 되었는지 모르겠다.

"네가 무사하다면 괜찮아." 내가 말했다. "내가 차를 가져왔으니까 널 데리러 갈게."

"안 돼요." 그녀가 날카롭게 말했다. 지나치게 날카로웠다.

"오케이. 오케이. 지금은 내가 너무 호들갑 떠는 게 싫은 모양이네. 맞지?"

나탈리는 대답하지 않았다.

"나탈리? 기분이 좀 괜찮아지면 전화해. 아니면…… 그렇지, 그냥 전화해."

"로위?"

그녀가 내 이름을 부를 때의 느낌이 마음에 들지 않았다. 뭔가 아주 싫은 일의 서막 같았다. "응?" 나는 억지로 대답했다.

"이젠 우리 못 만나요."

나는 침을 꿀꺽 삼켰다. 갑자기 아직도 악몽 속에 있는 것 같은 생각이 들었다.

"왜?" 내가 힘없이 말했다. "그러니까, 네가 전에……."

나는 문장을 끝맺지 않았다.

"내가 한 말은 잊어요, 로위, 알았죠? 전부 잊어요. 모든 게 실수였어요. 내 실수. 알았죠?"

"하지만……."

"하지만은 없어요, 로위. 이제 끊을게요."

"다른 사람이 생긴 거야? 그런 거야?"

나탈리가 머뭇거리는 것이 느껴졌다.

"그냥 내가 이런 사람인 걸로 해요, 알았죠?"

"저기, 살다 보면 거지 같은 일이 생기기도 해, 나탈리. 이야기로 풀 수 있을 거야."

"안 돼요! 안 돼요, 그럴 수 없어요, 로위. 미안해요."

"그럼 이야기 말고, 다른……."

"잘 들어요, 로위!"

그 순간 지금 휴대전화를 향해 소리를 질러야 하는 사람이 있다면 바로 나라는 생각이 나를 강타했다. 하지만 소리를 지르고 싶은 생각이 들지 않았다.

"듣고 있어." 내가 말했다.

그녀는 두 번 심호흡을 했다. 가늘게 떨리는 소리로 힘들게.

"한 가지만 약속해줘요, 로위."

"응?"

"날 만나러 오지 말아요. 약속해요."

나는 침을 꿀꺽 삼켰다. 한 번 더 삼켰다. 혀를 움직여 뺨과 입술을 더듬은 뒤에야 비로소 지독한 말 한마디를 속삭일 수 있었다.

"약속해."

겁쟁이. 입센은 자신의 작품 속 아슬락센을 이렇게 묘사했다. 겁쟁이, 비겁자, 용기라고는 조금도 없는 사람.

"고마워요." 나탈리는 이렇게 말하고 나서 전화를 끊었다.

나는 주차장에 가만히 서 있었다. 그러다가 지금 서 있는 자리가 전에 무릎으로 주저앉아 쿠르트 올센에게 체포당한 자리와 대략 같다는 사실을 깨달았다. 다시 무릎을 꿇고 싶은 심정이었다. 이거 현실인가? 어떤 악마가 날 이런 식으로 가지고 놀면서 즐거워하는 거지? 이건 틀림없이 처벌이라는 생각이 문득 들었다. 일곱 명을 살해한 죄에 대한 처벌.

"어, 오늘 비행기를 탄다고 하지 않았어요?" 내가 주유소 가게 안으로 들어가자 에길이 카운터에서 말했다.

"취소됐어." 나는 계속 걸어서 뒷방으로 들어갔다.

"안개 때문에요?"

나는 에길이 마음대로 아무렇게나 해석할 수 있는 몸짓으로 손을 흔들어주었다.

"여기서 서류작업을 좀 할 게 있어." 내가 말했다. "내 도움이 필요하면 불러."

"네."

에길은 마치 금방 폭발할 것 같은 폭탄을 보듯이 나를 지켜보았다. 일은 우울할 때 내가 가장 즐겨 찾는 약이었다. 대부분의 약이 그렇듯이 이것 역시 병을 치유해주기보다는 통증을 무디게 만들어줄 뿐이었다. 그러나 세차장 청소 같은 육체노동이나 장부를 훑어보는 정신적인 활동에 머리를 쓰면 쓸수록 마음의 문제로 쓸데없이 고민할 시간이 줄어들었다.

나는 에길의 가죽 재킷 옆에 내 피코트를 걸었다. 재킷 등판에는 교차된 뼈 두 개가 원 안에 들어 있는 그림과 고딕체로 새겨진 '리드 & 에벤센 MC 클럽'이라는 글자가 있었다. 위에 쌓인 서류의 무게 때문에 거의 휘청거릴 지경인 작은 책상에 앉아, 제품 샘플들을 옆으로 밀었다. 고장 난 커피머신도 함께 옆으로 민 다음, 나는 아직 살펴보지 못한 지난 분기의 실적 서류를 훑어보기 시작했다. 혼란스러웠다. 내가 인간의 본성을 아주 잘 아는 사람은 아니었다. 로위 오프가르가 어떤 사람이냐고 물어보면, 대부분의 사람은 단순하고 실용적인 해법을 찾으려 하는 단순하고 실용적인 사람이라고 대답할 것이다. 어쩌면 바로 거기에 문제가 있는 것 같았다. 나탈리 같은 사람의 머리와 마음이 어떻게 움직이는지 이해할 능력이 내게 없다는 것.

나는 지난 분기 실적을 옆으로 밀었다.

내가 사람을 이해하지 못한다는 말은 사실이 아니니까. 그것은 책을 읽는 것과 같았다. 내가 난독증 때문에 가끔 글을 틀리게 읽는 경우가 있기는 해도, 글을 읽을 수는 있었다. 그럼 내가 보지 못한 비밀이 무엇일까? 만약 나탈리가 술이나 약에 취해 다른 사람과 밤을 보냈다면, 그리고 그 사람과 관계를 이어갈 생각이 없다면, 그게 뭐? 그녀가 수치심을 느끼고 있는 것은 분명했다. 자신의 행동을 부정으로 해석하고 있을 가능성이 얼마든지 있었다…… 부정? 젠장, 우리는 아직 자신을 커플로 규정할 단계에 이르지도 못했단 말이다! 어쨌든, 술을 한두 잔 마시고 다른 사람과 잔 것이 아직은 친밀한 관계를 맺을 준비가 되지 않았음을 반+의식적으로 알리는 행동이라고 그녀가 생각하고 있을 가능성이 있었다. 젠장, 지난 분기 실적 서류와 비슷했다. 제대로 이해할 수 없다는 점에서! 그녀가 나와 이런 식으로 사귀고 싶지 않다고 조용히 말하면 되는 일이었다. 휴대전화 속에서 히스테리처럼 소리를 지르며 극적인 장면을 연출할 필요가 없었다. 도대체 무슨 일이 있었던 걸까? 날 사랑한다던 말이 진심이 아니었나? 나는 그 말을 그냥 믿은 게 아니라, 느낌으로 알았는데? 하지만 그렇게 따지면 오늘 일이 말이 되지 않았다. 전혀 말이 되지 않았다.

나는 눈을 감고 턱에 힘을 주었다. 생각을 정리했다. 그러고는 다시 눈을 떠서 지난 분기 실적 서류를 끌어와 첫 번째 세로줄을 손가락으로 짚었다. 깊이 숨을 들이쉬고, 잘못 기재된 곳을 찾기 시작했다.

10시가 되었다. 지난 삼 개월 동안의 서류를 거의 다 살펴본 내 몸이 뻣뻣하게 굳었다. 지금 내가 앉아 있는 자리에서 보면, 뒷방의 문이 열려 있고 나와 카운터 사이에는 얄팍한 벽이 하나 있을 뿐이었다. 그래서 에길이 손님을 상대하는 소리를 들을 수 있었다. 갑자기 친숙한 목소리가 들렸다. 나탈리의 목소리. 그녀가 무슨 말을 하는지는 들리지 않았지만, 카운터에 뭔가를 가볍게 내려놓는 소리에 이어 에길의 목소리가 크고 또렷하게 들렸다.

"314크로네."

우리 가게에서 가격이 314크로네인 물건은 하나밖에 없었다. 카운터 바로 뒤에 놓아둔 물건, 바로 엘라원 사후피임약이었다. 나는 책상 가장자리를 움켜쥐고 턱에 힘을 주었다. 죽어라 매달리듯이 손에 힘을 주었다. 내가 물에 빠졌는데, 물살이 나를 여기서 그녀에게로 쓸어가려 하는 것처럼. 밖에 나가면 내가 입을 열어 뭔가 말을 하려 하겠지만, 그래봤자 내 입에서는 거품만 보글보글 나올 것이고 나탈리는 자기 눈앞에서 익사하고 있는 나를 빤히 바라볼 것이다. 문에 매달린 종소리 덕분에 그녀가 밖으로 나갔음을 깨달은 뒤에야 나는 가쁘게 공기를 마셨다. 그때까지 숨을 참고 있었음을 그제야 깨달았다.

머리가 그럭저럭 차분해질 때까지 책상에 머리를 대고 있었다. 이제는 적어도 의자에서 일어나 가게로 나가서 커피 한 잔을 가져올 정도는 되었다. 커피머신 옆에 서서 나는 창밖을 바라보았다. 그래, 눈은 대부분 녹았지만 안개가 아직 짙었다. 나탈리가 인도에서 광장 쪽으로 움직이는 모습이 간신히 보였다. 내가 한 번도 본 적이 없는, 지나치게 큰 파카를 입고 몸을 웅크린 채 천천히 걷고 있었다. 아니, 저 옷을 내가 본 적이 있었나? 그 순간 나탈리가 안개 속으로 사라졌다.

에길은 홀린 듯이 휴대전화를 보고 있었다.

"2번 주유기 호스가 제자리에 걸려 있지 않아." 내가 말했다.

"내가 가볼게요." 에길이 고개를 들었다. 동면 모드에 들어간 표정이었다. 나탈리 모에에게 사후피임약이 아니라 평범한 우유와 빵을 판 것 같은 얼굴. 어쩌면 그럴 만도 했다. 내가 누군가와 함께 크라쿠프에 간다는 말을 하지 않았으니까. 나탈리와 내 관계에 대해서도 에길은 들은 적이 없을 터였다. 아니면 우리가 부주의한 탓에 나탈리가 그 약을 사간 거라고 생각했거나. 그런 일쯤이야. 그러면 됐지. 나는 뒷방으로 돌아와 일을 계속했다. 그 망할 놈의 실수는 아직도 발견되지 않았다.

12시 조금 전에 아이슬란드 말씨의 목소리가 카운터에서 들려왔다.

"너랑 뵈르게가 바이커 모임에 참석했다고 들었는데?"

"맞아요." 에길이 말했다. "1번 주유기, 760크로네입니다."

"놈들이 얌전히 굴었겠지? 요즘 아이슬란드는 정신이 없어. 헬스앤젤스, 반디도스, 아웃로스,[†] 이자들이 죄다 그리로 가니까."

"아이슬란드로요? 왜요?"

"뭐, 알다시피, 다들 어디선가 왕이 되고 싶어하잖아. 너는 아직 오토바이 안 샀어?"

"아직요. 시장에 나온 물건이 워낙 없어요."

"맞아. 그럼 내 것을 사면 어때? 호텔이 문을 연 뒤로 택시를 운전하는 시간이 워낙 많아져서 오토바이를 탈 시간이 거의 없거든. 좋은 가격으로 줄 수 있을 것 같은데."

"그래요? 내가 본 적이 있기는 한데, 지금 상태는 어때요?"

그러자 다구르가 설명을 시작했다. 시간이 조금 걸릴 것 같았다. 나는 일어서서 뒷문으로 나왔다. 주유소와 정비소 사이, 내 볼보가 주차된 곳으로 곧장 이어지는 문이었다. 주유소 건물을 끼고 돌아가서, 1번 주유기 옆에 서 있는 빨간색 메르세데스벤츠로 향했다. 가게 쪽을 재빨리 훑어보니, 다구르가 여전히 이쪽으로 등을 돌리

---

†　셋 다 세계적으로 유명한 바이커 클럽.

고 있었다. 나는 운전석에 냉큼 올라탔다. 컴퓨터 전문가는 아니어도, 전에 택시를 탄 적이 있기 때문에 라디오 콘솔 아래 화면에 예전 운행 목록이 나오는 것을 알고 있었다. 손으로 건드리자 화면이 환해지면서, 짜잔, 어젯밤의 운행 목록이 나타났다. 승객을 태운 곳, 운행 거리, 요금. 오스 스파에서 손님을 태운 기록이 여럿 있었지만, 9시 반쯤의 기록은 하나뿐이었다. 정확히 말하자면, 21시 23분이었다. 운행 거리를 보니 오스 스파에서 메이에리고르에 있는 나탈리의 아파트까지 가는 거리보다 길었다. 더 많은 정보가 있나 하고 화면을 건드려 보니, 정보가 있었다. 목적지 정보는 아니고, 요금 지불 정보.

돈을 낸 사람이 나탈리 모에가 아니었다.

이것을 보고 나는 부르르 떨었다.

신용카드 번호 뒤에 적힌 이름은 안톤 모에. 지붕 기술자. 아버지. 그러자 그 파카를 어디서 봤는지 기억났다. 안톤 모에가 입고 있었다. 격심한 구역질이 올라와서 정말로 토할 뻔했다. 입이 벌어지고, 코로 숨을 쉴 수 없게 되었다. 나는 눈을 감았다가 떴다. 만약 이것이 꿈이라면 내가 아직도 꿈속에 붙들려 있는 모양이었다. 나는 화면에서 뒤로 가기 버튼을 누른 뒤 차에서 내렸다.

"와, 진짜! 이런 게 서비스라니!" 몇 초 뒤 다구르가 이렇게 말하면서 가게에서 나오다가 나를 보았다. 나는 비눗물에 적신 스펀지로 그의 자동차 앞 유리창을 닦고 있었다.

"좋은 손님이 좋은 서비스를 받는 거야." 나는 물을 조금 더 끼얹은 다음 스퀴지를 움직이기 시작했다.

다구르가 내 옆에 와서 섰다.

"오늘 아침에 도와주지 못해서 미안해, 로위. 그 일은 정리됐어?"

다구르의 눈은 부드러운 갈색이고, 얼굴에는 수염이 풍성했다. 아이슬란드 사람이 전부 착하고 점잖다고 말할 수는 없겠지만, 개인적으로 나는 아직 그렇지 않은 아이슬란드 사람을 만난 적이 없다. 아마 내가 만난 아이슬란드인이 고작 세 명뿐이기 때문일 것이다.

"정리됐어." 내가 말했다. "나탈리가 파티에서 술을 너무 많이 마셔서, 자기 아버지 집에서 깨어날 때까지 아무 기억이 없었대."

다구르가 웃음을 터뜨렸다. "그래, 그 애를 거기에 데려다주는 게 제일 좋을 것 같더라."

"같더라?"

"음, 걔가 메이에리고르에 사는 건 알지만, 그때 상태로는 걔를 돌봐줄 사람이랑 같이 있는 게 제일 안전할 것 같았거든."

나는 그를 보았다. "그거 아주 징그럽게 사려 깊은 행동이었네, 다구르."

그가 따스한 미소를 지었다. "당연한 일이지. 여긴 작은 마을이잖아. 서로서로 돌보며 사는 거지, 안 그래?"

"맞아. 안톤이 나와서 요금을 치르고 나탈리를 데리고 들어갔다며?"

"응. 나탈리가 완전히 정신이 없었거든, 가엾게도. 나도 안톤을 도왔어. 하지만 안톤은 소리도 안 지르고 그냥 부축하더라고. 좋은 아버지라면 그래야지. 최고야, 안톤은. 내가⋯⋯."

다구르가 말을 끊었다. 입을 다물겠다는 약속을 갑자기 떠올린 사람처럼.

"그래, 뭐, 유리창 닦아줘서 고마워." 다구르가 말했다.

그가 차에 오른 뒤, 나는 와이퍼를 제자리에 돌려놓았다. 두루마리 휴지를 찢어 스퀴지 날을 닦으며, 빨간색 메르세데스벤츠가 광장 쪽으로 멀어지는 모습을 지켜보았다.

살해한 사람 일곱.

그 일곱의 목숨이 내 양심에 얹혀 있었다.

여기서 멈출 수 있기를 바랐는데.

26

"그 망할 놈의 실수가 어디 있는지 꼭 찾아야겠어." 내가 말했다.

"그래요?" 에길은 커피머신에서 잔에 커피를 채우는 나를 카운터 뒤에서 지켜보고 있었다.

"미칠 것 같아. 이제부터 저 뒷방에 들어가 문을 닫고 앉아 있을 거야. 무슨 일이 있어도 방해하지 마. 무슨 일이 있어도. 알았지?"

에길은 조금 놀란 표정으로 나를 보았지만 고개를 끄덕였다.

뒷방에 들어가기 전에 나는 가게 안의 음악 소리를 조금 키웠다.

"좋은 노래야." 나는 거짓말을 했다.

방에 들어온 뒤 문을 잠그고 재킷을 입었다. 휴대전화를 주머니에 넣으려는데, 쿠르트 올센의 부재중 전화가 보였다. 나는 머뭇거렸다. 아주 잠깐만. 뒷문으로 나와 정비소로 가서 안으로 들어갔다. 어렸을 때 열심히 페달을 밟아 오프가르 농장으로 올라갔던 자전거와 트랙터 옆을 지나갔다. 칼과 나는 그렇게 자전거를 타고 올라가는 길을 투르 드 오프가르†라고 부르며 가끔 시간을 쟀다. 나는

---

† 매년 프랑스에서 개최되는 세계 최고 권위의 사이클 대회 '투르 드 프랑스'를 변용한 말.

지금도 여름에 가끔 그 자전거를 타고 부달 호수의 수영하기 좋은 곳으로 올라갔다. 아니, 그랬던가? 내가 마지막으로 자전거를 탄 것이 언제인지 지금은 기억나지 않았다.

나는 공구선반에서 와이어커터를 꺼내고 장갑을 낀 뒤, 자전거 체인을 잘랐다. 그러면서 옛날에 모에의 집 부엌에서 그와 나눈 대화를 생각했다. 그때 나는 그가 딸에게 다시 손을 대면 어떻게 할 것인지 말해주었다.

"날 어떻게 죽일 건데?"

"때려서 죽일까 생각했어요. 성경적인 의미로 적절한 것 같아서."

나는 손마디에 천을 대고, 체인을 두어 번 감은 다음 주먹을 쥐었다.

그래, 성경적인 의미로 적절했다.

나는 체인을 재킷 주머니에 넣고, 안개 속으로 나갔다. 차에 올라 최대한 조용하게 시동을 걸었다. 에길이 소리를 듣지 못하게. 중앙도로로 나가 동쪽으로 향했다. 이것도 에길이 나를 보지 못하게 하기 위해서였다. 옛날 우유 저장소가 아직 남아 있는 곳에서 도로를 벗어나 유턴한 뒤 서쪽으로 향했다. 광장을 통과한 뒤, 안개의 베일 속에서 메이에리고르 2층의 창문에 불이 켜진 것을 보았다. 몇 시간 전에 내가 왔을 때는 그 불빛이 없었다. 다행이다. 적어도 나탈리는 이제 안전했다. 나는 계속 서쪽으로 차를 몰았다.

안개가 완두콩 수프처럼 진한 것이 좋았다. 이렇게 앞이 잘 안 보이니까, 내 차가 지나가는 것을 틀림없이 보았다고 말할 수 있는 사람이 많지 않을 터였다. 타이밍이 좋았다. 그런데 쿠르트의 전화는 뭐였을까? 이번엔 또 무슨 일로? 타이밍이 상당히 나빴다. 경찰이 나와 통화하려고 시도하는 때에 누군가를 죽이는 건.

어쩌면 그래서 내가 정신을 차린 건지도 모른다. 아니면 아빠가 내게 권투를 가르쳐주면서 자주 하던 말이 갑자기 생각났기 때문일 수도 있다. "분노에 넋을 잃으면 지는 거야." 옛날 토요일 밤의 무도장에서 칼이 자기 여자친구한테 추파를 던졌다는 이유로 녀석을 두들겨 패려는 놈들을 상대할 때 나의 장점 중 하나가 바로 그거였다. 놈들은 머리끝까지 화가 난 상태지만, 나는 냉정하고 차분했다는 점.

하지만 지금은 내가 분노에 넋을 잃은 상태였다.

나는 속도를 늦췄다. 차분히 생각해보자고 속으로 되뇌었다. 안개가 이렇게 짙어도 곧장 놈의 집으로 가서 놈을 때려죽인다면 무사히 넘어가기가 엄청나게 힘들 것이다. 이 마을에서 이미 살인자로 의심받는 사람이 나 하나뿐이니까 더욱더.

나는 속도를 더 늦췄다.

하지만 지금 내게 필요한 것은 냉정한 머리라는 사실을 아는데도, 의식을 잃은 나탈리가 침대에 누워 있는 모습이 머리에서 떠나지 않았다. 옷이 가슴 아래까지 올라가 있고, 나탈리의 아버지가 그녀의 몸 위에 올라가 있는 모습. 아침에 혼자 잠에서 깨어난 그녀가 아래를 내려다보고 무슨 일이 있었는지 깨닫는다. 또 그런 일이 있었다는 것을. 다만 이번에는 그녀 자신의 잘못이라고 생각한다. 죄책감이 너무 무거워서 그녀는 내 눈을 똑바로 바라보지 못한 채 간밤의 일을 내게 이야기한다. 자신이 망가진 물건이 되었다고 생각한다. 누군가의 진심 어린 순수한 사랑을 받을 자격이 없다고. 이걸 내가 어떻게 아느냐고? 나 자신도 망가진 물건이기 때문에 안다.

자동차 속도가 또 빨라진 것을 알아차리고 나는 가속페달을 밟은 발을 천천히 뗐다.

"분노에 넋을 잃으면 지는 거야." 나는 혼자 속삭이며, 머릿속의 이미지를 지워버리려고 했다. "이번에는 혼만 내주는 거야. 죽이는 건 나중에 해도 돼."

모에의 집은 광장에서 서쪽으로 3, 4킬로미터 떨어진 평평한 벌판에 있었다. 고속도로 위쪽이었다. 나는 도로를 벗어나, 자갈이 깔린 진입로를 천천히 달려 모에의 집과 헛간으로 향했다. 안개가 워낙 짙고, 이 집과 가장 가까운 이웃 사이에는 수백 미터나 되는 밭이 있기 때문에 누가 나를 봤을 가능성은 전혀 없었다.

나는 헛간과 집 사이에 차를 세우고 차에서 내렸다. 부엌 창문에 불이 켜져 있었다. 문이 활짝 열린 헛간 안에 모에의 승합차가 보였다. 모에가 집에 있었다. 틀림없이. 나는 계단을 올라가 문을 두드렸다.

"누굴 찾아, 오프가르?"

나는 천천히 돌아섰다.

머리가 모래시계 모양인 모에가 헛간 문간에 서 있었다. 나탈리의 말이 옳았다. 모에의 소총은 레밍턴이었다. 그가 그것을 가슴 높이로 들고 나를 겨냥하고 있었다.

"당신을 찾아왔지." 내가 말했다. "내가 오는 걸 당신이 볼 줄은 몰랐네."

"못 봤어. 하지만 안개 속에서는 소리가 잘 들리거든. 게다가 네가 찾는 건 내가 아니라 나탈리일 텐데."

"너만 찾아온 거야. 우리 사이에 거래가 있잖아, 기억나?"

"네가 그 애를 쫓아다니고 있다고 들었어." 모에의 목소리가 녹슨 경첩처럼 삐걱거렸다. 가느다란 머리카락은 머리 위에서 춤을 추었다. 바람이 전혀 없는 것 같은데도. "아마 그래서 그때도 그 애를 다른 데로 보내려고 그렇게 열심이었던 거겠지. 네가 그 애를 원했으니까. 여름의 풀밭으로 그 애를 보내서 살찌운 다음에 그 애가 스무 살이 되기를 기다린 거야."

모에는 헛간 문간에서, 안개에 젖어 단조로운 빛 속으로 나왔다.

"대충 맞지, 오프가르?"

"아니." 나는 갈라진 목소리로 대답했다.

"아니, 맞을 거야." 모에가 말했다. "하지만 나탈리는 똑똑한 애라서, 네 뜻대로 되지는 않을 거야. 이거 알아? 계속 어깨 너머를 뒤돌아보면서 네가 무슨 수작을 꾸밀지 걱정하는 건 이제 신물이 나. 넌 살인자잖아. 그렇다고 하던데."

나는 침을 꿀꺽 삼켰다. 장전된 총과 맞닥뜨리면 몸에 변화가 일어난다. 이렇게 짧은 기간 안에 두 번째로 이런 경험을 하게 되다니.

"이리 와." 모에가 헛간 문을 고갯짓으로 가리켰다. "이 안에서 조금 걷자고."

나는 움직이지 않았다.

"좋을 대로." 모에는 이렇게 말하고 나서 소총을 뺨 높이까지 들어 올렸다.

나는 계단을 내려왔다.

"들어가." 모에가 입구에서 물러나 나와 안전한 거리를 유지하며 말했다. 내 동작이 얼마나 빠른지 기억하는 모양이었다.

나는 헛간 안으로 들어가 승합차 옆에 섰다.

"더 들어가." 모에가 총구로 방향을 가리켰다.

나는 시키는 대로 했다. 과거 돼지우리였던 곳까지 걸어갔다. 모에가 나를 지나쳐 더 안쪽으로 들어갔다. 내 등 뒤에서 햇빛이 비쳤다. 모에가 해치울 작정이라는 사실을 그제야 서서히 깨달았다. 진짜 해치울 작정이었다. 나를 쏠 것이다. 목구멍이 바짝 말라서 두 번 헛되이 시도한 뒤에야 목소리를 낼 수 있었다.

"나중에 어떻게 설명하려고, 모에?"

"그건 내가 알아서 해." 그가 말했다. "여자한테 차인 살인자가 손에 칼을 들고 여기서 엉망이 된 모습으로 발견되면, 다들 당연히 정당방위였다는 결론을 내리겠지."

일리 있는 말이었다. 일을 마친 뒤 그가 내 손에 칼을 쥐여주기만 하면 되는 일이었다. 모에가 고개를 옆으로 살짝 기울여 조준기를 한쪽 눈으로 들여다보며, 반대편 눈을 감았다. 2미터 거리에서 총이 빗나가기는 쉽지 않은데, 그렇게 공들여 조준하는 것을 보니 내 머리를 똑바로 맞히고 싶은 모양이었다. 그래야 지금 내가 서 있는 자리에 곧바로 쓰러질 것이고, 감식반원들이 사건의 순서를 재구성하기도 쉬워질 것이다. 그의 손가락이 방아쇠를 당겼다. 그는 내 머리를 겨냥하고 있고 나는 빛을 등지고 서 있었으므로, 내 손이 재킷 주머니 속으로 들어가 체인 끝을 쥐고 꺼내는 것을 그는 절대 볼 수 없었다. 나는 팔을 옆구리로 휙 내렸다가 앞으로 내밀면서 위로 휘둘렀다. 고리가 116개인 자전거 체인의 길이는 148센티미터이고 내 오른팔을 쭉 뻗으면 70센티미터였다. 따라서 레밍턴 700 BDL의 총신 길이가 얼마든 중요하지 않았다. 체인이 채찍처럼 총신을 휘감으면서 금속이 부딪치는 소리가 났다. 내가 팔을 아래로 재빨리 당기자, 총이 모에의 손에서 떨어져 나오면서 발사되었다. 총이 바닥에 떨어지기도 전에, 나는 다리가 총에 맞았음을 알아차렸다.

총에 맞아도 그리 심하게 아프지 않다는 말을 어딘가에서 읽은 적이 있었다. 총에 맞아도 그리 심하게 아프지 않다는 말을 어디선가 읽더라도 믿으면 안 된다는 말 또한 어딘가에서 읽은 적이 있었다. 실제로 맞아보니 상당히 아팠다. 하지만 앞으로 쓰러질 듯 휘청거리는 모에가 총을 집어 들기 전에 내가 먼저 체인으로 감은 총을 재빨리 잡아당기지 못할 정도는 아니었다.

그다음에 무슨 일이 벌어졌는지는 나도 정확히 모르겠다. 기억나는 것은 문을 향해 뛰어가던 모에의 모습. 그리고 내가 틀림없이 다리의 통증을 무시하고 놈의 뒤를 쫓은 것 같다는 느낌. 얼마 뒤 우리 둘 다 승합차 옆 바닥에 쓰러져 있었기 때문이다. 나는 그의 가슴을 깔고 앉아 무릎으로 그의 양팔을 누른 다음, 주머니에서 천을 꺼내 체인과 함께 차례로 손에 감고 그를 때리기 시작했다. 처음에는 별로 힘을 주지 않았다. 마치 워밍업을 하는 것처럼. 그다음에 또 기억이 비었다. 기억나는 것은 내가 어떤 얼굴, 아니 얼굴이었던 것을 내려다보던 순간. 내가 가져간 체인은 정말로 엉망진창을 만들어낼 수 있었다. 내가 내려다본 것이 개의 얼굴과 조금 비슷해서, 옛날 그때와 똑같은 생각을 했다. 이 가엾은 것의 고통을 끝내줘야겠다는 생각. 개는 내가 죽이기 전에 낑낑거렸다. 모에도 낑낑거렸다. 내 안의 눈먼 분노는 이미 희미해졌다. 그래서 나는 상대에게 고통을 주기 위해서가 아니라 고통을 끝내주기 위해서 계속 주먹을 휘둘렀다. 때릴 것이 하나도 남지 않을 때까지, 그의 머리 아래 나무 널이 내 손마디에 닿을 때까지 계속 휘둘렀다.

그러고는 순간적으로 모든 것이 캄캄해졌다.

그다음으로 기억나는 것은 내가 서서 모에를 내려다본 것. 모에는 이제 숨을 쉬지 않았고, 내 다리의 통증은 참을 수 없는 수준이었다. 바지에 총알구멍이 보였다. 몸을 움직였더니 신발 안에서 철벅거리는 소리가 났다. 피가 신발에서 넘쳐흘러, 아무런 처리를 하지 않은 나무 널에 스며들었다. 그것을 보고 퍼뜩 정신이 들었다. 이제 범죄 현장이 된 이곳에 내 피가 스며든 것이니까. 이건 징역 이십 년 감이었다.

도망쳐야 한다는 본능이 순간적으로 치솟아 올랐지만, 나는 편도체의 그 본능을 무시하려고 애쓰며 내 머리의 다른 부분이 하는 말에 귀를 기울였다. 그 부분은 내게 선택지가 있다고 말했다. 에라 모르겠다 하고 도망쳤다가 나중에 체포되는 길이 하나. 아니면 여기 남아서 현행범으로 걸릴 위험을 무릅쓰더라도 필요한 일을 하며 건설적인 시간을 보내는 길이 하나. 안개 속에서 소리가 잘 들린다는 모에의 말은 사실이었다. 따라서 이 집 양편의 이웃들이 틀림없이 총소리를 들었을 것이다. 그들이 직접 차를 몰고 여기까지 와보지는 않는다 해도, 쿠르트 올센이 신고 전화를 받고 오 분에서 십 분 안에 나타날 터였다. 결론은, 도망치면 그 결과는 반드시 재앙이고, 여기 남으면 재앙이 될 가능성이 있다. 그래서 나는 가능성이 있는 쪽을 선택했다.

주위를 둘러보았다. 목공 작업대가 있고, 벽에는 좋은 공구들이 걸려 있었다. 바닥의 공구 상자에도 공구가 더 있는 것 같았다. 가장 먼저 나는 전기공사용 강력 테이프를 꺼낸 뒤, 바짓단을 걷어 올리고 다리에 난 총알구멍을 테이프로 여러 번 단단히 감았다. 반대편에는 구멍이 없는 것으로 보아, 총알이 뼈에 박혀 있는 모양이었다. 나는 공구들을 다시 살펴보았다. 망치, 펜치, 톱. 벽 앞에는 자동차 타이어 네 개가 쌓여 있고, 맨 위에 잭이 있었다. 모에, 아니 모에의 시체를 보니 옛날에 리타 빌룸센이 보여준 파블로 피카소의 그림이 생각났다. 얼굴의 세세한 부분들이 완전히 재조합되어 있던 그림. 리타는 피카소가 초현실주의를 이용해서 실제보다 더 사실적인 그림을 그렸다고 말했다. 정확했다. 초현실주의와 망할 놈의 사실주의가 동시에 있다는 점. 그래서 내가 해야 하는 일이 바로 그것임을 깨달았다. 나는 그림을 그려야 했다. 실제로 일어난 역겨운 일보다 더 사실적으로 보이는 그림을.

27

그림이 거의 완성되었다.

나는 모에의 집에서 차를 몰고 나오며 시간을 확인했다. 내가 지붕 기술자 안톤 모에를 죽인 지 사십 분이 흘렀고, 안개는 여전히 진하고 묵직했다. 다행이었다. 오늘 늦게 안개가 걷힐 것이라는 예보가 있었는데. 휴대전화에 쿠르트 올센의 부재중 전화가 한 통 더 들어와 있었다. 팔 분 뒤 나는 차를 몰고 주유소를 지나쳐 우유 저장소 옆에서 유턴한 다음, 온 길을 돌아와 고속도를 벗어나서 가게 뒤편으로 들어갔다. 에길이 보지 못하게. 차에서 내리니 왼쪽 다리를 타고 통증이 총알처럼 올라왔다. 그레테의 미용실을 흘깃 보며, 토요일인 오늘 손님이 많아서 그레테가 창밖을 내다볼 시간이 별로 없기를 바랐다. 나는 정비소로 들어와 프리츠 산업용 세제통 하나를 열어서 자전거 체인을 넣은 뒤, 뚜껑을 절반만 돌려서 닫았다. 화학반응이 시작되었을 때 통이 폭발하는 것을 막기 위해서였다. 금속이 녹는 데 시간이 얼마나 걸리는지는 알 수 없지만, 옛날 보안관의 흔적이 모두 완벽하게 사라지는 데 걸린 시간은 기억하고 있었다. 반응 시간을 확실히 모르기 때문에 나는 세제통을 트랙터 버킷에 넣고 버킷을 최대 높이로 올렸다. 그러고는 밖으로 나가서 문을 잠그고, 주유소 뒷문을 통해 살금살금 들어와서 피코트 단추를 풀고, 어깨에 묻은 지푸라기를 털어내고, 가게로 통하는 문의 잠금장치를 풀었다. 가게로 들어가 약품 진열대로 가서 파라세타몰 한 묶음을 들었다.

"다 했어요?" 에길이 휴대전화에서 시선을 들고 물었다.

다른 사람도 아니고 에길이 내 속임수를 꿰뚫어 봤다는 뜻을 이렇게 차분하고 냉정하게 드러낼 것 같지는 않았지만, 그래도 가슴이 덜컹 내려앉은 것은 사실이었다.

"실수를 찾았어요?" 에길이 말을 덧붙였다.

"아마도. 어쨌든 이만 가봐야 돼."

나는 외투 단추를 잠그며 문으로 향했다.

"보안관이 사장님을 찾고 있어요."

내 몸이 굳었다. 만약 쿠르트 올센이 여기 들렀다면, 틀림없이 저 문을 두드렸을 것이다. 그리고 나와 내 자동차가 모두 사라진 걸 발견했겠지. 그러면 내 알리바이도 함께 사라진 것이다.

"사장님이 바쁘다고 했어요." 에길이 말했다. "나중에 보안관한테 전화하시라고 말을 전하겠다고."

나는 숨쉬기가 조금 편안해졌다. "그러니까 그냥 전화만 온 거라고?"

"네."

"오케이. 나중에 이야기하자."

"다리를 저시는데요." 에길이 말했다.

"오늘 아침에 내가 내 다리를 쐈거든."

에길이 씩 웃으며 다시 휴대전화 화면으로 시선을 돌렸다.

나는 밖으로 걸어 나가 건물 뒤편으로 돌아가서, 조금 전에 내린 차에 다시 올라 파라세타몰 네 알을 물도 없이 삼킨 뒤 출발했다. 하마터면 올센에게 들킬 뻔했다. 그레테도 뭔가를 목격했을 가능성이 있었다. 그러나 내가 그림을 완성할 수만 있다면, 아마도 알리바이는 필요하지 않을 것이다. 그것이 내 바람이었다.

구 분 뒤 나는 오프가르 농장의 마당에 들어섰다. 칼의 차가 보이지 않는 것으로 보아, 칼은 호텔에 있는 모양이었다. 나는 절룩거리며 부엌으로 들어가, 약을 넣어둔 서랍을 열었다. 오 분 뒤에는 이미 크게 부어오른 다리에 붕대를 감는 작업이 끝났다. 나는 레밍턴 소총을 들어 총알을 넣은 다음, 해치를 열고 차갑고 축축한 감자 창고로 내려갔다. 창고 높이는 1.5미터였다. 소리가 새어 나가는 걸 막으려고 해치를 닫은 뒤, 어둠 속에서 바닥에 놓인 장작 자루를 향해 총을 쏘았다.

다시 위로 올라와 보니 안개가 걷혀 있었다. 낙오한 안개 몇 줄기만이 파란 하늘에 남아 있을 뿐이었다. 젠장, 너무 늦었다. 그러나 집 모퉁이를 돌아가면서 계곡을 보았더니, 안개가 아직 짙게 깔려 있었다. 나는 절룩거리며 최대한 빨리 내 차로 향했다.

모에의 집 아래쪽 고속도로에 차를 세웠을 때, 안개 때문에 여전히 인근 건물도 농장도 보이지 않았다. 나는 창문을 내리고 귀를 기울였다. 사방이 조용했다. 무슨 일이 벌어진 기색이 전혀 없었다. 나는 천천히 차를 몰아 자갈 진입로를 올라가서 마당에 차를 세웠다. 헛간으로 걸어 들어가 승합차와 모에의 시체 옆을 시선 한 번 주지 않고 지나쳤다. 심장이 마구 뛰었다.

다시 밖으로 나와 차에 오르려다가 잠시 동작을 멈추고 모에의 집을 보았다. 내가 저 문고리를 만졌던가? 나는 절룩거리며 다가가 놋쇠 문고리를 재킷 소매로 닦았다. 문고리를 아래로 잡아당겼다.
문은 당연히 열려 있었다. 열려 있지 않을 이유가 없었다. 나는 잠
시 머뭇거리다가 안으로 들어갔다.

자수 액자가 위층으로 올라가는 계단 옆 벽에 걸려 있었다. 나는
수놓아진 글자를 읽었다.

'온 세상을 얻었으나 영혼을 잃는다면, 무슨 이득이 있겠는가?'
틀림없이 그 일이 일어난 현장이었을 2층을 흘깃 본 다음, 계단을
올라가기 시작했다.

침실이 두 개인데, 각각 흐트러진 침대가 하나씩 있었다. 나는
이불을 젖혔다. 더블 침대 먼저, 그다음에는 싱글 침대. 침대보 어
디에도 핏자국은 없었다. 어쩌면 거실이 현장일 수도 있었다. 그녀
가 소파에서 자다가 한밤중에 깨어 침실로 올라가기 전이었을 것
이다. 나는 눈을 감고 생각해보았다. 내가 안톤 모에를 이미 죽인
것이 아쉬웠다. 다시 그를 죽일 수 없게 되었으니까. 눈을 떠보니
밖이 훨씬 더 환해져 있었다. 이 분 뒤 나는 다시 고속도로로 들어
섰다.

다리가 너무나 아팠다. 병원은 토요일에 문을 닫기 때문에, 나는
스탠리 스핀드의 집으로 전화를 걸었다. 어떤 여자가 내가 찾는 사
람은 집에 없다고 말해주었다. 그제야 그가 주말에 어디론가 갈 예
정이었다는 기억이 났다.

젖은 아스팔트가 반짝이고, 안개 사이로 햇빛이 보였다. 그때, 차
로 100미터도 채 가기 전에, 갑자기 우리 마을이 빛기둥에 흠뻑 잠
겼다. 구름층에 난 구멍에서 빛기둥 여러 개가 퍼져 나왔다. 예수
를 그린 그림들과 똑같았다. 내가 그렇게 절박한 처지가 아니었다

면, 구원의 가능성을 의심하지 않았다면, 아마 나도 그 광경을 아름답다고 생각했을 것이다.

　호텔 접수대에는 남직원이 앉아 있었다.
　"사장님은 지금 마사지실에 계십니다." 칼이 어디 있느냐고 물었더니 남직원이 말했다. 나는 먼저 칼의 사무실을 들여다봤지만, 그는 거기 없었다. 나는 절룩거리며 스파로 내려가, 카운터를 지키는 여직원과 아무런 대화도 나누지 않고 그냥 지나쳤다. 마사지실 두 곳을 무작정 열어본 뒤에야 비로소 칼을 찾을 수 있었다. 마사지 테이블 위에 엎드린 사람은 엉덩이에 수건을 덮고 테이블에 난 구멍에 얼굴을 끼운 상태였지만, 등에 난 주근깨를 보고 내 동생임을 알아보았다.
　"둘이서 할 얘기가 있어요." 나는 여성 마사지사에게 영어로 말했다. 그녀는 화난 표정으로 나를 쏘아보았다.
　"나가주세요, 손님……." 그녀가 말을 시작했지만, 칼이 끼어들었다.
　"괜찮아요, 페트라. 그냥 마사지 계속해요." 그러고 나서 칼은 노르웨이어로 말을 이었다. "로위, 페트라는 우리가 하는 말을 하나도 못 알아들어. 무슨 일이야? 크라쿠프에 간다며."
　나는 쭈그리고 앉아서, 테이블 아래로 튀어나온 칼의 코와 턱을 향해 말을 이었다.
　"크라쿠프는 취소했어. 나탈리가 가고 싶지 않대."
　"그래? 보통은 뭐든지 기꺼이 하는 편인데."
　나는 깜짝 놀랐지만, 칼의 이 말이 무슨 뜻인지 잘 알 수 없었다. 칼의 얼굴이 대부분 가려져 있기 때문이었다. 게다가 누군가가 척

추를 누르는 상태에서 말을 하면 목소리가 평소와 달라지기 마련이다.

"쿠르트가 나한테 계속 전화를 걸고 있어." 내가 말했다. "정확히 무슨 일 때문인지는 모르겠지만, 토요일에 그렇게 전화하는 게 우연은 아닐 거야. 괴벨에게 연락하는 게 좋을 것 같아."

"그럼 그렇게 해."

"괴벨은 네 변호사잖아."

"이제는 우리 변호사지. 그냥 전화해."

"고마워."

"고마워? 세상에, 로위, 말랑말랑한 사람이 된 거야?"

"아마도. 그냥 너한테 미리 알려주려고 들렀어."

"전화로 말할 수도 있었을 텐데."

"내가 일전에 여기서 말했듯이, 우리가 휴대전화를 사용할 때 조금 조심해야 할 것 같아."

"형이 그랬지. 조금 편집증 아니야?"

"조금 편집증 환자처럼 굴어서 손해 볼 사람은 없어." 나는 일어서서 밖으로 나가려다가 마침 어떤 생각이 떠올라서, 원래는 할 생각이 없었던 질문을 던졌다.

"아까 나탈리가 보통 뭐든지 기꺼이 하는 편이라고 말한 거, 무슨 뜻이야?"

칼은 대답하지 않았다. 마사지사가 칼의 허리를 손날로 비스듬히 때리고 있어서 엉덩이가 좌우로 흔들리는 모양이 마치 꼬리를 흔드는 것 같았다.

"페트라." 칼이 긁히는 듯한 목소리로 타일 바닥을 향해 말했다. "일 분 정도 나가서 좀 쉬어요, 오케이?"

마사지사가 나간 뒤 칼은 일어나 앉았다. 수건이 미끄러져 떨어졌다. 내가 칼의 알몸을 마지막으로 봤을 때부터 또 2킬로그램쯤 살이 찐 것 같았다.

"형 얼굴이 창백해." 칼이 말했다. "무슨 일 있어?"

"그냥 다리가 좀 안 좋아."

"오케이. 우선 나탈리는 그냥 섹스 파트너지?"

"섹스 파트너? 뭘 보고 그런 소리를 해? 내가 나탈리랑 크라쿠프에 가기로 한 것 몰라?"

"그거야 원래 섹스 파트너랑 하는 일이잖아. 짧은 주말여행, 고작해야 수백 크로네 정도인 비행깃값, 싸구려 술, 엄청나게 많은 섹스. 진심이라면, 나탈리랑 파리나 뉴욕을 가야지, 안 그래?"

나는 칼을 빤히 보았다. 개를 연상시키는 칼의 표정이 왠지 몹시 불편하게 느껴졌다. 내가 이미 느끼고 있는 불편함보다 더 깊은 감정이었다.

"무슨 말이 하고 싶은 거야, 칼?"

"둘이 지금 사귀는 것도 아니잖아, 안 그래? 형이 독점권을 가진 게 아냐, 오케이?"

"요점을 말해, 칼."

내 목소리가 떨리고 있었다. 이미 답을 아니까.

"요점?" 칼이 수줍은 듯 미안한 표정을 지었다. "요점은, 음……어, 내가 어제 파티에서 나탈리랑 잤어."

나는 침을 꿀꺽 삼켰다. 하지만 이 말을 얼른 이해할 수가 없었다. 이건 그냥 나열된 단어, 그냥 소리였다.

"사실이 아니라고 말해, 칼."

"사실이 아니야." 칼이 무겁게 한숨을 내쉬었다. "하지만 사실이야.

우리 둘 다 조금 많이 취해서, 그냥…… 어쩌다 보니 그렇게 됐어.”

“파티에서? 그게 가능해?”

“호텔에서 열렸으니까, 정확히 말해서 가능성이 없지는 않지. 아마 그게 문제 중 하나였던 것 같아.”

“언제, 어디서?”

“신혼부부 스위트룸이 비어 있더라고. 시간이 일러서. 9시였나, 아마? 어쨌든 그 일이 끝난 뒤에 나탈리가 미니바를 다 비우고 완전히 취해서, 내가 나는 다시 파티장으로 갈 테니 술이 깰 때까지 좀 자두라고 말했어. 하지만 나탈리는 이게 스캔들이 되겠다 싶었는지 굳이 집에 가겠다고 하더라고. 그래서 내가 접수대에 연락해서 택시를 부르라고 했지.”

내게서 모든 것이 빠져나가 텅 빈 기분이었다. 힘도, 감정도, 목적도, 생각도, 계속 살아갈 의지도 모두 빠져나가버렸다.

“아마 크라쿠프행 비행기를 탈 생각으로 집에 가려고 했을 거야.” 내가 속삭였다.

“그럴지도, 나탈리가 그렇게 말하지는 않았지만. 형의 이름을 전혀 입에 담지 않았어. 그래서 내 생각에…… 뭐, 딱히 이것저것 생각하지는 않았지만. 진짜 미안해, 로위. 지금 형의 표정을 보니 더 미안하네.”

나는 고개를 숙여 바닥만 뚫어지게 바라보았다. 다리가 부어올라서 바짓단이 터질 것 같았다.

“형 그런 거지?”

“그런 거?”

“충격받았지?”

“그런 것 같네.”

“끔찍한 기분일 거야.”

나는 대답하지 않고, 그냥 칼을 올려다보았다. 칼의 얼굴에 닿은 빛, 칼의 목소리. 하지만 낯선 사람의 얼굴과 목소리 같았다. 칼도 내 얼굴에서 뭔가를 탐색하는 듯했다. 나와 다른 점은 원하는 것을 찾아낸 듯하다는 것. 적어도 칼은 고개를 끄덕이고 있었다.

“내가 어떻게 하면 일을 바로잡을 수 있는지 말해줘.” 칼이 말했다.

“괜찮아. 어차피 이미 그녀를 잃었어.” 나는 침을 꿀꺽 삼켰다. 나를 향해 몰려오는 다른 말은 하지 않았다. ‘이제 나는 너도 잃었어.’

나는 다시 접수대로 올라가서 신혼부부 스위트룸의 카드키를 요구했다. 친구가 여기서 결혼식을 올릴까 하는 중이라서 미리 확인할 필요가 있다고 말했다. 남직원이 컴퓨터 화면을 보았다.

“방이 아직 준비되지 않았습니다.” 그가 말했다.

“그냥 그 모습 그대로 볼게요.” 나는 손을 내밀었다. 그래도 남직원이 머뭇거리는 기색이어서 말을 덧붙였다. “내가 여기 지분 36퍼센트를 갖고 있어요.”

스위트룸 문이 내 등 뒤에서 작게 찰칵 소리를 내며 닫혔다.

안으로 쏟아져 들어온 빛이 하얀 침대보에 반사되었다. 행복한 커플을 위해 준비된, 기둥 네 개짜리 커다란 침대였다. 빛이 너무 환해서 눈을 가늘게 떠야 했다. 그렇게 가늘게 눈을 뜨고도 이불을 한쪽으로 젖혔을 때 침대보의 작은 핏자국을 볼 수 있었다.

나는 미니바를 열었다. 내용물을 다시 채워 넣은 모양이었다. 이미 반쯤 취한 사람이 아예 기억을 잃어버릴 때까지 마시기에는 충분한 양이었다.

나는 아래로 내려가 접수대에 카드키를 돌려주고, 차를 몰아 오프가르 농장으로 올라왔다.

오후 4시에 쿠르트 올센의 SUV가 오프가르 농장 마당으로 휙 들어오더니, 그와 조니가 차에서 내렸다. 호텔에서 돌아온 뒤 나는 붕대를 갈고, 진통제를 찾으려고 약서랍을 뒤졌다. 불안 억제제는 이미 발견했다. 전에 새넌이 죽은 직후 칼이 먹던 올리브그린색 알약이었다. 곧 트라마돌이 눈에 띄었다. 칼이 맹장 수술을 받은 뒤 처방받은 진통제. 그 약을 세 알 먹었더니 너무 피곤해져서 쿠르트와 조니를 위해 문을 열어줄 때도 힘들게 의자에서 몸을 일으켜야 했다.

"왜 전화 안 받았어?" 쿠르트가 물었다. 입에 문 담배가 움찔움찔 흔들렸다.

"그게 시민으로서 반드시 해야 하는 일이야?" 나는 문고리에 기대서 몸을 지탱하며 물었다.

"그건 아니지만, 네가 전화를 받고 보안관서로 왔다면 너도 우리도 한결 편했을 거야."

"그래서 날 다시 체포하려고?"

"지난번에는 그냥 구금이었어."

"그럼 이번에는?"

"이번에는 잡아가는 거지."

"그 말은?"

쿠르트가 다른 발로 체중을 옮겼다. "네가 원한다면 체포라고 해도 돼."

"혐의는?"

쿠르트가 어떤 대답을 할지 알 수 없었다. 사실 그 순간에는 어떤 대답이 나오든 전혀 상관없었다. 차라리 마음이 놓일 것 같았다. 선을 긋고, 모든 일을 마무리하는 편이.

쿠르트가 담뱃재를 털었다. "네가 크라쿠프행 비행기 표를 샀다는 걸 알게 됐어."

"그래서? 그게 뭐?"

"그게 뭐? 네가 글을 잘 읽을 수 있는 사람이라면, 지난번에 네가 서명한 서류에 이 나라를 떠나지 않겠다고 분명히 약속하는 내용이 있다는 걸 알았겠지. 그러니까 네가 한 짓은 그 자체로 범죄야. 신병 처리 회의에서 너를 다시 유치장에 가둬도 된다는 동의를 얻어내기가 엄청나게 쉬워졌다는 뜻이지."

이번에는 내게 총을 들이대지 않았다. 수갑을 채우지도 않았다. 하지만 보안관서 안에 들어간 뒤 나는 이번에는 상황이 심상치 않다는 사실을 깨달았다.

28

　가장 먼저 든 생각은 쿠르트와 조니가 이번 일을 위해 이 장소를 준비한 것처럼 보인다는 점이었다. 감방 안에 있던 탁자가 지금은 작은 사무실 한가운데에 나와 있고, 세 사람이 이미 거기 앉아 있었다. 촌스러운 안경을 쓴 길리아니, 그리고 길리아니처럼 크리포스 신분증을 목에 걸었지만 나는 처음 보는 땅딸막하고 창백한 여자. 이건 정말 심상치 않았다. 이 사람들이 토요일에 장난삼아 수도에서 오스까지 차를 몰고 온 것은 아닐 테니까. 탁자에 앉은 나머지 한 사람은 벤엘보에게서 빌린 것 같은 양복을 입고 있었다. 쿠르트가 내게 의자를 하나 빼주었다.

　"자백합니다." 나는 의자에 늘어지듯 앉으며 말했다.

　"뭘 자백한다는 거예요?" 땅딸막한 여자가 탁자 위의 작은 녹음기 버튼을 누르며 물었다.

　"그건 여러분이 결정하셔야죠." 나는 이렇게 말하고 나서 하품을 했다.

　하품은 피곤하다는 뜻일 수 있지만, 교육 수준이 떨어지는 심리학자들의 말처럼 불안감의 표현일 수도 있다. 개들이 이런 반응을 자주 보인다. 내 경우에는 트라마돌을 너무 많이 먹은 것이 원인이었다.

"그런 행동은 좋지 않습니다." 벤엘보의 양복을 입은 남자가 말했다.

"누구십니까?" 내가 물었다.

"노토덴과 인근 지역에서 변호사가 필요할 때 경찰이 연락하는 사람들의 명단 중 두 번째이자 마지막 자리에 있는 사람입니다."

불독 같은 얼굴만 봐서는 그가 농담을 하는 건지 아닌지 판단하기 힘들었다. 사람들이 어젯밤 파티 이후 잠자리에 든 저 남자를 억지로 끌어낸 모양이라고 거의 확신할 수 있었다. 그래, 그럼 지금 당장 자고 싶은 사람이 나를 포함해서 두 명이라는 얘기네. 남자가 수첩을 꺼냈다.

"첫 번째 질문, 나를 변호사로 받아들이시겠습니까?"

"그래야 하나요?"

그가 씩 웃었다. "원하신다면 나는 지금 여기서 나갈 겁니다. 이동 시간을 포함해서 시간을 계산해 수임료를 받는데, 오늘 이것보다 더 하고 싶은 일이 많이 있거든요."

쿠르트 올센이 헛기침을 했다. "그러겠다고 말해, 로위. 경찰이 제공한 변호사 말고 다른 변호사를 요구하는 사람은 직업적인 범죄자밖에 없어."

내가 길리아니를 보자, 그가 거의 알아보기 어려울 만큼 살짝 고개를 끄덕였다.

"그럼 그러겠다고 하죠, 뭐." 내가 말했다. "내가 크라쿠프행 비행기를 예약해서 체포된 겁니까, 아니면 새로운 사실이 나온 겁니까?"

“그보다는 우선⋯⋯.” 변호사가 입을 열었지만 내가 한 손을 들어 올리자 그가 말을 멈췄다.

“우리 손에 충분하고도 남는 정보가 있어.” 쿠르트가 말했다. “번호판 뒤에서 발견된 혈흔이 내 아버지의 것이었다는 사실을 여기 크리포스에서 확인해줄 거야. 맞죠?”

쿠르트가 땅딸막한 여자를 바라보자 그녀가 고개를 끄덕였다. 하나로 묶은 금발이 쾌활하게 위아래로 흔들렸다. “맞습니다. 옛 파출소장과 일치하는 혈액을 발견했습니다.”

“옛 뭐라고요?”

“파출소장.”

나는 쿠르트에게 고개를 돌렸다. 그는 당혹스러운 표정이었다. “이제는 보안관이라고 안 해. 그러⋯⋯.”

“네 아버지의 직함을 잃어버린 거네.” 나는 쿠르트에게서 시선을 떼지 않았다. 그의 얼굴에서 알 수 있었다. 쿠르트는 그동안 내게 거짓말을 했다. 뭔가 새로운 것이 발견되었음이 분명했다. 도대체 뭘까? “넌 그런 얘기 아무한테도 안 했잖아, 쿠르트. 밖의 간판에도 아직 오스 보안관서라고 적혀 있어.”

“그건 바꿀 거야.” 쿠르트가 이를 악물고 말했다. “우리 질문에 대답할 거야, 안 할 거야, 로위?”

“이의 있습니다. 만약 제 의뢰인이⋯⋯.”

“닥쳐!” 쿠르트와 내가 변호사 쪽은 보지도 않고 합창하듯 으르렁거렸다.

“물어보세요.” 내가 말했다.

“당신 아버지와의 관계는 어땠습니까?” 여자가 물었다.

“내 아버지? 이 일이 아버지와 무슨 상관인데요?”

“그 사건에 대해서도 의문이 있어서 묻는 겁니다.”

“그래요? 이를테면?”

길리아니가 기침 소리를 냈다. “감식 전문가들이 그 차에서 이례적인 결함을 두어 개 발견했습니다. 사고나 충돌의 영향이라고 볼 수 없는 것들이에요. 그런데 당시 당신이 차를 만지는 일을 했으니까…….”

“잠깐.” 내가 끼어들었다. 순전히 생각할 시간이 필요해서였다. 쿠르트가 내게 말하지 않으려던 게 이거였다. 캐딜락에서 혈흔 검사만 한 게 아닌 모양이었다. “나는 정비사였어요.”

길리아니가 짜증스러운 얼굴로 안경을 고쳐 썼다. “내 말과 어디가 다른지는 잘 모르겠지만, 방금 말했듯이…….”

“다른 점은…….” 내가 말했다. “정비사는 직업이라는 겁니다. 사람들이 당신에게 하는 일을 물으면, 당신은 도둑잡기 놀이를 한다고 말합니까?”

길리아니는 몹시 화난 표정으로 변호사를 보았다. 나를 얌전하게 만들라고 그를 부추기는 듯한 시선이었다.

길리아니가 말했다. “어쨌든 브레이크 호스에 구멍이 나 있고, 운전대 일부가 헐거워진 것이 발견되었습니다. 아마 운전대 축이라는 부분과 연결되는 지점인 것 같은데. 우리가 문의한…… 어, 정비사에 따르면, 당신 아버지와 어머니를 태운 차가 당신 집 근처의 꺾어진 길을 제대로 돌지 못한 이유가 그것일 수 있다고 합니다. 할 말 있습니까?”

나는 고개를 끄덕였다. 천천히 한참 동안.

숙취에 시달리는 변호사는 최선을 다해서 지금 상황을 파악하고 있었는지, 이 순간을 틈타 앞으로 몸을 기울이고 몇 마디 말을 끼워 넣었다.

"제 의뢰인은 가설을 동반한 질문에 대답할 의무가 없습니다."

"그렇죠. 대답하기 싫다면, 어떤 질문에도 대답할 필요 없습니다." 땅딸막한 여자가 내게서 시선을 떼지 않은 채 말했다.

나는 하품을 했다. 정말로. 상대를 도발하려는 의도는 없었다. 내 뇌에 정말로 더 많은 산소가 필요했다. 그렇게 산소를 공급한 뒤 나는 의자에 등을 기댔다. "이봐요, 잘 들으세요. 그렇지 않아도 내가 오늘 힘든 하루를 보냈어요. 그러니까 최대한 짧게 끝냅시다. 내가 이해하기로는, 보안…… 아, 미안합니다, 파출소장인지 대장인지 하여튼 올센이 처음에 날 체포했다가 풀어줬습니다. 내가 겁을 먹고 멍청한 짓을 해서, 자기 아버지를 죽였다는 사실을 스스로 드러내지 않을까 싶어서. 그런데 무척 실망스럽게도 내가 그런 짓을 하지 않으니까, 이번에는 크라쿠프행 비행기 표를 핑계로 나를 다시 데려왔죠. 한동안 가둬두면 내가 굽히는지 보려고. 그리고 나를 좀 더 압박하기 위해서, 내가 내 부모님의 죽음과도 관련이 있을 거라는 가설을 들고 나왔습니다. 내가 잘못 이해한 겁니까? 아니, 대답하지 마, 쿠르트. 그냥 물어본 거니까. 이렇게 하면 어떻겠습니까. 내가 지금 이 자리에서 여러분에게 목격자를 제공할 수 있습니다. 그 차에 어떻게 피가 묻었는지 상당히 평범하고 그럴듯한 설명을 해줄 수 있는 사람이에요. 추가로 나는 내 부모님을 죽였다고 무조건적으로 인정할 수 있습니다. 어때요?"

다섯 명의 얼굴이 한참 동안 나를 물끄러미 바라보았다. 그리고는 땅딸막한 여자의 머리채가 다시 흔들리기 시작했다.

에릭 네렐이 옆에 앉아서 탁자 위의 녹음기를 빤히 바라보고 있었다.

원래는 쿠르트와 크리포스가 다른 사람들을 모두 내보내고 에릭에게 질문을 던졌겠지만, 내가 반드시 옆에 있어야 한다고 에릭이 고집을 피웠다. 내가 자신의 기억을 도와줘야 한다고. 쿠르트가 그건 생각할 수도 없는 일이라고 말하자, 에릭은 크리포스 수사관 두 명에게 자신의 이야기를 듣고 싶다면 반드시 내가 함께 있어야 한다고 말했다.

그렇게 해서 에릭, 나, 변호사가 탁자 한쪽에 앉고, 크리포스의 수사관 두 명과 쿠르트는 맞은편에 앉게 되었다.

"그때 일을 네가 먼저 말해." 에릭이 말했다. "그게 내 기억과 다르면 내가 끼어들게."

쿠르트가 반발하려는 것을 보고 나는 재빨리 입을 열었다.

"우리 부모님이 자동차 사고로 세상을 떠나기 전 겨울이었습니다. 아버지와 나는 차를 몰고 가다가 네렐의 집 앞을 막 지나쳤죠. 거기에 완만하게 휘어지는 지점이 있는데, 우리 속도는 빠르지 않았어요. 하지만 운전대가 헐겁고 브레이크 상태도 별로였죠. 아버지는 악당 빌룸센한테서 지나치게 비싼 가격으로 중고 캐딜락을 산 날부터 그 문제를 알고 있었습니다. 어쨌든 우리 차가 도로를 벗어나서 눈더미에 처박혔어요. 다친 사람도 없고 차가 손상되지도 않았지만, 다시 도로로 나갈 수가 없었습니다. 에릭의 아버지와 에릭이 우리를 보고 나와서 나와 함께 차를 밀었습니다. 그렇게 도로까지 거의 다 왔는데 바퀴가 눈 속에서 계속 헛도는 거예요. 결국 에릭의 아버지가 트랙터를 가져와서 우리 차를 끌어냈습니다."

나는 여기서 말을 멈추고, 에릭에게 고개를 끄덕이며, 맞아요, 그랬어요, 라고 말할 시간을 주었다.

"지금부터는 네렐의 진술을 들어보고 싶은데요." 땅딸막한 여자가 말했다.

에릭은 불안한 눈으로 나를 보았다. 내가 고개를 끄덕이자, 에릭은 손바닥을 바지에 닦은 뒤 입을 열었다. "음, 방금 들으신 그대로입니다. 그 뒤에 보안관이, 그러니까 옛 보안관이 차를 몰고 지나가다가 멈췄어요. 아버지가 트랙터를 움직이는 소리를 듣고 보안관은 조금만 밀어주면 차가 도로로 올라오겠다고 말했죠. 그렇게 된 것 맞지, 로위?"

에릭이 나를 바라보았고, 나는 여자가 제지하기 전에 재빨리 다시 말을 이어갔다.

"맞아요. 그래서 우리도 그렇게 해봤다고 말했더니, 보안관이 정확한 지점을 등으로 밀어야 한다고 말했습니다. 내 생각에 보안관은 에릭의 아버지보다 자기가 더 힘이 세다는 걸 보여주고 싶었던 것 같습니다. 자동차 뒤로 가서 범퍼 아래쪽을 붙잡고, 젊은 우리 둘한테 어디를 밀어야 하는지 말해줬어요. 우리 아버지한테는 스로틀을 살짝 움직이라고 했고요. 아버지가 시키는 대로 했죠. 보안관은 있는 힘껏 차를 밀었고요. 고함까지 질러대며 힘을 썼습니다. 그랬더니 차가 정말 움직였어요. 그러다 보안관이 미끄러졌는데, 아마 그 뱀 가죽 부츠 때문이었을 겁니다. 밑창이 엄청나게 미끄럽거든요. 어쨌든, 보안관이 넘어지면서 번호판 끝에 머리를 찧었습니다. 피가 나고 난리였어요. 기억나, 에릭?"

"당연하지."

나는 쿠르트를 똑바로 보았다. "보안관이 집에 돌아간 뒤에 그 이야기를 하지 않았어?"

"아니." 쿠르트가 말했다. "아버지 이마가 찢어진 기억도 없어."

나는 어깨를 으쓱했다. "보안관이 집에 돌아가서 자랑할 만한 일
은 아니었나 보지. 그리고 찢어진 부분은 머리카락 선 바로 위였
어, 그렇지, 에릭?"

에릭은 고개를 저었다. "워낙 오래전이라 기억이 잘 안 나. 하지
만 그랬던 것 같네."

"네 아버지는 머리숱이 워낙 많았잖아." 나는 쿠르트를 보았다.
"그러니까 네가 상처를 못 봤을 수도 있어."

나는 쿠르트와의 눈싸움에서 물러나 다른 사람들에게 시선을 돌
렸다. "그다음에 에릭의 아버지가 트랙터로 차를 도로에 올려놓았어
요. 그렇게 모두 잘 끝났죠. 아니…… 적어도 그날은."

법을 지키는 쪽에 있는, 탁자 맞은편 사람들이 시선을 교환했다.
땅딸막한 여자가 길리아니에게 뭔가 귓속말을 한 다음, 다시 나를
보았다. "아까 약속한 자백은, 오프가르?"

"방금 내가 한 이야기에 암시되어 있는데요."

"어떻게요?"

나는 어깨를 으쓱했다. "나는 자동차 정비사였습니다. 아버지의
자동차는 상태가 워낙 나빠서 운전하기에 위험했죠. 그런데 나는
그 차에 필요한 만큼 신경을 쓰지 않았습니다. 그러니까 확실히 그
사고는 내 잘못이었어요."

침묵이 흘렀다.

땅딸막한 여자가 목을 가다듬었다. "그게 자백의 전부입니까?"

"상당한 내용 아닌가요."

여자는 동료들과 또 시선을 교환했다. "아버지의 자동차 수리에
태만했던 이유를 설명할 수 있어요?"

나는 또 어깨를 으쓱했다. "아버지가 내게 부탁하지 않았다는 게

유일한 변명이겠네요."

여자는 혼자 두어 번 고개를 끄덕이더니, 자기 앞의 서류를 정리하기 시작했다. 마치 무의식적으로 자리를 뜰 준비를 하는 것 같았다. 일을 다 마치지 못한 채로. 아니면 그들의 생각은 다를 수도 있었다. 속속들이 전문가라서, 자기들 나름으로는 무고한 사람에게서 의심을 벗겨냈으니 할 일을 다했다고 생각할 수도 있었다. 어쩌면.

그러나 쿠르트 올센의 시각은 달랐다. 우리가 그 방을 나서는 동안 그는 의자에 힘없이 늘어져 멍하니 허공만 바라보았다. 밤이었다. 에릭이 오프가르 농장까지 나를 태워주겠다고 했다.

"아까 잘했어." 광장 맞은편에 주차된 차에 오른 뒤 내가 말했다.

"최선을 다했어." 에릭이 말했다. "프리트팔 지분에 대한 서류를 언제쯤 줄 수 있을 것 같아?"

"다음 주." 나는 메이에리고르를 올려다보았다. 그녀의 방에 불이 켜져 있었다.

29

　나는 트라마돌 두 알을 먹고, 맥주 여섯 병을 가져와 겨울정원에 앉아서 기다렸다. 무엇을 기다렸는지는 잘 모르겠다. 나탈리의 전화? 칼의 귀가? 누군가가 안톤 모에의 시체를 발견했다는 소식? 아니면 크리포스와 쿠르트가 파란 경광등을 번쩍이며 마당으로 들어와, 내가 직접 저지르거나 종범으로 가담한 살인 여덟 건 중 한두 건을 들먹이며 나를 체포하는 것?

　나는 맥주병 하나를 열고 나서, 지금 내 상황을 간결하게 정리하기 시작했다. 나탈리는 나와의 관계를 끝냈다. 내 동생과 관계를 맺은 일이 틀림없이 영향을 미쳤을 것이다. 물론 나는 원인과 결과에 대해 완전히 확신할 수 없었다. 그녀가 이미 나와의 관계를 끝내기로 결정했기 때문에 그래도 된다고 생각한 건지, 아니면 칼이 말한 대로 어쩌다 보니 일이 그렇게 되어서 그녀가 나를 계속 만날 수 없다고 생각한 건지. 어쩌면 그녀는 칼이 아무 말도 하지 않을 것이라고 생각했는지도 모른다. 자신이 나와 만나지 않는다면, 그 사실을 계속 감출 수 있을 것이라고. 술에 취한 칼이 누가 됐든 상관없이 여자 한 명을 자기 호텔의 어느 방으로 데려가 섹스한 것 자체는 딱히 충격적인 일이 아니었다. 그러나 칼이 고의로 내 영역을 침범했다는 사실은 받아들이기가 힘들었다. 섹스 파트너? 내가 그녀에게 완전히 빠져 있다는 걸 칼은 알고 있었다. 그렇다면 왜 하필 그녀와 관계를 맺었나? 칼 본인도 나탈리를 사랑해서? 아니, 그랬다면 내가 알아차렸을 것이다. 칼은 내 동생이고, 우리는 서로를 속속들이 알고 있다.

아니, 정말로 알고 있나? 나는 칼 몰래 새년과 관계를 맺었다. 연기력으로 따지자면 딱히 오스카상 후보에 오를 수준이 아닌데도.

나는 새 맥주병을 열었다.

내가 방금 무고한 남자를 죽였다는 사실보다 나탈리와 칼에 대한 생각이 더 아프다는 점이 어쩌면 이상한 건지도 몰랐다. 아니, 사실 그 남자는 무고하지 않았으니까, 나는 그 일을 앞으로 견디며 살아갈 수 있을 것이다. 그 점을 잘 알고 있었다. 이미 일곱 명이나 살해했다는 점의 유일한 장점이 이것인지도 모른다. 그런 일에 대해 조금 둔감해진다는 것. 하지만 모에를 살해한 일로 내가 끝장날 가능성도 있었다. 행적을 은폐하다 보면, 반드시 뭔가가 계산과 어긋나게 되어 있다. 올센 영감이 후퀸으로 떨어졌을 때 차 위에서 피를 흘린 일이라든가, 내가 브레이크 호스에 구멍을 뚫고 운전대 축을 느슨하게 만든 일 같은 것. 하지만 그 문제는 이제 해결되었다. 모든 문제가 해결되었으므로 곧 에릭이 프리트팔의 일부를 소유하게 될 것이다. 할렌과 푸르도 1200만 크로네를 받았다. 아슬레 벤엘보와 조니 뎁에게는 내가 아는 정보를 아무에게도 말하지 않겠다고 약속했다. 나는 하마터면 빙긋 웃을 뻔했다. 내가 기억하는 한, 옛날 1980년대에 아빠가 읽은 유일한 책의 제목이 생각났기 때문이었다.《거래의 기술》. 미치광이 같던 그 책의 저자가 나중에 대통령이 됐다는 사실이 정말 어이없었다. 미국의 왕, 그래, 그렇지.

에릭의 지분에 대해 생각하다 보니, 율리도 지분의 3분의 1을 소유하게 될 것이라는 사실을 아직 그녀에게 알리지 않았다는 사실이 생각났다. 나는 휴대전화를 꺼내서 율리의 전화번호를 찾아보았다.

율리는 하품을 하는 와중에 간신히 인사를 건넸다.

"미안. 벌써 자고 있었어?"

"아뇨, 아뇨. 어제 늦게까지 일해서 조금 피곤한 것뿐이에요."

"어제 휴가를 낸 줄 알았는데."

"그랬죠. 그런데 칼이 호텔에서 바를 봐줄 수 있느냐고 해서요. 직원 파티가 있는데, 최대한 많은 직원이 홀가분하게 참가했으면 좋겠다고."

"그렇구나. 저기, 내가 제안할 게 하나 있어."

"그래요? 좋은 일이에요, 아니면……."

"내가 제안이라고 하지 않았나?"

"그렇지만 이제 쓸모가 없어졌으니 일찍 은퇴하라는 말을 할 때도 '제안'이라고 하잖아요."

나는 웃음을 터뜨렸다. 칼을 제외하면, 내가 몇 시간 동안 같은 방에 있어도 평소처럼 지치지 않는 사람은 율리가 유일하다는 생각이 가끔 들었다.

"내일 일해?" 내가 물었다.

"네. 11시에 문 열어요. 항상 그렇듯이."

"그럼 내가 잠깐 들를게."

전화를 끊고 나서 나는 조금 전에 딴 맥주를 다 비웠다. 그리고 한 병을 더 열까 생각해보았다. 구글에서 트라마돌을 재빨리 검색해보았더니, 알코올과 섞어 마시는 건 좋지 않다는 내용이 있었다. 오케이, 그럼 그냥 트라마돌을 한 알 더 먹고 잠이나 잘까.

확신할 수는 없지만 내가 실제로 그렇게 했던 것 같다. 그날 밤에 약에 취한 꿈을 꾼 것 같으니까. 섀넌이 의자에 앉아 일어나려고 시도하는데도 일어나지 못했다. 커다란 못 두 개가 허벅지에 박혀 있기 때문이었다. 섀넌은 비명을 지르며, 바로 옆의 의자에 있는 아기를 향해 팔을 뻗었다. 아기는 나탈리의 젖을 먹고 있었다. 나탈리는 칼의 무릎에 앉아 있었는데, 칼이 몸에 걸쳤던 수건이 흘러내려 그의 알몸이 드러난 상태였다. 칼은 엉덩이를 위아래로 움직이며 동요 '목마를 타자'를 흥얼거렸다. 갑자기 아기가 아주 묵직한 저음으로 노래를 부르기 시작했다. **틴의 카리 미드트가르드를 아나요? 그녀는 남자를 안으로 들이지 않아.** 그리고 보니 아기는 노인의 얼굴을 하고 있었다. 나는 얼마쯤 지난 뒤에야 그 얼굴을 알아보았다. 그러고 나니 웃을 수밖에 없었다. 사실은 울고 싶은 심정이었는데도. 그 노인이 나였으니까.

30

교회 종소리가 계곡을 가로질러 퍼졌다.

'커피와 용서.' 프리트팔 앞의 인도에 세워둔 칠판에 에릭의 필체로 이렇게 적혀 있었다.

"다리를 저네요." 내가 안으로 들어갔을 때 율리가 가장 먼저 한 말이 이것이었다.

"다리에 총알이 박혔어." 나는 텅 빈 가게 안을 둘러보며 말했다. "11시에 문을 여는 건 좀 이르지 않아?"

율리는 카운터에 몸을 기댔다. "그런 것 같기도 한데, 집에서 일 없이 기다리다 보면 내가 가만히 있지를 못하거든요. 다리는 어디에 부딪힌 거예요?"

"그렇다고 할 수 있지." 내가 말했다. "내가 제안하려는 건, 여기 지분을 너랑 에릭한테 각각 삼분의 일씩 이전하겠다는 거야. 그 대가로 너는 봉급을 15퍼센트 덜 받고, 적어도 이 년 동안 여기서 계속 일하겠다고 약속해야 해. 출산 휴가나 뭐 그런 건 제외하고."

율리는 놀란 눈을 하더니, 전속력으로 계산을 돌리는 기색이었다. "나한테는 좋은 조건이네요." 적당히 시간이 흐른 뒤 그녀가 말했다. "물론 우리가 이 가게를 좌초시키지 말아야 하지만. 만약 이 가게의 잠재력을 다 이용한다면, 내가 훨씬 더 많은 돈을 가져가게 될 거예요. 내가 이제부터 그렇게 할 계획이에요."

"그래, 그럼, 그렇게 하겠다고 말해."

율리는 웃음을 터뜨리더니, 카운터 앞으로 돌아 나와 나를 푸짐하게 안아주었다.

"고마워요." 율리가 눈물을 훔치며 말했다.

"고맙다고? 너랑 에릭이 뼈 빠지게 일해서 나한테 돈을 더 벌어 달라고 주는 건데."

"알아요. 그래도 고마워요."

"서류작업은 다음 주에 할 거야." 율리가 커피 한 잔을 따라주는 동안 내가 말했다. "호텔에서 다시 바텐더 일을 해보니까 어땠어?"

"전이랑 똑같죠, 뭐. 사실 좀 웃기지 않아요? 우리 세대는 조부모 세대랑 완전히 다른 삶을 살잖아요. 옷, 음식, 술, 읽고 보는 것이 모두 다르다고요. 그런데 술을 마시는 방법은 완전히 똑같아요. 바에 가서 술에 취한다. 백 년 전, 아니 천 년 전이랑 똑같아요! 최소한."

"그렇게 생각하면 이건 꾸준한 사업이지. 금요일에 술에 취한 사람이 많았어?"

"그럼요."

나는 커피를 한 모금 마신 뒤, 컵을 입술에 댄 채로 한 모금 더 마실까 생각했다. 방금 물어보려던 질문을 참기 위해서였지만, 소용이 없었다.

"거기서 나탈리 모에를 봤어?"

"나탈리? 아, 봤어요. 요즘 진짜 대단해졌어요. 나탈리 본 적 있어요?"

나는 크고 무구한 율리의 푸른 눈을 들여다보았다. 나와 나탈리에 대한 소문이 아직 율리에게는 닿지 않은 모양이었다.

"응." 내가 말했다. "내 프로젝트를 나탈리가 돕고 있거든. 나탈리도 다른 사람들만큼 취했어?"

율리는 잔을 내려놓고 허공을 바라보았다. 뺨 안쪽을 깨물고 있는 것 같았다.

"아뇨, '만큼'은 아니에요."

"그럼, '더'?"

"그렇기도 하고 아니기도 하고."

"아니야?"

"식사 때 뭘 마셨는지는 모르겠는데, 나중에 바에 와서는 물만 주문했어요. 완전히 제정신인 것 같던데요. 그런데 삼십 분 뒤에 보니까 정신이 나갔더라고요. 무슨 약 같은 걸 먹은 사람처럼. 머리를 가누지 못하고, 의자에 앉은 채 흔들리고 있었어요. 걔가 나탈리가 아니었다면, 내가 거기서 내보내야 했을 정도로. 무슨 말인지 알죠? 하지만 전에도 걔가 그러는 걸 본 적이 있으니까 약을 하나 보다 하고 생각하고 말았어요. 다행히 내가 나서기 전에 칼이 끼어들었고요."

나는 속으로 욕설을 퍼부었다. 제발, 그건 안 돼.

"칼이 어떻게 했어?"

"부축해서 데리고 나갔죠. 나중에 내가 나탈리에 대해 물어봤더니, 누가 그러더라고요. 칼이 부축해서 택시에 태우는 걸 봤다고. 로위의 동생은 좋은 남자예요."

나는 천천히 고개를 끄덕였다. 커피를 줘서 고맙다고 율리에게 말하고 그녀를 한 번 안아준 뒤 절룩거리며 밖으로 나왔다.

문 바로 앞에 주차해둔 차 옆에 서서 나탈리의 아파트를 올려다보았다. 불이 켜져 있지 않았다. 하지만 방금 커튼이 움직이지 않았나?

칼과 달리 나는 아직 수동 기어 차를 몰기 때문에, 다친 다리로 클러치를 밟을 때마다 아파서 얼굴이 일그러졌다. 오프가르 농장까지 차를 몰고 돌아갈지, 아니면 주유소에 들러 한번 둘러봐야 할지 판단이 서지 않았다. 가끔은 이런 결정을 그냥 몸에 맡겨도 될 때가 있다. 그래서 그렇게 했다. 몸은 세 번째 선택지, 즉 호텔을 선택했다. 물론 내가 이유를 모르는 척할 수는 있었다. 하지만 당연히 나는 알고 있었다.

호텔 출입구 바로 앞에 불법주차를 하고, 절룩거리며 안으로 들어가 청소용품 창고가 어디 있느냐고 물었다. 접수대 직원들은 내 얼굴을 알아보았는지 복도 저편을 가리켰다. 내가 절룩거리며 그쪽으로 걸어가는데도 아무것도 묻지 않았다. 복도 끝에서 '창고'라고 적힌 문을 열자, 커다란 차고 같은 공간에 트롤리가 십여 개쯤 있었다. 워낙 큰 트롤리라서 그 안으로 손을 집어넣기 위해 팔을 한껏 뻗어야 했다. 나는 하얀 이불 커버를 한 장 꺼냈다.

"무슨 일이십니까, 선생님?"

고개를 돌려보니 어떤 여자가 보였다. 동유럽 말씨를 쓰는 그녀의 표정이 방금 던진 질문보다 훨씬 더 어두웠다.

"내가 찾는 건 귀걸……." 나는 이 단어가 영어로 무엇인지 열심히 생각했다.

"노르웨이어를 조금 할 줄 압니다." 여자가 말했다. 몸이 건장하고 튼튼해 보이는 그녀는 직급과 상관없이 자신의 자리를 안정적으로 차지하고 있는 사람 특유의 자연스러운 권위를 갖고 있었다.

“귀걸이예요.” 내가 말했다. “여자친구 것. 침대에서 잃어버린 것 같아서요. 작고 뾰족뾰족한 장식이 있는 거라서 침대보에 걸려 있을 것 같다고 하더라고요. 괜찮다면 침대보가 있는 트롤리를 살펴보고 싶은데요.”

“여기 트롤리에 전부 침대보가 있어요.”

“전부요?” 나는 재빨리 세어보았다. 열한 개였다. 내가 원하는 물건을 찾는 일이 쉽지 않을 것 같았다.

“여자친구분이 언제 여기 묵으셨습니까?” 여자가 물었다. 돌처럼 무표정한 얼굴은 사라지고, 정반대의 표정을 짓고 있었다. 활기차고, 풍부한 표정.

“주말 이전에요.”

“죄송하지만 빨래는 매일 아침에 수거됩니다.”

“노르 텍스틸은 평일에만 오잖아요. 제 여자친구는 토요일 밤에 여기 묵었어요.”

여자가 나를 보았다. “어느 방에요?”

“신혼부부 스위트룸.”

“새 신부를 말씀하시는 건가요? 아니면 여자친구?”

내가 빙긋 웃자, 여자도 마주 웃으며 한숨을 내쉬었다. 그러고는 어딘가를 가리켰다. “확실하지는 않지만, 아마 여기 있는 트롤리 세 개 중 하나일 겁니다. 이 분 뒤에 다시 오겠습니다. 확인해야 하니까요.”

두 번째 트롤리의 바닥에 다다를 때까지 나는 손님이 생리중이었음을 분명히 보여주는 침대보 한 장을 찾아냈다(적어도 그것이 생리혈이기를 바랐다). 곧 아주 작은 핏방울이 점점이 찍혀 있는 다른 침대보가 보였다. 칼은 없지만 한동안 손톱을 깎지 않았기 때문에,

손톱으로 핏자국을 긁어냈다.

"뭘 좀 찾으셨습니까?" 여자가 돌아와 물었다. 나는 그 침대보를 다시 트롤리 안으로 던져 넣는 중이었다.

"아쉽게도 없네요." 내가 말했다.

"우리 여직원들하고도 이야기를 해봤는데, 귀걸이는 보지 못했다고 합니다. 죄송합니다."

"그렇게 비싼 귀걸이도 아니니까요, 그냥 새 걸 사줘야겠어요."

여자는 장난스럽게 입술을 비틀었다. "다음번에는 좀 더 부드럽게 하시면 어떨까요?"

오프가르 농장으로 돌아온 나는 이쑤시개로 손톱 밑의 마른 피를 긁어내 빈 씹는담배 통에 넣었다. 그러고는 베라 마르틴센에게 전화를 걸었다.

"안녕." 베라는 이렇게 말하고 나서 웃음을 터뜨렸다.

"어?"

"번호판 뒤에 어떻게 피가 묻었는지 알고 나서 올센이 얼마나 시무룩한 표정이었는지 길리아니한테 들었어."

"쿠르트는 포기를 모르지."

"지난번에 내가 당신더러 그 사람을 신고하라고 말했잖아. 그래야 특별감사부가 그것이 괴롭힘인지 판정할 수 있으니까."

"알아. 오늘은 다른 일로 전화했어. 사실 두 가지 일인데, 첫째, 내 휴대전화에 도청 장치가 있어?"

"아니."

"아냐? 그렇게 곧바로 말해줘도 돼?"

"누가 우리한테 허락을 구하러 오기는 했어. 그 사람이 누구인지 내 추측을 말하지는 않을 거야. 우리는 법원에서 전화도청 명령을 받으려면 할 일이 많다고 말해줬지. 일이 아주 복잡하다고. 두 번째 일은 뭐야?"

나는 두 번째 일이 뭔지 말해주었다.

전화를 끊은 뒤, 통증이 다시 심해졌다. 인터넷 자료에는 트라마돌의 중독성이 아주 강해서, 남용할 위험이 크다고 되어 있었다. 그러나 몇 분이 지난 뒤 더 이상 참을 수가 없어서 다시 약서랍을 열었다. 올리브그린색 알약도 한 알 먹어볼까 했다. 수면제 역할도 한다는 걸 알기 때문이었다. 하지만 결국은 트라마돌만 한 알 더 먹고, 절룩거리며 계단을 올라가 침실로 들어갔다. 티셔츠를 벗으며 창밖을 보았다. 오프가르 농장의 본채는 후켄에서 많이 뒤로 들어와 있어서, 마을 전체가 잘 보이지 않았다. 그러나 오르막길과 칼의 궁전은 볼 수 있었다. 불이 켜진 것을 보니 칼이 거기 있는 모양이었다. 뭔가를 확인중일 수도 있고, 마리에게 구경을 시켜주는 중일 수도 있었다. 집을 꾸미는 데에 마리 나름대로 생각한 것이 있을지도 모르니까. 만약 둘이 저기 있다면, 지금 아이들 침실에 대해 함께 의논하고 있는 여자를 속이고 부정을 저지른 지 사십팔 시간이 채 되지 않았다는 사실을 칼이 떠올릴까? 심지어 상대는 자신의 직원이자, 형이 사랑하는 여자라는 사실은? 지금 어쩌면 칼이 커다란 테라스 창문 앞에 서서 오프가르 농장의 불빛을 올려다보고 있을지도 모른다는 생각이 들었다. 커튼을 이용해서 모스부호로 신호를 보낼까? 이미 너무 많은 것을 잃었기 때문에 칼까지 잃고 싶지는 않다고? 칼을 미워하려고 애썼지만 정말로 피가 물보다 진했다고? 물뿐만 아니라 옳고 그름을 판정하는 기준보다도 더 진했다. 전쟁중일 때는 선택의 여지가 없었다. 가족은 다 한편이다.

게다가 우리가 가족을 선택한 게 아니라, 가족이 우리를 선택한 것이다. 나는 여기서 태어나 망할 놈의 오프가르가 되기를 원한 적이 한 번도 없었다. 하지만 그때도 지금도 나는 오프가르였다.

휴대전화가 울렸다. 나는 몸을 숙여 바닥의 바지에서 휴대전화를 꺼냈다.

스탠리였다.

"주말여행에서 막 돌아와서 이제야 네 메시지를 들었어. 실수로 다리를 쐈다고?"

"응."

"그런데 노토덴의 병원에 안 갔어?"

"너무 멀어. 붕대를 감아뒀어."

"세상에, 로위. 한 시간 뒤에 내가 오스에 도착할 거야. 그때 나올 수 있어?"

스탠리가 상처를 살피는 동안 나는 누워서 천장을 열심히 바라보았다.

"진짜 운이 좋았네." 스탠리가 말했다.

"응, 나도 그렇게 생각해."

"총알이 정강이뼈에 막혔어. 뼈가 쪼개진 것 같지도 않고. 상처가 아주 얕아서 총알이 육안으로 보일 정도야. 그래도 노토덴으로 가서 엑스레이를 찍고 총알을 꺼내야 해."

"그래? 총알이 보인다면, 그냥 여기서 할 수 있잖아."

스탠리는 짧게 웃음을 터뜨린 뒤에야 내 말이 진담임을 깨달았다. "여기가 무인도라면 그렇게 했겠지, 로위. 하지만 감염 위험을 최소화해야 하니까 큰 병원이 최선이야."

"난 싫어."

"그건 알지만……."

"'거절'한다는 뜻이야. 네가 총알을 빼주지 않으면 내가 집에 가서 핀셋을 라이터에 달궈서 직접 뺄 거야."

스탠리는 생각이 많은 얼굴로 나를 보았다. "상처가 감염되면 어떤 일이 생기는지 알아?"

"알아. 절단과 이른 은퇴. 이 정도?"

스탠리가 무겁게 한숨을 내쉬었다.

"좋았어." 내가 말했다. "그리고 마취도 하지 마. 부탁해."

스탠리가 눈썹을 밀어버린 자리를 위로 치떴다. "진짜로?"

나는 잠시 생각해보았다. "다시 말할게. 네가 갖고 있는 모든 마취제를 전부 쓰지 마."

그러고는 다시 머릿속이 백지가 되었다. 내가 트라마돌을 몇 알이나 먹었는지 스탠리에게 깜박 잊고 말하지 않아서, 그가 내게 준 약이 한꺼번에 작용하는 바람에 완전히 정신을 잃었을 가능성이 있다. 어쨌든 나는 팅 하는 소리를 듣고 눈을 뜰 때까지 별로 기억이 없다. 그때 나는 스탠리에게 서부영화 속 소리와 똑같다고 말했다. 의사가 핀셋으로 뽑아낸 총알을 금속 그릇에 떨어뜨리는 소리. 스탠리는 웃으면서 금속 그릇을 보여주었다. 피 묻은 총알이 거기 놓여 있었다. 스탠리는 내 다리에 새 붕대를 감아주고, 진통제 처방전을 써주고, 지금 상태로는 운전하면 안 된다고 말했다. 자신이 기꺼이 나를 집까지 태워주겠다고. 나는 친절한 제안이지만 다구르에게 전화하겠다고 말했다. 아픈 사람들을 차로 데려다주는 건 다구르에게 일종의 천직이었으니까.

스탠리가 준 목발을 짚고 수술실에서 나오자, 보안관서 옆의 어둠 속에서 담뱃불이 빨갛게 보였다.

"좋은 저녁이야." 내가 말했다.

"좋은 저녁." 쿠르트가 말했다. 그는 기대고 있던 벽에서 몸을 바로 세우며 담배를 땅에 버렸다. 불똥이 바람에 날려 아스팔트 위에서 춤을 추다가 쿠르트의 뒷굽에 밟혀 담배가 숨을 거뒀다. "다리에 무슨 짓을 한 거야?"

"집에서 오발 사고가 있었어. 지금 정규 근무 시간인 거야, 아니면 날 따라다니는 거야?"

쿠르트는 짧고 차가운 웃음을 터뜨렸다. "내가 그런 짓을 왜 해?"

"내가 사람을 죽였다는 걸 증명하려고 필사적이니까?"

쿠르트는 코웃음을 쳤다. "넌 진짜 살인자 새끼야, 로위. 옛날 카피스토바의 복도에 서 있던 컴퓨터게임기 기억나?" 쿠르트는 프리트팔 쪽을 고갯짓으로 가리켰다. "우주선 앞에서 소행성이 폭발해서 그 파편들을 전부 피해야 했던 게임 말이야. 처음에는 쉬웠지. 하지만 레벨이 올라가면 파편들이 엄청 많고 빨라져서 결국 더 이상 게임을 할 수 없게 돼."

"나도 똑똑히 기억해. 내가 기록을 갖고 있던 것 같은데, 안 그래?"

쿠르트는 고개를 저었다. "네놈의 기록 따위 누가 기억한다고."

다구르의 메르세데스벤츠가 내 옆으로 미끄러지듯 들어와 섰다. 나는 목발을 뒷좌석에 놓은 다음 조수석 문을 열었다. 그리고 차에 오르면서 어깨 너머로 말했다. "리타한테 물어봐. 틀림없이 기억할 거야."

차가 멀어지는 동안 사이드미러에 라이터 불꽃이 보였다. 쿠르트가 또 담배에 불을 붙이고 있었다.

31

안톤 모에는 월요일 아침에 발견되었다. 오전 중반에는 오스의 모든 사람이 그 소식을 알고 있었다. 어쩌면 그를 나탈리가 발견하게 될지도 모른다고 생각하기는 했지만, 그레테 스미트에 따르면 모에가 일요일에 교회에도 나오지 않고 깃발도 올리지 않아서 이상하게 생각한 이웃이 있었다고 했다. 집에 불이 켜져 있는 것으로 보아 여행을 간 것 같지도 않아서 이상했다고.

"끔찍했대." 그레테가 마치 자신이 시체를 발견하기라도 한 것처럼 양손을 뺨에 대고 말했다. 주유소 가게에서 에길, 나, 시몬 네르가르가 그녀의 청중 역할을 하고 있었다. "머리가 완전히 박살 났다는 거야."

"별로 놀라운 일도 아니지." 시몬이 말했다. "그 사람 승합차 무게가 적어도 2톤은 될걸. 그 아래에 누워서 타이어를 갈았다는 게 놀랍네."

"아마 잭으로 차를 고정하고 차대를 확인하고 있었을 거야." 내가 말했다.

"오케이. 그런데 2톤 무게를 떠받치는 잭이 어쩌다 발에 차여서 날아가지?"

나는 양팔을 벌렸다. "모에가 잭을 건드리진 않았을걸. 그냥 차를 살짝 밀었을 거야. 예를 들면, 휠 아치 아래에서 뭘 좀 확인하려고 했다든가. 그러면서 잭이 똑바로 서 있지 않다는 걸 알아차리지 못한 거지."

"세상에." 에길이 말했다. "그러다 휠 드럼이 곧장 얼굴로 떨어진 거네요."

"보기 좋은 광경은 아니겠지." 그레테가 무겁게 한숨을 내쉬었다. "쿠르트가 신원을 확인하려고 나탈리를 데려갔대."

"왜?" 내가 말했다. 그냥 저절로 나온 말이었다. 세 사람이 나를 보았다. 나는 입술을 적셨다. "내가 알기로는 지난 팔 년 동안 쿠르트가 나탈리보다 더 자주 안톤을 봤을 텐데."

"맞아." 그레테가 말했다. "그리고 안톤은 한쪽 고환을 제거하는 수술을 받았으니까, 그걸로 확인할 수 있었을 거야."

이번에는 사람들의 시선이 그레테에게 집중되었다.

"몰랐어?" 그레테가 놀란 척하며 말했다. "안톤이 암을 앓았잖아."

월요일 내내 나는 지금 나탈리의 심정이 어떨지 생각했다. 내가 연락하지 않겠다고 약속하기는 했지만, 가족의 죽음이라면 그런 약속은 무효가 되지 않나? 혹시 그녀가 내 연락을 바라고 있지 않을까? 물론 그녀보다는 내가 더 바라는 것 같았지만, 나탈리와 두 번 다시 말도 하지 못하는 게 가능할까? 그렇지 않다면, 지금이야말로 딱 좋은 때가 아닐까?

1시쯤 베라 마르틴센에게서 전화가 왔다.

"검사실에 물어봤는데, 내가 어제 말했듯이 소변 샘플이 더 좋대. 그래도 검사를 할 수는 있을 거라고 했어. 크로마토그래피 검사가 필요한지, 아니면 간단한 면역 검사로 충분한지 묻던데.”

“그 둘이 어떻게 다른데?”

“후자가 빠르고 간단하지. 결정적인 걸 찾고 있다면.”

“맞아.”

“알았어, 그럼.” 베라가 말했다. “하지만 내가 이 부탁을 들어주기 전에, 나중에 문제가 되지 않을지 다시 확인해야겠어, 로위.”

“약속할게. 이건 올센이 바삐 돌아다니는 일이랑은 아무 상관 없어.”

“그 말을 믿는다.”

“응.” 내가 속으로 느끼는 것만큼 자신 있게 들리면 좋겠다고 생각했다. 나는 전화를 끊었다.

손님이 꾸준히 들어왔다. SUV가 주유기 앞에 서는 소리가 들릴 때마다 나는 쿠르트가 나타날 것만 같아서 흘깃 시선을 들었다. 그러나 쿠르트는 오지 않았다. 5시가 되어서야 랜드로버만이 낼 수 있는 소리가 들렸다. 쿠르트가 차에서 내려 사라졌다. 주유소 건물을 한 바퀴 돌아보고 있음이 분명했다. 곧 쿠르트가 다시 나타나 배회하듯이 문으로 다가왔다. 다리가 평소보다 더 심하게 휘어져 있었다. 그가 들어와서 카운터 앞에 멈춰 섰다. 양손 엄지손가락을 허리띠 쬠쇠 뒤에 건 모습이 카우보이 보안관 같았다. 쿠르트는 자신이 정말로 카우보이 보안관이라고 생각하는 듯했다.

“계속 이런 식으로 만날 수는 없어, 로위.”

이 말을 생각해내느라 얼마나 오랫동안 고민했을지 궁금해졌다.

“물어보고 싶은 것이 몇 가지 있는데, 여기서 할까 아니면 저기…….” 그가 머뭇거렸다.

"파출소." 내가 대신 말해주었다. "여기가 좋아."

쿠르트가 살짝 웃었다. "안톤 모에가 시체로 발견됐다는 소식은 들었지?"

나는 고개를 끄덕였다. 내가 그 일에 대해 뭔가 말하기를 쿠르트가 바라는 것 같아서 나는 아무 말도 하지 않았다.

쿠르트가 다른 발로 체중을 옮겼다. "그런 의미에서, 토요일 오전 10시 30분에 너는 어디 있었어?"

이어진 침묵 속에서 우리는 서로를 빤히 바라보았다. 그때 직원 화장실에서 물을 내리는 소리가 들리더니 문이 열렸다.

"에길!" 내가 소리쳤다.

그가 우리에게 다가왔다.

"에길, 지난 토요일 오전 10시 30분에 내가 어디 있었지?"

에길은 나를 보고 쿠르트를 보더니 다시 나를 보았다. 그리고 귀를 긁적였다. "여기 있지 않았어요?"

"오스 파출소장님이 확실한 답변을 원하셔." 내가 말했다.

"누가요?"

"쿠르트."

"아, 그렇구나. 어디 보자…… 토요일 오전. 네, 맞아요, 사장님은 여기 있었어요. 기억 안 나요? 뒷방에서 장부의 실수를 찾겠다고 했잖아요."

내가 뭐라고 말을 하려 했지만 그럴 틈이 없었다.

"문을 잠그면서 방해하지 말라고 했죠." 에길이 말했다. 피상적인 얘기지만, 하여튼 이렇게 보충 설명을 할 수 있어서 기쁜 기색이 역력했다. 나는 속으로 투덜거렸다.

"그래서 넌 방해하지 않았고?" 쿠르트가 물었다.

“시도는 했죠.” 에길이 말했다. “주유기 한 곳의 카운터가 고장 났거든요. 그런데 사장님이 대답하지 않아서 그냥 내가 나가서 고쳤어요.”

쿠르트가 눈썹을 올려 뜨며 나를 보았다.

“이어팟.” 내가 말했다. “J. J. 케일과 회계 장부 점검이 진짜 잘 어울리거든.”

쿠르트는 고개를 끄덕였다. “그 뒷방을 좀 보여주겠어?”

“원한다면야.” 나는 전혀 개의치 않는 듯한 목소리를 내려고 애썼다.

쿠르트가 특유의 얄팍한 미소를 지었다. 이번에도 나는 그가 뭔가를 깔고 앉아 있다는 느낌이 들었다. 흔히들 하는 말처럼, 소매 속에 한 수를 감추고 있는 것 같았다.

“원해.” 쿠르트가 말했다.

나는 목발을 짚고 앞장서서 비좁은 뒷방으로 들어가, 쿠르트와 뒷문 사이에 자리를 잡고 서류가 잔뜩 쌓여 있는 책상을 가리켰다. “서류작업이 잔뜩 밀렸어, 보다시피.”

그러나 쿠르트는 서류에 관심을 보이지 않고, 내 어깨 너머를 보았다.

“저 문은 어디로 통해?”

“이것?”

“지금 보이는 문은 그것 하나뿐인 것 같은데.” 쿠르트가 손잡이를 돌려 문을 열었다.

“이런, 이것 좀 보게. 와, 저기 네 차도 있어.” 쿠르트는 이제 몹시 기분이 좋아진 것 같았다. “나랑 같이 바람을 좀 쐬는 거 어때, 로위?”

나는 목발을 짚고 젖은 아스팔트로 조심스레 나갔다. 신부님이 차에 탄 채 세차장에서 나와, 우리를 보지 못하고 그냥 가버렸다. 쿠르트는 담배에 불을 붙이면서, 뱀 가죽 부츠를 신은 채 즐거운 듯이 통통 뛰었다.

"이젠 그렇게 강렬하지 않은걸. 네 알리바이 말이야. 그렇지?" 쿠르트가 말했다. "오히려 너무 이상한 소리 같아서 정반대로 작용할 수도 있겠어. 검사가 에길에게 지난 세월 동안 네가 그 방에 문을 잠그고 들어앉은 게 몇 번이었느냐고 묻는다면 배심원이 어떤 생각을 할 것 같아? 에길이 도움을 청하려고 너를 불렀는데 대답이 없었다는 말을 한다면? 아니면 대답이 한 번뿐이었다고 말한다면? 안톤 모에가 죽임을 당한 바로 그날에 말이야."

"죽임을 당해?" 나는 하품을 참았다. "승합차에 깔린 줄 알았는데."

"그렇게 말하는 사람도 있지." 쿠르트는 담배를 길게 쭉 빨면서 내 볼보의 타이어를 한가롭게 툭툭 찼다. "한동안은 나도 그렇게 믿었어. 그런데 이웃 사람이 토요일에 총성이 들린 뒤로 농장에 사람이 있는 기척이 끊어졌다고 하잖아. 그게 10시 30분쯤이었다고 하네? 그 이웃이 시간을 그렇게 정확히 아는 건, 마침 라디오를 듣고 있었는데 노르웨이 왕들에 관한 시리즈가 시작하는 순간에 그 소리가 들렸기 때문이래. 그 시리즈 알지?"

"미안. 미처 모르고 지나갔나 봐."

"그래서 궁금해졌지. 토요일 오전 10시 30분에 뭘 쐈을까?"

"사슴?"

"이웃도 그렇게 생각하더라고. 어쨌든 사냥 시즌이니까. 거기 벌판에 사슴이 풀을 뜯으러 오는 일도 흔하고. 특히 오전에는. 이웃은 자기도 사 년 전에 부엌 창문에서 사슴 한 마리를 쏜 적이 있다고 말했어."

"수수께끼가 풀렸네."

"그건 아니지." 쿠르트는 담배를 한 번 더 빨아들였다. "토요일에는 안개가 짙었어. 벌판의 가시거리가 0이었다고. 네가 무슨 말을 할지 알아. 사슴이 집에 가까이 다가왔을지도 모른다는 거지? 하지만 그 시각에 사람이 사슴을 볼 수 있으려면, 녀석이 최대한 50미터 안쪽에 있었어야 해. 그 거리에서는 총이 빗나갈 수가 없지. 그런데 죽은 사슴이 없단 말이야."

나는 어깨를 으쓱했다. "그럼 총성이 아니었나 보지. 다른 소리였을 수도 있잖아."

쿠르트는 고개를 저었다. "헛간 안 벽에 레밍턴 소총이 걸려 있었어. 내가 확인해봤지. 총을 발사한 지 일주일이 지나도 냄새는 계속 남아 있거든. 그러니까 의심의 여지가 없어. 틀림없이 최근에 그 총을 발사한 적이 있어."

쿠르트가 발끝으로 서서 몸을 올렸다 내렸다 하자 무릎이 삐걱거렸다. 쿠르트는 지금 생애 최고의 순간을 즐기고 있는 것 같았다. "그러면 이런 의문이 생기지. 모에가 왜 총을 쐈을까? 예를 들면, 혹시 정당방위 같은 게 아닐까? 뭔가가 자신을 위협하고 있었기 때문에?"

나는 손목시계를 보았다. "좀 빨리 끝내줄 수 있을까, 쿠르트?"

쿠르트가 웃음을 터뜨렸다. "원한다면야. 하지만 절대로 방해받지 않을 곳에서 하면 안 될까?"

"왜?"

"보면 알 거야."

나는 고갯짓으로 정비소 쪽을 가리켰다.

"좋아." 쿠르트가 담배를 발로 비벼 껐다.

나는 앞장서서 정비소 안으로 들어갔다. 자전거 옆 벽에 목발을 세워두고, 쿠르트에게 의자를 하나 빼준 뒤, 나도 의자에 앉았다. 쿠르트는 자전거 앞에 계속 서 있었다.

"끊어졌어?" 쿠르트가 발끝으로 체인이 있던 자리를 가리켰다.

"다른 데 쓸 일이 있어서." 내가 말했다.

"아, 그래, 그걸로 변형식 스패너를 만들지, 안 그래?"

"맞아." 나는 몸을 부르르 떨었다. 쿠르트의 머리 위쪽으로 채 1미터도 떨어지지 않은 트랙터 버킷 안에 그 살인 무기가 아직 들어 있기 때문인 것 같았다. 적어도 그 무기의 일부는 아직 남아 있을 것이다. 아니면, 쿠르트가 정말로 찾고 싶어하는 것, 즉 그의 아버지의 시체가 바로 그 버킷 안에서 녹아버렸다는 생각이 문득 들었기 때문인 것 같기도 했다. 아니면 그냥 정비소 안이 너무 춥고 습해서 몸이 떨린 거였나?

"악마냐, 깊은 바다냐." 쿠르트는 계속 선 채로 정비소 안을 눈으로 둘러보았다. 앉기 전에 전체적인 상황을 파악하려는 것 같았다. "선택하기가 힘들어, 안 그래, 로위?" 쿠르트는 의자에 털썩 주저앉아 팔짱을 끼고 씩 웃었다.

"아니. 난 악마야." 내가 말했다.

"그래?"

"깊은 바다보다는 덜 불확실하거든."

"좋을 대로. 그렇다면, 이건 깊은 바다겠네."

쿠르트가 주머니에서 뭔가를 꺼내 내 앞에서 손을 펼쳤다. 작은 금속조각이 그의 손바닥에 있었다. "이게 뭔지 알겠어?"

"알아야 돼?"

"네 다리 안에 있던 총알이야."

"저런." 나는 의자에서 몸을 조금 움직였다. "그걸 어떻게 손에 넣었어?"

쿠르트는 피가 묻은 총알을 엄지와 검지로 잡고 유심히 바라보았다. "총성이 났다는 이웃의 말을 듣고, 네가 집에서 오발 사고를 일으켰다고 말한 게 기억났거든. 다른 것도 두어 가지 더 기억났고. 이를테면, 모에가 자기 딸을 학대했다고 네가 주장하며 들이닥쳤던 것."

나도 기억하고 있었다. 내가 '들이닥친' 곳은 그레테의 일광욕실이고, 모에에 대한 의심을 전달하는 동안 내 눈에 보인 것은 일광욕 기계의 패널 틈새로 새어 나오는 담배 연기뿐이었다. 그때 쿠르트가 내 말을 전혀 받아들이지 않은 것도 기억났다.

"그 직후에 모에가 잔뜩 두들겨 맞은 얼굴로 돌아다니고, 너는 손을 다쳤지. 내가 간단한 추리도 못 할 것 같아, 로위?"

대답하고 싶은 유혹이 들었지만, 나는 그냥 질문을 흘려버렸다.

"그래서 오늘 아침 일찍 스탠리한테 전화를 걸었어." 쿠르트가 말했다. "우리가 이걸 살인사건으로 보고 있고, 상습범일 가능성도 있다고 설명했지. 그러니까 스탠리는 우리에게 정보를 줄 의무가 있다고. 그러고는 총알이 아직 있는지 쓰레기통을 뒤져보라고 했어. 그래서 이렇게 짠!"

나는 그의 감탄사를 무시하고, '상습범일 가능성'이 무슨 뜻이냐고 물었다.

"텔레비전 안 봐, 로위? 범인이 너 같은 연쇄살인범일 때 항상 '상습범일 가능성'이라는 말이 나오잖아." 쿠르트는 총알이 놓인 손을 오므렸다. "내가 이 총알과 모에의 총을 크리포스에 보내면, 이 총알이 그 총에서 나왔다는 탄도 분석 결과가 나올 거야. 그건 너도 알고 나도 알지. 그건 모에가 죽던 시각에 네가 범죄 현장에 있었다는 뜻이야. 그러면 한두 가지 의문이 해결돼."

"이를테면?"

"이를테면, 모에의 얼굴 상처가 모두 휠 드럼과 일치하지는 않는 것 같다는 점. 그리고 바닥에 긁힌 지 얼마 안 된 자국이 있다는 점. 마치 누가 칼이나 대패로 나무를 깎아낸 것 같은 자국이거든. 넌 네가 아주 똑똑하게 처리했다고 생각했겠지, 로위. 하지만 거기서 있었던 일을 재구성하기가 그렇게까지 힘들지는 않았어. 네가 모에한테 따지러 가서 그를 공격한 거야. 모에는 자신을 지키려고 총을 들었는데, 네 발만 맞히고 말았지. 그러고는 네가 뭔가로 모에를 때려 죽인 거야. 네 손이 멀쩡한 걸 보니, 맨주먹은 아니었던 게 분명해. 그리고 모에와 네가 흘린 피를 없애려고 나무를 긁어내고, 범죄 현장을 사고처럼 꾸몄지. 어때? 대답할 필요는 없어, 로위. 방금 질문은…… 뭐라더라? 수사학적인 질문?"

쿠르트가 다시 손을 폈다.

"이 총알로 넌 감옥에서 이십 년을 보내게 될 거야, 로위. 깊은 바다에 빠지는 거지. 이번에는 악마 차례야."

쿠르트가 나를 보았다. 결국 나는 그가 원하는 대로, 악마가 뭘 뜻하느냐고 물어볼 수밖에 없었다.

"네가 내 아버지를 죽였다고 자백해. 네가 아버지를 후켄으로 밀어서 떨어뜨린 다음, 빈 보트를 물 위로 띄워 보냈다고. 아버지가 불쌍하게 자살한 것처럼 보이게 하려고 보트에 부츠까지 실어서. 오케이?"

쿠르트는 자기 말을 내가 잘 이해하는지 확인하려는 듯 나를 보았다.

나는 헛기침을 했다. "비슷하게 들리네."

"그렇지? 사고로 꾸미는 것. 그게 너의……." 쿠르트가 적절한 표현을 생각해내려 했다.

"작업 방식." 내가 제안했다.

쿠르트는 고개를 저었다. "너의 방식."

"그래. 하지만 네가 말하는 악마와 깊은 바다가 나한테는 거의 같은 걸로 들려."

"아냐, 아냐. 우선, 네가 우리 아버지를 죽였을 때 나이가 고작 열아홉 살이었다는 점은 정상참작 요인이야. 둘째, 그렇게 오래된 살인사건에서는 형량이 줄어들 거야. 기껏해야 오 년일걸."

"그럼 너는…… 원하는 걸 얻나?"

쿠르트의 눈에서 열기가 조금 희미해졌다. "아버지의 명예를 회복할 수 있지."

나는 고개를 끄덕였다. "그래서 네가 제안하려는 건?"

"거래. 네가 우리 아버지를 살해했다고 자백하면, 나는 이 총알을 부달 호수에 던질 거야."

내가 고개를 끄덕이는 속도가 점점 느려져서 나중에는 고개가 거의 움직이지 않게 되었다. "그러면 나탈리 모에는 누가 자기 아버지를 죽였는지 끝까지 모르겠네. 너한테는 네 가족의 명예와 이름을 회복하는 일이 더 중요하니까. 대충 이런 거려나?"

쿠르트의 서늘한 눈빛이 이제는 거의 실제 온도처럼 느껴질 정도였다. "이것보다 더 나은 제안은 없을 거야, 로위. 어떻게 할 거야?"

나는 턱을 긁적였다. 닷새 동안 깎지 않은 내 수염이 살갗을 긁는다고 나탈리가 불평한 뒤로 나는 매일 면도를 했다. 토요일까지는. 그래서 지금 턱이 근질거렸다.

"네가 거래의 예술가가 되고 싶어하는 건 알겠어. 야영장 때도 그랬잖아. 하지만 제대로 해내지를 못하네."

"그래?" 쿠르트가 무감각한 목소리로 말했다.

"거래를 성사시키는 최고의 방법은 일단 거래 관련자들이 모두 같은 입장인지 확인하는 거야."

"우리도 지금 그렇잖아. 너는 감형받고, 나는 아버지 일을 바로잡고."

"잘 들어, 쿠르트. 이건 순전히 가정인데, 네 말이 다 맞아서 내가 실제로 두 사람을 죽였다 치자. 내가 네 아버지를 죽였다고 자백하자마자 너는 그 총알을 던져버릴 이유가 사라져. 그러면 나는 두 건 모두에 대해 형량을 선고받겠지. 이제 순서를 바꿔서, 네가 먼저 총알을 던지는 거야. 그러면 나는 자백할 필요가 없지. 너한테는 미해결 살인사건 두 건만 남는 거고. 지금 네가 해야 하는 건 공포의 균형을 맞추는 거야. 어느 한쪽의 패배가 곧 상대방의 패배가 되는 상황. 물론 거기에 필요한 건 어느 정도의 지능……."

곧 닥칠 일을 알면서도 나는 아무런 행동을 하지 않았다. 쿠르트는 주먹을 휘두르지 않고, 아예 몸을 내게 던졌다. 내 팔과 손목을 잡아 비트는 바람에, 나는 통증을 이기지 못하고 무릎으로 주저앉아 머리를 아래로 숙였다. 쿠르트는 내 뒤에 서서 이를 악문 목소리로 귓속말을 했다.

"한 손에는 주유기를, 다른 손에는 살인 무기를 든 미친 난독증 농사꾼한테 가르침을 받을 생각은 없어, 알아들어?"

"알아들었어." 나는 차가운 콘크리트 바닥에 짓이겨지지 않은 쪽 입꼬리로 앓는 소리를 냈다.

"그래서 어떻게 할 거야?"

"악마."

"뭐?"

"악마라고! 너 지금 환자를 두드려 패고 있어."

쿠르트가 나를 놓아준 덕분에 나는 다시 일어섰다.

"차라리 모에를 죽인 혐의로 재판을 받겠다는 거야?" 쿠르트는 청 재킷이 요트클럽 재킷이라도 되는 것처럼 옷자락을 똑바로 폈다.

"내가 하지 않은 일을 자백할 수는 없어." 내가 말했다.

"마음대로 해. 후회할 거야, 로위. 네가 우리 아버지도 죽였다는 증거를 내가 찾아낼 거니까."

"그러면 원하는 걸 모두 손에 넣겠네." 나는 뺨에 묻은 흙과 먼지 를 털었다. "그리고 완전히 부적절했어. 한 손에는 주유기를, 한 손 에는 살인 무기를 들었다는 말. 상당히 인상적이야. 우아해. 달리 표현할 말이 없어."

쿠르트는 눈빛만으로 나를 죽일 수 있다면 좋겠다는 표정으로 나를 보다가 돌아섰다. 그의 성난 발소리가 잠깐 정비소 안에서 메 아리쳤다. 쿠르트가 밖으로 나가 문을 쾅 닫은 뒤, 나는 의자에 늘 어지듯 앉았다.

휴대전화를 꺼내 문자를 입력했다.

조의를 표합니다.

문자를 지웠다. 아무리 공포의 로위라도 너무 차가운 글귀였다. 그렇다고 그다음에 입력한 문장이 더 나은 것은 아니었다.

네 아버지 일 방금 들었어. 말할 상대가 필요하면 전화해.

이런 것 외에 내가 무엇을 할 수 있겠는가? 네가 무력한 상태일 때 네 아버지가 너를 강간했다고 확신하고 그를 혼내주려다가 결국 죽이게 되었다고 자백? 그것이 누구에게 도움이 되기는 할까? 그렇다면 필요할 때 네 옆에 있어주겠다고 말하는 걸로 끝? 이제 그녀가 오프가르라는 이름과 관련된 모든 사람과 모든 것을 증오하게 되어서 답장을 보내지 않는다면 할 수 없는 것이고?

나는 '보내기'를 눌렀다.

32

머리에 휴식이 필요했다.

그래서 현실적인 일에 정신을 집중했다. 매일 주유소를 운영하기 위해 해야 하는 일 같은 것. 노토덴의 회계사와도 대화를 나눴다. 프리트팔의 소유지분을 삼등분하는 문제와 관련해서 서류를 작성해 서명하고 발송했다. 오스 스파에 5000만 크로네를 빌려주고 최근에 발행된 신주를 받았으므로 이제 나는 소유지분 36퍼센트로 이 회사의 최대주주였다. 칼은 투표를 통해 내가 이사로 선출될 수 있도록 총회를 소집하겠다고 제의했지만, 나는 필요 없다고 말했다. 그냥 육 개월 동안만 주식을 가지고 있으면서 무조건 의사회의 다수 의견에 따를 예정이었기 때문이다. 그리고 이사회는 크고 작은 문제에서 모두 칼의 의견을 따랐다.

한동안은 이런 문제에 시간을 쏟으며 나를 둘러싼 시한폭탄 같은 일들과 나탈리에 대한 생각을 잊을 수 있었던 것 같다. 하지만 다리의 통증에는 전혀 소용이 없었다. 진통제를 많이 먹는데도 잠을 이룰 수 없었다. 그래서 칼의 올리브그린색 알약을 하나 먹어보기로 했다. 그리고 그날 밤 완전히 곯아떨어졌다. 물론 이렇게 멋대로 약을 먹는 것이 추천할 만한 일은 아니며, 약에 중독될 위험이 있다는 사실은 나도 알고 있었다. 그래도 약효가 워낙 좋았다.

그렇게 사흘을 보낸 뒤 나는 무조건 그 약을 끊기로 했다. 그래서 새벽 4시까지 말똥말똥 누워 있다가 부엌으로 내려가 그 약을 한 알 먹었다. 이번이 절대로 마지막이라고 속으로 되뇌면서. 정신을 차렸을 때 나는 침대에 누워 있고, 칼이 나를 흔들어대는 중이었다.

"주유소에서 나한테 전화를 했어. 형이 어디 있느냐고." 칼의 목소리가 워낙 커서, 나는 나를 깨우려고 애쓴 지가 한참 됐음을 깨달았다. 협탁에서 휴대전화를 들어보니, 에길의 부재중 전화가 여섯 통, 베라의 전화가 한 통 있었다.

"에길한테 뭐라고 했어?" 나는 한 다리로 서서 바지를 입으며 물었다.

"아프다고 했지. 그랬더니 에길은 그런 말을 전혀 못 들었다고 하더라고."

"그렇게 급하게 대신 일해줄 사람을 구할 수가 없었어." 나는 시험 삼아 양발로 바닥을 디뎠다. "어쨌든 다리는 훨씬 나아졌어."

비가 내리고 있었다. 베스트란데에서 돌아오는 구름이 고르게 뿌리는 가랑비였다. 차에 오를 때도 여전히 머리가 빙빙 돌았지만, 나는 베라에게 전화를 걸었다.

"야, 이 망할 자식아." 내가 인사를 건네기도 전에 베라가 말했다.

"어, 무슨 일이야?"

"나한테는 아무 일도 없을 거라며. 그런데 탄도 분석 팀이 살인 사건을 염두에 두고 당신 다리에서 나온 총알을 조사한다는 얘기가 있어. 내가 당신을 도왔다는 사실이 알려지면 내 처지가 얼마나 곤란해질지 짐작이나 해?"

"아, 젠장, 그거. 내가 당신한테 그 약속을 할 때는 집에서 소총으로 오발 사고를 냈다는 말에 쿠르트가 그렇게 집착할 줄 전혀 몰랐어."

"오발 사고라니?"

"내가 총을 청소하다가 방아쇠를 시험해봤는데, 약실에 총알이 있는 걸 깜박했어."

"그래서 자기 손으로 다리를 쐈다고?"

그 뒤에 이어진 긴장 넘치는 침묵 속에서 나는 베라가 이 이야기를 받아들이는지 소리로 가늠해보려고 했다. 마침내 그녀가 작게 기침 소리를 냈다. "검사실에서 답이 왔어."

"잘됐다! 뭘 좀 찾아냈대?"

"알코올은 없지만, 플루니트라제팜이 아주 조금. 로히프놀이라는 이름으로 더 유명하지. 데이트 강간 약 말이야. 혹시 이 약에 대해 잘 알아?"

내 머리는 아직도 빙빙 돌고 있었다. "물론이지. 하지만 중독자들만 쓰는 줄 알았는데."

"이걸 약국에서 살 수 없게 된 지 오래됐어. 로히프놀은 암페타민이나 헤로인처럼 불법 약물이야. 그 여자 중독자 아닌 것 맞아?"

"그 사람이 여자라고 확신하는 거야?"

"혈액검사로 웬만한 건 다 알 수 있어."

"그냥 간단한 검사만 의뢰한 것 아니었어?"

"때로는 기대 이상의 결과를 얻기도 하는 거지, 로위."

"무슨 뜻이야?"

"당신이 어떤 여자랑 폴란드 여행을 예약했다는 말을 길리아니한테 들었어. 그런데 웃기게도 타격이 조금 있지 뭐야. 당신은 나랑 여행한 적 없잖아."

"그게 내 생각이 아니었다고 말하면 타격이 줄어들려나?"

"조금. 이거 그 여자 피야? 당신은 그 여자가 약을 하는지 알고 싶은 거고?"

"지난번에 검사하는 이유를 알고 싶지 않다고 말했잖아. 그래야 당신이 깨끗하게 빠져나올 수 있다고."

"그래. 맞아. 그랬지. 그럼 오늘 대화는 끝난 거네."

"오케이. 고마워, 베라. 신세 졌어."

"사랑한다고?"

"신세 졌다고."

"아닌데."

"맞아."

"그래, 그럼."

우리는 한바탕 웃고 나서 전화를 끊었다.

나는 호텔에 전화를 걸었다. 전에 세탁물에 관해 물어봤던 여자를 바꿔달라고 해서, 미니바 관리 일정에 대해 물었다.

오 분 뒤 나는 주유소 가게에 도착했다. 자리를 지켜준 에길에게 고맙다고 말하고, 내가 세 시간 늦잠을 잤으니 일요일 하루를 유급 휴가로 해주겠다고 말했다. 에길이 행복하게 웃는 것을 보며, 나는 허벅지 옆에서 진동하고 있는 휴대전화를 꺼냈다. 화면에 뜬 이름을 보고 몸이 차가운 동시에 따뜻해졌다. 통화 버튼을 눌렀다.

"안녕." 나는 뒷방으로 가면서 말했다.

"안녕." 나탈리가 말했다. "오늘 장례식이에요."

"알아."

"나랑 같이 가줄 수 있어요?"

신부는 지금 상황에서 낼 수 있는 가장 거룩한 목소리로 환영의 말을 몇 마디 했다. 나는 간신히 집으로 가서 검은 양복으로 갈아입었지만 셔츠를 다림질할 시간이 없었다. 그래도 장례식장 두 번째 줄에 앉은 내 모습이 너무 이상하게 보이지는 않았다. 하지만 사실은 나 때문에 이 지경이 된 사람의 장례식에 내가 앉아 있는 것 자체가 이상한 일이었다. 나탈리가 교회 앞에서 나를 기다리고 있었다. 우리는 나란히 앉지 않기로 했다. 나탈리는 몇 명 되지 않는 가족들과 첫 번째 줄에 앉고, 나는 그녀의 바로 뒤에 앉았다. 신부가 첫 번째 기도문을 읊조리는 동안 나는 주위를 둘러보았다. 모두가 참석했다고 말할 수는 없을 것 같았다. 예를 들어, 빌룸센의 장례식에는 참석자가 더 많았다. 옛 보안관의 장례식 때도 마찬가지였다. 그때는 땅에 묻을 시체가 없었는데도. 그래도 오늘 조문객이 아빠와 엄마의 장례식 때보다는 많았다. 그리고 이 마을에 온지 얼마 되지 않았던 새년의 추모식 때에 비하면 훨씬 더 많았다. 확실히 내 존재가 이상하게 보였을지는 몰라도, 이것 역시 어떤 의미에서는 전통이었다. 덴마크 청부업자의 장례식을 제외하면, 나는 칼과 함께 저세상으로 보낸 사람들의 장례식에 모두 참석했다. 옛 시장 요 오스도 와 있었다. 그레테 스미트와 쿠르트 올센, 율리와 리타도 보였다.

신부는 고인의 형제가 추도사를 할 것이라고 말했다. 앞줄에서 마른 남자가 일어나 강연대 뒤에 가서 섰다. 그의 추도사는 짧고 감상적이지 않았다. 그가 손에 쥐고 있는 추도사 원고가 워낙 심하게 와들거려서 마이크에 그 소리가 잡힐 정도였다. 추도사를 요

약하자면, 안톤 모에가 정직하고 근면한 사람이었으며, 조용히 살아왔고, 인생의 목표는 오로지 가족을 돌보고 공동체에 이바지하는 것뿐이었다는 내용이었다. 게다가 많은 사람들이 알고 있는 것보다 더 재미있는 사람이었던 듯했다. 남자는 자신이 안톤의 점심 도시락에서 치즈샌드위치를 빼앗았을 때의 일을 예로 들었다. 안톤은 카펫의 먼지를 터는 도구로 그의 뒤통수를 때리며, 만약 햄샌드위치를 가져갔다면 장작으로 때려줬을 것이라고 말했다고 했다. 사람들은 예의 바르게 웃음을 터뜨렸다. 그가 서투르게 주섬주섬 털어놓은 그 일화가 왜 내 가슴을 건드렸는지 잘 모르겠다. 어쩌면 그것이 형제의 이야기였기 때문일까. 내가 과거에 형제에게 품었던 사랑과 애정이 거기 담겨 있기 때문이었을까. 그 녀석이 내 어린 동생이었을 때, 잘 돌봐줘야 하는 대상이었을 때, 하지만 내가 아빠에게서 보호해줄 수 없었을 때. 내가 몹시 사랑했던 그 사람, 내 나름대로는 무조건적으로 사랑했던 사람. 그러다 나는 어느 날 뭔가를 깨달았다. 언제나 조건이 있다는 것.

내가 처음 이 사실을 깨달은 것은 칼이 섀넌을 자주 때린다는 사실을 알았을 때였다.

두 번째는 칼이 서명을 위조해서 내 몫의 땅을 훔쳐갔을 때였다. 그 뒤에 나는 칼과 함께 살인하는 사람에서 칼의 죽음을 계획하는 사람으로 바뀌었다. 하지만 흔히들 말하듯이, 인간이 계획을 세워도 신이 웃어버리면 끝이다. 우리가 계획을 실행하기로 한 날, 칼은 섀넌이 임신한 아이가 자기 아이일 리가 없다고 그녀에게 따졌다. 그리고 싸움 끝에 다리미로 그녀를 죽였다.

그때 나는 아직도 잘 이해할 수 없는 행동을 했다. 위기가 발생하면 항상 그렇듯이 그때도 칼은 형인 내게 도움을 청했다. 섀넌과 나의 관계를 모르는 채로. 내가 칼의 요청을 거절하지 않은 이유를 나는 아마 영원히 이해하지 못할 것이다. 그건 부자연스러운 일이 아닌가. 아니, 아닌 것 같기도 하다. 옛날부터 듣던, 피가 물보다 진하다는 말이 맞는 건지도 모른다. 적어도 다른 모든 것이 소용없을 때는 그렇다. 무슨 일이 있어도 서로 힘을 합하는 것이 어쩌면 가족의 큰 축복인지도 모르지만, 또한 가장 큰 저주이기도 하다. 어쨌든 나는 이미 나의 전문 분야가 된 방법으로 칼을 도왔다. 살인을 사고나 자살처럼 꾸미는 방법. 칼을 도와준 것을 그 뒤로 후회했느냐고? 그건 처음 코를 주먹으로 맞았을 때 반격한 것을 후회하느냐는 질문과 같다. 그때는 선택의 여지가 없었다. 모든 것이 미리 프로그램되어 있었다. 내가 아버지 자동차의 브레이크에 손을 댄 일조차 의리에서 나온 행동이었으니까. 아빠를 막아달라고 간청하는 어린 동생에 대한 의리, 내가 자신을 쏠 수 있게 헛간 벽에 총을 세워놓고 자기를 막아달라고 간청하던 아빠에 대한 의리. 이번에는 달라질 수 있을까? 나 자신과 가족보다 다른 누군가를 더 우선할 수 있을까?

옷이 부스럭거리는 소리가 들렸다. 정신을 차리고 보니 신부가 성경을 들고 자기 자리에 돌아와 있어서 나도 일어섰다. 그러고 얼마 되지 않아 종이 울리기 시작하고, 비가 내리는 밖으로 관이 운구되었다.

"와줘서 고마워요." 나탈리가 말했다. 장례식이 끝난 뒤 묘지에서 나가는 길에 그녀는 나와 함께 걷고 있었다.

"최소한 이 정도는 해야지." 나는 우산을 잡은 손을 바꿔 그녀에게도 우산을 씌워주었다. "넌 좀 어때?"

나탈리는 가슴 앞에서 팔짱을 끼었다. 외투를 입었는데도 몸을 떨고 있었다. "별로 좋지 않아요. 병가를 냈어요."

"그럴 만도 하지. 아버지를 잃은 지……."

"그 사람 때문이 아니에요. 직원 파티에서 있었던 일 때문이지."

"그래?" 쿠르트와 리타가 랜드로버에 타고 떠나는 모습이 보였다. "네가 아주 단호하게 말했지. 그날 일에 대해서는 한마디도 하지 않겠다고. 그건 좋아. 그래도 난 여전히 궁금할 수밖에 없어."

"나도 그래요."

"너도 그렇다고?"

"아무 기억이 없어요, 로위. 거의 없어요."

"그래, 뭐, 원래 로히프놀이 그런 약이잖아."

"뭐라고요?"

"네 혈액에서 플루니트라제팜이 나왔어."

나탈리는 걸음을 멈추고 나를 빤히 보았다. "그걸 어떻게……."

그때 두어 명이 조문 인사를 건네는 바람에 그녀의 말이 끊겼다. 나는 주차장을 향해 계속 걸어갔다. 곧 그녀가 다시 내 옆에 나타났다.

"나도 혹시 그게 아닌가 했어요." 나탈리가 말했다.

"그랬어?"

"노토덴에서 가끔 구할 때가 있거든요. 그래서 후유증이 어떤지 알아요. 기억이 전부 사라진다든가, 그런 것. 하지만 난 파티에 아무것도 가져가지 않았으니까, 틀림없이 거기 있던 다른 사람한테서 구했을 거예요."

"누가 네 물 잔에 슬쩍 집어넣었을 수도 있지."

나탈리는 빙긋 웃었다. "여긴 오슬로가 아니에요, 로위. 오스에는 마실 것에 뭘 타는 사람이 없어요."

“아니, 그런 사람이 있었어.”

“누군데요?”

내가 내 자동차 조수석 문을 열어주자 그녀가 차에 올랐다. 나는 운전석에 앉았다. 앞 유리창을 타고 빗물이 눈물처럼 흘러내리는 가운데, 마지막 조문객들이 각자 차에 올라 떠나갔다.

“누구예요?” 나탈리가 다시 물었다.

“칼.”

나탈리는 믿을 수 없다는 표정으로 나를 보았다.

“너희가 섹스를 했어.” 내가 말했다. “그건 기억해?”

나탈리는 내게서 시선을 떼지 않은 채 천천히 고개를 저었다.

“아마 그래서 사람들이 그걸 ‘날 잊어줘’ 약이라고 부르는가 봐.” 내가 말했다.

“내가 파티에서 누군가와 섹스를 한 건 알았어요. 잠에서 깼을 때 내 반바지에 핏자국이랑 정액 자국이 있었거든요. 이런 얘기를 해서 미안해요.”

“그런 자국이 있었을 거야. 신혼부부 스위트룸의 침대보에도 네 피가 묻어 있었으니까. 내가 거기서 찾은 피로 분석을 의뢰했어.”

“하지만 상대가 칼이라는 건 어떻게 알아요?”

“칼이 말해줬어.”

“로위한테 말해줬다고요?”

“네 잔에 뭔가를 탔다는 얘기는 빼고. 너희 둘이 너무 취해서 어쩌다 보니 신혼부부 스위트룸에 가게 됐다고 거짓말을 했지.”

“그게 거짓말이라는 건 어떻게 알아요? 내가 혼자 멋대로 약을 먹어서 칼이 내가 약에 취했는지 술에 취했는지 구분하지 못한 것일 수도 있잖아요.”

"그럴 수도 있겠지. 하지만 네가 스위트룸의 미니바를 다 비웠다는 거짓말도 했거든. 아마 자기가 나중에 널 부축해서 택시에 태운 이유를 설명할 생각이었을 거야. 하지만 네 혈액에 알코올은 전혀 없었어."

"섹스를 한 다음에 미니바의 술을 마셨을 수도 있어요."

"아니. 내가 호텔에 확인했어. 토요일에도 일요일에도 신혼부부 스위트룸의 미니바를 다시 채운 적이 없대. 아무도 손을 대지 않았으니까."

나탈리가 거세게 숨을 내쉬자 앞 유리창에 김이 서렸다.

"좋아요. 내가 술을 마셨다고 칼이 거짓말을 했다고 쳐요. 그래도 나머지 이야기까지 거짓말이라는 뜻은 아니잖아요. 칼이 로히프놀을 어디서 구했겠어요?"

나는 주머니에서 올리브그린색 알약 하나를 꺼내 그녀 앞으로 들어 올렸다.

"로히프놀을 갖고 있어요?" 나탈리가 말했다.

"내 것이 아니야. 칼 것이지. 팔 년 전부터 갖고 있던 거야. 불안발작 때문에. 이게 수면에 도움이 되니까."

"의사한테서 구한 건 아니겠네요." 나탈리가 말했다. "의사들이 처방전을 써주지 않게 된 게 정말 옛날 옛적이니까요. 의사라면 그것 말고 다른 약을 처방했을 거예요."

"맞아. 하지만 칼이 의사한테 가기 싫다고 했어."

"왜요?"

나는 그녀를 보았다. 뭐라고 대답해야 할까? 조금 전 아내를 죽인 남자가 의사에게 가서 불안발작 때문에 잠을 자지 못한다고 말하면 의심을 살까 봐 그랬다고 할까? 그래서 오슬로의 어느 마약

밀매꾼에게서 필요한 약을 샀다고?

"됐어요." 나탈리가 말했다. "칼이었네요. 칼이에요. 그걸 이제 알겠어요."

"이제? 그다음 날 아침에 나랑 이야기할 때도 그게 칼인 걸 아는 줄 알았는데."

나탈리는 대답하지 않았다.

"아니야?"

나탈리는 빠르게 눈을 깜박였다. 마치 내가 그녀의 얼굴 앞에서 손뼉이라도 치고 있는 것 같았다.

"바에서 칼이 조금 취해서 나한테 수작을 걸던 건 기억해요." 나탈리가 말했다. "조금 이상하다고 생각하긴 했지만."

"칼이 네 상사니까?"

나탈리는 눈을 흘겼다. "로위의 동생이니까요, 멍청이."

"그래서 날 다시 안 만나기로 한 거였어? 네가 약을 먹고 자의로 내 동생이랑 섹스를 한 줄 알고?"

"로위가 날 어떤 사람으로 생각하는지는 모르겠지만, 그런 일이 일어난 게 처음은 아니라고 봐도 돼요. 상대가 누군가의 동생이었던 적은 없지만. 하지만 이미 누군가와 커플이 됐으면서 다른 사람과 밤을 보내는 건 처음이었어요."

"그러니까 우리가 그거였다는 거지?" 나는 나탈리를 흘깃 보았다. "커플?"

"아니에요?"

"규칙은 잘 모르겠지만, 나한테는 커플이 맞아."

"다행이네요. 나한테도 그러니까."

우리를 서로를 보았다. 한참 동안. 만약 내가 그때 키스하려고 했다면, 그녀가 저지했을 것이다. 첫째, 아버지를 방금 땅에 묻고 오는 길이니까. 우리가 앉아 있는 자리에서 그의 무덤이 보였다. 둘째, 그녀가 내 동생과 그런 일을 한 지 아직 일주일도 지나지 않았다. 셋째, 그보다 먼저 소화해야 할 정보가 너무 많았다.

"이제 내가 어떻게 해야 할까요?" 나탈리가 물었다.

"네 생각은 어떤데?"

"내가 로위의 동생을 경찰에 신고하거나, 아니면 다른 일자리를 알아보거나. 두 번 다시 칼을 만날 일이 없을 거라고 확신할 수 있는 일자리로."

"오케이."

나탈리가 앓는 소리를 냈다. "그게 무슨 뜻이에요? 오케이라니."

"그러니까, 네가 결정하라고."

"세상에, 로위, 방금 나한테 이 얘기를 전부 해줬잖아요. 모든 정보를 갖고 있는 사람이 로위라고요."

"이젠 너도 알잖아." 나는 두어 번 심호흡을 했다. "강간범 때문에 쫓기듯 고향을 떠나서 원하는 삶을 살지 못하게 돼도 좋아?"

나탈리는 생각에 잠겼다. 빗줄기가 더 굵어졌다. "내가 신고한다면, 로위가 도와줄 거예요?"

나는 운전대를 꽉 쥐었다. "그러고 싶지, 나탈리. 하지만 네가 쿠르트 올센에게 신고하는 경우, 나는 그냥 빠져 있는 게 가장 너를 돕는 길일 거야."

"알아들었어요." 나탈리가 재빨리 말했다. "그 사람이 로위를 쫓고 있죠. 맞아요."

"내가 방금 정보를 다 줬잖아. 그걸 너 혼자서 알아낸 척하면서 쿠르트가 다시 확인하게 해. 혈흔, 약, 미니바, 전부."

나탈리는 고개를 끄덕이고 문고리로 손을 뻗다가 멈췄다.

"왜요?" 나탈리가 물었다.

"뭐가?"

"왜 친동생을 버스 아래로 밀어버리는 거예요? 어쨌든 칼은……."

"나한테 남은 유일한 가족이라고? 음……."

"음?"

"세상에는 병을 퍼뜨리는 집안이 있어. 이미 오래전에 베어버렸어야 하는 집안이야."

나탈리는 부르르 몸을 떠는 것 같은 표정으로 나를 보다가, 차에서 내려 빗속으로 걸어갔다. 내가 방금 한 말이 차 안에 메아리처럼 남았다. 나도 몸을 부르르 떨었다.

33

글렌 무어와 로키마운틴 컨스트럭션스[RMC]의 첫 번째 그림이 도착했다. 사실은 섀넌의 원래 그림에 기술적인 세목을 그려놓은 것에 불과했지만, 너무나 아름답고 짜릿해서 눈을 떼기가 힘들었다. 무어는 이 그림을 그린 여성이 틀림없이 재능 있는 수학자였을 것이라고 썼다. 여기에 적용된 물리학은 건축대학에서 배울 수 없는 것인데도, 모두 앞뒤가 맞는다는 것이다. 무어는 시간표, 지불 계획, 폴란드에서 RMC가 했던 작업을 기반으로 작성한 계약서 초안도 보내주었다. 언뜻 보기에 모두 문제가 없는 것 같았으나, 계약을 할 때는 무엇이든 호텔 측 법률회사에 상세한 조사를 맡기기로 이야기가 되어 있었다. 계약에 문제가 될 만한 요소는 없었지만, 계약서상의 조건 일부와 첨가하고 싶은 조항 두어 개를 살펴봐야 할 것 같았다.

중앙도로를 둘러싼 논란은 토데 터널에서 다른 선택지 쪽으로 옮겨간 상태였다. 그러나 가능성이 높은 것이든 낮은 것이든 모든 선택지에는 오스를 통과하는 도로를 그대로 보존하거나 더욱 개선하는 방안이 포함되어 있었다.

나탈리가 전화로 나를 저녁식사에 초대했다.

"괜찮겠어?" 내가 물었다.

"아뇨. 하지만 시작은 해봐야죠."

"나도 저녁식사에 대해서 생각하고 있었어. 네가 요리는 잘 못한다고 말했잖아."

"간단한 걸 만들 거예요."

"아니면 내가 가서 도와줄 수도 있어."

"그건 복잡한 요리가 좋다고 돌려서 말하는 거예요?"

전화를 끊은 뒤 나 자신에게 같은 질문을 던졌다. 정말로 그렇게 보였기 때문에. 샤워를 하고, 옷을 갈아입고, 첫 데이트에 나가는 사람처럼 몸단장을 했다.

"목발을 안 짚었네요." 문을 열어준 나탈리가 말했다.

"그건 나 같지가 않아서."

이 말에 나탈리가 웃음으로 화답한 것은 당연히 지나치게 너그러운 행동이었다. 어쨌든 나는 아주 좋았다.

"고맙지만, 안 돼요." 내가 와인을 가져온 것을 보고 나탈리가 말했다.

"무알코올이야."

나탈리는 콧잔등에 주름을 잡았다. "고약하네요. 안 그래요?"

"아마도. 하지만 우리 주유소에도 이걸 들여놓을까 생각중이야. 너도 알다시피……."

"미처 주류판매소에 들르지 못하고 오두막으로 올라가게 생겨서 절박해진 사람들 말이죠?"

"바로 그거야."

그녀가 만든 라자냐는 놀라울 정도로 맛있었다. 실제로 먹어보니 정말로 고약한 와인을 곁들여 그 라자냐를 먹고 있을 때, 나탈리가 조금 전의 대화를 다시 꺼냈다.

"오스에서 '바로 그거야'라는 말을 쓰는 사람은 로위뿐이에요."

"나랑 칼이 쓰지. 엄마한테서 배운 거야. 엄마는 도시에서 가정부로 일하다가 여기로 오셨거든."

"그래서 칼 말투가 도시 사람 같은 거예요?"

"그건 미니애폴리스에서 공부할 때 배운 말투고. 거기 와 있던 다른 노르웨이 학생들이 자기 말을 더 쉽게 이해할 수 있게 하려고 그런 말투를 쓰게 됐대. 대부분이 웨스트엔드 같은 부촌 출신이었거든. 오슬로의 베룸 말이야. 그런 식의 표준 노르웨이어가 새넌한테도 배우기가 쉬웠지."

"헛소리."

"맞아, 토박이."

나탈리가 빙긋 웃었다. "나라고 다를 건 없지만, 우리는 왜 자기 본연의 모습에 만족하지 못하는 거죠."

"흠. 그거 질문이야?"

"로위가 답을 알고 있다면 질문이겠죠."

"그럼, 한번 시도해볼게. 우리가 만족하지 못하는 건, 항상 자신에게 뭔가가 부족하다고 믿기 때문이야. 그래서 우리가 보기에 완전한 것 같은 사람을 흉내 내려고 하지. 스스로 완전한 것처럼 보이는 사람. 그 사람처럼 옷을 입고, 말하고, 먹고, 같은 것을 원하고, 같은 것을 추구하려고 해."

"일종의 역할모델이네요. 모방 욕망."

"와." 나는 잔을 들어 올렸다. "르네 지라르의 책을 읽었구나."

"아뇨. 마케팅 강사가 지라르의 주장에 아주 관심이 많았어요.

우리가 우러러보는 사람, 역할모델과 같은 것을 원한다…… 그게
이유라고 생각해요?”

나탈리가 무엇을 말하는지 알 것 같았지만, 그래도 무슨 뜻이냐
고 물었다.

“칼 말이에요.” 나탈리가 말했다. “내가 당신 것이라서 날 원한 걸
까요?”

나는 새년에 대해 생각했다. “그렇게 간단한 일이 아닌 것 같아.”

“왜요? 로위가 형이잖아요. 역할모델.”

“오히려 그 반대일 거야.”

“반대?”

“내가 나이는 많아도, 칼은 내가 원하는 걸 갖고 있었어. 학교 때
성적도 더 좋았고, 매력적이고, 똑똑하고, 인기도 많고, 원하는 사
람은 누구든 손에 넣을 수 있었지. 실제로 그렇게 했어.”

“그래서 칼이 가진 것을 원했어요?”

나는 어깨를 으쓱했다.

“지금도 그래요?”

나는 그 고약한 와인을 꿀꺽꿀꺽 마셨다. “세월이 흐르면 사람은
좀 더 완전해져서 자신의 모습과 자신이 가진 것에 좀 더 만족하게
되지. 그러니까 난 칼이 가진 것을 원하지 않아.”

“그래요? 칼의 호텔을 원하지 않아요? 새로 지은 집, 궁전은? 오
스의 왕이 되고 싶지 않아요?”

“너는 어때?”

“싫어요!” 나탈리가 웃음을 터뜨렸다. 그러고는 우리가 하던 이
야기를 다시 떠올렸는지 진지한 표정으로 돌아왔다. 시선을 아래
로 내리고, 라자냐에 포크를 꽂아 넣었다. “칼이 원하는 사람을 누

구나 손에 넣는 데 익숙하다면, 왜 자기 형이랑 관계가 있다는 걸 뻔히 아는 여자한테 수작을 걸죠?"

"칼이 술에 취했고, 너는 그날 파티에서 가장 매력적인 여자였으니까."

"그래서 원하는 사람은 누구든 손에 넣을 수 있는 남자가 내 물잔에 약을 넣었다고요? 자기 목적을 이루려고?"

나는 한숨을 내쉬며 창밖을 보았다. 유독 빨리 날이 어두워지고 있었다. "나도 모르겠어, 나탈리. 자기가 무슨 짓을 하는지도 모르고 그랬을 수도. 아니면, 일종의 도벽일 수도 있고."

"그건 설명이 필요하겠는데요."

"일종의 강박장애일 수 있다는 얘기야. 도박 중독이랑 비슷해. 칼은 감옥에 갇힐 위험뿐만 아니라 사회적으로 완전히 배척당할 위험까지 있는 일을 하면서 짜릿한 흥분을 느끼려고 해."

나탈리는 전혀 받아들이지 못한 표정이었다.

"뭐, 그건 그렇고……." 내가 말했다. "감옥 얘기가 나왔으니 말인데, 너……."

나탈리가 고개를 끄덕였다. "아직 소식 없어요."

"쿠르트 올센한테 말했어?"

"네. 자기가 몇 가지 조사를 해볼 테니 조금 기다리라고 하더라고요. 그편이 나한테 좋을 거라고."

"그래?"

나탈리는 어깨를 으쓱했다. "내가 말해준 정보로 충분한지 확인해보고 싶다고 했어요. 내가 신고했는데 뚜렷한 결과가 나오지 않으면 내 평판이 나빠질 수 있잖아요. 그건 그럴 수 있죠. 사람들은 여자가 평판을 지키려고, 아니면 자기랑 관계를 끊으려는 남자에게 복수하려고 강간을 주장한다고 생각하니까요. 다른 얘기 하면 안 돼요?"

"되지."

나탈리가 식탁에서 의자를 조금 뒤로 밀었다. 그 덕분에 그녀의 전신을 볼 수 있었다. 욕망이 올라와서 나도 의자를 조금 뒤로 밀고, 가슴 앞에서 팔짱을 꼈다.

"라자냐 어땠어요?" 나탈리가 나른하게 눈을 깜박이며 물었다.

"말했듯이, 아주…… 좋았어."

"지금까지 칭찬을 두 번밖에 안 했어요."

"이제 세 번이 됐네." 내가 느릿느릿 말했다.

"이건 무효예요. 내가 물어봐서 대답한 거니까."

"오케이. 내가 몇 번이나 칭찬하면 돼?"

"메인 코스에 네 번, 디저트에 두 번."

"그건 디저트도 있다는 뜻?"

"네." 나탈리는 일어서서 옷의 단추를 풀어 바닥으로 스르르 떨어뜨리고는, 흔들흔들 걸어갔다.

"너 속옷 입는 걸 깜박했어." 내가 그녀의 등 뒤에서 소리쳤다.

"어머나." 나탈리는 엉덩이를 내게 향한 채 네 발로 슬금슬금 소파 위로 올라갔다. 그리고 고개를 돌려, 특유의 은근한 표정으로 나를 봤다.

"아주……." 나는 침으로 입술을 적셔야 했다. "……좋은 디저트야."

아침에 출근할 필요가 없기 때문에 자정이 지나서 나탈리의 집을 나섰다. 칼은 맥주를 들고 겨울정원에 앉아 있었다. 나는 부엌에서 이제 자러 올라가겠다고 말했지만, 칼이 나를 불렀다.

"무슨 일이야?" 나는 문간에 서서 말했다.

"쿠르트가 호텔에 들렀어." 칼이 계속 풍경을 바라보며 말했다. "그 망할 년이 날 고소할 생각이래."

"망할 년?"

"나탈리 모에. 내가 자기한테 그 데이트 강간 약을 먹였다는 거야. 나한테 그런 약이 있기나 한가."

"그래? 전에 오슬로에서 구한 약이 그것 아냐? 불안발작이랑 수면장애 때문에."

"그게 로히프놀이었냐고? 그럴지도 모르지. 하지만 지금도 그게 효과가 있을 리가 없어."

"글쎄, 그럴까? 내가 어디서 읽었는데, 대부분의 약이 포장지에 적힌 유통기한이 몇 년이나 지나도 효과가 있다더라."

"그래?" 칼이 나를 보았다. 조금 낯선 눈빛이었다. 아침 식탁에서 칼이 아빠를 보던 눈빛, 상처 입었지만 동시에 단단하던 눈빛이 생각났다.

"그럼 내가 멍청했나 보네." 칼이 말했다. "한참 전에 그 약을 버렸어야 하는데."

나는 고개를 끄덕였다. 내가 지금 약서랍을 열어보면, 그 약이 보이지 않을 것이라는 확신이 들었다. 약이 몇 알 줄어든 것을 칼이 알아차리지 못했기만을 바랄 뿐이었다.

"쿠르트가 뭐래?" 내가 물었다. "네가 곤란해진 거야?"

칼은 어깨를 으쓱했다. "쿠르트야 당연히 날 노리고 있지. 형한테 손을 댈 수 없으니까 더욱더. 하지만 로히프놀이 들어 있는 혈액 샘플을 그년이 보냈는데, 그걸로는 아무것도 증명할 수 없다고 인정했어. 그년이 그걸 어느 시점에 먹었다는 사실만 확실해질 거래. 그거야 딱히 새로운 일도 아니지. 실제로 마약 소지 전과가 있으니까.”

“그래?”

“형은 몰랐어? 형이랑 그 여자 사이가 끝나서 다행이야. 난 곤란해질 것 없어. 그년이 고소해봤자 소용없을 테니까.”

“그날 밤에 섹스한 건 쿠르트한테 말했어?”

“미쳤어?” 칼이 차갑게 웃었다. “그년이랑 잔 게 범죄는 아니지만, 내가 그 사실을 인정해서 문제를 복잡하게 만드는 일은 없을 거야. 나는 그년이 아주 고주망태가 돼서 신혼부부 스위트룸으로 데려가 눕혔다고 말했어. 그것뿐이라고. 나머지야 그냥 주장일 뿐이지. 사실은 주장조차 아니지만. 그년이 그날 일을 쥐뿔만큼도 기억하지 못한다고 인정했거든.”

“그럼 아무 문제 없겠네.”

칼은 맥주를 한 모금 마셨다. “만약 그날 일에 대해서 나한테 들은 애기가 없냐고 경찰이 묻거든, 형도 아무 말 안 할 거지?”

나는 고개를 한쪽으로 기울였다. “내가 어떻게 할 것 같아, 동생?”

칼은 짧은 미소를 지었다. “아니, 내 말은, 우리 서로 걸린 게 많잖아. 그러니까 자칫하면 전면적인 핵전쟁이 될 거야, 안 그래?”

나는 대답하지 않았다. 칼은 나를 향해 돌아앉았다. “오늘 아주 말쑥해 보이네. 어디 갔다 왔어?”

“외식했어.”

“누구랑?”

나는 잠시 생각해보았다. 똑딱똑딱 시간이 흘렀다.

“주유소를 구매할까 생각중인 사람이랑.” 내가 말했다.

“뭐? 그걸 팔 생각이야?”

“아니.” 나는 하품을 하며 말했다. “그래도 제안을 들어볼까 싶어서. 물건의 **진짜** 가치를 알아두는 건 항상 흥미롭잖아. 안 그래?”

칼은 의자에 앉은 채 조금 놀란 표정을 지었다.

“잘 자라.” 나는 몸을 돌려 자리를 떠났다.

34

에릭과 나는 프리트팔 입구 바로 안쪽 벽에 내가 붙이는 중인 포스터를 보았다.

"이 사진을 어디선가 본 것 같은데."

"그거야 본 적이 있으니까 그렇지." 내가 말했다.

"하지만 헬 스펠레만슬라그라니? 이 이름을 봐도 딱히 생각나는 게 없어."

"실력 좋아. 나한테는 그거면 돼."

"그쪽도 5000을 준다니까 오겠다고 한 거지." 에릭이 말했다. "나한테는 그거면 되거든."

"두고 보자. 네 생각보다 손님이 더 올지도 몰라."

"그러면 그건 보너스고. 나는 프리트팔을 오스의 핫 플레이스로 광고하는 비용으로 그 돈을 썼다고 생각해."

"그럼, 우리 경쟁 상대는……?"

"그을쎄. 마을회관. 그레테의 미용실과 일광욕실. 네 주유소."

에릭이 안으로 들어간 뒤 나는 마지막 핀을 꽂았다. 그러고는 안으로 들어가려는데, 나탈리가 메이에리고르에서 광장을 가로지르는 모습이 보였다. 나는 기다리면서 그녀를 지켜보았다. 머리를 정수리까지 틀어 올린 그녀가 단조로운 회색 아침 햇빛 속에서 두툼한 회색 스웨터를 입고, 팔짱을 낀 채 걷고 있었다. 바지 폭이 좁은 색바랜 청바지 속에서 그녀의 엉덩이가 이리저리 흔들렸다. 거의 탐욕스러울 정도로 넓게 벌어지던 입과 부드러운 입술. 내가 키스했던 그 입술에 또 키스하고 싶어서 견딜 수 없었다. 우리가 알몸으로 가까이 붙어서 누워 있을 때 그녀가 행복하다는 듯 몸을 가볍게 떨던 것, 그리고 조금 있다가 그녀가 건조한 말투지만 거의 분노에 차서 내게 귓속말을 한 직후 훨씬 더 강렬하게 떨리던 몸. "나갈 것 같아." 정사가 끝난 뒤 고양이처럼 내 품속으로 파고들던 모습. 마치 이번에는 그녀가 내 몸 안으로 들어와 나와 하나가 될 차례라고 말하는 듯했다. 하지만 지금 그녀의 걸음걸이는 왠지 고르지 못했다. 처음 우리가 함께 산길을 걸었을 때와 같았다. 그녀가 가까이 다가왔을 때, 빨갛게 변한 눈시울이 보였다. 그녀가 내게서 조금 떨어진 곳에 멈춰 섰다.

"무슨 일이야?" 내가 물었다.

"쿠르트 올센이 전화했어요."

"그래서?"

"공식적으로 고소할 근거가 부족하대요."

"무슨 헛소리야!"

"칼이랑 얘기해봤는데, 내가 누워서 회복할 곳을 찾을 수 있게 도와줬을 뿐이라고 했대요. 쿠르트는 내 주장이 말뿐이래요. 아니, 그 수준도 못 되죠. 그날 일을 쥐뿔만큼도 기억하지 못하니까."

"쥐뿔만큼도? 그놈이 정말로 그렇게 말했어?"

"네."

나는 고개를 저으며 그녀에게 다가가 포옹하려 했다. 그러나 그녀가 한 손을 들어 나를 막았다.

"왜 그래?"

"쿠르트가 다른 얘기도 했어요."

"그래?"

"아버지가 사고로 죽은 것 같지 않대요."

"그래?"

"맞아 죽은 것 같대요. 그 전에 먼저 정당방위로 상대에게 부상을 입혔고요." 나탈리는 눈시울이 빨간 눈으로 나를 빤히 보았다. 팔로 자기 몸을 어찌나 단단히 끌어안고 있는지, 마치 구속복을 입은 사람 같았다. "자기가 곧 증거를 손에 넣을 거라고 했어요."

나는 침을 꿀꺽 삼키고 고개를 끄덕였다.

"나는 쿠르트 올센이 아니라 로위한테서 진실을 듣고 싶어요. 당신이 아버지를 죽였어요?"

이런 질문에 당연히 미리 대비했어야 하는데, 그러지 못했다. 나는 숨을 들이쉬었다. 그래야 성대를 움직여 소리를 낼 수 있을 것 같았지만, 과연 어떤 소리가 나올지는 나도 전혀 알 수 없었다. 계속 거짓말을 해야 할지, 사실을 직면해야 할지 판단이 서지 않았다. 다른 사람이라면 모를까, 상대가 나탈리니까. 방금 광장을 건너온 그녀로 인해 나는 그 망할 놈의 일을 생각하게 되었다. 내가 불가능할 거라고 생각했던 일을 해낸 그녀를 나는 더욱 사랑할 수밖에 없었다.

마침내 내 허파에서 공기가 흘러나왔지만, 소리는 나오지 않았다.

그녀의 눈에 눈물이 차올랐다. "알아요." 나탈리가 속삭였다. "아버지는 당신이 두렵다고 말했어요. 나는 모두 옛날 일이 됐으니 무서워할 이유가 없다고 말했는데, 아버지가 옳았다는 걸 이제 알겠네요."

"나탈리……." 나는 그녀를 향해 한 걸음 다가갔지만, 그녀가 뒤로 물러났다.

"다시는 당신을 보고 싶지 않아요. 절대." 그녀가 돌아서서 급한 걸음으로 온 길을 되돌아갔다. 그녀의 어깨가 점점 떨리는 것이 보였다. 이윽고 그녀가 뛰기 시작했다. 메이에리고르의 문이 닫힌 뒤에야 나는 눈을 감고, 머릿속에 떠오른 온갖 거친 말을 속삭였다.

오스 스파 주식회사의 이사회 회의가 호텔의 대형 회의실에서 오후에 열렸다. 나는 어디서든 이사가 되어본 적이 한 번도 없지만, 일은 거의 내 상상대로 진행되었다. 사실 새로운 이사를 선출하려면 총회를 열어야 했다. 그러나 요 오스가 의장으로서 이사들에게 말했다. 알팽에서 파견된 이사가 임기가 끝나기 전에 사임했고 파리의 알팽 본사는 자신의 대표가 반드시 이사진에 있어야 한다고 주장하지 않기 때문에 남은 임기를 대신 수행할 이사로 나를 선출할 권리가 이사회에 있다고.

나는 탁자 끝에 앉아, 다른 사람들의 논의에 귀를 기울였다. 칼과 오스가 주로 회의를 이끌었고, 다른 사람들은 고개를 끄덕였다. 분위기도 좋고, 비판적인 질문도 없었다. 이사로 선출된 뒤에야 내부 회계 자료를 볼 수 있었으므로, 지금 내가 보고 있는 것은 회의에 제출된, 운영 계좌 및 잔액의 누적 수치뿐이었다. 모든 수치가 합리적으로 보였기 때문에, 이래서 아무도 문제를 제기하지 않는 모양이라고 생각했다. 그러나 일부 항목에 대해서는 확실히 칼이 제시한 것보다 더 철저하게 자료를 살펴봐야 할 것 같았다. 나는 지난 한 해 동안 유지 보수 비용이 급격히 상승한 것을 눈여겨보았다. 유지 보수 관련 기술자들을 호텔에서 자주 본 것 같지 않은데. 나는 또한 일부 고정자산의 가치 산정에 대해 간단한 질문을 몇 개 던졌다. 감가상각 비율이 올바르게 산정되었는가 등등. 칼은 도움이 되는 대답을 하기보다는 짜증스럽다는 반응을 보였다. "그건 지금이 아니라 연례 회계감사 때 회계사랑 회계 담당자가 알아서 할 겁니다." 마치 서류상 숫자를 어떻게 꾸밀지 결정하는 사람이 자신이 아니라는 듯한 말투였다. 뭐, 이것이 사실일 수도 있었다. 최소한 지금 탁자에 앉아 있는 사람들 중에는 뭔가 구린 냄새가 난다고 의심하는 이가 하나도 없는 듯했다.

주차장으로 가는 길에 요 오스가 나를 따로 불렀다.

"그렇게 나서줘서 고맙다고 말하고 싶었다, 로위."

키가 크고 껑충한 요 오스가 자신의 차를 향해 걸어가는 모습을 지켜보았다. 기억도 나지 않는 시절부터 그가 끌고 다니는 차 오펠은 내가 아는 한 단 한 번도 문제를 일으킨 적이 없었다. 숨은 결함과 빠진 부품은 누구에게나 있게 마련인데도, 오스와 그의 차는 이 세상에 믿고 의지해도 되는 것이 존재한다고 말하는 듯했다. 그런 그가 '그렇게 나서줘서'를 무슨 뜻으로 말한 걸까? 이 말은 일이 잘못 굴러가는 것처럼 보일 때 앞으로 나선다는 뜻이 아닌가. 내가 한 것이라고는 회사의 확장을 위한 자본을 제공한 것밖에 없는데. 아닌가?

나는 볼보에 올라타 기다렸다. 칼이 조수석에 오른 뒤 차에 시동을 걸었다.

"오스가 뭐래?" 칼이 물었다.

"내가 이사회에 합류해서 반갑대." 나는 백미러를 이용해 후진으로 차를 움직이면서 말했다. 사실은 모든 것을 화면으로 볼 수 있는데도. 우리가 침묵하는 동안, 라디오방송이 도로 상황을 알려주었다.

"그건 그렇고, 내가 형한테 말했나? 나탈리와 관련해서 내가 괴벨과 이야기를 나눴다고?" 칼이 말했다.

"아니."

"괴벨은 나한테 걱정할 것이 전혀 없다고 말했어. 만약 나탈리가 나를 고소하고 다른 직원들까지 나서는 상황이 된다면, 일이 심각해질 수 있지만."

"그렇게 될 위험이 있어?"

"다른 직원들?" 칼이 고개를 저었다. "내가 캐나다에서 일할 때 젊은 여직원 둘이 있었어. 신참이라서 내가 그 둘한테 어느 정도 권위를 행사할 수 있었다고 말해도 될 거야. 하지만 물론 그때는 그런 식으로 생각하지 않았지. 그러고 보니 생각나는데, 이 년쯤 전에 베르겐의 어느 호텔에서 벌어진 흥미로운 사건 얘기를 들은 적이 있어. 거기 간부 두 명이 접수대의 젊은 여직원한테 동시에 반해서 구애를 했다는 거야. 그런 것 있잖아, 식사 초대, 꽃, 작업성 문자메시지 등등. 결국 한 명이 잭팟을 터뜨려서 그 여자랑 결혼했고, 지금은 호텔 경영자가 되었대. 나머지 한 명은 성희롱으로 해고된 지 얼마 안 돼서 총으로 자살했고. 나중에 밝혀진 사실이지만, 해고의 근거가 된 문자메시지들이 그 여자랑 결혼한 남자의 문자메시지와 거의 똑같았대."

우리는 네르가르의 집 앞을 지나가고 있었다. 오르막길을 올라가기 위해 나는 기어를 바꿨다.

"그 이야기의 교훈은?"

"매력적인 사람이 되면 좋다." 칼이 말했다. "상대에 대해 아는 것도 필요하고."

"그렇게 간단한 문제가 아니야. 성희롱은 전체적인 맥락의 문제라고. 문자메시지의 요지나 상사가 만진 여직원의 신체 부위만 중요한 게 아니야."

"그래, 그렇게 간단한 문제가 아니지. 하지만 일자리와 평판을 잃고 결국 총을 손에 쥐게 된 남자한테는 그렇게 간단한 문제였던 것 같은데."

그날 저녁 나는 혼자 드라이브를 나갔다. 손으로 운전대를 잡고, 친숙한 곳에서 꺾어지는 도로를 보고, 엔진 소리를 들으며 상태가 좋다는 것을 확인하고, J. J. 케일의 상태는 별로 좋지 않은 것 같지만 어떤 의미에서 그건 문제가 안 된다는 것을 그의 노래로 느끼다 보면 항상 마음이 차분해졌다. 하지만 그날 저녁에는 마음이 차분해지지 않았다. 나탈리에 대한 생각을 억지로 멈추려고 했더니, 총으로 자신을 쏘았다는 그 남자가 생각났다.

그리고 칼도. 어쩌면 그래서 내가 콩스고르덴, 즉 칼이 짓고 있는 궁전 앞에 와 있다는 사실을 갑자기 깨달은 건지도 모른다. 칼이 이곳 부지를 볼 때 나도 함께 와본 적이 있는데, 그 뒤로 두 번 다시 이곳에 오지 않은 이유를 나도 잘 설명할 수 없었다. 물론 칼은 한번 오라고 나를 초대했지만, 나는 항상 핑계를 찾아냈다. 게다가 서둘러 이곳에 올 필요도 없었다. 내가 칼에게 말했듯이, 집이 어디로 가는 것은 아니니까.

나는 레미콘 차량 뒤에 내 차를 세우고 차에서 내렸다. 그리고 휴대전화 불빛을 이용해, 아직 포장을 뜯지 않은 판자와 벽돌 더미 사이로 걸어 들어갔다. 출입문은 잠겨 있었지만, 나는 오스를 바라보는 측면으로 돌아가서 지하실 창문을 찾아냈다. 살짝 열린 그 창문으로 기어 들어가자, 시멘트 냄새와 암면 냄새가 났다. 나는 절반만 완성된 방을 하나씩 차례로 지나갔다. 방이 아주 많았다. 4인 가족이 살기에도 넘친다 싶을 만큼 많았다. 마침내 맨 위층까지 올라갔더니, 천장에 전구 하나가 매달려 빛을 내고 있었다. 천장의 높이가 가장 높은 곳은 내 머리에서부터 최소한 6-7미터쯤 되는 것 같았다. 불빛이 벽까지 닿지 않아서 중이층의 윤곽만 간신히 보였으므로, 나는 휴대전화를 켠 뒤에야 방의 전체 모습을 눈에 담을 수 있었다. 여기는 거실과 식당, 그리고 (콘센트 위치를 보건대) 부엌이 들어설 자리인 것 같았다. 부엌 설비는 지금 독일에서 오는 중이었다. 다양한 공구, 네일건, 톱, 대패, 원형 톱이 달린 작업대 등이 여기저기 흩어져 있었다. 모두 호텔 신관에서 본 적이 있는 AUB 로고가 있었다. 오스 쪽을 바라보는 측면은 전면 유리로 되어 있고, 그 앞에 널찍한 테라스가 있었다. 나는 작업대 옆에 서서 밖을 내다보았다.

환상적인 집이었다. 차갑고, 인간미 없고, 환상적이었다. 아니, 차가운 사람에게는 인간적인 집일 수도 있겠지. 그래도 정말로 환상적이긴 했다. 그렇게 서 있다 보니, 이 집에서 오스의 전경을 볼 수 있을 뿐만 아니라 오스 사람들 또한 이 궁전을 훤히 볼 수 있다는 생각을 칼이 반드시 했을 것 같았다. 이 집을 이렇게 높게 지어야 하는 현실적인 이유는 없었다. 저 아래 사람들이 시선을 들어, 시야의 한계까지 하늘을 향해 우뚝 솟을 칼 오프가르를 보게 만들려고 이렇게 지었을 뿐이었다. 오스의 진짜 왕이 누군지 보여주는 확실한 증거.

이유는 잘 모르겠지만, 모에의 집에 걸려 있던 자수 액자 속 글귀가 갑자기 생각났다. '온 세상을 얻었으나 영혼을 잃는다면, 무슨 이득이 있겠는가?' 아마도 칼은 이 의문을 눈에 띄게 고민한 것 같지 않지만, 우리 둘 중에 더 강한 쪽은 항상 칼이었다. 개의 고통을 끝내주기 위해 칼을 든 사람이 칼이 아니라 나였던 것은 맞다. 그러나 그것은 꼭 필요한 살상이었다. 심지어 안락사라고 할 수도 있었다. 그러나 세상을 지배하기 위해 필요한 일을 하는 문제에서는 칼이야말로 강인한 사람이었다.

'영혼을 잃는다.'

내가 나탈리에게 거짓도 진실도 말하지 못한 것은 이 때문일까? 둘 중에 무엇도 고를 수 없어서? 진실을 말했다면 그 자리에서 그녀를 잃었을 것이고, 거짓을 말했어도 과정이 더 느리고 고통스러워질 뿐 그녀를 잃는 결과는 똑같았기 때문에? 그런 의미에서는, 이 우울한 기분이 다음 단계로 넘어가 모든 것이 완전히 무의미하고 무가치한 상태가 된다면 거의 해방처럼 느껴질 것이다. 사랑하는 사람을 잃는 것조차 그리 중요하지 않다는 뜻이 될 테니까 말이다. 그 두 번째 단계가 지금 다가오는 중이었다. 느낌으로 알 수 있었다.

나는 전등이 매달려 있는 전선을 올려다보았다. 천장에 단단히 고정되어 있는 것 같았다.

전화벨이 울렸다.

전화를 받지 말까 했는데, 화면에 뜬 이름이 베라였다.

"네?"

"안녕. 혼자 있어?"

"응, 그런 것 같아."

베라는 머뭇거렸다. 이 답이 무슨 뜻이냐고 물어볼까 말까 고민하는 것 같더니만, 그냥 말을 이었다.

“탄도 분석 결과가 나왔어.”

“그래서?”

“모에의 헛간에 걸려 있던 총과 당신 다리에서 나온 총알을 연결시킬 수 없대.”

“그래?”

“그 총알의 출처가 거기일 가능성은 항상 있지만, 내가 길리아니랑 얘기를 해봤는데, 길리아니도 나랑 같은 생각이야. 보안관이 개인적인 복수를 꾀하는 것 같다는 거지. 그래서 쿠르트 올센한테 결과를 알릴 때…… 뭐, 우리 검사가 잘못되었을 이론적인 가능성에 집착하게 만들지는 않을 거야.”

저 멀리 부달 호수의 수면에서 불빛이 보였다.

“고마워, 베라.”

“당신의 말이 사실이어서 마음이 놓였어. 의심해서 미안해.”

“사과할 필요 없어.”

“목소리가 좀…… 슬픈 것 같네?”

“그래? 계절 때문인가. 어두운 계절이잖아. 우리는 봄을 기대하지. 짝짓기 계절. 당신도 나도. 다시 한번 고마워. 사랑해.”

“헤이! 방금 그 말…….”

“사람은 자기가 듣고 싶은 것만 들어, 베라. 그걸 지칭하는 용어도 있어.”

“아, 닥쳐.”

우리는 전화를 끊었다. 나는 주위를 눈으로 한 번 더 둘러본 뒤, 들어올 때와 똑같은 길로 나갔다.

35

"네, 영어 할 줄 압니다." 수화기 저편의 남자가 거의 성난 목소리로 말했다.

"미안합니다, 제라르 씨." 내가 말했다. "아무래도 확신할 수가 없어서……." 나는 이 정도에서 말을 멈췄다.

"내가 프랑스인이라서요?" 남자가 도전하듯이 물었다.

나는 외교적인 답변을 찾아보려고 머릿속을 반쯤 건성으로 뒤지다가, 사실 그렇게까지 신경이 쓰이지는 않는다는 사실을 깨달았다. "네."

남자가 웃음을 터뜨렸다. "당신도 바쁘겠지만, 나도 그만큼 바쁩니다, 오프가르 씨. 그래, 무엇을 도와줄 거요?"

영어의 관용구를 잘못 말했거나 농담을 한 것 같지는 않았다.

나는 한동안 오스 스파의 지분을 36퍼센트 소유하게 되었으며, 알팽이 비운 이사회 자리를 차지하게 되었다고 말한 뒤, 전화한 이유를 설명했다. 제라르는 귀를 기울였다. 내 설명이 끝나자, 그는 파리에 한번 오는 게 어떻겠느냐고 제안했다. 그리고 내 일정에 대해 물었다.

"저한테 일정표 같은 게 있었다면, 아마 텅 비어 있었을 겁니다."

제라르는 다시 웃음을 터뜨리며, 날짜와 시간을 제시했다.

우리는 전화를 끊었다. 이것은 내가 오늘 두 번째로 건 국제전화였다. 이 전화에 앞서 빌뉴스로 전화를 걸었을 때에는, 십오 분 동안 기다린 뒤에야 AUB의 접수대 직원이 레비 비르쿠스에게 전화를 연결해주었다. 나는 곧장 본론으로 들어가, 오스 스파의 장부를 확인하다가 AUB가 '준비 작업' 명목으로 발행한 300만 크로네 청구서를 발견했다고 말했다. '준비 작업'에 정확히 무엇이 포함되는지 말해줄 수 있습니까? 결국 내가 기다린 십오 분은 시간 낭비였다.

"우리는 그런 정보를 알려주지 않습니다만, 일반적으로 고객들이 원하는 양식으로 청구서 세목을 작성합니다." 레비 비르쿠스는 이렇게 대답했다. "더 궁금한 점이 있다면, 우리 고객에게 문의하세요." 이 말을 끝으로 그는 전화를 끊었다.

그다음이 파리에 건 전화였다.

이것이 2단계고, 아직 3단계가 남아 있었다. 가장 힘든 단계. 너무나 피곤했지만, 다른 방법이 없었다. 물론 여기서 빠져나갈 길은 있었다. 그런 길은 항상 있다. 나는 주유소에서 나와 비탈길까지 걸어가서, 씹는담배 한 덩이를 입에 넣고 부달 호수 쪽을 바라보았다. 오테르틴 산에 새로 쌓인 눈이 보였다. 거기, 구름 한 점 없는 하늘과 최선을 다하고 있는 가을 태양 아래로 어둠이 내렸다. 진짜 어둠이었다. 견딜 수 없는 어둠. 생각이 항상 단단히 싸인 채 놓여 있는 곳. 그 어둠이 움직인 것은 아주 오래전이었다. 그런데 지금은 그것이 단순히 움직이는 데서 그치지 않고, 몸을 일으켜 두 다리로 서서 걸어와 햇빛을 가리며 내 앞에 섰다.

나는 그 보이지 않는 거인에게 고개를 끄덕였다. 마치 우리 둘이 합의에 이른 것처럼. 그러고는 정비소로 들어와 공구선반이 있는 벽 앞에 섰다. 이것에 어떻게 종지부를 찍을까? 부족한 것은 내 상상력뿐이었다. 나는 작은 침실 겸 거실로 들어가 번호판들을 보았다. 아니, 그중에 하나, 섀넌이 내게 준 바베이도스 번호판을 보았다. 그러고는 서랍을 열어, 그 안에 놓여 있던 빨간색 벨벳 상자를 열었다. 내가 크리스티안산에서 산 가느다란 금반지를 집게손가락으로 쓸었다. 여행중에, 오스에서 멀어져 바베이도스까지 가는 여행중에 그녀에게 프러포즈를 할 계획이었다. 그녀와 나와 우리 아이가 우리 희망처럼 그곳에서 살아갈 수 있었을까? 그랬다면 상황이 달라졌을까? 아니면 어둠이 거기서도 나를 따라잡았을까? 모르겠다. 내가 아는 것은, 섀넌과 태어나지도 못한 우리 아이가 죽기 전에는 어둠이 그렇게 진하지 않았다는 점뿐이다. 그러니 어떻게든 섀넌과 아이를 되살릴 수 있었다면, 나도 과거의 나로 돌아갔을지 모른다. 부모를 죽이기 전, 이렇게 차갑고 우울한 새끼가 되기 전의 나로. 이제 나는 아빠를 닮았을 뿐만 아니라, 아예 아빠가 되어버렸다.

나는 눈을 감았다.

그러고는 다시 눈을 떠서, 주머니의 휴대전화를 꺼내 창턱에 놓았다. 다시 급하게 밖으로 나가 가게로 돌아갔다. 에길은 바삐 움직이며 오븐을 청소하고 있었다. 신이여, 저 녀석을 축복하소서.

"에길, 오늘 끝까지 일해줄 수 있어?"

"그럼요."

"구딤 호수에 있는 네 삼촌의 보트 말인데, 내가 그걸 빌릴 수 있을까?"

"물론이죠. 미리 말씀드리지만, 물이 안 샌다는 보장은 없어요."

“내가 낚시를 좀 해볼까 하고.”

“낚시요?”

“생각할 시간이 필요해서.”

흔히들 하는 말처럼, 에길의 얼굴이 커다란 물음표처럼 변했다. 아마 그동안 내가 낚시에 관해 했던 말이라고는 그런 것에 무슨 의미가 있는지 모르겠다는 말뿐이었기 때문일 것이다.

나는 차를 몰고 오프가르 농장으로 가면서 무엇을 선택할지 고민했다. 포치의 벽에 걸린 소총으로 할까, 아니면 약서랍에 아직 남아 있는 트라마돌과 로히프놀로 할까. 여러 이유로 나는 약을 택했다. 우선 내가 총을 들고 갈 필요가 없다는 현실적인 이유가 있었다. 에길의 삼촌이 나중에 보트를 청소할 필요도 없을 테고. 또한 총을 사용하면 또 탄도 검사가 벌어질 테니 뒤에 남은 사람들이 잔뜩 귀찮아질 거라는 생각도 있었다. 나는 트라마돌 통과 로히프놀 봉지를 들고 무게를 가늠해보았다. 트라마돌 6그램이면 치사량으로 간주된다는 글을 읽은 적이 있는데, 통에는 적어도 두 배쯤 되는 양이 남아 있었다.

나는 차를 몰고 다시 중앙도로로 내려가 동쪽으로 향했다. 주유소 앞을 지나, 작은 숲속에 차를 세웠다. 리타 빌룸센이 옛날에 나를 만나던 시절에 사브 소네트를 이 자리에 세워두고, 오두막에서 나와 만나곤 했다. 나는 트라마돌 두 알을 삼키고 걷기 시작했다. 놀라울 정도로 편안하게 빨리 걸을 수 있었다. 상태가 훨씬 좋아진 다리가 조금 짜증스러웠다. 어차피 앞으로는 다리를 쓸 일이 없으리라는 것을 알기 때문이었다. 이십 분 동안 걸어서 산에 도착했다. 바람은 전혀 없고, 구딤 호수의 잔잔한 수면은 파란 하늘을 비추는 거울 같았다. 마치 하늘과 물이 하나가 된 것 같았다. 나는 에길의 삼촌이 소유한 초록색 섬유유리 보트를 발견했다. 빌룸센의 빨간색 보트와 같은 나무 아래에 있는 그 보트를 물 위로 밀고 올라탔다. 하마터면 균형을 잃을 뻔한 것은 아마도 트라마돌 탓인 듯했다. 나는 노를 제자리에 걸어 고정하고, 호수 한가운데로 노를 저었다. 수면을 빤히 바라보았다. 팔 년 전에 다리 위에 서서 지금과 똑같은 생각을 할 때 그랬던 것처럼. 하지만 이번에는 고민이 이미 끝났다는 점이 달랐다. 게다가 내게는 행운도 작용하고 있었다. 내 재킷 주머니에서 이미 작성된 유서를 발견했으니까. 평소처럼 철자법이 틀렸을까 봐 걱정할 필요가 없었다.

나는 이 삶을 더 이상 견딜 수 없다. 안녕. 오프가르.

우습네.

나는 트라마돌 뚜껑을 열고 안을 들여다보았다. 이 약을 모두 삼키려면 물이 필요하다는 사실을 깜박했음을 이제야 깨달았다. 주위를 둘러보니 물을 퍼내는 바가지가 있어서, 그것으로 뱃전 너머 물을 뜬 다음 약을 전부 목구멍에 쏟고 물을 마셨다. 누가 내 목구멍 아래로 의자를 잡아당기는 것 같은 느낌이었지만, 알약은 전부 넘어갔다. 전부. 봉지 속에 남아 있는 로히프놀도 같은 길을 갔다. 나는 햇볕에 따뜻해진 나무 바닥에 누워 눈을 감았다. 이제 주사위가 던져졌으니, 마음의 어둠이 반가웠다. 내 최악의 적이 나를 배신하려는 것처럼 보였을 때에는 빠른 잽 같은 두려움이 느껴지기도 했다. 하지만 적이 나타났다. 크고, 어둡고, 압도적인 존재. 통증을 느낄 때 가장 좋은 점은, 언젠가 이 통증이 그칠 것이라는 확신이다.

잠기운과 무감각 상태가 아주 천천히 다가오는 모양이었다. 눈을 뜰 때마다 태양의 위치는 아주 조금밖에 달라지지 않았다. 적어도 그때 내가 생각하기로는 그랬다. 어쩌면 보트가 돌고 있었는지도 모른다.

내 안의 모든 것이 잠잠하다가, 깜깜해졌다. 좋은 방향으로.

나는 어느 평원을 걸었다. 망가진 차들이 흩어져 있는 황폐한 곳이었다. 차들은 하늘에서 비처럼 쏟아졌음이 분명했다. 달리 들어오는 길이 보이지 않았다. 아코디언처럼 구겨진 차, 옆으로 누운 차, 한쪽 끝으로 꼿꼿이 선 차, 뒤집어져서 지붕이 납작하게 눌린 차. 새 차도 있고 낡은 차도 있었다. 녹슨 차도 있고, 눈부시게 밝은 색이 칠해진 차도 있었다. 타이어가 없는 차도 몇 대 있었다. 마치 도굴꾼들이 다녀간 것처럼. 머리 위 높은 곳에서 어른거리는 새들은 지저귀지도 않고 깍깍거리지도 않았다. 갑자기 뒤에서 단조로운 소리가 들렸다. 돌아보니, 어떤 자동차가 먼지구름 속에 똑바로 서 있었다. 방금 이곳에 떨어진 모양이었다. 그러고는 사방이 다시 조용해졌다. 나는 누군가를 찾고 있었는데, 그게 누구인지, 왜 찾는지 잊어버렸음을 깨달았다. 그래서 포기하고, 햇볕에 달궈진 딱딱한 바닥에 누워 눈을 감았다. 뭔가가 공중에서 휙휙 소리를 냈다. 나는 그대로 누워서, 그 차가 나를 때리기를 기다렸다. 그러나 휙휙 소리가 길고 슬픈 종소리로 변해서 높아졌다가 낮아졌다. 눈을 떠보니 이제 내가 누워 있는 곳은 물 위였다. 아니, 롤러코스터에 타고 있었다, 롤러코스터 궤도에 있는 롤러코스터 열차 안에서 물 위에 누워 있었다. 몸을 일으켜 어디에서 소리가 나는지 보았다. 그리 멀지 않은 둑 위에 어떤 여자가 서 있었다. 농민 의상을 입고 랑게레이크†를 연주하고 있었다. 그러다 악기를 내려놓고 나를 향

---

† 노르웨이의 전통 현악기.

해 다가오기 시작했다. 물 위를 걸었다. 아니, 물이 그녀의 무릎 높이였다. 곧 허리 높이가 되었다. 그래도 그녀는 계속 걸었다. 가라앉는 것을 거부하겠다는 듯이. 아니면 초능력자라도 된다는 듯이. 나는 다시 누웠다. 얼굴에 닿는 따뜻한 햇볕이 너무나 좋았다. 그러다 뭔가가 해를 가리자 금방 추워졌다.

“로위.”

이건 어떤 의미에서 내 이름이라고 할 수 있는데, 누가 그것을 부르고 있었다.

“로위.”

그냥 무시해버리면, 저 목소리도 사라지겠지.

“로위!”

그 목소리가 내게 말을 걸고 있다는 사실은 나도 알았다. 하지만 그 목소리가 있는 곳으로 돌아가기 싫었다. 여기 있고 싶었다.

내 몸이 앞뒤로 움직이고 있었다. 누군가가 열차를 흔드는 중이었다.

눈을 떴다. 나탈리였다.

“로위! 무슨 짓을 한 거예요?”

나는 문장을 만들어보려고 했다. ‘네 아버지의 머리를 박살 냈어.’ 하지만 턱이 말을 듣지 않았다. 곧 빛이 사라졌다.

36

불이 다시 켜졌다. 너무나 강렬해서 눈꺼풀을 뚫고 들어올 정도였다. 중얼거리는 목소리가 들려서 한쪽 눈꺼풀을 열었다. 사방이 새하얬다. 벽도, 커튼도, 침대보도, 침대 발치에 서서 머리를 모으고 있는 세 여자 중 두 명의 유니폼도. 나는 다시 눈을 감았다. '독'이라든가 '구성 성분' 같은 단어들이 들렸다. 나는 예전에 리타가 읽어줘서 알게 된 세 마녀를 떠올렸다. 맥베스에게 줄 마법 약을 만들면서, 언젠가 그가 왕이 될 거라고 예언하던 마녀들.

나는 마지못해 눈을 떴다.

"깨어났어요." 하얀 옷의 마녀 한 명이 말했다.

"로위?" 다른 마녀가 말했다. 이제야 비로소 그녀의 얼굴이 선명해지기 시작했는데, 내가 모르는 여자였다. "나는 의사 헬게센이에요." 그녀가 말했다. "여기가 어디인지, 지난 이십사 시간 동안 무슨 일이 있었는지 알겠어요?"

나는 고개를 저으려다가, 그냥 모른다고 말하는 편이 덜 고통스러울 것 같다는 생각이 들었다.

"오늘이 무슨 요일인지도 몰라요." 내가 말했다.

"열여덟 시간 동안 잠들어 있었어요." 의사가 플라스틱 클립보드의 서류를 훑어보며 말했다. "여기 병원에서 위세척을 했고요, 우리가 활성탄을 투여했어요."

"내가 어떻게…… 여기에 왔어요?"

"여자친구분이 데려왔어요."

"여자친구?"

하얀 옷의 여자가 세 번째 마녀를 향해 미소를 지었다. 하얀 옷을 입지 않은 마녀였다. "저분이 그렇게 말하던데요."

나는 세 번째 여자에게 간신히 시선의 초점을 맞췄다. 나탈리였다. 그녀가 내게 다가와, 이불 위에 있던 뭔가를 잡았다. 그러고 조금 지나서야 비로소 그것이 내 손임을 알았다. 그녀의 온기 덕분에. 의사는 설명을 계속했지만, 내 귀에는 그중 일부만 들어왔다. 내 신경이 온통 나탈리에게 쏠려 있기 때문이었다. 그녀의 눈은 반짝이고, 미소 짓는 입술은 가늘게 떨렸다.

"이제 두 분이 잠시 시간을 보내셔도 됩니다." 헬게센 선생이 말했다.

문이 찰칵 닫히는 소리가 들렸다. 나는 나탈리에게서 줄곧 시선을 떼지도 않고, 그녀의 손을 놓지도 않았다. 나탈리가 침대 옆에 앉았다.

"여자친구?" 내가 물었다.

"그게 가장 현실적인 해결책이었어요." 나탈리가 말했다. "안 그랬으면 병원에서 당신의 가장 가까운 가족에게 연락했을걸요. 당신한테 가족은 한 명밖에 없는데, 나는 그 사람을 상대하고 싶지 않으니까……."

"오케이. 하지만 어떻게……."

"어떻게라니, 뭐가요?"

"전부. 왜 그랬는지도."

"뭐, 그게요……." 나탈리는 잠시 앞만 바라보았다. 이야기를 정리할 시간이 필요한 듯했다. "어제 쿠르트 올센한테서 전화가 왔어요. 우리 아버지가 정당방위로 누군가의 다리를 쏜 것 같은데, 그 사람 다리에서 나온 총알이 아버지의 총에 있던 것이 아니래요. 그래서 이웃이 들었다던 총소리는 아버지가 사슴이나 늑대를 쏠 때 난 것으로 보인다고."

"늑대?"

"올센의 말이에요. 어쨌든 아버지가 맞아 죽었다는 가설은 버렸대요. 사고가 맞는 것 같다고 했어요. 내가 얼마나 기뻤는지 몰라요, 로위. 아버지의 죽음이 살인이 아니라서 기쁜 게 아니라, 당신이 살인자가 아니라서 기쁜 게 가장 커요."

나탈리는 침을 꿀꺽 삼키고 나를 보았다.

"내가 그런 말을 믿어버린 걸 용서해줄래요?"

"물론이지. 네가 그걸 믿을 만했잖아."

"잘 생각했어야 하는데. 그냥 느낌이…… 아버지랑 당신 사이가 이렇게 끝날 것 같다는 느낌이 있었어요. 그래서 당신을 멋대로 생각해버린 거예요. 당신은 무고했는데. 쿠르트 올센과 통화한 뒤에 차를 몰고 곧장 주유소로 갔어요. 용서해달라고 말하려고. 그리고 혹시 당신이…… 맞아요, 당신이 다시 나를 받아줄 수 있는지 물어보려고 했어요. 나는 당신을 실망시켰지만요. 그런데 당신은 없고, 에길 말로는 낚시를 하겠다며 조금 전에 나갔다는 거예요. 당신한테 전화를 걸어도 응답이 없고. 다시 걸어봤는데도 여전히 당신은 전화를 받지 않았어요. 그러다 정비소 창문 한 곳에서 불빛을 봤어요. 그쪽으로 가봤더니 안에 당신 휴대전화가 있잖아요. 창턱에. 그걸 보니까 불안해지더라고요.”

“왜?”

“왜냐하면 그게 아주…… 버림받은 것처럼 보였으니까. 더러운 창턱에 휴대전화를 그렇게 놔둘 이유가 없잖아요. 그걸 깜박하고 그냥 가버릴 이유는 더욱 없고요. 게다가 그런 건 내가 할 만한 행동이에요. 만약 내가…….”

“네가?”

“사라질 생각이라면.”

나는 앓는 듯한 소리를 내며 그녀의 손을 꼭 쥐었다. “그래서?”

“그래서 당신이 어디로 갔느냐고 에길에게 물었어요. 에길이 초록색 보트 이야기를 해주고, 구글 지도로 그 장소를 검색해줬어요.”

“보트까지는 어떻게 왔어?”

“그냥 좀 제정신이 아니라서 물속을 걸었어요.”

“정말로 너였구나. 내가 헛것을 보는 줄 알았는데…… 뭐, 헛것도 좀 섞이긴 했지만. 그다음에는……?”

“당신이 있는 보트에 올라탔어요. 바닥에 빈 통이 굴러다니고 있더라고요. 그게 트라마돌 통인 걸 알고, 나머지는 짐작으로 알아냈어요. 그래서 갖고 있던 이페칵을 꺼내서…….”

“아, 세상에. 그 해독제를 항상 갖고 다니는 거야?”

나탈리가 빙긋 웃었다. “그걸 당신한테 거의 다 쏟아부었어요.”

“그래서 내가 토했고?”

“영화 〈고무 인간의 최후〉에 나오는 외계인 로버트처럼요.”

“그다음에는?”

“그다음에는 내가 노를 저어 나와서 당신을 도로로 데려갔어요.”

"내가 걸을 수 있었어?"

"아뇨."

"그럼 네가……?"

"대충 그런 셈이에요."

"아, 세상에."

"이건 진지하게 하는 말인데, 어휘력에 신경 좀 써요."

나는 고개를 끄덕였다. 눈꺼풀이 다시 무거워졌다.

"정신과의사가 오고 있어요. 그 사람을 만난 뒤에야 퇴원할 수 있대요." 나탈리가 말했다. "의사한테 뭐라고 할 거예요?"

"뭐라고 하다니?"

"언제 다시 자살을 시도할 계획인지에 대해서요."

나는 고개를 저었다. 생각만큼 아프지 않았다. "다시 시도하지는 않을 거야."

나탈리가 짧게 미소를 지었다. "다들 그렇게 말하죠."

"진심이야. 네가 내 목숨을 구했으니, 그걸 허비하고 싶지 않아. 내 인생은 무가치하더라도 나는 계속 살아갈 거야."

"왜냐하면?"

"걱정 마, 나탈리. 네가 나한테 헤어지자고 해서 내가 약을 먹은 건 아니야. 너한테는 아무 책임이 없어, 오케이?"

"나도 그런 생각은 안 했어요. 그래도 어쨌든 자살을 생각하는 남자친구는 싫어요."

나는 내 손을 어루만지는 나탈리의 손을 지켜보았다. 그리고 심호흡을 했다.

"이번 말고 내가 이런 짓을 할 뻔한 적은 팔 년 전 한 번뿐이야. 사십 몇 년 동안 살면서 두 번이라면 그렇게 많지는 않은 것 같은데. 이걸 평균치라고 보면, 내가 칠십대가 되어야 다시 시도할 거라는 계산이 나오잖아. 그때쯤이면 어차피 다른 이유로 이미 죽었을걸."

나탈리가 고개를 한쪽으로 기울였다. "내가 베팅을 해도 되는 사람이라고 자신을 선전하는 말로 그게 정말 충분한 것 같아요?"

"지금 내가 생각할 수 있는 최선이야. 나는 아직 한참 환자니까, 좀 봐줘도 되지 않나."

나탈리는 고개를 끄덕이고는 일어섰다. "올라랑 점심을 먹기로 했어요. 식사하고 다시 올게요. 어쩌면 그때는 퇴원해서 집으로 갈 수 있을지도 모르죠."

나는 어쩔 수 없이 그녀의 손을 놓았다. "남자친구야?" 내가 물었다. "내가?"

나탈리는 빙긋 웃었다. "아직 아니에요."

"오케이. 그럼 내가 어떻게 해야 돼?"

"크라쿠프로 여행가요."

나는 생각해보았다. "내가 더 잘할 수 있을 것 같은데."

"더 잘하다니요?"

"파리 여행은 어때?"

37

"그것이 우리 가격입니다." 제라르가 말했다.

"오케이." 내가 말했다.

"오케이?"

"오프가르는 흥정하지 않아요."

제라르가 자신의 재정 보좌관이라고 소개했던 남자가 그에게 몸을 기울여 귓속말을 했다. 그가 움직이자, 그의 뒤편에 있던 에펠탑이 시야에 들어왔다. 내가 파리를 잘 아는 것도 아니고 알팽이 들어 있는 건물 위치가 특별한 것 같지도 않지만, 파리 시내 어디에 있든 저놈의 탑을 볼 수 있는 것 같다는 생각이 들었다. 우리 호텔 방에서도 탑이 보였는데, 나탈리는 이른바 발코니라는 곳으로 나가 저 유명한 탑을 더 잘 보려면 옷을 제대로 갖춰 입어야 한다고 강력히 주장했다.

"에펠탑에 싫어할 부분이 어디 있어요?" 나탈리가 물었다.

"저 꼭대기의 조명. 아프리카에서 오스까지 날아오는 새들이 저 불빛 때문에 제대로 날 수 없게 돼. 진짜 망할 놈의 물건이야."

나탈리는 웃음을 터뜨렸다. 그것만으로 나는 충분히 행복해졌다.

"어떻게 그렇게 아는 게 많아요, 로위? 다른 곳에 가본 적도 없으면서."

"독서지." 그것이 나의 여행 방법이었다.

"그럼 이 도시에서 뭘 좋아하는지 말해봐요." 나탈리가 요구했다.

"오케이. 이것."

"이것?"

"프랑스식 발코니. 집에 정원이 없는 사람들에게도 꽃을 키울 곳이 필요했기 때문에 여기 파리에 처음 생겼어. 영국에서는 '줄리엣 발코니'라고 부르지. 이런 발코니 아래에 로미오가 서서 줄리엣을 사랑한다고 선언했거든. 난 그 장면이 진짜 좋아."

나탈리는 한참 동안 침묵하다가 말했다. "방금 그 말에 숨겨진 의미 같은 게 있는 거예요?"

"그럴 리가 있나."

나탈리가 오스 식으로 느리게 고개를 끄덕였다. "오케이. 그럼 이제 옷을 다 벗고 섹스할까요?"

"당연하지."

이유는 잘 모르겠지만, 나탈리가 열에 들떠 '예스'를 외치는 모습에 나는 전날 회의에서 제라르가 나를 보며 한 말이 생각났다. "이제 모두 당신의 것입니다."

"좋습니다." 나는 제라르에게 이렇게 말했다.

우리가 악수를 한 뒤, 제라르의 법률 보좌관이 내가 서명할 서류를 탁자 위로 밀어주었다.

나는 첫 번째 페이지를 보고 한쪽 눈썹을 치떴다.

"미안합니다." 제라르가 재빨리 말했다. "영어 번역본도 있는데, 프랑스에서는 모든 상업 거래를 프랑스어로 해야 한다는 게 프랑스의 방침이라서요. 사실 어디든 가능하기만 하다면 프랑스어를 널리 퍼뜨리자는 것이 프랑스의 방침입니다."

"왜요?" 나는 영어 번역본을 읽으며 물었다.

"왜냐고요? 자부심, 질투심, 세계 지배 때문이죠, 당연히. 다른 이유가 있습니까?"

제라르가 엘리베이터까지 나를 배웅했다.

"이제 서명을 했으니 말해보시죠. 왜 주식을 파시는지." 내가 말했다.

"가격 말고 다른 것 말입니까?"

"가격이 중요한 것 같지는 않은데요, 제라르 씨."

"맞습니다, 오프가르 씨. 회계 때문입니다. 그게 마음에 들지 않았어요. 아니, 더 정확히 말하자면, 처리 방식이 싫었어요. 나는 토론토에서 당신 동생을 만났는데, 똑똑한 사람이죠. 어쩌면 조금 지나치게 똑똑한 건지도 모르겠습니다."

엘리베이터 문이 열렸다. 나는 안으로 들어간 뒤 돌아서서 제라르에게 고개를 끄덕였다. 그의 양복은 내 양복보다 다섯 배는 비쌀 것이다. 제라르는 이 시골뜨기를 멋지게 속여 넘겼다고 생각하는 기색이 역력했다. 그러나 그가 모르는 것이 있었다. 내가 사실 오스의 내 정비소에서 가끔 중고차를 팔아봤기 때문에 조금 전 회의실에 들어서는 순간 저 프랑스인이 주식을 팔기 위해 얼마나 안달이 나 있는지 알아차렸다. 내가 방금 오스 스파의 지분 15퍼센트를 사기 위해 지불한 금액은 기꺼이 감당할 수 있는 금액보다 삼분의 일쯤 낮았다. 내려가는 엘리베이터에서 나는 조금 전 제라르의 말을 생각해보았다. 자부심, 질투심, 세계 지배. 이것 말고 다른 이유를 생각해보려 했지만 실패했다.

다음 날 나탈리와 나는 차를 하나 빌려서 파리에서 북쪽으로 30킬로미터쯤 떨어진 플라이로 갔다. 아스테릭스 놀이공원이 거기 있었다. 관광 시즌이 거의 끝나가는 시점이고, 우리는 옷을 잘 껴입고 있었다. 날이 워낙 춥다는 점을 감안하면 사람이 많은 편이었다. 이곳은 디즈니랜드 파리보다 훨씬 작았지만, 롤러코스터가 일곱 대나 있어서 나는 모두 시험해볼 계획이었다. 특히 토네르 드 제우스가 궁금했다. 이 롤러코스터는 적어도 재건축되기 전에는 세계 최고의 목제 궤도로 꼽혔다. 나탈리는 별로 관심이 없었다.

"내가 꼭 타야 돼요?" 하트 모양인 궤도 꼭대기를 올려다보며 나탈리가 물었다. 롤러코스터 열차가 우리를 향해 다이빙하듯 떨어지고, 사람들의 정신없는 비명이 합창처럼 들려왔다.

"넌 무엇도 억지로 할 필요 없어." 내가 말했다. "하고 싶은 일만 해."

"당신과 함께 있으면 거의 무엇이든 하고 싶어져요." 나탈리가 내게 몸을 기대며 말했다.

"아, 그래? 나랑 결혼하는 것도?"

나탈리가 내 팔을 잡아당겼다. "결혼 가지고 농담하지 마요!"

나는 웃음을 터뜨렸다. "미안. 그냥 궁금했어."

"아뇨, 내가 승낙할지 미리 확인해본 거잖아요. 그 나무궤도 꼭대기에서 프러포즈를 하면서 영상을 찍어가지고 유튜브에 올릴 계획이니까."

"내가?"

"그러면 좋겠다는 거죠."

"오케이, 네가 내 가면을 벗긴 거야."

"예, 맞아요!"

나는 한숨을 내쉬었다. "궁금하면 나랑 같이 가야지."

"궁금하면 나랑 같이 가야지." 나탈리가 천천히 내 말을 따라 했다.

오스에 세울 롤러코스터가 이제는 섀넌의 기념물이자 나만의 성당이 아니라면, 그 궤도가 완성된 뒤 꼭대기에서 결혼 약속을 청하지 못할 이유가 없지 않은가. 십자군 시구르 1세도 자신이 오슬로에 지은 성당에서 결혼했다. 하지만 이런 생각만으로도 머리가 핑핑 돌았다. 그래서 롤러코스터가 궤도를 따라 또 휙 내려오는 순간, 나는 모든 생각을 머릿속에서 쫓아냈다.

우리는 놀이공원에서 차를 몰고 샤를 드골 공항으로 직행했다. 스칸디나비아로 출국하는 승객들만 사용할 수 있는, 살짝 허름한 구역에서 차례를 기다리면서 나는 요 오스에게 전화를 걸어 방금 구입한 주식 지분에 대해 알리고 오스 스파의 임시총회를 최대한 빨리 소집해줄 수 있느냐고 물었다. 그는 10퍼센트가 넘는 지분을 가진 주주는 누구라도 임시총회를 요구할 권리가 있으며, 한 달 안에 회의가 열려야 한다고 말했다. 그리고 왜 이렇게 서두르느냐고 물었다.

내가 이유를 말하는 동안 그는 조용했다.

"칼과는 의논해봤니?" 오스가 물었다.

"아뇨."

"정말로 이게 네가 원하는 일이야, 로위?"

"반대하시는 겁니까?"

"아주 많은 사람들이 아주 많은 손해를 볼 수 있어."

"단기적으로는 그럴지도 모르죠. 하지만 장기적으로는 회사와 우리 마을이 더 튼튼해질 겁니다. 동의하시죠?"

"도로의 작은 자갈 하나도 엄청난 무게의 짐을 뒤집어버릴 수 있지, 로위. 네가 돌아온 뒤 일단 나랑 좀 보자."

"동의하시느냐고 물은 건 궁금해서입니다, 요. 그 답을 듣고 제 결정이 바뀌지는 않을 거예요." 옛날 오스의 왕이었던 요 오스가 자신에게 반박하는 데서 그치지 않고 이름을 멋대로 불러버리는 내게 놀라서 눈을 크게 뜨는 모습이 거의 보이는 듯했다. 그러나 그는 아무 말도 하지 않았다. 교묘하고 현실적인 거래 전문가답게, 다가오는 변화를 감지할 수 있는 사람이었다.

"좋을 대로." 그가 말했다. "물론, 다른 선택지도 있긴 하다."

"어떤 선택지입니까?"

"이사회가 모든 일을 처리하게 하는 거지. 네가 왜 칼의 해고를 바라는지 나는 정확히 모르겠지만, 만약 이사회가 책임지고 그 일을 처리한다면, 우리는 그 이유를, 말하자면, 좀 더 가슴에 간직할 수 있게 될 거야. 회사 경영진의 변화를 외부 사람들에게 알리는 방식을 좀 더 자유로이 결정할 수 있게 되는 거지."

"그 말씀은, 칼이 덜 굴욕적으로 쫓겨나게 만들 수 있다는 뜻이군요."

"음, 결국 우리도 그런 걸 원하지 않니?"

섀넌을 태운 차가 예이테스빙엔을 향해 굴러가는 모습, 신혼부부 스위트룸의 기둥 네 개짜리 침대에 나탈리가 의식을 잃고 누워 있는 모습이 보였다.

"여보세요? 로위, 내 말 듣고 있니?"

"이만 끊어야겠습니다. 탑승이 시작됐어요. 네, 이사회가 모든 일을 처리하게 하시죠."

38

나는 자정이 막 지났을 때 집에 도착했다.

칼이 흔들의자에 앉아 있다가 고개를 돌려, 겨울정원의 문간에 서 있는 나를 보았다.

"파리는 어땠어?"

"컸어. 나랑 산책 좀 할래?"

"산책? 지금? 어디로?"

이건 칼이 아빠에게서 물려받은 특징인 것 같다. 뭔가 할 일이 있는 것이 아니라면, 움직이면서 에너지를 쓰는 게 무의미한 일이라고 생각하는 것. 샌드백으로 권투를 하는 건 괜찮았다. 언젠가 하게 될 일을 위한 훈련이었으니까. 그러나 산책을 하거나 순전히 드라이브만을 위한 드라이브를 하는 것을 아빠는 결코 이해하지 못했다.

칼이 웰링턴 부츠를 신고, 낙타털 외투를 입었다.

나는 앞장서서 히스밭을 헤치며 달빛 속으로 나갔다. 뒤에서 칼이 벌써 숨을 몰아쉬는 소리가 들렸다. 십오 분 뒤 나는 언덕 위에서 걸음을 멈췄다. 저 아래쪽에서 밤을 밝히고 있는 호텔 불빛이 보였다. 나는 칼이 옆으로 올 때까지 기다렸다.

"여기 기억나?" 내가 물었다.

칼은 헐떡거리면서 고개를 끄덕였다. "형이랑 나랑 섀넌이 여기서 있었지. 호텔을 세우고 싶은 자리를 내가 형한테 보여줬을 때."

"그 전을 말하는 거야." 내가 말했다. 칼은 고개를 저었다.

"넌 아무것도 죽이지 못하는 계집애가 아니라고 아빠한테 증명하려고 했어. 그래서 아빠의 엽총을 들고 개를 데려갔지. 고작 몇 미터 앞에 있던 뇌조 무리를 건드려서 새들이 하늘로 날아오르니까 너는 총을 어깨에 댔어. 그렇게 된 것 맞지?"

"나는 아빠가 가르쳐준 대로 했을 뿐이야. 엄청 오래 기다렸어. 방아쇠를 당기기 전에 녀석들과 악수도 할 수 있을 만큼."

"하지만 넌 방아쇠를 당기지 못했어."

칼은 어깨를 으쓱했다. "그냥 녀석들이 살아 있는 존재라고 생각했던 것 같아. 녀석들은 함께였어. 가족이었다고."

"그래서 총을 내리고, 그때야 방아쇠를 당긴 거야."

"그래야 아빠랑 형이 그 소리를 들을 것 아니야. 뇌조들이 날아오르는 걸 아빠도 볼 거고."

"하지만 개를 쐈지."

"내가 개를 쐈어."

"그러고는 집으로 뛰어와서 나를 데려갔어. 나만. 아빠한테 알리고 싶지 않았으니까. 그냥 내가 가서 너 대신 지저분한 일을 처리해주기만 바란 거야."

칼은 고개를 끄덕였다.

"나는 칼로 개를 죽였어. 너를 위해 그 거지 같은 일을 했어." 내가 말했다. "그러고는 아빠한테 네가 했다고 말했지. 네가 실수를 저지른 뒤, 책임을 지고 꼭 해야 하는 일을 했다고."

칼은 다른 발로 체중을 옮겼다. 점점 짜증을 내는 기색이었다. "그건 내가 이미 고맙다고 말했잖아, 로위. 이 얘기를 꺼내는 이유가 뭐야? 다시 고맙다고 말해줘?"

"아니. 넌 나한테 빚진 게 하나도 없어."

"난 형한테 빚을 졌어. 하지만 우리 땅에 호텔을 지어서 형도 부자로 만들어줬잖아. 그게 아니었다면……."

"내가 주유소를 살 수 없었겠지."

"다른 부동산도 마찬가지고."

"맞아."

"시간이 늦었어. 날도 춥고. 빨리 요점만 얘기하고 집에 가자."

나는 고개를 끄덕였다. "너를 위해서 또 뭔가를 죽일 거야. 네가 직접 그 일을 하지 않을 테니까."

칼은 나를 빤히 보았다.

"파리에서 주식을 샀어." 내가 말했다.

칼이 턱을 들어 올렸다. 내가 아는 움직임이었다. 칼이 점차 상황을 깨닫기 시작했다는 뜻.

"저 아래 호텔의 주식 중 내 지분이 이제 51퍼센트야. 나 혼자서도 CEO를 없애버리거나, 최소한 해고할 수는 있다는 뜻이야. 그리고 개의 일 때 그랬던 것처럼, 너는 이번에도 나한테 고마워하게 될 거야."

달빛 속에서 우리 둘의 얼굴이 이미 너무나 창백해 보였기 때문에, 칼이 더 창백해졌는지 알아볼 길이 없었다. 칼의 첫 번째 질문은 예상대로였다.

"왜?"

“네가 레비 비르쿠스에게 AUB의 네 집 공사비를 오스 스파 이름으로 청구하라고 말했으니까. 너는 그 사람들을 설득해서 그걸 ‘예비……’”

“그것 말고.” 칼이 끼어들었다. “내가 고마워할 거라고 생각하는 이유를 묻는 거야.”

나는 깊이 숨을 들이쉬었다. “조만간 누군가가 그 청구서에 대해 의문을 제기할 거야, 칼. 이사회가 아니면 총회에서 그런 말이 나오겠지. 단 크라네가 나선다면 더 심각하고. 벤엘보도 낌새를 알아챘어. 제라르도 알아챘고. 하지만 제라르는 사업가이고 실용주의자니까, 이 추문으로 인해 모든 일이 좌초되기 전에 주식을 파는 방안과 너를 해고하는 방안 사이에서 아주 당연히 전자를 택했어. 네가 그걸 다행이라고 생각해도 돼. 이제 내가 과반 주주가 됐고 현재 이사회에서 이 불편한 진실을 아는 유일한 사람이기 때문에, 네가 회사를 떠나는 걸 포장할 수 있어. 휴식이 필요해서 네가 나한테 조종간을 넘긴다고 알리는 거지. 언젠가 네가 돌아올 가능성도 있다고.”

“형이 CEO가 된다고?”

“이사회장도. AUB의 청구서에 분명히 드러난 실수를 수정해서 다시 제출하라고 회계사에게 시킬 거야. 너한테 개인적으로 직접 제출하게 할 거라는 뜻이야. 내가 잘못 안 게 아니라면, 네가 뭔가를 팔아야만 300만 크로네가 넘는 돈을 감당할 수 있겠지. 가장 쉬운 방법은 아마 오스 스파의 네 지분을 파는 것일 거야. 네가 그렇게 한다면, 내가 제라르의 주식을 산 가격보다 더 높은 값에 살게. 너한테 20퍼센트 할인을 해준다고 하면 되려나. 어쨌든 나는 너한테 선택지를 제시하고 있어.”

칼은 몸을 흔들어대며 소리 없는 웃음을 터뜨렸다. "난 네 말 안 믿어, 로위."

"그래?"

"내 호텔을 훔쳐가면서, 뻔뻔하게 나한테 호의를 베푼다고 주장하는 거잖아."

"이게 호의가 아니라고 생각한다는 뜻이야?"

"만약 내가 벤엘보를 찾아가서 롤러코스터 건축비로 대출해준 그 5000만 크로네가 완전히 다른 데에 쓰이고 있다고 말한다면, 어떻게 될 것 같아?"

"돈이 덜 위험한 곳에 투자되었다면서 벤엘보가 기뻐할 것 같은데. 고속도로가 현대화되고 신관이 완성되고 네가 사라진 오스 스파는 은행한테 황홀한 꿈이지. 벤엘보가 나한테 고마워할 거야, 칼."

내 말이 맞다는 사실을 칼도 깨달은 모양이었다. 그래서 칼의 반응이, 그러니까 칼이 다시 웃음을 터뜨린 것이 조금 놀라웠다. 내가 생각했던 것보다 더 많이 취한 듯했다.

"내가 생각을 좀 해봤어." 칼이 말했다. "아빠는 나한테 한 짓을 왜 형한테는 안 했을까? 형이 장남이었으니까, 나보다 먼저 그 나이가 됐잖아."

"네가 엄마를 많이 닮았으니까." 내가 말했다. "아빠가 엄마랑 사랑에 빠졌을 때의 엄마랑 닮았어."

"멍청이. 아빠가 항상 형을 조금 무서워했기 때문이야. 자기가 형을 건드리면, 형이 열 살을 갓 넘긴 나이라 해도 자기를 죽여버릴 거라는 사실을 깨달은 거지. 형한테서 파렴치한 살인자의 모습을 본 거야, 로위. 그런데 그거 알아? 아빠가 옳았어."

"내가 보기에는 아빠가 틀린 것 같은데. 나는 염치 있는 살인자야. 내가 방금 한 말 잘 생각해봐. 이사회는 이 주 뒤에 열릴 거야."

나는 오프가르 농장 쪽으로 걸어가다가 도중에 돌아섰다. 칼의 실루엣이 같은 자리에 뿌리 박힌 듯 서 있었다. 마치 그 자리에 서서 자신의 호텔에 감탄하고 있는 듯했다.

그 뒤 열흘 동안 나는 나탈리의 아파트에서 그녀와 함께 지냈다. 내가 주유소에서 일할 때만 빼고 항상 함께였다. 자고, 먹고, 영화 보고, 책을 읽고, 사랑을 나누고, 이야기를 나눴다. 나는 이른바 과묵한 유형이라서, 그 열흘 동안 말한 것만큼 많은 단어와 문장을 말한 적이 없었다. 심지어 섀넌조차 나탈리만큼 내 혀를 자유롭게 만들지 못했다. 하지만 때로는 아무 말도 하지 않는 것이 정답이었다. 아버지 무덤에 꽃을 놓으러 가는 나탈리를 따라 묘지에 갔을 때처럼. 놀랍게도 나탈리의 눈에 눈물이 고여 있었다. 자신을 학대한 아버지에게 눈물을 흘려줄 가치가 있는지 꼭 물어보고 싶었지만, 참았다. 어쩌면 나 역시 나탈리와 비슷하게 정신이 분열된 느낌을 받은 적이 있기 때문인지도 모르겠다. 아니면 내가 나탈리의 아버지에 대해 뭔가 중요한 말을 했다가 그녀가 내 태도와 목소리에서 살인 행위를 간접적으로 옹호하는 듯한 느낌을 받을까 봐 두려웠던 것일 수도 있다. 모에의 묘석에는 '고이 잠드소서'라는 글귀가 새겨져 있었다. 그러나 내가 최근 꾸고 있는 악몽 속에서 그는 고이 잠들지 못했다. 만약 그를 비롯해서 이 묘지에 묻힌 사람들이 정말로 고이 잠들어 있다면 나는 그들을 부러워했을 것이다. 그래, 언젠가 그들과 기꺼이 자리를 바꿨을 것이다.

우리는 산을 걸으며 인생에 대해서, 미래에 대해서, 주위에 보이는 것들에 대해서 이야기했다. 사업체를 운영하는 법에 대해서도.

놀이공원보다는 호텔 이야기가 많았다. 나는 그동안 오스 스파에서 칼이 어떻게 일하는지 지켜보면서, 그의 일이 원칙적으로는 주유소를 운영하는 일과 크게 다르지 않다는 사실을 깨달았다. 한편 나탈리는 서비스 산업에 대해 나보다 훨씬 더 깊이 이해하고 있음이 분명했다. 게다가 사업에 관한 한 큰 그림을 직관적으로 이해하는 능력도 있었다.

"일을 맡겨요." 나탈리는 산책을 나갈 때마다 최소한 다섯 번쯤 이 말을 반복했다.

그 말이 무슨 뜻인지 나도 안다고 말했지만, 그래도 나탈리는 계속 반복했다. 그것이 리더가 하는 일이라면서, 리더는 팀을 믿어야 한다고 말했다. 일하는 사람 각자에게 맡은 일과 책임을 설명해주고, 그들이 왜 승리에 중요한 전술적 요소인지를 알려주는 관리자가 바로 리더라는 것이 나탈리의 말이었다. 리더는 옆으로 물러나 있어야 했다. 게임에 직접 나설 수는 없었다.

"골을 넣은 뒤 선수들이 서로를 얼싸안을 때, 리더는 자신이 일을 제대로 했다는 걸 알게 돼요. 선수들은 리더를 위해 승리를 원하는 게 아니라, 자신을 위해 승리를 원하는 거예요. 오스 스파를 자랑스러운 일터로 만들고 싶어한다고요."

"네가 직원들한테 의욕을 불어넣는 강연을 해야 할 것 같은데."

"그럼요, 할 거예요. 내가 행정부서를 총괄하게 되면." 나탈리의 이 말에 내가 한쪽 눈썹을 치뜨자, 그녀는 교활한 미소를 지었다.

"그럼 그전에는 뭘 하게?"

"나도 몰라요." 나탈리의 말투에 오스 사투리가 거의 알아보기 어려울 만큼 미세하게 다시 뿌리를 내리고 있었다. "하지만 지금 당장은 내가 하고 싶은 일이 뭔지 정확히 알아요."

"그게 뭔데?"

"최대한 빨리 집으로 가서 옷을 벗어 던지고 섹스하는 것."

헬 스펠레만슬라그가 와서 연주한 날 밤에 프리트팔은 발 디딜 틈이 없었다. 물론 누가 무엇을 연주하든 상관없이, 원래 프리트팔에 손님이 많은 시간이라서 그랬을 수도 있었다. 그러나 그날은 정말로 분위기가 달랐다. 마치 하르딩페레로 연주하는 민속음악을 이 마을 사람들이 내내 기다린 것 같았다. 머리카락을 꼬아서 귀걸이에 건 올라가 하르딩페레로 아우성치는 듯한 소리를 내며 모니터 위로 뛰어올랐을 때, 사람들은 이미 벌떡 일어서 있었다. 조니와 친구들이 사티리콘† 콘서트에 온 것처럼 무대 앞에서 방방 뛰는 모습이 보였다.

올라가 고개를 휙 젖히자 머리카락이 자유롭게 공중을 날면서, 새로 개종한 신자들 위에 성수를 뿌리듯이 땀방울을 흩뿌렸다. 그때 그것이 보였다. 맥주를 몇 잔 마신 뒤였지만, 틀림없이 그것을 보았다. 에길과 뵈르게가 공중에서 내려오는 물방울을 받으려고 혀를 내밀고 있는 모습. 곧 나탈리가 무대에 올라, 랑게레이크를 들고 앞에 서서 마을 사람들을 바라보았다. 완전한 복종을 요구하고 실제로 받아낼 수도 있는 사람처럼 서 있는 나탈리의 모습을 마을 사람들은 그날 처음 보았다. 몇 초 전만 해도 미친 듯이 날뛰던 사람들이 갑자기 교회에 온 것처럼 조용해졌다. 그녀가 노래를 부르기 시작할 때 누군가가 내 허리를 팔로 감쌌다. 율리였다. 그녀는 다른 팔로 알렉스의 허리를 감싸고, 까치발로 서서 내게 귓속말을 했다.

---

† 노르웨이의 블랙메탈 밴드.

"진짜 운 좋은 줄 알아요. 나도 쟤랑 사귀고 싶을 정도니까."

사람들이 모두 떠나고, 율리, 알렉스, 에릭 네렐, 나, 밴드만 남았을 때는 거의 새벽 2시가 다 된 시각이었다. 율리와 나탈리만 빼고 모두 코냑 한 병을 나눠 마셨는데, 에릭은 너무 행복해서 울기 직전이었다. 오늘 매상이 기록적이라서가 아니었다. 실제로도 신기록은 아니었다. 그보다는 우리가, 아니 사실은 주로 에릭 자신이 오스 사람들에게 아주 오랫동안 기억할 추억을 만들어주었다는 점 때문이었다. 어쩌면 평생의 추억이 될 수도 있다고 에릭은 장담했다. 그리고 자신에게 새로운 기회를 줘서 고맙다고 내게 또 인사했다. 심지어 나를 끌어안기까지 했을 때에는, 축구선수들이 골을 넣은 뒤 축하하면서 관중들까지 들뜨게 만든다는 나탈리의 말을 떠올려야 했다. 확실히 그런 분위기가 있었다.

집으로 가는 길에는 나탈리가 나를 부축했다.

"내가 술을 마시지 않고 너랑 의리를 지켰어야 한다고 생각해?" 내가 불분명한 발음으로 물었다.

"아뇨. 로위 오프가르가 가끔 이렇게 풀어지는 모습을 보는 것도 좋아요."

열흘 동안 나는, 간단히 말해서, 어이가 없을 정도로 행복했다. 비록 이런 행복을 경험한 적이 많지는 않아도, 당시 내 상황이 맑은 하늘의 햇살처럼 완벽하기 때문에 더 행복한 것은 아니었다는 점을 되새기고 싶다. 오히려 천둥을 품은 납빛 구름이 사방에 묵직하게 드리워져 있었다. 그러나 그런 때에 바로 온기를 즐기는 법을 터득하는 것 아닌가. 먹구름이 잔뜩 드리워져 있는 걸 알면서도 일 초, 일 초를 음미하며 눈을 감고 점점 따스해지는 날씨를 느낄 때, 그건 해가 구름 가장자리에 가까워지고 있기 때문이다. 그러다 보면 아주 잠깐 동안 햇살이 다른 각도로 비치면서, 마치 확대경으로 빛을 모을 때처럼 한곳에 집중된다. 그러나 그것은 또한 해가 사라지기 직전의 한순간이기도 하다. 곧 온도가 쑥 내려가고, 만약 하늘이 나와 같다면, 엄청난 폭풍이 시작될 수 있다.

그때의 내가 바로 그런 상태였다. 나만의 화창한 하늘 아래에서 가장 강렬하고 열정적으로 필사적인 행복을 느끼는 상태. 그때 칼이 내게 전화를 걸어 호텔로 올라오라고 말했다. 칼이 무엇을 원하는지는 알 수 없었지만, 나는 그 목소리의 뉘앙스를 속속들이 알고 있다. 칼이 내 목소리를 아는 것처럼. 바로 그 순간 기온이 곤두박질쳤다. 그리고 한 시간 뒤 칼의 사무실에서 정말로 엄청난 폭풍이 나를 강타했다.

39

내가 들어갔을 때 칼은 책상에 앉아 있었다.

"앉으세요." 칼이 말했다.

우리는 형제라서 이런 식으로 예의를 차리지 않는 편이기 때문에, 나는 칼의 말을 일종의 예고, 즉 뭔가 아주 진지한 이야기를 할 예정이라는 경고로 받아들였다.

내가 자리에 앉는 순간 칼이 일어섰다.

확실히 심상치 않았다.

"이 사무실이 마음에 들어?" 칼이 등받이가 높은 사장 의자 윗부분을 툭툭 쳤다. 그리고 내 대답을 기다릴 생각 없이 곧바로 말을 이었다. "나도 그래." 칼이 창문으로 다가갔다. "여기서 우리 땅이 보이는 것도 좋아. 내가 요청하면 식당에서 점심식사를 날라주는 것도 좋고. 마사지가 필요할 때 스파에서 시간을 내주는 것도 좋아. 사장이라는 자리가 제공해주는 자유와 책임의 조합이 좋아. 사람들이 날 존중해주는 것도 좋고. 권력도 있지. 좋은 일을 할 수 있는 힘. 나를 위한, 직원을 위한, 오스를 위한 좋은 일. 이 자리가 너무나 좋아서, 계속 여기 앉아 있기로 결정했어, 로위." 칼이 내게 돌아섰다. "지난번에 형은 적어도 내게 선택지를 주는 거라고 말했지. 하지만 그건 정확한 말이 아니야. 나한테 선택지를 준 게 아니니까. 난 어쩔 수 없었어."

"뭐가?"

칼이 미소를 지었지만, 눈빛에는 죄책감과 체념이 함께 있었다. 내가 아는 표정이었다. 칼이 개를 쐈다고 말했을 때의 표정과 똑같았다. 옛 보안관을 후켄으로 밀어버렸다고 시인할 때의 표정도. 섀넌을 때려 죽였다고 말할 때의 표정도.

나는 침을 꿀꺽 삼켰다. "뭐야, 칼? 네가 무슨 짓을 저질렀는지 말해."

"쿠르트 올센과 거래했어. 전부 털어놓기로. 형이 엄마와 아빠를 어떻게 죽였는지, 시그문 올센이 스스로 물에 빠져 죽은 것처럼 어떻게 꾸몄는지, 빌룸 빌룸센이 총으로 자살한 것처럼 어떻게 꾸몄는지."

나는 칼을 바라보면서 방금 들은 말을 이해하려고 애썼다. 말이 되지 않았으니까. 알다시피 내가 글을 읽는 실력은 별로지만, 계산에는 상당히 능한 편이다. 그런데 이번에는 아니었다. 도무지 계산이 되지 않았다.

"내가 이 사무실로 들어오지 못하게 하기 위해서 네가 옛 보안관을 죽였다는 사실을 인정할 각오를 했다고?" 내가 물었다.

"시그문 올센을 죽인 사람이 형이라는 증거를 제공할 각오를 했어. 쿠르트는 이미 내 말을 믿는다고 말했고. 오르툰의 그 무도장에 다녀본 사람이라면 누구든 우리 둘 중에서 형이 폭력적인 쪽이었다는 걸 알지."

나는 눈을 감고 턱에 힘을 주었다. "이미 쿠르트와 이야기를 했다는 거야?”

“맞아.”

코로 숨을 거칠게 쉬다 보니 끽끽거리는 소리와 휘파람 같은 소리가 났다. “나를 감옥에 보내봤자 뭐가 달라져? 사기가 들통나면 넌 어차피 이 자리를 잃어.”

“아니, 안 잃어.” 칼이 말했다. “어쩌면 형도 감옥에 갈 필요가 없을지 몰라.”

나는 다시 눈을 떴다. “뭐? 그게 어떻게 가능하지? 네가 이미 털어놓았다면서.”

미소가 칼의 얼굴에 번졌다. 이번에는 환한 진짜 미소였다. “경찰서에서 한 진술과 증인 진술은 서로 달라, 로위. 거짓 진술을 그냥 철회하면 돼. 쿠르트한테서 압박감을 느꼈다거나, 쿠르트가 오랜 세월 동안 우리를 쫓아다녀서 복수하려고 좀 놀려줬다고 말하면 되니까. 오늘이라도 진술을 철회할 수 있어, 로위. 조건만 충족된다면. 형이 이사회에서 아무것도 안 하고, 나는 이 자리를 지키는 거야. 형이 아무도 몰래 청구서의 금액 300만 크로네를 직접 지불하는 거야. 그러면 나중에 실수가 발각되더라도 AUB를 탓하면서 모든 문제가 이미 해결되었다고 보여줄 수 있어.”

나는 고개를 끄덕였다. 멍한 기분이었다. 칼이 한 짓은 아빠가 우리에게 권투를 가르치며 해준 조언에 따른 것이었다. 있는 힘껏 상대를 쳐라, 상대가 공격을 위해 다가올 때 쳐라.

“좀 충격을 받은 모양이네, 형. 하지만 내가 형한테 호의를 베푼 거라고 생각해봐. 적어도 나는 형에게 선택지를 주는 거야.”

내가 할 수 있는 일은 계속 고개를 끄덕이는 것뿐이었다. 옛날에 사람들이 자동차 뒤편에 놓아두던, 고개를 끄덕이는 개 인형처럼.

“지금 기분이 어떤지 알아.” 칼이 말했다. “하지만 이제 우리가 비겼으니까 새로 시작할 수 있어. 팀 오프가르가 되는 거지. 어때?”

“비겨?”

“그럼. 형이 나탈리 모에를 사랑하는 걸 나는 물론 알고 있었어. 내가 나탈리랑 섹스한다면 형의 기분이 얼마나 나빠질지도 알았고. 하지만 어쩔 수 없었어. 그러니까 그 점에서도 우리는 이제 비긴 거야.”

나는 칼을 빤히 보았다. 이 멍청이 로위 오프가르는 이제야 깨달았다. 칼이 나탈리에게 약을 먹인 것은 당연히 고작 섹스를 위해서가 아니었다. 내게 복수하기 위해서였다. 그것의 의미는 하나뿐이었다. 칼이 알았다는 것.

“어떻게…….” 나는 말을 하다 말고 목을 가다듬어야 했다.

“쿠르트.” 칼이 말했다. “나를 만나러 왔어. 자기 아버지 살인 건으로 형한테 불리한 증언을 해달라고 했지. 그 대가로 나는 그 사건에서 빼주겠다면서. 쿠르트는 형제애에 생채기를 낼 만한 정보를 갖고 있다고 말했어. 쿠르트의 표현이야. 경찰에서 분석한 건, 아빠의 자동차 번호판 뒤에서 발견한 올센 영감의 피만이 아니야. 섀넌의 피도 들여다봤어. 섀넌이 타고 있던 차에 묻은 것. 그래서 섀넌이 임신중이었다는 걸 알았대. 물론 나도 이미 알던 사실이고. 하지만 임신한 여자의 피로 아기 아버지를 밝혀낼 수 있다는 건 나도 몰랐어. 형은 알았어?”

나는 고개를 끄덕였다. 목의 피부가 따끔거리기 시작했다.

“굉장하지? 아이 아버지가 형으로 밝혀졌다는 사실만큼이나 굉장해, 진짜. 로위, 나의 형이 몰래 내 아내와 자고 있었어.” 칼은 고개를 한쪽으로 기울였다. “형이랑 섀넌이 어떤 미래를 계획했는지 궁금해. 나한테 계속 숨길 생각이었어? 그래서 그 뻐꾸기 새끼를 내가 내 자식으로 먹이고 키우게?"

나는 침을 꿀꺽 삼켰다. 우리 계획은 그보다 훨씬 더 과감했다고 말할 수 없을 것 같았다.

"쿠르트는 우리 둘 사이에 쐐기를 박아넣고 있다고 확신했지. 딱히 틀린 생각도 아니야. 나는 쿠르트의 제안을 생각해보겠다고 말했어. 그리고 진짜 생각했어, 로위. 형을 버스 아래로 밀어 넣으면 내 복수를 하는 동시에, 쿠르트 올센이 언제 나를 잡으러 올지 불안해하며 계속 어깨 너머를 돌아보는 생활을 그만둘 수 있겠구나."

이제 알 것 같았다. 나를 보는 칼의 시선이 수수께끼처럼 낯설게 느껴진 것. 옛날에 아빠를 보던 시선이었다. 자신이 이제부터 하게 될 일에 대한 죄책감과 증오심이 섞인 표정.

"처음에는 나탈리 모에랑 섹스하는 것만으로 충분할 줄 알았어." 칼이 말했다. "형이 괴로워하는 걸 보고 싶었거든. 형의 마음이 조금 부서지는 걸. 그걸로 충분하기를 바랐어. 그런데 그거 알아? 정말로 충분했어. 그러니 거기서 그칠 수도 있었을 거야, 로위. 그런데 형이 핵전쟁을 시작했잖아. 그러면 남은 건 하나뿐이지. 옛날에 아빠가 3차 세계대전에 대해 하던 말."

"보복." 내가 말했다.

"보복." 칼이 되풀이했다. "모두에게 폭탄을 떨어뜨린다. 특히 빨갱이들에게. 완전히 석기시대로 되돌아갈 때까지."

나는 빙긋 웃을 수밖에 없었다.

칼은 사장 의자에 다시 앉았다. "형이랑 내가 쿠르트 올센을 속여서 승리를 빼앗는 거, 어떻게 생각해? 우리가 서로에게 반칙으로 묵직한 펀치를 두어 번 날렸으니 이제 그만할까? 나는 계속 호텔을 경영하고, 형은 놀이공원과 공주님을 흥정에 올려놓고?"

우리는 서로를 유심히 보았다. 칼이 나를 어떻게 보았는지는 모르겠지만, 내 눈에 보인 칼은 옛날에 함께 놀고 싸우던 동생이었다. 말다툼도 하고, 경쟁도 하고, 힘껏 보호해주고, 위로가 필요하면 위로도 해준 동생. 칼에게 위로가 필요할 때도, 우리 둘에게 모두 위로가 필요할 때도. 밤에 아빠가 다녀가고 나면, 나는 이층 침대 아래층으로 내려가 칼이 울음을 그칠 때까지 안아주었다. 내 동생은 밤중에 일어나 내가 자는 줄 알고 내 가방을 열어, 다음 날 제출할 숙제를 꺼내서 내가 미처 알아차리지 못한 철자법 실수들을 수정해주었다. 동생이 오르툰에서 예쁜 여자애들과 모조리 춤을 추는 바람에, 나는 질투심에 불타는 사내 녀석들을 모조리 상대해야 했다.

"나탈리의 신고가 그렇게 된 이유도 그거야?" 내가 물었다. "쿠르트가 널 보호하고 있었기 때문에? 쿠르트 올센이 진심으로 신경 쓰는 유일한 사건의 최고 증인이 너니까?"

"아, 쿠르트가 나탈리에게 한 말 중에 사실이 아닌 건 없을걸. 강간을 주장하는 사건들이 대부분 증거불충분으로 기각된다는 사실 말이야."

"물론 그렇지." 나는 턱을 문질렀다.

칼이 의자에서 앞으로 몸을 기울이며 내게 오른손을 내밀었다.

"평화의 악수 어때, 형?"

내 손은 매끈해서 낯설게 느껴지는 턱을 계속 문질렀다. 매일 면도하는 일이 아직 익숙하지 않았다. 그때 문득 이런 생각이 들었다. 내게 내밀어진 저 손을 잡으면, 오프가르 혈족 중에 나 말고 유일하게 살아 있는 동생의 따스하고 거친 피부 질감이 지금 내 턱의 질감보다 더 든든하고 친숙하게 느껴질 것 같다는 생각.

나는 콜록거렸다. "그래, 아빠가 보복과 세계대전에 대해 한 말을 나도 잘 기억해. 우리가 석기시대로 되돌아갈 때까지 서로에게 폭탄을 터뜨리는 날이 오면 다른 사람들에게도 모두 똑같이 해줘야 한다는 뜻이었지. 그래야 우리가 동등한 입장에서 돌도끼를 들고 계속 싸울 수 있으니까."

칼이 무슨 말인지 잘 모르겠다는 표정을 지었다. 공중에 떠 있는 칼의 손이 완성되지 못한 문장 같았다. 나는 일어섰다.

"쿠르트한테 가서 증언해, 칼. 나는 집에 가서 돌도끼를 찾아볼 테니까."

사장 의자가 삐걱거렸다. 칼이 의자에 앉아 몸을 흔들고 있는 것 같았다. 나는 쪽모이 세공을 한 바닥을 걸어 밖으로 나가서 문을 닫았다.

그날 오후, 이제 3차 세계대전이 시작되었고 모두 패자가 될 것이라는 사실을 알게 된 나는 나탈리를 위해 랍스케우스를 만들었다. 노르웨이에서 모방한 버전이 아니라 진짜 독일식 랍스케우스였다. 물론 뱃사람들이 주로 먹는, 싸구려 고기와 배에서 눅눅해진 비스킷으로 구성된 간단한 버전도 아니었다. 함부르크와 브레멘의 부유한 사람들도 먹는 음식, 엄마가 가정부로 일할 때 배운 요리법대로 소금에 절인 쇠고기, 청어, 감자, 비트 뿌리, 양파, 파슬리, 양념을 넣은 음식이었다. 나탈리가 이 음식을 세 접시째 덜어서 정신없이 먹고 있을 때, 나는 맛있냐고 물었다. 조금 불필요한 질문이었다. 나탈리는 그냥 웃음을 터뜨리며 내 접시를 가리켰다. "그보다 중요한 게 있잖아요. 로위도 맛있어요?"

"응, 그럼. 지금은 별로 배가 안 고파서 그래."

"무슨 문제라도 있어요?"

"문제는 항상 있지." 내가 말했다. 거짓말을 하지 않을 때 최고의 거짓말이 되는 법이니까.

"일 때문에?"

"일 때문에." 이것도 엄밀히 말하면 진실이었다. 호텔 사장이라는 일과 관련된 문제였으니까.

"나한테 말하고 싶다면 기쁘게 들을게요." 나탈리가 말했다.

"고마워, 자기야. 하지만 말할 것이 별로 없어." 나는 그녀가 쓰는 말인 '자기야'를 내가 점점 자주 빌려 쓰고 있음을 깨달았다. 처음에는 그녀와 같은 뜻으로 이 말을 사용했다. 애정이 담긴 장난이자, 역설적인 거리감이 느껴지는 말로. 그러나 역설의 흔적이 점점 희미해졌다.

"알았어요." 나탈리는 한숨을 내쉬었다. "내가 그냥 생각할 것이 필요해서 그래요. 아무것도 안 하고 있으니까 슬슬 신경이 곤두서서."

나는 접시를 밀었다. "나도 머리에 바람을 좀 쐬어야 할 것 같네. 산책을 나갈 거야. 나중에 술집에 들러서 에릭을 볼 수도 있고. 나간 길에 뭣 좀 사 올까?"

"지금 문 연 데는 아마 주유소밖에 없을걸요. 빗속에서 가기에는 조금 멀잖아요."

"좀 멀긴 해." 나는 나탈리의 이마에 입을 맞추고, 비에 흠뻑 젖은 밤거리로 나갔다. 재킷의 후드를 쓰고, 광장을 건너 주유소로 이어지는 길에 들어섰다. 조금 앞쪽에서 어떤 여자가 스코다에서 내리는 모습이 보였다. 하이브리드 모델인 스코다는 가족이 쓰기에 실용적인 보급형 자동차였다. 하지만 여자는 누군지 알 수 없었다. 이런 곳에서 차에서 내리다니 이상하다고 생각했을 뿐이다. 이 길에는 집이고 뭐고 아무것도 없었다. 여자는 길을 따라 빠른 걸음으로 걸어왔다. 광장을 향해서. 그리고 스코다가 같은 방향으로 출발했을 때, 나는 거의 감을 잡았다. 자동차가 먼저 나를 지나쳤는데,

유리창에서 오락가락하는 와이퍼 뒤로 단 크라네가 보였다. 그는 길에서 만난 목격자를 자신이 보지만 않으면 목격자가 저절로 사라질 거라고 생각하는 사람처럼 뻣뻣하게 앞만 보고 있었다. 여자가 가까워지자 누군지 알 수 있었다. 호텔 창고에서 침대보를 찾을 때 나를 도와줬던, 동유럽 말씨의 여자였다. 내가 고갯짓으로 인사를 건넸지만, 돌처럼 무표정한 여자는 나를 보지 않고 똑바로 앞만 보았다. 확실히 뺨이 조금 붉었다.

그래도. 내가 방금 목격한 장면은 행복하지 않았다. 은밀한 행복조차 없었다. 두 사람이 바다 한가운데에서 표류하다가 내 눈에 띄었다 해도 지금만큼 외로워 보이지는 않았을 것이다. 나는 나탈리가 죄책감을 느끼면서도 좋아하는 커다란 밀크초콜릿을 주유소에서 사서 온 길을 되돌아갔다. 발걸음을 세면서, 330번째 걸음에 도달하기 전에 결정을 내려야 한다고 속으로 되뇌었다. 칼이 정말로 법정에 서서 내게 불리한 증언을 할 것인가? 상상하기 힘들었다. 만약 칼이 말로만 협박을 한 거라면, 지금 내가 계획하고 있는 선제공격은 재앙이 될 수 있었다. 331번째 걸음. 나는 프리트팔 앞에 서 있었다. 에릭이 칠판에 분필로 써놓은 글자들에 빗줄기가 줄무늬를 그려놓았다.

나는 안으로 들어갔다.

에릭은 내 질문을 되풀이했다. "우리가 어떤 친구냐고? 그을쎄. 옛날에는 그 녀석이 결정을 내리고 앞장서면 다들 뒤에서 따르는 식이었지. 우리는 쿠르트를 우러러봤어. 적어도 어렸을 때에는. 녀석이 보안관의 아들이라는 점도 있고 하니까…… 아마 녀석의 집에서 다른 집보다 더 신나는 일이 벌어질 거라고 생각했던 것 같

아. 우리 또래에서 쉽게 최고로 꼽힐 만큼 축구도 잘했으니까, 오스 출신 중에 누구보다 장래가 유망하다고들 했지. 하지만 가장 큰 이유는 녀석이 우월해 보인다는 점이었어. 녀석이라는 존재가."

에릭이 내 커피잔을 다시 채워주었다. 알렉스가 에릭 대신 바를 맡아 일하는 중이었고, 우리는 바에서 가장 먼 문 옆의 테이블에 앉아 있었다. 알렉스가 소리를 들을 수 없는 위치였다. 나는 커피를 한 모금 마셨다. 에릭이 본론에 도달하려면 시간이 조금 걸릴 수 있다는 것을 알기 때문이었다.

"쿠르트는 최고였고, 본인도 그걸 완전 잘 알고 있었어. 머리가 빼어나진 않아서 공부로 1등을 하거나 그러지는 않았지만, 운동장에만 나가면 뭘 하든 1등이었어. 우리 중에서 누구보다도 먼저 여자를 꼬신 놈도 쿠르트고. 자신감 넘치는 모습이 여자들한테 인기였거든. 물론 금발도 중요했지. 밀 다발처럼 풍성한 머리. 쿠르트가 밴드를 했어야 돼. 진짜 기분 나쁜 건, 그놈이 실제로 기타를 칠 줄 알았고, 솜씨가 나쁘지도 않았다는 거야. 성실하지만 않았을 뿐. 물론 쿠르트는 축구에 집중해야 했어. 고작 열여섯 살 때 처음으로 팀에 들어갔으니까. 노토덴에서 제의를 받고, 오드의 입단 테스트를 받으러 시엔에 갔거든. 두 경기쯤 벤치에 앉아 있다가 출장했는데, 나쁘지 않았어. 하지만 좀 떨기는 했지. 진짜 실력을 보일 수 없을 만큼. 그래서 아주 금방 고향으로 돌아와서 시엔에서 재미가 없었다고 말했어. 거기서 만난 사람도 없다고. 오스가 좋대. 안전하고. 든든하고. 필요할 때 옆에 있어줄 친구들이 주위에 있는 것도 좋고."

"작은 연못의 큰 물고기 노릇이 좋았던 거지." 내가 말했다.

에릭이 고개를 끄덕였다. "쿠르트에게 약점이 하나 있다면, 꼭

이겨야만 직성이 풀린다는 점일 거야. 뭐, 그게 장점일 수도 있어. 상대방이 지칠 때까지 뛰고 또 뛰니까. 인내심도 있고. 절대 포기를 모르지. 하지만 가끔 폭발하기도 해. 전에 노토덴이랑 경기했을 때가 기억나는데, 그 팀에 드리블을 잘하는 어린 녀석이 있었어. 그놈이 쿠르트의 다리 사이로 공을 차서 다시 몰고 가는 짓을 두 번 했지. 사람들은 박수를 치면서 웃어댔어. 그놈이 우리 주장을 이겼으니까. 녀석이 그 기술을 세 번째로 시도할 때, 쿠르트가 놈의 무릎을 빠개버리는 바람에 결국 녀석은 들것에 실려 나갔지. 인대가 찢어졌대. 육 개월 뒤에 그 녀석이 은퇴했다는 기사가 신문에 실렸더라.”

제복 차림의 조니가 친구 두 명과 함께 테이블에 앉아 있는 모습이 보였다. 그들이 가끔 우리 쪽을 힐끔거렸다.

“너희가 모두 쿠르트의 편이 되어줄 거라는 사실을 쿠르트도 알고 있었다는 말이지?” 내가 말했다. “녀석이 그걸 이용한 적이 있어?”

“무슨 생각을 하는 거야?” 에릭이 이렇게 물으면서 잔을 입술로 들어 올렸다. 하지만 잔은 비어 있었다.

프리트팔에서 나가는 길에 문간을 지날 때 휴대전화가 울렸다.

벤트 할렌이었다.

“무슨 일이에요?”

“욘 푸르.”

“그래서요?”

할렌은 문제를 개략적으로 말해주었다. 충격적이지는 않을망정 놀라운 이야기였다. 나는 할렌에게 최대한 서두르면 언제 오스에 올 수 있느냐고 물었다. 그가 나와 함께 있는 모습을 누가 볼까 봐 무섭다고 말해서, 나는 차를 몰고 내 정비소로 오라고 말했다. 만약 누가 뭐라고 하거든, 내가 지난번에 수리할 때 시간이 없어서 고치지 못한 부분을 수리하러 왔다고 말하면 된다고 일러주었다.

"알겠습니다." 그가 전화를 끊었다.

나는 제자리에 서서 프리트팔 출입구의 쪽모이 세공 바닥만 빤히 내려다보았다. 발길에 닳은 바닥 무늬 중 밝은 사각형이 하나 있었다. 옛날에 컴퓨터게임기가 서 있던 자리였다. 폭발하는 소행성 조각들이 지금 나를 향해 마구 날아오고 있었다. 결국은 그 조각들을 도저히 피할 수 없게 된다던 쿠르트 올센의 말이 당연히 옳았다. 하지만 달리 무엇을 할 수 있을까? 화면에 '게임 오버'라는 말이 뜨고, 음악이 멈추고, 불이 꺼질 때까지 그냥 계속 게임을 해야 할까?

41

　자정이 다 된 시각이었다. 벤트 할렌이 아우디를 몰고 정비소로 들어와, 벽 옆의 나무 의자에 앉아서 상황을 설명했다. 정비소 안이 바깥처럼 추워서 우리는 겉옷을 벗지 않았다. 욘 푸르가 우리 형제가 그 보고서로 얼마나 이득을 볼 수 있는지 이제야 깨달았다면서 우리에게 금액을 더 요구해야겠다고 할렌에게 말했다고 했다. 600만 크로네를 더 요구하겠다고.

　"왜 600만이에요?" 내가 물었다.

　"모르죠." 할렌의 목소리에 절망이 드러났다. "아마 누구한테 빚을 졌는지…… 도박을 했다가 잃은 모양이죠."

　"그런다고 달라지는 건 없어요." 내가 말했다. "그 사람 뜻대로는 안 될 겁니다. 우리는 거래를 했어요. 당신들도 약속을 지켜야죠."

　"욘은 당신이 돈을 주지 않으면 보고서를 수정하겠대요."

　"쉼표 하나라도 수정하면 우리가 당신들을 뒤쫓을 겁니다."

　"욘은 '우리'라는 게 존재하지 않는다고 생각해요. 당신 형제뿐이라고."

　"당신들이 보고서를 수정하면 우리가 당신들 뒤를 쫓지 않더라

도 의심하는 사람이 생길 텐데, 욘은 그걸 모른답니까? 모두 밝혀
져서 결국 우리 모두 감옥에 갈 거예요. 당신들이 우리보다 더 길
게 징역을 살아야 할 테고요.”

“나는 그걸 알아요. 아마 욘도 아는 것 같은데…….”

“그런데?”

“그래도 그렇게 하겠답니다. 완전히…… 맞아요, 완전히 용감무
쌍해요.”

“용감무쌍?”

“조금 제정신이 아니라고나 할까.”

“스테로이드네요.” 내가 말했다.

할렌이 의아한 표정으로 나를 보았다.

“몰랐어요?” 내가 말했다. “당신 파트너가 애너볼릭 스테로이드
를 사용하는 걸?”

할렌은 고개를 저었다. “책상 서랍에 알약을 두고 먹기는 하는
데, 영양 보조제라고…… 어, 그렇게 말했어요.”

“보통 스테로이드가 그런 효과를 내요. 사람을 용감무쌍하고, 공
격적으로 만들죠. 화가 나서 완전히 미쳐 날뛰는 정신이상자가 되
는 거예요. 요즘 욘의 상태가 대략 이런가요?”

“네, 그런 것 같네요.”

“그래서 욘 몰래 나한테 연락한 건가요? 욘이 무슨 짓을 할지 무
서워서?”

“난 이제 이 일에서 완전히 손을 떼고 싶어요.” 할렌이 양손을 비
비고, 몸을 부르르 떨면서 말했다. “내 가정을 생각해야 하니까. 난
빠지고 싶어요.”

“롤러코스터가 이미 출발한 뒤에는 뛰어내릴 수 없어요.”

"하지만 욘은…… 당신은 욘을 몰라요. 정말로 그렇게 할 거예요. 벌써 보고서를 수정하기 시작했다고요. 내가 그걸 안다는 걸 욘은 아직 모르는데, 내가 욘의 컴퓨터에 접속해서 직접 확인했어요."

나는 씹는담배 통을 꺼내서 할렌에게 권했다. 아니, 그건 장난이었다. 할렌은 이런 걸 하는 사람이 아니라는 사실을 나도 알았으니까. 나는 큰 덩어리 한 개를 입안에 끼웠다. 그리고 천천히 시간을 끌면서 방금 들은 이야기를 정리했다. 이게 다 무슨 일인지 조금씩 이해되기 시작했다.

"할렌, 당신이 나한테 이 이야기를 털어놓는 진짜 이유가 뭡니까?"

"내가 이 일에서 빠지고 싶다는 걸 알리려는 거죠."

"내가 뭔가 조치를 취해주기를 바라는 마음도 있고요?"

"뭐라고요? 아니에요!" 할렌이 나를 보았다. "아니, 그게…… 그러니까, 당신이 어떻게 해줄 수는 있습니까?"

나는 그와 시선을 마주쳤다. 혹시 그의 생각을 읽을 수 있을까 싶었다. 할렌과 욘 중에 적어도 한 사람은 내가 그날 밤 차고에서 해준 이야기, 즉 어느 엔지니어가 아주 편리하게 호텔 창문에서 떨어졌다는 이야기를 믿는 것 같았다.

"요즘 이 근처에서 늑대 한 마리가 보이는 것 알고 있었습니까?"

할렌은 혼란스러운 표정으로 고개를 저었다.

"양을 키우는 사람들은 당연히 그놈을 총으로 쏘아버리고 싶어 하지만, 그건 불법이죠. 그래서 대신 늑대가 어디서 사냥하는지 알아내서 독을 묻힌 양고기를 놓아둡니다. 늑대가 자살하게 한다고 말할 수 있겠네요."

할렌은 눈을 깜박였다. 그의 머리가 열심히 돌아가고 있는 것이 보였다. 내가 보기에 이 지질학자들은 상당히 똑똑했다.

"그것도 불법 아닙니까?" 할렌이 물었다.

"아마 불법일걸요. 하지만 추적하기가 어렵죠. 범인을 찾기는 더 어렵고."

"그렇죠. 당신은…… 어, 그런 게 당신이 하는 일인가요?"

"아뇨." 내가 단호하게 말했다. "하지만 만약 내가 그런 일을 한다면, 펜타닐을 사용할 겁니다. 헤로인보다 오십 배나 강하거든요. 운이 좋으면, 늑대가 이미 먹고 있는 약과 똑같이 생긴 약을 구할 수 있겠죠. 그걸 늑대가 자주 식사하는 장소에 그냥 놓아두면 됩니다. 그렇죠?"

"부검에서 나오면요?"

"늑대가 아주 잘 알려진 약을 과다복용했다고 나오겠죠. 놀랍지만 충격적이지는 않을 겁니다. 더 자세히 조사한 결과, 문제의 늑대가 오래전부터 다른 약물을 사용했다는 사실이 밝혀진다면. 내가 일전에 어디서 읽었는데, 애너볼릭 스테로이드는 미국에서 두 번째로 인기 있는 약이랍니다. 사람들은 단순히 근육만 키우려고 그 약을 먹는 게 아니에요. 정력과 전체적인 활기를 높이려고 먹습니다. 암페타민과 조금 비슷하죠. 무슨 말인지 알겠습니까?"

할렌은 나를 보다가 고개를 끄덕였다. 오스 사람들처럼 느리지는 않았지만, 그렇다고 한참 빠르지도 않았다. 그래, 그는 정말로 똑똑했다. 문제를 뿌리까지 처리해야 할 때라는 사실을 알 만큼. 둘이 1200만 크로네를 나눠 가질 때와 혼자 다 가질 때의 차이를 알 만큼. 우리는 날씨에 대해 가벼운 이야기를 몇 마디 나눴다. 나는 그의 아우디 보닛을 닫고, 문을 열어주고, 손을 흔들며 그에게 작별 인사를 했다.

내가 나탈리의 아파트로 들어왔을 때, 그녀는 잠옷 차림으로 소파에 앉아 있었다. 나를 기다렸다고 했다. 그렇게 가만히 앉아서 말없이 나를 지켜보는 모습이 너무나 사랑스러웠다. 나는 그녀에게 키스하고 그녀와 사랑을 나눴다. 침대로 갈 때까지 기다릴 여유가 없었다. 그녀도 나와 같았다. 거칠고, 강렬하다 못해 거의 필사적이었다. 마치 전쟁중의 남녀 같았다. 전쟁중에는 이 하룻밤이 어쩌면 마지막이 될 수도 있음을 사람들이 무의식적으로 알아차린다고 어디선가 읽은 적이 있다.

절정에 도달할 것 같은 느낌이 들 때 평소처럼 참았지만, 이번에는 그녀가 나를 내버려두지 않았다.

"계속해!" 그녀가 내 귓가에서 강렬하게 말했다.

"하지만……."

"쉬이잇." 나탈리가 내 엉덩이에 손톱을 박아넣어서, 나는 눈을 감고 더 이상 참지 않았다.

일요일이었다. 이사회 이틀 전.

아침식사 때 나는 나탈리에게 이따가 함께 축구 경기를 보러 가겠느냐고 물었다.

"난 축구에 별로 관심 없어요." 나탈리가 말했다. "로위도 관심 없는 줄 알았는데요."

나는 어깨를 으쓱하고 빙긋 웃었다. "짜릿할지도 몰라."

"짜릿? 승격은 벌써 하지 않았어요?"

"경기 얘기가 아니야."

나탈리가 이마에 주름을 잡으며 나를 유심히 바라보았다. "그럼 뭘 얘기한 건데요?"

"으음, 내가 뭘 얘기한 거냐고? 어쨌든 경기는 공짜야."

"그래요?"

"응. 오스 스파의 과반 주주로서 내가 VIP석 표를 두 장 갖고 있거든."

나탈리가 차츰 의미를 깨닫는 것이 보였다. "경기에 가려는 건…… 우리가 어떤 사이인지 보여주려고?"

나는 고개를 끄덕였다. 옛날에 오스에서는 남녀가 토요일 무도장이나 일요일 예배에 함께 나타나면 공식적인 커플로 인정받았다.

"네가 결정해." 내가 말했다. "나중에 해도 되니까. 영영 안 해도 되고. 너는 그런 걸 원하지 않을 수도 있고, 그냥 내 몸만 원하는 것일 수도 있잖아."

나탈리가 일어서서 식탁 옆을 돌아 내 무릎에 앉았다. "당신은 진짜 너무 다정해요." 그녀는 내 코에 입을 맞췄다. 그러나 곧 몸이 굳었다. "당신 동생도…… 거기 오지 않을까요?"

"녀석이 안 올 거라고 내가 말하면?"

"그럼 갈게요." 그녀는 이렇게 대답하고 나서, 이번에는 입술에 키스했다.

나는 손에 휴대전화를 들고 화장실에 앉아 있었다. 나탈리가 거실에서 듀오링고 프랑스어 강의를 듣는 소리가 들렸다. 칼은 두 번째 벨 소리에 전화를 받았다.

"지금 어디야?" 내가 물었다.

"새집. 독일 사람들이 와서 부엌을 설치하고 있어." 목소리를 들어보니, 아니 말을 마친 뒤에 침묵하는 것을 보니, 자신이 바라는 말을 내가 해주기를 기다리고 있음이 분명했다. 내가 마음을 바꿔 화해하자고 말해주기를.

"오늘 나탈리가 나랑 같이 경기장에 가고 싶대." 내가 말했다. "네가 그 자리에 없어야만. 그 정도 예의는 보여줘야 할 것 같아, 칼. 그 덕분에 나탈리가 너를 끌어내릴지 말지 결정할 때 저울이 한쪽으로 기울어질지도 모르잖아."

칼은 잠시 생각에 잠겼다. 윙 하고 전기톱이 돌아가는 소리, 쾅 쾅 망치질하는 소리가 전화기 속에서 들렸다.

"형이 회사 탈취 계획을 그만두면, 나도 경기를 포기할게." 칼이 말했다.

"그건 안 되지. 난 호텔과 너를 다 구하려는 거야. 모르겠어?"

칼이 한숨을 내쉬었다. "아, 그래, 알다마다, 로위. 너무 잘 알아서 문제지. 형도 형 나름의 동기가 있어서 움직이는 거니까 날 구하네 마네 하는 헛소리는 하지 마. 나는 형이 분별력을 되찾기를 바랐어. 그래서 빨간 버튼을 누르지 않은 거야. 하지만 이제는 어쩔 수 없네. 잘 기억해둬. 이건 형이 선택한 거야. 꼭 기억해. 안녕."

"칼, 잠깐!"

칼은 전화를 끊지 않았다. 그리고 나는 그 소리를 또 들었다. 그의 숨소리가 조금…… 어렸을 때 아래층 침대에서 들려오는 칼의 숨소리를 들으며 작은 힌트를 모조리 잡아낼 때와 같았다. 지금 칼은 '잠깐'이라는 말을 지푸라기처럼 붙들고 있었다. 아빠가 우리에게 각인시킨 말을 결국 내가 기억해낼 것이라는 희망. '우린 가족이다. 우리가 믿을 건 가족뿐이야.'

나는 헛기침을 했다. "경기장에 올 거야, 말 거야?"

칼에게서 바람 빠지는 소리가 들리는 듯했다. "운이 좋은 줄 알아, 형." 바람 빠진 타이어처럼 감정이 빠져버린 목소리였다. "난 오늘 여기 남아서 일을 제대로 하는지 감독해야 해."

"일을 제대로 하는지 감독해, 그럼." 내가 말했다.

칼이 전화를 끊은 뒤, 나는 변기의 물내림 버튼을 당겼다.

쏴 하고 내려가는 물소리를 뒤로하고 밖으로 나갔다. "우리 가자!"

이날 경기에 걸린 것이 별로 없다는 점을 감안하면, 오스 스타디움에 나온 관중 숫자가 인상적이었다.

"승자가 열 파티 때문에 모두 나온 거예요." 나탈리는 이렇게 말했다. 내 생각에는 조금 극단적인 말 같았다. 어차피 우리는 하위 리그 팀이었다. 이 년 전에 청소년 국가대표팀에 오스 출신의 바이애슬론 선수가 있었는데, 어떤 면에서는 그것이 축구팀의 승격보다 더 굉장한 일이었다. 그런데도 이 지역의 청소년 바이애슬론 선수권대회를 보러 나온 사람들은 주로 선수 부모와 괴짜뿐이었다. 축구가 많은 사람을 모을 수 있는 것은, 그들이 직접 축구를 한 적이 있기 때문이다. 관중은 경기장에서 뛰는 선수들의 실력을 알아볼 수 있다. 선수가 활짝 열린 골문에 공을 넣지 못하면 관중은 앓는 소리를 낸다. 그들은 자신이라면 열에 아홉은 골대 그물망에 공을 꽂아 넣을 수 있다고 확신한다. 반면 바이애슬론에서는 스키를 신은 선수가 50미터 앞에 서서 총으로 양초 불꽃 크기만 한 과녁을 겨냥해 맞힐 때마다 대부분의 사람들은 기적을 보는 기분이다. 우리 눈에는 과녁이 거의 보이지도 않으니까.

"촛불?" 나와 함께 VIP석으로 걸어가면서 나탈리가 말했다. "나 그걸 한 번 해봐야겠어요!"

사람들이 우리를 보는 시선에도 나탈리는 전혀 영향을 받지 않는 것 같았다. 나는 아무렇지 않은 척했지만, 우리를 빤히 바라보는 사람들의 생각을 아주 쉽게 읽을 수 있었다. '와, 모에의 딸과 로위 오프가르라니, 누가 짐작이나 했겠어?' '그렇지, 여자가 돈을 따라간 거네.' '아기랑 연애하는 꼴이야.' '저 두 사람은 뭐가 저렇게 좋은 거야?' '직원 파티에서 칼 오프가르가 저 여자를 건드리고도 그냥 넘어갔다고 그레테 스미트가 그러던데. 그래, 그래, 그래서 저

여자가 형이라도 잡은 거로군. 칼의 옆자리는 이미 마리 오스가 다 차지했으니까 말이야.'

"안녕." 관중석을 올라가는 우리를 향해 리타 빌룸센이 말했다. "일행이 있는 걸 보니 반갑네. 안녕, 나탈리."

"안녕하세요, 리타."

두 여자는 따뜻한 미소를 주고받았다. 지금까지 둘은 한 번도 말을 주고받은 적이 없었다. 둘이 주고받은 것이라고는 나뿐이었는데, 지금은 마치 죽마고우처럼 굴고 있었다. 여자들 사이의 일이려나. 나는 이해할 수 없었다. 누가 설명해줬다 해도, 역시 이해했을 것 같지 않다.

마리 오스와 단 크라네가 함께 서 있었다. 단이 내 시선을 피한 것은 그리 놀라운 일이 아니었다. 그날 골목에서 내가 그를 언뜻 봤다는 사실을 그도 알고 있었으니까. 그래서 그와 마리가 손을 잡고 거기 서 있다는 사실이 더욱더 특이했다. 정말로 그렇게 하고 있었다. 다르게 볼 수 있는 여지가 없었다. 아무리 어려운 엔진 고장도 인간들의 문제보다는 해결하기가 쉽다. 나는 아슬레 벤엘보와 요 오스에게 묵례했다. 두 사람은 나와 나탈리를 위해 옆으로 자리를 비켜주었다.

"오늘 우리 상대가 누구예요?" 내가 두 사람에게 물었다.

"콩스베르그 2." 나탈리가 말했다. "중간 수준이에요."

나는 놀라서 나탈리를 보았다. 벤엘보가 맞다고 고개를 끄덕이는 것이 보였다.

말했듯이, 다루기 힘든 자동차 엔진이라면 언제든지……

오스가 헛기침을 했지만 아무 말도 하지 않았다. 그래도 나는 그의 생각을 알 것 같았다. 자신의 말을 내가 생각해봤는지 궁금한 거겠지. 칼에 대해 내가 생각을 바꿨는지. 나는 관중석 가장자리 쪽으로 씹는담배 덩어리를 뱉었다. 오스가 거의 알아차리기 힘들 만큼 미세하게 고개를 끄덕인 건, 그것을 내 대답으로 이해했다는 뜻이었다.

하프타임에 맥주가 나왔다. 이것이 어떻게 가능했는지는 모르 겠지만, VIP석은 개인적인 모임을 갖는 자리로 분류되어, 경기장 에 알코올 반입을 금하는 축구협회 규정에서 자유로웠다. 벤엘보 가 은행을 대표해서 와인 잔처럼 줄기가 있는 작은 잔에 맥주를 담 아 우리를 대접했다. 우리가 샴페인처럼 맥주를 홀짝거리는 동안, 주위 관중석의 평민들은 우리를 올려다보며 고개를 절레절레 저었 다. 마치 빨간 코트를 입고 여우 사냥에 나선 상류층 놈들을 보는 듯한 시선이었다. 그러나 뭐라고 하는 사람은 하나도 없었다. 팀을 승격시켰을 뿐만 아니라 앞으로 어쩌면 또 승격시킬 수도 있는 사 람이 바로 우리, 아니 그보다는 우리 돈이라는 사실을 알기 때문이 었다.

후반전이 끝나갈 무렵, 관중석 한쪽 편에서 군중의 환성이 시작 되었다. 경기장에는 이렇다 할 일이 없었으므로, 우리는 궁금해서 그쪽을 보았다. 쿠르트가 관중과 터치라인 사이의 풀밭을 따라 휘 어진 다리로 걸으면서 VIP석으로 오고 있었다. 환성은 곧 '쿠르트, 쿠르트' 하고 외치는 소리로 바뀌었다. 쿠르트는 환히 웃는 얼굴로 손을 흔들며 사람들과 장단을 맞췄다. 이것이 그저 실없는 장난이 아님을 모두가 알고 있었다. 쿠르트는 그들이 생각하는 오스의 왕 이었다. 쿠르트가 관중석을 올려다보다가 나와 눈을 마주쳤다. 그 가 여기 나타난 이유를 알 수 있었다. 이번에는 조니가 함께 있지 않았지만, 의심의 여지가 없었다. 쿠르트가 세 번째로 나를 체포할 작정이었다. 경기가 한창 진행중일 때 모두가 보는 앞에서, 특히 리타 앞에서, VIP석으로 올라와 체포하는 것보다 더 좋은 방법은 생각나지 않았을 것이다. 이건 쿠르트가 물샐틈없는 증거를 확보했다고 확신한다는 뜻이었다.

호텔 신관에 대해 나탈리와 이야기를 나누던 요 오스도 무슨 일이 벌어지려는지 깨달은 모양이었다. 그는 입을 다물고, 계속 다가오는 쿠르트를 보다가 나를 보았다. 그러고는 세 걸음을 움직였다. 다리가 길어서 세 걸음만으로도 관중석 첫 번째 줄로 내려가 쿠르트를 막아설 수 있었다. 요 오스는 쿠르트의 어깨에 한 손을 얹고, 몸을 가까이 기울여 귓속말을 했다. 쿠르트는 귀를 기울였다. 옛 시장 요 오스가 하는 말이라면 모든 오스 사람이 귀를 기울이는 법이니까. 그것이 당연했다. 쿠르트가 뭐라고 대꾸했지만, 오스는 고개를 저으며 계속 말을 이었다. 쿠르트가 고개를 끄덕였다. 경기장을 흘깃 보더니, 모든 사람의 눈이 당연히 자신에게 쏠린 것을 알고 바지 허리띠를 추켜올렸다. 옛날에 쿠르트의 아버지가 하던 동작과 똑같았다. 그러고는 경기를 보는 척했다. 리타가 그의 옆으로 가서 역시 그에게 뭐라고 말했지만, 그는 고개를 저었다. 몇 분 뒤 일부러 보라는 듯이 손목시계를 확인하고 자리를 떴다. 나는 쿠르트가 독일군 막사 모퉁이를 돌아 사라질 때까지 지켜보았다. 랜드로버 소리가 들리는지 귀를 기울였지만, 바람이 너무 거셌다.

"쿠르트가 왜 온 거예요?" 나탈리가 물었다.

"적당한 때를 기다릴 수 없을 만큼 급한 일은 아니었어." 오스가 이렇게 말하고는 나를 보았다. "경기가 끝난 뒤에 가서 쿠르트를 만나보는 게 어떻겠니, 로위? 아직 풀리지 않은 문제를 네가 도와줄 수 있을 것 같은데."

나는 고개를 끄덕였다.

나탈리가 이따가 운전을 맡을 수도 있다고 말했기 때문에 나는 맥주를 몇 잔 마셨다. 그리고 경기가 끝나기 몇 분 전에 클럽하우스 화장실로 소변을 보러 갔다. 사람이 몰리기 전에 다녀오기 위해서였다. 나는 나탈리에게 차에서 보자고 말했다.

클럽하우스는 텅 비어 있었다.

남자 화장실에는 짤막한 홈통 모양의 구식 소변기가 있었다. 내가 굳이 분석해보지 않은 간격에 맞춰 주기적으로 물이 쏟아지는 소변기였다. 내가 뒤에서 문이 열리는 소리를 듣지 못한 건 틀림없이 그 물소리 때문이었을 것이다. 나는 아무것도 모르고 있다가 등을 맞고 쿠르트의 목소리를 들었다.

"이건 글록-17의 총구야, 로위. 움직이지 마. 손 등 뒤로 돌려."

내가 오스에서 살아온 평생 중에 지금이 아니라 다른 때에 이런 일이 벌어졌다면, 나는 쿠르트의 서투른 흉내에 웃음을 터뜨렸을지도 모른다.

"쿠르트⋯⋯."

"시키는 대로 해. 아니면 네가 체포에 반항한 걸로 할 테니까. 그러면 내가 무슨 짓을 해도 법이 나를 지켜줄 거야. 내가 무슨 짓을 하고 싶은지는 네가 잘 알 텐데⋯⋯."

"그냥 잠시⋯⋯."

"당장!"

나는 시키는 대로 했다. 손목에 수갑이 닿더니 찰칵하는 소리가 들렸다.

"이제 돌아서." 쿠르트가 말했다.

나는 돌아섰다.

"젠장!" 허벅지에 오줌 줄기가 분사되자 쿠르트가 비명처럼 소리쳤다. 비틀거리며 뒤로 물러나도, 오줌 줄기가 그를 따라갔다. 나는 오줌을 멈추려고 애쓰는 척하지도 않았다. 오줌 줄기가 점점 힘을 잃으면서 허벅지에서 무릎으로 내려갔다. 그러나 쿠르트가 정말로 이성을 잃고 앞뒤가 안 맞는 말을 고래고래 외치기 시작한 것은 뱀 가죽 부츠에 오줌이 닿은 뒤였다. 그는 완전히 제정신이 아니었다. 오줌 줄기가 마침내 끊어지자, 쿠르트는 앞으로 두 걸음 다가왔다. 그다음에 내가 마땅히 예상했어야 하는 일이 또 벌어졌다. 그가 나를 때린 것이다. 총으로. 이마를. 이마 상처의 실밥에 압력이 가해지면서 상처가 터져버렸다. 뺨을 타고 따뜻한 피가 흘러내리기 시작하자 나는 눈을 감았다. 다시 눈을 떴을 때, 쿠르트의 얼굴이 내 얼굴 바로 앞에 있었다.

"내가 널 죽여버릴 거야." 그가 말했다. "그거 알아, 로위?"

나는 본능적으로 반응했다. 현명한 반응도 계획한 반응도 아니었지만, 그렇다고 분노에서 나온 반응도 아니었다. 두려운 반응도 아니고, 어떤 식으로든 내 의도와 반대되는 반응도 아니었다. 마치 내 뇌가 아주 간단한 일련의 계산을 수행한 뒤, 그 답을 기반으로 근육에 명령을 내린 것 같았다. 나를 구해야 한다는 명령. 그래서 등 뒤로 양손이 묶인 채 조금 뒤로 떨어져나와 고개를 움직였다. 오스 식의 느린 움직임이 아니라, 오르툰 식의 격한 움직임이었다. 박치기라는 가장 오래된 기술을 쿠르트가 잊어버렸음이 분명했다. 뭔가가 밀리는 소리, 콧등이 깨지는 소리가 들렸다. 푸르 때와 똑같았다. 쿠르트는 균형을 잃고 오줌에 미끄러져 쓰러졌다. 그의 머리가 타일 바닥에 닿는 순간 기분 나쁘게 쿵 하는 소리가 났다.

나는 모에에게 했던 것처럼 그의 가슴을 타고 앉아, 무릎으로 그의 양팔을 눌렀다. 그래, 또 똑같은 일이 벌어지고 있었다. 모든 게 똑같았다. 내 인생은 계속 같은 자리를 뱅글뱅글 돌았다. 여기서 어떻게 빠져나가야 할지 도무지 알 수 없었다. 피가 내 턱에서 쿠르트의 얼굴로 뚝뚝 떨어졌다. 어쩌면 그 덕분에 쿠르트가 정신을 차렸는지도 모른다. 그가 눈을 뜨고 나를 빤히 올려다보았다. 이 초쯤 지난 뒤에야 여기가 어디인지 깨달은 것 같았다.

"너 이제 큰일 났다, 로위." 쿠르트가 갈라진 목소리로 속삭였다.

"너도 마찬가지야." 내가 말했다. "우리가 여기서 나가면, 네가 수갑을 찬 사람을 때렸다는 걸 사람들이 알게 될 거야."

핏방울 하나가 광대뼈로 똑 떨어지자 쿠르트가 눈을 깜박였다. 그러고는 코웃음을 쳤다. 내가 손을 쓸 수 없으니 어쨌든 안전하다고 느끼는 것 같았다. 그가 자세를 조금 바꿨다.

"이제 일어나, 로위. 내가 던져버리기 전에."

"넌 해고될 거야, 쿠르트."

"그럴 리가. 네가 나한테 먼저 박치기를 했다고 하면 돼. 그래서 널 제압하려고 하는 수 없이 때린 다음에 수갑을 채웠다고 할 거야. 경찰관의 말과 살인범의 말 중 누구의 말을 사람들이 믿어줄지 모르겠네, 안 그래?"

내 아래에 누워 있는 쿠르트의 얼굴에 환한 웃음이 번졌다. 확실히 튼튼한 녀석이었다. 그건 인정할 수밖에 없다. 게다가 내가 가끔 생각했던 것만큼 멍청하지도 않은 것 같았다. 바로 그때 문이 열리더니, 징이 박힌 신발로 타일 바닥을 시끄럽게 밟는 소리가 났다. 고개를 들어 보니, 오스 팀의 긴 수건을 걸친 남자가 우뚝 서 있었다. 나이지리아 출신인 우리 팀의 스트라이커였다. 우리가 거액을 주고 데려온 선수. 갑작스러운 침묵 속에서 그는 우리를 빤히 바라보았다.

"코치님?" 그가 말했다.

"왜, 우마르?"

"도움이 필요하세요?"

쿠르트는 고개를 돌려 스트라이커를 보았다. "아니, 우마르. 자리를 비켜줄래?"

우마르는 그대로 서서 우리를 바라보았다. 아니, 좀 더 정확히 말하자면 바지 앞섶에서 삐져나와 쿠르트의 입 바로 옆에서(나도 이걸 이제야 알았다) 아직도 대롱거리고 있는 내 거시기를 보았다. 그는 이 장면 속의 다양한 요소들을 꿰어맞추려고 애쓰는 것 같았다. 피, 섹스, 두 남자, 수갑, 공공장소…… 그러더니 상황을 이해하고 받아들였다는 뜻으로 고개를 끄덕이며 뒤로 물러났다.

문이 닫히고, 축구화 소리가 멀어졌다.

"네가 꾸며내려던 얘기는 끝났네." 내가 말했다.

"비켜."

"네가 수갑을 풀어준다고 약속한다면?"

"비켜!"

나는 일어섰다. 쿠르트도 일어서서, 세면대 아래로 미끄러져 들어간 총을 줍고, 열쇠를 꺼내 수갑을 풀어주었다. 나는 나의 뱀을 있어야 할 자리로 돌려보내고, 앞섶의 지퍼를 올렸다.

"널 체포한다." 쿠르트가 투덜거리듯이 말하면서, 세면대 옆의 종이 타월 한 장을 내게 건넸다.

"무슨 혐의로?"

쿠르트가 슬픈 미소를 지었다. "어디서부터 시작해야 할지 나도 잘 모르겠네."

"칼부터?" 나는 피를 씻어내며 물었다. 피가 계속 흘러서 물로 씻어도 별로 소용이 없었다.

쿠르트가 고개를 끄덕였다. 손가락으로 조심스레 코를 만지며 움찔거렸다.

"네 동생이 오늘 오전에 나한테 다 털어놨어. 그러니까 다 끝났어. 사실 너한테 자백을 받을 필요도 없을 정도야. 하지만 판사가 선고할 때 자백을 고려할 수도 있겠지. 살인이 워낙 여러 건이라서 만만치 않은 일이 되겠지만. 어떻게 할래? 감옥으로 곧장 갈래, 아니면 먼저 진술을 할래?"

"오스가 뭐라고 했기에, 네가 아까 사람들 앞에서 날 체포하는 걸 포기한 거야?"

쿠르트는 어깨를 으쓱했다. "직업적인 재량에 대한 말이었어. 마치 그게 분별 있는 일인 것처럼 말하더라고."

"그런 걸 잘하지, 오스가."

"맞아."

우리는 수돗물을 틀어놓고 서서 더러운 것을 씻어냈다.

"내가 널 먼저 때린 걸 증명할 수 없을 거야." 쿠르트가 말했다. "사실 내가 널 때렸다는 사실 자체를 증명할 수 없어."

"그건 해볼 생각도 안 했어." 내가 말했다.

"그래? 왜?"

"네가 그런 식으로 반응한 걸 잘 이해할 수 있으니까. 내가 너한테 오줌을 쌌잖아, 안 그래?"

쿠르트는 나를 보며 내 말이 농담인지 알아보려고 했다.

"정말로 오줌을 쌌지." 농담이었다.

쿠르트가 툴툴거렸다. "최소한 방향을 바꿔보려고 할 수는 있었
으면서."

"맞아. 그 점에 대해서는 네가 틀림없이 배심원의 동의를 얻어낼
수 있을 거야."

쿠르트가 거울 속에서 환히 웃는 것이 보였다. 정말로 환히 웃고
있었다.

쿠르트가 갑자기 왜 이렇게 촐싹거리는지 알 길이 없었다. 아마
드디어 사냥이 끝났다고 생각하는 모양이었다. 로위 오프가르를
체포했고, 그의 아버지는 자살했다는 의심에서 해방되었다. 하지
만 나는 자살을 수치스럽게 생각하는 심리를 도무지 이해할 수가
없었다. 틀림없이 내가 가치 있게 여겨지는 삶을 살아본 적이 없기
때문일 것이다. 하지만 인생처럼 복잡하고 무작위적인 것을 완전
히 통제할 수 있는 사람이 어디 있을까?

"너 자백할 거야?" 쿠르트가 물었다.

"그 얘기는 조금 있다가 할 거야." 내가 말했다. "먼저 지혈을 좀
해야겠어."

우리는 화장실에서 나와 탈의실로 들어갔다. 아직 옷을 갈아입
고 있던 선수들이 쿠르트에게 인사하고 그와 포옹했다. 선수들이
그를 진심으로 좋아하는 것이 눈에 보였다. 그러나 조금 전의 그
스트라이커는 뒤로 빠져 있었다.

"스탠리." 쿠르트가 말했다.

어느 선수 앞에 쪼그리고 앉아 무릎을 조심스레 앞뒤로 움직여
보던 스탠리 스핀드가 우리에게 시선을 돌렸다.

"아이고. 무슨 일이야?" 그가 말했다.

"미끄러졌어." 쿠르트가 말했다. "누가 화장실 바닥에 오줌을 싸

났어, 우리가 넘어지면서 서로 박치기를 했어. 봉합 도구 있지?"

스탠리가 쿠르트에게서 내게로, 다시 쿠르트에게로 시선을 옮겼다. 쿠르트의 말을 한마디도 믿지 않는 기색이 역력했지만, 작은 검은색 가방을 열어 필요한 도구를 꺼냈다.

"요즘 너한테 사고가 많네." 스탠리가 내 이마를 다시 꿰매면서 간결하게 말했다. 그가 터번처럼 내 머리에 붕대를 감는 동안 나는 아무 말도 하지 않았다. 그러고 나서 스탠리는 쿠르트의 코를 살펴보았다. 벌써 코가 부어오르고 있었다.

"진통제를 줄 테니까 노토덴의 이비인후과로 가서 엑스레이를 찍어봐."

"휘어졌어." 쿠르트가 말했다. "네가 어떻게 해줄 수 없어?"

"똑바로 펴볼 수는 있는데, 아플 거야."

"그럼, 해." 쿠르트는 벤치에 앉아 눈을 감았다.

나는 몸을 부르르 떨었다. 팔 년 전 스탠리가 내 집게손가락의 뼈를 맞춰준 기억 때문이었다. 그때 얼마나 아팠는지. 쿠르트는 얼굴을 찡그리지도 않고, 소리도 내지 않았다. 하지만 그의 부러진 코와 주위에 둘러선 선수들은 움찔거렸다. 그들은 무서워하면서도 홀린 듯이 그 광경을 구경하고 있었다. 쿠르트는 스탠리에게 고맙다고 인사하고 일어서서 내게 다가왔다. 아파서 고인 눈물을 없애려고 눈을 깜박거리고 있었다.

"이제 차를 타러 갈 시간이야, 로위."

그가 내 어깨에 한 손을 얹었다. 우리는 함께 밖으로 나왔다.

주차장에는 나탈리밖에 없었다. 그녀는 내 볼보 옆에 팔짱을 끼고 서 있다가, 우리를 보고 긴장했다.

"내가⋯⋯."

“그래. 하지만 빨리 끝내.” 쿠르트가 말했다.

나는 나탈리에게 다가갔다. 혼란과 걱정이 그녀의 얼굴에 드러나 있었다.

“무슨 일이에요?”

“우리 부모님이 죽었을 때의 일을 칼이 쿠르트에게 말했어.”

“뭐라고요? 하지만……”

“이제 쿠르트랑 같이 가야 해. 더 자세한 걸 알게 되면 곧바로 전화할게, 오케이?” 나는 나탈리에게 자동차 열쇠를 넘기고, 뺨에 입을 맞췄다. “사랑해.”

나탈리는 놀란 얼굴이었다. “돌아올…… 거죠?”

“응.”

“정말로?”

“아마도.”

“얼마나……?”

“가능성이 71퍼센트쯤.”

“말도 안 돼.”

그녀의 이 말을 마지막으로 나는 쿠르트의 SUV를 향해 걸어갔다. 쿠르트가 조수석 문을 열어서 붙잡고 있었다.

“대단한 여자가 됐는걸, 나탈리가.” 쿠르트가 차에 시동을 걸면서 말했다.

“어디로 가?”

“노토덴.”

“감옥?”

“한동안 갇혀 있을 테니, 적절한 음식과 숙소가 필요할 거야.”

차가 중앙도로에 들어서자, 쿠르트는 동쪽으로 향했다. 구름을 뚫고 햇빛이 비치고 있었다.

"내가 전부 이야기할게." 내가 말했다.

"노토덴에서 녹음 준비를 한 다음에 하는 게 제일 좋아." 쿠르트가 말했다.

"아니, 노토덴에서는 한마디도 안 할 거야. 그러니까 중간에 차를 세우는 게 좋아. 우리 둘한테 모두. 나는 담배를 씹고 너는 피우면서 이야기를 하는 거지."

쿠르트가 나를 흘깃 보았다. "무슨 뜻이야? 우리 둘한테 모두 좋다니?"

"그거 알아?" 나는 앞을 가리켰다. "저쪽에서 옆길로 들어가는 게 진짜 좋을 거야. 거기서 이야기가 끝에 도달하게 되겠지."

쿠르트는 앞을 바라보며 머뭇거렸다. 그러나 내 말이 무슨 뜻인지 이해한 모양이었다. 똑바로 앞쪽의 분기점으로 들어가면, 시그문 올센의 부츠를 신고 표류하다 발견된 보트가 있는 창고로 갈 수 있었다. 쿠르트는 깜빡이를 켜고 브레이크를 밟았다.

"그 보트에 새는 곳이 생겼는지 한번 보자고." 나는 이렇게 말하면서 자동차 문을 밀어 열었다.

"천천히 해." 쿠르트는 어깨 총집에서 금방이라도 총을 뽑아 들 것 같은 얼굴이었지만, 곧 마음을 바꿨다. 그러고는 나를 따라 길을 걸었다. 빨간색이 칠해진 낡은 보트 창고가 물가에 혼자 서서, 오후 햇빛을 흠뻑 받고 있었다. 문에는 자물쇠가 있었다. 나는 널빤지 문을 밀어 안을 들여다보았다. 정말로 보트가 거기 있었다.

"네가 자물쇠를 바꿨네." 내가 말했다. "옛날 자물쇠는 크고 반짝거렸는데."

"어쩔 수 없었어." 쿠르트가 내게 담배를 권하며 말했다. "아빠랑 같이 열쇠도 사라져버려서."

그 '아빠'라는 말이 결정적이었다. 그것이 내게 모종의 변화를 일으켰다. 이미 오래전에 뻔히 깨달았어야 하는 사실을 그때야 이해했다. 쿠르트가 아버지를 '아빠'로 지칭하는 것을 나는 한 번도 들은 적이 없었다. 그런 그가 이 호칭을 사용하자, 마치 경계심을 풀고 내게 뭔가를 보여주는 것 같았다. 자신의 약한 부분을 보여주는 것은 아니었다. 설사 내 눈에는 약한 부분이 보인다 해도, 쿠르트가 내게 보여주고 싶은 것은 따로 있었다. 가족의 유대. 친밀함. 아버지에 대한 사랑. 이런 것은 약점인 동시에 강점이라서, 남들이 이길 수가 없다. 나는 아버지를 사랑한 적이 없고, 사랑받은 적도 없었다. 그 이유 때문에 쿠르트 올센은 매번 나를 이길 수 있을 것 같았다. 그의 사냥에는 목적과 의미가 있었으니까. 반면 나는 그저 뭔가를 피해 도망칠 뿐이었다. 뭔가를 향해 달려가는 것이 아니었다. 그것을 나도 알고, 쿠르트도 알았다. 그리고 마침내 나를 끌어내린 쿠르트에게서 내게로 향하던 증오심이 꺼져버린 것 같았다. 경기에서 실력이 만만치 않은 상대에게 감사 인사를 건네는 것과 거의 비슷했다. 승자가 편안하게 내보이는 스포츠 정신.

나는 보트 창고 앞의 바위에 앉아 코담배 통을 꺼냈다.

"내가 자동차의 브레이크와 운전대에 손을 대서, 부모님이 그것을 몰고 후켄으로 떨어졌어." 내가 말했다. "원래 아버지만 겨냥한 거였는데. 칼을 학대했거든."

"그래, 칼한테 들었어." 쿠르트가 옆에 앉아 담배에 불을 붙였다.

"네 아버지가 뭔가를 의심하기 시작했고, 칼이 후켄으로 밀어버렸어."

"엉겁결에." 쿠르트가 연기를 내뿜었다. "당시 열일곱 살이었으니까, 일이 어떻게 되든 지금 와서 그 일로 징역을 살 일은 없을 거야. 그다음에는?"

"그다음에는 내가 칼을 도와야 했어. 시체를 없애야 했으니까. 내가 정비소에서 시체를 절단해 트랙터 버킷에 넣은 다음, 프리츠 산업용 세제를 부었어. 너도 알겠지만, 그거 부식성이잖아. 뒤에 남는 게 전혀 없지."

쿠르트가 침을 꿀꺽 삼키는 것이 보였다.

"내가 네 아버지의 부츠와 열쇠 꾸러미를 가져가서 한밤중에 여기 보트 창고로 들어갔어. 보트를 창고 밖으로 꺼낸 다음에 부츠를 던져 넣고 물 위로 밀었지. 그런데 보트가 다시 돌아와서 결국 내가 노를 저어 나가야 했어. 보트가 물살을 탈 때까지. 그다음에 보트에서 뛰어내려 헤엄쳐서 돌아왔어."

"살인 한 건, 그리고 살인을 덮기 위한 종범 행위 한 건." 쿠르트가 말했다. "그때 넌 열아홉 살이었으니까 형이 너무 많이 나오지는 않을 거야. 빌룸센이 더 심각하지."

"내가 그 사람을 죽였다고 칼이 그래?"

"네가 계획하고 실행했다고 나한테 말했어."

나는 한숨을 내쉬었다. 칼이 정말로 다 털어놓은 듯했다. "빌룸센은 칼이 힘든 상황이라는 점을 이용했어. 고리대금업자 같은 이율로 돈을 빌려주고, 칼이 제때 돈을 갚지 못하니까 덴마크인 청부업자를 붙였지. 나한테까지."

"그래서 네가 둘 다 죽였어?"

나는 어깨를 으쓱했다. "정당방위라고 주장하고 싶어. 가족을 지키기 위해서였다고. 알겠어, 쿠르트?"

쿠르트는 천천히 고개를 끄덕였다. "하지만 마지막 살인은 정당방위가 아니었지, 안 그래?”

“마지막 살인?”

“칼의 아내.”

이건 진짜 반칙이었다. 칼이 정말로 섀넌을 죽인 사람이 나라고 말한 건가? 그랬다면 내가 칼에게 복수하기 위해 쿠르트에게 칼이 섀넌을 죽였다고 말할 것을 예상하고 내지른 선제공격이 분명했다. 하지만 이건 말이 되지 않았다. 칼은 잔뜩 화가 나서 나를 저지해 자기 자리를 지키고 싶어했다. 하지만 그렇다고 해서 갑자기 멍청이가 된 것은 아닐 텐데. 섀넌이 그냥 차 사고로 후켄에 떨어진 것이 아니라는 사실이 밝혀진다면 우리 둘 다 잃을 것이 아주 많다는 점을 나도 알고 칼도 알았다.

“너는 왜 내가 섀넌을 죽였다고 생각하는데?” 나는 이 말을 하면서 침을 뱉었다. 너무 힘을 줬는지 침이 물 위에 떨어졌다.

“그을쎄. 네 제수씨가 네 아이를 임신했는데, 낙태를 거절했겠지. 그러니까 당연히 그 문제를 해결해야 했을 거고. 어차피 너는 그런 종류의 일에 경험이 좀 있으니까……” 쿠르트는 담배를 쥔 손을 움직였다. 나머지는 뻔하지 않느냐는 의미의 동작이었다.

“그러니까, 섀넌이 살해당했다고 말한 사람은 칼이 아니다?”

쿠르트는 열심히 담배를 뻐끔거렸다. 이렇게 허세를 계속 부려야 할지 말지 올바른 결정을 내리려면 뇌에 니코틴이 더 필요하다고 생각하는 모양이었다.

“칼한테 들었다고 말하지는 않았어.” 쿠르트가 말했다.

“그럼 이건 네 가설이다?”

“가설은 가설이고, 이건 자연스러운 의문에 더 가까워. 이 동네에서 그럭저럭 자연스럽게 세상을 떠난 것처럼 보이는 사람들이 모두 사실은 너희 형제한테 살해당했다는 점을 고려하면 말이야. 하지만 네가 부정하는 것 같으니 그건, 뭐……." 쿠르트는 비스듬한 경사를 이룬 회색 바위에 담배꽁초를 떨어뜨리고 발꿈치로 비벼 껐다. "지금 너에 대해 아는 것만으로도 충분해." 쿠르트가 재킷 주머니에서 진짜 레이밴 선글라스를 꺼내 썼다. 우리 주유소에서 파는 싸구려 모조품이 아니었다. 쿠르트가 태양을 향해 얼굴을 들어 올렸다.

"그거 알아, 로위? 사실은 진짜 안타까워, 이 모든 일이. 네 행동이 이해가 가거든. 가끔은 나도 너 같은 처지가 될 수 있었겠다는 생각이 들 정도야. 동생의 아내를 임신시킨 것까지 포함해서. 섀넌은, 진짜 멋진 여자였잖아, 정말로. 우리가, 너랑 내가 상당히 비슷하니까 널 이해할 수 있어. 여자 취향이 같을 뿐만 아니라, 고집이 세다는 점도 같지. 다른 사람 같으면 포기했을 일을 계속 물고 늘어지는 것도 같고. 결국 원하는 걸 얻을 때까지. 우리는 그런 사람들이야."

쿠르트가 내게 미소를 지었다. 의기양양한 승리자의 웃음이 아니라, 동등한 사람에게 보내는 미소, 상대를 인정하는 미소였다. 상쾌하다 못해 심지어 다정하게 보이기까지 하는 미소. "널 용서할게. 넌 꼭 해야 하는 일을 한 거야. 만약 인생의 주사위가 다른 방향으로 굴렀다면, 너랑 내가 친구가 됐을 것 같아, 로위."

나는 고개를 끄덕였다. 태양이 오테르틴 산 꼭대기에 가까워지고 있었다. 곧 또 하루가 저물고, 밤이 시작될 것이다. 우리는 그렇게 또 나아간다. 계속 같은 일을 반복하면서.

"이제 일어나야겠다." 쿠르트가 일어서서 웃는 얼굴로 나를 내려다보았다. 나는 아직 바위에 앉아 있었다.

"친구라면, 너랑 에릭 네렐 같은 사이?" 내가 물었다.

쿠르트의 미소가 살짝 흐려졌다.

"네가 교묘하게 일을 시킬 수 있는 친구? 네가 조금 무모했던 탓에 곤란해졌을 때 너를 도와줄 수 있는 좋은 친구? 다시 앉지 그래, 쿠르트?"

"뭘 하러?" 제설기가 맨바닥을 긁는 것 같은 목소리였다.

"내가 너한테 전부 털어놓겠다고 말했잖아. 이게 내가 하겠다던 이야기야."

쿠르트의 목울대가 위로 올라갔다가 내려왔다. 그가 바위에 앉았다.

"잘했어." 나는 담배 덩어리를 꺼내 바위에 놓았다. "너는 어느 여성 친구 대신 부동산을 팔면서 가격을 올리고 싶어했지. 욕심이 많아서가 아니라, 네가 그동안 되는 대로 살아온 사람이 아니라는 걸 보여주려고. 그래서 있지도 않은 구매자를 만들어서, 실제 구매자가 가격을 올려서 부르게 했어. 뭐, 괜찮아 보여. 영업하는 사람들이 항상 쓰는 방법이니까. '이걸 찾는 사람이 워낙 많아요. 기회가 왔을 때 얼른 사세요.' 유일한 문제는, 부동산을 팔 때 적용되는 규칙이야. 그런 규칙에 대해 어느 정도 알고 있는 구매자가 경쟁자가 가격을 써낸 증거를 문서로 봐야겠다고 요구하니까, 너는 무슨 짓을 저질렀는지 그제야 깨닫고 당황했지. 거짓말을 했다고 인정하면 구매자뿐만 아니라 여성 친구한테도 체면을 잃을 거야. 게다가 사기를 치려고 시도한 것도 사실이고. 사과 서리 수준이 아니라 진짜 사기였다고. 노르웨이 법에 규정되어 있는 사기 행위. 그게 발각되면 너는 해고되겠지. 너랑 나 사이의 일을 생각하면, 내가 그 사실을 알았을 때 무자비하게 굴 것 같다는 생각도 들었을 거야. 리타가 법과 원칙을 지키는 사람이라서 그 사기에 동조하지 않을 것이라는 점도 있지. 오히려 리타도 다른 구매자의 제안서를 보자고 할걸. 너는 이런 문제들을 모두 생각해본 뒤에, 네가 직접 가짜 이름으로 문서를 위조했다가는 리타가 확인할 위험이 있으니까 에릭에게 가서 구매자 행세를 해달라고 부탁하기로 결정했어. 종이에 에릭이 직접 내용을 쓰게 만들었지. 그리고 그 문서를 리타에게 보여주었고. 리타는 에릭이 640만 크로네를 낼 수 있고, 야영장 경영에 관심이 있다는 사실에 조금 놀랐어. 하지만 에릭이 프리트팔을 잃었으니 그럴 만도 하다는 생각도 들었어. 에릭은 자기 것을 직접 경영하려는 성격이라는 걸 리타도 알았으니까. 너는 그 문서를 나한테 보여줄 때 일부러 이름을 보여주지 않았어. 내가 이미 의심을 품고 있어서 확인하려고 들 거라는 사실을 너도 알았거든. 하지만 나는 이름을 보지도 않고 그 문서를 받아들였지. 리타의 말은 믿을 만했으니까. 유일한 문제는 내가 그 문서의 필체를 보고 누구 것인지 알아차렸다는 거야. 매일 프리트팔 앞에 세워놓는 칠판의 화려한 필체와 같았거든. 에릭이 가진 돈이 정말 얼마 안 된다는 것도 알고, 너희 둘이 얼마나 좋은 친구인지도 알기 때문에 나는 어떻게 된 일인지 알아차렸지. 그래서 일전에 에릭과 이야기를 좀 나눴어. 에릭은 모든 걸 인정하면서, 내가 구매자라는 사실을 너한테서 전혀 듣지 못했다고 말했어. 그냥 너를 위해서 부탁을 하나 들어달라는 말만 들었다고. 야영장은 이미 팔렸는데, 구매자가 시중가보다 높은 값을 치른 게 아니라는 걸 알고 기분이 좋아지게 그 문서를 보여주고 싶을 뿐이라고 했다지. 모두 행복할 수 있게, 응? 그래서 나는 에릭에게 네가 한 일은 모두를 행복하게 해주는 일이 아니라, 날 속여서 금액을 올리려는 수작이었다고 말해줬어. 네가 내 다리 사이로 공을 빼고, 에릭의 무릎을 빠개버린 거라고. 내가 프리트팔의 소유지분 3분의 1을 공짜로 에릭에게 줬으니 에릭의 충성심도 조금 바뀌었을 가능성이 있는 데다가, 네가 사기 혐의를 받을 수도 있는 일에 자신을 이용했다는 걸 에릭도 깨달은 거야."

내 옆에 앉은 쿠르트는 안색이 창백하고 토할 것처럼 보였다.

"그래서 에릭은 그때 있었던 일을 정확히 단계별로 설명한 문서에 서명했고, 그 문서는 지금 오슬로의 변호사 손에 있어. 지금 그 내용을 아는 사람은 우리 셋, 아니 너까지 포함해서 넷뿐이야."

"왜……." 쿠르트는 입술을 침으로 적셨다. "왜 그걸 밝히지 않아?"

"왜인 것 같아, 쿠르트?"

우리는 서로를 보았다. 15라운드를 뛰고 기진맥진한 두 권투선수 같았다. 쿠르트의 부러진 코는 아직도 부어오르는 중이고, 내 머리에는 피 묻은 붕대가 둘둘 감겨 있었다.

"그걸 쓸 데가 있을 것 같아서구나." 쿠르트가 말했다.

나는 고개를 끄덕였다. 그러자 쿠르트가 뭔가를 깨달은 표정이 되었다.

"넌 야영장을 살 때 이미 이걸 다 알고 있었어. 네가 속았다는 걸."

나는 어깨를 으쓱했다. "그럼 내가 왜 더 많은 돈을 냈을까? 100만이 넘는 돈인데. 그럴 가치가 있다고 생각했거든. 보험으로."

"네가 날 사기꾼으로 만들었어."

"그건 아니지. 다 네가 한 짓이야, 쿠르트. 난 너를 막지 않았을 뿐이야."

"웃기시네."

쿠르트가 마치 폭발하듯 숨을 내뿜으며 이 말을 했기 때문에, 저러다 토하지 않을까 싶었다. 지금 이 순간의 느낌이 어떨지 내가 전부터 상상하고 있었던 것 같았다. 달콤하고 기분 좋을 것이라고. 그러나 그렇지 않아서 이상했다. 오히려 쿠르트가 안쓰러웠다, 젠장.

"자, 이제 알겠지?" 나는 쿠르트의 어깨에 손을 얹었다. "우리 둘이 같은 처지가 됐고, 서로 더러운 게 상당히 많이 묻어 있는 상태야."

쿠르트가 고개를 늘어뜨렸다. "보트에 새는 곳이 생겼는지 확인하자던 말은 무슨 뜻이야?"

"이를테면……." 나는 쿠르트의 등을 위로하듯 두드려주었다. "우리 둘 다 입을 다물면, 보트가 계속 떠 있을 거라는 뜻."

"미친놈." 쿠르트가 속삭였다.

"인정."

쿠르트가 또 담배에 불을 붙였다. "내가 보기에는 네가 좀 앞질러서 생각하는 성격인 것 같은데, 로위, 이제 어떻게 할까? 전부 잊어버리고 각자 갈 길로 가?"

"문제는……." 내가 말했다. "칼이야."

"왜?"

"네가 날 체포하지 않을 거라는 생각이 들면, 칼은 노토덴이나 오슬로의 경찰서를 찾아갈지도 몰라."

"오케이. 하지만 난 그걸 막을 수 없어."

"막아야지. 아니면 내 변호사가 그 문서를 발표할 테니까. 참고로, 에릭의 이름은 보이지 않게 처리해서."

"아, 젠장, 로위, 내가 칼을 어떻게 막아?"

"칼은 이성적이야. 녀석이 널 찾아온 건, 자기를 곤란한 상황에서 빼줄 거래에 네가 동의할 걸 알았기 때문이야. 다른 곳에서는 녀석이 그런 거래를 손쉽게 할 수 없거든. 네가 동료들을 통해서 거래를 돕는다면 또 모를까. 그러니까 네가 칼을 그런 식으로 돕지만 않으면, 우리는 상당히 안전해. 우리 둘 다.”

“그럴까?”

“그래. 게다가 오스 스파 이사회가 새 회장을 뽑으면 칼은 어차피 끝나.”

쿠르트는 헝클어진 머리를 긁적였다. “넌 개 형이니까, 네가 제일 잘 알겠지.”

우리는 일어나서 자동차로 걸어갔다. 그동안 쿠르트는 노토덴의 경찰서에 전화를 걸어 심문실과 감방 예약을 취소했다. 전화를 끊은 뒤 그가 운전석에 앉고, 나는 조수석에 올라탔다. 유턴을 하려고 중앙도로에서 양방향으로 움직이는 자동차들이 지나가기를 기다리는 동안. 내 입에서 저절로 질문이 튀어나왔다.

“날 미워해, 쿠르트?”

쿠르트가 도로로 들어설 타이밍을 잡으려고 좌우를 살피며 생각에 잠긴 것이 보였다. 곧 그가 속도를 높여 오스로 가는 차선에 들어섰다. 내 질문을 잊어버렸거나 일부러 무시하는 것 같다는 생각이 들 무렵에야 비로소 쿠르트가 대답했다.

“오랫동안 널 미워하는 줄 알았어, 로위. 하지만 그건 아마 그냥 평범한 감정이었을 거야.”

“평범한 감정?”

“그렇게 강렬하게 누군가를 미워할 때는 항상 사실 자신을 미워하는 거잖아.”

침묵 속에서 차가 달리는 동안 나는 측면 창문으로 밖을 빤히 바라보며 아빠를 생각했다. 해가 오테르틴 산 뒤편으로 넘어갔다. 곧 어둠이, 위에서 내려오는 것이 아니라 오스의 땅에서 올라오는 어둠이 우리를 덮칠 것이다.

✖

집으로 돌아온 뒤 나는 나탈리에게 모든 것을 털어놓았다.

나탈리는 놀라서 눈을 휘둥그렇게 뜨고 귀를 기울였다.

그날 밤 우리는 사랑을 나누지 않았다. 서로를 꼭 끌어안고 자는 내내 땀을 흘렸을 뿐이다. 마치 둘 다 상대가 뱃전 너머로 떨어지기 직전인 꿈을 꾸고 있는 것 같았다.

43

"나랑 결혼해줄래?"

이 말을 한 것은 내 평생 처음이었다. 졸음에 겨운 나탈리의 눈이 아침 햇살 속에서 흔들리더니, 그녀는 혹시 다른 사람에게 하는 말인가 보려는 듯이 뒤를 돌아보았다. 나는 커피잔을 한 손에, 다른 손에는 갈색 염소치즈를 올린 빵 한 조각과 냅킨을 담은 쟁반을 들고 침대 옆에 무릎을 꿇었다. 작은 금반지가 들어 있는 빨간색 벨벳 상자도 쟁반 위에 있었다. 나탈리는 빵을 들어 한 입 베어 물고 씹으면서 천장을 유심히 바라보았다.

"괜찮네요." 나탈리가 말했다. 마치 그 빵의 맛에 모든 것이 걸려 있다는 듯이. 그러고는 히스테리 환자처럼 갑자기 웃음을 터뜨렸다. 입을 손으로 막아 빵과 치즈가 이불 위로 마구 뿜어지는 것을 막을 틈도 없었다. 우리는 냅킨으로 잔해들을 치웠다.

"우리 다시 해볼까?" 내가 물었다.

나탈리가 고개를 끄덕였다.

나는 방을 나갔다가 들어와서 침대 옆에 무릎을 꿇었다. 그리고 조금 전에 한 말을 되풀이했다. 내 평생 두 번째였다.

“네.” 나탈리가 크고 또렷한 목소리로 말하더니, 딸꾹질을 하면서 흐느끼기 시작했다.

“한 번 더 해볼까?” 내가 물었다.

“바보 같아.” 나탈리는 이렇게 말하더니, 나를 침대 위로 끌어올려 내 티셔츠로 자기 눈물을 닦았다. “키스해요, 멍청이.”

우리는 전날 밤 나누지 못한 사랑을 나누고, 그 뒤에 그녀가 상자에서 반지를 꺼냈다.

“너무 예뻐요.” 나탈리가 반지를 약지에 끼우려고 시도하면서 말했다. “내 손가락이 이렇게 가늘다고 생각했어요?” 그녀가 웃음을 터뜨렸다가 곧 그치고 나를 올려다보았다. 아마 내 표정을 보고 알아차린 듯했다.

“이거 나한테 주려고 산 반지가 아닌 것 같은데.”

나는 고개를 끄덕였다. “섀넌에게 주려고 샀는데, 줄 기회가 없었어. 이제 그걸 너한테 줄 건데, 그래도 괜찮아?”

마치 그녀의 눈 뒤에서 질문들이 깜박거리고 있는 것 같았다. ‘나더러 두 번째가 되어도 괜찮냐고 묻는 거예요? 새 반지를 사기보다 돈을 절약하는 편이 더 좋았어요? 아니면 내게 이 반지를 끼우고, 진짜 사랑인 섀넌과 함께 있는 척하고 싶어요?’

그녀는 이런 생각을 할 수밖에 없었을 것이다. 내가 그랬듯이. 그러나 곧 뭔가를 깨달았는지, 그녀의 엄격한 눈빛이 누그러졌다. 산속 높은 곳에 사는 사람들은 유용한 물건을 버리지 않는다. 상징적인 가치를 지닌 물건이라 해도 마찬가지다. 우리 사랑은 자연이나 인생 그 자체처럼 감상과 거리가 멀었다. 사랑하는 사람을 잃고 나서 운이 좋다면 다른 사람과 사랑에 빠질 수도 있다. 그러면서 사실은 그렇지 않은 척, 로맨스에 관해 설탕 덩어리 발라드를 쓸 수도 있다. 그러나 그런 노래는 거짓이다. 나탈리와 나는 그 점에 관해 이미 협정을 맺었다. 서로에게 거짓말을 하지 않기로.

"아름다워요." 나탈리가 손끝으로 반지를 어루만지며 조용히 말했다. "보석상에 가져가서 치수를 조정할게요."

우리는 잠들었다. 그러다 깨어보니 침대에는 나 혼자뿐이었다. 일어나서 나탈리를 찾으러 갔다. 그녀는 거실에서 노트북컴퓨터 앞에 앉아 있었다.

"릴레함메르에서 면접이 잡혔어요." 나탈리가 말했다. "지금 이 메일을 쓰는 중이에요."

"관리자 일자리야?"

"작은 호텔이에요. 하지만 당신도 릴레함메르가 마음에 들 거예요. 주유소도 틀림없이 좋은 값에 팔 수 있을 거고요."

나는 웃음을 터뜨렸다. 하지만 곧 그녀의 말이 농담이 아님을 깨달았다. 아니, 아주 조금은 농담일 수도 있었다. 나탈리가 어설픈 미소를 지었다. "그냥 첫 번째 면접이에요."

"다른 데서도 많은 제의가 올 거야." 내가 말했다. "널 오스에 붙잡아두려면 어떻게 해야 해?"

나탈리는 어깨를 으쓱했다. "평범해요."

"평범해?"

"더 많은 돈, 더 좋은 일자리, 더 좋은 집, 남편. 이 순서대로."

"남편은 이제 생겼고, 이 집도 상당히 괜찮아."

나탈리는 고개를 젓고는 계속 자판을 두드렸다. "두 사람이 살기에는 너무 좁아요. 어쩌면 셋이 될 수도 있는데."

내 가슴이 두 박자쯤 덜컹거렸다. 나탈리가 자판에서 시선을 들고 소리 내어 웃었다. "놀랐어요? 진정해요, 농담이니까. 이제 막

임신한 여자가 새로운 일자리를 찾으려고 지원서를 쓰지는 않아요." 나탈리는 다시 자판을 두드리기 시작했다.

"더 큰 집을 찾는 게 가능할 수도 있어." 내가 말했다. "칼이 이사를 나갈 거니까."

"우리 집이 더 커요."

"거기 살고 싶어? 그런……."

"그런 나쁜 기억이 있는데? 그건 오프가르 농장도 마찬가지 아니에요? 그래서 당신 동생이 새집을 짓고 있는 것 아니에요?"

"그런 이유도 있겠지만, 녀석이 집을 짓는 가장 큰 이유는 굴뚝새와 같아."

나탈리는 잠시 어리둥절한 표정을 짓다가 기억을 떠올렸다.

"마리 오스가 행복해질 둥지를 지어야 한다는 거예요?"

나는 고개를 끄덕였다.

"그 둘이 오스의 왕과 여왕처럼 살려고." 나탈리가 말했다.

"응. 마리와 단이 이리로 이사 올 때 생각한 것도 그거였어. 하지만 일이 잘 풀리지 않았지. 그래서 마리가 새로운 짝을 찾아낸 거야."

나탈리는 잠시 생각에 잠겼다. "하지만 축구 경기 때 마리와 크라네가 손을 잡고 있었다면서요."

"내가 직접 봤어."

"왜요? 그 사람이랑 헤어질 생각이라면서요?"

나는 어깨를 으쓱했다. "자기들이 헤어질 거라는 소문을 들었는지도 모르지. 그래서 소문이 사실이 아니라는 걸 보여주고 싶어서 그랬는지도."

"아뇨." 나탈리가 노트북컴퓨터를 옆으로 밀었다. "이리니 때문이에요."

"이리니?"

"호텔의 그 메이드요. 당신이 크라네의 차에서 내리는 장면을 본 그 여자. 마리가 두 사람의 일을 알게 된 거예요."

"그렇게 생각해?"

"네."

"그래서?"

"그래서 이상하기 짝이 없는 일이 일어난 거죠. 마리는 자기가 흥미와 믿음을 잃어버린 남자가 다른 여자에게는 매력적이라는 사실을 깨달았어요. 떠나는 쪽은 어쩌면 그 남자가 될지도 모른다는 사실도. 그래서 그를 다시 발견하고, 되찾고 싶어진 거예요."

"모방 욕망?" 나는 머리의 붕대를 손으로 쓸었다. "하지만 그 이론에 따르면, 마리가 이리니를 역할모델로 봐야 해. 그리고 마리는 비록 사회주의자 출신이지만, 뭐라고 할까, 딱히 평등을 추구하지는 않아."

"현실을 죄다 이론에 꿰어맞출 수는 없어요." 나탈리는 한숨을 내쉬고 다시 노트북컴퓨터로 작업을 시작했다.

내가 야영장에서 오두막 몇 채를 점검하고 있을 때 요 오스의 전화가 걸려 왔다. 커피를 한잔하자고 해서, 나는 차를 몰고 그의 집으로 갔다. 요 오스가 농민들이 잘 입는 털실 카디건에 슬리퍼를 신은 모습으로 문간에서 나를 맞이했다. 그의 아내 엘린이 거실로 커피와 크란세카케†를 내왔다. 거실에서 내다보이는 벌판이 너무나 널찍하고 곡식이 물결치고 있어서, 잘 모르는 사람이 봤다면 여기

---

† 덴마크와 노르웨이의 디저트.

가 평평한 들판이 펼쳐져 있는 외스틀란데의 마을인 줄 알 것 같았다. 멋진 집이었다. 요 오스에게도 그렇게 말했다.

"그렇긴 한데, 우리 나이의 사람들이 살기에는 너무 커서, 신년에 농장 오두막으로 이사할 예정이야." 오스가 딸과 크라네가 사는 집 방향을 고갯짓으로 가리키며 말했다. "이젠 애들한테 공간이 필요하니까 말이지."

나는 반응을 보이지 않았다. 요 오스가 칼과 마리의 계획을 그냥 모르는 척하는 건지 아니면 정말로 모르는 건지 전혀 알 수 없었다.

"곧 자리에서 물러날 이사회장으로서 내 후임자에게 약간의 정보와 조언을 주는 게 적절할 것 같군." 그는 아내가 거실에서 나갈 때까지 기다렸다가 말을 이었다. "일단 전체적인 조언은 아마 나이 많은 사람이 젊은 사람에게 해줄 법한 말일 거다. 너무 성급하게 굴지 말라는 것이니까. 그로 인해 수많은 문제가 생기거든, 로위."

나는 입안에 들어 있는 것을 계속 씹었다. "크란세카케가 맛있네요."

"대부분의 경우 가족의 유대를 깨는 일은 상상보다 훨씬 극적이야. 엘린의 친정이 여호와의 증인 신자였다는 거 알고 있었니?"

"아뇨."

"그럴 때의 규칙은, 가족과 뜻을 같이하든지 아니면 완전히 연락을 끊든지 둘 중 하나다. 엘린은 그 종교의 설교를 상당히 일찍부터 믿지 않게 됐어. 하지만 가족과 관계를 끊은 이유는 그게 아니었지. 나 같은 외부인과 함께하려고 관계를 끊은 거야." 요 오스가 빙긋 웃었다. 그래도 정치계 양극단 진영의 선전 포스터 중앙에 내세워도 될 만큼 무표정하고 엄격한 얼굴이 많이 누그러지지는 않았지만. "독특한 사례는 아니지만, 우리 같은 사람들은 그것만이

유일한 해피 엔딩이라고 생각하지. 하지만 그건 잘못된 생각이다.”

요 오스는 커피를 한 번 저은 다음 말을 이었다.

“엘린은 지금도 가끔 그때 결정이 옳았는지 고민해. 지금 네가 무슨 생각을 하는지는 안다. 엘린이 밖에서 진실한 삶을 살기보다 하느님을 믿는다고 거짓말을 하고 그쪽 공동체에 남아 있었다면 정말로 더 나았을지도 모른다고 생각하느냐는 거겠지. 그 답이 ‘그렇다’일 때도 있고, ‘아니오’일 때도 있어.” 요 오스가 나를 보았다. “마리를 예로 들어볼까? 그 애한테는 가정이 있지. 그런데 때로는 가정이 방해가 되기도 한다는 걸 모두가 알아. 특히 젊을 때는…… 그리고, 음, 야망이 있고, 인생에 대한 기대가 클 때는. 이렇게 있는 그대로 표현하는 게 맞는 것 같군. 그래서 가끔 사람들은 가족이 얼마나 중요한지 잊어버리지. 그럴 때 필요한 건 나이도 좀 있고 그래서 더 현명할 수도 있는 사람이 그 사실을 일깨워주는 거야. 해피 엔딩으로 이어지는 올바른 길로 이끌어주는 거지.”

나는 고개를 끄덕일 수밖에 없었다. 요 오스는 마리와 칼에 대해 잘 알고 있었다. 어쩌면 오스 스파의 그 여자와 단의 관계도 알고 있을지 모른다. 마리와 단이 다시 함께 나타난 이유는 모방 욕구 같은 멋들어진 것이 아니었다. 이 늙은 시장의 천둥 같은 말씀이 이유였다. 가족의 유대를 끊어버리겠다는 협박. 아마 거기에는 그들이 오스의 말대로 하면 이 큰 집을 차지할 수 있다는 달콤한 약속도 곁들여졌을 것이다. 그렇다면 오스는 왜 더 일찍 행동하지 않았을까? 나는 그 답도 알 수 있었다. 칼 오프가르가 곧 해고되어 미래가 불확실해질 것임을 오스가 알고 있다는 것. 이제 칼은 요 오스의 딸이 이혼까지 해가며 만날 가치가 없었다.

“칼과 마리가 십대 시절에 사귈 때는 칼이 내 아들 같았다.” 요

456

오스가 말을 이었다. "너도 알다시피, 녀석이 장학금을 받아서 미국에서 공부할 수 있게 내가 도와줬잖아. 아마도 그 때문에 내가 그 뒤 칼의 행보에 대해 약간의 책임감을 느끼는 것 같다. 녀석이 지금 처한 상황에 대해서도 어느 정도 그렇고. 그런 이유로, 네게 궁지에 몰린 동생을 대할 때 지극히 조심해야 한다는 조언을 꼭 해줘야 할 것 같구나."

"감사합니다." 내가 말했다. "노력해볼게요. 하실 말씀은 그게 전부입니까?"

"그래."

나는 크란세카케를 마저 먹고 일어섰다.

"한 가지 더." 복도로 함께 나온 뒤 오스가 말했다. "바로 얼마 전에 단과 이야기를 나눴는데, 지오데이터의 푸르라는 남자가 오늘 저녁 중앙도로와 관련된 기자회견을 열겠다고 발표했다더라."

내가 아직 씹고 있던 크란세카케가 입속에서 갑자기 두 배로 불어났다.

"오스와 오스 스파에 나쁜 소식이 아니기를 바라야지." 오스가 나를 위해 문을 열어주며 말했다. "내일 이사회에서 보는 거지?"

✖

기자회견이라.

푸르가 정말로 저지를 작정이었다.

나는 오스의 집에서 차를 몰고 내려오면서 페달을 밟는 발에 힘을 주었다. 마치 급한 약속이 있는 사람처럼. 하지만 이미 늦었다. 경주가 끝났음을 나는 너무나 잘 알 수 있었다. 스테로이드에 중독

된 그 자가 망할 놈의 가미가제 조종사처럼 모든 걸 산산이 폭파해 버리기로 마음을 먹는다면, 살아날 방법이 없었다. 당연히. 솔직히 내가 다른 결과를 예상했던가?

여섯 시 방향에서 나를 노리던 쿠르트 올센을 제거한 뒤 자신감이 지나치게 커진 나머지 폭발하는 소행성 조각을 모두 피할 수 있을 것이라고 생각했나? 게임에서 하늘만큼 높은 정상에 올라가면, 지평선이 훤히 보이는 그곳에서 그냥 석양 속으로 순조롭게 사라질 수 있을 줄 알았나? 흔히들 하는 말처럼, 인간이 계획을 세워도 신이 웃어버리면 끝이다.

나도 웃을 수밖에 없었다.

날씨도 상황을 조금 따라가는 것 같다는 생각이 문득 들었다. 리타가 알려준 브론테의 소설들과 비슷했다. 그래서 지금은 구름이 가볍게 떠 있는 맑은 날씨지만, 오후에는 비가 내릴 것으로 보였다. 서쪽에서 점점 커지고 있는 묵직한 구름을 눈으로 보고 알았다기보다는 그냥 느낌으로 알았다.

내가 거실에 나타나 처음 함께 걸었던 그 길을 다시 걷자고 제안하자 나탈리는 놀란 표정을 지었다.

"지금요?"

"날씨가 너무 좋아서 금방 바뀔 것 같아."

나탈리는 한숨을 내쉬었다. "당신이 산책하자고 하면, 보통은 고백해야 할 무시무시한 일이 여러 개 더 있다는 뜻인데요."

"네가 이미 아는 것보다 더한 일을 내가 저질렀을 수 있다는 거야?"

"세상에는 언제나 더한 일이 있을 수 있다고 생각하거든요. 당신이 그동안 아기들을 잡아먹고 있었는지 누가 알겠어요."

"그래서, 같이 갈 거야?"

"난 당신의 검은가슴물떼새예요." 나탈리는 노트북컴퓨터를 닫고 옷을 갈아입으러 갔다.

〈오스 데일리〉 인터넷판에 따르면, 지오데이터의 기자회견은 6시로 예정되어 있었다. 이곳이 지옥으로 변할 때까지 네 시간이 남았다는 뜻이었다. 내가 모든 걸 잃을 때까지. 그때 나는 뭔가를 깨달았다. 오스 스파, 주유소, 롤러코스터가 모두 물거품이 되더라도 내게 그녀가 있다면 세상은 끝나지 않으리라는 것. 내가 그녀를 믿기 때문이었다. 그녀는 나의 검은가슴물떼새였다. 고독의 동반자였다. 마리 오스처럼 둥지를 먼저 본 뒤에야 남자를 보는 굴뚝새가 아니었다.

"걸을 때 신을 만한 신발이 여전히 없어요." 나탈리가 복도에서 크게 말했다.

"칼은 일하고 있으니까, 우리가 오프가르 농장에 들러서 어머니 신발을 가져가자. 거기서 내가 입을 옷도 좀 고르고."

"좋아요."

그녀가 차를 몰고 오프가르 농장으로 올라가는 동안 나는 기자회견에 대해 말해주었다. 그러면서 또 같은 생각이 들었다. 무엇이든 털어놓을 수 있는 사람이 옆에 있으니 이렇게 해방감이 느껴질 줄이야. 으음, 거의 무엇이든 털어놓을 수 있다고 해야겠지. 과거의 어느 시점에는 칼이 내게 그런 사람이었으나, 지금은 엄청나게 오래전의 일 같았다.

"그러니까 푸르가 결국 토데 터널을 건설해도 된다는 내용의 수정된 보고서를 발표할 예정이라는 거네요." 나탈리가 가파른 오르막길이 나오자 기어를 바꾸면서 말했다.

"그런 것 같아."

"그럼 당신이 그 사람한테 전화해서 그쪽 조건을 받아들인다고 말하면 안 돼요? 아무래도 그걸 기다리는 것 같은데요."

"그걸로 끝이 아니니까 그렇지. 앞으로도 계속 요구할 거야."

"그럼 다른 방법이라도 있어요?"

"꼭 일어나야 할 일이라면 일어나게 내버려두는 방법."

"지금까지 노력했던 모든 일을 그냥 놓아버리겠다고요?"

"응, 모든 걸. 죄다." 나는 감히 그녀를 보지 못하고, 그녀의 반응을 기다리며 귀를 기울였다. 마침내 그녀의 목소리가 들려왔다.

"오케이." 4월의 홍방울새처럼 가벼운 목소리였다.

"오케이?"

"당신 생각이 그렇다면, 그냥 놓아버려요. 내 생각은 그래요. 릴레함메르에서 가정적인 남자로 살면 되죠. 안 그래도 얼마 전에 그쪽에서 전화가 와서 내가 면접을 보러 갈지 아직 잘 모르겠다고 말했더니, 즉석에서 곧바로 일자리를 제시하는 것 같은 말을 하더라고요."

"진짜?"

"네. 그러니까 우리에겐 선택지가 있어, 자기야."

나는 생각해보았다. 오프가르 농장을 포함해서 모든 것을 팔고 그냥 떠나는 방법. 새로운 시작. 과거에 꾸던 꿈이 바로 이거였다. 그러다 섀넌과 함께 그 꿈을 빼앗겼지만. 다시 그 꿈을 이룰 수 있을까? 그래, 할 수 있었다. 생각을 실천에 옮기기만 하면 되는 문제였다. 그럼 무엇이 내 발목을 잡고 있는 거지? 내가 너무 늙어서 변화를 두려워하게 됐나? 아니, 그것이 아니었다. 그녀 때문이었다.

다른 사람의 손에 자신의 삶을 맡겨야 한다는 점.

"날 믿어요." 나탈리가 말했다.

나는 고개를 돌려, 기가 막히다는 듯이 그녀를 빤히 보았다. "방금 뭐라고?"

"날 믿어요." 그녀가 다시 말했다.

나는 침을 꿀걱 삼켰다. 이제 나탈리가 내 생각까지 읽는 건가?

"사랑해." 내가 말했다. 이상하게 들렸지만, 지금 딱 맞는 말 같았다.

"얼마나요?"

"진짜 좆나게 많이." 정말 딱 맞는 말 같았다.

나탈리가 도로에 시선을 고정한 채로 몸을 기울여 내 뺨에 입을 맞췄다. 아, 그래, 나는 그녀를 믿었다. 그래, 수정된 보고서가 발표되면 첫 번째 보고서에 관해 면밀한 조사가 시작될 수 있었다. 푸르가 아무리 애를 써도, 어쩌면 몇 가지 불편한 진실이 백일하에 드러날 수도 있었다. 그러나 나탈리가 내 곁에 있다면, 그 재난이 무한히 커지지는 않을 것이다.

나는 그렇게 생각했다.

재난이 닥치기 오 분 전에.

모든 재난에는 서막이 있게 마련이다. 점점 고조되는 분위기, 앞으로 닥칠 일에 대한 경고. 이번 기자회견처럼. 아빠가 엄마와 함께 차에 올라 출발하기 전에 마당에서 나를 몇 초 동안 바라보던 그때처럼. 칼이 문제가 생겼다고 전화로 말할 때처럼. 나를 바짝 뒤쫓는 보안관이 외쳐대는 소리처럼. 눈사태가 일어나기 전의 산울림처럼.

그러나 항상 그런 것은 아니다. 때로는 구름 한 점 없는 하늘에서 태양이 빛나고 새들이 지저귀는데도, 재난이 이미 벌어졌음을 깨닫는다. 나는 2층 침실에서 티셔츠, 양말, 속옷을 가방에 던져넣고 있었다. 차에 실어두었다가 산책이 끝난 뒤 나탈리의 집으로 가져갈 가방이었다. 계단 아래 복도에서 나탈리가 엄마의 등산화를 신어보며 발을 쿵쿵 구르는 소리가 들렸다. 나는 옷을 몇 벌 더 가방에 던져 넣다가, 복도에서 의자가 긁히는 소리를 들었다. 재킷 두 벌과 구겨진 셔츠 두 장을 가방에 넣었다. 다림질을 하면, 그녀에게 어울리는 근사한 모습으로 요리를 해줄 수 있을 것 같았다.

아래층이 조용했다. 나는 필요한 것이 더 있는지 서랍을 두어 개 훑어보고 가방의 지퍼를 닫은 뒤 아래층으로 내려왔다. 나탈리가 내게 등을 돌리고 등받이 없는 의자 위에 서 있었는데, 위에 매달린 것을 향해 손을 뻗느라 몸이 이상한 각도로 비틀어져 있었다. 레밍턴 소총. 그녀의 아버지 것. 똑같이 생긴 내 아버지의 총은 모에의 집 헛간 벽에 걸려 있었다. 모에가 죽은 뒤에 헛간 문이 잠겨 있어서 총을 몰래 바꿔치기하려면 열쇠가 필요한데, 나는 아직 나탈리에게 열쇠를 달라며 둘러댈 핑계를 찾아내지 못했다. 언젠가 기회가 올 거라고 생각하고 있었지만, 기회는 없다는 것을 이제 알 수 있었다.

나탈리의 손이 호두나무 개머리판의 뒤쪽 끝을 쓸었다. 두 총의 유일한 차이점이 있는 곳. 그 차이점을 아는 사람만 그곳을 찾아낼 수 있었다. 딸이 아버지를 기쁘게 하려고 새겨놓은, 작고 작은 하트.

나탈리가 돌아섰다. 양 뺨에 눈물이 흘렀다. 오른편 뺨의 눈물이 더 앞서 있었다. 내가 바닥에서 두 칸쯤 위의 계단에 멈춰 서 있었기 때문에, 우리 둘의 높이가 같았다. 둘 다 땅에서 조금 높은 곳에 거의 떠 있는 듯한 느낌이었다. 포치가 무척 조용했다. 빠르고 가늘게 떨리는 그녀의 숨소리만이 들려왔다. 그녀가 의자에서 내려와 등산화를 벗었다. 발은 자신의 신발에 밀어넣고, 주머니에서 뭔가를 꺼내 의자에 놓았다. 바쁘게 서두르지도, 머뭇거리지도 않고, 그저 효율적인 움직임이었다. 눈물을 제외하면 얼굴도 고요하고 차분했다. 이미 결정을 내린 사람의 얼굴, 선택지가 이것뿐이라고 체념한 사람의 얼굴이었다. 그녀에게서 분노가 전혀 보이지 않는다는 사실이 곧 이 순간을 돌이킬 수 없음을 알려주었다. 몹시 화가 난 사람이 더 이상 분노가 느껴지지 않는 수준에 도달하면 세상이 조금 다르게 보이는지도 모른다. 그러나 나탈리는 심지어 놀란 기색도 없었다. 항상 조금은 의심했던 사실을 확인한 사람처럼, 그 결과가 무엇일지 이미 결정을 내린 사람처럼 보일 뿐이었다.

"이런, 이런." 그녀가 말했다. 마치 이렇게 말하는 것 같았다. 이런, 이런, 인생이 이래요, 세상이 원래 그렇죠, 살다 보면 이런 일도 있어요, 이런, 이런, 그래도 우리가 노력은 했잖아요. 그러고 나서 그녀는 나를 향해 어깨를 한 번 으쓱하고, 문손잡이에 손을 뻗고, 사라져버렸다.

나는 가만히 서 있었다. 부서진 채로.

시동이 걸리는 소리, 차가 출발하는 소리가 들렸다.

그제야 나는 가방을 떨어뜨리고 의자로 걸어가서 거기 놓인 반지를 보았다.

44

칠흑 같은 어둠 속에서 나는 화들짝 놀라서 깨어났다. 깊게 우르 릉거리는 소리가 차츰 잦아들었다. 천둥소리. 악몽을 꾸었다. 내게 휴식을 허락하지 않는 오랜 유령 일곱 명이나, 새로 유령이 된 지 붕 기술자 모에가 나오는 꿈은 아니었다. 나탈리가 세 번째로 내 곁을 떠나는 악몽. 아빠가 옆에 서서 내 귓가에 "삼진아웃"이라고 고래고래 외쳐댔다. 마당에서 칼과 내게 야구를 가르쳐줄 때 그랬 던 것처럼. 그래서 그 꿈에서 깨어나니 마음이 놓였다. 곧 현실이 더 낫지는 않다는 사실을 떠올렸지만. 침대에 누워 있는 줄 알고 돌아누웠더니, 그만 소파 아래로 굴러떨어지고 말았다. 바닥에 떨 어진 뒤에야, 아빠가 미국에서 가져온 낡은 페르시아 융단 냄새를 알아차렸다. 그렇다면 여기는 거실이었다. 손목시계 바늘이 희미 하게 빛을 냈다. 11시 30분. 나탈리가 떠난 뒤 있었던 일이 어렴풋 이 기억났다. 별일은 아니었다. 내가 휴대전화를 끄고, 칼이 노토덴 의 주류판매점에서 특별 주문으로 구입한 버드와이저를 마시기 시 작했으니까. 우리 둘 다 그 술이 상당히 약하다고 생각했는데도, 칼 은 어쨌든 그 술을 주문했다. 나탈리를 생각할 때마다 느껴지는 고통을 조금이라도 억눌러줄 취기를 쌓는 동안 텔레비전과 라디오는 계속 꺼져 있었다. 맥주로 충분했다. 이번에는 무한한 침묵을 향해 고속으로 돌진할 생각이 없었다. 잠을 잘 수 있으면 충분했다.

그리고 깨어나 보니, 사방이 아주 조용했다. 정신 나간 생각이 떠올랐다. 나탈리가 전화했을 것이라는 생각. 그녀가 마음을 바꿔 나와 함께 릴레함메르로 가고 싶어졌을 것이라는 생각. 휴대전화를 찾으려고 주위를 더듬거리자 빈 맥주병이 챙챙 부딪히는 소리가 났다. 휴대전화를 탁자 위에 둔 기억이 났다. 번개 불빛에 갑자기 방이 환해진 순간에, 어느 책 위에 놓인 휴대전화가 보였다. 우르릉 몰려오는 천둥소리를 들으며 나는 휴대전화를 켰다. 부재중 전화 여섯 통과 문자메시지 두 개. 나탈리의 것은 없었다. 나는 앓는 소리를 냈다. 부재중 전화 세 통은 칼, 두 통은 단 크라네, 한 통은 요 오스였다. 문자메시지를 보낸 사람은 단 크라네. 나는 첫 번째 문자를 열었다.

통화를 시도했습니다. 오스의 상당한 투자자로서 오스 데일리는 이전 보고서의 오류와 관련해서 지오데이터의 기자회견에서 밝혀진 사실에 대한 당신의 말을 듣고 싶습니다.

거의 웃음이 터질 것 같았다. 이 일이 내게 어떤 영향을 미칠지, 내가 무엇을 잃을지 정확히 알지 못했지만, 나탈리를 잃으면서 내가 잃어버린 것과는 비교가 되지 않았다. 그래, 주유소, 놀이공원은 물론 심지어 오스 스파까지도 사라지겠지만, 적어도 그것은 웅장한 실패였다. 1급 재난이라고 해도 될 것이다. 두 번째 문자메시지를 열었을 때도 나는 웃음이 나올 것 같았다.

푸르와 지오데이터가 부정직한 행동을 했다는 비난과 비극에 대해 한마디 해주겠습니까?

언제든 크라네에게 전화해서, '비극'이라는 단어는 갑작스러운 죽음이나 상사병이나 심각한 부상에만 써야 한다고 말해줄 수 있을 것이다. 노르웨이 도로망 개발과 그것이 노르웨이 시골의 인구 감소에 미치는 영향을 묘사할 때 쓸 수 있는 단어는 아니라고. 하지만 사실 노르웨이 시골에 나쁘기만 한 것은 아니었다. 오스에 독이 되는 일이 토데에는 양식이 될 테니까. 그러고 보니 나는 아직 아침도 먹지 못한 상태였다. 아무래도 속을 좀 채우고 다시 잠들었다가 아침에 일찍 일어나야겠다는 생각이 들었다. 이사회까지는 아직 열 시간이 남아 있었다. 상황이 바뀌었으니 준비할 것도 많았다. 회의 안건 중 하나는 칼의 해임과 나의 임명이 될 것이다. 이것 못지않게 중요한 또 다른 안건은 중앙도로가 오스를 통과하지 않게 되었으니 신관을 계속 추진하는 것이 현명한가가 될 것이다.

나는 일어서서 부엌으로 향했다. 불도 켜지 않은 채 통밀빵을 두 조각 자르고, 냉장고에서 조리된 햄을 찾은 뒤, 창가의 식탁에 앉아 음식을 씹으며 창밖의 짙은 어둠을 바라보았다. 나탈리와의 이별에서 현실적인 문제로 내가 무척 빨리 옮겨갔다는 생각이 문득 들었다. 중앙도로, 이사회, 먹을 것. 새년이 죽었을 때도 똑같았다. 혹시 이것이 생존 본능인가. 그렇다면 적어도 내가 계속 살고 싶어 한다는 뜻이었다. 온갖 일을 겪었는데도.

또 번개가 쳐서 하늘을 찢어놓았다.

그때 그것을 보았다.

또.

그 늑대.

녀석이 헛간 옆에 서 있는 쓰레기통을 넘어뜨린 모양이었다. 번개 불빛 속에서, 녀석이 쏟아진 쓰레기에 코를 박고 있는 모습이 보였다.

그러고는 다시 어두워졌다.

나는 눈을 깜박였다. 정말로 녀석을 본 건가? 베르나르 삼촌이 나와 칼을 위해 미국에서 뷰마스터(오스에서 부르는 이름은 미니시네마)를 가져왔을 때와 비슷했다. 그때는 이 기계가 지금의 VR 안경과 같은 존재였다. 환상적인 3D 효과가 덧붙여진 사진들을 조명과 함께 보여주는 장치였는데, 우리 뷰마스터에는 그랜드캐니언과 로키산맥의 사진이 들어 있었다. 상당히 멋진 기계였지만, 우리처럼 산 위에 사는 사람보다는 저 아래 계곡에 사는 사람에게 더 인상적이었을 것이다. 나는 산허리에 서 있는 커다란 황금색 퓨마 사진을 가장 많이 보았다. 아무리 봐도 질리지 않았다. 산이 멋있어서가 아니라, 거기 서 있는 녀석이 아주 외로워 보였기 때문에. 아빠의 백과사전을 찾아보니, 퓨마는 커다란 영역을 차지하고 혼자 사냥하며 살아간다고 되어 있었다. 녀석이 동료를 찾는 것은 발정기에 접어든 암컷을 만나 짝짓기를 할 때뿐이었다. 물론 암컷이 허락한다면. 짝짓기 이후에 녀석들은 이 주 동안 함께 지낸다. 그것이 전부였다. 더도 덜도 아닌 이 주. 그다음에는 수컷이 암컷의 곁을 떠나 다시 혼자가 되어, 광대하고 황량한 자신의 왕국을 다스리며 사냥했다. 몹시 슬픈 이야기였다. 하지만 좋은 슬픔이었다. 내가 잘 설명할 수는 없지만. 퓨마는 자신의 본성에 따라 자신이 해야 하는 일을 한다. 동요할 이유가 전혀 없다. 그러나 무리 지어 다니는 동물인 늑대가 무리에서 쫓겨나 쓰레기통을 뒤지며 살아남아야 한다면, 그것은 다른 이야기다.

나는 또 번개가 치기를 기다리며 어둠 속을 빤히 바라보았다. 녀석을 보려고. 나를 보려고. 쓰레기의 왕. 생존의 제단에 자신의 품위를 제물로 바치는 가엾은 자식. 모두 그렇게 살아간다. 그저 이른바 품위라는 것의 한계를 이리저리 옮기고 그 단어의 정의를 바꿔 자신을 견디며 살아갈 뿐이다. 방해되는 자들을 죽인 사람도, 형제의 아내와 자리를 훔친 사람도 스스로 지켜야 할 명예가 있다고 생각한다. 그리고 대부분의 사람보다 더 필사적으로 그것을 지킨다. 이제는 그 명예의 한계를 이리저리 옮길 수 없으므로. 옮길 수 있는 품위가 남아 있지 않기 때문에.

번개가 또 마당에서 번쩍거렸다. 그러나 늑대는 보이지 않았다.

나는 불을 켜고 계속 음식을 먹었다. 생각을 하지 않고 천둥 번개에만 정신을 집중하려고 애썼다. 폭풍이 몰려오는 건지 멀어져가는 중인지 판단하기 힘들었다. 얼마 뒤 나는 음식을 치우고, 접시를 씻고, 냉장고 문을 열었다. 그때 또 다른 소리가 들렸다. 칼의 BMW였다. 창가로 가서 내다보니, 차가 마당으로 들어오고 있었다. 그러나 칼은 차를 집 앞에 세우지 않고 경사로를 올라가 헛간으로 들어갔다. 시동이 꺼지고 몇 초 동안 완전한 어둠만 보이더니, 지붕에 매달린 네온 튜브가 여러 번 깜박거리다가 켜졌다. 칼은 전등 스위치가 있는 벽 뒤에 숨어 있었다. 조금 뒤에야 그의 모습이 다시 나타났다. 칼은 경사로를 걸어서 내려와, 쓰러진 쓰레기통과 사방에 흩어진 쓰레기를 보았다. 헛간 문의 불빛이 그곳을 밝히고 있는데도, 칼은 아무런 조치를 취하지 않았다. 무슨 생각으로 온 거지? 술을 마셨나? 칼은 헛간의 불빛을 등진 채 집으로 다가왔다. 내가 부엌 창가에 서 있는 모습이 칼에게 보인다는 사실을 나는 깨달았다.

"여기서 뭐 해?" 칼이 부엌으로 들어오며 물었다. 나는 이제 의자에 앉아서 녀석을 기다리고 있었다.

"여긴 내가 사는 집인데." 내가 말했다.

"그래?" 칼은 문간에 서 있었다. 목소리는 낮고, 생기가 없었다. "형 차는 어디 있어?"

"나탈리가 다녀갔어. 올 때 나탈리의 차를 탔지."

"지금은 걔가 갔고?"

나는 고개를 끄덕였다.

"그럼 내 차를 좀 봐줄 시간이 있겠네."

"응? 문제라도 있어?"

"브레이크. 말을 잘 안 들어."

"내일 아침 일찍 한번 볼게."

"지금 해주면 좋겠는데."

우리 눈이 마주쳤다. 칼은 술을 마시지 않은 것 같았다. 나는 어깨를 으쓱했다.

칼이 앞장서서 마당으로 나갔다. 나는 그 늑대가 지금쯤 몇 킬로미터나 떨어진 곳에 있으리라는 사실을 알면서도 여전히 주위를 두리번거렸다.

또 번개가 치더니 천둥이 쳤다. 그것이 하늘을 찢어 진짜로 구멍을 내기라도 한 것처럼, 묵직한 빗방울이 떨어지기 시작했다. 우리는 경사로를 달려 올라가 헛간으로 들어갔다. 또 번개가 번쩍이고, 또 천둥이 치고, 갑자기 폭우로 변한 비가 골함석 지붕과 어둠 속의 경사로를 마구 두드려댔다. 칼이 운전석으로 들어가 보닛 걸쇠를 풀었다. 나는 보닛을 열고 몸을 기울여 브레이크 오일을 확인했다.

"정상인 것 같은데." 내가 말했다.

대답이 없었다. 지붕을 두드리는 빗소리에 귀가 멀 지경이라, 고함을 지르듯이 말해야 한다는 것을 깨달았다.

"전부 정상인 것 같아! 우리가……."

나는 시선을 들어 보닛 너머 운전석을 보면서 말을 멈췄다. 거기에 칼이 없었다.

"그건 걱정 마." 바로 뒤에서 칼의 목소리가 들렸다.

그 순간 깨달았다.

"아마 괜찮을 거야." 칼이 말했다. 가까이 서 있는데도, 칼이 목소리를 높여야 내가 들을 수 있었다. "쉽게 알아볼 수 없거든. 내 말은, 경찰이 섀넌이 운전한 차의 브레이크에도 문제가 있었던 것 같다고 본다는 말을 오늘 듣고 걱정이 됐어. 그 브레이크 때문에 절벽에 떨어진 것 같다고 본다잖아."

나는 돌아서지 않았다. 빗소리에만 귀를 기울였다. 또 천둥이 쳤다. 천둥이 점점 가까워지고 있었다.

"그건 내 차였어." 칼이 말을 이었다. "그러니까 내가 마지막으로 운전했을 때 브레이크에는 아무런 문제가 없었다는 걸 알지. 그래서 생각하게 된 거야. 형이랑 섀넌은 아이를 낳을 생각이었어. 어쩌면 형은 기대에 부풀어서 이런저런 계획까지 짰는지도 모르지. 문제는 나였을 거야. 여러 면에서. 그럼 형은 어떻게 할까? 음, 상당히 뻔하지. 위험 요소를 처리해야 할 때, 그 위험 요소를 전에도 처리해본 적이 있다면, 같은 방법을 다시 쓰면 되잖아, 안 그래? 형은 아빠의 브레이크를 손본 것처럼 내 차의 브레이크를 손봤어. 아니, 사실은 더 영리한 방법을 찾아냈을 거야. 그래야 경찰 감식반원들이 이번에는 범죄를 의심하지 않을 테니까. 내가 그날 저녁 오스 스파의 투자자 회의에 가기 전에 섀넌을 죽이지 않았다면, 죽은 사람은 섀넌이 아니라 나였을 거야. 내 말이 맞아, 로위?"

나는 천천히 돌아섰다.

칼은 내게서 2미터 떨어진 곳에 서서, 엽총을 가슴 높이로 들고 있었다. 손가락이 방아쇠에 닿아 있고, 두 개의 총구가 똑바로 나를 향했다. 칼은 나를 알았다. 내가 뭔가 시도할 가능성이 높다는 것을 알았다. 그런데 이번에는 내게 자전거 체인이 없었다.

"반복이네." 내가 말했다.

"무슨 뜻?"

"너도 같은 방법을 택했다고. 개를 쏘았을 때랑 똑같아. 어쩌면 우리는 실수마저 반복하는 건지도 모르지. 넌 개를 죽이지 못하고 상처만 입혔어. 게다가 그건 우발적인 일이었지. 이번에는 네 형을 어떻게 죽일 작정이야?"

칼이 빙긋 웃었다. "사랑하는 로위, 첫 번째 시도가 가장 어렵다는 말이 사실인지도 몰라. 아니면 헛소리일 수도 있고. 하지만 그 뒤로 나도 두 번 사람을 죽여봤어. 옛 보안관이랑 새넌. 아니, 잠깐, 셋이라고 해야겠다. 형의 아이까지."

나는 침을 꿀꺽 삼켰다. "날 죽여서 너한테 실질적으로 무슨 도움이 될 것 같아? 이사회가 네 자리를 너한테 돌려주지도 않을 텐데. 그동안의 부정행위가 모두 알려졌으니까."

"아, 상속을 잊어버렸어, 로위."

"상속?"

"응. 저기 내 집에서 오프가르 농장을 올려다보며 앉아서 생각한 게 그거야. 여기 부엌에 불이 켜진 걸 보고 형이 돌아온 걸 알았지. 형이 상속받은 곳으로 돌아온 걸. 그때부터 내 생각은 이렇게 이어졌어. 형한테 유일한 가족은 나니까, 만약 형이 지금 죽으면 형이 소유한 모든 것을 내가 상속받겠네. 오프가르 농장뿐만 아니라, 오스 스파의 지분까지. 그러면 내일 이사회에서 형이 나를 해고할 수 없을 테고, 나는 곧 과반 주주가 될 사람으로서 사실상 이사회를 해산할 수 있게 돼. 그게 아니더라도 최소한 내가 호텔을 계속 경영하는 것을 반기지 않는 이사들은 내보낼 수 있겠지." 칼은 웃음을 터뜨렸다. 내 놀란 얼굴이 우스운 기색이 역력했다. "간단하지, 로위?"

"오케이." 내가 말했다. "하지만 너는 어떻게 혐의를 벗으려고?"

"혐의를 벗어? 형이 여기 헛간에서 스스로 총을 쏘아 죽은 시체로 발견되면 누가 날 탓하겠어?"

"자살이란 말이지. 내가 오스 스파를 장악해서 너를 해임하기 전날. 사람들이 그걸 믿을 것 같아?"

"언뜻 보기에는 뚜렷한 자살 동기가 잘 보이지 않겠지. 하지만 최근에 형이 노토덴의 병원에서 위세척 치료를 받았다는 사실이 드러나면, 경찰은 물론이고 다른 사람들도 전부 형이 오래전부터 자살을 염두에 두었다고 생각하게 될 거야. 형 나이의 남자들에게는 이례적인 일도 아니지. 푸르만 봐도 그래."

"푸르?"

칼은 놀라서 고개를 움직이며 이마에 주름을 잡았다. "소식 못 들었어?"

"무슨 소식?"

"진짜? 아, 형이 휴대전화를 꺼놨지." 칼이 짧게 웃었다. "욘 푸르가 스스로 목숨을 끊었어. 기자회견장에 나타나지 않았는데, 그 직후에 시체가 발견됐지. 무슨 약을 과용한 것 같대. 하지만 뭐, 그 사람한테도 동기가 있었겠지. 벤트 할렌이 기자회견에서 한 말에 따르면, 푸르는 첫 번째 보고서의 실수에 책임감을 느낀 모양이야."

"실수? 우리가 주문한 그 보고서 말이야?"

"아니, 아니, 그게 바로 얄궂은 부분이야. 산속에 지하수가 흐르는데, 그 사람들이 그걸 미처 알지 못했대. 그 물을 비울 수도 없고, 댐으로 막을 수도 없다는군. 그래서 지질학적인 분석 결과와 상관없이, 토데 터널을 짓는 건 불가능했을 거래. 할렌은 지오데이터가 그 사실을 일찌감치 알아차렸어야 한다는 점을 인정했어. 그랬다면 도로 계획과 사전 작업 비용으로 들어간 1억 크로네 정도의 세금이 절약되었을 거라고. 최근에 푸르한테 많은 돈이 생겼는데, 그 때문에 토데 프로젝트 지지자들이 보고서에 지하수가 언급되지 않게 막으려고 매수한 것 아니냐는 의심이 일었대."

"그럼 중앙도로는……."

"오스를 통과할 거야. 이번에는 의심의 여지도 없어. 불확실한 데이터와 푸슬푸슬한 바위를 해석하는 문제가 아니니까. 터널을 짓는다면 전부 지하수 강과 연결될 판인걸."

지오데이터의 이전 보고서에 나타난 오류에 대해 한마디 해달라던 크라네의 문자를 내가 잘못 이해했다는 뜻이었다. 푸르의 시체가 발견된 뒤에 온 것이 분명한 두 번째 문자의 내용도 마찬가지였다. '푸르와 지오데이터가 부정직한 행동을 했다는 비난과 비극에 대해 한마디 해주겠습니까?'

"강이라는 말이 나온 김에." 칼이 이렇게 말하면서 총을 들어 자기 뺨에 대고 자세를 잡았다. 나는 총구를 빤히 바라보았다. 칼의 손가락이 방아쇠를 당기려고 움직이는 것이 보였다. 무섭지는 않았다. 피곤할 뿐이었다. 이 일이 빨리 끝나버렸으면 좋겠다는 생각이 들었다.

"잠깐!" 내가 말했다.

“왜?” 칼이 한쪽 눈을 감은 채로 나를 바라보았다.

“2미터 거리에서 엽총으로 날 쏘고서 자살로 꾸밀 수는 없어. 먼저, 사람들은 보기만 해도 내가 스스로 총을 쏠 수 없었다는 걸 알아차릴 거야. 둘째로는, 내가 즉사할지 확실치 않아. 그러면 사방에 흔적이 남겠지. 엽총으로 자살하는 사람들은 총구를 입에 넣는다고.”

“오케이. 그럼 형은 어떻게 하는 게 좋겠어?”

“소총을 써. 포치에 걸려 있는 것. 심지어 약실에 총알도 하나 있어.”

“아, 그래?” 칼은 고개를 한쪽으로 기울였다. “지금 날 돕는 거야, 아니면 무슨 수작을 부리는 거야?”

나는 고개를 저었다. “첫째, 나는 쓸데없는 고통을 겪기 싫어. 둘째, 넌 내 동생이야. 내가 어차피 죽어야 한다면, 사실 난 죽어 마땅한 인간이기도 하고, 그러면 마지막 남은 오프가르가 순전히 이 일의 현실적인 측면을 미리 철저하게 고려하지 못했다는 이유만으로 곧장 감옥에 가게 둘 수는 없잖아. 셋째,……”

“응?”

“내가 지금 협조할 테니까, 마을의 내 부동산과 주유소를 나탈리에게 줘.”

칼은 잠시 생각해보았다. “주유소는 줄게.”

“마을의 부동산도. 명심해. 네가 가져가는 건 야영장과 주식 지분이야. 그리고 여기 오프가르 농장도.”

칼은 웃음을 터뜨렸다. “좋아. 그동안 형이 나를 많이 보살펴줬으니까. 하지만 아무래도 엽총을 써야 할 것 같은데.”

“오케이. 그럼 의연하게 받아들여야지.”

“그래?” 칼은 미심쩍은 표정이었다.

"내가 뭘 하려는 게 아니야." 나는 털썩 무릎으로 주저앉아 양손을 주머니에 넣었다. "나중에 방아쇠 지문을 닦고 내 오른쪽 집게손가락을 거기에 문질러. 그다음에는 아무것도 만지지 말고, 지금 이 모습 그대로 놔둬. 경찰과 이야기할 때는 최대한 진실을 말하고. 네가 집에 돌아온 시각이라든가, 그런 것 말이야. 넌 이 안에 들어왔지만 나를 보지 못했고, 잠자리에 들려다가 총성을 들었어. 헛간으로 나가서 나를 발견하고 아직 살아 있는지 확인한 뒤에 신고 전화를 건 거야. 알아들었어?"

"응."

"오케이. 얼른 끝내자."

나는 입을 벌렸다. 칼은 믿을 수 없다는 표정으로 나를 빤히 보았다. 그러고는 아주 조심스럽게 한 걸음 다가왔다. 나는 눈을 감았다. 또 천둥이 우르릉거렸다. 조금 전보다 더 먼 곳이었다. 그때 엽총의 총구 두 개가 입술에 닿는 것을 느끼고 입을 더 크게 벌렸다. 칼이 금속 총구를 억지로 밀어 넣자, 화약과 강철의 자극적인 맛이 입안을 가득 채웠다. 죽음을 앞둔 사람의 눈앞에 평생의 일들이 스쳐 지나가는 이유에 대해 누군가가 세운 가설을 읽은 적이 있다. 뇌가 이 상황에서 벗어나는 데 도움이 될 만한 것을 찾으려고 기억 저장고 전체를 필사적으로 뒤지기 때문이라고 했다. 나는 이제 이 상황에서 도망치고 싶지 않았다. 그런데도 그다음에 일어난 일은 이러했다. 먼저 칼과 내가 캐딜락 뒷좌석에서 멀미를 하며 앉아 있었다. 아빠는 담배를 피우며 운전중이고, 엄마는 지도를 보고 있었다. 아빠는 우리가 토할 수 있게 차를 멈춘 뒤, 우리 머리를 헝클어뜨리며 다음 주유소에서 아이스크림을 사주겠다고 약속했다. 그리고 그 약속을 지켰다. 오슬로에 도착하기 전에 피오르에 들러

해수욕도 했다. 엄마도 물에 들어가 있는 동안 아빠는 차에 기대서서 담배를 피우며 우리를 지켜보았다. 우리가 물 밖으로 나온 뒤에는 커다란 수건을 건네주었다. 아빠의 웃는 얼굴이 기억난다. 바로 그 순간 아빠가 행복한 것 같다고 내가 생각한 것도 기억난다. 어쩌면 아빠가 정말로 행복했을 수도 있다. 딱 그 한순간 동안. 그다음 순간 나는 '참 잘했어요' 점수를 받은 에세이를 손에 쥐고 칼 앞에 서 있었다. 칼은 동생인 자신이 내 철자법 실수를 바로잡아주지 않았다고 주장하면서 빙긋 웃었다. 내 눈에는 분명히 보이는데도. 캐딜락이 우리에게서 멀어지고 있었다. 아빠와 엄마가 탄 차. 칼과 나는 마당에서 지켜보고 있다. 삼촌이 내 열여덟 살 생일선물로 준 낡은 볼보에 네 명이 타고 오르툰의 무도장으로 간다. 사귀는 사이인 칼과 마리는 뒷좌석에 탔고, 칼을 사랑하는 그레테 스미트는 조수석에 있다. 그리고 마리를 사랑하는 나는 운전석에. 마리가 복수심에 나를 유혹한다. 칼이 술에 취해 그레테와 섹스한 뒤에. 그 순간 나는 내가 사랑하는 것이 마리가 아님을 깨닫는다. 무엇이든 칼에게 속한 것을 사랑할 뿐이다. 그리고 이제 마리는 칼의 것이 아니었다. 주유소 가게에 온 모에가 수치심과 두려움에 몸을 웅크리고 사후피임약을 산다. 섀넌. 불꽃처럼 붉은 머리카락과 눈처럼 하얀 피부, 엉망이 되어서 반쯤 감긴 눈꺼풀이 마치 나를 겨냥하는 듯하다. 그녀에게서 벗어나기 위해 오스에서 크리스티안산으로 이사한 뒤 바로드 다리의 난간 앞에 서 있는 나. 어느 날 저녁 내 집 문 앞에 나타난 그녀. 머리카락에서 물을 뚝뚝 떨어뜨리며, 들어가도 되냐고 묻는다. 히스밭에 누워 있는 나탈리. 사랑할 사람을 다시 찾아낸 기적. 자토르. 꼭대기에서 보이는 풍경, 누구보다 높은 그곳에 올라와 있으면서, 동시에 곧 심연으로 돌진하듯 떨어질 것을 아는 심정. 그러고는 탕. 하지만 앞이 깜깜해지지 않고, 마치 모든 것이 되감기기 시작한 것처럼 보였다. 엽총이 움찔거리더니 총구가 입에서 빠져나갔다. 죽으면 원래 이런 건가? 뒤집힌 순서로 인생을 다시 경험하는 거야? 나탈리를 얻었다가 잃기를 세 번 반복하고 나면, 그녀가 다시 어려지는 건가? 다시 새년을 만나게 되려나? 아빠, 엄마, 모에, 빌룸센, 옛 보안관 등 모든 유령이 저승에서 돌아오는 건가? 십대 때의 나탈리가 뒷걸음으로 주유소 문을 나가는 걸 본 뒤, 두 번 다시는 그녀를 못 보는 건가? 뭔가 따뜻한 것이 뺨을 타고 흘러내려 입술에 닿는 것을 느낀 나는 무의식적으로 혀를 내밀었다. 그리고 즉시 그 맛을 알아차렸다. 눈물이 아니라 피 맛이었다.

나는 눈을 떴다.

칼은 내 앞에 서 있지 않았다. 나는 열린 헛간 문 너머의 어둠을 빤히 바라보았다. 보이는 것이라고는 부엌 창문의 불빛뿐이었다. 그럼 내가 살아 있는 거지? 조금 전의 큰 소리는 천둥소리였나보다. 또 번개가 치면서 집 전체가 환해졌다. 벽 앞에 뭔가가 보였다. 어쩌면 내가 죽은 건지도. 내가 보고 싶은 것을 보고 있는지도. 낙원이 그런 곳인 거겠지. 왜냐하면 그녀가, 나탈리가 랑게레이크를 들고 연주하고 있었기 때문이다. 하지만 빗소리가 너무 거세서 소리가 전혀 들리지 않았다. 다시 주위가 어두워지자 그녀는 사라졌다. 신음 소리. 마침내 내가 아래를 내려다보았다.

칼이었다.

창백한 얼굴로 쓰러져 있었다. 하얀 셔츠가 색으로 물들어 있었다.

피처럼 붉은색.

칼은 나를 뚫어져라 바라보며, 엽총을 찾아 주위를 더듬거렸다.

내가 미처 치우기도 전에 칼의 손가락이 총에 닿았다. 몸을 돌려 총을 내 뒤의 BMW 위에 놓았다. 자동차 그릴이 온통 피범벅이었다.

"어떻…… 어떻게 된 거야?" 칼이 갈라진 목소리로 속삭였다.

나는 여전히 무릎으로 서서, 여전히 어둠 속을 빤히 바라보고 있었다.

그때 그녀가 빛 속으로 들어섰다. 머리카락이 흠뻑 젖어 있었다.

"안녕." 나탈리가 말했다. 조금 전 내가 잘못 보았다. 그녀가 들고 있던 것은 랑게레이크가 아니라 소총이었다.

"안녕." 내가 말했다. 뭔가 의미 있는 말이 생각나지 않았다.

"집 모퉁이를 돌아서 오는데 당신이 보였어요. 저 사람이……."

"그래." 나는 두 발로 일어섰다. "포치에 있던 소총이야?"

나탈리가 좀 더 가까이 다가왔다. "최대한 빨리 움직였는데. 저 사람은……?"

"별로."

우리는 칼을 보았다. 얼굴이 점점 하얗게 질리고 있었다. 바닥에 너무 오래 놓아둔 초콜릿처럼. 셔츠 앞섶에서 바닥의 나무 널로 피가 뚝뚝 떨어졌다. 나탈리가 본채에서 총을 쏘았으니 거리가 70-80미터쯤 되었을 것이다. 총알은 칼의 등으로 들어와 가슴을 뚫고 튀어나왔다. 시선을 돌리니, 자동차 보닛 아래쪽이 거의 알아보기 힘들 만큼 미세하게 우그러져 있었다. 총알의 비행이 끝난 자리였다.

"저 사람은……?"

"아니." 내가 말했다. "살 수 없을 거야."

나탈리는 물어볼 것이 더 많다는 듯 나를 보았다. 예를 들어, 칼에게 가망이 없다는 걸 당신이 어떻게 아느냐는 질문 같은 것. 하지만 내 표정에서 뭔가를 느꼈는지 그녀는 입을 열지 않았다.

“가서 내 사냥용 나이프 좀 가져다줄래?” 나는 칼을 지켜보며 물었다. 칼은 낚싯바늘에 끼워진 벌레처럼 꿈틀거리고 있었다. “포치 서랍장 맨 아래 칸에 있어.”

“네.”

나탈리가 다시 밤의 어둠 속으로 사라졌다. 또 번개가 치면서 그녀의 모습을 환히 비췄다. 그 뒤를 이어 우르릉거리는 천둥은 잠시 잊고 있다가 뒤늦게 덧붙여진 것 같았다. 나는 살아 있는 시체와 같은 칼 옆에 쪼그리고 앉았다. 칼이 눈을 떴다가 감았다. 구멍 난 타이어처럼 쌕쌕거리는 소리가 났다. “난 죽는 거지, 그렇지?”

이렇게 오랜만에 칼의 입으로 듣는 오스 사투리가 거의 외국어 같았다.

“응.” 내가 말했다. “마지막 요청 같은 거 있어?”

칼은 웃으려고 애쓰는 듯했다. “형이랑 똑같아.” 칼에게서 바람 빠지는 소리가 났다. “오스의 왕은 반드시 오프가르여야 해.”

“내가 그 호칭에 그렇게 관심이 있는지 잘 모르겠는데.”

“형은 모를지 몰라도 난 알아. 형은 항상 내 것을 갖고 싶어했으니까.”

“아, 그래?”

“옥좌. 섀넌. 심지어 마리도. 우리가 십대 때 말이야. 당연히 알고 있었어. 아빠의 관심도 마찬가지고. 그 부분은 예외지만…… 그게 뭔지는 알지? 미친 소리 같아도 진실 맞지?”

나는 부르르 떨었다. 그것이 진실인가?

칼의 눈꺼풀이 반쯤 내려와서 칼이 점점 잠들려는 것처럼 보였다. 나는 칼의 손을 꼭 쥐었다. 칼도 마주 힘을 주었다.

“내 시체를 어떻게 할 거야?” 칼이 속삭였다.

"아직 그걸 생각할 시간이 없었어."

"없긴 왜 없어. 현실적인 문제를 생각할 때는 머리가 빠르잖아. 계획이 뭐야?"

"정말로 알고 싶어?"

"글쎄, 잘 모르겠어. 그러니까 너무 끔찍한 계획이라면 나한테는 그냥 거짓말을 해."

"널 여기 농장에 묻을 거야. 전망 좋은 곳에."

칼은 소리 내어 웃으며 동시에 콜록콜록 기침을 터뜨렸다. "거짓 말 솜씨가 그것보다는 낫잖아!" 핏방울이 칼의 턱과 윗입술에 튀 었다.

"바깥쪽 들판에 묻을 거야." 내가 말했다. "아주 깊이. 여우가 파내지 못하게."

"더 낫네." 칼이 미소를 지었다. 하얗게 질린 입술이 탈피를 끝낸 유충의 껍데기 같았다. "좋아. 고마워."

어둠 속에서 나탈리가 다시 나타났다. 날이 널찍한 사냥용 나이 프를 내게 두 손으로 건넸다. 나이프는 수술 도구이고, 나는 외과 의사라도 되는 것 같았다. 이것은 아빠의 나이프였다. 내가 개의 고통을 끝내줄 때 사용한 것이기도 했다.

"난 밖에 있을게요." 나탈리가 말했다. "생각대로 해요."

나는 그 자리에 앉아 나이프를 바라보았다. 사냥한 짐승을 자를 때 피가 한 곳으로 흐를 수 있게 칼날 측면에 홈이 파여 있는, 잔인한 물건이었다.

"이제 아파 죽겠어, 로위. 그냥 빨리 끝내주면 안 될까?"

나는 고개를 끄덕였지만 움직일 수 없었다. 헛기침을 하며 목을 가다듬었다.

“내가 지금 스탠리를 불러서 네가 살아날 수 있다면?”

“생각해봐, 로위.” 칼이 앓는 소리를 냈다. 속삭이는 목소리가 너무 작은 데다가 비도 내리고 있어서 나는 앞을 몸으로 기울여야 칼의 말을 들을 수 있었다. “내가 살면 내일 해고되고, 파산을 선언하고, 마리가 결국 단과 헤어지지 않을 것 같으니까 혼자서 그 망할 놈의 집으로 이사해야 하는 거야. 나탈리는 나를 죽이려 한 죄로 감옥에 갈 거고, 나는 형을 죽이려 한 죄로 감옥에 가겠지. 하지만 내가 죽으면 모든 문제가 사라져. 우리 둘 모두에게. 그러니까 제발 내가 살아나지 않게 좀 해줄래? 그리고 형은 제발 좀 앞으로 나아가.”

나는 칼 뒤의 바닥에 앉아, 풍성하고 검은 머리카락을 왼손으로 잡았다. 기시감이 들었다. 아빠가 다녀간 뒤 이층 침대 아래층으로 내려가 칼과 나란히 누워서 흐느끼는 녀석을 위로하던 밤. 그때 나는 내 어린 동생의 머리를 쓰다듬어주었다. 나는 칼의 머리를 뒤로 세게 잡아당겨 오른팔로 녀석을 끌어안고, 칼끝을 목 왼쪽 살갗에 대고 눌렀다.

“어떻게 생각해?” 내가 칼의 귓가에서 속삭였다. “오스 스파라는 이름 말이야. 조금…… 딱딱해. 이름을 ‘칼스Carl's’로 바꾸면 어떨까?”

“멍청이.” 칼이 쌕쌕거리며 말했다.

“진심이야.”

칼의 창백한 입술에 미소가 번졌다. “생각해볼게.” 그가 속삭였다.

나는 칼끝을 밀어 넣고 오른쪽으로 당겼다. 칼날의 수평과 힘을 유지하는 데 주의를 기울였다. 피가 흘렀다. 칼날이 경동맥에 이르자, 피가 뿜어져 나오기 시작했다. 핏줄기 세 개가 호선을 그리며 바닥으로 떨어졌다. 그렇게 끝났다. 칼이 내 품에서 힘없이 늘어졌다. 나는 칼을 조심스레 눕히고 일어섰다. 피 웅덩이 속에 누워 있는 녀석을 보았다. 아무런 느낌이 없었다. 아무 생각도 들지 않았다. 또 대패를 들고 나무 바닥의 핏자국을 긁어내게 생겼다는 생각밖에는.

45

소중한 사람을 잃은 사람들은, 장례식 준비에 정신을 쏟는 동안에는 보통 슬픔과 어느 정도 거리를 유지할 수 있다고 한다. 칼이 죽었다는 사실이 내 감정에 놀라울 정도로 영향을 미치지 못하는 이유가 그것이었는지는 잘 모르겠다. 어쩌면 내가 이미 오래전에 망가져서, 슬픔을 느끼는 능력마저 잃어버린 것일 수도 있었다. 어쨌든 우리는 내가 칼에게 한 약속과 달리, 칼을 들판에 묻지 않았다. 칼의 말이 맞았으니까. 전에 사용해서 효과를 본 방법을 다시 쓸 수 있는데 왜 위험을 무릅쓰고 새로운 방법을 시도하겠는가.

그래서 우리는 칼의 휴대전화를 부엌 식탁에 올려놓고, 칼을 쓰레기 봉지로 쌌다. 그리고 시체를 BMW 트렁크에 넣고 그 차와 나탈리의 차를 정비소로 몰고 갔다. 타이밍도 날씨도 완벽했다. 주유소는 문을 닫았고, 무자비하게 내리는 비 때문에 밖에 나와 있는 사람이 전혀 없었다. 나는 문을 열고, 차를 몰아 안으로 들어갔다. 나탈리의 도움을 받아 시체를 꺼내서 트랙터 버킷에 넣은 뒤, 남아 있는 프리츠 산업용 세제를 부었다. 버킷을 천장 바로 아래, 가장 높은 위치까지 들어 올리는 동안 벌써 살이 녹으면서 부글거리는 소리가 들렸다. 우리는 휴대전화를 안에 두고 차로 돌아와 동쪽으로 달렸다. 내가 전에 욘 푸르와 만났던 외진 곳으로 들어갔다. 그리고 지난번에 여기서 받은 쪽지를 주머니에서 꺼내 조수석에 놓았다.

나는 이 삶을 더 이상 견딜 수 없다. 안녕. 오프가르.

정비소에서 가져온 걸레로 운전대를 비롯해서, 내 손이 닿았을 법한 곳을 모두 닦았다. 비록 수사가 시작될 가능성은 거의 없고, 차에서 죽은 사람의 형 흔적이 발견되는 것이 특별히 의심스럽지는 않겠지만. 내부를 다 닦은 뒤 밖으로 나와, 열쇠를 닦아서 앞쪽 타이어 위에 놓았다. 그리고 자갈 바닥에 남은 내 발자국을 문질러 지우면서 나탈리의 미쓰비시로 걸어가 차에 올랐다.

우리는 침묵 속에서 도로를 달렸다. 들리는 소리라고는 빗소리와 와이퍼 소리뿐이었다. 그때까지 우리는 당장 주의를 기울여야 하는 현실적인 문제에 대해서만 이야기를 나눴다. 이제는 다른 이야기를 해야 할 때였다. 반드시 밖으로 꺼내야 하는 이야기.

하지만 우리는 하지 않았다. 어쩌면 우리 둘 다 먼저 조금 마음을 가라앉힐 필요가 있었던 건지도 모른다. 그런 일을 겪었으니 뇌와 몸에 휴식을 허락해주어야 했다. 결국 내가 침묵을 깼다.

"왜 돌아왔어?"

또 오랜 침묵이 흘렀으나, 나탈리가 계속 침을 꿀꺽 삼키는 것이 보였다. 눈물을 참으려고 애쓰는 아이 같았다.

"나도 아니까요." 금방 깨질 것 같은 목소리로 그녀가 말했다. 그러고는 말을 이으려다가 멈추고 무겁게 숨을 쉬었다. 나는 기다렸다. 곧 그녀가 다시 입을 열었다.

"당신이 그런 짓을 한 건, 날 강간한 사람이 아버지라고 생각했기 때문이잖아요. 당신이 날 사랑해서 그랬는지는 잘 모르겠어요. 어쩌면 그런 이유가 아니었어도 어차피 그렇게 했을지도 모르죠. 당신 아버지가 칼에게 한 짓 때문에. 그래도 나는 이해해요. 그게 무서워요. 당신을 떠난 뒤에, 만약 아버지가 정말로 날 건드렸다면 당신이 아버지를 죽여주기를 내가 바랐을 거라는 사실을 깨달았어요. 어쩌면 내가 죽였을 수도 있고요. 나도 당신과 같다는 이야기예요. 나도 살인자가 될 수 있어요. 그리고 이제……." 그녀의 뺨을 타고 눈물이 흘러내렸다. "……이제 나도 그렇게 됐네요."

"아냐." 내가 말했다. "너는 생명을 구하는 사람이야. 내 목숨을 두 번이나 구했어."

나탈리는 손등으로 눈물을 훔치고 코를 훌쩍거렸다. "그걸 습관으로 삼을 생각은 없어요. 당신이 그런 생각을 하는 거라면."

나는 빙긋 웃었다. "네가 그걸 말해주려고 그렇게 서둘러 달려온 게 나한테는 행운이었네."

"멍청이. 그걸 말해주는 건 그렇게 급한 일이 아니었어요."

"그래? 그럼 뭐가 급했는데?"

"멍청이." 그녀는 훌쩍거리다가 재킷 소매로 코를 닦았다.

"맞아. 멍청한 사람한테는 명확하게 설명해줘야 해."

나탈리가 지친 듯이 한숨을 내쉬었다. "당신을 사랑한다는 말을 빨리 해줘야겠다고 생각한 거란 말이에요, 알았어요?"

나는 그녀를 보았다. "얼마나……?"

"좆나게 많이." 나탈리가 말했다.

우리는 웃음을 터뜨렸다. 정말로 웃었다.

내가 안에 들어가 휴대전화를 가져오는 동안 나탈리는 정비소 밖에서 기다렸다. 이제 트랙터 버킷에서는 화학반응이 일어나는 소리가 들리지 않았다. 그러나 공기에서 독한 냄새가 나서 나는 밖으로 나갈 때까지 숨을 참았다. 불을 끄고 나탈리의 침대에 그녀와 함께 누워, 이사회 전에 몇 시간이라도 자보려고 애쓰면서 나는 그녀가 잠든 줄 알았다. 그런데 내 배를 어루만지는 그녀의 손길이 느껴졌다. 나는 조금 놀라서 돌아누웠다. 그녀가 정말로 이걸 원하는 건가? 나를 도와 사람을 죽인 지 얼마 되지도 않았는데? 지금 이 순간 그 사람의 유해는 여기서 고작 몇백 미터 떨어진 곳에서 용해되는 중이었다. 어둠 속에서 반짝이는 그녀의 눈을 보니, 내가 그 손길의 의미를 잘못 해석한 것이 아니었다. 이건 방금 그런 일을 '했는데도'가 아니라 '했기 때문'이라는 것을 나는 퍼뜩 깨달았다. 그녀가 살인에서 스릴을 느끼는 사이코패스가 된 것이 아니라, 죽음의 존재가 생명을 향한 욕구를 불러일으켰기 때문이었다. 생명을 연장하려는 욕구, 우리의 일부를 후세에 전하려는 욕구. 정사가 끝나고 일 분도 안 돼서, 그녀는 아이처럼 잠들었다.

오스 스파의 주차장으로 꺾어져 들어가면서, 사브 소네트에서 내리는 리타 빌룸센을 보았다. 내가 볼보에서 내리는 동안 그녀가 나를 기다리며 서 있었다.

"안녕." 그녀가 말했다. "좋아 보이네."

"고마워요. 당신도요." 진심이었다. 하지만 그녀의 말은 진심이 아님이 분명했다. 간밤에 잠을 거의 자지 못해서, 아침에 거울 속 내 모습은 고작 몇 시간 전 잠자리에 들었을 때보다 십 년은 늙어 보였다.

"여자친구가 생긴 것 축하해." 나와 함께 출입구로 걸어가면서 리타가 말했다. "똑똑하고 세련된 사람을 만났어."

나는 하마터면 "고마워요, 당신도요"를 반복하려다가 간신히 멈췄다.

리타 빌룸센이 한때 애완동물처럼 상대하던 소년 로위 오프가르에게 갑자기 이토록 상냥하게 굴 이유가 무엇인지 머릿속으로 훑어보았다. 당시 자신이 과부가 된 것이 그 소년 탓임을 그녀 역시 거의 확실하게 알고 있을 텐데.

머릿속에 떠오른 이유는 몇 개 되지 않았다. 사실, 고작 두 개뿐이었다. 하나는 쿠르트에게서 내게 완전히 덜미를 잡혔다는 말을 들었을 가능성. 그렇다면 그녀 역시 야영장 매도 과정의 불법행위에 관련되었다는 뜻이었다. 그러나 쿠르트가 리타에게 그 일에 대해 단 한 마디라도 했을 것 같지는 않았다. 그보다는 두 번째 이유가 더 강력해 보였다. 우리가 지금 가고 있는 이사회에서 무슨 일이 벌어질지 리타가 거의 알고 있을 가능성. 예상대로 일이 벌어진다면, 로위 오프가르를 자기 편으로 만드는 게 리타에게 확실히 이로울 터였다. 비록 리타는 감수성이 예민한 사람이었지만, 아니, 사실은 그런 사람이 아니니까 말을 바꿔야겠다. 비록 리타는 강렬한 반감을 품을 수 있는 사람이었지만, 무엇보다도 실용적인 사업가라서 상황에 따라 필요한 패를 내놓을 줄 알았다.

리타와 내가 정확히 예정된 회의 시각에 커다란 회의실에 들어섰을 때, 이사회의 다른 멤버 여섯 명은 먼저 와 있었다. 나는 모두와 인사를 나눈 뒤 자리에 앉았다. 다른 사람들이 의식적이든 아니든, 평소 의장인 요 오스가 앉던 탁자 상석을 비워둔 것이 눈에 들어왔다.

"칼을 기다려야겠군." 오스가 손목시계를 흘깃 보며 말했다. 나를 포함한 모두가 고개를 끄덕였다.

기다리는 동안, 사람들은 주로 지오데이터가 발견한 지하수에 대해 이야기를 나눴다. 그 덕분에 중앙도로가 더욱 확실히 계속 오스를 지나가게 되었다는 이야기. 처음에 그 지하수를 미처 발견하지 못한 남자의 비극적인 자살에 대해서도 이야기했다. 내가 내 동생에 관한 이야기를 꺼냈을 때, 탁자에 둘러앉은 사람들의 분위기가 바뀐 것이 어쩌면 그 자살 이야기 때문이었는지도 모르겠다. 나는 전날 저녁 늦게 오프가르 농장의 소파에서 자다 깨었을 때 동생이 차를 몰고 나갔는데, 그 뒤로 녀석을 보거나 연락을 받은 적이 없다고 말했다.

"내가 칼한테 여러 번 전화를 걸어봤는데 응답이 없었어." 오스가 미간에 깊은 주름을 잡으며 말했다.

"그럴 만도 하죠." 내가 말했다. "집을 나서면서 보니까, 칼의 휴대전화가 부엌 식탁에 놓여 있었거든요." 나는 내 휴대전화를 흘깃 보았다. "칼은 워낙 깜박깜박하는 편이에요. 그래도 휴대전화를 가지러 돌아오지 않은 게 이상하네요. 칼이 여기 오지 않은 것도 당연히 조금 걱정스럽고요. 못 올 것 같다거나 늦을 것 같다는 연락을 받은 사람이 전혀 없으니까요."

나는 탁자에 둘러앉은 모든 사람을 향해 진지한 표정을 지어 보였다. 그들이 무슨 생각을 하는지 얼굴에서 읽을 수 있었다. 직장을 잃은 오스 사람이 스스로 목숨을 끊는 것이 전대미문의 일은 아니라는 생각.

"보통은 늦게라도 사람들이 나타나지." 요 오스가 말했다. "그게 보통이야. 물론 예외도 있지만. 이번 일도 예외가 아니기를 바랍시다. 어쨌든 이만 회의를 시작해야겠습니다." 우선 회의 개시 사실을 확인하고, 오늘 다룰 안건들의 개략적인 순서를 정했다. 그러고 나서 우리는 첫 번째 안건으로 직행했다. 새로운 의장 선출. 이것은 이른바 형식적인 절차였다.

"내 생각에는 로위가 딱 맞는 것 같습니다. 로위가 지분의 50퍼센트 이상을 소유하고 있어서 우리에게 다른 선택의 여지가 없기 때문만은 아닙니다." 오스가 이렇게 말하자 다들 웃음을 터뜨렸다. "모두 아시다시피, 로위는 주유소, 프리트팔, 메이에리고르 건물 등을 소유하고 운영한 경험이 있습니다. 그리고 이건 로위가 소유한 재산 중 일부일 뿐입니다. 내가 아는 한, 모든 곳의 실적이 좋습니다. 내 의견을 묻는다면, 로위가 의사봉을 이어받았을 때 호텔과 이사회를 가장 잘 이끌 수 있을 것이라고 생각합니다."

나는 사용해본 적이 거의 없는 한 단어, 즉 '찬성'이라는 단어를 모두가 일제히 외치는 것으로 내가 선출되었다.

"내가 정말로 의사봉을 네게 건넬 수 있다면 좋겠군." 오스의 눈이 반짝였다. "하지만 그건 그저 표현 방법일 뿐이니까. 사실 나도 여기 시장으로 일할 때조차 의사봉을 쥐어본 적이 없어."

다른 이사들이 또 웃음을 터뜨렸다. 나는 살짝 미소만 지었다. 동생의 행방이 묘연해서 걱정하는 사람은 쉽게 웃음을 터뜨리지 않는 편이 현명하다. 무엇보다 힘든 사실은 내가 정말로 걱정하고 있다는 점이었다. 밤새 일어난 일이 지금은 너무나 비현실적으로 보여서, 정말로 칼이 저 문으로 걸어 들어올지도 모른다는 생각이 마음 한구석을 차지했다. 그 일이 모두 악몽이었음을 알게 된다면 안도의 한숨을 쉴 수 있을 텐데.

"어쨌든······." 오스가 말을 이었다. "지금 이 순간부터 네가 이 회의의 공식적인 의장이야, 로위."

"감사합니다." 내가 말했다. "하지만 오늘 회의를 요 님이 끝까지 진행해주시면 감사하겠습니다." 이 말을 듣고 오스의 주름 두어 개가 움찔거렸지만, 내가 처음 그의 이름을 불렀을 때만큼은 아니었다.

"영광이군." 오스가 말했다. "다음 안건은 신임 사장 임명입니다." 해임, 대체, 해고 등의 단어를 오스는 훌륭하게 회피했다. 그래도 사람들 사이에 모종의 교감이 오갔다. 탁자 상석이 비어 있다는 사실의 의미를 그들이 되새기는 것 같았다.

"로위와 칼은 로위가 그 자리를 맡는 게 어떻겠느냐고 제안했습니다. 칼 자신이 이제 앞으로 나아갈 때가 되었다고 느낀다는 점을 감안할 때, 좋은 제안입니다. 이것은 내가 칼과 나눈 대화를 바탕으로 하는 말이므로, 당연히 칼 본인이 이 자리에 나와서 자신의 뜻을 설명할 수 있었다면 좋았을 겁니다."

"엄밀히 말해서 칼 본인의 생각은 중요하지 않습니다." 이사 중 한 사람이 자발적으로 나섰다. "로위가 칼을 해임하고 싶어한다면, 로위가 결정하는 거죠."

빨간 매니큐어를 바른 손가락 하나가 공중으로 올라왔다.

"그래요, 리타." 오스가 말했다.

"칼의 생각은 아주 중요합니다." 리타가 말했다. "대부분의 지도자가 그렇듯이, 칼도 해임 조치에 맞서서 법적인 보호를 구하지 않는다는 조건으로 보상을 받는 계약서에 서명했습니다. 따라서 이 사회는 칼의 해임을 원한다면 즉시 시행할 수 있는 완벽한 자격을 갖추고 있습니다. 이유를 설명할 필요도 없어요. 하지만 칼이 자의로 물러나는 경우에는, 제 기억이 옳다면 이 년 치 연봉에 해당하는 퇴직 보상금 또한 자의로 포기하는 게 됩니다. 칼의 연봉이 워낙 높았으니까, 이것이 해임인지 아니면 칼이 나름의 이유로 물러나려는 것인지를 이사회가 확인해야 한다고 생각합니다. 새로운 사람을 임명하기 전에 이 점을 확인해야 해요. 칼이 사임하기 전에 지금 이사회가 그를 해임한다면 선제공격이 될 텐데…….”

“뭐가 된다고?” 오스가 물었다. 리타가 ‘선제공격’이라는 말을 영어로 말했기 때문이었다. 오스에게는 친숙한 용어가 아닌 듯했다.

“상대가 공격하기 전에 먼저 공격하는 것을 말합니다.” 내가 말했다.

오스는 눈썹을 치뜬 표정으로 사람들을 둘러보았다. 그 용어를 처음 듣는 사람이 자신 외에도 더 있을 거라고 확인하려는 것 같았다.

“먼저, 경제적인 측면에서 단기적인 영향이 있습니다.” 리타가 말을 이었다. “장기적으로는, 갑작스러운 해임이 오스 스파의 평판에 영향을 미칠 수 있죠. 만약 칼이, 전 의장님의 생각과 달리, 자의로 사임할 생각이 없다면, 이사회가 칼에게 제시할 조건에 대해 제안할 것이 있습니다. 칼이 퇴직 보상을 덜 받는 조건으로 공식적인 사임을 허락해주는 겁니다. 일 년 반 치 연봉에 해당하는 액수가 어떨까요? 그리고 고액 퇴직금 대신 그동안의 수고에 대한 보너스로 규정하는 겁니다. 회사는 육 개월 치 연봉을 절약하고 평판이 손상되는 것을 막을 수 있고, 칼 또한 평판이 크게 손상되는 것을 피할 수 있을 겁니다. 이사회가 제 제안에 동의한다면, 칼의 답변이 올 때까지 신임 사장의 임명을 연기하는 방안도 제안하겠습니다. 칼의 답변을 받자마자 이사회를 새로 열면 되니까요.”

오스가 다시 사람들을 둘러보았다. 나를 포함해서 모두가 고개를 끄덕였다. 나는 내 이사회에 리타 빌룸센을 가장 먼저 영입해야겠다고 속으로 결심했다.

어스름 녘에 쿠르트 올센의 랜드로버가 주유소로 휙 들어왔다. 주유기에서 떨어진 곳에 차를 세운 것을 보고, 나는 그가 찾아온 목적을 짐작했다. 문을 통과해 안으로 들어오는 모습을 보니, 역시 신부님 같은 표정을 짓고 있었다. 쿠르트가 장례식에 갈 때나 나쁜 소식을 전할 때 짓는 표정이었다. 나는 에길에게 고갯짓을 했다. 쿠르트와 이야기를 나누는 동안 혼자서 손님들을 상대하라는 뜻이었다.

우리는 주유소 뒤편으로 갔다. 쿠르트는 담배에 불을 붙이고, 나는 베리스 씹는담배 한 덩이를 입에 넣었다. 물을 바라보며 서서, 쿠르트는 그레테 스미트에게서 전화를 받았다고 말했다. 칼의 자동차가 카운티 경계선에서 정동쪽의 대피차선에 서 있는 것을 보았다는 말을 미용실 손님에게서 들었다는 내용이었다. 그레테는 칼이 오전에 열린 이사회에 나타나지 않았다는 사실도 알고 있었으므로, 이 내용을 신고하는 것이 자신의 의무라고 생각했다.

나는 고개를 끄덕였다. "그레테의 가게 같은 비공식 정보교환소가 있어서 다행이야."

"마을 소문에도 나름의 기능이 있지, 맞아. 어쨌든 내가 차를 몰고 확인하러 갔어. 확실히 칼의 차였어. 조수석에 쪽지가 있었는데, 그런 게 보이는 건 결코 좋은 징조가 아니야. 왼쪽 앞바퀴 위에 자동차 열쇠가 있다면 더욱더 나쁘고."

"맞아." 내가 말했다. "계속 변죽을 울릴 필요는 없어, 쿠르트. 그냥 말해."

"미안." 쿠르트가 거세게 숨을 들이쉬자, 담배가 점점 더 빨갛게 타올랐다. 쿠르트가 연기를 내뿜었다. "자기 살해 유서인 것 같아, 로위."

"자기 살해?"

"경찰 흥어야. 자살."

용어겠지. 나는 속으로 생각했지만, 아무 말도 하지 않았다.

"오슬로 사람들이 쓰는 말 때문에 미치겠어." 쿠르트가 말했다. "파출소장?" 그가 가소롭다는 듯 코웃음을 쳤다. 이렇게 이야기가 곁길로 샌 것을 반기는 듯했다.

"쪽지 내용이 뭐였어?" 내가 물었다. 묻지 않으면 이상해 보일 것 같아서였다.

"어디 보자." 쿠르트가 휴대전화를 꺼냈다. 유서를 사진으로 찍어둔 모양이었다.

나는 이 삶을 더 이상 견딜 수 없다. 안녕. 오프가르.

쿠르트가 소리 내어 읽고, 나는 아주, 아주 천천히 고개를 끄덕였다. 마치 단어 하나하나를 맛보고 씹어서 소화할 필요가 있다는 듯이.

"그쪽 보안관이 개들을 데리고 수색 중이야." 쿠르트가 말했다. "하지만 뭘 찾아낼 것 같지는 않아. 거기 대피차선에서 호수로 가파르게 떨어지는 비탈길이 있거든."

"그래, 거기가 어디인지 알 것 같아."

"물론 우리가 걱정하는 일이 아닐 수도……."

우리가 '바라는' 일이겠지. 내가 말했다. 칼이 노토덴이나 오슬로의 경찰서로 가서, 오스의 보안관이 여러 건의 살인사건에 관한 신빙성 있는 정보를 추적하지 않았다고 신고할 걱정이 없어졌으니 너도 이제 잠자리가 편안해질 것 아냐. 사실 말로 하지는 않고 그냥 생각만 했다. 확실히 우리 모두 같은 처지였다. 그래서 쿠르트가 정비소 쪽을 볼 때도 나는 전혀 불안하지 않았다. 같은 일이 또 반복되고 있는지, 우리가 대화하고 있는 이 순간에도 트랙터 버킷 속에서 뭔가가 부식되어 사라지는 중이 아닌지 생각하고 있을지도 모르는데.

쿠르트가 담배를 한 번 더 빨아들이자, 불꽃이 끝에 이르렀다. "하지만 그쪽에서 뭔가 발견되면, 당연히 내가 즉시 알려줄게."

"고맙다." 내가 말했다.

쿠르트는 연기가 피어오르는 담배꽁초를 아스팔트에 살짝 고인 물속에 던지고 자기 차로 어슬렁어슬렁 걸어갔다. 나는 제자리에 남아 담배꽁초를 내려다보다가 그것을 주워 쓰레기통으로 가져갔다. 나는 깨끗한 것을 좋아한다.

46

　부활절 직전에 리브 괴벨에게서 전화가 왔다. 갓 내린 눈이 부달 호수의 얼음을 뒤덮고, 야영장에 서 있는 내 눈을 밝은 햇빛이 아프게 찔러댔다. 나는 글렌 무어와 노르웨이인 엔지니어 두 명에게서 조금 떨어진 곳으로 걸어갔다. 그들은 그림과 땅을 번갈아 손가락으로 가리키며 무엇을 어디에 설치할지 계속 의논중이었다. 괴벨은 죽음을 합리적으로 의심할 만한 근거가 없다고 법원을 설득하는 데 성공해서, 이른바 사망 추정 확인서를 받아냈다고 내게 알렸다. 이 서류 이름을 처음 들었을 때 내가 멈칫했음을 인정할 수밖에 없다. 이 이름은 칼 오프가르가 마침내 공식적인 사망자가 되었음을 뜻했다. 상속 절차를 시작할 수 있다는 뜻이기도 했다. 그러나 칼이 유언장을 남기지 않았고 내가 유일한 가족이라서 절차라고 할 만한 것도 딱히 없었다. 유동자산의 액수는 얼마 되지 않았다. 군이 표현하자면, 현금자산보다 빚이 더 많았다. 그러나 물건으로 갖고 있는 재산도 당연히 있었고, 미해결 부채를 갚기 위해 그 물건들을 모두 팔아치울 필요도 없었다. 칼이 지정한 유언 집행자로서 나는 크리스마스 이전에 이미 BMW를 팔았다. 오스 스파의 주식도 팔았다. 리타 빌룸센이 그 주식을 사면서, 내가 예전에 그녀의 사브 소네트를 보살펴준 것처럼 정성 들여 호텔을 보살피겠다고 약속했다. 이 말을 할 때 그녀가 환히 웃은 것으로 보아, 모종의 숨은 의미가 있는 말인 것 같았다.

"일이 주 안에 전부 정리될 거예요." 괴벨이 말했다. "칼의 장례식을 열 건가요?"

"추모 예배가 있을 거예요." 내가 말했다. "엄마와 아빠 옆에 묘석도 하나 놓을 거고요."

"아, 좋네요."

"고마워요, 리브. 다음 수요일 이사회에서 뵙죠."

전화를 끊은 뒤 나는 손목시계를 보았다. 그리고 호텔에서 나탈리를 만나 점심식사를 하기로 했기 때문에 지금 나가야 한다고 글렌에게 말했다.

"진짜 굉장할 것 같아요." 글렌이 열정적으로 말했다. "눈이 내릴 때 롤러코스터를 타는 걸 상상해봐요. 진짜 환상적이야."

나탈리는 우리가 항상 앉는 창가 자리에 앉아 기다리고 있었다. 나는 약속보다 십 분 늦게 도착했다.

"미안, 일을 하다가 시간을 놓쳤어." 나는 그녀가 몹시 우아하게 내민 손에 입을 맞추며 말했다. 반지가 내 입술에 스쳤다.

"좋아요." 나탈리가 빙긋 웃었다. "행복해 보여요."

"행복해." 나는 내가 나타나자마자 와 있던 웨이터에게 음식을 주문했다. 나탈리 몫으로는 차와 오스 샐러드, 내 몫으로는 이 지역 송어와 물.

"당신이 놀이공원 일로 무척 바쁜 게 정말 좋아요." 나탈리가 말했다. "하지만 이 말 또한 꼭 해야 할 것 같네요. 당신이 똑같이 중요한 다른 일에 시간을 덜 쏟는 게 슬슬 눈에 띄고 있어요."

나는 고개를 끄덕이고, 하얀 테이블보 위에서 그녀의 손에 내 손을 겹쳤다. "맞아. 우리가 어디선가 긴 주말을 보낼 필요가 있어. 너도 일을 너무 열심히 하잖아. 생각해봤는데, 부활절 성수기가 끝나면 우리가 바르셀로나의 산 조르디에 갈 수 있을 것 같아."

"산 조르디?"

"세인트 조지 축일이야. 카탈루냐 사람들이 자기네 수호성인을 기리는 축제. 여자는 사랑하는 남자에게 책을 선물하고, 남자는 여자에게 장미를 선물해. 아주 옛날, 여자들이 글을 읽지 못하던 시절부터 내려온 풍습이지만, 우리 경우에는 상황이 반대니까 나는 장미를 받고 행복할 거야."

나탈리가 웃음을 터뜨리며 나를 향해 냅킨을 펄럭거렸다. "귀여워라. 하지만 내 말은 당신이 우리 관계를 방치한다는 뜻이 아니었어요. 여기 호텔 일을 말한 거예요."

"오케이." 나는 냅킨을 무릎에 놓으며 말했다. 웨이터가 갓 구운 빵과 올리브 파테를 가져왔다. "정확히 어떤 일?"

"내가 목록을 만들었어요."

나는 빙긋 웃었지만, 그녀의 얼굴을 보고 정말로 문자 그대로의 의미임을 깨달았다.

"당신이 꼭 결정을 내려야 하는 일도 있고요……." 나탈리가 말을 이었다. "당신이 결정을 내릴 수도 있는 일도 있어요."

"결정을 내릴 수도 있는?"

"진취적이고 훌륭한 제안들이에요."

"네 제안?"

"다른 사람들의 제안도요. 모든 직급에 똑똑한 사람이 많아요. 어느 지도자도 모든 일에 통달할 수는 없으니까, 남의 말을 잘 들을 줄 알아야 해요."

"자기야, 이건……."

"알아요, 로위. 당신이 남의 말을 잘 들어주는 건 사실이죠. 문제는 지금 남의 말을 들을 시간이 당신한테 없다는 거예요. 그러니 해결책을 찾아야 한다는 게 내가 하고 싶은 말이에요."

나는 고개를 끄덕였다. 그리고 빵에 파테를 바르는 나탈리의 손을 지켜보았다. 나탈리는 새로운 프리츠의 밤, 즉 그녀가 오프가르 농장의 포치 벽에서 소총을 내려 칼을 쏜 그날 밤 이후로 반지를 다시 손에 꼈다. 나를 찾아와서 상황을 이해하고 대안을 분석한 뒤 결정을 내려 꼭 필요한 일을 실행한 나탈리. 나는 자문해보았다. 미국에서 지도자의 자리에 지원한 사람들이 얼마나 결과 지향적인지 시험하려고 제시하는 가상의 상황이 바로 이런 것 아닌가?

"그 목록을 보기 전에, 내가 너한테 보여줘야 하는 게 있어." 내가 말했다.

"그래요?"

"식사부터 하고."

식사하는 동안 나탈리는 자신에게 또 일자리 제의가 왔다는 이야기를 했다. 이번에는 대형 호텔 체인 한 곳에서 본사 사무실 일자리를 제의했다고 했다. 나탈리는 당연히 우쭐해지는 제안이지만, 자신은 실제로 여러 일들이 벌어지는 곳, 즉 호텔의 최전선에서 일하고 싶다고 말했다. 계속 사람들이 다가와 인사를 건네는 바람에 우리 대화가 자꾸 끊어졌다. 신임 시장 보스 길베르트, 아슬레 벤엘보 지점장, 오스를 지나가는 중앙도로의 개량공사를 지휘

하는 다그 카펠렌. 그들은 신관, 날씨, 다음 시즌 오스 FC의 성적 전망 등에 대해 한마디씩 했다. 우리는 그들의 말 속에 숨어 있을 수도 있고 없을 수도 있는 또 다른 의미를 향해 고개를 끄덕였다. 심지어 단 크라네도 다가와 나와 악수하면서, 그냥 인사나 건네고 싶었다고 말했다. 이제 그는 얌전한 사람이 되어 있었다. 자신과 마리가 큰 집으로 이사했고, 넷째 아이가 곧 태어날 예정인 만큼 지금 상태를 이대로 유지하는 것이 자신에게 최선이라는 사실을 깨달은 덕분이었다.

"세상에." 크라네가 간 뒤 나탈리가 말했다. "모든 사람이 당신에게 경의를 표하며 반지에 입을 맞추고 싶어하는 것 같네요."

그녀가 실제로 내 손가락을 말하는 것이 아니라, 영화 〈대부〉의 마지막 장면을 언급하고 있다는 사실을 깨닫는 데 이 초쯤 시간이 걸렸다.

음식값을 치른 뒤(나는 칼처럼 개인 돈과 회사 돈을 구분 없이 쓰는 짓은 하지 않는다) 나탈리와 나는 내 볼보를 타고 드라이브에 나섰다. 에릭과 쿠르트는 내가 이제 호텔 사장도 되고 했으니 차를 바꿔야 하지 않겠느냐고 슬쩍 말한 적이 있다.

"어디 가는 거예요?" 내가 마을로 내려가기 전 숲속 길을 따라 달리고 있는데, 나탈리가 말했다.

"조금만 기다려봐." 내가 말했다.

이 분쯤 뒤 나는 차를 세웠다. 그 집, 사람들이 궁전이라고 부르는 집이 서 있었다. 지붕과 땅을 뒤덮은 눈이 반짝였다.

"어때?" 내가 물었다.

"너무 멋져요. 이제 공사가 거의 끝난 거예요?"

“응. 여기 들어와 살 사람만 찾으면 돼.”

“이번 부활절에 구매자가 나설지도 모르죠.” 나탈리가 말했다. “오슬로에서 부자들이 잔뜩 오잖아요. 호텔에 판매 공고를 붙이면 돼요. 집 안도 이렇게 좋아요?”

“가서 한번 보자.”

치우지 않은 눈이 높이 쌓여 있어서, 나탈리의 출근용 신발은 적합하지 않았다. 나는 그녀를 들어서 안고 계단을 올라가 문턱을 넘어선 뒤에야 내려주었다.

“어머, 세상에!” 그녀가 소리쳤다.

입구 바로 안쪽인 이곳에서도 맞은편의 전망을 볼 수 있었다. 엄청나게 큰 실내 공간에는 아직 가구가 전혀 없었다. 내가 전날 저녁에 난방을 켜두었기 때문에, 나탈리는 신발을 벗고 스타킹만 신은 발로, 새로 청소한 바닥을 걸어 창가로 다가갔다. 나는 그녀 뒤에 서서 그녀와 함께 햇빛을 듬뿍 받은 마을을 내려다보았다. 내가 양팔로 그녀를 끌어안자, 그녀가 뒤로 몸을 기댔다.

“판매 공고를 붙이자는 생각은 변함없어?” 내가 귓속말을 했다. 처음에는 그녀의 몸에 힘이 들어갔다. 나는 더 이상 아무 말 없이 기다렸다. 조금 뒤 그녀가 웃느라고 몸을 떨기 시작했다.

“이 못된 자식.” 그녀가 말했다.

“네가 원했잖아.”

“내가요? 나는 절대, 절대……”

“더 많은 돈, 더 좋은 일자리, 더 좋은 집, 남편…… 오스에 머무르는 조건으로 네가 말한 거야. 기억 안 나?”

“물론 기억하죠. ‘이 순서대로’라고 말한 것도 기억하는데요.”

“알아. 그럼 다음 질문. 오스 스파의 호텔 사장이 되는 걸 어떻게 생각해? 연봉은 어느 정도 생각하고 있어? 물론 그건 이사회의 결정 사항이지만."

나탈리가 믿을 수 없다는 표정으로 돌아보았다.

"있잖아, 그 자리가 곧 빌 거야." 내가 말했다. "지금 사장은 놀이공원을 짓느라고 바빠질 거라서."

그녀의 눈 뒤에서 열심히 머리가 돌아가는 것이 보이는 듯했다.

"확인하고 싶다면, 나랑 같이 가야 할 거야." 내가 말했다.

나탈리는 빙긋 웃으며, 짐짓 화난 척 고개를 저었다. 그래, 그녀는 별로 확신이 없었다. 아직은. 그녀가 오스 쪽으로 다시 시선을 돌리자, 나는 그녀의 뺨에 내 뺨을 붙였다.

"봐요." 나탈리가 산허리를 내려가는 하얀 구름을 가리켰다. 소리 없는 눈사태였다. 저것이 곧 부달 호수를 덮칠 테지만, 내린 지 얼마 되지 않은 가벼운 눈이라서 얼음을 뚫을 수 없을 것이다. 그래서 위로 말려 올라갔다가, 호수 위에서 마을 쪽을 향해 깃털처럼 퍼져서 건너편 기슭에 안착할 것이다. 주민이 고작해야 천 명 수준인 마을. 카운티를 통틀어도 인구가 삼천 명에 불과하지만, 곧 빠르게 사람이 늘어날 가능성이 있었다. 마을의 위치는 해발 600미터. 짧지만 따뜻하고 건조한 여름과 혹독하고 강렬한 겨울이 있다. 여기 사람들은 근면하며, 꼭 필요한 말 외에는 말이 없는 편이다. 약간의 동네 소문도 필요한 말로 친다면 그렇다는 뜻이다. 시기심은 인간적이고, 약간의 경쟁심은 건전하지만, 연대감은 생존의 선행조건이다. 여기 오스에서는 누구나 동등하지만, 가끔 안개나 깊은 협곡이나 늑대가 나타날 때마다 누군가가 앞장서서 길을 알려주어야 한다.

나는 아무 생각 없이 풍경 여기저기를 눈으로 둘러보았다. 교회.

오르툰. 시몬 네르가르의 집과 그 위로 탑처럼 솟은 오프가르 농장. 광장. 야영장. 거기서 더 먼 곳에 마을회관, 스미트의 가게, 주유소가 있었다. 이 마을에서 나는 모든 것을 잃고 얻었다. 이곳을 증오하면서 사랑했다. 결론적으로, 고향에 더 이상 무엇을 바랄 수 있을까?

눈사태가 부달 호수의 얼어붙은 수면에 도달했다. 순간적으로 눈이 햇빛을 향해 소용돌이처럼 올라갔다가 떨어져서 잠잠해졌다. 그러자 모든 것이 조금 전과 똑같은 모습이 되었다.

Kongen av Os

JO NESBØ

킹덤 Ⅱ 오스의 왕

1판 1쇄 인쇄 2025년 12월 15일　**1판 1쇄 발행** 2025년 12월 29일

지은이 요 네스뵈
옮긴이 김승욱

발행인 박강휘
편집 백경현 박정선　**디자인** 윤석진
마케팅 박유진　**홍보** 박상연 이수빈

발행처 김영사
주소 경기도 파주시 문발로 197(문발동) 우편번호 10881
등록 1979년 5월 17일(제406-2003-036호)
구입 문의 전화 031)955-3100　**팩스** 031)955-3111
편집부 전화 02)3668-3289　**팩스** 02)745-4827
전자우편 literature@gimmyoung.com
비채 블로그 http://blog.naver.com/viche_books
인스타그램 @drviche @viche_editors **X(트위터)** @vichebook

ISBN 979-11-7332-433-8 03890　책값은 뒤표지에 있습니다.

비채는 김영사의 문학 브랜드입니다.